中国古典文学名著丛书

东度记

上

[明] 方汝浩 著

华夏出版社
HUAXIA PUBLISHING HOUSE

图书在版编目（CIP）数据

东度记／（明）方汝浩著. —北京：华夏出版社，
2012.07（2024.09重印）

（中国古典文学名著丛书）

ISBN 978 - 7 - 5080 - 6426 - 0

Ⅰ. ①东… Ⅱ. ①方… Ⅲ. ①章回小说 - 中国 - 明代

Ⅳ. ①I242.4

中国版本图书馆 CIP 数据核字（2011）第 073408 号

出版发行：华夏出版社
　　　　（北京市东直门外香河园北里 4 号　邮编 100028）

经　　销：新华书店

印　　制：永清县晔盛亚胶印有限公司

版　　次：2012 年 07 月北京第 1 版
　　　　　2024 年 09 月北京第 2 次印刷

开　　本：670×970　1/16 开

印　　张：38.5

字　　数：582.4 千字

定　　价：76.00 元（上下）

前　言

　　《东度记》又名《新编东游记》、《东游记》、《续正道书东游记》,是明代末期刊发的一部宗教神话小说。小说作者是明代文人方汝浩。方汝浩,号清溪道人,洛阳人氏,生平无可考据。但生前曾创作过多部白话小说,留存至今、影响较大的小说有《禅真逸史》、《禅真兵史》以及这部《东度记》。

　　《东度记》是一部以达摩老祖为主人公,讲述其历经坎坷,伏魔降妖,最终东度中国,传播佛教,教化众生的传奇过程。小说中提到的南印度香至王子的菩提多罗悟道之后改名为达摩。后由南印度出发,自西而东,经东印度国,再到震旦国(中国)的东度阐化过程。其间历经种种考验和磨难,先后战胜了酒、色、财、气、贫、痴、欺心、反目、懒惰等情魔、意魔、淫魔、分心魔的故事。与以往的古典小说相比,这部小说的内容构思与叙事手法颇为特殊,独具特色。

　　众所周知,佛教自印度传入中国后,曾在相当长一段时间内成为封建社会的精神信仰。无论帝王将相、达官贵人,还是贩夫走卒、市井百姓,都对佛教顶礼膜拜、虔诚修炼。尤其对传播佛教思想有所建树和贡献的人,更是十分敬重和崇拜,作为"天竺"禅宗第二十八祖和"东土"禅宗初祖的达摩,在中国更是家喻户晓,奉若神明。

　　《东度记》巧妙地利用了达摩的高知名度,在讲述其传奇经历中有意无意地传播了大量佛教的思想和观点。同时,作者还精心刻画了一大批千奇百怪的妖魔形象,这些妖魔尽管有的就是人,而有的则是人的心理幻化,但都给人们的生活带来了不同程度的危害。通过达摩老祖一一加以降伏的过程描写,劝喻世人不要再因心魔的挑战破坏而兄弟不和、夫妻失睦、骨肉分离。小说作者借此还影射了明末时期的社会各种矛盾,揭露了明王朝统治行将崩溃的真实社会现状,从而使这部讲述宗教故事的平话小说,多了一些社会意义,使得后人了解当时社会的风貌有了可借鉴的参照物。小说中不少佛家的智慧箴言,尤其入情入理,发人深省。

这次再版《东度记》,我们对原书中大量的错漏、笔误、疑难字词,进行了认真的校勘、订正和释义,对原书原来缺字的地方用□表示了出来。以便读者阅读。由于时间仓促,水平有限,其中难免有所疏失,恳请专家、读者予以指正。

编　者
2011 年 4 月

目　录

第　一　回
南印度王建佛会　密多尊者①阐禅宗

话说混沌初分，天地为两仪，日月星辰为四象，山川草木，飞禽走兽，数不尽的万物，生于其中。即人亦万物中一物，只因人灵物蠢，人有知觉智识，能言善语，故配天地为"三才"，乃最灵者。以本来原有个正大光明的道理，自生来在孩提时，混混朴朴，未凋未漓②。光明一理，包含五内③。及至长大成人，知诱物化，邪魅外侵，本真内凿，把个大道丧失。所以万圣千真，立言行教，只要人克复本来，见性明心。这克复得何事？明见得何物？就是为臣的，既受皇王官职，尽心侍主，忠义报国，大道何等光明！乃有一等，贪位慕禄，希图富贵，惜身家，不顾国。哪里知根本既坏，枝叶终伤，后世子孙，宁保不坏？为子的，要思身从何处来，乃父母生育。且说那十月怀胎，三年乳哺，何等深恩，孝敬不违，劳而不怨，大道何等光明！乃有一等为子的，贪妻爱，纵私欲，不孝双亲，哪里知天鉴不宥④，王法无私，报应却也不小。为弟兄的，应该念父母血脉，同胞生来，弟敬兄、兄爱弟，何等光明大道！乃有一等，争家产，为钱财，视弟兄如陌路，待手足如寇仇，哪里知天合的弟兄既失，人合的财产怎长！为夫妻的，阴阳配偶，子孙相承，相爱相怜，何等光明大道！乃有一等，贪淫纵欲，弃旧怜新，憎妻宠妾。更有淫妒妇女，不守妻节，败坏风俗，多有性命不保。为朋友的，要知德业相劝，过失相规，大道何等光明！乃有一等，势利交，酒食友，处富贵亲如手足，当患难视如路人。哪里知天道好还，灾难莫测，谁为救恤⑤？这五伦道理，正大光明，人能永保不失，自然邪魅不侵，灾害不作，

---

① 尊者——佛教称德、智兼备的僧人为尊者。
② 未凋未漓——未受损伤，未达充盛。
③ 五内——指心、肝、脾、肾、肺五个器官。
④ 宥(yòu)——原谅，宽容。
⑤ 救恤(xù)——救济。

福善资身,以完全生人道理。便是圣贤仙佛,也不过克全了这道。少有所失,便入邪宗。后有清溪道人五言八句,指出克复光明要法。

诗曰:

> 大道原明彻,邪魔扰世缘。
>
> 莫昧菩提树①,须开宝叶莲。
>
> 五伦同此理,三省②即先贤。
>
> 克复工须易,予欲又何言!

且说东京孝武帝③宁康年间④,天下广阔,海宇遐荒⑤。出中华外国,有五印度国。一个南印度国海边,有一渔父名叫卜老。因他终日面无戚容,见人只是嘻嘻,人称他作笑不老。他夫妇两个,日以捕鱼资生。一日捕得巨口细鳞,将欲烹食,只见那鱼有乞哀贪生之状。夫妇怜慈动念,乃计议放生,把这活鱼仍投海水。那鱼洋洋游去。夫妇二人,便思持斋改业,怎奈边海无策赡生。正窘急处,忽来一个老僧,到门化斋,只是大笑不止。渔父虽笑,这日却有些戚容。老僧笑问道:"渔翁,贫僧素知你好笑,今日何故面色凄凄?"渔父强赔笑脸,那渔妇便答道:"师父你有所不知,我夫妇原以捕鱼资生,近为捕得一鱼,将欲烹食,那鱼状若乞怜,我夫妇不忍,放它归海。因思人生世间,有可充腹之物,有可治生之事,何必伤物性命,以养人身。弃了此业,又无计资生。我夫为此戚戚。但我夫平日好笑,他道:'有鱼便有酒,有酒便有笑,有笑乃不老'。人所以因他姓名,遂呼他为笑不老。不知长老也笑不休,却是何因?"老僧答道:"贫僧打从中华来,到一处白莲社,遇着一位远公和尚,他有'虎溪三笑'禅机授我,因此学他之笑,一路化斋到此,逢人便笑。海边村户人家,都叫我贫僧作笑和尚。"渔父笑问道:"师父,我笑有个话头儿,你笑不知可有?"老僧答道:"贫僧有几句话头。"渔父道:"请念念我听。"老僧一面笑着,一面口念着,

---

① 菩提树——亦称"觉树"、"道树"。相传佛祖释迦牟尼在荜钵罗树下证得菩提(觉悟),故称荜钵罗树为菩提树。

② 三省——《论语》:"吾日三省吾身:为人谋而不忠乎? 与朋友交而不信乎? 传不习乎?"

③ 孝武帝——东晋皇帝司马曜。

④ 宁康年间——公元 373 年至 375 年。

⑤ 遐(xiá)荒——遥远荒凉。

乃念道：

笑，笑，笑，谁人识得这关窍。远公传我这根因，我因笑得笑中妙。岂是痴，非是傲，说与渔翁休见诮。你今向我笑笑人，我向你笑有玄奥。笑嘻嘻，自知道，非是笑九流，乃是笑三教①。不笑为臣忠，不笑为子孝，不笑白发自红颜，不笑贤愚并不肖。也不笑矜骄，也不笑势要，也不笑东施嫫母②陋效颦，也不笑子建潘安才与貌③。哪笑陶朱④猗顿⑤富多金，哪笑范丹⑥苏季⑦贫无钞。非是笑愚顽，不学甘弃暴。非是笑旁门，诖误⑧入左道。非是笑瘖聋瞽目不成人，感叹悲嗟怨天造。仰天终日笑无休，今笑渔翁寄长啸。这呵呵，有独乐；这哈哈，有自好。只为太平时序乐雍熙，但愿丰亨无旱涝。四时佳景物色奇，风花雪月堪欢跃。一身丢开名利关，烦恼忧愁俱不效。古往今来只如斯，家风落在这圈套。你也嘻，我也笑，笑的是，浮生空自忙，是非闲争闹，人生何苦皱双眉，且学老僧腔与调。

笑和尚念毕，乃问渔父：“你的话头儿，也念念贫僧听。”渔父笑道：“长老，我的话头儿，却是四个《西江月》，道：

叹世悲哀忧戚，怎如哈哈嘻嘻。人生纵有百年期，几被忧愁夺易。

智者虽教看破，人情自古难齐。得欢笑处且怡怡，好个呵呵生意。

满屋哄堂大噱⑨，一人独自向隅。世间唯有这须眉，他也立身

---

① 三教九流——三教：指儒、道、佛；九流：指儒、道、阴阳、法、名、墨、纵横、杂、农九家。泛指社会上各色人物和行当。

② 嫫母——传说中的丑妇人。

③ 子建潘安才与貌——子建：即曹植，三国时曹操第三子，能属文，才华横溢；潘安：西晋文学家，形貌美丽，后世以潘安代称美男子。

④ 陶朱——春秋时越国人范蠡的别号，曾佐越王勾践灭吴，后弃官从商致富。

⑤ 猗顿——战国时大工商业者，大富豪。

⑥ 范丹——东汉人，字史云，生活极贫困。

⑦ 苏季——即苏秦，战国时纵横家，生活一度极贫困。

⑧ 诖(guà)误——贻误，连累。

⑨ 噱(jué)——大笑。

天地。

　　笑伊秃发何事？笑我终日渔鱼。只有沽酒落便宜，因此呵呵为计。"

　　笑和尚听罢，笑道："渔翁，你既呵呵为计，怎的又面带忧容？"渔父道："师父你不知，我前捕得一巨口细鳞，将烹而食，那鱼状若乞怜，我夫妻一时不忍，纵放它生于海。那鱼得水，悠悠洋洋而去。因此我夫妻要持斋①改业，又虑资生无策，因此忧虑不觉见于面，使师父见知。"笑和尚笑道："渔翁，你夫妻既发慈悲，放生活物，我贫僧自有个与你资生计策。昨游海岸，见一物放大光明。近前看是何物，乃是一件宝贝，欲要把这宝埋藏海岸沙中。你夫妇既有放生活鱼的仁心，贫僧岂无为你资生的好意！你可将此物，上献与国王，大则授你一官半职，小则赐你些金银。何须虑养生度日？"渔父笑问道："师父，你见的是何宝贝？"笑和尚答道："此宝不是凡宝。你听我道：

　　一粒如粟，千劫②不坏。坚牢不说，金刚九转炼就，万道霞光，照耀堪同日色。问根缘，从静定中生出；说奥妙，自虚灵处发祥。如如不动，行无所住。才有这样圆通，岂是那般虚幻。总来一个老禅和，留却久修舍利子③。"

　　渔父听得笑道："我也曾闻僧家久修得道，化火自焚，必留一粒舍利，万劫常存。但这宝贝，上献国王，安知他受也不受？且这宝今在何处，何计取来？"笑和尚笑道："此宝远则九万鹏程路尚近，近则一刹那间取即来。人人皆有，个个不无。"乃自胸襟内取出，付与渔父道："舍利此物就是。渔父好去献王。"渔父接得宝贝在手。那和尚化一道霞光而去。渔父得了舍利，打点进献国王不提。

---

① 持斋——佛教称吃素食为"吃斋"；佛戒遵守斋法不违犯叫"持斋"。
② 劫——佛教谓极为久远的时节。一般分大劫、中劫、小劫。说人的寿命有增有减，每一增及一减，各为一小劫；合一增一减为一中劫；一大劫包括"成""住""坏""空"四个时期，通称"四劫"。
③ 舍利子——相传释迦牟尼遗体火化后结成珠状物，佛教徒称之为舍利；后来也泛称德行较高的和尚死后烧剩的骨头为舍利。

且说南印度国王历代传来，崇奉三宝①。到一个国王，名德胜，生一子，心爱出家，修行成道，法号"不如密多"。这尊者誓愿普度群迷，同归大道，后成正果，位证二十六祖，演化东印度，此系前东度二十七祖成道。嗣后南印度国王，又传位一个香至王。生三子，其季子②名菩提多罗，也只爱出家，法号"达摩"。这老祖得二十七祖法器，欲继普度之愿，乃率弟子，演化本国。虽本无言之教，一意度人，明心见性，遵行正大纲常。自西竺东来，遇梁武帝③，言论未合，摘芦渡江，遗留圣迹而去。此乃后东度，今且按下不提。

再说二十六祖不如密多尊者，听得海边渔父进献舍利子，乃到国王殿前。果见王坐朝，执事多官拜罢，一官朝王奏道："今有海边渔父进献舍利子。"国王闻奏道："国以贤为宝，民以食为天。进献的，不以贤、不以粟，那舍利子要它何用！"令执事官不得传呼。正才传令，只见殿阶前一个僧人，身披着锦绣袈裟，手执着九环锡杖，却不是近地来的禅和，也不是外国到的长老，乃是密多尊者。国王一见便问："汝有何意见朝？"尊者答道："臣僧闻渔父进宝，特来谒王。"国王道："予正在此说这宝无用于国，免传他进。"尊者答道："我王以何为有用？"王曰："进贤治国，献粟食民，这却有用。"尊者答道："信如王言，但臣僧愿王收此舍利，盖座浮屠④宝塔藏了，建个佛会道场，以修功德，以遂臣僧普度化缘。"国王听得尊者道场功德之言，乃问道："道场功德何在？"尊者答曰："在王一心。"王曰："予一心只在风调雨顺，国泰民安。"尊者答曰："王心敬天，自然风雨调顺。王心法祖，自然民国泰安。"王笑道："这道场，予知之矣。但不知此外更有何功德？"尊者答道："建立道场，小则悔过消愆⑤，大则超亡荐祖。功德甚多，却也说不能尽。"王又笑道："予尝闻子有普度化缘之愿，且说佛会道场，俱为外务末节。"尊者答曰："佛会功德，即是度己、劝世、化俗，于功德

---

① 三宝——佛教称佛、法、僧为三宝。佛，指创教者释迦牟尼；法，指佛教教义；僧，指继承、宣扬佛教教义的僧众。

② 季子——兄弟排行中第四或最小的儿子。

③ 梁武帝——南北朝时期皇帝萧衍。

④ 浮屠——亦称"浮图"，同"佛陀"，即佛。

⑤ 愆（qiān）——罪过，过失。

最大。"王又问道:"怎么最大?"尊者答曰:"君子遵守王法,小人犯禁行恶。纵有刑加,藐然①容有不畏。及闻佛会,便起敬心。不说三尺之严,顿悔一朝之过,有助政教,故云劝世。若上智不需佛会,君子可无道场,化善信,修阴功,前人留下这功课,愿王遂臣僧普度化缘之行。"王乃笑道:"据汝此说,予正欲使四民守法,或有藐然不遵,使他同归于善。便就修建一个道场,以答谢天地,未为不可。"乃令众僧依据科仪②,建立法事,立尊者为班首。尊者辞曰:"臣僧时有静功,不便班居众首。"王作主乃立众僧中有德行者,职司班首。以尊者主坛。道场既建,水陆毕陈,虽遂普度化缘,实乃祝延王寿。

　　按道场功课,灯烛虚仪,菩萨岂拜念所干,佛祖非香花所爱。只是善念在人心,昭格③在祷祀。那一念投诚修建,阳长阴消,福缘善庆,盛世不废,功德有些。

　　按下尊者为王启建道场不提。且说昆仑演派,蓬岛分流,海有五岳四渎④,名山胜水,那一处不藏隐着神僧高道。有座崆峒⑤深峡,峭壁悬岩,中藏着一个全真道士,法名玄隐。这道士,他服炁⑥不服气,已列仙班;修性复修命,将成正果。一日偶出洞门,忽闻香信,把道眼遥观,便知南印度国中修建胜会,乃向道童说道:"国度焚修,我与汝当喜。我驾青鸾⑦先行,你可深锁洞门,身骑白鹤后来。"道童唯命。只见道真驾着青鸾,颉颃⑧霄汉,上下玄穹⑨,霎时到了国中。入得道场,先礼圣像,后接众僧,便问主坛。众僧答道:"主坛尊者入定未出,道师当谒⑩国王。"道士依言,先朝见国王,方来坛中拜谒尊者。此时尊者出定,两各叙礼通名。道士乃

---

① 藐(miǎo)然——轻视的样子。
② 科仪——法规,条例,法定的仪式。
③ 昭格——表明自己意念的高低。
④ 四渎(dú)——通海的河流;古以江、河、淮、济四水为四渎。
⑤ 崆(kōng)峒(tóng)——这里指山洞。今为山名,在甘肃。又岛名,在山东。
⑥ 炁(qì)——同"气"。
⑦ 鸾(luán)——传说中凤凰一类的鸟。
⑧ 颉(xié)颃(háng)——鸟飞上飞下。
⑨ 玄穹——深远的天空。
⑩ 谒(yè)——进见。

向尊者问道："禅师，你佛会何因修建?"尊者答曰："为王得舍利，且因贫僧有愿普度，故建此道场。"道士道："何样科仪? 怎生功课?"尊者答道："酌水献花，焚香课诵。"道士笑道："此灯烛仓耳。"尊者亦笑道："道门依样，也有醮事①。"道士笑道："吾门固有，但其中如导气运神，水火炼度，还有一种实用功夫，如龙虎坎离②，婴儿姹女，九转还丹，一真朝圣，便与师尊空门大异。"尊者答道："道师说果不差，只是吾门岂专焚修课诵，徒张钟鼓香花，也有入定出静实用功德，与道家共派同流。只是后人分门立户，各显其宗，毫厘之差，千里之谬矣。"道士道："果如师言，吾门抱元守一，即是释家万法归一。释家言五蕴③皆空，即是吾门常清常净。有何差别?"尊者道："自始以来，我与道师心同此理。但愿后人各归正向，勿入邪宗。若有矛盾争歧，须引他辙辕共轨。"道士唯唯称善。后有称两教事异功同五言四句。

诗曰：

　　道行正乙法，释修劝化因。

　　有如抚共剿，总是正人心。

---

① 醮(jiào)事——道士设坛作法。
② 坎(kǎn)离——八卦之二种，《说卦》："坎者水也"；"离为火"。
③ 五蕴——佛教名词，又称"五众""五阴"。蕴意谓积聚、类别。即"色蕴"、"受蕴"、"想蕴"、"行蕴"、"识蕴"。此五蕴狭义为现实人的代称，广义指物质世界(色蕴)和精神世界(余四蕴)的总和，是佛教全部教义分析研究的对象。

第 二 回

道童骑鹤闯妖氛　梵志惺庵留幻法

话说道士与尊者阐明真宗，僧道众信个个开悟，始都说两教原自合一。国王传令旨，斋供了道士，给赐了众僧。当时见闻的，也有披缁①入释门，也有簪冠②投道教，尊者与玄隐俱各指示他个入门路径，个个感叹称扬。道场既完，玄隐便驾青鸾，回归洞府。只见洞门深锁，不见了道童、白鹤。把慧眼四顾，曲指一推，道了一声："呀！道童误入旁门，白鹤倦投蜃③腹。虽然是邪魅迷真，却也是他贪痴被诱，本当敕援④归正，一则道童有误入旁门之难，一则丹鼎有铅汞将成之功，且效羲皇⑤，北窗高卧。"后有赞叹玄隐修真乐处七言四句。

诗曰：

> 快活仙家远俗尘，茅庵草舍养精神。
>
> 任他童鹤迷邪魅，且作羲皇枕上人。

话说道童骑鹤，蹁跹云汉，只因领师旨，锁闭洞门，那青鸾先去，他与鹤未逐鸾飞。一时离了海岛，在那半空观望景致。只见那空中楼阁重叠，树木森森，不说洞府之居，俨似神仙之宅。乘鹤径投，哪里是雕梁画栋？睁睛去望，原来是气化虚形。却不是别物，乃是雉鸟化生的海蜃，邪迷逞弄的妖氛。楼台尽皆幻设，树木都是诡装，引那鸟倦投林，便张喉吸腹，那蜃也不知是道童人类、灵机应物，怎肯与蜃吸吞？两各浑搅争强。毕竟人强物弱，闹个过人。故道童得鞭鹤仍出蜃口，登得海岸。却把个精神被蜃

---

① 缁(zī)——黑衣。

② 簪(zān)冠——戴上帽子。

③ 蜃(shèn)——大蛤蜊。海面或沙漠上空出现的由光折射形成的城郭楼宇等幻像，古人误以为是蜃所吐之气，称之为蜃气。

④ 敕(chì)援——用道法援助。

⑤ 羲(xī)皇——即伏羲，中国神话中人类的始祖。

争夺耗散,那白鹤也力倦心疲,俱在海岸上喘息。有分叫:

邪魅迷却真常性,万种因缘变化生。

却说天地生育万物,既有个阴阳消长的道理,便有个胎卵湿化的根因。乃人从胎类,禽属卵生。一切昆虫或因湿化。人在胎生,那上一等王侯卿相,或是神圣临凡,或是星辰下降。又一等富贵中人,多福多寿,或是善人转化,或是忠孝脱生。那最下的一等,疲癃①残疾,困苦刑伤。纵然说五行②是坎壈③,二气④乖张,却也多有心地黪黵⑤,过恶昭彰。若不知改行从善,把心地明正,这阴阳五行,却也真个奇怪,不变转在自身,就更张在后代。世间既有这阴阳变转的道理,就在个主宰这道理的圣神。故此冥冥中有个掌脱化生死的主者。只说这国度,海隅有一地方,名唤惺惺里。里中有一姓卜之家,人户众多。那渔父笑不老便是其族。只为他夫妇捕鱼资生,一时感发善心,放生活鱼,冥冥就遇着神僧,与他个舍利宝贝,进献国王,赏了他金银归家,改了这捕鱼生理,做些有本营业。

却说这卜老有个族弟,名唤卜公平,只因他心地浅窄,行事刻薄,村里起了这个姓名。卜老年近五旬,尚然乏嗣。冥司掌管脱化主者,一日检阅善恶簿中,观见渔父积善根由,得了神僧舍利致富,乃道:"此等善良,一富未足以报。"及查卜公平,无甚过恶,只为心地不明,行事刻薄,便道:"此等宁无报应?"乃查他二人后嗣,俱该不绝,遂于脱生簿上注笔:"卜公平将雉化蜃为他后嗣。卜渔父把迷蜃鹤作他儿郎。"注定生期,令投胎舍。为何把这两种脱化?只因蜃逞妖弄诡于生前,便教暗昧幽冥于再世。那鹤本自海岛,素有清修,既从羽化,免堕卵生,又因渔父善念感召,卜公平刻薄因由,报应昭彰,诚为可畏。后有叹蜃狡脱化一词《黄莺儿》道:

蜃气化为楼,诳⑥飞禽,吸入喉。亭台花榭皆虚谬,飞鹤倦投,道

---

① 疲癃(lóng)——衰弱多病。

② 五行——即金、木、水、火、土五种物质。

③ 坎壈(lǎn)——困顿。

④ 二气——指阴阳。

⑤ 黪黵(tǎn)——深黑。

⑥ 诳(kuáng)——欺骗。

童误游。险些儿、做他粮糗①。转轮愁,狡奸脱化,顽钝②没来由。

却说白鹤与海蜃俱化。道童见白鹤望空扬去,也只道他回归海岛,自己一个,被那蜃气夺蔽真灵,终日海上往来。却遇着一个道者,乃海上修行之辈,他连毛发,若似全真;剃髭须,又同长老。想是半从释教半从仙,半悟禅机半悟道。这道者游方海上,遍谒村中,到得这惺惺里,却遇着卜公平老者,正产一男,生下来混混沌沌,夫妇心情不喜。见了道者入门,忙请他上座。乃问道:"师父何方来的? 何姓何名? 有何道术?"道者答道:"小道边海人氏,法名梵志,只因指甲修长,人都呼我'长爪梵志'。若论道术,有呼风唤雨之能,倒海移山之法。只因我两教双修,又好些旁门外术,故此未成正果。昨游海岸,到得贵村,见有毫气漫空,却从善人居屋上出,知必有好事在门,因此来一则抄化③,一则访贤。"卜老答道:"正是。日前我族间生一子,清标雅致,只是略有些瘦弱。我也产了一个儿郎,却混混沌沌,似一个顽钝之子。不知这是何说?"梵志笑道:"小道善医调,管你这瘦弱的强壮,蒙懂的聪明。"卜老大喜,便留在家供奉。

一日遍会里中亲友,各捐金钱,盖造一庵,名唤惺惺庵。怎唤作惺惺庵? 只因里唤惺惺,便就庵同其里。惺惺之义,实乃方寸一窍通灵。这梵志住在庵中,依方调治,这顽钝之子日益昏蒙,那瘦弱之男,尤然憔悴。心下思量良药,却好正行海上,寻取仙方,遇着一个道童,行走到来,向梵志稽首④。梵志问其来历。道童却是蜃气蔽了灵机,不能应变,便把笑和尚指为师,说道:"自幼出家随僧,迷失父母籍贯。"梵志见其伶俐,乃留在惺惺庵,收为弟子,教他些障眼幻法。这道童却也心地聪明,都是妖蜃邪魔在腹,那移变幻甚精。梵志一日见医两子不效,久住意懒心灰。又见道童法术,倒比师高妙几倍,思量携了徒弟远去游方,又恐笑和尚来寻道童,心生一计,对道童说道:"你随我日久,学法颇精,但你师傅来寻不便。我与你且离此地,前往别方修行。只是这卜老等爱厚未酬,二老之子药医不

① 糗(qiǔ)——干粮。
② 顽钝——愚蠢而又迟钝。
③ 抄化——募化。
④ 稽(qǐ)首——古时的一种礼节,跪下,拱平至地,头也至地。

效。我欲小试一法,使他不疑不怪,方与汝去。"道童答道:"师父要行何等之法?"梵志道:"必须把他两个小子病根除去,得些金宝谢他,方才快乐。"道童道:"这有何难!"却好两个雀儿在屋檐飞跃,道童把气一吹,那雀儿顷刻跳下地来,变化两个孩子。一个肥胖胖,跳钻钻;一个俊聪聪,伶伶俐俐。道童喝道:"速去遮瞒了来。"只见二雀变的孩子,飞空去了。梵志喝彩称妙。他却也就念动咒语,平地下裂一穴,拥出金银无数。

　　师徒正笑间,只见庵门外,一个渔父,一个卜公平,同着三五会友,笑嘻嘻进庵来,见了梵志师徒,又见满地金银,这几个人利欲心动,你抢我夺,便忘了亲友情分,几乎争殴起来。哪里礼什道者!抢夺了一会,去的去,留的留,渔父与卜老方才称谢梵志道:"师父好妙剂,好药方!两家孩子俱病愈,就如换了个人一般。不是师父建此庵,我们怎得这许多金宝!"梵志随答道:"正是。小道久在贵地,多承供养,无因报答。天教二位麟郎①病愈,且赐许多金银,足以酬谢列位高情。今日良辰,欲要携徒前往名山洞府,访拜高贤。"众人苦留。梵志只是要行。留的是金银,动了众人心。这会卜公平等处。梵志当时,拜辞了众老,携着道童前去,又恐笑和尚追赶徒弟,乃留下一种幻法,以防去后。他怎知道童妄说旧禅师,幻法空留遗笑柄。一时梵志与道童伪弄的机巧,不但使人喜喜欢欢离别,且令众老个个忘义抢争。后人有叹利欲动人世法障眼一词,乃是《沁园春》词曰:

　　　　世道堪嗤②,利名可知。金银未见,什契阔③情爱,抖然④物欲,动心贪痴。哪顾亲朋,争少攘多,恨力绵势弱,一脚踢倒道心思。且遂却,我眼前富有,管什奸欺!

　　按下梵志携着道童,离悒悒里前行。且说尊者,自道场圆满,国王赏赐了渔父,把舍利子建塔安瘗⑤了。一日朝会大众,只见丹陛之前,尊者立地,口称辞王东游行度。国王问道:"子欲行度,当于何所?"

---

①　麟郎——同令郎。

②　嗤(chī)——讥笑。

③　契(qì)阔——久别的情愫。

④　抖然——突然。

⑤　安瘗（yì）——安葬。

尊者答曰："臣僧随方而化，因类而度，无有成心，安有预所？"王曰："汝试说明，予因知汝去向。"尊者把慧眼一观，乃答曰："臣僧行度，多在东方，去来有日，愿王保爱圣躬，毋忘调摄。"国王首肯。于是尊者稽首辞王，收拾衣钵，择日起行。当时门下有四个徒弟，尊者只欲带一个随行，乃设一问难以试。却将手内数珠，唤四徒近前，说道："汝等随吾日久，个个体爱，但东行不能俱随，欲同一个外游。今以禅机为试，汝等说是何物。"当时一徒名唤元湛，答道："师父手中却是数珠儿。"一徒名唤元同，答道："师父手中却是菩提子。"一徒名唤元空，答道："师父手中却是念头儿。"一徒名唤元通，答道："师父手中却是不忘佛。"尊者听毕，乃令三徒侍奉香火，共守常住，只带元通一人随行。三徒不乐。尊者道："汝等三人不须怀愠①，后有继吾东度僧人，汝等因缘，终成再劫。"三徒各各惟命。至期良辰，乃辞朝及诸宰职并僧俗人等，出了国门，望东前进。后有五言八句赞叹尊者东度胜举。

诗曰：

> 世俗染多迷，何独东印度。
>
> 各具明镜台，苦被红尘误。
>
> 尊者大慈悲，指引光明路。
>
> 愿佛一朝新，而无有恐怖。

九九老人读记，有七言八句以赞功德。

诗曰：

> 莫言东度事荒唐，缚魅驱邪正五常。
>
> 悖理乱伦归孝悌，移风易俗乐羲皇。
>
> 格心②何用弓刀力？化善须知笔舌强。
>
> 更有虔诚勤礼拜，敬天敬地敬君王。

话说玄隐道士高卧北窗，忽然觉来，想起童鹤未归，乃唤青鸾近前，嘱咐道："误人蜃氛，固是道童；翱翔住翮，却乃白鹤。你与他两个同逍遥吾门，今他迷却故乡，你宁无拯救？"那青鸾听得仙旨，即便六翮凌空，片时到地。在那海岸左盻右顾，白鹤杳无踪迹，道童却在惺庵。乃一翅飞来，

---

① 怀愠（yùn）——怀恨。

② 格心——使心灵或思想符合一定的规范或标准。

直到庵前,未提防梵志已留幻法,道童久离庵门,偶然绊索飞来,把个青鸾两翅双足,牢拴紧缚,挣挫不脱。那看守惺庵火居道人,忙将青鸾捉住,剪了翅儿,阶前畜养。这正是:

邪氛迷去千年鹤,幻法牢拴两翅鸾。

不是圣僧行普度,山中怎得好音传?

且说尊者与元通弟子自出东郭,往前行走,到得一村落人家。这村落,左环高山,右临瀚海。尊者与元通见了,说道:"你看这村人家,树木森森,风烟荡荡,山明水秀,犬吠鸡鸣,却也好个村落!"元通答道:"果是好个村落。"怎见得? 但见:

苍苍山绕屋左,玉璧何殊;茫茫水演居右,银河浑似。绿树拥出,青烟缥缈,绳枢瓮牖①;碧波横飞,白雾萦回,东岸西洋。鸟韵铿锵,应谷声,和律吕②;鱼鳞闪烁,翻锦浪,鼓精神。樵子渔夫,东歌西唱;山光水色,朝变夕更。都铺叙的满村景致,足见的一境风光。且是径通大道,往来何必问津;只见庵闭重门,清幽可堪寄旅。

尊者与元通走到村口,不见居人,但深入林间,只见一座茅庵,门悬一匾,上写着"惺惺庵"。尊者乃令元通击门,庵中忽应声开户,却是一个火居道人。见了尊者师徒,便请入内堂里坐。尊者瞻礼圣像,道人随捧出清茶。尊者接茶在手,便问:"此庵何人所建? 何宅香火?"道人答道:"这庵昔有位道者,在这乡村化缘进道,村间檀越③发心,盖造这庵,与他栖止。他居此日久心烦,日前辞了村里众檀越,往东去了。"尊者问道:"道者讲的何道?"道人答道:"他随人询问,应对却也不穷,只是法术果然高妙,神通真个不凡。他有呼风唤雨之能,倒海移山之术,不是那平常挂搭僧人,岂同而今化缘道士。"尊者听了,微微笑容,问道:"你这村间,却是那个檀越重僧? 那个善人庵主? 小僧师徒路过此间,也要拜访一二高贤。"正说间,只见庵外一叟,走进门来。见了尊者,便施礼问道:"二位长老从何方

---

① 绳枢瓮牖(yǒu)——绳枢:用绳子系户枢;瓮牖:简陋的窗户。形容贫困人家。

② 律吕——我国古代审定乐音高低的器具,依次从低音到高音排列的十二根竹管中,双数的叫吕,单数的叫律。

③ 檀越——施主。

来？要往何处去？哪寺院出家？甚姓名呼唤？"尊者不言。元通乃答道：
"贫僧打从南印度国中而来，要往东印度国内而去。自幼本国出家，名号
不敢隐讳，偶造宝庵，不胜轻妄。请问老施主高姓大名？"老叟答道："老
夫姓卜名公平，这村间，只因往年来了一位道者，深有道术德行，在此化
缘。我们几个道友，盖造此庵与他栖止①。近来因他收留一个迷失道童，
教习他些幻法，被人识破，故此辞别这坊，往东去了。"元通笑道："适才道
人甚夸他法术高妙，老叟因何说他幻法？"卜公平笑道："比如老夫产了一
子，甚是顽钝，他道能医，日久不愈。乃设幻法把个雀儿变做孩子，哄诱我
家。一时甚喜，及他离庵去远，这孩子即露本相。又道久扰我辈，平地现
出金银，诱哄我们争夺一番，也待他去远，俱是些砖石。故此这道者，损了
一去之名。若犹在此，有何面目！"尊者听得不言，只是微微而笑。元通
乃向卜叟问道："叟！孩子如今却如何？"卜叟答道："犬子只是混混沌沌，
蒙然不晓。"元通道："医此何难！"卜叟笑道："日前道者，也是此话。师父
你又来调谎。"元通答道："卜僧不敢欺诈。古人说得好：'大病用功，小病
用药。'若叟孩子这恙，可以不药而愈。"卜叟听说大喜，便留尊者师徒在
庵居住。次日众老齐来探望。却好渔父在内，他认得尊者，乃道："原来
是道场主坛的师父。且问治疗孩子何方？"元通又把前话说出。尊者但
笑向元通说道："徒弟说差了。两个小孩子，既不用药，却行何功？"元通
答道："药既不用，功自有方。"乃向尊者面前，把胸腹上一摸，尊者点首。
却是何义，下回自晓。

---

① 栖(qī)止——安身。

第 三 回
蒲草接翅放青鸾　枪棒化蛇降众少

话说元通手摸胸次，尊者点首。众老中一人问道："师父明白见教，功是何用？药是何方？摸胸是何主意？"元通答道："功乃出定入静，孩提之童，襁褓之子，不识不知，况且混沌，如何教行？药固有方，难医冤孽，如何得愈？摸胸之意，小僧愚见，要老叟自揣。此胸内曾有大聪明、过智计之处么？"这老者听了，把卜公平看了一眼，也点了点头，又问道："比如我这笑不老的孩子却伶俐，奈何憔悴瘦弱。"元通不能答。尊者道："这亦有因，何劳老施主过问。贫僧既有愿行方普度，自有治疗良法，异日当细与施主详明。"众老唯唯，各去商量斋供。尊者乃与元通寻个洁净居室，方铺下蒲团，只见一只青鸾，被道人剪秃双翅，飞扬不起，在云堂阶庑①行行走走，似有凄惨之状。尊者见了，说道："青鸾，你何事凄惨，必是冤枉在心。想你展翅云霄，栖形海岛，餐松饮泉，与鹤为侣，何等极乐。今日到此，岂是贪茫茫之苦海，恋扰扰之红尘，苦被凡情羁留在此？"尊者一面说叹，一面把双翅梳理，短处将蒲草接长，一口气吹在鸾身，那鸾抖一抖羽毛，展一展双翅，腾空飞起，翱翔上下几回，直向海南而去。

忽地道人走来，见尊者放了青鸾，急得大惊小怪，说道："师父，你如何放飞了我豢养的青鸾？"尊者不答。那道人不住口地咕咕哝哝，琐琐啐啐。元通乃说道："道人，你既入庵门，当宗释教，我佛以慈悲为念，方便为门，只有开笼放雀，哪有豢鸟为欢？且道人不知你我心情与飞禽何异，譬如人被羁囚，苦恼何状，飞禽被缚，所以惨凄。"道人笑道："禽鸟心情，师父原何得知？纵有心情，蠢然时有时忘，非比人类。"元通笑道："你可谓无慈悲矣。出家人第一功德在这两字。你若见得透，参得明，何必敲钟击鼓，焚香礼忏，以求超脱？若执迷不悟，一时便沉沦万劫。"道人听罢，便向元通稽首。后有感此警劝一律。

---

①　庑（wǔ）——古代殿堂下周围的屋子。

诗曰：

　　世间何事最行非，豢鸟笼禽事可悲。

　　剪翅拔翎绳绊住，粘胶编竹铁丝围。

　　为伊取乐消闲昼，害我同生性命亏。

　　劝世三春休捉鸟，巢中子望母飞归！

　　元通与道人，正讲完放鸾功果，却好众老捧着蔬食素馔①，到庵来斋尊者师徒二人。坐间便问："二位师父既往东，却为化缘，还是访道？"尊者答曰："化缘乃事，访道亦心。只为小僧有愿普度，故此东行。且问众檀越：贵村唤惺惺，这庵亦唤惺惺，其义小僧知矣。只是其间怎么有些浑浑浊浊气味？"众老笑道："师父如何说此话？"尊者答曰："小僧望气，欲要推情，不是居此庵者有物欲之染，便是构此庵的无正大之心。"一老笑道："师父也说的有理，见地颇真。就如往日，那长爪梵志居此，释非释，道非道，不闻他讲道参禅，每见他收徒演法。居庵日久无验，往东去了。"尊者道："不是，不是。常言道：'出家清净，那有尘氛。'这浊气另在别项情由。"一老道："这情由可碍甚事么？"尊者答曰："碍事。比如浊浊就碍惺惺。"一老笑道："是了，是了。"乃向卜公平说道："老友你莫怪，我说就你身上便可知矣。你为人平日行为少厚，智计太深，难怪你生的却是个蒙懂之子。我常见人家，父若浑厚，生子必聪。父若刻薄，生子必鲁。公平每日却有些不公平。"卜老听得，便向尊者问道："师父，我友此言，信有信无？"尊者答曰："宁可信有，不可信无。"卜老道："可更改的么？"元通答道："小僧摸胸，就乃此意。梵志师徒，未得医此妙法，空费方书，徒施幻法不验，毋怪其去。"卜老道："老夫便认这冤愆，望师父搭慈航、垂普度，但求先将孩子医好，自然不忘功德。"元通答道："欲医孩子，当先医父。欲疗凡私，当行静定。老叟若肯效我小僧，行一片静定工夫，把凡私动于昔年者，借这工夫一时扫尽。再悔却昔年冤愆，急行些今朝的宽厚，这是欲茂枝叶，先沃根本。根本既沃，枝叶必荣。转暗为明，这感召分毫不爽。"卜老赞叹信服，便拜跪庵堂，求师开度。只见那笑不老渔父近前说道："师父说家老是了。只是老夫也生一子，却不钝，但瘦怯多灾。这是何因？"元通道："老来生子，必是你阴德所感，冥冥自有脱生主者，岂肯误

---

　① 馔(zhuàn)——饭食。

你？这老来精血，不比壮岁，瘦弱何妨！但把心术常端，自然孩壮。"渔老点头。众老吃罢素供，随散。只有卜公平，要求静定工夫，他却存后。尊者师徒也不拒他，便口传定静之诀。后有夸扬尊者师徒开度卜老洗心改厚八句五言。

诗曰：

> 刻薄生愚昧，因缘最不差。
>
> 洗心由卜老，普度美僧家。
>
> 刻薄还忠厚，根修自好花。
>
> 人能存善念，跨灶必由爷。

话说卜老者得了师徒十之一二静功口诀，回家仿效打坐。老妇问道："老官今日庵中回来，如何不睡？却屈膝盘足，有何说话？"卜老答道："庵中师父，传我坐功道理。"老妇道："这道理有何好处？"卜老答道："那师父说，坐功便是修养，一则保命延年，一则消愆悔过。好处说不能尽。"老妇道："如你这半夜不睡，坐的可有好处么？"卜老道："有好处，有好处。比如我方才坐着，三年前人头上欠我的本利，都想明白了。"老妇道："这果然有好处。"按下不提。

且说梵志携着道童，行到一村庄，名唤岐岐路。怎叫做岐岐路？只因途径繁多，路中有路，便立了这个名色。这地方路既多岐，人却也稠密。村中聚着三五少年，闲游浪荡，弄棒舞枪，跌对走拳，正在那里戏耍。却遇着梵志到来，便问道："道者何处来的？要往何处行去？你这一个长指甲，又带着一个小道童子，游方化缘，若撞见不良之徒，如何抵对？"梵志答道："不良之徒岂肯伤害我出家之人？"少年道："不良徒或有看你出家面上饶你，倘若山林旷野，忽然虎狼相遇，他却不饶，如何行得？就如我们武艺精强，拳腿利便，思量要出外行走，也怕不良狼虎。"梵志答道："贫道自有不怕手段、对敌行头。莫说贫道，就是这小小道童，也有来历不怕。"只见一个少年听得，变了面皮，笑道："道人夸嘴，你两个怎敌得当坊一村人众！且莫说众人，比如只我一个在此，你敢比较拳脚么？"道者道："这怎敢与施主争能，但贫道远游访贤，也要收揽一两个门徒，修行了道。"只见又一个少年说道："道人，你既说小小道童，也有来历不怕，如今就与他比对个拳脚。"梵志犹前谦让，道童乃动嗔心，说道："施主们莫要轻视出家人。凭你谁来比对？"一个少年，乃近前一掌打来，说："我与你比对。"

这道童不慌不忙,伸一只右手去搪,那少年手掌荡着道童右手膊上,就如钢铁一般。击得痛不可忍,缩了回去,便飞起脚来,踢着手膊,如前添了一声响,那脚疼痛,站立不住,往地坐倒。众少年见了,大怒道:"谅此小道童有何手段,对付我们朋友。"齐执棍棒起来,说道:"道童,你能使棍棒么?"道童道:"请施主先使一看。"一少年忙抢起棍,左旋右转,使个五路。道童也接过棍来,前花后搅,开个四门。少年中又一个拿过棒来,舞一回蛟龙出海,虎豹奔林。道童随也舞一回泰山压顶,枯树盘根。众皆喝彩。此时喜坏了梵志,却恼了众人。一少年执过一杆明晃晃、锋刺刺长枪,直向道童戳来。道童一跳在高阜之处,答道:"善人如何动了嗔心恶意,却莫怪我小道动粗鲁了。"把手一挥,只见那枪棒尽变做长蛇,张牙吐舌,直去咬那众少年。众人慌怕起来,齐齐跪倒,只叫"饶命"。越叫,那蛇越咬。梵志笑将起来,吩咐道童收了法术。道童依师之言,收了法术,这蛇依旧是枪棒,在少年手内。

众少年互相计议道:"这游方僧道哪里是武艺精通,都是障眼法术。我们虽学尽十八般武艺,怎敌得他这样神通。不如拜入他门,做个徒弟,学几件法术,却也好远走江湖。"计议定了,便齐齐下拜,说道:"我们村野凡夫,不识至人,请二位师父到我村里闲宅静居,少住几时,胡乱斋供,休罪唐突亵慢。"梵志正欲再招一二门徒服侍,满面笑容,答道:"贫道正欲借个草舍茅檐,静居闲宅,修真讲道,打坐参禅,便是招一二个门徒相共修行,这也是夙愿①。"乃随众少年入得村来,果有空闲草屋。师徒进屋,众少年齐齐礼拜,要做门徒。梵志乃开口问道:"吾门原要清净,吾道本欲正修,只是你等立意何向?"众少年开口,也有愿学道希仙的,也有愿参禅拜佛的,也有愿习烧丹炼汞的,也有愿采阴补阳的,也有愿筑基炼己的,也有愿呼风唤雨的。却又有愿演习幻法的,说道:"方才枪棍变蛇、手膊化铁,这法儿甚妙,我若为弟子,先求传授这两种神通。"梵志笑道:"我门中道理甚微,法术颇多,尽教你学。只是我却容纳不多。看你众人修炼习学,待各相得手精妙时,再有进退去留之术。"众少年唯唯各退,随愿去学。梵志与道童住在此空闲屋内,教习众少法术、诸家道理。后有讥旁门幻术非修道正趋五言四句。

---

① 夙(sù)愿——怀抱已久的志愿。

诗曰：

　　正道原当习，旁门未可由。

　　清时有名教，何事不来投？

　　话说尊者与元通住在惺惺庵，时常把定静工夫教这村老。众中也有得法能行的，也有鲁钝不能的，惟笑不老与卜公平两个得了几分传授。一日，卜公平坐入静中，偶然入了个境界，似梦非梦，见一座公堂上坐着一位官府。公平向上谒见。只见那官府检阅一本簿籍，说道："你，见我的可是卜公平？"卜老答道："小人便是。"官府道："你这人平昔用心太过，刻众成家，当报你个黯黮之子，不通世务。可喜你遇神僧点化改过，宽厚存心，当使汝子由昧复灵。"卜老禀道："小人怎该得此子，因何黯黮？"官府道："此子乃海蜃化生，只因海蜃生前诡设楼台，诱吞飞鸟，故此这般报应。"卜老道："蜃乃昆虫，既诡谲害物，当降罚它，如何反投人道？"官府道："只因他吸了白鹤、得了道童仙家些正气，故此不便泯灭。"卜老道："蜃既吞了白鹤道童，这童鹤却归何处？"官府道："道童投入蜃氛，邪以生邪，忘却归岛，因他有误入旁门之愆，久后自有度化之救。只是白鹤倦飞，迷入蜃腹，当年虽为蓬岛仙禽，今日却为尘凡人子。"卜老道："他的究竟若何？"官府道："有日妖气消散，终是复归仙境。"卜老又问道："如今化生何地？"官府乃低头复阅簿籍道："汝不问，我已忘了。当年汝族业渔，只因放鱼积善，老得一子，虽然血气少衰，久后自然发达。"卜老笑道："阴阳之事，转化之因，未必至此。"官府也笑道："雀化蛤，雉化蜃，此犹物类相从。乃有美女化贞石，苍狗变白云，其怪诞虚幻若此！汝于世人，莫疑莫异。我冥司，却也成真。但转嘱你族，切莫废弃善因，致生他变。"卜老领诺，猛然惊醒，急奔庵中，把这梦境尽说知尊者。师徒但举手合掌，望空称赞："善哉！善哉！梦由心做，虽幻实真，念我同生，但从正道。"卜老道："师父，正道何人不从？愚昧怎能会悟？"元通正色厉语道："老叟，你不阴会提撕①，怎能阳悟忏悔？"卜老明悉，只是下拜。后有《鹧鸪天》赞此：

　　幽冥问答假和真，梦幻须知作受因。

　　恶念自然成恶境，仁慈毕竟报仁心。

　　天堂近，地狱深，深处何如近处亲？

---

①　提撕——提引；提醒。

谁人不乐途由近，争奈行非堕入阴。

元通听了卜老梦境言语，看着尊者，叹道："可畏！可畏！幽冥报应有如此分明彰著。"尊者道："理须不爽，只是二老信受，不变前修，我与汝不负传授他一片好心。久后还共登彼岸。"元通道："弟子却也不知蜃化人、人化鹤，将来做何度脱？"尊者道："虽是各从化缘，如今却迷正道。少不得使他得闻正道，仍复真元，自成正果。"元通稽首称谢。尊者乃辞别惺惺庵众老，往东路行。众老苦留不住，卜家二老涕泣不舍。尊者但安慰，叫他勿忘静定，父子真传，自有善缘在后。二老谢教，仍求尊者再赐一言垂后。尊者乃留四句偈语，二老拜受而别。

偈曰：

知善贻聪①，识恶生晦。

念梦警因，不忘逢惠。

话说卜公平只因刻薄，不明心地，便生个愚昧之子。虽遇尊者开度，冥府宣明，他半信半疑，少改前非。这愚昧子却也未尽变化气质。笑不老渔父，放生改业致富生子，他却得了尊者开度，在家时演静定工夫。老妇习知，也能打坐。故此孩子渐渐病愈。他孩子却是白鹤迷入蜃氛，与道童同忘归岛。道童误入旁门，这鹤却栖迟海畔。卜渔父夫妻得了尊者开度，孩子病愈。这白鹤一灵虽化作人身，他原形尚存。却说青鸾被惺庵道人拴缚，得尊者救度，飞起在云霄空里。忽然见白鹤在那海畔，恹恹如病；又见那鹤傍枯鱼蜃壳。他原是一类同气，故此一翅飞下。白鹤见了，也不觉地展双翅，随鸾归岛。玄隐道士见青鸾引鹤归来，却不见道童，他已识破妖氛迷鹤、道童误随旁门这些因缘情识，却故意把白鹤喝道："这畜逐邪成病，我且不说破你去向的灵根，只是你且去静守松林岩谷，吸露餐霞，再勿犯清规。久后真灵自复。"那鹤听了，状若点首而退。玄隐乃唤过青鸾，嘱咐道："汝领吾仙旨，逍遥云汉，又不知贪恋红尘何项，被人羁绊到今。看你彩翎多损，蒲草尚留，纵然寻得鹤回，道童因何未返？速去找寻，不得迟误！"青鸾两眼望着道士，一嘴两腋搜翎。玄隐便知他意，乃吹了一口气在鸾身上，那鸾翅根根长出，顷刻叫舞起来，一翅直飞上端而去。后有夸道法神通、青鸾长翅诗五言

———————

① 贻（yí）——遗留。

四句。

　　诗曰：

　　　　鸾鹤非凡鸟，神仙岂等闲？

　　　　一吹生两翅，妙宝出丹田。

第　四　回

众道徒设法移师　说方便尊者开度

话说长爪梵志在岐岐路村内，教授各家少年道法。那愿学道希仙的，苦于金丹难炼；那愿学参禅的，苦于佛法甚深；那习烧铅炼汞的，难于火候；那要采阴补阳的，没处寻偶；那要学筑基，又难炼己；那要学唤雨，不会呼风。只有几个演习幻术的，他到精通。俱是那少年心性，好怪务奇，故此学成了几般法术。能指山成路，画路成河，呼邪遣怪，撒豆成兵。遇景生情，真个玄妙。一日，梵志见道童长成、众少年习熟，但冗冗杂杂，不是个出家修行规矩。乃设一计，向众徒说道："吾门原要清净，吾道原欲正修，汝等随吾多精幻法，终是未得成佛作祖。我意欲试汝内中一二人，谁有些智量，能继吾道，便传授肯綮①，随吾方外一游，归来了道。"众徒答道："弟子等蒙师教授道法，得入门墙，俱要随侍，谁肯异心撇众，独受肯綮？"梵志道："不然。出家修行，也不是多人，晓行夜聚，觉来不便。"只见道童开口问道："师父以何法试我弟子等？"梵志道："汝等分作左右两班，吾试汝一计。比如吾坐在这屋内堂中，谁能移我出大门之外。如能者，班居左；不能者，班居右。"众少年想了一想，居左班者四五人。梵志道："居右班者是不能移的，自是没智量，难承受吾肯綮，一个也随带不去。你这左班，是有智量，必能移的，我且坐这堂中，你那个能移我出大门之外？"只见左班一个徒弟道："小徒能移。"梵志道："你移我。"这徒把手一挥，只见屋内猛虎跳出，张牙舞爪，直奔梵志。梵志身也不动，把手也一挥，那虎弭耳攒蹄伏地，一时出去。梵志笑道："移我不动。"只见班中又一徒道："小徒能移。"把手一招，屋内火光裂焰，直飞出来，往梵志身来烧着。梵志眼也不瞬，把手一招，那火如遇天河水，熄一般灭了。梵志大笑道："移我不动。"班中又一徒道："看小徒移师。"口中叫一声："金甲力士何在？"只见半空里飞下一个金甲大汉，把梵志将要扯出屋外。却不防梵志也叫

---

①　肯綮（qìng）——筋骨的结合处。比喻要害、关键的地方。

一声："黄巾力士何在?"顷刻就是一位黄巾力士飞下救护。各个散去。梵志只叫移不动。班内却又一徒道："看小徒移师。"他口中念念有词,只见左屋高山压顶,右屋大水倾潮。众徒见了俱慌,梵志越发大笑,也口中念念有词。顷刻大水倒流,高山平塌。口中只叫："移不动我。"却只剩下道童在班中。梵志道："你也没有智量移我。"道童双膝跪下,说道："小徒怎敢把屋内师父逐移出大门之外,自取不敬师长之罪。纵有法术,也都是师父平日所传,只是万一师父外来,不肯进屋,坐在门外,小徒们设法移师进屋内,这于情理不背。就是师父有通神法术,不肯进门,小徒却有高出玄妙。非师传授的一用,不怕师父不往屋内飞走。"梵志听了,笑道:"这小小徒弟,倒说得有理。"便走出大门,坐在地下,叫一声:"道童徒弟,何智量移我,看你使甚神通?"道童笑道:"师父在屋内,小徒已移出门外,又何有甚神通法术!"当时笑倒了众徒,喜坏了梵志。这众少年方才问道童名姓来历。道童乃说道:

小道自幼入仙门,蓬岛山中拜道真。

然虽日侍丹炉鼎,也有闲工习正文。

餐霞服炁①为灵药,炼得虚无养谷神。

大道未成火候嫩,仙师点化也曾闻。

只为随师赴法会,身骑白鹤驾彤云。

白鹤未随青鸟去,误将蜃气假为真。

楼台树木皆虚幻,画阁雕梁尽蜃氛。

也是小童灾难著,贪他景致入他身。

浑搅一场蜃性灭,我生蜃灭鹤飞溟。

撇却师真忘海岛,诈言渔父是严亲。

惺惺庵里为徒弟,弃却前师拜后真。

今师道比前师大,前不忘恩今更深。

若还问我名和姓,本智名儿也姓孙。

众人问出道童名姓,梵志方才看着道童说道:"原来今日汝方说出真名真姓。那渔父笑和尚,俱是假说,却乃蓬岛玄隐道士徒弟,我知这玄隐,久修清净,法宗正乙,丹道将成。若知你随我外游,纵然他看破世法,物我

---

①　炁(qì)——同"气",如"坎炁"中药上指干燥的脐带。

无间,只恐他失你道童,或来追取。"道童道:"人之徒弟,即己之徒弟,推恕总是一般。且从彼从此,也在徒弟之乐从。纵我前师来追取,小徒不去,也由不得他。"梵志心喜,笑道:"纵来找寻,我自有法。只是久住众徒村屋,心却不安。"意欲辞众前行,乃把左班移师会法的,捡留两个,其余尽皆辞散。众中也有苦苦要随的,梵志只是推辞道:"此行我少不得回归,后会有期。"众徒只得依从。梵志同着道童,便将他名字,呼唤叫做孙本智。又收了这两徒,便起名一个唤做本慧,一个唤做本定。师徒四人,离了岐岐路村里,向东前进。正在途路,本慧与本定二人私议。本慧说:"法术胜如枪棒,智量高出法术。想这智量却乃临机应变,非可预设先筹的,总在这个心肠。"本定道:"正是。枪棒是人习学可能,法术是揣炼可得。这智量,是生来的灵变。"二人正议,只见半空里一只青鸾飞来,本定见了说道:"乘鸾驾鹤,本是仙家乐处,你我既随了师父出家,又习了许多道法,便使个法儿,把这青鸾拦下来,跨着前行,有何不可!"本慧道:"青鸾跨他何难,只是师父在前,我一人跨着,到何处去?"本定道:"便跨在半空,随着你们行走,可前可后。就是顺风乘云去远,再展翅飞回,有何不可!"二人一面说,一面走,那鸾却只在头顶上飞来飞去。

本定忍不住,便作起法术,把手一招,要鸾飞下。哪里知青鸾来意接取道童,他见了道童,本意要飞下,又见道童非复昔日未冠之时,只见三个布巾道扮,故此迟疑。任那本定行法,只做不睬。本定心疑道:"曾闻师父在惺庵,变化金银诱哄村老,去后不验。今日教授我们法术,怎么出了村口,便就不灵?"正在心疑,恰好本智道童听得,方才仰头,看见青鸾故旧相逢,又想起白鹤虽是蜃迷妖邪,尚存在心。这一种念旧心肠一动,忽地便自地飞腾鸾背。那青鸾见是旧日道童,展开六翮①,直奔九天而去。惊得两个道徒说道:"怎么行法,也不如本智。"那梵志正行之际,只见本智乘鸾飞去,道:"呀,这是玄隐道士命鸾来取道童也。"事已到此,随向树枝摘得一叶,喝声:"变!"顷刻一只青鸾,便叫本定骑上,向他吹了一口气,只见青鸾也腾空,赶上道童。两鸾相遇,真鸾两眼看假鸾背上,分明是道童。自不能见,便疑错了,他却不归海岛,依旧飞回岐岐路。梵志却在那村口地方坐等,只见道童回来,又恐是假的。正疑间,青鸾卸下真道童,

---

① 翮(hé)——指鸟的翅膀。

一翅扬扬，又从空去。道童总是妖气未除，心志不定，便也坐地，不问因由。少顷，假鸾飞回，本定复旧。好个梵志，肚里明白。四人依旧前行。这真鸾不得真童，尚翱翔云汉，恼了梵志，把假鸾一指腾空。真假两个，云端搅闹一处，假的到把真鸾困倒。梵志再加添些幻法，把个真鸾缠缚在树底枝头，道童也不知。梵志也不顾而去。此叫做：

　　　青鸾再寄寻真信，尊者重施普度仁。

　后人有叹世假事换真四句《西江月》：

　　堪叹世情诈伪，无情将假欺真。想来都是称钩心，叵耐①人而无信。

　　话说尊者与元通离了惺惺庵前行，一日来到一个地方，远望村落，密密杂杂。近前径路，邃邃②深深。越走越远，越多越长，不见屋庐，但见森森树木。师徒正走间，只见那林内长蛇挡着去路，及回头，剑戟又阻着归途。元通慌惧，向尊者说道："弟子从未远游，怎么外方有这样奇怪去所？"尊者道："世路险巇③，人情变幻，你我出家人，任他罢了。"正说间，只见一个老叟，在树林枪刀之内，叫道："长老，可是寻道童徒弟的？"元通答道："僧家不是。就是找寻徒弟，必也是个沙弥④。如何是道童？"老叟听了，把蛇喝退，那剑戟仍旧是些树木枝条。便问道："你既是游方僧人，怎么不知路径，入我这岐岐路来？"元通乃问："老善人，这地方如何叫做岐岐路？"老叟答道："二位师父，你且班荆⑤席地，听我说个长脚话。"他道：

　　　岐岐路，路多岐。比做人心最险巇。方南北，忽东西，朝发秦韩暮楚齐⑥。方寸地，有程期⑦，何须叉处复生枝。恶蛇当路皆虚幻，

---

①　叵(pǒ)耐——不可容忍。

②　邃(suì)——深远。

③　险巇(xī)——形容山路危险，引申为道路艰难。

④　沙弥——指初出家的年轻和尚

⑤　班荆——班：铺开；荆：荆条。

⑥　朝发秦韩暮楚齐——朝在秦韩，暮在楚齐。形容生活极不安定。

⑦　程期——到达的期限。

剑戟丛丛尽自迷。澹台①不由曲径道，墨子悲丝为路啼。劝世人，莫狐疑，大道遵行莫待迟。若问路头何近大，圣人在上有唐虞②。尽却纲常伦理暇，回头趱步念阿弥。

元通听毕，便问老叟："小僧方才想是走路腹饥眼花，见了这些恶蛇剑戟、丛杂当前，这一会得善人指引，便都消散。且问老叟明说，怎么找寻道童？"老叟答道："长老若是找寻道童，切莫前去；若是游方化缘，坦行坦行。"元通道："找寻道童与化缘却是何说？"老叟道："这都是前日在我这村庵住的道者，留下的幻法，要阻什么和尚。你若不是，前面林内烟爨③人家，可去化斋。"元通回头，那老叟化阵清风而去。尊者与元通叹说神异。只见前面，果然林内茅屋数楹，烟火几处。元通走近前来，只见三五个年少汉子，正在那里讲梵志师父法术高妙、道童智计神奇。尊者与元通上前化斋，这少年汉子便问道："长老，化斋事小，你却有甚法术？"尊者不答，元通乃答道："小僧们出家，修行念佛，遇缘化斋，那里有甚神通法术！"少年汉子笑道："我这村间，若没些道法，怎生化得斋供？日前有一位师父，带着一个道童，甚有手段，方能化动。我这地方人众，纵是有手段，只带了村间两个弟子去。我们正怪恨他抛弃——叵耐他去远，不然也不甘心。"元通便问："这师父有甚手段？"少年乃把他道法一一说出。说一出，夸一出，说到妙处，独夸道童更奇。尊者笑道："出家人，为何事修行，原为了生死大事。若直专在法术上夸扬，便错了路头也。"

正说间，只见深林大屋内，走出一个白须老叟，向少年汉子说道："我在屋内见这两位师父形状，听他言词，却不是前日那半释半道师父。"元通听得，便问："半释半道，是怎说？"老叟道："他说的弥陀，念的弥陀，行的却是仙家奥妙。只就他收的门徒，打坐参禅的甚多，烧丹炼汞的不少，还有一等，移山倒海、呼风唤雨、神通妙术的盈门。更有一个小道童，智量颇深。"元通答道："小童儿智量若深，便失了浑朴。殊不知出家人全要存这浑浑朴朴。"老叟问道："浑朴何事，老汉不知，望长老明教。"元通指着

---

① 澹(tán)台——复姓。春秋时鲁有澹台灭明，貌丑，但品行端正，不搞歪门邪道。

② 唐虞——指我国唐尧、虞舜时代，即原始社会末期。

③ 烟爨(cuàn)——炊烟。

尊者答道："我师化缘,有愿普度,他明白浑朴,叟当拜问。"老叟依言,乃向尊者顶礼。尊者道："老僧却也不知浑朴是何说。我僧家只有老实修行,广开个方便法门。"老叟与众汉子答道："就是这方便,我们却也不知,望师父明白说吧。"尊者本欲不言行教,至此不得不言,乃合掌道个"善哉,善哉",众善信听我道:

> 这方便兮这方便,浑浑朴朴唯一善。
> 子当孝亲臣要忠,兄弟怡怡夫妇劝。
> 朋友交情不可欺,富贵休忘贫与贱。
> 五伦理外有师尊,礼隆道重居无倦。
> 处己待人一恕推,内无怨尤外无间。
> 士农工商分各安,就业常存勤与俭。
> 常行好事勿为非,休犯王章存恶念。
> 存恶念兮天地知,暗有神明国有宪。
> 纵然逃得五刑加,怎欺轰轰雷与电?
> 那时悔过事须迟,不如早把明心鉴。
> 明心鉴兮鉴颇明,人何自把灵明玷。
> 本是浑朴被贪嗔,痴愚蔽了这方便。

尊者说罢,众人各个点首称赞道："日前道者,只讲些幻法,徒念些经文。若是菩萨下降,必定也来听讲这段方便的因果。"后有夸扬尊者方便开门、指人迷津一律。

诗曰:

> 方便何如东度经,指人迷境智光惺。
> 灵山功德非它奥,鹫岭①慈航只此灵。
> 智者能循归大道,凡人觉悟可长龄。
> 高明莫厌书言诞,惟愿相看两目清。

---

① 鹫岭——也称灵山,在中印度,传说如来曾在此讲法华经。

第 五 回

三尖岭众贼劫庵　两刃山一言化盗

按下尊者在岐岐路，大开方便之门，指出修行之路。且说梵志师徒，望前行走，逢人问途，遇店住宿。却来到一个地方，四顾无一个人家，两湾有三条路径。梵志见了，对徒弟说道："自岐岐路村口出来，到也不曾询问向导，此处两湾三叉，不知那条正路。"本慧答道："弟子每闻这去处，却是三尖岭、两刃山地方，三条路儿，要往中间行，便就直通大路。"梵志道："徒弟也只耳闻，未尝身历，我们且坐在这三叉处路头，等一个行人，问明前去。"按下师徒坐地。

且说这三尖岭三阜高排，两刃山两峦齐耸。稠密的是林木森森，出没的是虎狼阵阵。这三条路儿，惟中路可通往来。有一个道人，法号纯一，招徒四五，在中路结构一庵，就唤名纯一庵。终日闲时，远近与人家做些善事。只因积聚的金银充橐，也是道人贪婪招灾，恰遇着岭外有弟兄二人，一个叫做千里见，一叫做百里闻。他二人因何叫这名字？只因地方邻里家，有甚酒食事情，他便知道，来吹来吃，来揽来管，以此起了他二人这个名色。他二人不耕不种，没处吹吃。骗惯钱钞，何从长有；吹惯酒食，那讨常来？一日计议，兄教弟说："阿弟，度日艰难，何计可救？"弟对兄道："资生无策，何事可为？"兄对弟说："借贷奈无门。"弟对兄说："行偷又畏法。"兄对弟道："投人为奴，嫌我好吃懒做。"弟对兄道："削发为僧，又要把素持斋。"兄对弟说："怎得个见成寺院，出家也罢。"弟对兄说："便是得个不要本钱的生意，也做一场。"二人计较了半日，乃附耳低言说："除非如此如此这个买卖。"后有猜着他这个买卖的四句口语说道：

> 弟兄计议好买卖，果然有穿又有戴。
>
> 肥羊美酒尽吃些，只是要去天灵盖。

且说弟兄两个附耳低言，说道："三尖岭上见有纯一庵，道众富足，我二人结纳几个弟兄，行劫他些金宝，足勾①受用一生。若是盘踞得此岭，行劫往来客商，却也受用不尽。"二人计议定了，遂结伙多人，拿刀弄杖，径奔岭来。这纯一道人正坐庵中，与道徒受用人家带来的法事素供、煠②食点心，徒弟们你买一壶，我酤一瓮，猜枚说令，只听的庵前喊叫，锣鼓轰天。徒弟门缝里一望，叫道："师父，不好了！有强盗爹爹来了。"这徒弟中有个道人，眇③一目，跛一足，他胆大，去看。只见众贼中拥着一个为首的，他眉棱双耸，青白环睁，抢着一面钢刀张路境；又有一个做头的，他轮廓分明，声闻远达，横拖着两扇大斧听风声。众伙齐拥庵前，只叫："道人献宝！"众徒慌忙屋内，但说："徒弟关门。"那眇跛道人摇手道："师父！莫怕，莫怕。我有解围计策，都是普救寺法聪长老传来。"你看他，歪侧横斜一只眼，高低平垫半双胫，张了一张，道："快取梯子来！待我扒上墙头，说他几句好话，他自是回去。"众徒依言，取一木梯，撮他上梯。他上了梯子，向他叫道："列位强盗爹爹！听小道一言。你们做这生意，都是绿林豪杰、梁上君子，何不一心归正。不去边塞立功，便在家门做些经营手艺。何乃做此不仁不义之事，污名遗臭之行？听小道一言，请各抛弃刀枪，丢却棍棒，回家思想，嘴头酒食可忍，身体破絮可遮。五更床上睡个快活觉，天明心里抱个没事牌。敲门也不怕，狗叫也不惊。趁早回去，若迷而不悟，悔之晚矣！"众盗听得怒起，骂道："村野瞎道！前恭后倨④，好生大胆！"砖头石块乱打上来。眇目看得不真，那堪一足又跛，翻跟头跌下梯子。众盗齐拥庵前，道士惊惶无措。

却说梵志师徒，久坐道上，没个行人问路，只得深林等候。偶然听得中路上喊声震天，随叫道童去看。原来是一伙强人，劫掳庵庙。说道："早知此处有庙，便是路头，我若不救，如何得解？"乃吹了一口气到庵前，就是一天大雾，对面不见人踪。道童乃步至庵前，敲门叫道："道友开门！莫要惊怕，我来救你。"纯一师徒门缝里偷看，却是个全真道童，又恐是强盗装扮哄门，迟疑半晌，只得开门放入。道童进了庵门，观看动静，问其平

---

① 足勾——同足够。

② 煠——同炸。

③ 眇(miǎo)——一只眼瞎。

④ 前恭后倨(jù)——起初恭敬，后来傲慢。

日何修。纯一只是说贫诉苦。道童笑道:"你若贫苦,只招穿窬①小贼,那引的强劫大盗。必定是你贪财饶积所招。我且救你一时之难,留些做三生后日之缘。"乃走出大门,又吹口气,将手往上一指,只见白雾全收,红轮高现。那东岭畔,左条路丛林密箐,沉沉隐隐,虎狼鹿兔,种种繁繁。道童又把手往这条路上指来,只见那树林内显出一庵,虎狼变作美妇,鹿兔变作丫环,猿啼鹤唳,宛似琴瑟箫韶。这盗见了,乜斜着两眼,爱那娇娆;那盗听得,横侧着双耳,喜那音韵。这盗笑说:"原来道人有别室,藏着佳人。"那盗笑说:"果然徒众会音乐,响得清奇。"一齐弃了庵门,都往林中奔去。道童叫纯一:"且闭户。待我请了师父来,与你相会。"乃回林中,把事情一一说与梵志。梵志随到庵来。纯一师徒接见,各各叙礼,打点斋供。梵志便问:"徒弟,你便使法救得纯一师徒一时,怎能救得他日后?"纯一也说道:"师兄法术高妙,万一你前行去,他后又来,如之奈何?"道童答道:"老师父,小道原是救你一时,让你把金银细软搬移别处藏躲,把这空庵让了他罢。"纯一道:"这庵是我辛苦募化,拮据盖造,怎忍舍弃?"道童道:"只为你这般贪恋,便惹出这等冤愆。我师徒要赶前程,那法术却难久等。快走,快走,莫生疑虑。"纯一依言,收拾金银,打点细软,领着徒弟下岭去了。只剩了一个瞎道人在庵哼哩。道童看是砖石打伤腿脚,梯上跌损骨筋,说:"你如何不走?"道人只是哼。道童正要使法救他,梵志道:"且留他防后边旧师遣人赶你。"道童笑道:"小徒已说明,旧师假指笑和尚。"梵志答道:"新今却有真青鸾。"这一句便打动在腹蜃氛,却又生出一番枝节。后有笑瞎道人退盗一词《如梦令》说道:

> 盗贼原无行止,单想金银去使。劝他尽是忠言,反觉揭他廉耻。
> 活死,活死,几乎跌出狗屎。

却说梵志师徒救了纯一,问得路径,却防青鸾那桩故事,步步要留幻法。道童仍被蜃邪迷旧,随师徒往东行去。他既去,这法便解。那众盗攻庵,忽然奔那林间,你搜寻美妇,我拉扯丫环。忽然,房屋窗楞尽是原来树木,箫韶音乐俱乃猿鹤声音。那美妇妖娆都变恶狠狠狼虎。把众贼惊的跌跌倒倒,那盗头也踉踉跄跄,看见旧庵飞奔而来,千里见走忙了,被密

---

① 穿窬(yú)——从墙上爬过去,多指偷窃行为。

箐①戳破脚筋。这百里闻走慢了，被小鹿儿撞伤心胆。他两个哼哼唧唧，入得庵来，恰是一座空庙。只有一个伤残瞎道，在那后屋咕哝，按下不提。

且说尊者在岐岐路被老叟少年们供养，深信方便道理。少年汉子不去使枪弄棒，却做些营业。这老的念佛持斋，乃辞别众人，前往东路。只见老叟道："师父要往东行，只是离村百里，有座三尖大岭，两刃高山，三条路，中间正道可通往来。上有一庵庙，主道唤做纯一。这道士结纳远近地方施主，尽得几贯银钱。只因他蓄积饶多，人舍受用，闻得近日被两个强徒占了。往来行人有几分难走，师父们须要仔细小心。"元通道："我小僧们出家人，哪讨金银与他劫掠？老施主既说，也只得随步行去。"当时辞别出村口。尊者与元通正行，只见前树林中，绳缚着一只青鸾。尊者叹道："这地方却也鸾多，怎么树枝上又缚着一只？"元通道："前庵放鸾，被道人絮咶②，这树上缠缚，恐又是村人捉鸾诱鸾的法儿。"尊者道："我等原以慈悲为念，好歹解放了他。"元通乃上前，扒上高树枝头，解那绳索，忽然索解，鸾飞而去。那索却把元通双手缚住，两脚又似胶粘在树一般。元通笑道："怪事！怪事！"看着尊者说道："解索自索，这个冤愆何故？"尊者笑而不言，但口默念了一句梵语，元通随下树来，拜问师尊，说明这段公案。尊者笑道："顺以顺应，逆以逆投者常。逆以顺应，顺以逆投者变。不为顺，安不为逆？惧其变，自解。"元通拜悟。师徒依道而行，正举步走，只听得林中说道："强中更有强中手，青鸾又放了去也！"师徒回头一看，却是一个老叟，林中走来。元通上前施礼，问道："树林上鸾，想是老施主畜养的？"老者答道："是一个师父，缚住寄养在这里的。他道法高妙，指使老夫与他照管。你方才那位老师父，德高道重，故此老夫凭他飞去罢了。"元通问道："正是小僧解索放鸾，到被索牢拴，何故？"老叟道："这是防范放鸾人法。"元通道："世路险巇，人情变幻，我师徒方离国门，便有许多不齐之遇，无情之感。"老叟答道："早哩，早哩。我老夫有几句闲言，念与你听。"乃念道：

　　人生莫厌相逢异，万状千般两眼遇。

---

①　箐（qìng）——山间的竹林。

②　絮咶（shì）——嫌弃，讨厌。

行在东邻饱饭餐，倏①过西村耗血气。

张家养的李家眠，大雨纷纷雪又霁②。

汉子怀胎妇长须，牛马牵丝蜂蝶戏。

哑口击缶唱清词，瞽目张眸眺远地。

穿青说是白衣郎，坐地讲道天边际。

白头傅粉启朱唇，心作猿猴马作意。

师父莫异路逢奇，总来梦中说梦记。

　　老叟说罢，元通听了，回头尊者已前行，乃谢辞老者。那里有个老者？只见那青鸾，尚在云端里磨。元通走近前，备细说知尊者。尊者只微笑不答，但叫："徒弟，往三条中路前行，莫要惹动强徒。"正说间，却好撞来一个带伤的道人，见了尊者，稽首问道："师父们，想是要过此岭？"尊者答道："便是要过岭去。"道人道："如今不比前番，日前我师父纯一，住在此庵，应接往来行客。也是我师父不该，见理不透，出家人蓄积金银作甚？惹了强人，把庵占抢去了。"元通道："你却如何还在此？"道人道："纯一师父逃避去，丢下我残疾之人。这盗却也有仁心，不害我，说道'你只与我岭上下，访看过路客商'，有金宝的，叫我通报他信。师父们若是空身，他也不伤。你若是有宝，却也饶你不得。"元通道："你便晓得，游方的可带得有余金银？"道人说："也是，也是。还有一件，这两个为首的，一个叫做千里见，一个叫做百里闻。他两个却也你瞒他不得。你有宝无宝，自是就知。只是又有一件，他为日前来抢庵时，却有三四位僧道经过，哀悯我师，使了个神法，把对面两刃山树木变化成一座庵、美女、音乐，障了众盗眼睛，都奔去占庵的占庵，抢妇女的抢妇女。待我师父逃躲去了，他们也前途而去。依旧是树木，倒惹得狼虎出来。众盗心慌，飞奔到我旧庵而来。不匡慌急，跌的跌，跑的跑，伤筋动骨，如今两个头儿害病。今日曾说，那里寻个僧道与他祈禳祷告。师父或者有这缘法救解，未可知也。"

　　正说间，只见两个喽啰，执着一面铜锣，两杆枪刀，走近前来，叫一声："大胆和尚，有宝献来！"道人乃说："二位长老东行，无有金宝，到会与人

---

① 倏(shū)——极快地。

② 霁(jì)——雨后或雪后天晴。

禳解①灾难。你大王正要寻僧觅道，这却正巧。"喽啰听得又是道人说的方便，就答应："也罢，你就同二位到庵寨中去见大王。"他二人说了，下岭自去。道人却领着师徒走到庵前，一路也不知遇见几处喽啰，俱是道人说明放过。

　　却说二盗，只因奔庵躲那狼虎，惊惧伤了足，破了胆，恹恹成病，药饵不灵。二人正议，寻两个僧人道士禳解灾难。喽啰中有的说："做强劫，怕伤甚天理？且神灵岂祐我这一等人？"有的说："劫了客商犹可，夺了庵庙岂无神灵？"因此二盗主意已定，恰好道人领着两个僧人进得庵门。喽啰禀报，二盗忙叫请僧到后堂相会。尊者与元通人到后堂，只见二盗卧病在榻，一个打心叫苦，一个摸足叫痛。见了尊者，便问来历。尊者随答道："僧人自国度而来，要往东行，化缘出家，身边无半分行李，料大王必知真实。今既蒙大王以慈悲哀怜僧人，敢不实言吐露？"二盗说："二位长老在此，别话休提，只是我禀原始末，料道人必明说了，如今只求你禳解。若得病痊，还当酬谢。"尊者道："大王不必忧虑，贫僧自有禳解经咒忏文。只是病痊恐又复发，一发便无法可疗。但愿大王先发一誓，病愈不生悔心，自然灾病消除，福寿无量。"二盗听得，笑道："只愿长老忏悔，禳解通灵，我二人一一听教，大大发个誓愿，不差不悔。"尊者大喜。却是怎生发誓，下回自晓。

————————

① 禳（ráng）解——祈祷解除灾难。

第 六 回

本智设法弄师兄　美男夺俏疑歌妓

话说尊者要与二盗祈禳疾病,却先要二盗发誓,方才焚香课诵。二盗说:"只要长老救得病好,誓愿决不敢悔。病愈如悔,便如此如此。"当下尊者经咒科仪,行持几日。只见二盗起来,拜谢尊者道:"承师道力,病已愈九分。"一面吩咐喽啰备斋,一面亲捧金银作谢。尊者不受,辞道:"贫僧东行,原为化缘行度,金银无处使用。但前二位大王曾发有誓,病愈依僧一言。如不依犯了咒誓,病再复发,不能解也。"二盗答道:"咒誓果是我们发过,这金银请师父且收。"只见瞎道人在旁说道:"这金银我们出家人更爱得紧,师父因何苦辞不受?"元通笑道:"怎么我们出家的更爱?"道人说:"敲梆击钵,说阴果,念经文,上门乞化,恐施主有悔心,还要注名姓在疏头①,这样的还好哩。你们更有一等,闭关拖索,燃指烧臂,苦乞苦化的哩。"道人又扯元通,附耳悄言道:"这强盗的金银便收他些儿,也不伤天理。"元通笑道:"我师父不是这样出家心肠。"二盗见尊者师徒坚意不受,乃问道:"师父,我二人誓发在先,决不敢悔。你只说一言何事。"尊者道:"人生世间,此身难得,正道难闻,一失人身,万劫不再。若闻正道,行些善事,保爱这身体,莫种恶业②。这恶业有十不赦法③。一是行劫。不安一日之贫,偶动片时之暴,图不义之财,恣④无益之费,那知被获遭刑,百般苦恼,呼天不应,叫地不灵。若当饥寒穷困之时,咬牙关,存忍耐,一思再忖道:饿死事小,犯法事大,身体发肤,受之父母,不可毁伤。呈大后

---

① 疏头——道僧拜忏时焚化的祝告文,上写主人姓名及拜忏缘由等。
② 业——佛教名词,泛指一切身心活动,一般分三业:身业(行动)、语业(言语)、意业(思想活动)。
③ 十不赦法——即十恶不赦。十恶是:杀生、偷盗、邪淫、妄语、两舌、恶口、绮语(杂秽语)、贪欲、瞋恚(huì)、邪见。
④ 恣(zì)——任意。

土,若叫这样守死善道之人饥寒冻馁,万无此理。二位大王,当时想必为饥寒所迫,没奈何做了这王法不赦之事,若肯依贫僧之劝,散去众伙,回心向善,寻个薄业,以养终身,这病就永远不发。"二盗听得尊者之言,一时虽动了善心,点头服义,不依又恐病发,依从又舍不得这营生买卖。两人再三筹想,也畏王法,还有些天理,便慨然答道:"师父说的真是苦口良药,依你,依你。"一面吩咐喽啰,散了积聚的衣粮,焚毁了伤人的器械,说道:"你们众人各寻头路去罢。我二人回乡寻生理去也。"后有称赞尊者一言化盗四句。

诗曰:

> 世人谁肯昧良心,故作非为害此身?
>
> 若听老僧一句话,刹那打破这迷津。

却说二盗听信尊者好言,散了众伙,他二人辞了下岭而去。瞎道人收拾些素供,款待师徒吃毕,吩咐叫他打扫巢穴,仍作云堂。道人依言洒扫,以待纯一复归。尊者当时下岭东行。这散伙的小盗,有赞叹的,说:"好心肠,和尚言言切当,句句达理,真是苦口良药,散的是。"有怨恨的,骂道:"这秃子甚来由饶口饶舌,说家常,管人闲事,散了伙,叫我们那里投奔!"那悔前非的,果回乡别寻生理;那不安分的,依旧别处非为。

按下尊者师徒离岭前进。且说梵志、道童,救了纯一远避,他师徒收了法术。过了三尖岭,不劳找寻路境,望东大路前行,一面夸道:"徒弟,这才要弄贼盗法儿,到也伶俐。"一面说道:"往前去,却也要寻个好处安身。"正说间,只见那前林内,悬着一面白粉招牌,上有两行字写着。梵志叫:"徒弟,看那招牌上写的,是什么两行字迹?"本慧随去看了来,说道:"师父,是开店人家,招引行商过客的牌儿。上写着:'寻花问柳无双美,把酒烹茶第一楼。'"梵志道:"我们出家人,寻甚花,问甚柳,把甚酒? 若是烹茶,这行路饥渴,还可去吃一杯。"师徒走近林来,远远望见深林里面,却有一座楼阁,四面虚窗,半卷围幕。梵志说:"到也好座高楼。"怎见得? 但见:

> 檐飞云树,栋接山光,窗开四壁透风凉,人在半天观景致。笙箫弦管,声绕半空;清歌雅唱,腔盈两耳。楼下往往来来,多是乔妆打扮;店中吆吆喝喝,尽皆唤酒呼卢。那里是,晓催夜撞鼓钟楼,梵中禅林僧道院。

梵志师徒到得楼前,向店主问道:"店主,我们过路师徒,身心劳倦,不吃你的荤酒,可有茶食,求卖几贯钱钞。只是闹烘烘楼阁,我们出家人务清净,不便登,可有洁净别室,愿借一坐。"店主见他师徒,行状闲杂,便答道:"有洁净处所,只是也有两个师父在内借住,却是你一家,这也无碍。"梵志道:"既是我辈,便一处少坐,真也无妨。"乃随着店主引入侧首一个小门,乃是三四楹小屋,师徒恰才到屋,只见屋内道了一声:"呀!恩师们到了。"梵志师徒睁睛一看,原来是纯一庵避贼的道徒。见了梵志,便笑脸躬身说道:"托赖师父们救拔,得打点了些金银财宝,躲避那强人。都是恩师道术高妙。正想恩无可报,不期此处相逢。"道童便也问道:"师父们如何在这热闹处居住?"纯一道:"此乃门徒施主之家,相留避难。热闹是他从来生意,与我小道无干。"当下店主外去,叫走堂的捧了些茶食点心,到屋中铺起桌子,列开凳儿,众道吃的吃,说的说。吃的是芝麻饼、徽子箍、素油面卷粉馒头;说的是吹玉箫、敲檀板、唱粉红莲带锦缠道。道人原何说这家话? 只因这店家开张酒馆,招牌上既写道"寻花问柳",却不虚言。委实楼上接了两个妇女弦歌雅唱,侑①酒举觞。村间少年,都被她引魂;乡里浪子,尽被她动兴。也有雅致骚人墨客,借登楼玩景,浮白赋诗;也有豪放富家清客,假嘲风弄月,喝雉呼卢②。那爱娇娆的,挟红裙、买笑追欢;这做引头的,落青蚨③、帮闲挡趣。一时说动了那本慧、本定二人。他两个原是爱枪棒的少年,学了些障眼儿幻法,未到修行路,如何听得! 这道众们的楼上话儿,就动了他羡乐心肠。瞒着梵志与道童师兄,两个假说出外方便,卸却出家衣帽,换了个深褶服巾,诨④上楼来。果然见两个妇女,陪伴着一席酒客。一个红裙绿袄的妇人,手捧着一杯酒,送与一个酒客,口里便唱出一个曲儿。本慧二人扶栏倾耳而听,唱的却是个《昼锦堂》词。他唱道:

雨濯红芳,风扬白絮,日日飞绕眸前。懊恼一春心事,都锁眉尖。愁听梁间双燕语,那堪歌枕孤眠。人憔悴、独倚栏杆,怕风透入珠帘。

---

① 侑(yòu)——劝人吃喝。

② 卢——猎狗。

③ 青蚨(fú)——传说中的虫名;比喻钱。

④ 诨——同混。

本定听得,向本慧夸道:"绝妙好词! 且听那个可会歌唱?"少顷,只见那一个红衫大袖的,敲着檀板,便接着《昼锦堂》词尾,也唱道:

　　怪的是、铁马声闹吵,终朝永日长天。吩咐丫环服侍,怎耐恹恹。妆台对镜愁无语,龙箫凤管没心拈。怎能勾、萧郎①到,这时节两意俱欢。

本慧听了,也向本定夸扬:"唱的好词。"只见这两个妇女唱罢,便起身走近本慧二人面前,道一个"万福",便问道:"二位官人,有的是空席闲座,何不唤店家,整治杯盘,待我二人也来奉陪一会?"妇人说了,又走过去。本定便就动了欢情喜意,与本慧计议道:"我们随侍师父出来,走了无边远路,费了多少脚头,难得今日到这地方。师父遇着纯一讲道,道童本智又不帮衬。我等如今乘暇,且叫走堂的上楼,备办些酒肴,快乐一会,有何不可!"二人计议已定,却好一个后生走上楼来,说:"来的二位客官,可吃酒么? 还是要甚新鲜肴品?"本定答道:"吃酒,吃酒。不拘甚肴,只要美味的,备办而来。"少顷,后生捧着酒肴钟箸,看一座洁净桌儿摆下。他二人方才入席,酒尚未斟,却就有一个青年,标标致致,穿一件长衣大袖,诨名挝趣",走到席前,胁着肩,赔着笑,拱着手,靠着席道:"二位,贵处到此何事? 我小子却有些面熟。这东道不消费钞,一定都是小子备办奉叙。"一面说,一面在袖中取出一个籫盆儿②,内放着六个骰子,便坐在末席,叫后生快添一个杯箸。本慧见了这个景相情节,便想起道众说的做引头、帮闲挝趣,这人必是。一来他原是弄枪棒,少年英气尚存;一来他随师学了些幻法,却也有趣。乃暗与本慧道:"精精割嘴,我二人瞒着师父与本智,这楼上吃一杯解辛苦,偏就惹动他们。"本慧听得笑道:"此事何难,只是我们未曾吃下一杯,怎肯先与他吃?"乃乘挝趣方才酾下一杯,尚未到口,这本慧弄个法儿,袖中取一把刀子,对挝趣说道:"掷籫行令,我远方人不知甚令。只是似我的饮酒。"乃把刀将下唇割下,放入酒中,说:"似我方饮酒。"本定见了,就把刀子割下些舌尖儿来,放在酒内,道:"似我方饮酒。"挝趣见了惊慌,把籫盆忙笼入袖,倒退两步,说道:"这割嘴割舌的酒食,小子不敢吃了。"本慧、本定大笑,随收了法儿。他两个方才把

---

①　萧郎——指梁武帝萧衍。

②　籫(sài)盆儿——古代的一种博戏器具。

盏，挡趣忙跑下楼，向店主众人说："楼上有这古怪奇事，把唇舌割去下酒。"众人哪里肯信，齐上楼来观看。却好好两客吃酒，问妇女与别座，都称未见。店主众人反骂挡趣道："青天白日，何故说这样鬼话，破了我生意？"挡趣笑道："我也不是白日见鬼，说这怪话，闻得古有两个勇士吃酒无肴，一个道：'汝非肴？'将刀割其肉下酒。一个说：'汝非肴？'也将刀割其肉下酒。顷刻割尽。古人说：'有如此勇，不如无勇。'看来似此的也有。"店主笑道："此是古人喻言。"挡趣道："也休管他喻言有的没的，只是我没这帮衬的缘法，撞着这样怪事，挡不成趣了。"乃下楼飞去。本慧二人方才吃到兴头上，只见两个妇人近前来，拜了两拜，便坐下，袖中取出闸板儿来，方才启朱唇要唱。

却说本智伴着师父，与纯一道人叙话，一时不见了本慧二人，忖道："他从师未久，道规尚生，莫要花酒楼前，坏了出家行止。"乃向师父说道："二徒久不在座，那里行走，待小徒看来。"梵志道："正是，正是。"本智随出小屋侧门，却也听得楼上笙箫热闹，乃走到楼梯上，悄悄一望，只见他二人把杯弄盏，旁边坐着两个妇人。乃笑道："原来果然不老成，不守道规，在此破戒。"本智把脸一抹，将身一抖，却变了一个青年，未冠的美貌小官，手里拿着一架太平车儿，走上楼来到本慧二人席前，便去与本定按摩修养。那本慧看见这小官生的俊俏，不说佳人，比这两个妇女十分清雅，便动了夺趣淫心，把手扯着小官身衣，道："也与我修养一番。"那小官丢出个妖媚态度，说道："客官休要罗皂，我们修养的，学得师父按摩，到这酒楼上来，无非要趁几贯钱钞。客官不拘哪位，但是有多钱钞，我自然用心服事。"本慧听得，也不管本定体面，桌子上吹了一口气，把那肴馔取得三五块，就变做几贯青蚨。小官见了青蚨，随即赔着笑脸说道："这位客官果然有钞。"乃走到本慧身边，把太平车儿浑身背滚。本定见了，就动嗔心，说道："你会弄玄虚，变青蚨，偏我不会？"乃把一只磁酒杯吹一口气，顷刻就变了一只银杯，放在桌子上，叫一声："修养的小官，这银杯若爱，便赏了你罢。"小官见了银杯，比青蚨多十倍，乃就走过本定身后，两手揣捏。本慧气不过，也把磁杯变两只银杯，酾①两杯酒，递与两个妇女，说道："送你二位做唱钱。"那里知两个妇人正在那里心疑，说道："何处来

---

① 酾（shāi）——斟。

的这一个小官?"心里却又爱他,眼里不住看他,虽然欢喜银杯,却又忿不过小官儿夺爱,搅他生意。本智弄手段,心里暗笑。那本慧二人,为欲忘真,那里顾得。把些不肯舍与搅趣吃的酒馔,都被修养吃了。本智弄了一会神通,不觉地笑了一声,就复了本相,把个本慧二人羞的面红耳赤,往楼下飞走。那两个妇人也惊怪起来,叫店主说:"搅趣言语不差。这两个酒客与修养小官,都是妖怪。"店主问众席:"可有此事?"众席俱说:"只见好好的两客吃酒,后又添一客,哪里见什修养小官?"店主却怪二妇说谎,惊骇酒客,坏了生意。

　楼下吵吵闹闹,梵志与纯一正讲谈道法,听得店外人吵,正问众道。恰好三个徒弟进屋,面俱带红。梵志乃说道:"出家人守规循矩,如何去吃酒?惹出事来不便。"正说间,只见店主人得屋来,见了本慧等三人,道:"呀!原来就是师父们,我一时忘了。搅趣与二妇语想不假。必是三位师父,有妙法神术,捉弄他们。"三人在师前不敢答应,只是低头暗笑。店主道:"纯一师父份上,酒钱决不敢要。只是两个妇人被你要了,那与他的钱钞,都是油肉骨头,污他衣袖。那银杯却是我店瓦器瓷壶,走堂后生不见了杯壶,却在这两妇身边搜出,坏了他行止。师父当与他说明,还求赏赐他几贯钱钞。"正说间,果然妇人家有老妇来说道:"小男妇女,唱曲供筵,莫非要趁两个钱钞。那里道人弄出邪术骗人酒食,引诱男女。"梵志听得,便与了老妇几贯钞。老妇接钞,叫声:"多谢。"临去说道:"我听的三尖岭使法术捉弄强人,却是几个道扮。近又听的,强人散了众伙,又是什道扮劝化。"只这句话,楚志听了暗忖道:"想是玄隐来寻道童。"正抬头,又见那青鸾,云端里飞来飞去。他便向本慧耳边说了一句话。却是何话,下回自晓。

第 七 回

纯一报恩留长老　酒佣怀忿算高僧

话说青鸾未得接取道童回岛，又被假鸾浑搅一番，他只在云端跟随，无能回岛。尊者化了众盗，讹传前路说是道扮劝化，就动了梵志留徒弟的心肠，乃向本慧耳边说："你可收拾行李前行，莫要生事招非。留个法术儿在这店中，以防来寻你师兄本智。"本慧听得，依师吩咐，随收拾行李，谢了店主，辞别纯一，往前大路东去。后有笑梵志处处留法算人五言四句。

诗曰：

> 算人恒自算，推己每推人。
>
> 俱是出家子，何劳枉费神。

且说纯一在店中躲盗，遇见楚志师徒，正是受恩当报。他尽敬致礼，待梵志师徒。梵志见徒弟酒楼弄法，恐生出事来，又恐本智旧师来找，故此别去。纯一忽听得有人传说，三尖岭庵被行路僧道劝化散去，他听得此信，心中大喜，对众徒说道："庵既平复，我们当还，不知又是何方圣僧高道救拔我们，你辈当打听明白，以便收拾回庵。"且说尊者与元通别了庵中道人，由大路行了两日，恰也来到酒楼招牌之处。尊者见牌上写的字，向元通说道："这地方花柳店肆到有，怎么就没有个庵堂道院？"元通道："师父想是此坊好虚花，不尚正务。必定吃斋念佛的少。"正说间，只见林中走出一个道人来，见了尊者，上前稽首问道："师尊可是三尖岭庵里过来的？"元通便答道："我们正是从此处来。"道人说："闻知此庵被二盗劫夺，今遇甚高僧劝化二盗散去，庵原归道人，不知是否？"元通答道："果是不虚。"便指着尊者说："这就是劝化二盗的老师父。"那道人听得，便拜尊者："请到店中，待我师父相谢。"尊者答道："随缘开度，原无成心。度者既去，事已泯忘。又何劳会汝师、当他谢？况酒楼村店，非我僧家所入。"道人答道："此楼虽系酒店，店外却有洁净小屋，正是我庵纯一师父借居避盗在此。师尊万勿推拒。"尊者听得，一则行路饥渴，一则拒人不可太

甚,乃随道人入得屋来。那道人忙说知纯一,纯一听得,急走出小屋门来,只见一个僧人,却也比众不同。但见他:

丰颐阔额,圆顶高颡,眉高八字平分,耳列双轮与廓。天中呈舍利,腹内隐禅机。身穿一领锦襴袈裟,手执百颗菩提珠子。毗卢帽①光放白毫,棕油履云飞紫电。宛如罗汉临凡,真似弥陀出现。

纯一道人见了尊者,色灿真金,光辉满月,恭敬作礼。尊者师徒,敬答相同。清茗出献,蔬食随供,便问二盗劝化根由。尊者但云偶尔。一时传引坊村善信,都来观看化盗僧人。内中却有一个汉子,名唤酒佣,往日原在这酒店佣工,只因店主生有三个女儿,长与次嫁了两个女婿,在远村开店,却留第三个女子在家,要招一婿。因为开店的是酒肆,招牌上有这"问柳寻花",又有侑酒弦歌妇女,遂种出来个淫私因果。这酒佣欺心短意,每怀着钻穴逾墙的私念。无奈店主家严肃无隙,这酒佣遂结交了五六个弟兄,大哥就是千里见,二哥就是百里闻,还有两三个。他诨名酒佣,真名实姓唤着马义。为此投托入伙,在三尖岭盗内,希图趁便抢掳店主的三女。谁料二盗被尊者度化回心,众盗散去,这酒佣只得回家。又谁料女子已招有别婿。酒佣正忿忿不平,恰遇着尊者路过到此。他在这村坊众内来看和尚,却原来就是尊者。他见了不胜忿恨,暗想道:"这破人好事,仇恨不可不报!"便对店主说道:"这两位高僧,我久知他为人禳灾祈福,荐祖超亡,十分灵验。"店主听得大喜,说道:"我正要请僧超亡荐祖,祈福消灾,却也遇巧。"乃向纯一备细说出前情。纯一笑道:"从来施主有功德斋醮,都是我小道等做,今承款留,正该效劳。乃欲绝僧功德,置小道于何地?"店主方沉吟迟疑,无奈酒佣一心要算计尊者师徒,力力暗荐。

且说纯一自顾不暇,岂能为人祈禳!内外按他讲说。因此店主把尊者请入内堂洁净处所,设起道场,漂水花灯,一依法事。至夜尊者方入静时,忽见黑气侵入道场,顷刻白云裹去。尊者把慧光一照,忖道:"堂中善事,怎有淫妖邪念,破戒污斋情因?虽有白云解散,只恐元通弟子不知防范。"乃向元通说破情景,元通拜受。后有说祯祥妖孽俱有先兆,惟圣神早见七言四句。

诗曰:

---

① 毗(pí)卢帽——一种僧帽。

世间妖孽与祯祥，都有先几①果异常。

君子前知惟善改，凡愚纵恶入沦亡。

话说酒佣马义，只因尊者劝化二盗回心，解散他众伙，不得遂他私淫恶念，忿恨僧人，今见了僧人，突生恶计，却又是梵志留下了幻法防人。他在三尖岭见尊者师徒不饮酒茹荤，突生一计，忖道："五百大戒酒为尊，我今乘他素供内暗着几点荤油窨酒在内，破了他戒，再作计较。"那里知圣僧高道，自有监斋护法。那店主祖先于静定之初，拜礼尊者之前，道："承二位师父经功忏法，幽魂超度，但酒佣奸计暗伤戒行，不但于幽魂相碍，且于功德大损。僧家一沾染曲蘖②，万种尘情，败坏于此。二位师父，当谨防范。"尊者把心印结起，说道："汝等但候生方，我们自有准备。"那幽魂谢去。

尊者一夕静定功完，店主已摆列下斋供。尊者与元通只吃清茶淡饭。店主进食，尊者辞谢道："贫僧俱是一味清斋，誓不重品。"主人再三苦劝，师徒毫不沾唇。酒佣奸计不行，乃复生一计，悄入妇房，盗妇白金戒指，戴在自己指上，从堂外窗隙，伸将入来，却扯元通禅衣。不意店主旁过，误扯其衣。惊见窗隙戒指，女手入窗，大骇，忖道："妇人淫乱至此！"乃解身绦，扣住其手，牢拴窗内。忙出堂看，却是酒佣之手，顿时痛打大骂。尊者师徒反行劝解。道场事毕，辞别纯一。纯一道："小庵复得，皆赖师尊。虽远不能屈转云轺③，请乞少留一日，以伸私谢。"尊者哪里肯住，正待辞行，只见店主楼上已设备清茗蔬食，苦求尊者登楼叙别。元通力辞，说："家师自不登酒楼花坞，就是小僧也随师受戒，不敢违犯。"店主哪里肯，那纯一师徒，强把尊者、元通衣袖扯着上楼。尊者只得和容，随着众意，上得楼来。方才献茶奉食，只见两个红裙娇娇娆娆，走近席前，拜了几拜，便坐倒，敲着板儿，歌唱起来。这却是幻法根由，那里知高僧道行。尊者啜了一杯清茶，吃了几品蔬食，随起身下楼。众人与店主再留幻法，使的那娇娆袅袅娜娜，邪邪媚媚，两个也要来扯留尊者。哪知护法紧随，灵道虚应，那两妇一似胶粘的手，钉住的脚，怎近得僧身！尊者下得楼，辞别众

---

① 先几——预见，预示。

② 曲蘖(niè)——即酒。

③ 云轺(yáo)——古代一种轻便的马车。

人，方才展开脚步，往前大路行去。

却说酒佣马义，暗害高僧，被店主识破，打骂一番，顿时逐出店去。这酒佣忿不解，跟随尊者后尘而来。元通正在路间，问师父："适早店楼污秽妇女邪氛，在弟子心胸浑扰，虽然驱除的去，只是也被他侵扰了一番。"尊者答道："早间何处店楼，哪里妇女？我便未曾登、未曾见也。到是茶食饱心，尚怀着那众人之敬。"元通听了，稽首谢师。只听后路酒佣叫来："师父且慢慢行走，待小子一同前行。"元通住足，酒佣走近前说道："夜来偶戏误犯，却被店主打骂赶逐，不容在店。今只得前途再寻投托度日。料师父们出家方便，慈悲宥过。"尊者笑道："我僧家不但无怨无恶，且亦无烦无扰。夜来何事误戏，并不知也。"便问道："此去前途，何处地方？"酒佣答道："此去还是这花柳店一处地方。这地方名唤一体村，有三家店。昨日师父功德处是一家店。此去乃二家店，却是店主第二个女婿开的。过去还有三家店，乃店主的大女婿。两店小人俱帮做过。昨店主既不留我，古语说的好：'此处不留人，更有留人处。'二位师父既往前行，小人自当陪伴。若到前店宿歇，当照顾些清净茶饭。"尊者道："多承，多谢。"大抵人心生一种机械，便生一种忿尤①。这酒佣怀着忿恨，口里甜言，心下却想道："二家店夫妇，两个面貌丑陋，心性凶恶，每每不喜人低头不视。若是看他的，他道不嫌丑便心喜，茶饭件件小心奉承。若是不看他的，他道憎他陋便性恶。不但茶饭粗恶，还要下毒药害人。"酒佣怀恨，便生出一种机械，向元通说道："前去二家店，茶饭精洁，店主贤德，只是有一件毛病，他夫妇貌丑，最怪人看他，若是看了他的，茶饭就不洁。师父出家人，料是不看妇女，便是这店主也不可眼视。"元通道："我们出家不惹烦恼，过去古庙深林也寄一宿。"酒佣道："这却又难，我这地方，虎狼夜出，庵庙稀少，只有这店。他夫妇不许行商过客他宿，恐惹出事来连累他。"尊者说："便住他店有何碍！"

元通乃随着酒佣引路，看看来到二家店，只见村口也挂着一面招牌，上写着："独角店中真美酒，一体村处最佳肴。"尊者与元通说："酒肴店我们不便投止，过去却又无处安身，你可问他有洁净素饭？"元通听说，随酒佣入得店来，果然夫妻二人面貌丑陋，乃忖道："酒佣之言未足深信。"乃

---

　　①　忿尤——过失，罪过。

和色欢容,向他夫妻问道:"远方吃素僧人,荤酒有戒,店主可有洁净饭食?"两眼频看,那店主便答道:"有洁净的。请坐,请坐。"尊者入门,却与元通不同。那夫妻喜喜欢欢,正要起伙茶饭,只见尊者低头不视,便起毒心,将饭中下了些蒙汗药,要害尊者。他哪里知圣僧前知。饭方摆下,师徒念动咒食真言,尊者把手一招,那妇人捧着几碗饭,叫丈夫与酒佣吃,又将几碗送在尊者面前。师徒吃罢无恙,进屋去打坐。只见酒佣与他丈夫,迷困伏几。妇人把绳索将丈夫、酒佣反捆缚推入屋内。比及天明,尊者师徒收拾起程,妇人惊疑去看,捆缚的却是丈夫、酒佣。两个沉迷不醒。妇人连声叫苦,急解绳索,用药解醒。二人心明问故,妇人道:"我为怪老和尚,明明药他二人,如何错投你碗?且连人都更变,这分明是圣僧显化。我夫妻两个,平日毒人,做此歹事。"酒佣笑道:"哪有此理!明是你为一店逐我,故意不留,用此却人计策,我便去罢。"遂出店门而去。夫妇两个乃向尊者拜跪道:"凡人不识圣僧,平日过恶,望乞开赦。"尊者问道:"店主你平日有何过恶?"夫妇齐答道:"我夫妇只因生得丑陋,憎人低头不视,便起忌妒。行商过客投宿的,不知多少被我愚夫妇恶心毒害。昨见师父低头,故此行出恶事。不知反着在自己人身上。只恐这过恶,将来还有报应。"尊者听得笑道:"算人算己,自作自受。将来报应更大。你夫妇此时悔心一动,将来美心遂意,却不在面貌丑陋也。贫僧行道心急,不暇细说,有四句偈留与你,你二人当谨记在心。"店主夫妇拜谢:"愿闻师偈。"尊者乃说偈曰:

> 貌陋心良,诸凶化祥。
>
> 心恶貌美,妖尸魑①鬼。

话说酒佣两计不成,虽疑丑妇不留,乃忿心益动。出得店门道:"一不做,二不休。和尚此去,必往三店投宿。须率再算一遭,料他就是活佛,也难逃我这计策。如今且坐在这大道路口,等待和尚。"尊者师徒行至路口,酒佣见了,便赔着笑脸,说道:"店家妇人,恨丈夫留住他家,逐出工人,却连夫带我一齐捆缚,我只得出他店门,再寻别路。想起有一亲戚,在三店居邻,三店夫妇极贤,平日最敬僧道,房屋又洁,饭食更精。二位师父必从他店投宿,我亲与店比邻,叫他看份上,外加些款待。"元通听了,向

---

① 魑(chī)——传说中山林里能害人的怪物。

尊者说:"此人语又是奸魔来了。"尊者说:"浮云蔽天,青空自在。汝虑道,莫虑魔。"元通道:"师父,何以驱除?"尊者说:"我于未始有魔来已知魔去。这痴汉徒自魔耳。"尊者口虽教诲元通,心里恐元通道力尚浅,乃把慧眼遥观,果见前有个三家店,店内一妇,娇妍异常,恐徒弟乱了道心。却好近店有座倾颓古庙,仅存半厦,几块顽石,尚存基址。尊者道力无边,把手一指,只见金乌西坠,玉兔东升,天色黄昏,烟云暗淡。前途树杪①,明白一个招牌有字,茅屋数间相连。酒佣一见,便道:"二位师父,那前面是三家店,我小子先去探亲,你们慢慢走来。我叫店中烧下好茶等候。"酒佣哪里是探亲,烧下好清茶,却是设计愚僧,先送信。怎见得,下回自晓。

---

①　树杪(miǎo)——树梢。

第 八 回

巫师假托白鳗怪　尊者慈仁蝼蚁生

话说酒佣先行，要骗和尚。他那里知尊者道力洪深，手指处，古庙店家都是化现假设。酒佣只道是真，一直奔来。是屋妇人，毫不差异，他从后门而入，只见店中妇人独坐，见了酒佣欢天喜地，便叫一声："马义哥！久不见你，何处行走？"酒佣道："在你娘家帮作。"乃问："娘子如何独自在店？丈夫哪里去了？"妇人道："丈夫遨游东印度国，去久未回。这店我自支持，正在此无人，想个帮手。你来甚巧，我看你少壮伶俐，便做个夫妻也好。"酒佣大喜道："多谢娘子美意，只是有件不平的事在心，今夜要报复他。"妇人问："何事不平？"酒佣道："我当初在你花柳店帮工，其实要贪你三妹，岂知你家严肃，乃结交几个弟兄，入伙劫盗，指望抢掳成婿。不料国度中来了两个和尚，劝化了寨主，解散了众伙。我事不成，忿恨和尚。谁想他一路来投宿两店，我两次报他仇恨，都未遂计。今幸路过此处，必然投你店中，指望你夫妇替我报这仇恨。谁想你孤身在家。"妇人道："此事何难？和尚们哪个不贪色，待他来，我把个风流情态卖出来，你可寻几个强邻来，捉拿出气。但如今丈夫未回，我且与你权且做个夫妻。"酒佣听了这话，动了欲心，哪顾算人，乃就同妇人入内屋与他同寝。这那里是三家店里一佳人，却是五戒门中千变化。后人有几句说明尊者圣僧，那有欺人幻术，因人心险，便有人心印。尊者之心，坦然原自在耳。

诗曰：

> 禅心原不幻，安有幻弄人？
> 只为人情幻，因开幻化门。
> 如如常自在，妙妙莫须真。
> 嗟彼凡愚汉，徒劳精炁神。

按下酒佣与妇人入屋同寝不提。且说尊者，只因酒佣计较、元通说魔，道力自然变化出庙宇、村店现前。酒佣见了飞走先去。尊者却与元通慢慢行来，天色尚明，偶遇一老汉子，雪鬓蓬松，麻鞋竹杖，走近前来，道：

"二位师父,天色将昏,欲往何去?"元通答道:"东行化缘,少不得望门投止。"老汉道:"我地人家稀少,往来只有一个三家店住宿。此店夫妇非良,却不是你出家歇的。"尊者道:"前有古庙可安。"老汉道:"颓庙难存,怎禁风露? 不弃草茅小舍,暂留一宿,便斋不洁,聊供行厨,有何不可?"尊者合掌称谢。师徒随着老汉到得他家,便问道:"二位师父那里来? 到何处去?"元通备细说了一番,随问老汉姓名。老汉答道:"我姓郑名修,世居此乡,耕种为业。"一面说名姓,一面修斋款留,收拾净室,安宿师徒住下。那酒佣被妇人扯入卧房,恍恍惚惚,歪缠了一夜,及到天明,睁眼看时,那里是客房三殿,原来半厦庙堂,妇人是一块大石,压着他身,那里挣锉得动。叫喊无人,苦恼万状,方才想起长老,必是高僧。一念归正,叫了一声:"救苦慈尊!"这尊者正在老汉净室里打坐,偶然叫苦的"慈尊"二字入尊者之耳,偶向元通说道:"孽障自作,当须自受,何人苦你。悲哉! 悲哉! 是你添了我这一种因缘,反反复复。元通,你可往村店之后,古庙半厦之间,方便痴愚,无碍普度。"元通领师旨,走到古庙半厦处,果见酒佣被石压住。元通用力揭石救起,酒佣拜倒在地,口口声声只问:"老师父哪里?"随着元通到尊者面前,磕头谢罪,说:"小人恶念害僧,自作罪孽,愿师尊赦宥。"尊者答道:"汝投幻妄,吾自无心,既悔前非,即是善己。"酒佣拜谢而去。后人有感颂尊者普度七言四句。

　　诗曰:

　　　　石头原是石头块,破庙如何有妇人?

　　　　想因普度成功德,感动高僧护道神。

　　且说尊者在郑修家里,度化了酒佣,早起要行。老汉愿留供养几日。尊者见他意诚心敬,便就住下不提。且说梵志师徒在花柳楼混扰了一番,恐徒弟不守道范,生出事来,乃绕一变,迁径小路而走。让过三家店,却来到一边海的地方,问乡里居人,找复大路。居人说道:"师父们,你错超径路,反远正途。我这地方唤做巨鼋港,一向好行,近日只因海洋潮发,拥来一条白鳗,约有五丈余长,十围粗大。这鳗,也不敢说它。"本定便问:"怎么不敢说他?"居人道:"厉害,厉害。说起来神通广大,变化莫测,却不是鳗,竟成鱼怪。我乡村居人,若是不说他,敬奉他,便求他降些好事,一一依你。若是慢了他,再说他,就怒起来,丫头孩子,也吃你一两个。"本智听了,向师父说:"想是个精怪。我们既闻知,须要与地方除害。"梵志道:

"事便好,只是行路之人管这闲事?"本智说道:"师父差矣!我们为什出家?遇害不除,逢灾不救,空为慕道。"本慧道:"本智说的是。"乃向居人说:"我们出家人,极善驱邪缚魅,便与你乡村扫除患害,也是功德。但只是借那空闲居宅一住,方便行事。"居人不敢应承。少顷,听见的传说,就来了十余居人,这人方敢悄悄说出。众居人内中有一老者说道:"游方僧道,多有除妖捉怪的,也是缘法。大着胆寻间屋,住下这四个师父,再作计较。"本定道:"作什计较?"老者也扪口不言。居人说:"老头子,你讲又不讲明,难道我们是不怕的。"本智笑道:"且依老翁借空屋住下再议。"师徒乃问:"宅子何处?"居人趑趄①,欲走不走,缩朒②待言不言,总是乍相逢,不识众道神通,怕口快,惹恼妖精作怪。挨了半日,方才领着师徒,到一空宅。梵志住下,便问老者:"白鳗如何作怪?"老者道:"离村五里,就是巨鼋港。这港口有个巫师居住,专与居人禳解灾福。只因潮拥这鳗来,成精作怪,居人被他害不安。若是师父有本事,可除得,便去惹他。若无本事,莫讲他也罢。"梵志道:"可有庙宇么?"老者道:"无庙宇。若有庙宇,居人侍奉,便是降福正神。他却只附着一个巫师。恼了他,只求巫师,方才免得。"梵志听得老者之言,乃向徒弟说道:"这巫师便是怪鳗使从,要除他,须探巫师的来历。"当下居人收拾斋供,师徒住在空宅不提。

却说哪里是白鳗作怪,原来是巫师有些幻法,炼的耳报③,但凡居人有什事情,这耳报便向巫耳说,因此居人若说他不是,便作威作福,骗人祭祀,假托白鳗获利。这日,巫师正与人祈禳,耳边忽报:"地方远来了四个游方道众,计较要除妖灭怪。"巫师听得耳报,大惊,忖道:"好好的生意,何处道众,来此搅扰!"随使一法,叫两个徒弟,带了四把铁钩子,走到梵志空宅处,把师徒四人,方才要钩着头发扯去。哪里知他四人,都是会法术,手眼快的,一转变,到把两个徒弟四脚四手倒吊起来。好本智,手执着一条大棍,盘问他:"白鳗何故成精作怪?你们何故听他役使?"巫师徒弟泣道:"哪里什白鳗,皆是我巫师设骗村人。师父们饶了我罢。我巫师却也有些本事,只恐他不饶你。"本智笑道:"也罢,且放你回去报信。"乃将

---

① 趑(zī)趄(jū)——欲走不走的样子。
② 朒(nǜ)——不足。
③ 耳报——暗中通风报信的人。

钩子放下,二人得命奔回,备细说出。却早巫师已有耳报先知,大怒道:
"何处野道,如此无礼! 若不处他,怎在地方行教?"随在港内,取了些蚯
蚓,二三十条,叫一声:"变!"都变成大蛇,直奔梵志住宅,把一个宅子填
塞将满,都张牙吐焰,向师徒四个逼来。本定、本慧未曾堤防,被蛇束手
足,裹腰腹,挣锉不得。梵志与本智便使出法来,就把他前来钩子一撒,叫
声:"变!"只见那钩子,一把变十把,将蛇条条钩出门外。却不曾救得本
慧二人,被那蛇缠缚住了,不由得自己走出宅门,望港上巫师处去。居人
不见是蛇,只见两个小道捆手缚膊,就如妖精捉去的一般。梵志与本智见
了,没法救援,只得随着本慧二人,也来到港口。但见巫师立个坛场,坐在
坛内,叫道:"白鳗大王吩咐,把远来侮慢大王的野道,送入港内深水,赏
赐小鳗。"跟去看的与居人老者,都上前哀求,说道:"远来道众经过此方,
不识威灵,冒犯获罪,望乞赦宥。居人原备牲醴祭奠谢过。"巫师道:"大
王发怒,说尔等容留野道,亦当加罪。还为方便,大是无知。"说毕,又叫
快把野道推入港内。只见本慧二人,昏昏沉沉,两眼看着师父。梵志忽然
叫一声:"本慧徒弟,何不仗出慧剑! 本定徒弟,切莫要乱了刀圭!"又看
着本智道:"徒弟,你如何也不放出大光明来?"梵志一面说,一面口中念
念有词,把手往东连招了几招,只见海港上陡然狂风大作。众居人看的,
个个立不住脚,都叫:"好大风!"怎见得? 但见:

　　吼声震地,聒①耳轰雷,海扬波浪滚千层,树连根叶飘万叠。屋
　瓦飞空成蝶舞,行人窜耳作猖慌。那里是:千林静息鸟和鸣,但见的:
　八面威扬妖尽扫。

　　大风刮处,陡然本慧跳钻钻走起,打的个坛场举物粉碎。本定雄赳赳
发作,到把那巫师背捆起来。本智执着大棒叫:"巫师! 你何处学来手
段,敢在我们跟前斗宝?"巫师却也不慌不忙,把肩背一抖,猛然手内也执
着一根大棒舞将起来,照着本智一棒打来。本智抢着棒劈空迎去。他两
个在港岸上使出武艺,只见本智气馁棒乱。这舞枪弄刀,却是本慧二人原
来在家本事,近又习学了法术,便掣出剑来,往巫师斫去。巫师徒弟甚多,
一齐簇拥上前。梵志也拔出慧剑相敌,众人搅闹一团。众居人看着说道:
"原来都是些成精作怪的,冤家撞着对头,必定看两家谁胜谁负。"看看巫

---

　　① 聒(guō)耳——嘈杂刺耳。

师敌不过本智,众徒弃棒要走,被梵志使了一个缚魅神通,带了巫师归来,空宅审他个白鳗来历。巫师乃实说道:"假托鳗精,要求祭祀。"众居人方才明白,却又替巫师告饶。巫师只是磕头求释,情愿入门为个弟子。众居人备斋拜谢。

梵志师徒辞别要行,乃问大路,居人指引:"过了巨鼋港,转过一山,山有重关,便通红墙庙路前行。"梵志谢了众居人,巫师惶恐,再不讲白鳗旧话,却随着本智,要做个弟子。梵志说道:"汝要皈依,吾亦不拒。但只是门徒已多,行道不便。汝既发心,此去到了大路,凡见青鸾摩云,或是道士寻徒,你当为吾输力。吾自有报于汝。"乃附耳向巫师云云而去。后有讥梵志一心只是不忘赶道童者五言四句。

诗曰:

> 长途行已远,门弟久既收。
>
> 青鸾无翅迹,何苦法频留?

按下梵志师徒问道前行。且说尊者在郑修老汉家,连住旬日。老汉见尊者开度酒佣这件奇事,乃闲相问道:"酒佣何故石压?师尊道力却也甚深。老汉日前也有两件奇事请教。"尊者答道:"酒佣机械迭出,欲伤人先害自己。世事以无端出,自无端人,厘毫不忒。倒不知老叟两件奇事何事也。"郑修蹙着眉道:"老汉平生辛苦,挣得几亩田产,耕种度日。村间有一豪强大户,倚势凌弱,每每侵占许多,他家益富,我地日削,天理不知何处。日前我屋后,当初不知何地,偶凿池塘,掘出金银一瓮,当时邻众皆知,便各争抢。忽然金银尽变为鱼虾,众心骇异。就是老汉为此着恼成病。师尊有何道教我且疗这病?"尊者听得,合掌道:"善哉!善哉!势利迷人,乃人自迷,夺人之有,终有人夺。"郑老又问道:"病却何疗?"尊者答道:"元①无有病,又从何疗?还以无疗,其病自愈。"郑老不解,乃问元通。元通答曰:"吾师之意,明明说莫仗势侵,冥自有报,莫迷财利,最是病人。"郑老笑道:"老汉终是不解。"元通答曰:"只当原来无有。"郑老方才点头明白。

师徒一日与郑老闲行田间,径路小道,草茨②乱生。尊者举步轻慢,

---

① 元——原来。

② 草茨(cí)——茅草。

一步数观。郑老问道："师尊你一步三看地,且行慢足轻,何故?"尊者道:"荒田径道,人无足迹,多有蝼蚁。重足急行,所伤实多。贫僧心念在此,故不觉举步轻慢。"郑老叹道:"不践生草,不履生虫,仁兽且然,况有灵者?师尊善念,老汉敬仰。"又行几步,见一池塘,涸干彻底。尊者道:"天旱无雨,池塘干涸。"郑老道:"我这村有雨不旱,且是水洼污地,只因当年畜养鱼虾,被人偷取。老汉恨忿骂道:'鱼贼你只偷个有,若池无鱼,你有何窍?'古怪古怪,自发此言,三载虾也不生一个。虽绝了偷的,却害了畜的,如今池水也不存。师尊,这段情理何故?"尊者答道:"鱼虾虽湿化,亦秉性灵。你畜种杀机,他盗种恶业。只因你巧中一语,咒骂两种恶消。池乎,涸乎,成就善知识的功德。"郑老问道:"师尊,这功德何见?"尊者答道:"如水灌禾,为日渐长,自见在老叟之子孙。"郑老听了,把手一指道:"师尊!你且看那前边高房大屋,气焰腾腾,子孙繁衍,善功何在?若论种恶,却也说他不尽。"尊者举眼观看,只见那高屋上,祥云卷出,瑞气飞扬。尊者道:"这人家善解不祥,何言种恶?"郑老道:"这就是侵占我产之家,受他害者莫不欲食他之肉。"尊者道:"恶固如老叟之说,但不知他曾行有何善?"郑老想了一想道:"他也曾行了一件事,未必就解了他恶。"元通道:"老善人,这家却行了一件甚事?"郑老将欲说,只见远远一人走来,乃道:"要知他一件事,老汉记不切,问这来人自晓。"却是何人,知他何事,下回自晓。

第 九 回

扰静功顽石化妇　报仇忿众恶当关

却说尊者与郑老，正讲那大户一件善事，远来了一人，乃是大户家仆。元通便问此人："你家主，郑叟说他过恶甚多，却曾行了一善，乃是何事？"仆人道："若论我家主，侵人田地，夺人家产，过恶真说不尽。只因往年一僧到门，叫他莫绝人后，我主人问僧：'怎叫莫绝人后？'僧说：'老施主，你家仆若无妻室的，当娶与他；若无弟兄的，当使还族。'我主人一时感动，果依僧言，散了三五家仆，只留有弟兄宗族的使唤。后僧复来，甚称功德。"尊者听了，合掌称赞道："如此善行，不小不小。侵夺损人，尚然昌后，况正人善信阴功，宁有穷际？"尊者与元通赞叹一番，回到郑老家中。方入静定，只见元通身体动摇，却似心意不宁之状。尊者乃唤了一声："元通徒弟！何故把持不定？"元通答道："弟子方入静定，恍惚坐中见一妇近前，说僧'何故破我姻缘，揭吾身体'，弟子问其根由，她道：'与酒佣汉子，邂逅①厦中，被你拆散。今夜孤形只影，荒凉破厦，谁之罪过？'弟子听了她词，乃说她是颓庙顽石，怎幻化人形，以迷人性。今复以幻生幻，乱吾静功。反说谁之罪过。其妇复向弟子说道：'石自石，妇自妇，谁幻生幻？只因僧动佣嗔，惹出这段姻缘。你快还我酒佣汉子。'弟子正与她争讲，师父唤醒。不知弟子何故生出这段根因，总是返照未充。师父何以垂教？"尊者答曰："徒弟何得把持不住？顽石化妇，本吾充满化缘，以惩恶业，今酒佣业解，石当还石，妇宜还妇。何乃入徒弟将定未定之中，又示出个出幻入幻之境？何不充满返照，见怪不怪，怪自坏矣。"尊者说毕，乃以手向空一指，说一偈曰：

> 幻自归幻，空自还空。
>
> 原若本来，本来原若。

---

① 邂(xiè)逅(hòu)——偶然碰见。

　　尊者说罢偈语①，与元通安然各自入定。次日出静，辞别郑老，往东行去。此时正值春光明媚，物色鲜妍，师徒行在途中，见树木绿衬红芳，禽鸟声相和应。元通向尊者问道："师父，这时光物景，较那酷暑隆寒，人情物理，自是不同。你看往来道路行人，这心舒意畅，从何处发来？"尊者听得，把手内数珠看了一眼，半字也不答。元通即悟，随又问道："师父，暑往寒来，皆是天地自然的气化，怎么烈风淫雨，时复变更？"尊者也不答，却把手内数珠，挂在项上而走。元通道："弟子了明也！"正走间，只见后有三五个人，急喘喘，气腾腾，赶道而来。这几人哪里顾什么春光，听什么鸟韵，他心里惟恨路长，又恐怕力倦。且说这几人是何人？却是巫师带领着几个徒弟，趱路②赶梵志师徒。如何赶他？只为梵志师徒搅扰了这一番，村居人识破了他诈伪，存身不住。又且坛场，兴建不起，那耳报又不灵。这徒弟几个向巫师说道："师父，你在这乡村作坛场一番，却被过往野道，搅扰破法，你既不能报仇，乃反要投他做弟子。他临去在你耳边咕咕哝哝，又不知与你说什么秘密招儿。你安然受冷淡，我徒弟们却也甘不得这般寂寞。你拜野道为师，我们便降了一等，却是他徒孙了。这气难忍！"巫师道："汝等意见，却要如何？"徒弟道："我等意欲寻两个旧契弟兄，到前途拦阻他去路，结果了他师徒，以报这一番仇恨。"巫师道："正是。我一时也只为法力不如他，省这口气，说投入门为弟子，哄他传些术去。看他临去，耳边叫我但遇过往僧道，若是找寻道童徒弟的，看青鸾摩空为记，便与他随机应变，弄个神通，阻回他去。这等看来，也非出家正道。依你徒弟计较甚好。只是你们寻那个旧契弟兄，设何计策，到前路何处地方阻拦，怎个法儿把他们结果？"只见一个徒弟说道："弟子往日结义相交两三个弟兄，一个叫作雨里雾，一个叫作云里雨，一个叫作沙里淘，便是小徒弟也与这三个排个名字，结誓为盟，患难相顾。不料他三个外游，闻说在什灵通关做些买卖，因此小徒投入师父门下。今日师父遇着这样恍气事情，好歹赶上他，传信我那弟兄，叫拦阻结果了他，与师父出这口气。"巫师道："我一向也不知你这些事情。便是你与三个，排行叫作什名？"徒弟道："弟子排行，叫做胆里生。就是同在师父门下这几个弟兄，

---

　　① 偈（jì）语——佛经中的唱词，由固定字数的四句组成。

　　② 趱（zǎn）路——赶路，快走。

都随着弟子,受不过那野道们这一番欺侮。"故此说的巫师动了报仇的心肠,同着众人,从小路抄大道,来赶梵志师徒。到这地方,遇见尊者师徒行路,他急喘喘也不顾道途远近,气哼哼只是奋勇前奔。尊者见了,与元通道:"徒弟,你看这几人气焰光景、状貌情形,我知他皆非心肠中洁白。让他前行,莫要招揽。"元通领诺,师徒缓步徐行。忽然见一座石桥接路,桥下流水清浅,僧家无缨①可濯②,有渴可消,乃走近桥边,扶栏观望。但见:

　　　　路接长堤,溪流浅水,往来彼通此达,多少东向西奔。尽是磨砖
　　砌就,白石装成;真个徒杠利人,徒梁济道。巧工创就渡头船,善信洪
　　开方便路。

　　尊者师徒观望一番,便坐倚石栏憩息。却说东行梵志师徒,前走到一个地方,名唤灵通关。这关却是一山险道,十里高岗。那高岗里,隐着几户人家,都做些不良的买卖,剪径为生,截路过活。就是巫师徒弟结交的那雨里雾、云里雨、沙里淘,这三人聚党成群,专一白日劫商,黑夜截客。一日正在岗子里计较劫人,只见关前几个人汹汹飞步奔来。雨里雾看见,对云里雨说道:"岗前来人何汹? 想是买卖到了。"正要上前捉住,看来乃是胆里生。见了便问道:"兄弟别来日久,何处安身? 闻道你在巨鼋港投师行教,却怎得暇前来? 这几位何人?"胆里生道:"这是巫师并我师兄师弟。只因前日有几个过路道众,道又非道,破了我师坛场,受了他一番磨折,今想着众位契兄,必能为我报怨,因此远奔投托。料他必经过此道,所以抄小路而来,急煎煎那顾气喘喘,不知这起道众可曾过此?"雨里雾答道:"这道众还未曾到,只是闻得你巫师,有耳报通神,你们也有些法术手段,如何就敌不过他们?"胆里生把眉蹙着,说:"他们手段法术更高,敌他不过。"雨里雾道:"莫要怕,我们弟兄便不济,却有一个新结义的哥哥,叫作赛新园,他离十里岗五里庙修行。我这位哥哥手段甚高,若唤来,料道众怎生敌得,便是结果他何难!"胆里生听了,便问道:"这哥怎唤做赛新园?"雨里雾答道:"我这岗头,有一个大户,造了一座花园,楼阁花树,极工甚丽,名唤新园。我这哥,偶在园戏耍,园主怪他往来频扰,闭门不纳。他便显个手段,在岗头堆了几块砖石,插了几枝花木,吹了一口气,挥了几

----

① 缨(yīng)——古人服装或器物上的穗状饰物。
② 濯(zhuó)——洗。

挥手,就变出一座花园,地方那个不去戏耍! 便起他名,叫做赛新园。"说毕,才请过巫师,众弟子相见叙礼,到雨里雾众人家里,烧茶煮饭,酾酒烹肴,大吃大嚼,计较等候梵志师徒。

却说楚志师徒,依居人指路前行。一则辛苦,一则逢春遇景,师徒们登眺行迟。走得两日,方到这山岗,要过灵通关去。有人传到雨里雾家,说:"岗前来了几个道众。"胆里生便恶狠狠起来,叫声:"师父,你仇人来也。"巫师带应不应,他因何不应? 只因他手段不甚高强,又为日前磕头谢罪,弱了些气儿,且许做徒弟。故此同众徒弟,来便来了,心尚有些怯懦。当时雨里雾率领三个弟兄走到关前,见了梵志们坐在地下石头上,恰好本智一个在关侧净处出恭①。云里雨瞥见,便使个泼天网罩将下来,把个本智盖在网里,才要捆手缚足,那里知本智原是个伶俐道童,虽然被云里雨罩住,他却手段高强,把身子一撑,两手双扯,网破数窟,走到关前,见本定与本慧各个装束,要与雨里雾、沙里淘撕打。却便叫道:"师弟,莫要轻易,这来头却大。"梵志道:"徒弟,怎见的来头大?"本智道:"他会使泼天网儿,徒弟方才撒溺,几被他溺也撒不成。"本定听得,向本慧说道:"我们须要在撒溺处防他的泼天网漫空罩下。"本慧笑道:"我不撒溺,任他网来。"师徒正商议间,只见雨里雾执着大棍喝道:"大胆野道,敢闯此关!"那胆里生便也喝道:"前日受了你们凶呕,今日却也到此。早早把行囊卸下,叩首关前,饶你的性命!"梵志便问道:"你是何人? 阻挡行客,执棍伤人,岂无王法?"雨里雾哪里睬听,抢棍只要打来。好本定,装束了,也执一根棒,上前抵敌。雨里雾便问:"来道何人?"本定答道:"你要识何人,听我讲来。"雨里雾将棍架着棒,道:"你讲来,讲来。"本定道:"我讲,你听着。"乃讲道:

> 自小生来潇洒性,年未三旬正当令。
> 平生好使棒一根,刀枪剑戟都相称。
> 爷娘管我莫持凶,师父传来越添劲。
> 使出蛟龙不敢侵,打进虎狼谁敢近!
> 岐岐路里遇吾师,跟随出家到东境,
> 纯一庵中救道人,巨鼋港处饶巫命。

---

① 出恭——排池大小便。

> 有些道法治强梁,吃得软来不怕硬。
>
> 有斋趁早去烹庖,有钞献来说你敬。
>
> 若还怠慢我师徒,你这山岗没趣兴,
>
> 往来买卖做不成,结伙弟兄都要病。
>
> 你今问我什姓名,半路出家名本定。

本定执棒,也架着雨里雾棍,说道:"你叫做什么姓名,也须通知与我。"雨里雾便道:"我也有姓名,你听我道。"乃道:

> 情性从来我最憨,终朝曲蘖口中贪。
>
> 曾向蜜淋醋打辣,也曾茅草酿中山;
>
> 也曾麻姑谒中圣,也曾香药造还丹。
>
> 陶潜①白社愁眉解,樊哙②鸿门仗剑谈。
>
> 腰下金貂须可换,瓮边吏部不须挽。
>
> 穆生怀忿辞丹陛,太白③酣醺写黑蛮。
>
> 能使英雄生侠气,从教麋额解和颜,
>
> 相逢不饮空回去,洞口桃花也笑姗。
>
> 若问我名并我姓,圣君曾恶不须甘。
>
> 荡着棍儿教你倒,难过岗中第一关。

本定听了笑道:"原来你是个囊包。"雨里雾道:"且请教你是那里人氏,何方乡语? 囊包是骂,是称?"本定笑道:"我与你异乡各地,谈说不明。只就中华土语,你是饭袋的弟,醉汉的兄。我也不怕你。若不是我出家心性,一口吞得你无影无踪。"雨里雾笑道:"口说无凭,量得你下。"本定也微微冷笑道:"包你有凭,吃得下你。"便将棒去直打,关前大闹一会。雨里雾渐渐力弱,叫一声:"云里雨兄弟,上前相助!"云里雨乃舞动那把刀,奋身照本定砍来。本慧见了,忙挺长枪,直撞上去。云里雨见了本慧,便也问道:"来道何人?"本慧答道:"你要问我姓名,听着我说。"云里雨道:"说来,说来。"本慧乃说道:

> 我乃岐岐路少年,家中颇富几文钱。

---

① 陶潜——东晋文学家、诗人陶渊明。

② 樊哙(kuài)——西汉刘邦手下的大将。

③ 太白——即唐代诗人李白。

不宗经史学文字，情性生来好走拳。

打尽世间无敌手，名闻海内不须言。

刀枪使得风难透，棍棒开来浪不旋。

正在村乡演手段，遇我明师把道传。

也会念经并礼忏，也会游方去化缘。

巨鼋港上传名姓，降了巫师拜我贤。

要往东行过此路，何物幺魔当住关？

有礼送行须早办，折干也是你心虔。

若问我名并我姓，洒家本慧姓辛田。

本慧说罢，把长枪也架着云里雨那把刀，道："你这淫污恶物，须也有个姓名，早早报来！"云里雨道："我也有名，说来你听。"本慧道："你说，你说。"云里雨乃说道：

问我名须也有名，平生好乐不邪淫。

假做阳台梦里会，巫山借喻雨和云。

曾把千金买一笑，莫须妖冶说倾城。

馀桃食处楚王忧，书简传来君瑞情。

只因结契三兄弟，灵通关上阻人行，

两把钢刀腰下系，守关鼛鼓夜间鸣。

谁敢关前夸好汉，快输珍宝与金银。

莫教恼了兄和弟，手内钢刀不奉承。

活捉道徒名本慧，还拿师父捆麻绳。

休说雨里云名姓，说起当关第一人。

本慧听了笑道："你原来是个馋痨，只可恨当时何人把你譬喻。这两字名姓，伤毁好人，损坏天理，今日好好备办斋供，送我等过关，便饶你性命。"云里雨将刀直斫，本慧挺枪相迎，两个战了半晌，云里雨渐渐刀法乱了。沙里淘忙掣剑在手，舞上前来。这里本智也舞起青锋宝剑，上前对敌。沙里淘见了本智，便问道："野道莫要乱舞乱斫，我也闻知你名姓，你只把你武艺法术说来我听。"本智道："我的名姓如何你知？"沙里淘道："你师父附耳说与巫师知道，明明叫防来找寻你的，因此知道。"本智笑道："你要知我手段，我说你听。"沙里淘道："你说我听。"本智乃说道：

手段生来我最强，十八般艺出游方。

炼就浑身生铁柱，打成道体发金光。
只因骑鹤临法会，蜃气妖氛弄海洋；
为贪景致投他腹，混搅三军闹一场。
降却蜃妖离海岛，远随师父走村乡。
若说法术无边妙，应变随机件件长。
入水不沉火不毁，刀枪剑戟怎能伤？
来到此关你说峻，我心觑作矮垣墙。
莫教使出神通手，快早低头来受降！

　　本智说毕，把剑停着，道："你这脏物，也通个名姓来。我却不知你的神通手段。"沙里淘笑道："说我名姓，真真吓坏了你，却又喜坏了你。"本智道："既吓坏，如何又喜坏？"沙里淘道："我说你听。"却低头不说，思思想想。怎么思想不说，下回自晓。

第 十 回
赛新园巫师释道　灵通关商客持经

话说本智停着双剑,听沙里淘说名姓,他低头不语。本智道:"脏物,你便说吧,何故低头沉思不语?"沙里淘道:"我的名姓,说了也要想,想了也要说,便是你伶俐聪明、术精艺妙,听我说出,也要思想。"本智喝一声道:"说便说吧! 我们出家人不想,想便乱了道行。"沙里淘笑道:"莫骗我,只恐你们想了又想。"本智怒起,把剑就斫去。沙里淘道:"莫性急,难道我终不说,我说你听。"

我名那个不深知? 走尽乾坤东与西。
有我寒冬如挟纩①,岁荒枵②腹不能饥。
我能逆儿成孝子,我能妒妇作良妻,
弟兄有我相和睦,朋友有我不奸欺。
有我安康无疾病,有我忧愁转笑嬉。
我有雕梁并画阁,我有牛马与猪鸡;
我有庄田多仆妾,我有林木共山溪;
我有绫罗绸缎锦,我有金石宝珠犀。
说起我名谁不想? 尊富荣华无尽期。

本智听了,"嗤"了一声,道:"你原来是个虚利阿堵③,我本智与你再续两句。"沙里淘道:"你怎与我续两句?"本智道:"君子固穷谁想你,小人贪你反增凄。"他六个人在关前大闹。沙里淘也剑法乱了,胆里生看见,便恶狠狠鼓起胸膛,怒汹汹睁着两眼,口里喷出一道烟,肚内忉量④三穴狡,思量也要执一根棍,去帮助三个弟兄。又见梵志雄赳赳模样,也像要

---

① 纩(kuàng)——丝棉。
② 枵(xiāo)——空虚。
③ 阿堵——指金钱。
④ 忉(dāo)量——忧愁的思量。

寻敌手的,乃忖道:"巨鼋港巫师,输了与这几人,特来烦弟兄们报仇,却又输了,怎像模样?"想起救兵,早早去寻赛新园师父来救。胆里生离关方行了半里,却好赛新园这道人,正在他十里岗头五里庙内打坐,猛然想起雨里雾弟兄,岗中有人传来关前敌斗。他便取了几件法具,走近关前。却好遇见胆里生,相见了,一面叙久阔私情,一面说当关急难。赛新园听了道:"阿弟休要怕,待我去救。"飞步到关前,只见他六个人转灯儿相斗,赛新园袖中忙取出一个小瓶子,往上一掷,只见那瓶变的缸大,把本定当头罩下。本定措手不及,倒闷在瓶下。道人又将袖子里绵索一根,往空一掷,那索飞空而下,把本慧捆倒在地。又在袖摸出几块铜铁金银大块,把本智乱打,三个人无法施展。梵志见了,叫徒弟何不使法术,三个徒弟同口一词,说道:"师父,弟子们不拘甚厉害能解,唯有这三宗没法驱除,望师父解救解救。"梵志便怒道:"这三宗不能解脱,还出什家!"随口中念念有词,自己顷刻变得赤面红腮、圆眼咋耳,口里喷出火焰,万道毫光,那三个徒弟愈发叫:"不济,不济。瓶索铜块愈加紧了。"梵志道:"谁人紧你?你自己放松些才是。"当时急得三个人抓耳挠腮。

　　看看道人赛新园,也口中念念,只见梵志那喷出来的火焰,渐渐消灭,三个徒弟道:"好了,好了,师父口里没有火焰,我们徒弟日子这回好过了。"胆里生仍要赛新园道人作法,说:"把这四个野道,结果了他罢。"道人道:"兔死狐悲,勿伤其类。"巫师便也说道:"刀下且留人,想当日巨鼋港,也只因我假设白鳗作怪,愚骗居人,惹动这道徒恶狠,虽然恶狠,他也是为居人缚魅驱邪。况我那时投诚降服,他就好意宽恕。今日徒弟胆里生,苦苦要结果他们报仇,也没甚来由。古语说的好:'省一时,免百日。'依我巫师,饶恕他过关去罢。我当日也有些法术弄他们,他们法术也不小,他今日弭①耳攒②蹄,只恐假诈。"赛新园便把绳瓶收了。只见本智三个人好好地站起,立在关前。梵志道:"徒弟何故不使出手段?"本智答道:"这道人仗着他四个弟兄,势力恶狠狠,这关无法打得过,好歹忍受他些儿,哄过关去,再作理会。"梵志道:"便是我心也如此。"巫师见赛新园收了法术,梵志师徒却小心下志,上前躬身道:"列位若要金宝,我们设法

①　弭(mǐ)——平息,停止。

②　攒(zǎn)——积聚、准备。

不难，只怕哄你们不得。若要行囊，料值不多。若是要报仇，我们与列位无干。就是相逢列位，必然恭敬。"雨里雾道："你们时常远慢我等，今日过关，敌我弟兄不过，说出好看话儿。依我胆里生兄弟，定要结果你们，出他一腔仇恨。依我巫师，念你日前放他，他今日反来劝我们饶你。也罢，放便放你们过此关，只是莫冷淡我们弟兄。"梵志道："我贫道既过贵关急切，与列位相逢甚少，冷淡时有。"雨里雾道："别方远处，有相知相厚，作成亲热，莫要说破戒，便就不是冷淡。"梵志道："领命，领命。"两下讲和。巫师依旧请了梵志师徒，到赛新园道人小庙，设备斋供。雨里雾弟兄，哪里肯吃素斋，乃治办荤食，要强梵志师徒们吃。梵志不肯，力辞道："若是开了斋素，便难过贵关。"沙里淘笑道："只要有小弟，怕甚关难过！"众人吃了斋供，梵志辞行，巫师远送几里，回到关下，众兄弟便留住巫师。巫师忽然耳中说道："关前有几个贩珍珠玛瑙商客，要过关去。"巫师笑道："你如何几日不报事，哪里去来？"耳报道："只因梵志师徒在此，我邪不敢犯。"巫师道："他们也非正。"耳报道："虽然他们今受了些妖法，却日后要遇正还真。"巫师听了耳报之说，随说与雨里雾弟兄。众人便知巫师有先知之术，因此越留在赛新园庙住。

　　却说国度中这起商贩珍宝客人，各贩货物在身，要过灵通关。也闻得关前有截路剪径强人。这离关三里，却有一大户人家，众商计议先来投托，借势过关。这大户却是郑修的兄弟，名唤郑齐，此人家累千金，田园颇富，俱是倚强凌弱，占夺起的。年近六旬，尚无子嗣。一日正坐在家，计算人头上花利。家童忽报，南路有几个商客拜访，郑齐听了，忙出户相见，各叙宾主之礼。郑齐开口问道："列位到舍，有何见教？"众客答道："小子们贩得些珍宝，要过此关，久闻关前有伙截路恶人，不敢轻过，愿借势力保护过关。谨备薄礼相酬。"郑齐听了笑道："四海之内皆兄弟，何劳厚礼！便是保护过关，有何难处！"众客大喜。郑齐随备酒饭款留众客，把行囊俱放在郑齐家，稍歇一日两夜。哪里知郑齐未曾保护，先起奸贪，暗约歹人要劫商宝。这商客中却有一人，平生吃素，好诵经文，早起望空礼拜。这善心就感动天地，幽有保护之人。却是何人？乃是尊者师徒，正别了郑修。郑修临别，却也说道："我有一弟，在灵通关住，平日心术不正，师父们若过关，可会则会，如不可会，便过关去吧，不要沾惹他更好。"此时尊者一面叫元通记了，一面行路，却又见三五个赶路之人，便稍停缓步，或歇息林间，或栖迟道路。恰好离得关前三五里远，只见一个高房大屋人家，隐隐在林中现出。元通向尊者说道："师父，高大房屋，想必是郑老弟家。他叫我们不要会他。如今趁早过关去吧。"尊者听了元通之说，抬头观看，果然高房大屋，在那深林密树中隐隐现出。怎见的？但见：

> 瓦兽雄飞，粉墙迸出，层楼巨阁连云，峻宇高垣接汉。居非府第，总是村落没遮拦；家有金钱，且做快心违制屋。

尊者看见大屋，向元通说道："徒弟，依郑老之言，可以不会。论普度之心，怎教放下？我且见那大屋之上，若似日前那还仆继后的祥烟，却又伏着暗昧妖邪的气焰，我且与你到他家，探望一番亦可。"当时元通便随着尊者，走到大屋门前，只听得屋里诵经声出。尊者乃道："善哉！人传郑恶，怎有善行？"正说间，内里却走出两个客商来，见了尊者，便问："长老寻谁？"尊者答道："施主莫非地主？"商人道："我等非主，乃是过客。长老要谒地主，少待家仆传报，主人自是相见。"尊者依言，便坐在大门外首。果然，少顷家仆出来，尊者便烦他通报。那郑齐心方在算计商客，又听得远来和尚，不知化缘的，是贩宝的，延捱不出。师徒听这诵经声止，乃有一人走出，也是个商客。他见了僧人，与他诵经吃斋情意搭合，便邀入尊者到他客寓，备问师徒来历。尊者一一答应，却两眼看那客人，面带暗晦气色，乃问道："客官有甚心情？贫僧望色而见。"客人便把过关的情由说了一遍。尊者听了，暗暗在心，只候主人出会。少顷，郑齐出屋。见了尊者师徒庄严相貌，不同凡僧，乃就延入正厅堂上，叙问来历。尊者备细说了一番，却说到郑修身上，与那侵占他产的大户，纵还家仆继人后嗣的功果。郑齐便笑道："功果之说，似有似无。且问师父，比如一人饥饿，为因无粟；一人饱足，乃是多金。得金易粟，怎教人不攫①金？攫金换饱，怎便就无功果？"尊者笑道："人人依施主这说，白昼所以有伤人害命之事，罪恶无端，何言功果？"郑齐问道："功果可有报？罪恶可有应？"尊者不答，只合掌诵了一声："善哉！善哉！"郑齐不能解，两眼却看着元通笑道："长老合掌怎说善哉？何意我却不知莫解。"元通乃答道："我师父已是明白说与施主了。"郑齐大笑起来，说道："往常见僧道们说哑谜、糊涂话，令人猜解，愚昧的解不来。"便磕头礼拜说："长老师父度化他了，他哪里知

---

① 攫(jué)——掠夺，抓。

都是他暗里起发布施的念头。”只这一句,尊者就答应道:“施主,这讲道理说糊涂话,虽是暗昧,比那暗昧使心、用奸骗人的,大不相同。”郑齐道:“暗昧使心,怎么不同?”尊者道:“施主备细问小徒自知。”郑齐乃问元通。元通答道:“使心暗昧在冥间,报应昭彰在世上。小僧有几句三字语,施主须听。”郑齐道:“小师父,你说来我听。”元通乃说道:“施主,小僧随便说,你莫怪和尚家多口饶舌。”郑齐道:“任小师父饶舌。”元通乃说道:

漫饶舌,三字劝,愿仁人,端正念。富休奢,贵休僭,势毋骄,贫毋怨。德莫忘,爱莫恋。创业勤,处家俭。禁邪私,谨灾患。若瞒心,将人骗,财货侵,田产占,起奸谋,暗里算,天不高,举头见;神不欺,目如电。自祸淫,必恶厌。怎如心,一慈善。子子孙,永无间,高门楣,增福算。

元通说罢,郑齐忽然自忖道:“僧家说话,却也明白。若果有善恶报应,何苦我暗昧存心!”乃口中说道:“师父讲便讲得有理,只是人面不同,有如其心。我以善待人,人却不以好待我。俗语说的好:‘虎无伤人意。人有伤虎心。’”元通道:“毕竟人遭虎啖,哪曾有虎被人吞!”郑齐笑道:“人多食虎。”元通道:“虎不能逃人机阱,终是猎家食。猎家多是遇着大虫,却也放不过它。”郑齐道:“解脱何如?”元通道:“不如莫生机阱。”两个辩难了半晌。郑齐心地觉明,便道:“小子且留二位师父在舍,多住几日,愿闻教诲。”当下家仆摆出素斋,款待师徒,收拾静室留住。

却说郑齐心里要串同雨里雾这一伙人,阻截商客,被元通一番三字劝语,开明了他心意,自想道:“我生平侵占人田产,谋骗人钱财,虽然积累富饶,叵奈①尚无子嗣。”又想:“和尚在哥哥郑修家,说那纵放家仆、不绝人后的子孙繁衍,我今日却又暗算商客,天理何在?”这心肠想便想得端正了,只是三心二意,善根还不坚固。一面且不行暗约串同之计,一面且徘徊睡卧之间。这夜就做了一梦,明明梦中见他亡过祖父,托梦叫道:“郑齐,你恶满灾殃大至,何不勇往遵奉僧言,及早回心莹白,广修方便善事,不但免堕轮回②恶趣,必且后接荣昌。”郑齐听得“后接荣昌”四字,便

---

① 叵(pǒ)奈——无奈。

② 轮回——佛教指有生命的东西永远像车轮运转一样,在天、人、非天、地狱、饿鬼、畜生等六个范围内循环转生,即所谓“六道轮回”。

想起他六旬尚无子嗣，一念动了善心，道"谨领梦中之言"。早起安排饭食，请客商入屋内，写了数字帖儿，付与商客道："过关若遇强梁，此帖内必然解救。"众商接帖，吃了饭食，辞谢方行。只见那诵经商客，忙忙入屋，到静室中来谢尊者，说道："夜于梦中见一僧人，持一卷经授我道：'勿间诵念之功，自有风波不扰，虎豹强梁不加害之报。'暗想得过此关，却要借赖师父之力。"尊者与元通以好言回答，这众客方才欣然而去。众商客辞别时，郑齐又叮咛附耳几句，明说"莫忘了简帖中话"。商客谢了又谢。却是何说，下回自晓。

第 十 一 回

凶党回心因善解　牛童正念转轮回

话说郑齐听了元通三字善言，感动良心，丢开奸计，写了一个帖儿，付与商客过关。商客谢他礼物，一毫也不受，临行耳边仍与他说几句附耳低言。这商客持着帖子，大着胆儿，行到关前。只见把关的说道："客商们过关须要小心些，我这地方却有不良之人，乘黑剪径。"商客听了，口里答谢，心里惊怕。那吃斋的客商，口里咕咕哝哝，只念着佛。众人走过关来，天色黄昏，正欲前奔宿店，只见深林里走出几个人来，一个丢瓶，一个掷索，一个打砖石，一个开口叫道："走路的，好生看家伙！"商客把眼一看，只道是枪刀棍棒，却原来这样家伙。心里虽然不比器械惊人，却又不知这家伙怎样厉害。只见那家伙，套得套，拴得拴，打得打，把客商行囊抢去，却丢下这客商在僻路之中，奔店又远，退走又迟，只得坐在深林地下。这几个人，抢了行囊回到家里，开了一看，只见一纸简帖儿，却是写与赛新园的。上写着："今有客商亲眷过关，其中有一商人修善，感动高僧神力警戒，小子已回心向善，道兄可方便这商客过关，日下高僧过关，再图面谢。"这几个人，却就是雨里雾等，见了书简是郑齐的，乃道："痴客如何不当面说出郑姓亲眷？既是有来历，便将行囊仍包封起来，送到林间，付与众商，叫他往大道去罢。"

却说众商得了行囊货物，心喜神欢。他怎的不说出郑齐名姓？只因郑齐临行，附耳叫他不要提名道姓，使众各争夺行李，所以商客不言，反得方便过关。虽然是郑齐的方便，却感激长老功德。毕竟是商中一人诵经的报应。后人有四句五言赞叹灵异。

诗曰：

> 莫异诵经文，纸上空咭咭。
>
> 善念到灵通，神哉诸恶化。

却说郑齐方便了众商客过关前去，留着尊者师徒，在家敬奉斋供，诵念经文，忏悔平日过恶。尊者要辞行，郑齐道："家兄处师父也多住旬日，小子处便求多住几朝，未为不可。只是亵慢高贤，得罪得罪。"尊者称谢。
一日，与元通到村乡善信人家，课诵经忏，归来天晚，只见远远有几个人，
来得气焰凶恶。尊者乃向元通道："天色夜晚，前面人来的气焰不良，多
是关前截路剪径之辈，我与你当回避。"元通道："此地都说不良的多，弟
子与师父也不当夜晚归来。"尊者道："为人功课，须当尽心。完了斋醮①
法事，岂有为天晚路遥，便怠慢简略善事？"乃与元通避于深林大树之后
偷看。那几个人手执着凶器，口里骂的却是郑齐侵占他田地，欺辱他弟
男。怒气冲冲，要去报仇。这几人前走，后边却跟随着许多凶暴恶怪。那
形状真是怕人！尊者向元通悄悄说道："善哉！善哉！徒弟，你看做歹事
的凶徒，后边就跟着些凶恶。"元通答道："师父，这凶恶既去害郑齐施主，
我们当去救护他。"尊者道："出家人如何救护？手不能格猛，身不带寸
铁，郑施主恶结日久，劝化已迟。况这凶恶不可近，万一迁怒我们，反为无
益。我这几日见商客去后，郑施主面色光彩，觉似有些善念感发，定然不
招凶恶。你与我且歇息深林，听这究竟。"元通领了尊者之言，虽打坐林
中，却也心神不静。怎似尊者，如常入定，跏趺②而坐。

　　却说这凶人，持械直奔郑齐家来，要把郑齐快心泄忿。恰好走至大门
前面，只见他家门首，两个勇猛大将，顶盔贯甲，把住门口。这几人看见，
吓了一惊。只见那两个大将，怒眼环睁，虎须倒插，若有吞牛食虎之状，宛
然天丁力士之形。众人心怕起来，说道："郑家如何有人防范我们？想是
他平日结交的好汉。"及抬头往上一看，又见他房屋上，祥光瑞气，蒸蒸现
出，都在那尊者静室之处。内中就有一个计较道："列位且不消动手打进
他门，我闻他近日留着路过僧人，在家修善，这祥光多是僧人卧房。又闻
道僧人有手段法术，万一弄出事来，非但不能报仇，恐反害己。"众人也有
见大将怕的，也有听闻僧人手段的。既说到僧人身上，便也有悔心要做好
事的。一时各相息忿，道："且回家去，再作计较。"众人回到深林前过，这
元通哪里打坐，只在林前窥探。忽然众凶回来，元通忙入树后偷看。只见
众人头顶上祥光烁烁，后面却跟着些善眉善眼福神，待那起人过去，乃走
到尊者前。恰好尊者也出静，元通乃问道："师父，方才徒弟见那起人都

---

①　斋醮(jiào)——请僧道设斋坛，向神佛祈祷。
②　跏(jiā)趺(fū)——和尚盘腿而坐。

回来,后边跟随,不是前边凶暴恶怪,都换了善相福神。又听得他内中说道:'郑齐家门前有防守的顶盔贯甲大将,房屋上有腾起的瑞气祥云。'这是怎说?"尊者微微笑道:"这就是解也。只是解便解了,还要费我们一片苦心,方能成就他无穷的功德。"元通问道:"师父一片苦心,却是师父开度的美意,无穷的功德。却是怎说?"尊者随说了四句偈语道:

> 天地无穷尽,善根无了期。
> 人能常固守,叶底又生枝。

　　元通觉悟。当时天渐明亮,师徒乃回郑齐静室。此时郑齐尚寝未起,只见郑家一牛童走出屋来,向尊者说道:"师父,我有一件事情,敢请师父去看。"尊者问道:"何事?"牛童道:"事却在灵通关前一座破庵堂内,请师父去看。"尊者道:"有事便讲。"牛童哪里肯讲,只要尊者同去看。尊者见他意专,却又是庵堂内事,便叫元通同他去。元通同牛童到得破庵堂前,只见庵久颓倾殿塌,圣像风雨淋漓毁坏。牛童便向元通说道:"师父,小子别无他说,只因往日放牛,遇雨躲避这殿中,见雨淋圣像,小子不忍,发了个心愿,欲修理这殿,装塑圣像。叵奈无有钱财,意欲烦师父们转说知主人,把一二年放牛的工银,先借出,修理这一件事情。"元通听了牛童此话,合掌向圣像念一声"弥陀",满口应承,回见尊者,备说这一件事情。师徒叹道:"一个村野牛童小子,起这一片善心,乡村多少富室大户,偏无一人动念。"乃随候郑齐出屋,相见了,郑齐问道:"二位师父,昨日归来天晚,却在何处经宿?"尊者答道:"便是昨夜归来天晚,昏暗难行。贫僧师徒,只得在深林打坐,天明方来。"郑齐道:"深林恐有蛇虫虎豹,师父们不当住此。"尊者笑道:"贫僧出家人,随所住处常安。但只有一件奇怪事情,小徒于黑夜间,见有数人,各执凶器,口称报仇,往林边过去复来。小徒见这数人去时,身后有许多凶恶邪怪随着,回来便换了许多福善人形。这人却是何处行凶,要报哪个仇恨? 贫僧想:这凶人去时一种恶意,便是一种恶报的怪孽;回来时必是事未曾遂,悔心萌发,便是一种福善随身。但不知贵村乡,谁与人仇? 谁存恶念? 老施主若知些缘由,也当暗行劝解,免教积怨。生出这种根因,不但后悔已迟,且于阴功亦损。"郑齐听了,浑身冷汗交流,一心小鹿儿乱撞,便道:"半夜犬吠,想是此因。"半日沉吟,乃向尊者前稽首,说道:"实不瞒师父,此事情亦几乎弄出。明明夜梦祖先说道:'不遇二位师尊,此恶怎解?'却实实是小子平日,中了些恶毒与前村这几家人也。但此事如何化解，望师父指教个良策。"尊者道："语云：'一善能解百恶'，施主但行一善事，自然化解。试想你平日，与你结仇的何事？怀忿的何人？天地间，财产容易得，便亏欠了些微，也是小失，万一伤损了心术，占夺了人便宜，弄出恶报，为害不小。"郑齐点头说道："而今而后，小子知过随改。"元通乃开口说："施主，如今却有一件事情，要施主慨然行去。"郑齐问道："甚事要小子行去？莫不是有甚缘要化？小子一一奉承。"元通就把牛童的心肠说出来，郑齐慨然道："这个愚蠢牛童，怎么发出这点心肠！小子既承师父说，一一应承，把三年顾觅他工钱算明，莚借与他。"这牛童接了工钱，便递与元通道："师父，你便与我计算装修圣像工价。"元通道："这还是你家主计算兴工为便。"乃择日兴工修理。后有夸牛童感发善心五言四句。

诗曰：

嗟彼放牛童，而有此发善。

富贵具须眉，阴功能几劝？

话说冥有报应神司，专掌人间善恶。这神司却是楚大夫伍员①，生为忠义，死做神灵。一日，正检善恶报应簿籍，见上面郑齐过恶多端，当遭凶害，只因毁心救放商客，受僧教戒，且解凶报，却又成就牛童一点善心，遂查他身后根因，当作何报。见他膝下尚无子嗣，遂降他一子。正吩咐侍从，将应脱生人类的，送令投郑妇之腹。忽然西边毫光烁烁，金甲护教神人下降，神司执香拜迎。只见那神人说道："报内司神，既查出郑齐修善解凶，成就牛童功德，如何不查牛童，善心作何报应？他以愚蠢佣儿，发大善行，当从厚报。"神司接了护教旨意，遂查牛童前世，乃奸盗诈伪之属，身死名灭已两世，水淹虎咬报应矣。这转应当同郑齐受杀伤凶恶之报。郑齐以供奉圣僧，受教行善，解化凶徒。牛童尚未勘报，将有兵刑之加，却喜他发了这件善念，当免其死于兵刑也。护教听得神司之说，乃道："装修圣像，苦盖神殿，其功德非小，今郑齐既无嗣，应给其子。何不把牛童为其后裔。"神司领旨，护教金光从西而去。

有此一段根因，这郑齐与元通到得破庵堂，看见圣像雨淋毁坏，殿宇风打倾颓，自己也动了不忍心肠。遂唤木匠泥工、装塑作人，估工修理，便

①　伍员——即春秋末吴国大臣伍子胥。

传得大村小里,老幼妇女来看。莫不称赞道:"郑家一个愚蠢牛童,发这一种善念。"个个捐钱钞的,施米谷的,同他一样斫柴牧羊的孩子,也分心来帮拾砖瓦,运浆泥,成就这件功果。不数日功完,这村里善信人等,见郑家做这好事,又有尊者师徒在其中化缘帮助,便商议,功完做个圆满道场。尊者依拟行数,遂修建善事。这日,村里大小妇女、老幼男子,正来随喜道场,只见牛童欢欢喜喜到庵堂礼拜圣像,忽然倒地,奄奄绝气身死,把村里众人叹的叹,说道:"好心的如何没好报?"笑的笑,说道:"牛童微贱,有何力量做此僭妄①之事,亵渎圣贤。"唯有尊者微笑不言,把慧眼四面一望,向元通道:"善哉!善哉!报应神速,亦至于此。"元通问道:"师父这牛童事奇怪,灰了众心,如之奈何?"尊者道:"顷刻自明,这众心自解。"

却说郑齐的妻,久未怀孕,十月之前,怀着一个积恶来的冤家,只因善根充满,牛童忽死,遂投其腹。郑齐正坐在厅上,忽见牛童从门外直入,郑齐见了,说道:"庵堂道场善事,你在彼处瞻拜,如何回家?"那牛童全然不答不睬,直入卧内。郑齐疑怪,随后跟入。牛童忽然不见,只听得哇咳②之声,出自卧内。婢妾欢天喜地,说道:"孺人③生产个小员外来也。"郑齐一面大喜,却又疑牛童入内不见何说。正裁度间,尊者师徒道场事毕回来,郑齐出会。元通不知郑齐生子,便把牛童身故事情说出,郑齐听得,吃了一惊,向尊者说道:"这事却跷蹊古怪,奈之何也!"尊者问道:"施主何事跷蹊?怎生古怪?"郑齐便把牛童入内之话说出,尊者合掌道:"善哉!善哉!施主作福有种,行善有根也。这事也不消贫僧细说,料施主心地自明。"郑齐也合掌称扬尊者功德。元通道:"施主生子阴骘,却不是与贫僧称扬功德的。"当下郑齐备斋供款待尊者师徒。因此乡村传开,都说牛童行善,郑齐得子,牛童死时,入郑齐卧内,这善功感应真实不妄。那执凶器要报仇的众人,不但怀忿顿消,且个个暗地称赞。又遇着郑齐被尊者师徒劝化,他把侵占人的田产,尽行退让还人,以此好名反震动乡村远近,都称郑齐为老佛。尊者见郑齐行善,声闻村里,乃与元通辞行,郑齐苦留不住。师徒决意前行,方近灵通关口,只见四个人捧着香炉,上前问道:"二位师

————————————

① 僭(jiàn)妄——超越本分的妄为。

② 哇咳(hāi)——欢笑声。

③ 孺(rú)人——旧时通用对妇人的尊称。

父,可是在郑员外家里来的?"元通答道:"贫僧二人便是郑员外家里来的。"这四个人,执香拜倒关口。尊者忙答礼,说道:"众善信何为恭礼贫僧至此?"众人道:"凡愚堕落火坑,无从解脱,闻郑员外供养高僧,成就了无边善果,解释了万种冤愆,某等欲远投瞻仰,只为尘情羁绊,今日幸得宝盖遥临,故此焚香迎接。望发慈仁,降临敝处,开度愚蒙,幸甚!幸甚!"尊者但拱手谦让。元通乃暗向尊者说:"弟子闻关前有一伙剪径歹人,这众人形貌却像,语言何文理温恭?"尊者道:"这言辞情景,正是此辈着人的去处。"却是何事着人,下回自晓。

第 十 二 回

元通说破灵通关　梵志扩充法里法

话说这众人说了些温和道理言辞，把香炉焚着沉檀速降，往前引导，尊者师徒只得举步随行。到了一处，岗子林深，茅屋数楹，众人请尊者入内。却早有两个道者出迎，尊者师徒看那道者，打扮得齐齐整整，举止却肃肃雍雍，上前恭迎道："久仰高僧功德道行，今见庄严色相，果然入圣。"尊者亦以礼答，坐定，尊者乃问道："檀越高姓大名？从未识荆①，何缘过辱迎待？"只见两个道者答道："小道一个唤做巫师，一个唤做赛新园。这四个，一唤雨里雾，一唤云里雨，一唤沙里淘，一唤胆里生。"尊者听得，已知这几个行径，平日拦阻过客，劫掠行人，今日如何谦恭下气，接待我等。想是郑齐的交契，曾有几行信寄先容。乃正色问道："久闻列位洪名美誉，未曾会面，今觇英风伟貌，果是名传不虚。只是贫僧师徒，借行关前，直探大道，望列位关照一二。"赛新园便开口说道："小道与这几弟兄，结纳契交，只因这胆里生兄弟，有些小忿到此。如今忿已解去，终日与巫师在此。因见雨里雾弟兄，虽日日相逢，过往不虚，未免劳扰度日。小道与巫师，闲居在此，也虚度了时光。闻二位师父在郑员外家，大开方便，感化有情，伏望不吝慈航，一垂普度。"尊者听得，一句不答，只把手内数珠儿轮着。赛新园叩问再三，元通见尊者不答，心已了明师意，但新园等不解，便把眼看那新园，貌似莲花，形同菡萏②，不像个五蕴皆空，到似有百千变化。更见他那三寸舌爽朗高谈，把几个人行藏尽吐。他便指着雨里雾，向元通说道："师父，你看我这契弟，他性秉醇浓，情高放达，待人真个识冷暖，行事却也甚和同。只因他与人过于情爱，壮添颜色，反使人颠狂忿戾③，今自请教个解脱，意欲与师父结个契交。"元通答道："雨里雾檀越，

① 识荆——久闻其名，初次见面的敬辞。
② 菡（hàn）萏（dàn）——荷花。
③ 忿戾（lì）——怒恨、横暴。

莫怪贫僧说，你今后只一味淡淡相识，薄薄时光，令那受你惠爱的不困，得你情意的不见罪与你，莫造鸩毒伤人，酿作极佳待客，自是人不病你。你多与人有益。"雨里雾听了，便拱手谢道："师父可谓知己，小子欲与你结个往还兄弟。"元通道："贫僧出家人，局量褊浅，久已谢绝交情，不敢扳援亲近。"雨里雾听了惶恐，起身道："空费了虚文，接待这没缘法的和尚，不如离了这关，再寻度量大的去也。"乃避席飞走而去。

赛新园又指着云里雨，说道："你看我这个契弟，他态度风流，情怀娴雅，常结交几许同气连枝，亦且成就人间佳偶。也只因人为他纵情过度，逞欲劳伤，反使人荒亡多病。今日请教个解脱，意欲与师父结个婚姻。"元通答道："云里雨檀越，莫怪贫僧说，你今后只是正心寡欲，保命养神，令那爱你的毋劳其形，贪你的毋摇其精。你勿作邪荒娇媚，勾引浪荡春心，自是落花流水，两作无情。"云里雨听了，便整衣上前道："师父可谓情深，小子与你结个通家契合。"元通道："贫僧方外人，嗜欲不染，淫私无挟，难做通家契合。"云里雨听了，羞涩满面，道："没趣，没趣。可惜兴头，空与这和尚讲，不如弃了这关，另寻婚媾去也。"乃惭面汗颜而去。

赛新园却又指着沙里淘说道："你看我这个契弟，他生来富家大户，贵重华美，常托忖着几个贪恋俭啬之交，壮了人多少颜色胆子。也只因他势利炎凉，嫌贫爱富，反令人骄傲得轻狂，窘乏得寂寞。今日请教个解脱，意欲与师父结个神交。"元通答道："沙里淘檀越，莫怪贫僧说，你今后只如贫贱交情，洁廉自守，勿做孔方兄之势，免教人阿堵物之称。任人满柜盈箱，只当空囊竭橐①。自是说伊有礼。"沙里淘听了，便和容悦色说道："师父，足见你语言宽裕，小子欲与你结个忘怀合意。"元通道："贫僧已超尘外，久处空门，不慕奢华，焉敢趋教？"沙里淘听了，敛容屏息，道："着甚来由，不自安享充饶，与这和尚抢白一场？不如别了这关，附个鄙吝哥哥去也。"乃抱头窜耳而走。

赛新园见他三个都被僧人参破，使性而去，把手将欲指胆里生，说他生平来历。只见胆里生竖起两道眉，横睁一双眼，大叫道："师兄不必说我的行径，说起来，这长老难免一番腾腾火性，直烧岩庙，我也不能忍一朝忿忿不平，赳赳心肠。"赛新园只得吞声忍耐，不敢多谈。却惹得元通和

①　橐(tuó)——一种口袋。

颜悦色，降心缚志，说道："胆里生檀越，你莫怪贫僧说。只因你见理不透，不忍一朝之忿，行事欠明，顿发五内之烟，不是伤了交情和好，便是损了颐养①天真，浩然空做了暴戾睚眦②，一腔尽成了强梁跋扈。万一遇着英雄豪辈，岂不鼓动彼此闲争？戒之！戒之！少年兔淘勿斗。"胆里生听了，笑将起来："师父你教诲极切骨入髓，真沦肌浃肤，小子实是敬服。欲要与你结纳扳援，无奈你坦然谢却。也罢，既承点化，我也难拒此关。别处去投个暴躁心性，不忍耐的弟兄去也。"疾走如飞，不顾而去。

元通见这四人遽然而走，便辞赛新园与巫师，要过关前去。只见巫师向赛新园说道："我与师兄往日会着的那道徒，虽说逞妖弄法，却还有些情意，与我们结个师徒交契。今日这长老们，把我们几个结交，都说的没兴趣去了。只有胆里生是我个徒弟，他如何也离关而走？"赛新园道："正是，正是。如今之计，孤立无伴，在此地无用，不如我与师兄往东赶那道众去罢。"说了一声，二人不顾尊者与元通，往关前直走而去。元通见二人径去不顾，乃向尊者问道："适才弟子与这几个阻关之众讲辨，这一番都离开散去。师父以为何如？"尊者但答道："是你做徒弟的本来，是那阻关的去往。他们既去，我且与你暂留住空宅，明早东行。"

却说巫师与赛新园，离关往东路赶长爪梵志，巫师道："他们前去已远，怎赶得上？"赛新园道："赶路随路，再作道理。"正说间，只见云端里两只青鸾飞来飞去，当初原是一只青鸾，寻取道童，如今缘何两只？这一只，原来是梵志摘的林树枝叶幻化的青鸾，与假道童骑回。两个拴缚林间，真假莫辨，被尊者解救。那真的，一心要寻道童，未归海岛，在这云间飞来飞去。巫师见了，便与赛新园说道："当日在巨鼋港，我拜梵师，他托我留了幻法，但逢青鸾便教阻拦，莫令东飞。今我与道兄既赶梵师，何不就借鸾作驭去赶？"新园听了，抬头果见两只青鸾云端里双飞，却向巫师说道："好一对青鸾！"你看它：

　　彩翎铺锦，青翮凌云，乘风萧萧，参差上下，摩空对对，并耦和鸣。双足直逼翅间，两眸遍观宇内。一只是：海岛奉真仙令旨迎童，一只

----

① 颐养——保养。
② 睚（yá）眦（zì）——发怒时瞪眼睛。

是：树林被道人变成幻化。它两只巧遇有心情，这二人恰逢多罣①碍。

话说赛新园抬头果见两只青鸾，听了巫师说话，把手一招，只见两只青鸾，双双飞落在地。他二人各跨一只，飞腾霄汉，往前直赶梵志师徒。梵志师徒自离了灵通关往东行走，正走间，只见云端里双鸾飞来，却跨着两个道士。梵志见了，向本智说道："罢了，那海岛老仙儿来也。"本智道："来也无用，弟子久已随师，无心旧业。师父何不仗一法术，使他回鸾而去？"梵志听得，忖道："本智既发此念，我且使个神通，把飞鸾摄下，叫他跨鸾得跌下半空。"一口气往空吹去，哪里知假鸾跨着新园，真鸾骑着巫师，真鸾那口气不下来，假鸾原是林叶，被梵志一口气，原来还归原去，把个新园半空跌将下地。也是新园晦气，跌得他头破血流，及使法术，已迟不及。那巫师跨着真鸾，在云端里见新园跌下受伤，忙从空飞下。梵志师徒见了，笑道："原来是巫师两人。"急救起新园，新园陡然发起怒道："我有情奔你，你如何不以礼待，却弄术伤人？"把眼看那青鸾，却是树枝枯叶。他从地跳将起来，分明是赛新园，却把脸一抹，就变了个海岛玄隐道士的模样，叫骂起来道："何处山野村夫，如何把我道童徒弟拐骗前来？"梵志见了，也只道是真玄隐假托新园，来寻取徒弟，却又见巫师近旁解劝。只有本智，他原是跟随玄隐师父日久，虽然被蜃气妖氛迷乱真元，却还认得旧师道貌，且忖道："吾旧师道力洪深，大宗正乙，他怎肯跨假鸾被梵师法跌？定然是新园使法。他既会弄神通，难道我偏不会？"也便弄法，只见赛新园抹脸假变玄隐，一面嚷着，一面看着本智道："你是我道童徒弟，如何忘却旧恩，不归海岛？"本智也把脸一抹，随变了个新园，道："你是哪里来的无名野道妄认徒弟？"两个浑炒乱争，巫师在傍，那里分辨真假，只是心疑乱劝，与梵志帮着本智假变的新园，反来攻说假变的玄隐。这赛新园见了本智变的却是自己，笑了一声道："精晦气，真浑账，如何他却是我，我却是谁？"只因一笑，就复了本像。本智也笑了一声，复了本像。巫师方才明白，梵志师徒都笑将起来，乃问道："二位缘何跨鸾赶来？"巫师半句不提尊者师徒事情，只答道："雨里雾四个离关各散，我与新园道兄思慕师父道范，特地赶来，不意两只青鸾飞空，借他四翮遥临，却怎一只枯

---

① 罣——同挂。

叶、一只又腾空而去?"梵志道:"我以假浑真,缠绕他忘归海岛,你今夸真,他见假,自然扬去。只是新园误跌,反为我等之罪。"新园方知这情节,心方息忿,说道:"弟子二人愿随师父前行,伏乞教诲,乃求不隐。"

正说间,忽见前村路口有个界石,乃是海外印度国五处通道。师徒们往东行去,见一村落人家,彩幡高挂,钟鼓声闻,却是许多火居道人,轮修法会。梵志们见了,径奔前来。道人们见了梵志师徒,便邀入堂中,各相叙礼,乃问道:"众师何方来? 欲往何方去? 还是禅宗,却是道教?"梵志答道:"吾门传教,不论禅宗道教,俱在修行。"众道人道:"师父既不论何宗教,请问可会甚法术么?"梵志道:"乍尔相逢,怎便问起法术?"道人说:"我这地方,常常有游方异人到此,弄甚障眼法,使甚五遁术,因此我等也学习了几桩,在此轮流作会。若是师父们有甚神通妙法,使一两桩与我等一看,我们却也不敢怠慢。"梵志听了不言。只见本智答应道:"法术我们也会得三两桩,不知道众友要如何作起?"众道说:"我这村里,人人都知弄法,却只是一法。不能法里通法,师父们若能法里通法,便请试一二。"本智不知,两眼看着本慧、本定,他二人也不知,却看着梵志。梵志笑道:"这有何难?"乃向赛新园说道:"此法里通法,道友知否?"新园答道:"知道,知道。但被假鸾跌损,不能神运,乞借梵师法力显示。"梵志乃对众道说:"贫道能法里通法,就请道友示个法来,贫道能通。"只见众道中一人说道:"我等请师父示一法。"梵志乃叫本慧:"汝试演一法。"本慧不敢违教,随演出一法,只见茫茫大海现前。众道人齐称:"好大海水!"梵志却叫:"谁人能法里通法?"众皆不应。梵志仍叫本慧:"汝能么?"本慧也不答应。梵志随把手一指,只见水中一只老虎咆哮出来。众道人看见那虎,金睛白额,铁踞斑毛,吼一声,威震山谷;跳两步,势摇林莽。众人且惊且喜。惊的是,恶狠狠状若扑人;喜的是,气驯驯形如蹲伏。莫不称:"师父好法里法也。"众道中一人道:"再求一法。"梵志便教本定:"汝试演一法。"本定也不辞,随演一法。只见腾腾烈焰烧来。众人齐道:"好大火焰!"便求师父也示个法里通法。梵志不辞,把手一指,只见火里一条赤龙盘旋出来。众道人看那赤龙,红鬣金鳞,赤须白角,舒四爪,柱若擎天;展双眼,光如飞电。众人齐夸齐看。看的是,从来未见火中鳞;夸的是,梵师好个法里法。只见众道人中,又有一人问道:"师父的法里通法,我等尽见,不知此外更有何法?"梵志答道:"吾法无穷,各随理现。这才龙向火里,虎出水中,若要推广,自有妙道。"本智便向众道人说:"小道能推广吾师法外之法。"道人便问道:"师兄以何法推广?"本智道:"谁能再演出火龙、水虎,小道试以一法,请看。"赛新园道:"我能演。"乃口中念念有词,只见半空火龙出现,水虎示形。本智把手一指,那龙现处彤云飞汉,虎啸处烈风扬空。把些众道喜得声声叫:"好妙法!"梵志见众道叫好,便说道:"贫道游方过此,岂在试演无用幻法,实欲借势修行。众位道人不修些有用的道理,却只教贫道演法,非贫道游方之本意也。"众道听了梵志之言,乃敛手问道:"师父欲借何势修行?"梵志答道:"贫道说来,乞众位垂听。"却是何说,下回自晓。

第 十 三 回

指迷人回头苦海　持正念静浪平风

　　话说梵志见众道人乃习俗染成,好奇弄法,虽然敲钟打鼓,结彩扬幡,却是个灯烛的道场,哪里做得实用因果。见这众道人齐齐整整,威仪体面,都是有家私势利的,可以借些来历,遂他游方修行之志。乃趁他夸好道妙,就跟进一步说道:"修些有用的道理,必须借势能行。"众道人问:"借何势?"梵志乃说道:"贫道欲借个大大施主、富贵檀越,与贫道成就了这九转还丹、一真合圣的功德。"众道人听了,个个不答。梵志复又说道:"如众位力量不能一人成就,便是三五人共力合成也可。"只见道人中一人答道:"师父,你要寻大头脑施主,我这村却少,往东百里,有一村,名唤势里。这里中,富贵人多,有一庙叫作通神庙,庙有一僧在内出家,颇知道术。师父们若到彼处,可以如意。我等此地结会,不过是火居有家眷,焚香课诵,修祈来世因果,况师父说的九转,不知还什么丹? 一真,不知合谁家圣?"梵志听了他言,笑了一笑,便起身辞谢要行。众道说:"师父既来,请安坐。待我们供奉素斋而去。"梵志师徒听得前行百里,有势里、通神庙,哪里肯久住,吃了些素斋,师徒们往前行去。后有指明水火龙虎道法诗。

　　诗曰:

　　　　火属心兮水属肾,龙虎坎离交相认。

　　　　风从虎啸云从龙,识得玄诠①当谨慎。

　　按下梵志师徒望势里行来不提。且说密多尊者与元通在灵通关度化了雨里雾四人,暂住空宅,次早东行在路,师弟子闲叙一路来相逢的人物事迹。元通乃问道:"师父,我等离国度行来,并未见个光明正大善人君子,都逢着些琐琐屑屑。如昨日这关前一起有姓名的众人,虽被弟子说破了他去,他这心肠,生来不悔,又不知何处去算人! 可怜愚昧的,被他勾结

---

　　① 玄诠(quán)——事物的深奥的道理。

坑陷,怎得师父法力,驱除了这孽障①。"尊者答道:"徒弟,我若不言,你却怎晓!我若说出,此业入了昏愚,殊为可悯。我如今言与不言,只教你自省悟。"师徒闲叙间,却走到一处,见四面没有行人,乃是荒沙去所。尊者道:"徒弟,怎么这路的大道只因讲话迷失?"元通道:"徒弟看来。"元通左望右顾,找寻大路,却走到一处海沙浅处。见一人踉跄在水中行走,渐入深洋,若艰难形状,乃想道:"海中行走,莫非捕鱼?试叫他一声,问个路境。"大叫数声,那人不应。元通又想道:"此不像捕鱼,莫非泅水?却又如何挣挣锉锉②、踉踉跄跄,宛似迷路失水,无目之人?他一心惊恐,何暇答我!"乃裸衣入海去扯这人。这人摸着元通之手,方才开口,气喘喘的说道:"老哥救命!我是个聋瞽之人,往时到海边,等贩海的商船,乞化些钱米。今早到此,被狂风把我刮倒,不知如何失脚海中。只因双目不见,哪知东西南北!两耳不闻,怎听水响人声!进前不敢,退后不能,往左不知,往右不识,惊惶苦恼,怕的淹没死亡。大哥救我登岸,得了残生,阴功保祐你福寿。"元通听了他说,便扯他手,引上海岸。这人上得岸来,谢了元通,就问道:"大哥,哪里是红墙庙?"元通问道:"哪个红墙庙?"这人不听的,只问红墙庙,两个正浑问莫解,却好尊者近前。元通把这人失水聋瞽事情,说知尊者。尊者道:"此人为利失水于茫茫苦海,何不探水势早早回头是岸!他既遇救得生,寻家找道,幸喜还不昧良心。这红墙庙必是他来的路境,指与迷人,便就还了我们大道。"元通听得尊者之言,乃登阜处,向四面观望,果然见南来东往,正中左处一座红墙小庙,便引着这人而走。这人走近庙前,摸着墙垣,方才笑道:"我得生也!"深深拜谢。后人有五言四句叫明。

诗曰:

> 茫茫苦海内,世法迷昧多。
>
> 岸头有红庙,取道必须摸。

话说聋瞽人摸着庙墙,便大胆前走,行近半里,就有人来,见这人浑身水湿,便问情由。元通却把前情说出,因说他耳目不见不闻,失水的寒冷苦楚。行人叹息,因问元通来历。元通说出东行迷失途路。行人道:"师

---

① 孽障——佛教指妨碍修行的不良活动。

② 锉(cuò)。

父,你们走虽大道,此去东路迂远。近来因人奔新开邪径,便迷失此途。不是此红庙尚存,行商过客谁不错入迷途。前去却无处栖止,须是这红庙清净可住。"元通听得,与尊者回走红墙庙来。远看窄隘,近前却也不小。高门大殿,宛然一座禅林;邃宇重楹,却是满堂圣像。师徒进了庙门,只见殿内走出一个僧人,相见叙礼,便问尊者来历。尊者一一答应,因问僧人道号。僧人答道:"弟子法名正持。"也叙出家始末。尊者见庙临海岸,果是尘情不扰,主僧贤德,可共安居,便与元通住下。日间化缘,夜里打坐。

却说这正持和尚,与尊者师徒终日讲些静定工夫,他方知空门的实行,乃向尊者说道:"弟子虽披剃多年,终日只知接待施主,有时诵念经文,叫行者敲钟打鼓,唤沙弥点烛烧香。今朝方识得修行的本业。却只是有一件,请教师父。弟子禅关①未透,凡念每生,习静不静,求静反扰。这却怎生持守?"尊者答道:"师父,你思名顾义,入道何难? 你若求静,其心即动。"这正持和尚哪里解悟尊者玄旨,却又夜夜随着习静。一日打坐天明,尊者见他色相变常,灵光却似入幻景象,乃与元通说道:"正持入定不出,必是业魔缠绕。"元通答道:"正持入定不出,正乃得彼常清,何为业绕?"尊者答曰:"色相失了真常,灵光必有他向。"元通问道:"师何以度?"尊者答曰:"待他出静,吾自有度。"后有说:

> 化缘禅和子,几个识修真?
> 静修识得处,须忘贪与嗔。

却说这正持僧人,虽是披剃出家,终日忙忙应教,他那里知静定工夫。只因伴师徒学习,勉强跏趺,便成幻境。却说他静中,一灵飞越,有如驾雾腾空;五体端凝,却似木雕泥塑。忽来岭畔,偶见白鹤凌霄,遂赏心乐事,夸道:"好白鹤!"怎见得好? 看它:

> 毳毛②弄雪,丹顶呈珠。抟③风摩汉,上盘桓于九天;展翅垂眸,下瞻视乎四野。山明水秀,都在他颉颃④之下;树头林杪,尽教的俯仰之间。

---

① 禅关——僧尼的静修之所。
② 毳(cuì)毛——鸟兽的细毛。
③ 抟(tuán)——结聚。
④ 颉(xié)颃(háng)——鸟飞上飞下。比喻抗衡,不相上下。

这正持方夸扬好鹤，不觉便入了鹤窍，却飞在半空，遍观海岛。恰好玄隐洞间那一只病鹤，正在青松深处，白石洞前，往来行走，见了正持这灵入的白鹤，意气相投，便抖擞六翮，屈伸双足，一翅直上虚空。他两个翱翔霄汉，俯仰乾坤，见山林树木葱菁，岗阜巅峦凸凹，赏心乐处虽多，却有一纤介意。雌鸣雄不应，乃是一种伴道根因；彼乐此不知，只因两意不通言语。正持化鹤，虽遂了夸扬心肠，却入了邪迷境界。又因这心中喜悦，乐处不似人能言语，说出最乐极佳，乃是个不言语的物类，把心一急，便出定觉来。见尊者师徒在堂中对坐，方才说出这段情景。尊者不言，元通乃笑道："正持，你持守不正，已入幻门，几成物化。"正持也笑道："弟子们出家在这庙内，只晓撞钟打鼓，念佛看经，答应一村施主，收些月米斋粮。那里知止静坐禅，祛魔绝妄。"尊者听得，也微微笑道："坐禅止静，正是僧家本领，脱却生死机关。若只攻钟鼓香花，化缘秉教，便与在家凡俗，只多了几根须发。"正持了悟，稽道谢教。

一日，与元通海岸闲行，见大海汪洋辽阔，正持乃问元通道："师兄，你看大海茫茫，无涯无际，世间可有与它比并的？"元通答道："我与你心胸宽广，比并也无差。只是莫生风浪。"正持问道："怎么莫生风浪？"元通答道："广大光明，怎么教它波涛汹涌？"正说间，只见两三个海鸥飞来飞去，随波上下。正持便问："海鸥来往，是恋海不去，还是海恋鸥来？"元通答道："还是海鸥相恋。"正持答道："鸥恋海，海岂恋鸥？"元通也笑道："如何叫海阔从它来往，有以使它不去？"忽然风生浪涌，见两只海舟泊浅。正持又问道："舟人在海里，还是海在舟人眼里？"元通答道："总是海、舟、人都在这里。"正持不能解。却好尊者见二僧闲行海岸不归，恐其世事触目乱心，乃步至海边。果见他二僧站立海岸之上，见了尊者，端庄恭伺。尊者便问："正持师有见解否？"正持答道："弟子与元通师兄，正在此辨难不解。"尊者道："何事辩问？"正持道："弟子说：'大海茫茫无边无岸，世间可有与它比拼的？'师兄道：'我与你心胸广阔可比。'"尊者笑道："此内大包，法界比不得，比不得。"正持道："弟子见海鸥来来去去，状如不舍，不知是海恋鸥、鸥恋海。师兄道是海鸥相恋。"尊者道："谁教海引鸥、鸥来海、你二人恋恋。"正持又道："舟人在海里，还是海在舟人眼里。师兄说：'总是海、舟、人都在这里。'"尊者道："谁教你我都在这里？"尊者与元通、正持三个海岸上闲讲。

只见海舟里几个客人,见海岸三个和尚站立,俱各猜疑。一个说是抄化的,一个说是做道场、吃了斋闲走消食的,一个说是庵庙里招商接客的。只见一个客人道:"何必猜疑,浅沙可登上岸,相会一问自知。"众客上得岸来,彼此叙礼。客人便问:"三位长老,站立海岸,讲论何事?"正持便说:"红墙庙住处化缘贫僧。"尊者也答应:"附搭在庙居住,欲东行前去。"客人道:"小子们却也东行贩卖货物,偶遇风波,暂泊在此。二位师父必善法事,便顺搭小舟,我等正欲修一善功,祈保风恬浪静。"尊者听了,顺舟东行。一面谢辞正持,一面附搭海舟。上得船里,狂风不息,尊者合掌,念了一声佛号,顷刻风静浪平。众客大喜。后有称扬尊者登舟、平风息浪功德五言四句。

诗曰:

　　海浪汹汹日,天风烈烈时。

　　慈悲有尊者,静定仗阿弥。

风既平,浪自息,舟人驾船东撑,却来到一海洋港口。客商要停泊贩卖货物,尊者便辞别舟人登岸。客商见尊者平定风浪,同声乞求道力,拥护行舟。尊者乃将经文一卷,送客供奉。客商方捧经在手,果然天风效灵,转顺而去。尊者上得岸来,方欲问东行大路,只见港口一座牌楼,上有三字篆①文。元通识得,向尊者说道:"东行有了路头。师父,我们行舟,摇摇心倦,且在这牌楼下,少歇息片时再走。"尊者道:"正是,正是。你可将经文取出,诵念几卷。"元通依言,取出经文,方展卷诵念,便引动港内多人,都来聚观。只见高树枝头,一个乌鸦声叫不休。众听经的掷石打飞鸦去。顷又飞一灵鹊来枝,声叫更多不住。众人听经如故,毫不介意。经文诵毕,尊者乃问元通:"徒弟,你见鸦鹊枝头,同一声叫。缘何众人,一恶掷石打鸦,一喜任鹊聒噪?"元通答道:"众心恶鸦声恶,故掷石打鸦。众心喜鹊声好,故任其噪。"尊者道:"汝言又拘在海舟,都在这里,哪里知善恶?在鸦自取好善,恶恶出自人心,鸦岂自知?况他乃无心音声,便动了十方法界之憎;人若有心作恶,未有不动了万年之臭也。"

正说间,只见鸦鹊去又复来,那听经多人,又掷石打鸦,连鹊都惊飞而去。元通偶发一言说:"列位善人,由他罢了。或者禽鸟也来随喜。"只见

---

①　篆(zhuàn)——汉字的一种。

众人中,一个老者说道:"你这和尚,怎么说鸦鹊也来随喜?我等在此随喜,便也是禽类也。"元通忙赔笑说道:"贫僧也只为说,人与禽鸟,各随其性,既飞来,却被善人以石打去。这其间根因,便有个两失其性也。"老者道:"如何两失其性?"元通道:"鸦鹊被石惊去,善人因鸟怪贫僧一言之犯。"那老者听了元通之说,笑道:"这和尚讲的倒也有理。"把手往空一指,说道:"长老,我便还了你个两全其性。"只见空中飞来两个鸦鹊,连声不住。众人听得,齐叫:"好老道!"尊者见了,把慧眼一看,对元通道:"此幻法也。海港老人,如何会法?"乃把一手捻了个心印,只见那鸦鹊,化了两块石头落地。老者怒起,说道:"和尚!如何破了我法?"元通笑容恭敬起来,道:"老善人,贫僧们往东行度,偶顺海船,到贵方化缘,少坐歇息,有何力量,敢破老善人之法?且问老善人,何等道法,被贫僧们破了?"老者道:"我们有几个会友,都是在家修行火居道人,平日虽结会焚香课诵,却人人都拜了师,习学几件法术。方才见长老坐地诵经,走来观听,只因鸦鹊根由,是我偶施小法,怎么仍还化石?必定长老又有高出我的手段,破了我法。既说东行化缘开度,且请到小村,与我众道友相会,供奉些素斋,指一条大路前行。"尊者听了,便起身跟随老者,过长街,转小道,却来到一座高门大户人家。果然有几个火居道人,在门前站立讲话。见了尊者师徒,都迎入屋内查叙来历。尊者便说出名号、东行缘由。众道乃问同来老者,如何得遇二位长老。老者方说出鸦鹊根因。只见一道人说道:"游方僧道,法术手段,强中更有强中手。比如我们有几件法儿,哪晓得有个法里法,如前日去的那几位道众。"只这一句,有分叫,惹出慈悲念度,尽有情因,下回自晓。

第 十 四 回

破幻法一句真诠① 妙禅机五空觉悟

却说道人说了个日前过去的几位道众,又夸自己有几件法儿。尊者见他弄幻术,以石化鹊,便忖道:"这起人聚会讲法,必定是方才那石化鸦鹊的术儿。却又说日前过去的道众,想也是走方耍戏、撮桶子的。且问他个明白,方好度他。"乃问道众:"有几件甚法,贫僧们却不知,可见得么?"众道答道:"长老有甚奇妙法术,请试演几个我们一看。"尊者道:"贫僧却不晓的法术,只知诵念经文,化缘行度。"众道说:"诵念经文,我等全晓。化缘是长老的疏头,行度却是何法?"尊者道:"比如道众会法,贫僧就会随你法类行度。"众道说:"随类而度,可碍我法?"尊者道:"只恐贫僧行度,你法就不灵。"众道说:"这等讲来,却比那法里通法又高出一等。"尊者便问道:"如何法里通法?"众道说:"日前有几个道友过此,我等行一法,他便推广一法。如大海汪洋,乃我等演出的法,他就海中咆哮猛虎。我等演出大火烈焰,他就火里盘旋蛟龙。"尊者道:"这何足奇!若是贫僧,虎里还有水,龙里还有火。"众道笑道:"长老这是何说?"尊者道:"水原还水,火原还火。但使他水火各安,莫叫他彼此争胜。"只见一道说:"长老夸张,随口答应,我等既学习了几分法里法,便演出来,看他们如何抵对?"尊者听得,乃向元通耳边说了一句真诠。元通点首道:"谨领师旨。"这众道中一人说道:"长老,我如今先演一法,你却莫要心慌。"元通答道:"贫僧不慌。"只见那道人口中念念,顷刻天昏地暗,烈风暴雨,轰雷掣电。众道一面夸扬好法,一面心惊胆战起来。尊者闭目静坐,那雷电直近元通身来。元通只把左手一张开,顷刻风雨静息,依旧白日。又一道人,口中也念念,顷刻狂风大作,黑雾漫空,见几个凶神恶鬼,手持粗械枷锁,直奔元通,若似捉拿之状。元通却把右手一张开,顷刻凶恶消散,依旧青天。

---

① 真诠(quán)——真理。

二道方演了两个法儿，皆被元通破了，便拜跪在尊者面前，说道："老师尊，我等已知你神通高大，只求你方才与高徒耳边说的一句，不知是甚话。我等法术，入火不毁，入水不沉，怎么到得高徒身边，只见他把手一张开，法便解散？"尊者答道："贫僧闭目静坐，便就是妙法，也未尝见。若是附耳一句言语，问我元通徒弟自知。"二道方跪在元通面前，求说明张开手是何法。元通被二道乞求不过，只得把手张开与二道一看，那左右手心中，却是二字。道人齐来观看，墨迹未干，乃"忠孝"二字显明手心。众道不解，齐向尊者说道："求明附耳一句话说。"元通忙答道："列位道者，何必深求！我师父附耳一句，叫我徒弟应答众法，只须发见一个正大光明心肠。小僧想来正大光明，莫过忠孝，一时便填写手心之内，却也不知怎便解了妙法。"二道听得，稽首顿首说道："忠孝二字，果是正大光明，连我等法也破了，又何必结社做会？只是有一件，拜求师尊说明了罢。"尊者道："何事又要说明？"二道说："为官的须要尽忠，有父母的须要尽孝。我等乡村小民，哪里去尽忠？久失双亲，哪里去尽孝？"尊者不答。二道叩问不已。尊者道："还去问吾徒。"二道乃问元通。元通笑道："何必为官，岂拘亲在？与人谋，尽己即忠，终身不忘于亲即孝。"二道点首。尊者乃向元通说："和尚家何必哓哓呶呶①、讲文说理，入了学士家风，为此耳提面命？只就你手内二字，任他百种幻法、万句经文，都叫他远退千里。"众道齐齐拜谢，半字也不敢说会使法。

尊者见众道了明正道，方才问："日前何处道众路过贵方？能演甚法里通法，误了列位向道之心？"那石化鹊的老者，便道出梵志师徒的行径。尊者听得，说道："贫僧离了印度国中，正要普度化缘，可不知何处游方行教，不做修行实果，败坏玄门释教！贫僧本当住此，与众道友讲究玄理，只恐旁门惑乱正宗，少不得前行开导。且问道友：这众道从何处去也？"众道说："去日已久，赶恐莫及。只是他要寻大大檀那施主，前往势里行去。"尊者听得，便辞众道，欲投势里路走。众道苦留，要做个课诵功果，尊者只得留住。道人中有一个老者问道："师父，我见幻法无用，一心要拜投你做个师父，与我弟子剃个光头，披师父这件衣服，随你方外化缘。只是一件，我年过六旬，恐已老迈，若是师父不拒我这点真心，收作个老大

①　哓哓(xiāo)呶呶(náo)——形容说话没完没了。

徒弟。"说了便跪拜在地。尊者忙扯起老道来,说道:"出家,在家,总是一件道理。年老,年少,不过这点灵心。你老人家,若把三惑①轻看,便就五空②不扰。剃这几根短白头毛何用?披我这一件破缁布衲何为?"尊者说毕,只见众道说:"师父,你便收这老徒弟也好。这老者,生有五六个子女,俱各自衣食,一个也不供赡他。他每每要包个布巾出外求食。"尊者只听了这几句话,便动起慈心,说道:"你众道叫贫僧收他做徒弟,却带他去不得。我们饥餐渴饮,晓行露宿,老者如何行得?"众道齐声道:"若是师父肯收他,我等各捐赀③财,启建一座小庵,与他出家。况我这地方,只因好弄法术,故此无个庵庙。"尊者依允,便与老道披剃出家,捡个良辰,修建善事。一时传的乡村大家小户,都来布施。尊者师徒为此多留旬日。只见众道说:"师父,既收了徒弟,也当与他起个法名,受他个戒行。"尊者听了,乃道:"我前说他老人家若把三惑轻看,便就五空不扰。可叫作法名'五空'。这三惑,即是戒行。"众道不解,愿求尊者指明,尊者乃说一偈:

　　　　酒色财三惑,虽然老者轻。
　　　　尚有未了者,五蕴怎空清?

　　按下尊者与老和尚起名受戒不提。且说梵志师徒,听了往东百里村乡有大头脑人家,便趱步前行。到得村口,问人地名,指说势里,就问通神庙。村人指道:"前转弯,后抹角,自知庙所。"梵志听了,同众徒找路走来,果见一座庙宇,在那势里闹处。正走间,远远只见一个僧来迎接,道:"列位师父,是投小僧庙里来的?远路辛苦,小僧有失远迎,得罪得罪。"梵志听了,一面答谢,一面与本智说:"这僧却有些古怪,怎么先知我等,远来迎接,且到庙中,再查他来历。"入得庙中,参礼圣像,却与僧人稽首。梵志便问:"师父法号?"僧人答道:"小僧法名妙虚,在此通神庙,出家已久。"便问梵志师徒名号,梵志一一答知,且就问妙虚上人,往来的施主何等名第。妙虚也一一说出,尽是些富贵高门,便就掀动了梵志们的心肠。

―――――――――

①　惑——佛教名词,烦恼之总称。这里指酒、色、财。
②　空——佛教名词,谓世上一切现象皆是因缘所生,刹那生灭,没有质的规定性和独立实体,假而不实,故谓之"空"。
③　赀(zī)——同资。

　　却说这势里高门大户,第一有个赵一品,第二有个钱百万,却常来与妙虚讲究,也只因这和尚有些道术。一日,正在家闲暇,思欲到庙来走,忽家仆报道:"庙里来了几个非僧非道之人,状貌不凡。"赵一品听了,即传与钱百万知道。他两家来庙,便引动多人,内中也有富贵的,也有贫寒的,入得庙门,妙虚长老只向那富贵的趋迎,把贫寒的怠慢。梵志见这光景,便也动了势利心肠,向那赵钱起敬起畏,把贫寒的藐视不睬。却不知本慧、本定,原是个豪侠少年,出家随行梵师,并未曾见这势利态度,今偶然见了,两人暗说道:原来梵师寻问大头脑只为势利。势利二字,岂是修行出家本意? 我们既为他弟子,怎好参破了他? 不如试一个小法儿取笑。正在妙虚敬那富贵之际,慢那贫寒的之时,他二人看他情景,便使出一法,只见一个寒士,坐在堂中,衣衫褴褛,面貌惨凄,众不为礼。被本慧把手从外门一指,本定袖中扯几块碎纸飞出,顷刻,门外车马仆从填门,拥入庙堂,见寒士跪倒,口称:"奉印度国王旨令,币聘先生,入朝讲道。"这朝士便更衣冠,那众人陡然刮目,赵钱二家乃近前尽礼,那庙主何等样奉承。只有梵志见了,微微笑道:"徒弟,晓人不当如是,够了够了。我师父到受你教诲了。"赛新园也笑道:"一家人算一家人。"巫师说:"这叫作师不明,弟子拙。"本智道:"师怎不明? 弟子怎拙?"正讲笑处,只因一笑,那法便解了。车马仆从顷刻无踪,寒士情形依然旁坐。

　　众人正疑,妙虚陡然发笑道:"原来梵师高徒捉弄妙法,贫僧也知一二。"梵志道:"妙虚师父,你既知一二法术,我徒弟们便也与你赛个玄妙。"妙虚道:"小僧试演一法。"把口往香炉吹了去,只见那炉烟腾起半空,化成红霞万道。这里本定也把口往空吹去,只见狂风大作,把红霞刮散。本慧把衣袖一拂,顷刻只见堂前变成一沼红莲。妙虚也把袖一拂,那沼内红莲尽化作锦鸡飞去,原是庙前阶地。妙虚却又喝一声:"金刀子何在?"只见庙堂屋内,飞出两个紫燕,双飞双舞,渐渐近本智头上,化成两把刀子,去剃本智须发。本智也不慌,便叫一声:"葫芦儿何在?"只见天井中葫芦架子上,跳下一个大葫芦,直去撞那妙虚的头。妙虚也不忙,叫一声:"金刀子,快快剃他须发!"本智也不急,叫一声:"葫芦,着实撞他头脑!"众人看见,齐声喝彩。也有那眼乖的,只看见剃须发,也有那近觑眼,把耳听,只听得撞的头声。笑的个赵一品、钱百万只叫:"好手段! 收了吧,莫当真剃光了!"众人有笑倒的,说道:"好神通! 再变别项吧,莫要要撞破光头。"梵志见几个斗法,心里也要弄个手段。妙虚却早先知,只叫一声:"青鸾跨着一个道士来寻徒弟了!"只这一声叫,打动了本智真情,骇倒了梵志旧念,把眼往空四方一看,那里有甚青鸾跨着道士!乃笑容向妙虚问道:"师父,你的法术固高,小徒们也斗赛得过。只是你原何叫出青鸾跨着道士来,搜出我们师徒的根脚。"妙虚道:"实不相瞒,贫僧有个未卜先知的法术,比如师父未来时,我便知你到庙前,故此离庙远接。"梵志听得,乃稽首请教,问道:"玄隐道士可来?"妙虚道:"来便来,尚早。只是我辈有两个从后。"梵志问道:"这两个从后来何事?何人来也?"妙虚道:"禅机未可尽泄,小僧有几句话儿,当作偈语,师父留验。"说道:

　　　　相彼白毫光,腾腾高法界。

　　　　此际动王公,徒劳顶礼拜。

　　梵志听了,不解其意,要妙虚说明。妙虚道:"贫僧受这法,未曾修到灵通处。只能说得出,却不能解。若能解,便成超凡入圣也。"梵志道:"比如前知小道来,又知青鸾事,这却如何又能说能验?"妙虚答道:"小事则能。"梵志乃请教前途去事。妙虚只念这四句偈语。却好赵一品,见了梵志众徒演弄幻法妙处,方才问梵志来历。梵志乃说出修行实事,不在这设奇弄诡的法儿,却要寻个大头脑的外户。赵一品笑道:"我便肯与你做个外户,只是外户也做了几次,俱未成的。"钱百万笑道:"要成的,我也千千万了。"梵志听了,也笑道:"一位便也做不得大头脑。"赵一品道:"你说我们做不得大头脑,却做个小施主么?"梵志道:"贫道不求小施主。"一品道:"比如东印度国,有个左相,他执掌国度之纲,把握王侯之纪,此人可做的么?"梵志道:"也差不多做的。"一品道:"左相与我契交,我以一纸荐引,何难得个外户?"梵志听了大喜,当时便乞求一品荐引书简。一品道:"荐书容易,只是法术再请师徒饶几宗儿我等一看。"梵志道:"我门下法术颇多,哪里演试得尽!"一品道:"有数目么?"梵志道:"有数的,三千八百。"钱百万道:"只求再试三两件吧。"梵志听了,便叫巫师:"你也有些手段,莫教空游此处。"巫师道:"弟子便演个金宝法吧。"把手一指,只见庙门外山岗,尽变做金银山积。众人看见,莫不欢欣鼓舞。唯有钱百万面带愁容,你道他如何愁容,后有猜着他的,赋一《西江月》说道:

　　　　百万赀财不少,此何山积饶多。显他不显我如何,怎得这山几座？

赵一品见了道："师父,你们既有这手段,何不收贮,自家做个大头脑?"巫师道："我这是眼前虚幻,没用的。"一品道："再求那一位试一法。"梵志便叫赛新园："你也有些手段,莫使人笑你不能。"新园道："小道便演个天人法吧。"把手望空一指,只见白云天际,碧汉空中,现出玉桥金殿。众人看见,个个称奇道好。一品却闷闷不言。你道他如何闷闷,后有猜着他的,也赋一《西江月》说道：

　　一品当朝极贵,荣华也有归期,暗思昔日拜丹墀①,今日闲居家地。

钱百万见了道："原来天宫景象这等荣华。我空有百万,怎能勾脚踏金阶,嵩呼②舞蹈?"赵一品道："我却见过,不如你多得几贯。"一时收了幻法。一品写了荐书付与梵志,辞别妙虚,离了势里,往东前进。师徒们在路,只见三春花红柳绿,许多游人玩景,虽然异乡花木,外国时光,辩理译音,也有吟诗作句。梵志因也赋出七言四句。

诗曰：

　　红桃绿柳应春妍,粉蝶游蜂未许闲。

　　只有道人心绪淡,任教妆点两眸前。

---

① 丹墀(chí)——宫殿前的石阶,因用红色涂饰,故名。

② 嵩呼——山呼,高呼。

第 十 五 回

茶杯入见度家僧　一品遗书荐梵志

　　且说尊者收了老道，披剃做了个和尚，起法名叫作五空。众道要与他创建个小庵庙，他不肯，说道："我现有子女，如何住庵庙？惹人笑子不养。"乃拜礼尊者，问道："弟子既披剃出家，必须也要明白些禅机玄妙道理，若徒在庵庙，如常敲钟打鼓，礼忏诵经，有何用处？"尊者答道："汝手能敲钟打鼓，口能礼忏诵经，便是禅机，自有用处。"五空言下大悟，稽首拜谢。众道却不解，乃问五空："你如何往日愚昧，今日做了和尚，就明白师父禅机妙理？"五空答道："经文内多少禅机，口能诵，难道心不想？钟鼓响多少叫醒，手能打，难道耳不听？"众道中也有点头的，也有笑的。点头的说："我明白。"笑的说："我尚不知。"五空说："道友，只恐你打不得、诵不得，那时要打要诵，迟了无用。"众道齐叫："明白！明白！"尊者见五空受度，又想前行有弄法术变坏人心的，却辞众道东行。五空要随行，只因披剃为僧，便动了他子女本来天性，哭泣不舍，各相供养，遂别了尊者。

　　尊者与元通趱步赶行，来到一处地方，四顾荒僻，不觉腹中饥饿，乃叫元通寻个人烟去处，找化一斋。元通道："师父且在这路头少坐，徒弟去寻些斋供。"却走得一处，平平山径，渐入松林，望那深处，却似人家。走近来看，乃是山堂空屋。急回旧路，只见一个兔子奔来，直向元通身袖钻入，似有躲避之状。元通想道："莫不是人家养的家兔？"乃坐地摸那兔子，哪里肯出袖。忽然两个猎人从山径走来，见元通坐地，问道："长老，见一只兔子来么？"元通就知兔子是猎人赶捉，慌来躲入袖中，乃答道："小僧未见有甚兔子。"猎人道："明明兔子入这林内，莫非长老藏了？"一个道："我们鹰犬弩矢，尚不能捉住这狡兔，长老空拳，量怎捉它？"元通道："善人说的正是。动问善人，小僧是东行道远，无人烟处所化斋，不知何处方有人家。"猎人道："此荒僻去处，哪讨人家？往东更有十余里，到大湾口，方才人烟凑集。"说罢，猎人走去。元通却摸袖中兔子，兔子已闭息死在袖中，扯将出来，僵死不动。元通叹道："兔子，想你是畏猎奔来，破胆丧气，能知我僧家救你，不知你丧在袖中。如今弃你林内，只恐又为鹰犬之食。欲带你去，僧家又无用处。也罢，掘地藏埋，使你原归于土。"元通乃掘地，把兔子埋藏，又把往生咒语念了一遍。哪里知狡兔临埋，忽然脱手飞走。元通见了，一面心喜，一面心叹。喜的是慈悲心见兔复生，叹的是想物情这般狡诈。后有比喻世情狡诈，岂只一兔贪生，总是一般仁人，当行恻隐，五言八句：

> 狡诈在心间，岂止一兔子。
>
> 虫蚁岂作僵，蜘蛛善推死。
>
> 蠢物尚如斯，人情岂异此！
>
> 念我同生人，恻隐推元始。

元通叹了一回，复走到尊者前，说："此荒僻处所，无有人烟，再行十余里，到大湾口，便人烟凑集。"尊者乃与元通前行五六里，到一水涯去处，三五只渔艇泊岸。元通近前，只见男女相杂说笑："两个和尚来了。"元通乃上前说道："小僧们乃东行的，腹中饥饿，此地没有人家，善人舟中可有便斋，愿化一餐？"渔艇上无一人答应。元通与尊者只得在岸上打坐片时，渔艇上却来看的一渔人问道："长老们你果然饥饿，我这鱼篮内，有小鱼食，胡乱吃几尾充腹。"元通道："善人，我们出家僧人不吃鱼腥。"渔人道："你不吃鱼腥，却吃何物？"元通说："只吃水饭素食。"渔人道："为甚只吃水饭素食？"元通说："出家人念佛看经，五荤三魇①不染，况鱼虾乃血肉活物，与人共一生灵，食它肉，害它生，僧家不忍。"渔人道："鱼虾乃水中无知蠢类，应该人食。若依你僧说不吃，则我等无此何以资生？"元通道："善人，莫说它蠢类无知，它在这水涯中，洋洋知乐，涸水处，乞怜知苦。惊人骇影知避，畏冷附泥知暖。怎说它无知？可怜它只为贪饵被钓，误人网罟②，坑于渔公之手，为人之食。"渔人笑道："长老，你说的虽是，怎晓的世间物物相食甚多，我们食鱼虾，鱼虾食水蛭，大的吞小的，强的食弱的，总是天地间消长道理。无生不灭，无灭不生，若依长老不食，反于生机穷矣。"元通被渔人说的不能答。尊者乃向渔人说道："善人，你说食鱼总是力，我徒弟说不食总是心。食也罢，不食也罢，何必连累了心力！"乃谢

---

① 魇（yǎn）——梦中惊叫。

② 罟（gǔ）——即网。

渔人,起身行去。

却到了一个大湾口,果然人烟凑集,师徒方到村边,见一老者拈须坦腹,立于户外,见了尊者师徒二人,趋迎上前,问道:"二位师父,何处去的?"元通答道:"贫僧欲往东印度去,顺过宝方,偶因行路饥饿,便斋乞化一餐。"老者乃请尊者入屋,唤家童烹茶、具斋供奉,便问师父道号来历。尊者一一答应,随问老善人姓名。老者答道:"老汉姓名叫作家僧,只因喜谈禅理,未曾削发,又有这世法难丢,在家结几个老友做会。虽然在家出家,兴味萧然,却也不异。"乃手捧一杯清茶奉尊者,尊者方接茶在手,家僧随问道:"师父,道从何处见?"尊者随答道:"从茶里见。"家僧又问:"从何处入?"尊者道:"从茶里入。"家僧道:"老拙未曾见,却怎生入?"尊者答道:"善人,未曾入却怎生见?"家僧忙向尊者茶杯内一看,照见须眉,笑道:"老拙见了入了。"尊者摇首道:"未真见,岂能真入?"家僧听了,随拜于地,道:"老拙求师父开度。"尊者道:"贫僧已开度了善人也。"后有赞叹尊者答禅开度五言八句说道:

> 杯影见人道,须眉岂是真。
>
> 离却杯中影,又侵物外因。
>
> 杯中与物外,总归仁者心。
>
> 慈悲赞尊者,开度实恩深。

家僧感尊者开度,一时传知老友说:"东行的长老,讲道参禅,大有见解。"许多老友齐到家僧堂上,相会尊者。见其状貌庄严,都说:"比赵一品举荐那起道众不同。"元通听了,乃问:"赵一品是何人? 那起道众是谁处来的?"家僧便答道:"日前有几位道众,路过前村,却都有手段法术,在通神庙住了旬日,与庙僧赛斗,却也无穷妙处。"元通便问:"前村何处地方? 庙僧何名?"家僧道:"离此三十里,地名势里,庙僧叫作妙虚。这师父有无限量的道法,却有一件最神的是先知,比如师父们在这里,不想到他庙去便罢,如举心要去,他便未卜先知。你来历若是有些势头,便远远来迎接。"元通听了道:"这等说来,庙僧却有些势利了。"家僧笑道:"正是,正是。这庙僧却也有些道行,怎么势利,想是地名风俗使他如此。"元通道:"贫僧也少不得路过彼处,与他相会。"尊者道:"徒弟,那庙僧既有先知法术,我等不当预期到彼,入他术中。"家僧道:"师父你一举意到彼,他便前知。"尊者说:"正是。莫先举意,他自然不得前知。贫僧也有使他

不得先知的道力。"家僧听得,忙合掌求尊者破解。尊者乃合掌说了四句偈语,说道:

> 五内①我不出,一外人怎知?
>
> 于我且不知,灵通自莫测。

按下尊者在家僧屋里与众道友讲论不提。且说梵志师徒,离了势里,往东前进。当春花柳鲜妍,不觉赋诗几句。有游人听闻,便道游方道人也解吟诗,却传语一个公子,这公子叫家仆来请。梵志师徒借此便前去,到得一座花园,甚是华丽。怎见得?但见:

> 百亩垣围,千林径接。朱门内,藏着万卉奇葩;粉墙中,长成千竿嫩竹。蔷薇架绕层台,芍药亭连邃阁,绿树深阴,黄鹂声巧,红芳簇锦,粉蝶飞忙。荷香池里锦鳞游,柳色堤边玉骢②系。假山石排列雕栏,流水桥清分玉砌。真是数不尽的画楼朱槛,看不了的当景名花。

梵志师徒进得园来,公子却也有礼,见他师徒状貌不凡,便问其来历。梵志一一通出名姓,却才问公子姓名。公子答道:"某系当国左相之子,偶尔游春郊外,适问众道吟咏甚工,故此令家仆奉请。"梵志听得是左相公子,便说出赵一品见有荐书,即时取出,递与公子一看。公子见有一纸荐书,乃留梵志师徒在园居住,款待斋供。带书回衙,传报左相。左相拆书读过,把书往几上一掷,说道:"赵通家闲居,何不亲近些正人贤士,怎么与方外僧道往来? 就是与僧道来往,必须简择高僧高道,了明玄理的,如何书中夸扬他丹术。且说他的法术玄奇,若待不接他,又恐一品体面。也罢,且从容相会,再作计较。"梵志师徒在公子园中居住,连谒左相,只推政事不暇。公子供奉有限,一日巫师与梵志计议说:"师父,我等久候左相消息,供给不支,俗语说的好:'三日卖不得一件真,一日卖了三件假。'想我徒弟在巨鼋港,假托白鳗,哄诱村里多少财物,今日也说不得弄个玄虚,哄骗些金宝度日也可。"梵志笑道:"往日虽弄法术,不过物来顺应。人以法愚我,我以法弄人。今日却教我先设幻诈人,情理有碍。岂是你我出家人做的? 况我有大道在手,如何性急! 料左相事暇,自然容见。他纵拒人千里,难道不看一品之面?"梵志虽说,无奈这众徒弟,各动了邪

---

① 五内——即:心、肝、脾、肾、肺五个器官。

② 骢(cōng)——青白色的马。

心,借口外游,都去卖弄手段。只有本智,他原是海岛真仙道童,立心还正,终日随师守法。这巫师与本慧、本定、新园,那里熬得寂寞!巫师和了些泥丸,赛新园熬了些膏药,本慧去作戏法,本定去撮桶子。

且说东印度国中,往来稠人广众,都来看本慧作戏法。只见本慧当场把一枝枯树叫一声"开花",顷刻枯枝发蕊,开了满枝桃花。又叫一声"结果",顷刻花落,结成满枝桃子。摘将下来,卖与看的众人。众人争买,将口去吃,都咬着手指。本慧顷刻得了多钱。本定见本慧手段,便把两个桶子放在地下,往东取了一口气吹入,只见桶子,飞禽走兽阵阵出来。本定却要看的出钱,方才弄法。一时好胜的,便争出钱。本定得钱,与本慧归来甚喜。那巫师与新园泥丸子膏药,卖了一日,哪里有人要!二人见本慧、本定弄幻法得钱,忿忿不平,道:"你会弄法,偏我们不会?"

次日,本慧二人又当场作戏。巫师与新园杂在众人中去看。恰好本慧又将树枝插在地上,叫一声:"开花!"只见枝上桃蕊密密匝匝,顷刻花开。巫师与新园齐夸道:"却也好手段,莫要与他骗人钱钞,待我破他的!"把口吹去,只见本慧正叫"结果",那花落处,却不结桃子,都变作大蜂,飞拥去乱钉人。众看的,一齐惊笑飞走。本慧见了,忖道:"是那个破了我法?"把枯树枝拔起来,往空一掷,那树枝即变做狼牙棘刺,径去寻破法的头面上乱刺。却不知是巫师。巫师眼快,便使个五遁法,把身子一抖,树枝哪里寻的着。便是本慧,也看不见巫师在众人内。本定见本慧桃花落处,尽变了大毒蜂,知他法作不来,乃将桶子放在地上,往东取了一口气,叫一声:"飞禽走来!"只见桶子里飞出黄莺儿对对,紫燕儿双双。众人喝彩。新园与巫师说道:"他们原来弄这妙术骗钱,待我也破了他的。"本定正看着桶子,叫一声:"走兽出来!"新园忙也吹口气去,本定连叫几声,哪里有个走兽出桶子?只见钻出一条大花蛇,张牙吐焰,众人害怕起来。有的说道:"昨日飞禽出后,便是兔子、獾儿出桶。今日如何这等恶蛇,好怕人!"看的走了大半。本定见了不灵,知有人破。忙把桶子往空一掷,那桶子即变做大铁罩,从空寻破法的罩将下来。赛新园却是骑了假青鸾跌伤,眉眼害花蒙眬,一时照顾不到,却被铁罩罩将下来,把个新园罩在地下。众看的惊走散去。本定却把桶子揭起来,口里骂着:"破我法的,破我生意,你却也被我桶子罩住了。且拿出你来打一顿,消这一口气。"揭起桶子,原来是新园,二人大笑,说道:"本慧师兄桃花变蜂,必也是你。如何棘刺却不寻你,想是棘刺伤了你头面眼睛,故此看不见桶子罩下。"新园道:"桃花变蜂,乃是巫师。"本慧听了说:"他如今想是刺截了去也。"本定说:"刺若截着他,怎肯放他去。想是先去了。"那里知巫师仗着隐身法,与他三人对面站着,便说道:"先去了不是好汉,被刺截着的也不是好汉。"本慧听了巫师声,说:"破人生意的却在哪里说话?"三人齐看不见。巫师只一声笑,便现了本相。四个人正讲笑间,不防对面楼阁上,有一人看见他们这样手段,归家说与妻妾,妻妾们听得,都悄悄出来,观看撮戏法,不是看戏法。有分叫:

　　邪迷夺却本来面,点化弘开普度门。

　　那楼阁上看的却是何人,下回自晓。

第 十 六 回
弄戏法暗调佳丽　降甘霖众感巫师

　　话说本慧四个瞒着师父进城，闹热去处使弄戏法，骗人钱钞。一时传到左公子耳内，叫家仆寻一楼阁，却好本慧们弄法。公子登楼看见，夸妙道奇，归家说与妻妾，都来登楼观看。其中却有两个美妾，一个唤做天香，一个唤做国色。他两个偏好卖娇妆俏，占众妾之前，露出头面出那高楼之外。这本慧、本定二人，却是在花柳店被歌妇引惹过的心肠，一时见了，把持不住，就动了邪心，放荡礼法之外，不记修行此中。他两个手里弄法，眼里瞥楼，乃对巫师二人说道："泥丸子膏药，师兄们既卖不得，又忿忿不平我二人弄法。我如今把这变桃撮桶的法儿，料你俱会。且让你做出骗钱，我二人却把你丸子膏药到城外卖去。"巫师、新园不知他二人，卸担子与他，便答道："好情，好情。"把丸子膏药，交付与本慧二人。二人接了丸子膏药，他哪里城外去卖，走到楼前，便一个隐身法。他便见人，人却不见他。走进大门，直奔楼上。见两妾一貌如花，花不如貌。他二人饱看了一会，说道："徒看何用？不如要他二人，回去房栊里再作计较。"乃取两丸泥丸，变做两个瞌睡虫儿，飞入二妾鼻孔，两个即盹睡起来，便回衙去了。本慧、本定仍仗着隐身法，直跟入卧房。不匡两妾是公子宠爱的，见他盹睡归衙，随跟入卧内。本慧二人只得隐身等候，怎敢戏弄！他为甚不敢戏弄？岂无幻法算公子？只因同伴的能中有能，恐又被巫师们忌妒，知道了，又来算他，只这一个心肠，也是二妾不该点染。

　　却好本智在梵志面前，忽然想起四个人，终日外游，做得何事。乃向师父说道："本慧四人，瞒师外游，闻知弄法骗钱，万一惹出事来，与师不便。徒弟去探访看来。"梵志道："正是，你去看来。"本智出得园门，进入城内，四处探访，只见巫师与新园，在热闹街市上，卖桃撮桶，赚哄人钱。却不见本慧、本定二人。他一壁厢①怪巫师弄法，一壁厢找寻慧定二人。

---

　　① 一壁厢——一边；一面。

找寻不见，只得见了巫师，审问详细。赛新园道："我们作法，对楼上有美貌妇女观看，本慧二人眼不住地睃看，他莫不动了春心，去弄巧术？"本智道："这二人日前曾在花柳村店，若非我看破，几乎坏了门风。我与你到那美妇处探个消息。"当下巫师收了戏法，同本智、新园到得楼前，找问谁家妇女。有人说是公子衙内。本智与巫师计议："门第深邃，如何寻访？"乃作起隐身法，径入内宅。会法的便看见本慧二人，在卧房伺候公子动身。公子坐久不出，他两个将膏药变做两个大蝴蝶，飞到房内，又飞出房外。那公子见蝶，心里喜爱，出房来看。蝴蝶飞飞引引，直出堂外。公子跟随出堂。他二人正要假变公子调弄美妾，却未防巫师把脸一抹，变出公子的正妻，带着丫环进房来。本定见了，却是巫师假变，大家一笑，即现出本像。惊得两妇大叫起来："有贼！"只见房外走了几个家婢来，慌得本智、本慧、本定三人，忙使隐身法，往外走了。只丢下赛新园，被婢妾们拿住。新园如何被捉？只因笑不休，便隐不着。众婢捉扯到公子处，问他来历，新园乃招出是梵志的徒弟，只因做戏法，误入衙内。公子听得是梵志徒弟，不便处治，乃带到园中。本智此时已回园与本慧三人方便，瞒过梵师。只有新园被公子带到园中。他想有何面目见师父，把身一抖，腾空一路烟飞星驰去了。公子见没有对证，不如不言，只得隐忍回衙。后有夸众道徒弄法虚幻真乃妙术七言八句：

> 道有法兮真玄幻，人有灵兮神万变。
>
> 化羊跨鹤太史慈，笼鹅吐妇称阳羡。
>
> 长房骑竹化条龙，隐娘神剑飞双燕。
>
> 庄周梦蝶莫言虚，双凫①化履人曾见。

按下梵志与徒弟在园中，只候左相一会，也知众徒生事，赛新园逃走，进退正在无计。却遇着东印度，天气亢旱，人民望雨。一日，国王坐殿，执事官奏王，国中无雨。王问："无雨当作何事？"左相奏道："当竭诚祈祷。"王曰："祈祷上在予，下在各臣修省。"左相奏道："我王固要修省，还须着令僧道祈禳。"执事官道："近日国中僧道有道行的少，往年旱涝，毕竟是我王虔诚，祈求得雨。"王曰："一面予自修省，一面出令，不拘远近僧道，会祈祷的，令来求雨。"当下执事官朝散，写一张榜文，令有远近不论僧

---

① 凫（fú）——水鸟、野鸭。

道，能祈求雨泽的，准来祈祷。榜文张挂，却好巫师见了，到园与梵师说知。梵志大喜道："大头脑檀越，可相会也。"乃令巫师揭下榜文，传入王内，执事官乃唤巫师，问其来历，合用坛场器物。巫师道："俱各不用，只求我王，诚心朝天叩拜，焚一炷香，大雨随到。"执事官听得说道："往日祈祷雨泽，僧人道士设坛行法，这个道人如何俱不用？"一时传的国城内外，都来看道人祈雨。公子却也到园中，看梵志师徒如何祈祷。只见巫师手执杨枝，口里念着经咒，从园门出去，遍走国城里外街坊，顷刻云霾蔽日，大雨淋漓。那雨只随着巫师大下一日一夜。人民那个不称好道人。国王大喜。因此，公子在左相面前举荐道："赵一品荐来道家，果是道行不凡。"左相听说，乃到园中相会梵志，请到衙内，大设斋供款待。因讲些修炼丹汞工夫，说些保和性命的道理。原来这梵志，是个旁门外道，口能讲得天花乱坠事，哪里有半分道行，专靠着些障眼幻法，引动到处人心。这左相只听得他讲的合道，遂留他衙内，终日谈论。后有讥外道惑人五言四句。

诗曰：

　　道原不可道，讲论何所稽①。

　　只因愚不悟，多被外旁欺。

　　按下梵志在左相衙终日谈论内外事理不提。且说海岛玄隐道士丹鼎已成，将证真仙，偶出洞门观看，见白鹤形孤，青鸾影绝，乃想起道童久逃在外，心里却也知他误入旁门，乃又怜他邪迷归路。把慧眼一观，叹道："这劣徒，原来在东印度国。我若不度他回岛，岂不叫他入了邪宗？"乃将仙丹一粒，先度了白鹤，只见白鹤得丹，抖一抖羽毛，一翅直入云端，顷刻把青鸾引归。玄隐正欲跨鹤来寻道童，只见毫光朗耀，一个童子从蓬莱仙境处来，坐于松荫之下。玄隐道士看那童子，年纪不过十六七岁，头挽着个小髻儿，身穿着件百衲衣，项上挂一串缨珞，只疑是道童归来，近前却不是。乃问："童子，何方来的？"童子便答道："何方来的。"玄隐把慧眼一看，随稽首道："童子往何方去？"童子便答道："往何方去。"玄隐也不问，却把青鸾唤过来，道："童子，我小道知你东方去，顺便青鸾奉骑。只是一事敢求。小徒道童得度，乞度他回岛，料童子慈悲，定然不拒。"童子只听

---

①　稽（jī）——查考。

了一声"慈悲"二字,也不问,也不辞,跨上青鸾,向东而去。玄隐依旧洞中高卧。

这童子跨鸾直到东印度国中,游行闾里,乞化斋供,昂昂气象,不同尘俗,行路如飞。人问他姓名,答道"与汝同姓";人问他"你行何急",答道"你行何慢";人见他语言随口而答,必要问他名姓;童子道:"何必苦苦询名问姓? 只我这缨珞,便是名姓。"人遂称叫做"缨珞童子"。一日,梵志同着本智闲游城中,童子见了本智,笑道:"这道童迷痴在腹,怎怪他忘却旧境?"乃将手把本智脑后一打,说道:"玄隐道士寻汝。"本智听了,陡然唤醒,道:"呀! 我如何忘却海岛,只管浪游在此?"也不问童子来历,把眼望空一看,只见一只青鸾从天飞下,本智即跨上青鸾,飞腾霄汉,望海岛而去。梵志见本智跨鸾飞去,知是日前光景,随于路旁取树叶化鸾,叫本定变做本智,依旧去赶。哪里知缨珞神通,把手一指,那东度海洋即现出一座海岛,也有一个本智,跨只青鸾。真假浑搅海岛空中。本定眼看海岛在前,愈奔愈远。梵志见本定去久不回,心内疑惑,把幻法收来,只指望本定与假鸾飞回,哪匡本定被假树叶坠地,化作南柯一梦,脱胎换骨,又入了别姓人家去也。梵志见本定不回,闷闷不乐,回到左衙与巫师、本慧商议,说道:"新园走了,本智、本定无踪,左相道心未见坚固,如今不如远去名山,再作修行之计。"巫师道:"弟子祈了一场雨泽,功德及民,难道国王不加奖赏?"师徒正议,只见左相出得朝来,与梵志说:"国王要唤祈雨道人,想必有执事官来宣你。"梵志听得,忖道:"除非这个施主,方才算大。"果然执事官到了左衙,传国王令旨,着梵志进朝。

梵志领旨,次日换件道服,头垂半发,进朝国王。王见了梵志,状貌却也昂藏,举止却也端庄。乃问道:"汝出家几载?"梵志奏道:"贫道出家五十载。"王曰:"汝年岁多少?"梵志答道:"贫道八十春秋。"王曰:"观汝面貌,不过四五十岁,乃云八十,以何修如此?"梵志答道:"贫道性命双修。"王曰:"修性何如?"梵志答道:"天所赋,使常惺①。"王曰:"修命如何?"梵志答道:"人所禀,使常保。"王曰:"汝当传予双修之术,予试学习。"梵志答道:"贫道欲传不能传,我王虽学不能学。"王曰:"何为不能传,不能学?"梵志答道:"贫道所修,即父不能传之子,子不能学之父。道家说得

---

① 惺——聪明,清醒。

好：'万两黄金买不得，十字街头送于人。'"王听了梵志之言，乃笑道："予不能解。汝还有他道么？"梵志答道："贫道有三千八百种道，惟王意取。"左相在旁奏道："王欲学道，不当空言。且不可以势习，必须以师礼相待，然后道可授受。"王听左相之言，即令执事官，择日设坛郊外，拜梵志为师。一时鼓动大小臣工民庶，僧尼道俗，都来瞻仰敬礼。梵志洋洋得意遂愿。且莫说投教拜门的接踵，只说馈金献币的填门。后有夸梵志得时、又悲他未能证道七言四句。

诗曰：

> 论道非难体道难，得时正好证三三。
>
> 想因未谙玄玄理，空负当年郊外坛。

按下东印度王师事梵志不题。且说尊者度了家僧师徒，要趱路前行，家僧道："前去三十里便是势里，这里中富贵之家不少。闻日前经过的僧道，俱到通神庙住几日，讲经论道，师父必须去随缘一遇。"尊者道："出家人随路遇缘，不当预设何处。"家僧口虽答应，心里只要往通神庙去。元通也只得随走。到得势里村口，妙虚早已迎接，说道："久已知这位师父同家僧老施主到来，小僧有失远接。"说罢，看着尊者不言，暗想："这个老师父从何处来，怎我便不先知？"乃问家僧："这老师父从何处来？"家僧道："同来的便是这位师尊。"妙虚疑道："小僧因何不知？"进得庙中，再叙来历。妙虚一面献斋，一面恭敬家僧与尊者，礼貌甚隆，哪里简略。元通乃忖道："人言此僧势利，僧岂势利？人有取世的势利。比如天地生物，栽者培、倾者覆。即人之养嘉禾、去稂莠，理之自然。吾等庄严，不同凡俗体貌，自尔起人之敬。"元通乃私自忖度。尊者见了他思思想想，乃微微笑道："徒弟动了妄想，妙虚师远事且知，难道近事不知也。"妙虚听了，乃稽首问道："老师父，弟子先知，何不知师来历？今乃知师天人佛也。元通师兄私议非妄，委实是天地间一派正理。"乃向家僧说道："小僧向来原不以势利待人，实欲人自警省，把生人事业，努力向上做一番，莫要使人以势利加我，亦劝化世情耳。"家僧听了，乃向尊者问道："妙虚之言，老师尊信其是否？"尊者答道："出家人自有真知。"妙虚拜谢，方才认尊者天人，以师礼称拜。

正说间，只见妙虚忽然道："弟子失陪，庙门外一品、百万来也。"忙出迎接。家僧乃问尊者："妙虚百事先知，如何师尊来便不知？"尊者道："他亦知我,只是我在汝家,汝说他有先知,我便示他一个无始有的道理,他便不知也。"家僧听了不解。尊者道:"汝若不解。"便把几上香丁一把,不知其数,递与家僧,说:"妙虚进来时,汝将此香暗令他射覆。"家僧依言,只见妙虚迎接一品、百万入得堂来,与尊者各相叙礼毕,家僧便把手中香丁与妙虚猜,妙虚笑道:"此香丁也。"家僧道:"既是香丁,却有多少数?"妙虚不能猜,口中浑答。家僧乃向尊者拜谢道:"妙虚先知,弟子解也。"一品与百万听了,乃问家僧:"你解的却是甚理?"家僧乃向他二老说道:"解的是无始有的理。"却是怎么无始有,下回自晓。

第 十 七 回
赛新园复修旧庙　东印度重礼真僧

却说尊者以无始有的道理,度明家僧。一品不解,问家僧,家僧既悟,乃向一品说道:"先神先鬼,先稽我智,我智乃我知。我知,即始有;我不知,乃无始有。无始有,天地也不知。妙虚不过一幻法,焉能知道?"一品听了,乃问元通:"家僧这断议论可是?"元通答道:"是则是矣,恐未尽是。"家僧乃向尊者稽首请教,尊者不答,但说一偈。

偈曰:

　　未始有无始,无始犹然后。

　　尽此是仍非,知悟总皆谬。

尊者说偈毕,只见妙虚垂膝而坐,仰望尊者道:"师父,弟子此时五内若蒙,不复知来事矣。"尊者见他垂下一膝,乃答道:"妙师,你这会蒙然垂膝处,便得了无始有未始矣。"妙虚点首谢度。赵一品乃说出梵志在东印度,国王以师礼拜他,众徒弟法术高妙的这一席话。百万也说是一品荐书、左相引进这一种的根由。尊者只是捻着数珠儿不答,一面辞谢众人,一面与元通往东印度国行来不题。

且说赛新园被公子捉住,怒他弄障眼法隐身入他妾室房内,到园中来见梵志。新园心愧,使了一个脱壳金蝉法,一路烟飞星驰走了。他却走到灵通关,原住在岗前小庙儿里。乃收拾庙堂,打扫房屋,说道:"我久离庙内,你看这鼠穴蛛丝,把个房屋倾颓,可见要人居住。"乃叹道了几句。后人遂为新园代著了古风一律,说道:

　　生来有房屋,居此屋者谁?

　　静省三更梦,安常四序时。

　　晨修明德庑,久辑太平基。

　　属耳休颓坏,明堂未可攲①。

---

① 攲(qī)——侧向一边。

　　毋令鼠作穴，莫使蛛网丝。

　　勤勤时洒扫，刻刻莫轻离。

　　百年常固守，合宅得撑持。

　　奈何人好动，钻穴隙相窥。

　　伤却原来宅，仳离故迁移。

　　久去不复返，致令房屋亏。

　　墙垣颓乃塌，楼阁参且差。

　　及时忘葺辑①，老大徒伤悲。

　　寄信知音者，克复莫教迟。

　　重整百年业，安居永不衰。

　　话说新园复归旧庙，意欲再寻雨里雾弟兄，据关隘处。忽然阴风惨惨，形影凄凄，一个人魂立于其前，新园喝道："吾久未归庙，何处精灵，敢侵吾庙宇？旧主已归，尚敢白日现形？"这人魂渐渐显明，答道："新园别来不复相识耶？"新园定睛一看，原来是本定，忙惊道："师兄，我为遁法一时计拙，几弄出丑。惶愧随那梵师，故不辞，逃复旧庙。你缘何不跟随梵师，来此何干？想是梵师不弃我新园，或者公子不执我作对，使你来寻我？却如何藏藏躲躲，弄些凄惨阴风？"本定乃泣道："青鸾假驭树叶不灵，跌落尘埃，南柯梦里，想梵师迷入外道，众徒误入，怎得超凡？我如今四大无收，想你为吾指个脱离，故此来寻契交。"新园笑道："师兄，你当初如何投拜，却为的何事？既入梵师之门，做得却是何道？今日所欲脱离，何等方向，你自不明说，我如何指你个路境？"本定道："师兄我不说，果然你不知。你听我道：

　　当年生长岐岐路，未识人伦把自误。

　　拳打高山猛虎降，剑挥大海蛟龙怖。

　　只因戏法赛神通，要学修行拜师父。

　　三尖岭上救道人，花柳楼上原吃素。

　　巨鼋港里战巫师，撮桶街前迷美妇。

　　树叶两扮假青鸾，前赶獐儿后失兔。

　　法收树叶复原来，一梦南柯本定数。"

_____

　　①　葺(qì)辑——修补。

　　本定说毕,新园笑道:"师兄,原来苦苦为弄幻,误投门路,我新园自己尚错,今日方整理旧屋,有什教诲指你! 你莫若权安小庙,待有行教的,不拘僧道,指点你个方向可也。"本定听了,忽然不见。新园叹怪嗟异不题。且说东印度国王名坚固,这国王爱民礼贤,素称有道。既为雨泽苍生,听左相荐引梵志,立坛瞻礼。一日坐朝,梵师上殿不趋,国王迎侍恐后,乃设玉团花宝座,尊梵志坐了。国王问道:"国师所谈的性命双修,予一时未便得就会。闻说你道法能指沧海变桑田,指高山成平地,予欲国师演试一二观看。"梵志道:"我王畏修道之难,欲观法术。不知这法术,只可愚凡俗,未可使于王所。"国王不听,再三要观。梵志乃唤徒弟演法。徒弟只有个本慧、巫师在傍侍立,乃问道:"师父叫弟子演个甚法?"梵志道:"就把王言沧海桑田、高山平地,试一法来。"只见本慧把手一指,阶前茫茫大海,汪洋邈阔。本慧却又一指,只见波浪汹涌,即时变阡陌井亩。那桑田中人民济济,分劳任苦。巫师也就把手一指,只见那桑田即时变成高山,巍峨形势,险峻岗峦。又把手一指,依旧桑田平壤。国王一见,说道:"国师且休作法,予闻桑田乃民生大事,予见此法,虽说是变幻虚设,却动了予悯念人民分劳任苦。"乃即传命执事官,排齐銮驾,出郊劝课农桑。执事官奏道:"桑田乃海变平壤,法术假托。"国王道:"汝等说假,予心却真。"乃命驾出郊,与梵志同车共辇。正行之际,只见城外白气漫漫,自南而东,贯于上下。王见了问梵志:"此何祥瑞?"梵志早已知是尊者自南来,将入国境。恐怕国王改了念头,懈怠拜师的礼节,乃佯言答道:"这白气蔽空,毫光直射,哪里是祥瑞,是魔王妖气耳。王可传谕各门城外,但有外来僧人,即是此妖魔来到,勿容其入。"王依梵志之言,即传谕四门,勿得纵放外来僧道。四门把守官役遵谕,但遇僧人,更加盘诘。

　　国王退朝入内。梵志乃归私寓,对巫师、本慧说道:"势里妙虚,曾遗四句偈语,说出白毫光事。今日与王出游,见南来白气,果应此偈。我想自岐岐路收你本慧,本定不知驾青鸾作何究竟,新园又愧心逃走,如今门徒寥若晨星,这般稀少,万一南来僧道,应此白毫,我等事体必被他夺。汝二徒有何计策,能阻逐他去?"本慧道:"师父不必多虑,料小徒法术能驱逐他去,何足为患!"巫师道:"不然,往日有本智、本定、新园众弟子,今日五去其三,势孤力寡。万一来的妖魔力大,可不徒劳了国王这一番顶礼!"巫师只这一句,便动了梵志疑心,说:"徒弟,你言越合妙虚之偈。如今之计,只得能中显能。你与本慧,多方延揽几个徒弟,演习些法里通法,阻遏南来的僧人道士,坚确王心,勿使更改。"巫师依梵师之言,便设方法延揽弟子。这城中只因巫师祈祷雨泽,哪一个不认的,且众见国王师事,往日要入门为弟子不可得,今见巫师明言广收博录,一时便动了那少年浪荡游闲、不顾父母之养的,或博弈饮酒、花费了家产的,或无计资身、有过欲逃罪躲宪的,纷纷乱投。一时便动了缨珞童子悯众之心,也随着这一起投名拜门的众等,混入郊坛。

巫师正入坛场,端坐问道:"汝等欲拜师学道,心各不同。只是吾师以大道传度入门的弟子,汝等以何智力进门?"众人哪里悟巫师的言语,个个面视不答。缨珞童子便越次答道:"我等以正进门,以大求教。"巫师道:"何为而正?"童子道:"不外不旁便正。"巫师道:"何为而大?"童子道:"尽却生人,皈依无量。"巫师听了,忙下座来,一手扯着童子说道:"吾师得汝,传道有人矣。"扯衣要走。那众人见了,齐齐说道:"师父,你广收博揽门徒,缘何不容我等,只扯着一个童子?"巫师道:"汝等来意在外,我便知内,做不得吾师门徒。就是我也不收你等。惟这童子,可以收入门中,做个徒弟。"巫师正说毕,要起身,只见童子说道:"我非投师,实来收徒弟的。"巫师听了道:"童子如何说此妄言?你有何能,敢夸大口!"童子道:"你便是妄收徒弟,徒夸大口!"巫师道:"汝敢比法较术么?"童子道:"比较便生嗔心,法术岂为正大?"巫师哪里觉悟,把手丢了童子衣袖,只一指,只见黑气漫空,对面莫见。少顷那黑洞洞处,青面朱发,山精水怪,无数见前。吓得众人要做徒弟的,走不敢走,站不敢站,只叫:"好师父,怪道祈雨顷刻就风云雷电,若像这样神通,便是真仙活佛。"童子见了,把手也一指,黑气即变做金光,青面朱发即变做善男信女,各引着宝盖长幡。乃唤众人道:"你们从哪门投入?"众人见了道:"爷爷呀,怎么巫师见的那等恶?童子见的这等善?恶的吓人,善的快意。罢,罢,罢!我等到随童子去罢。"童子见众人要随,乃飞走离坛,众人赶来,哪里得近!巫师也顾不得,喝一声:"疾风快云何在?"只见风从坛起,云自空生,巫师驾风云,直追南向,哪里见个童子!只见尊者师徒行来,将近国城之外,白毫光顶上腾腾,缁色衲风前摆摆。巫师忖道:"这光景,便是师父那桩儿事也。"他不赶童子,竟回梵志寓处,备将这事说出。梵志没奈何,只得静听。后有替扬惟天惟地乃正大功果五言四句:

诗曰：

> 玄黄正之色，洪荒大之形。
>
> 于此有功果，昭昭属圣人。

话说尊者与元通走近国城，只见宫墙黑气腾腾，乃对元通说："弟子，你可见官墙黑气么？"元通答道："弟子目见，但不知主何兆？"尊者微微笑道："妖孽计吾等小难耳，何足介意！"乃大踏步入城，把门人明明看见两个僧人入城，正欲拦阻，却又不见僧人，只见两个执事官员把僧人且迎接过去。尊者直至王所，国王忽然见了尊者庄严色相，也不疑怪，便问道："师来何为？"尊者答曰："将度众生。"王曰："以何法度？"尊者答曰："各以其类度之。"国王听了，方才叫执事官供具素斋在朝堂正殿。只见梵志进入朝堂，见了国王，却与尊者稽首，随问道："僧人到此何事？"尊者也把答王的话说出。梵志听了，不胜大怒，说道："何方野僧，敢到此夸张大话！"便叫本慧徒弟："何不以法压之！"只见本慧把手一指，顷刻化了一座大山现前。怎见得大山？但见：

> 巅峦接汉，岗阜齐云。高竿不说须弥①，广阔过如泰岳②。登峰岭，只讶天低；览形胜，偏嫌地小。飞汉倒影，宛似万丈悬岩压下；峭壁层峦，有如一天泰岳飞来。

尊者见这大山，渐渐从天压将下来，只把手一指，那山忽然皆从梵志师徒头上压去。梵志慌了，忙跪在地，道："凡道不识圣僧，望赐指教。"尊者悯其愚惑，再以一指，那化山随灭。国王见尊者开度梵志，便问道："梵师诲予性命双修，此道非道么？"尊者合掌答道："性命双修，他原未尝非道。只是有道修，要有道行。口能言，而心不能应，徒自远道耳。"王曰："心何为应？"尊者答道："王所为问，即是应己。"王闻尊者之言，乃拜尊者为师，愿闻其法。尊者曰："王欲问法，法有法要。"王曰："愿闻法要。"尊者曰："当趣真乘，即是要己。"国王信受回宫，着令执事官役，修葺洁净寺院，延尊者师徒居住。后有僧名懒云，叹是法要，因赞一偈。

偈曰：

> 本无有为法，如何为有要？

---

① 须弥——印度神话中的山名，亦为佛教所采用。

② 泰岳——泰山。

如如何为如？即是法要己。

却说梵志听了尊者法要，又见本慧、巫师幻法不能阻真，辞王从海岛而去。本慧与巫师，不忿尊者指破他化山，他却也不随梵师，各自怀忿散去不题。且说本智，原是玄隐道真的道童，只因误入蜃氛，迷了原性，忘却旧师，跟随梵志为徒弟子。梵志道术原来也正，只因他门类繁多，时演幻术，乱收徒弟，遂入旁门。道童跟随着他，起了法名本智，两次青鸾接引他回岛，只为蜃氛坚固，且以幻法迷留，今既为缨珞童子度脱，复明原宗，遂跨着青鸾，回归洞里，谒见玄隐真师。玄隐见了道童回还，悯其误被蜃氛，妄宗外道，今感缨珞度回，他却知缨珞非凡，且令道童仍守丹炉，却往蓬莱赴会。后有妙真道士赞叹五言四句。

诗曰：

妖气聚仍散，道童去复还。

不教仙圣引，迷昧怎超凡？

话说东印度国王重礼真僧，一日听尊者说法，要论真乘，心地了明。忽然左相朝王，说出城市中有缨珞童子，游行闾里，庄严色相，若常不轻。市有人见他临水欲渡，弃履赤足，浮水而行，登高山岭，未见跋涉，突然行于巅上。闾里焚烧，能轻身入救不毁。见孤苦乞儿，乃哀怜说道：“汝如风刮杨花，入投类秽，虽然是你遭遇，却也有一种恶孽因缘积来。”市人与的饭食即施与乞者。王听得左相之说，乃问尊者：“有此事么？”尊者答道：“此国中当有圣人继我，即是此婆罗门子也。”国王乃吩咐排列车辇，与尊者共辕而出。正才到通衢①大路，只见一人，直闯车旟②之前，左右那里阻遏得住。却是何人，下回自晓。

---

① 通衢（qú）——四通八达。

② 车旟（yú）——古代的一种旗。

第 十 八 回

二十七祖传大法　达摩老祖度元通

尊者正与国王同车在道,忽然缨珞童子立于车前,望着国王与尊者稽首。尊者一见了,便问道:"汝忆往事否?"童子答曰:"我念远劫中与师同居。师演摩诃般若,我转甚深修多罗。今日之事,盖契前因。"尊者点首,乃顾谓王曰:"此童子非他人,即大势至菩萨是也。此圣人之后,复出二人,一人化南印度,一人缘在震旦。四五年内,却返此方。"国王听罢,随下车敬礼。童子复向尊者求度,尊者乃以昔因,遂呼童子名为般若多罗,说道:"吾为普度化缘特行到东,来来路路,世法纷纷,度不能尽。我于光中已知我国后有东度之人,能继我志,愿汝其留意。"随付法眼①藏偈曰:

　　真性心地藏,无头亦无尾。

　　应缘而化物,方便呼为智。

尊者付法眼与般若多罗毕,乃辞王曰:"贫僧化缘已终,当归寂灭,愿王于最上一乘,毋忘外护。"王听了尊者之说,乃道:"师何遽然辞去? 我方欲大建道场,奉师广演上乘,普度群生,以昌国运。"尊者道:"法器吾已付般若多罗,道场功果尚有元通。"元通听得,亦求终始度脱。尊者道:"汝尚有东来一路因缘,返国须当收拾,莫遗因中之因,以造未完之度。"元通志记了。国王乃命车载般若多罗,同归国内。尊者到得国内,入得寓中,即还本坐,跏趺②而逝。国王之下无不悲泣。元通亦惨然落泪。唯有般若多罗说道:"我王不必悲泣,元通也未可哀号,俱是滞泥凡情,未曾烛照。吾师已返未始有始,到彼极乐世界。我王当以龛舆③送出南郊,吾师自有神化。"国王乃造以木龛送尊者郊外。元通等香花围绕,只见龛中尊者化火自焚。王乃收其舍利,造塔瘗之。后有僧名觉义赞叹一偈曰:

---

①　法眼——泛指佛教观察事物,认识"真理"的一种智慧。

②　跏趺——盘腿而坐,是佛教徒的一种坐法。

③　龛(kān)舆——僧棺。

本来何处,既往何处。

未始有始,是往去住。

话说东印度王安瘗了密多尊者,乃建道场,崇修佛典,拜般若多罗尊者,传度国中。多罗尊者辞谢王曰:"吾师原自南印度来,今彼度复有圣出,吾当行化彼度,这道场当付元通主之。"言罢,向王一稽首,如风行电掣而去。元通只得完了道场别王,王亦以礼送出东郊,辞谢方行,回归南印度。时德胜王已殡天①,继国度后王,名香至,贤明好道,崇奉佛乘,尊重供养度越伦等众僧。一日查阅库藏,见有无价宝珠,乃命臣工布施僧众,有此功德。国王先是生有二子,长名月净多罗,次名功德多罗。这日元通回朝,王问不如密多尊者东度事迹,元通一一启王。王听毕,合掌称赞。忽然后宫祥光绕殿,异香袭人。宫人来报,生产一子,国王大喜。当时起名菩提多罗。赏赐一领锦斓袈裟与元通,令其净刹养道不题。

且说香至王自生了三子,长大却与两子不同,颖悟非常,仁贤出众,一心只要出家为僧。父王及妃嫔屡劝不从。一日到净刹中闲行,见元通闭关入定,乃问左右服侍行者,都说:"师尊自随二十六祖东度归来,多年闭关入定。"王子听了,把手指弹关门四下,不言而回。左右不敢启问。却说香至王喜舍宝珠,忽然一个僧人来乞宝珠,口称自东印度来,且求会三个殿下。国王随传谕三个王子,迎进僧人,入得朝堂,望上稽首。国王答礼赐坐,问其法号。僧人答道:"贫僧法号般若多罗。"国王听了,合掌道:"原来就是吾国不如密多尊者法嗣。元通禅师回国,备称功德。"随奉宝珠,尊者接了宝珠。三位王子出得宫来,相见了尊者。尊者欲试其所得,乃以所受宝珠,问三位王子:"此宝光有能及此否?"第一月净多罗与第二功德多罗,同声答道:"此宝七宝中贵重无二,非尊者道光力,孰能受之?"惟第三菩提多罗答道:"此是世宝,未足为上。于众宝中法宝为上。此是世光,未足为上。于众光中智为上。师如有道,其宝自光;众生有道,心宝亦然。"尊者叹其辨慧,乃复问道:"于诸物中何物无相②?"答曰:"于诸物中不起无相。"尊者又问:"于诸物中何物最高?"答曰:"于诸物中人我最

---

① 殡天——称帝王之死。

② 无相——佛教名词,指摆脱世俗认识事物现象的相状和性质之所得的实相。

高。"又问："于诸物中何物最大?"答曰："于诸物中法性①最大。"尊者知是法嗣,以时尚未至,且默而混之。即以宝珠拜还王所,不受。稽首辞王并三位王子,出朝飞步而去。后有赞扬菩提多罗三殿下辨慧五言四句。

诗曰:

　　莫载惟法性,人我皆具中。

　　天生菩提祖,独悟无上宗。

　　却说三王子,自与般若多罗尊者辨论法性,尊者知是法嗣,辞谢王去后,他却在宫朝夕只是打坐修道。一日,香至王厌世,二王及诸妃嫔等,号泣欲绝。惟独三王子在父王枢前,入定七日七夜,出定来,对众说道："汝等休要悲号太过,当尽事死事生的道理。我于定中已知父王贤圣,上登极乐。"众方安慰。三王子乃求出家,二王苦留不住。正才出得国门,忽遇般若多罗尊者,道："汝来也。"三王子喜不自胜,乃拜尊者,从行到净刹中,受具戒。尊者告曰："如来以正法眼付大迦叶②,如是辗转,乃至于我。我今嘱汝听吾偈曰:

　　心地生诸种,因事复生理。

　　果满菩提圆,叶开世界起。

　　却说三王子菩提多罗,正名开士,非他凡等,乃是初祖达摩大师③。般若多罗便是二十七祖。般若尊者既以大法付达摩祖师,祖师因问尊者说:"弟子得法后,宜化何国?"尊者答曰:"汝得法后,俟吾灭度六十余年,当往震旦④国阐化。"祖师曰:"彼有法器,堪继吾宗,千载之下,有留难否?"尊者答曰:"汝所演化方,得菩提者,不可胜数。吾灭度后,彼有劫难。水中文部,善自降之。汝至时,南方不可久留。听吾偈曰:

　　路行跨水复逢羊,独自凄凄暗渡江。

　　日下可怜双象马,二株嫩桂久昌昌。"

---

①　法性——佛教名词,指现象的本质、本体。

②　大迦叶——释迦牟尼的"十大弟子"之一。

③　达摩大师——即菩提达摩,南印度僧人。南朝宋末航海到广州,又往北魏,在洛阳、嵩山等地游历并传禅讲学。被称为"西天"(天竺)禅宗第二十八祖和"东土"(中国)禅宗初祖唐代宗赐谥"圆觉禅师"。

④　震旦——古印度人对中国的称呼。

尊者说偈，一日呼达摩近前，复演八偈，皆预为讦言。即于座上起立，舒左右手，各放光明二十七道，五色光耀人目。踊身虚空高七多罗树，化火自焚。空中舍利如雨。当时众信收了舍利，建塔安瘗。达摩祖师自尊者示寂，乃于国中寻得一清宁观宇，在内面壁而坐，按下不题。却说元通自受了不如密多尊者度语，回国闭关入定多年，被祖师弹关四下，不言而去。一日关内謦欬①之声。左右行者忙启关，只见元通开眸问道："谁到此动吾关门？"行者答道："有三王殿下到此，手弹关门四下。"元通道："曾说何话？"行者道："不言而去。"元通合掌道："善哉！善哉！吾师昔日示寂，已尽言矣，吾岂忘失？"行者便问师尊："这是何意？"元通答曰："吾昔年远随吾师东行，化缘普度，一路根因缘识，尚有未尽变化。乃今闭关，非示寂忘却前因以遗后也。正为了明此缘，尚留世法。殿下之四弹关门者，教吾不忘四缘②不了之因也。"行者听得，又问师尊哪四缘。元通答道："汝等只知出家虽然是了生死大事，哪里知是报四重大恩。"行者问道："何谓四重大恩，我等不解。"元通答道："人生在世，要知天地盖载之恩，日月照临之恩，皇王水土之恩，父母养育之恩。若不知报此四重大恩，出家何用？"行者道："我等出家念佛修善，就是报恩。"元通道："这虽是，未尽为是。"行者道："如何方尽了是？"元通答道："只要莫使人说我等不忠君王，不孝父母，只要我等苦行实修，要完全了这'忠孝'二字。"行者听了，合掌称赞。又问道："师尊，殿下弹关，岂止这四重大恩一件，却还有他意否？"元通道："四弹之意，四事之教我者颇多，非汝等所知。我自收拾于不言不知之境，所以殿下不言，正谓他不言之教耳。"元通言毕，依旧闭目入定。左右行者仍闭关门。

这元通哪里是入定为自己成就功行，却乃为东行完了未结之局。四弹之教，他却推广到"四里"身上，说："我当初随师到灵通关，说破了那雨里雾四人。彼时虽开度了他们，只恐他们尚未尽化，流荡着在不明人心地。我如今只得神行远近道路村落，把个寡欲廉静四德，变更这'四里'心情，方为不渗漏的功德。"只这一片心性，假作闭关，乃神游道路，却来到昔日惺惺里中，见卜渔父、卜公平已故。渔父之子，得了笑不老静定之

---

① 謦（qǐng）欬（kài）——咳嗽或谈笑之声。
② 四缘——佛教用语，指人的思想行为和流转轮回所发生的四类条件。

方,弱体复壮。卜公平之子,只因他父刻薄,不明心地,虽得了静定功夫,却又时作时辍,那刻薄旧病儿尚然未改。既故了,留害其子,蒙然愚昧。况又是那奸巧海蜃轮回化生。元通神游到得里中,虽说是神游,他却不是凡人阴魂,乃是久修和尚,阳神显化有形。这愚昧之子,虽然顽冥不灵,却因其父在日,得僧普度微力,偶发一念,与渔父之子说道:"往劫真僧将复至此,当修斋供以待。"渔父之子信其言,乃设斋供。次日,果有一僧到门。卜家大小都说:"呆子说话,今日如何奇中?"渔父之子见和尚进门,便把呆子话向元通和尚说道:"我家有一个愚昧之人,却说了一句奇中话。今日果验。"和尚问道:"何言奇中?"答曰:"他说道:'往劫真僧,将复至此,当修斋供以待。'今日师父到来,想是前因。"和尚笑道:"果是前因。"渔父之子乃问道:"师父法号?从何方来?"和尚答道:"山僧无号,只以和尚称便是。若问我何方,也无定处。且问施主,何姓何名?"渔父之子答道:"小子姓卜名垢,这是我族弟名净。曾闻先世有圣僧过,度脱父老辈,不知师父到此何事?"和尚答道:"山僧有未了之愿欲完,路过到此,因而化缘。"卜垢道:"已设下斋供,请师父少留一饭。"卜净见了,却又昏昧,问道:"和尚哪里来的?因何留他斋饭?"卜垢笑道:"真是愚顽!早时说的,此时如何便忘?"和尚道:"暗昧觉照反复,俱从未净根因。"卜垢问道:"师父,根因何在?"和尚乃合掌,口诵一声:"弥陀佛!"那卜净也随着和尚,口念了一声,便破愚顽而启慧,开昏昧而成聪,乃向和尚稽首道:"小子生来黯黫,惟知饥索食、寒索衣,不知天高地厚,安识古往今来?今闻师父一声佛号,便似幽谷见天,寒霜遇日。往昔根因,从此识也。"和尚道:"你既识了根因,能归净业,行行不昧,真如自成正觉,若忘弥陀正念,恐又复障碍。"卜净稽首礼谢。后有赞叹一声佛号顿开愚蒙小赞:

　　佛即是心,无心佛在何处?心即是佛,有心佛又非真。有有无无,何处是佛?只在那一声感应,便启愚还觉;又恐定静不常,昏愚复昧,所以千声万句,念念叫省。

　　卜垢见卜净礼谢和尚,说得言语合理,且是明白,便也合掌称诵功德,说道:"蒙然蠢陋,承师一言,大开觉悟。小子不知此大因缘自何感召,却是灵通垂庇,却是众生有缘,还是偶然奇中?"和尚道:"感召之因,为义最大,说之则小。凡惟慧照,自得其因。"和尚说毕,斋供已备。吃了斋饭,忽然屋里走出一个老妇人来,向和尚说道:"师父,我方才午困,见卜公平丈夫托梦与我说,只因他在日刻薄,自恃伶俐太过,当有此子,往劫就是师父点明他定静功夫,他不当时行时止,这刻薄依旧未改。今承师父道力宏深,得度明了他子,叫他又不可复恃伶俐刻薄,又使他不能往生善地。"和尚道:"汝不梦不说,山僧已久知这段因果。只是静定功德,汝等到今尚复知否?"卜垢道:"小子深知。"卜净道:"小子却未深知。"和尚道:"往业未消,空费口传心授。"

这卜净勉强习学跏趺,妄演静定,方才闭目端坐,忽然似梦非梦,见两个赤发蓝面精怪,一个口称混沌子,一个口称睿智生,两个在卜净面前,争闹不息。只听得混沌子把睿智生骂道:"你这精细怪,怎么斫破我本来囫囵①窍?"那睿智生也骂道:"你这愚蠢物,怎么蒙蔽我虚灵不昧真?"一个道:"你驰神耗精,聪明何用?"一个道:"你幽昧昏暗,懵懂何知?"一个道:"我惇悫②自守,一任春秋来往,被你开发的知来知往。"一个道:"我推测为用,颇知上下古今,被你蒙蔽的遗今忘古。"一个道:"操戈逐儒生,只因你提撕警觉。"一个道:"朽木比宰予③,只为你寤寐晨昏。"一个道:"似我朴素浑坚,乃入道之质,比你浇漓成性,天真丧而寿算亏,岂能长生不老?"一个道:"似我灵通虚应,乃察理之姿,比你鲁钝痴呆,颖悟少而智识昏,怎能参玄了道?"混沌子大怒起来,骂道:"你夸圆活,乃是个鸡卵,外活泼而中混沌。"睿智生暴躁起来,骂道:"你逞坚确,乃是那翁仲④,外人类,总块石头。"混沌子道:"我是石头压卵,彼恶敢当我?"睿智生道:"我鸡卵样铁锤,把石头击成齑粉⑤也。"和尚见卜净眼前现了这段情景,便看着卜垢,他却绵绵若存,寂然不动,便叫一声:"卜垢!清宁观宇,静刹关中,自有你功果!"把卜净也喝一声道:"蠡妖兀自留氛,你不九转弥陀,其如怎成净业?"和尚说毕,倏忽不见。他两个都坐地惊醒,却不见了和尚。卜垢于定中,明明听得和说:"清宁观宇,静刹关中,自有功果",乃默记

---

① 囫囵——完整的,整个的。

② 惇悫(què)——敦厚、诚实。

③ 宰予——春秋末鲁国人,利口善辩。

④ 翁仲——传说秦朝人阮翁身长一丈三尺,秦始皇命他守边,匈奴人很怕他。死后,秦始皇为他铸造一座铜像。后就称高大的铜像或石像为翁仲。

⑤ 齑(jī)粉——粉末,碎屑。

在心。这卜静被两怪争闹了一番,便复昏聩,恹恹成病,反恨和尚糊涂说坏,遂而一劫远投,按下不题。

且说卜垢得了和尚静定功果,一心想起净刹清宁去处。却知国度中有,乃离家别业,走到国中,访入净刹。只见一个行者,守着个禅关,他便问行者:"关内师尊可瞻仰否?"行者道:"师尊有戒,我不敢启关与你瞻仰。"卜垢只得在关门前稽首。方才礼毕,只见半空中一道毫光,自个观宇处飞腾而起。却是那座观宇,下回自晓。

第 十 九 回

清宁观道副投师 轮转司元通阅卷

却说达摩祖师在清宁观中,面壁而坐,忽然出定起来,向圣像前叫一声:"当仁样子。"乃想起四弹老和尚关门,却是教他不能完普度之局,当指引四个向道之人。元通和尚推原虽错,因缘却也自然凑成。祖师叫毕一声,只见圣像顶上放大毫光,腾腾如白练虚空。卜垢见得毫光,遂随光处找道而来,乃是清宁观内。入得观来,见祖师跏趺坐于蒲团之上。卜垢稽首师前,祖师便问:"汝自何来?"卜垢答道:"未明来处,止识惺惺。"祖师又问:"汝今何往?"卜垢道:"未知所往,志愿皈依。"祖师道:"时日尚早,汝且到厨房,吃常住斋饭去。"卜垢复稽首。求立法名。祖师乃与他起个法名"道副"。卜垢当时三稽首。祖师道:"汝三稽首,乃三皈依也。"道副拜求问道:"弟子止知今皈依我师也。"祖师曰:"佛法僧,汝今从此进步。"道副拜谢,方才到厨房吃斋,晨夕侍奉祖师之侧。后有称扬卜垢皈依正觉五言四句:

> 佛法僧三宝,总是一皈依。
>
> 一从何处入? 岂南北东西。

按下祖师收了道副大弟子。且说人情本来清静中和,能知恬澹自守,不汩于私欲,不迷于贪嗔。纲常伦理,是人性分中物,能不亏缺;富贵贫穷,是世间傥来①的遇,一任有无。却也古怪,能尽了本来自然,便成个富贵延年注福,毫发不爽。有等贪恋私欲,凿丧本真,使尽心机,希图富贵,逞刚愎②不仁,动暴戾不忿。却又古怪,冥冥就有地狱,劫劫便入轮回,一入轮回,岂无主宰? 这轮回的,比如有这理,就有这事;有这事,就有这事的根由。却说元通和尚,神游十方法界,天堂地府,一任他往来探视。他自指引了卜垢,警戒了卜净,逍遥云际,忽然俯观,见一座大第公厅。老和

---

① 傥(tǎng)来——意外得来。
② 刚愎(bì)——固执、任性。

尚到得面前观看,只见那大第:

巍巍阀阅①,耸耸门楣,鹿角分排八字,螭头②高列两楹。白茫茫玉砌长阶,绿荫荫松连甬道。东西廊庑,列着许多青衣牙皂;南北坐向,俨然一个赤服郎官。案头堆集,山样公文;厅下轮旋,风车物件。

元通进得门来,见了这风车儿物件,心下不识,便大踏步直上厅来。只见赤服主者忙下厅迎接,各相举手。主者便问:"高僧来自何处?有何事故到我敝厅?"元通和尚答道:"老僧只因未完普度,偶尔神游到此,见贵厅旁列旋转车轮,从来不识,故此直趋台阶,唐突威灵,惭惧惶恐。"主者微笑答道:"此世间生人善恶轮转,高僧未见,难道不知?"元通道:"老僧久识在心,颇知其理,但未见其事,未观其物。今神游物接,愿明府把风车儿轮转几转,老僧一看。"主者笑道:"高僧久见性明心,宁不知这轮转一转,即是世人善善恶恶,一劫死生。比如善心一转,自下而上,你看那金童玉女,长幡宝盖,在车轮顶上,这就是三十三天、王侯将相、富贵福寿的境界。比如恶念一转,自中而下,你看那牛头马面,长枪大戟,在车轮底下,就是十八层地狱、疲癃③痞哑、贫穷苦恼的行头。"老和尚听了主者之言,合掌称道:"善哉!善哉!一至于此。"便问道:"据明府所说,山僧所见,如是凛凛可畏,那世人愚昧的怎得晓?明府却不明明的与他说,乃暗暗的变化,这一件形像儿世人怎知,怎见?"主者大笑起来,说道:"高僧,这何必要我细说!难道世间一个睁着眼,观尽色相,何等爽心!一个闭着目,不睹光明,何等苦闷!若想生前,宁无来历?"老和尚听了,又合掌道:"善哉!善哉!无病无灾,便无眼界,犹还是好。有一等饥寒困苦,又有一等遭刑受法,看起来,这分明说白了,叫他回头一看。再请问明府,可怜世人,受此苦恼,可有个解救的方法?"主者道:"有个解救的方法,也只在他自己。我当初自他托生人道时,便就与了他一

----

① 阀阅——古代仕宦人家大门外的左右柱,常用来榜贴功状。在左曰阀,在右曰阅。

② 螭(chī)头——古代传说中没有角的龙。

③ 疲癃（lóng）——衰弱多病。

个风车儿轮转样子随身，他如是能自家往上转，莫下转，自然下的往上，便离了苦恼。若是上的不回头，把那下的比并一比并，说他也是生来秉受①，我也是秉受生来，他如何这愈趋愈下，我必定要越转越高，这便是我明明白白与他说了。"老和尚只是合掌道："善哉！善哉！果然不是暗暗变化，真乃明明说知。只是老僧从东度，见了些善善恶恶之辈，不知可曾轮转？"主者笑道："轮转一日，百千万亿，善恶各有其类。高僧既要知，却也不在你那东度，一时能有几件！"乃唤旁边吏役："可将那善恶文卷，取过来看。"

老和尚展开来一视，乃合掌念了一声佛号，道："世事人心，幽微曲折，有如此琐琐细细开注在此。乃有一善至百千万善，小善大善的，有一恶至百千万恶，小恶大恶的；有一善解了百恶的，有一恶坏了千善的。有有心为善的，有无心作恶的；有他人善，在自己的；有自己善，在他人的；有他人恶，在自身的；有自己恶，在他人的。俱无富贵贫贱异等，却有尊卑大小殊途。"老和尚见了，又念一声佛，乃去寻那南印度自东行的善恶人文卷。见那纷纷错错，四海九州，昆虫鸟兽，也载在上面，哪里去寻一个旧知故识！便向主者又念了一声佛号，问道："老僧阅卷，万国九州，广注善恶生人，如何不见一个知识？"主者道："人有一声弥陀，改了一劫恶业，不曾往上往下，尚在五行中，未超三界外的。即就高僧这一声，看来文卷便注着惺惺里卜净的根因。只因他父刻薄，生他愚昧，又以一声佛号度脱原来，虽免恶道，他却未坚信心，又复障碍。"元通和尚阅得文卷根因，乃乞求与他轮转个善地，使他完了度脱之局。主者道："高僧德力，便转他善地，却要他坚心修行，莫教怠惰前因。若是旧恶不改，孽障再新，纵是弥陀万句，怎得上通天界，必定下堕地狱。"老和尚合掌称谢，说道："老僧也是神游奇遇，望明府把这百千万亿大善小善、大恶小恶赐教，何者为大，何者为小，何者一善解的百恶，何者一恶坏了千善，怎的叫做有心无心，怎的叫做他人自己，明分细剖，不独老僧受教，且利益众生。"主者笑道："高僧要知大善，无如纲常伦理、子孝臣忠，小善便是安分守己、济人利物。能安分守己，何恶不消？不能济人利物，何善能称？有心求佛佛也灵，无心之过过即改。种种根因，高僧岂不久识，何须问我？"老和尚道："他人自己，老

---

① 秉受——承受、接受。

僧却尚未知，望明府备赐教言。"主者听了，便往厅上把手一拱，道："高僧，你明明知识，故意哎哎问我，你岂不知善积儿孙，恶辱宗祖？"说罢，把袖一拂，竟入厅去了。元通和尚心生欢喜，喜的是出家，得证了慧觉；又动哀怜，哀的是愚昧，不种下善根。后有清溪道人①发明善恶、轮转在心五言八句。

诗曰：

> 天堂问何在？在此灵明中。
>
> 地狱问何在？在此暗昧中。
>
> 灵明与暗昧，俱在转轮中。
>
> 唯有善知识，不堕恶趣中。

话说元通和尚识了风车儿轮转根因，俱是世间善恶轮回、百千万劫，他的慈悲心肠，怎得家传户谕？叫醒了凡愚，无奈天地辽阔，生人繁多。只这慈心却复到灵通关上，想起昔日度脱的"四里"因缘。只见赛新园仍居庙内，乃到庙相见。赛新园一见了元通老和尚非复昔日，老和尚见了新园也不似日前，两人俱熬过春秋。虽是出家道体，却也改变了些形容。话叙生平，便入玄论。新园乃问道："师父你到何处化缘？见了些何方的光景？"元通和尚答道："老僧实不相瞒，随师功行已满，只是愿未终消，东行道路光景，料师兄也经游览过。只是善根恶孽，师兄恐未尽知。"新园道："地方风景不殊，果是善恶根因，真未尽晓。"老和尚便把轮转司的话，备细说了一番。刚刚说到卜净的因果，只见卜净与本定两个站立庙庑之下，齐道了一声："师父，你修道的阳神安逸快乐，我二人迷昧的阴魄苦恼凄其②，望乞慈仁，指明超脱。"老和尚见了，笑道："谁教你一个误入旁门，一个佛心不固。若知修省，还可度脱，终若不悟，只恐你再堕无明，便沉苦海。"两个听了，口应心却怀疑。顷刻只见阴云漠漠，黑气蒙蒙，两个辞别新园与和尚道："生方去也。"临行，和尚嘱他勿忘正念，他恍恍惚惚，化一阵业风而去。

元通和尚乃微笑了一笑，乃问新园："四里形迹，尚在何方？"新园道："这'四里'弟兄辈，无形少迹，到处便安。他却哪里顾甚人情物理，只是

---

①　清溪道人——本书作者自称。

②　凄其——凄切。

要陷害生人。师兄若要满遂化缘，完了师尊的普度，说不得借劳神力，广寻远找，莫使他昧了大道，阻了善心。我弟子也要探寻我师真并同门的道友，叫他要知风车儿轮转恶业，莫昧了大道善根。"老和尚道："正是，正是。"说罢，倏忽阳神起在半空，庄严色相。赛新园道："呀！原来是元通师父显灵尘世，想是本定师兄脱生人天去也。我在这庙中，徒老岁月，不如再探梵志师弟们下落。"说罢，锁了庙门，方才要走，只见云端里老和尚道："新园哪里走！前已一误，安可再误？清宁观宇，胜似山岗小庙，何不往投正路？"说罢不见。新园一念警省，离了庙门，过了山岗，四下里找问清宁观宇。有人指说，国度中有座清宁观，新园乃飞奔前来。入得观内，见一僧侍立云堂之上，蒲团上坐着一个禅师，闭目入定。新园乃向僧稽首，问："打坐禅师是谁？"僧答道："吾师入定，汝从何来？"新园道："小道从灵通关来。"僧问："到此何事？"新园道："有旧识僧人，指引清宁观宇，来投正路。僧何法号？"答道："小僧法名道副，入定禅师乃吾师，道号达摩大师。汝若要投拜，当俟出定。"新园却将"元通指引"四字说出，道副方知是老和尚度来，乃道："大师出定尚早。元通禅师在静刹闭关，汝当趋拜。"新园听了，便往净刹投来，只见老和尚紧闭关门，他两庑叩问，只得暂住净刹，寄食行者。见行者们晨夕课诵如来，新园偶生欢喜，随行者晨夕焚修。

一日，走到清宁观中，适遇祖师出定，新园上前稽首，备细说出来历。祖师道："我岂不知汝来，但你一片尘情未化，不是你入净刹焚修，把念头归正，安可与语？只是吾教无言，汝当自悟。"新园想了一会，双膝跪地道："祖师不言，弟子终是不悟。"祖师不言，依旧把壁手弹了四下，道："汝在这里清宁了道，吾方纳汝。如不能了，终是不纳。"说罢，又复入定。新园依旧不悟，苦苦哀求道副度脱。道副却也不解师言，新园只得暂住观中，又随着道副晨夕功课，晓夜思想祖师弹壁四下。忽然想起元通老和尚在庙讲到"四里"根因，乃发一念道："是了，是了。祖师之意，叫我清宁了'四里'因缘，方才收我归正。想这'四里'弟兄，泛泛萍踪，何有定迹，何处寻他？怎生劝化？说不得还寻我往日梵师、同门旧友，求他们帮助劝化了他。"乃向祖师前稽首，辞别了道副，出了清宁观，走得力倦，坐在地下，猛然想道："向来全仗些幻法飞空，只因要归正弃了，今到此劳倦，且要找寻旧日师友，只得重理法术。当时在地上练一个天马行空之法，气厉青云,便飞腾直上,来得疾,去得快,不劳刹那之间,便历山海之内。他抬头一望,只见个青鸾与白鹤盘桓松荫之下,乃想起昔日乘假鸾误跌情由,因知本智归岛事迹。乃按落云头,下临松岭,只见白鹤叫了一声,那洞里走出一个小道士,新园见他打扮的整齐,玄巾道服,真乃神仙中人。听得那小道士口里唱几句道情,新园躲于松荫,听他唱的哪里是道情曲儿,原来是仙家道语。他唱道:

> 养气忘言字,降心为不为。
> 动静知宗祖,无事更寻谁?
> 真常须应物,应物要不迷。
> 不迷性自住,性住炁自回。
> 炁回丹自结,壶中配坎离①。
> 阴阳生返复,普化一声雷。
> 白云朝顶上,甘露洒须弥②。
> 自饮长生酒,逍遥谁得知?
> 坐听无弦曲,明通造化机。
> 都来二十句,端的上天梯。

那小道士唱了念,念了唱,似歌非歌,似曲非曲。总是怡情养性,逍遥在洞口。新园听了,却走出松林,上前一看,原来那小道士不是别人。乃是那个,下回自晓。

---

① 坎离——八卦之二种:坎卦象征水,离卦象征火。
② 须弥——古印度传说中的山名。以它为人们所住世界的中心,日月环绕此山回旋出没,三界诸天也依之层层建立。

第 二 十 回

陶情逞能夸造酒　疯魔设法警陶情

话说新园上前看那小道士，原来是本智。本智却也认得新园，两个笑叙别来多时。本智道："师兄因何憔悴，不似往日？"新园道："自弄法入公子衙被获，无颜见师，走回小庙，见本定阴灵，备知他被假鸾误坠而殒。今与一卜净堕入轮回。小弟得元通和尚指引清宁观，投归正觉，那祖师又不纳，教我几句法言，尚未明悉，细想莫非叫我劝化'四里'旧交，我一人哪里去找寻这'四里'，望师兄指教帮助。"本智道："我只因妄投蜃腹，迷了道心，撇却旧师，误随旁门，今承师真度脱，复归岛随师，日守丹炉，怎得闲暇帮助？况那'四里'，见了我等，远避不敢相亲，师兄既无投托，何不候我师真蓬莱会回，求赐收纳，做个徒弟。"新园大喜。正叙间，只见鸾鹤飞鸣，舞跳起来，彩云霭霭，果然玄隐道真回岛。本智接了，便引新园上前稽首。玄隐问是何人，小道士备言来历。玄隐听得，笑了一笑，说道："这'四里'行踪，我已洞晓。收服极难，劝化怎解？你不该设新园而弄幻，投左道而迷真，圣僧不纳，也为此一件。只是你有一点道缘，我且指汝个投向。我于八极普照见这'四里'，各分境界，迷惑人情。汝一人力量，焉能开化？还当仗托老和尚高僧道力，方得度脱。"新园拜倒在地道："师真，弟子也不愿去找寻这'四里'，也不能开化这'四里'良心。方才在前，听得小师兄唱念的诗句儿，其实有味。望传授了弟子，且暂借这海岛闲洞，待弟子且做个闲散逍遥也罢。"道真听了，笑道："小徒自与汝等浑迹东行回来，想是学得我仙家些妙诀，闲吟歌唱，汝既要学，当叫他授你。只是我这海岛，胜汝在小庙，止可暂居，只恐'四里'，未化，终是汝要勤劳一番。"新园拜谢，在海岛暂居。

且说这'四里'，自灵通关被和尚参破，各自离关，分头散去。那雨里雾走了些地方，没个资生道路，一日来到一国度乡村，他迷失路头，只见乡村人烟闹热，许多人丛杂生理，都是牛羊豆谷交易，往往来来。自思："我远投到此，又无个知识投托，欲待要交易些市物，又少本钱。"四面看了一回，猛然想起，说道："这个闹热村乡，人烟这等丛杂，却怎么没一个酒肆茶坊？我想我生平技艺，会造醇酸美酿，何不设法拿几斛豆谷，造成些春夏秋冬美味，滑辣香甜好酒，卖与这乡村人家受用？"雨里雾想了一会，恰好一个老汉子坐在那市上，手里拿着一杯水吃。雨里雾看见道："这老汉子吃的不是茶，定然是酒。"乃上前问道："老尊长吃的是茶还是酒？"老汉答道："老兄说什么茶酒，我这地方，不长茶芽，无人吃酒。老汉杯中吃的是些白水。"雨里雾道："地方无茶，也难怪你。豆谷颇多，如何不造些酒卖？"老汉道："我这地方原不吃酒。"雨里雾道："酒乃世间一件美物，如何不吃？"老汉道："这东西如何是世间美物？"雨里雾道："老尊长不信，我有四句古诗说的好。"说道：

　　　　酒是人间禄，神仙祖代留。

　　　　三杯和万事，一醉解千愁。

老汉听了笑道："你夸酒好，其如我这乡村不吃奈何！"雨里雾道："老尊长，你这乡村难道一个人也不吃？"老汉道："不但不吃，还有闻名不知是甚物的。只我老汉晓得，不吃他。"雨里雾又道："老尊长，你为甚不吃它？"老汉道："酒乃烂肠之物，伐性之斧，吃了它，颠狂放荡，助火伤神，好好的一个白面郎君，顷刻成一条赤脸汉子。荡着它些儿，不是踢脚抢拳，便是拿刀弄杖。"雨里雾笑道："我闻糟物能久不坏，何云烂肠？散闷陶情，怎说伐性？佳人一朵，桃花上脸；好汉三杯，壮起威风。合欢、结盟，哪个不要他两相和好，却怎说踢脚抢拳、拿刀弄杖？"老汉道："这还是小事，还有几件大事，都是它弄出来。"雨里雾道："甚大事，请老尊长说了罢。"老汉道："干名犯义，都是它弄出来；争强斗勇，都是它使出来；伤灾害病，都是它生出来；倒街卧巷，都是它发出来。"雨里雾道："倒街卧巷，小事小事，怎么也说大事？"老汉道："你却原来不知，威仪济楚，倒街像甚模样？街头破面卧巷，成甚男子？"雨里雾听了道："实不瞒老尊长，小子路过到此，见交易处这等热闹，如何不沽酿卖酒？小子却会造曲蘖，酿蜜淋，只少些本钱，老尊长若肯扶持，我逆旅穷途，有这造酒手段，假贷几贯，备办家伙，倩①间房屋，开一个酒肆，得以资生，便是大恩大德。"老汉听得道："老兄，莫怪莫怪，我这国度中，原禁吃酒，便是我这地方，个个莫说不吃，连酒

_____

　①　倩(qiàn)——借，用。

字地不出口。其实安你不得,且要快快走去,莫教有道行的知了,把你指做酒头,不打逐你,便送了你性命。"雨里雾听了,涕泣起来,道:"老尊长,你可怜我穷途逆旅,怀抱不开,不肯借本经营,求指引个吃他的地界。"老汉听了道:"邻我这国吃酒的,我还要劝化他,如何反指引你? 快去,快去! 莫要撞着天性不吃的来。"老汉说罢,忽然不见。雨里雾把眼四下一望,只见半空里却是一个老和尚,云端现身。他定睛一看,却认得是灵通关被他说散的僧人,乃道:"走吧,走吧,莫要又惹他了。"后有士人说酒可饮不可饮的五言四句,说道:

> 漫道酒烂肠,伐性乱方寸。
>
> 能调五脏和,智者不为困。

雨里雾见这乡村不吃酒,却是元通老和尚化做老汉子,又与他辩驳这一番。乃想道:"我当初不该起这个雾字名姓,惹那和尚恶到底,走到这个地方,他又来拨嘴拨舌。不如改个名姓,过了这国度,到个吃酒的所在,或是自造,巧立个名色,写在招牌,引人来卖。或是零买置备些肴馔,引那馋嘴见菜来沽。"想了一会,乃自己起了一个名姓,叫做"陶情"。他一路走去,未过十余里,只见渐渐有醺酣之人,陶情乃上前,闻那人口内,喷出一团酒气,便扯他衣袖要问个路境,那人袖内却藏着一个酒瓶。陶情见了,怎肯放他? 说道:"你这村乡不吃酒,你如何酒气喷喷,袖里又笼着壶瓶?"那人慌了,答道:"老兄,你休怪我。我是没奈何,好吃一杯的。只因我村乡不吃酒,有戒,渐渐过来,便有偷着吃些的。再过百十余里,就通行大饮。此去十里,也有零沽藏卖,小子悄悄偷买些吃。不匡①撞着老兄,莫怪! 莫怪!"陶情听得,满心欢喜道:"不吃酒中尚有偷吃的,那通行大饮地方,不知吃得怎个样子?"乃忖道:"我一个孤身,又无资本,不如扯着这人,做个伙计生理。"乃问道:"老兄高姓大名?"那人道:"汉子问我名姓做甚?"陶情道:"小子会造酒,欲到前村去卖,实不相瞒,孤身无本。若老兄方便,做个伙计甚好。"那人听得,笑道:"小子姓吴名厌,平生好吃一杯,只因居住不吃村乡,没奈何,袖着壶瓶做个小人计较。老兄既有高手,会造佳酿,正遂我心。愿出资本,伙计管生,落得终朝痛饮,早晚醺酣。强似在家里,躲躲拽拽,吃不快活!"陶情大喜,随到吴厌家里。吴厌收拾些

---

① 不匡——不料。

本钱，与陶情出门，往前路走去。行到百里境界，却又是个国度地方，他二人辛苦道途，正思吃这几杯，却好树荫下一个牌坊，上写着两行字。陶情近前看那两行字，说道：

　　　　过客闻香驻马，游人知味停舟。

　　二人走入树荫深处，却好一个酒家。入得门来，吴厌道："有好酒酾来！"店家忙酾暖酒，摆出些下酒肴馔，他二人轮杯把盏。只见陶情攒着两道眉，摸着一个胸，说道："哎啊！蜇杀①人也，胀坏人也！"吴厌问道："老兄如何这等模样？"陶情道："挂真牌，卖假酒，这壶中，真真是醋，活活是水，怎生叫我吃得？"店家听得，忙走到二人面前，说道："二位，吃我这好酒，比众店不同，如何说是醋、是水？"陶情道："比如你这酒，造作可有个旧方？"店家道："怎无旧方？"陶情道："我那敝地旧方，却是一斗糟。"店家道："是一斗糟。"陶情道："便是三担水。"店主道："也是三担水。"陶情道："却要一担谷。"店主道："便是只少这一担物件。"吴厌笑道："这等还喜得一斗糟不少，才有这些酸味。"大家笑了一回。店家便问陶情来历。陶情才把会造酒，与吴厌做伙计的话说出。店主便道："小店虽开，来沽的甚稀，想因造作不如法，陶兄如肯与小店代造几瓮，若是生意通行，却也不忘大德。我这国里，都却会吃，只要造得有些名头。名头若好，便是'金生丽'，也要来买些尝尝。"陶情道："我小子若造出来的，名头却也多。"店主问道："请说几样一听。"陶情乃说道：

　　　　蜜淋醨，打辣酥，烧坛时细并麻姑。

　　　　蒲桃酿，蕙苡香，金华苏寿各村乡。

　　　　惠泉白，状元红，茅柴中圣不相同。

　　　　珍珠露，琥珀浆，玉兰金橘果然香。

　　店主听了陶情这许多酒名，大喜道："老兄有这手段，小子愿把店中家伙本钱，交付与你，大张起个门面，携带小子起个家业，衬个兴头。"陶情应允。当时就写立一纸券约，籴谷造酒，开张发市。一时吃了陶情的美酒，大家小户，远乡近里，都来买酒，真是填门塞巷。吴厌把些本钱，也交付陶情，他只终朝要吃，醉了便去，罗揽事端，却好逞醉在那街坊生事。只见一个疯魔道士，似醉非醉，如痴非痴，手内拿着一个葫芦，口中叫卖几

――――――――――――――――

　　①　蜇（zhé）杀――刺杀。

丸灵药。吴厌也不管个好歹，向前把葫芦抢入手里，便倒那丸药。那道士笑了一笑，把拂尘一挥，只见那葫芦中倒出许多大胡蜂，满头满脸，把吴厌叮得手慌脚忙，哪里赶得他去！那葫芦如火热，丢又不得脱手，只叫："好道士，饶了我罢！"街市众人看见，齐来帮助吴厌，说道："你这疯魔道士，如何使障眼法儿，捉弄我们地方酒客？"陶情与店主知道，也来看吴厌，被道士的葫芦儿，粘着手掌，火烧般痛。那吴厌始初还求饶，见烧得又痛，胡蜂叮得又狠，越发怒骂起来。道士只是大笑道："只叮得你酒醒，荡得你住口，方才饶你。"众人与陶情都怒道："这疯魔道士，好生无礼，不打他，怎生饶恕！"你一拳，我一脚，顿时把个道士打的直僵僵无气。

哪里知国法不饶，那村乡却有官长，即时把吴厌拿去，供说是陶情酒酿致醉，致生出一种事端。一时把陶情也捉将到官，五刑三拷。可怜陶情哪里叫屈，系在狱中。他猛然想起，在灵通关赛新园与他结义，遇僧人一番议论，在前村中那老汉化出和尚的根因，便道了一声："新园道兄，你如在此，可也与你道友说个方便，饶了胡蜂火葫芦，也不使吴厌醉狂，惹出这一番祸害。"正才说了，忽然市上来报官长，说疯魔道士活了。官长乃押着陶情去看，只见那道士，把脸一摸，叫一声："雨里雾契兄，极早改业，访问高僧，莫叫堕落，作吴厌干连。"陶情一看，原来是赛新园道士，他乘此机会，只答应了一声，问也不问，一阵烟飞星驰去了，丢下个吴厌，到店家去住。疯魔道士昂昂而去。后有叹逞醉生非弄出祸害，都是这陶情酿美酒五言四句说道：

> 万事无过酒，生非惹事端。

> 不饮从他美，安居天地宽。

却说元通老和尚，一心悟那弹关之教，只是运阳神寻那四种根因。见陶情国度乡村造酒，却有那新园得真仙妙诀，也能变化，去度他，可怪他迷尚不悟，得道士救了，不答飞星逃走。恰好老和尚在云端遇见新园道士，说："雨里雾更名陶情，这一番事迹。如今他不悟玄机道性，犯戒生非，不如罚他到轮转司，与他个异劫警省，这却又不是我僧家慈悲方便。"新园道："师兄此言，也是成就他的方便。不似我们门中正法剿除。"元通老和尚听得，只念了一句梵语，顷刻把陶情被神司捉到。陶情见是昔日辩论的僧人，便说道："小子不曾违背了昔日之盟，虽然广造多方博名的饮，原教人薄薄酒胜茶汤，谁教那吴厌醉狂，惹出祸害。"老和尚道："虽是你自作自造,未尝叫人生事,怎教你造出醇酼,使那吴厌颠狂？我如今不教如来,只戒得沙门弟子,却也难禁世人。你且去轮转司,异变一劫,不饮人天。那时也注个无量功德。"陶情不敢作声,抱头窜耳,跟着神司,直到那轮转司。主者正在那里阅宝卷琼书,查世间有情无情、机缘脱化,乃查到卜垢信道不笃,本定幻法迷真,一个尚有一句弥陀救解,一个也有梵师双修的玄功。主者查到此有情,说:"叫转轮使者,且把他二人轮转中上,一个不离道岸,一个不出僧门。"使者方才要把那风车儿左转,只见级下神司押着陶情。主者见了,怒道:"你这孽障,坑陷了多少风流浪荡,鼓动了无限暴戾颠狂,应付异劫漂沉。"陶情泣道:"信如官长之言,只是陶情却也有一种好阴功善果。"主者道:"汝有何功果?"陶情道:"散抑郁不伸之气,救好了无限灾迍,解吴越莫大之仇,合欢了两家世好。"主者听了,笑道:"也只因你有这一种功劳,便救了你万分的罪案。你既说有功,便查你的功罪。"叫吏役取过化卷来看,其中却也载的百千亿万,功是功,罪是罪。主者仍叫开注明白,自有处分。却是如何处分,下回自晓。

第二十一回

妾妇备细说衷肠　王范相逢谋道路

　　话说戎狄造酒、大禹①恶之者,恐后世被它迷乱,乃酒固迷乱人性,却是世间一件要物。僧家戒它,正为乱性。世间又有一等豪放纵恣,哺糟啜醨,饮无晓夕,沉湎荒淫,不但迷乱,而且为害不小。唯有仲尼②至圣,说"惟酒无量不及乱",又曰"不为酒困"。大哉圣言!界于可饮不可纵之间矣,谁叫人纵饮,入于迷乱,造下这轮转之业!再说冥司主者,处分陶情,将他功罪查勘。罪大则轮转自中而下,功大则轮转自中而上。司吏执卷,主者展开,从无始以至于今,世人被他迷乱,放肆邪移,无所不为,却也盈盈满卷。主者怒目视着陶情,说道:"你造出这等恶业,罪如丘山,怎肯轻恕!"叫把陶情推入轮转而下。陶情哪里肯服,说道:"官长以罪加陶情,造此恶业,却也要说出何业。"主者便把文卷中注载的,念与他听。说某人酗乱逆亲,皆因陶情所造。主者只念了这一宗文卷,便恨了一声道:"罪何大于此!以下注载百千万宗,却也不小,左右可把陶情推入轮转!"陶情又辩道:"逆亲的,王法不赦。这一宗,却也消磨了。"主者道:"王法所诛的是故犯的,还有溺爱的、柔懦的,不曾犯出。幽有鬼神,怎肯轻恕!"

　　正才叫牛头执叉,马面③操戟,来推陶情。只见西边白毫光灿灿飞来,黄封册明明投下。主者忙恭礼仰视,见一个神司,说:"陶情功可折罪。"主者拆开黄封,上注着:"孝子慈孙祭奠祖考,酹④地献神,一种诚敬,都在陶情所造将出。"主者道:"他逆亲以下,注的违法,百千万宗不小。"神司道:"他诚敬之外,解郁却病,和饵疗人,却也百千万宗不少。"主者听

---

① 大禹——传说是夏朝的第一个王,曾经治平洪水。
② 仲尼——即孔子。
③ 牛头,马面——迷信传说阎王手下的两个鬼卒。
④ 酹(lèi)——把酒洒在地上,表示祭奠。

得，回嗔拱手，谢去神司，随把陶情放了，道："诸事且看黄封赦你。只有你有'四里'，俱系一党，在世弄人，唯有云里雨、胆里生，皆是你造出他迷人恶业。我如今且放你，速去改正了他们。这纲常伦理所关，保命护身所系，都在你就正他不小。若是他纵欲败度，好勇斗狠，不就你的规正，或你故违，有以使诈鼓舞他，罪却也在你不轻。"陶情口里连声答应，心里却有几分狐疑犹豫，忖道："天生我这个招风惹草的情性，撞着我的，能有几个斯文典雅？入我门来，投了意气，便是斯文典雅，不觉的手舞足蹈。如今要脱离这轮转，只得且口应了主者而去。"方离了大第公厅，走未十里，陶情见一人跟跟跄跄，走将近来，后边跟着四五个美貌妇女、清俊儿郎。陶情想道："这人跟随许多男女，若是妻子，也该搀扶他。若是仆婢，便是富家，也该用个轿马。若是同行走路，怎么让他慢慢行走，却都退后？"正在疑猜，恰好那人远远望见陶情，叫道："旧相契！你何处来也？"陶情方才睁眼看明，道："原来是云里雨契兄，你如何这样瘦弱伶仃、行步跟跄？一向何处安身？"云里雨愁着眉，苦着脸，答道："小弟自灵通关被那和尚琐琐碎碎，说得没趣，离了关，走到什么巫山地方，遇着高唐、孟礼①两个男女，惹了些风月机关，撞着什么冰人月老，把我勾引到一处，叫做什么阳台地界。没奈何，只得跟随着这几个，在那地界做了几载伐柯②生理。谁想这买卖顺利，便起了千百两家产。没来由，自恃有几贯钱钞，动了那风月情怀，今朝娶一个美妾，明朝买一个侍儿，被她们朝也来寻云，暮也来寻雨，便惹了个门户在身。这门户难当，弄得鼻塌嘴歪。裹了几两银子出外，别寻个事业，他们如今还跟着我不放。我再三苦苦哀求，饶了我罢，他们越不肯放，口里还说，要押解我到什么超生地界。正在此嘘嘘气喘，恹恹要病，却喜幸逢旧契。没奈何，替小弟方便一声，到此地界，饶了我罢。"陶情听得，笑道："老兄原来有此苦情，何不当初紧咬牙关，强制欲火，莫做这超生的买卖，怎得到这个境界！你放心放心，待小弟与你说个方便，叫他们放松你些儿罢。"乃问跟随的妇女侍儿，方才要开口，但见那妇女侍儿，果然生的美丽：

---

①　高唐、孟礼——高唐指男女合欢；孟礼指东汉梁鸿妻孟光对梁行举案齐眉之礼。这里作两个男女之名。

②　伐柯——为人作媒。

一个个，千娇百媚，多趣多情。乌云半䯬①双飞，粉黛淡妆浓抹。十指露纤纤春笋，两鞋尖寸寸金莲。一个个，藕丝嫩织罗裳，兰蕙香熏玉袖。不说萧娘②风韵，真堪楚女③标题。

陶情见了，上前唱了一个喏，说道："众位娘子，为甚跟随我这契兄不放？"妇女道："谁叫他狂夫不禁？"陶情道："难道是他钻穴相窥？"妇女道："他纵不是钻隙相窥，谁叫他房栊④充栋？"陶情道："齐人丐子，也有一妻一妾。"妇女道："宋弘⑤义士，生平只个糟糠。"陶情道："他居累千章，便多置几宠也无害。"妇女听得，把眉一攒，道："你这引头夺脆的，都是拱动他淫心，勾惹他春兴，害得他如此。你哪里知世间阴阳配合，男女婚姻，只该一夫一妇处室，谁叫他吃一看二，你怎知他多占了我们一个，世上就有个鳏夫⑥。"陶情道："自古一妻三媵⑦，原该有的，假如人生不孝有三，无后为大，娶妾生子，理该情当。这难道不许他？"妇女道："许便许，你却不知嫡妻生妒，能有几个得完全的？"陶情道："这完全的道理，我陶情倒不知，请说！请说！"妇女愁着眉说道："娶妾纳宠，你道世间最乐？殊不知其间伤害伦理处，十有七八，最苦最苦。嫡妻贤德，知自不育，为丈夫捐簪珥⑧，纳妾生子，以继公姑之脉，以续丈夫之嗣。若是不贤德，悍妇不容娶，淫妇心不忿，妒妇生谋害，恶妇动箠楚⑨。可怜人娇生娇养，也是父娘一块肉。或为官钱私债，没奈何嫁了人家做妾。且莫说这女子做了人妾，不能够一夫一妇，白头厮守，心肠里怨恨，只说遭逢嫡妇妒恶，百般样欺凌，千般样谋害，这其间说不尽的苦恼，真是叫天不应，叫地不灵，染病亡身，也不知多少。"陶情笑道："做男子的，只要自家风流，哪管妻妾相妒！

---

① 䯬（duǒ）——下垂。
② 萧娘——唐人泛称女子为萧娘。
③ 楚女——泛指美女。
④ 房栊——窗户。
⑤ 宋弘——东汉人，被光武帝刘秀之姐看中，光武帝要他与原妻离婚，他说："贫贱之交不可忘，糟糠之妻不下堂。"予以拒绝。
⑥ 鳏（guān）夫——无妻或丧妻的人。
⑦ 媵（yìng）——妾。
⑧ 珥（ěr）——用珠子或玉石做的耳环。
⑨ 箠楚——鞭子。

还有一等嫡妻良善,宠妾恶狠,再加丈夫爱俏喜新,宠妾嫌妻,难道做妾的只是苦恼?"妇女道:"这更不好。男子宠妾,伤害了正嫡,夫妇伦亏,本当有子,只就这伦理亏处,便生了个绝灭根因。多妾必多欲,多欲便伤精耗神,身心失养,这叫做粉骷髅伴着死骷髅。"

妇女说罢,陶情又把眼看那侍儿,哪里是侍婢丫环,却是几个龙阳小子。陶情看着他,也装媚作娇,便向云里雨说道:"这却是老兄放荡礼法之外,损伤元气之根。怎怪他们齐齐押送你不放?"乃对妇女道:"小子听了众位娘子的言语,实是有理,千万只看他平日恩情,饶了他押解①吧。看起来,为后嗣娶一个偏房,也是情理所该,比如一妾不生,再娶一个,也未为伤害伦理。"妇女道:"你此话差了! 一个不生,再娶一个,便替他淫欲开门路。娶一个,可该打发那不生的出门,与她个门路。谁叫他三个五个都留在家? 这其间许多不完全处。"陶情道:"又有甚不完全,请说完了罢。"妇女道:"老夫不能遍及少妾,间有调私,其中还有妾妾相妒不容,怎得完全?"陶情听了,方才点头。只见那妇女侍儿,彼此乱打起来,你道是我不容你,我道是你不容我,你打我,我打你,先把侍儿打的一阵风去了。妇女只剩了一个,看着云里雨说道:"我叫你寡欲养心,节欲生子,你不依劝,以至于此!"云里雨答道:"从今依你,只是免押解,就得生路。"那妇人又看着陶情说道:"十个九家,都是你使作的他淫心,助起他的春兴,以后他也该节,你也该戒。"说罢,那妇人把脸一抹,哪里是妇人,原来是赛新园道士。陶情见了,笑将起来道:"师兄,你活活骗杀人! 我前开店被你把吴厌捉弄一番,带累我费了多少磨折。今日却又来捉弄云里雨契弟。"云里雨也说道:"娶妾近侍儿,虽也是小弟近日病根,只是妇女们哪里会多嘴饶舌,与陶情兄辩论这一番,却原来都是你。我想灵通关自被那和尚辩难了几句,便别了道兄,你如何今日有这等法术神通,能变妇女,说一派道理的话?"新园答道:"话长,话长。"陶情道:"便是长脚话,也请说来一听。"新园乃说道:

> 自从别却灵通关,投托梵师为徒弟。
>
> 巫师与我同入门,共师还有慧定智。

①　押解——看管,监督。

　　修行本欲证大罗①，误入旁门终未济。

　　跨鸾几被假鸾伤，隐身法调佳人丽。

　　弄术迷人自着迷，左衙偶被公子系。

　　愧心怕见那梵师，一路烟走知回避。

　　小庙久离狐鼠倾，重新再整安居计。

　　因惩本定坠鸾亡，清宁观里求了义。

　　僧家不纳道缘深，海岛相逢旧结契。

　　歌吟指出大丹歌，暂居洞谷真师地。

　　元通和尚出阳神，将吾摩顶②授四记。

　　普愿劝化"四里"身，寡欲廉静保精炁。

　　假妇化身说尽情，特来度你无它意！

　　新园说罢，一阵风踪影不见。陶情也要走去，云里雨说道："契兄，当初也是你作成，入这门路，虽然道士教诲这一番，只他各个离了我身，莫说免了押解，便是心肠也快活许多。但好言好语听了，也该三思省改。只是我生成骨骼，长成心性，鳏寡难过，欲火又腾，说不得学老兄，也改个名姓，前途再更换个计较，完此一世事业。"陶情道："事便是好，只是我改名换姓，做了一番事业，倒堕入轮转。主司责我劝化你等回心向善，方才饶我。今若依你，又随你计较个事业去做，万一再犯，如之奈何？"云里雨笑道："料你事也只如此，有罪过，却也有功劳。只是我弄得小男幼女，没颠没倒，毕竟要完全了一桩事业。"陶情道："你正该在幼小时养精蓄力，莫要弄到老来精力衰朽，悔之晚矣。"云里雨只是不听。陶情道："你且三思，我如今要去劝化浪里淘、胆里生两个去哩。"说罢飞走。云里雨乃改个名姓，叫做"王阳"，他只因妇女侍儿离了他身，心里又不愁这几个押解他超生的地界，一时便四体舒畅，大脉平和，哪里踉踉跄跄，走步如飞，往前行去。后有说妇女侍儿离身、便康健善走两个叹世《西江月》说道：

　　可叹人生在世，遭逢美色无情。火坑明晓要邪行，多少因它成病。

　　智者远离保命，寡欲百体康宁。东山健步药虽灵，怎比这神

---

　①　大罗——大罗天，指天上神仙住的地方。

　②　摩顶——摸头顶。

药性！

话说云里雨不听陶情劝化，改名王阳，独自一个走在路途，想个一世的事业。走了十余里，见一人独坐在路口小亭子上呻吟，若有所思。王阳也来亭子上坐，那人问道："何处去的？"王阳答道："小子原离此处百里，一向伐柯生理，颇赚了几文，娶了几房家小，门户难当，裹得几贯出来，要寻些一世的事业。请问老兄，何方人氏？独坐在此，若有所思何意？"那人答道："小子名唤范俏，也为裹几贯钞，出外寻个事业。叵奈这地方，近日事业难做，正在此思量。老兄若是有高见，小子到与你计较个事儿去做。"王阳答道："三百六十行，小子都会，只是劳碌辛苦。倒是当年做伐柯生理，见有等快活道路，思想这事到做得。"范俏道："甚快活道路？"王阳道："如今不如买几个妇人女子，贩卖与江湖上做妓为娼，尽有些利钱，还讨些好便宜。"范俏道："有甚利钱便宜？"王阳道："比如人家有好妇人女子，或是有丈夫的贫窘，养持妻子不能，央浼①伐柯，卖与外方客人，明说为妻作妾；或是女子父母欠了官钱，少了私债，也图几两银子，卖与远乡人氏，明说作妾为妻。买将过来，带到别地，卖与娼家，买一贩三，利钱颇多。那明说的意思，却是买过来，一日未转贩，权且一日做夫妻。这却是便宜几倍。"范俏听了，笑道："原来老兄道路，就是小子道路。今日正在此想，一向这道路伤害天理，比如穷迫卖妻，贫窘鬻②女，这个苦恼情景，莫说那骨肉两分异乡，生死莫得再面。只说这卖与娼家，老妈子要她接客，妇女非她亲生骨血，若有不顺她心情，棒打鞭敲，苦情向谁说诉？"王阳道："既接客，便有客人的情意，妓女可以说诉，计较逃走的，也是娼妓的常事。"范俏道："老兄莫要说这计较逃走，娼家老妈儿心计逆料，却也周密。比如买得一个妇女，叫他接客，防她向来细说乡土姓名来历，乃叫伙中假装嫖客情厚，诈出妇女实言。老妈儿次日说破，痛打三番两次，便真客情实探问，妇女也不敢说。"王阳道："我做了一生伐柯生理，便不知这情由。可怜，可怜！"范俏道："老兄若怜她，这道路却真做不得。"王阳道："我想有个怜她的道路。"却是何道路，下回自晓。

---

①　央浼(měi)——央求，请托。

②　鬻(yù)——卖。

第二十二回
咏月王阳招讽诮　载酒陶情说转轮

　　话说范俏、王阳他两个计较贩卖的事业,说出卖良为娼妇女的苦情,老鸨儿的行径。王阳想了个怜妇女的道路,范俏听得,便问:"老兄怜她,有何道路?"王阳答道:"买良为娼,明有王法,只要个清廉官府,搜奸剔弊。"范俏道:"哪个地方没有廉明执法? 怎奈作奸犯科的智藏巧隐。"王阳笑道:"说起来,这个道路,不如不去谋他做到,也免伤天理。"范俏道:"正是。我见伤了这天理的,纵然逃了王法,却也逃不过幽谴鬼责。报应却也多有,不是官非,便是疾病。或者逃亡死故,把本钱都消折。"王阳听了,把头一摇,打了个寒噤,说道:"这贩买贩卖生意做不得! 便是我当年做伐柯生理,与他天理一般伤了多少!"范俏道:"正是,正是。我们做媒引头,比他贩的还大。"王阳笑道:"话便是这般讲,腰囊这几贯,怎生与老兄计较?"范俏道:"买几亩田地,耕种度日去罢。"王阳笑道:"这固是老兄本分事业,只是小子心性与他的情景妇女侍儿,种出来的根因。如今既无事业可做,老兄无事,地方可有勾栏衖院①,不如去做个风流嫖客。"范俏答道:"老兄,这嫖客有什好? 且莫说他破财损钞,荡费家业,亲友笑耻,妻妾憎嫌,玷辱了门风,伤坏了宗祖。只说他贪风流可意,爱美丽春情,涸髓枯脂,耗神丧智,受片时有限淫乐,讨一世无穷苦楚。我这地方,既无勾栏,哪有衖院,小子也不会做这引头经济,伴客帮嫖。"王阳笑道:"地方既无勾栏,或者老兄相知相识,暗昧巢窝,得以了却小子这一腔春兴、半日情怀,便浪费了这裹来囊橐②,也无悔无怨。"范俏听了,把眉头一蹙,说道:"老兄,这事越做不得,耗财损神,事还是小,便生出一宗大祸害,伤天理,更甚更甚。"王阳问道:"怎便伤天理,大祸害?"范俏道:"我小子有几句口号说与老兄一听。"说道:

---

① 勾栏衖(háng)院——即妓院。
② 囊橐(tuó)——口袋,代指财物。

世间男女原有别,男效材良女贞洁。

钻穴相窥天理伤,逾墙相从人伦灭。

男儿百行备于身,女子耽①今不可说。

闭户不纳诵贤良,坐怀不乱真清白。

断发劓鼻女丈夫②,秉烛待旦真英杰③。

清风万古正纲常,大节无亏上帝悦。

可怪夫妇愚不知,奸私邪淫大道绝。

搂其处子逾东墙,不惜身中精气血。

明有国宪幽有神,报应昭彰堕恶业。

范俏说罢,王阳听了笑道:"老兄也是一个买卖道路与小子同行,这会怎说出这许多道理文辞?"范俏道:"老兄实不瞒你,我小子名叫做富有,托名范俏,乃适早一人路往这村过,说后有一人,来寻事业做,只是腰裹几贯,平生酷爱风流,把老兄来历备细说出,托小子劝化你回心,莫要爱那风流,贻累他入了轮转。"王阳道:"原来老兄有人嘱托你,如今世上,能有几个清白贤良,不爱风流?便将地狱放在他眼前,推春磨磨,与他明看,他若是心地不明,怎知保守?我小子非不领教,只是这几贯在腰,少不得要往前途,再别计较。"说罢,方欲辞富有,只见远远一人飞奔前来。见了王阳,大笑起来说道:"阿兄别来无恙?"王阳见了,便道:"原来是浪里淘阿弟,自灵通关别后,一向在何处?"浪里淘道:"小弟久已改了名姓,叫做艾多。这富有乃我近日结交的契弟。想我自那日别来,被一个相知留我在家,始初敬重,如胶似漆,终日不离,我替他引类呼朋,成了一个大家行止,谁料他刻薄寡恩,把我幽禁起来,锁在个库房之内数载,天日也不得见。"王阳道:"阿弟,你却怎得出来?"艾多道:"只因他恃财倚富,生事凌人,惹出祸端,要我们解救,方才出得他库房门外,到得这乡村,结交富有契弟。日前闻知陶兄与阿兄劝解免押解等情,方才知你路过到此,故此他

———————

① 耽(dān)——迷恋。

② 断发句——三国时曹文叔娶夏侯令之女为妻,文叔早逝,令女便断发割耳,以示守节之决心。后其叔欲迫嫁之,则又自割其鼻,坚决不从,终得以践其志。

③ 秉烛句——三国时关羽护嫂寻兄刘备,夜在嫂外屋秉烛待旦护卫之。

托这契弟假名托姓,劝化你少爱风流,节省精力。"王阳听了道:"陶情大兄到此,阿弟却怎不留他,如何又放他去了?"艾多说:"他来时,我被那相知幽禁不得出,陶兄千方百计要我相会,送相知锡壶、银盏也不收,惠泉、金华也不受。"王阳道:"送的可谓精妙贵重,他如何不受?"艾多道:"他生平不饮,且不延客,所谓齐王好竽,客来鼓瑟,礼物虽精,其如王之不好!故此陶兄未得相会。幸喜我富契弟与陶兄相合,日日共饮,刻刻衔杯,却又引得这村乡典衣当物,花费无算。陶兄自知,说道:'莫叫又犯了什么文卷?'打听胆里生契弟,在什么分心寨做强人,他到彼处去了。既然阿兄到此,细想我们'四里'弟兄,不可久抛各散,趁此囊中有余,且往分心寨探望一番。"王阳道:"有理,有理。"乃别了富有,与艾多找路行来。时当三五良宵,见一轮明月中天,他两个走到一村店人家,王阳只是想着偎红倚翠,艾多见他念念不绝于口,乃叫店家沽得一壶酒,说道:"阿兄,客邸无聊,你且收拾起春心,饮一杯解兴。小弟自离关,亏了这缘法,淘得多金,相处些山人墨客,学得几句诗词。你看今夕明月,试题一个小词你下酒。"王阳道:"阿弟,你试题来。"艾多乃题出一个词儿,却是个《念奴娇》牌儿,名咏月。他题道:

今夕何夕?岂寻常三五,青空辽阔。看那云收星曜敛,何人玉盘推转。照我金樽,清香独满。有药得长生,炼起丹炉,万斛①珠玑,黄金一点。

王阳听了艾多题咏,笑道:"阿弟,我虽不知词句,细玩你丹炉一点,明明的发你衷情,难道我的心情,可辜负这一天皓月?依经傍注,也学你韵一个。"乃吟道:

烟村静息,扶疏桂影满,素娥炼就。怎生箫鼓环珮远,教人单吹玉管。年少追欢,空忍缱绻②。纵然满樽前,何处嫦娥,枉作云收,争如雾卷。

王阳吟罢,艾多笑道:"总是你一派心情所出,只恐不能遂你衷肠。"二人正把杯,再欲歌吟,只见店家一个老汉子,走将出来,说道:"二位哪里来的?吃酒把杯,吟风咏月,人谁管你?只是这一位,吟出来,句句都是

---

① 斛(hú)——旧时量器,十斗为一斛;后改五斗为一斛。

② 缱(qiǎn)绻(quǎn)——难舍难分。

淫风邪韵,我老汉听着何妨,小男妇女邻坊听了,岂不败坏他心肠?从古到今,淫词艳句,勾引出伤风败俗之事,为害不小。老汉愿二位守目前本分,饮一杯客邸清醪①,莫要邪思乱想,胡歌野叫,非理言语,调引春心。"王阳笑道:"老人家七颠八倒,妄讥乱诮,责备行客,我们路逢,到你店中,偶酌两杯,见此明月歌吟几句小词,赏心乐事,有何勾引伤风败俗之事?况窈窕之句,明月之章,亦是古人寄吟豪兴,我们便歌唱侑酒,有何伤害?"老汉道:"古人乐而不淫,歌吟何害!只是人口是心非,言端行违,尚然作罪。老兄你借拟嫦娥,寄情缱绻,不可!不可!"王阳被这老汉子说的闭口藏舌。艾多乃问道:"老尊长,我动问你一声,分心寨在何处?离此坊有多少路程?"老汉子答道:"二位客官,你问这分心寨做什么?"艾多道:"我们要找寻个契弟。"老汉道:"分心寨,原是我这国度地方,叫做分中河,五处分界,只因河道淤塞,长起平滩,地界荒僻,不知何处来了几个人,为首的一个,叫做胆里生,他在此剪径,自称做分心魔王,便立名叫分心寨。这魔王好刚使气,人有过路,遇着他的,一时激义,便和好相待,还给你路费银钱。若是遇着他一时心里不平,暴躁起来,却也厉害。"艾多道:"正是胆里生,便是我契弟。"老汉道:"老兄,我看你一貌堂堂,行端表正,却怎么与这魔王结为契弟?"艾多道:"老尊长,我不说你不知。我们弟兄四个,大兄叫做雨里雾,后改名陶情。第二叫做云里雨,便是这王阳二兄。第三就是小子,叫做浪里淘,因也改名艾多。这胆里生,便是四契弟。当年我四人在一处地方,叫做灵通关,也做些不要本钱的生理。后来遇着两个僧人,被他三言两语,把我们弟兄说散了,各寻头路。到如今东三西四,你无我不成,我无你不成。我想起来,相欢相聚,还须要我,何患不成!所以今日要找寻我这契兄弟,但不知分心寨离此处有多少路。"老汉道:"不远,不远,半日路程。"说完二人到客房宿歇。

那老汉子犹自咕咕哝哝,自言自语,说道:"风骚人何苦吟风弄月,歌那邪词艳句,恼乱人肠,造下风流罪孽!"艾多听了,对王阳说道:"二兄,你听这老汉子还不住口,只是在你身上发挥。我小弟想,你也该自悔生前不自好德,造下这风流罪孽。"王阳被说,使起性子,大叫道:"生来骨格,情性难改。阿弟,由我罢!"艾多笑道:"由便由你,只恐押解的又来,陶情

---

① 清醪(láo)——酒酿。

哥不在,无人说方便。"王阳道:"三弟睡罢,莫要饶舌。我如今又要想到高唐①、孟礼②处去也。"艾多不言而卧。后人有说淫词丧德五言四句:

> 丽句工词藻,德言养道心。
>
> 胡为风俗恶,邪语诲人淫。

按下王阳、艾多在殿过宿,次日找路前行。却说胆里生自被元通和尚说破了他,离了灵通关,四下里寻个道路。他哪里知道为人到处俱要心地和平,度量宽厚,四海春风,何人不敬? 哪个不容? 这胆里生只因存心窄小,性度躁急,半步不能容物,一时难忍吞声,四下里交情触着他性,便怒从心上,恶向胆边,故此没个道路。偶然走到这分中河地方,招集了几个喽啰,立个寨栅,起名叫做分心寨魔王。在这道路把截,生事招非,过客有忍得他的,让他恶狠,献他些金宝。有不忿他的,与他抵敌,争闹一场,倒抢夺他些财钞。一日,正坐在寨内,喽啰报道:"寨前有个贩酒的客人,推着一辆小车子,载着几十瓶打辣酥。"魔王听得,随叫喽啰抢来。喽啰听令,走出寨门,方欲去抢,那客人道:"好汉莫要抢! 便抢了去,也只是吃。若是魔王刻薄,你抢了去,他独自受用,一滴也不与你下小沾唇。不如待我开瓶,与你们吃些倒好。"喽啰听了,便问道:"这酒可是一样的?"客人道:"几等几样。"乃开了一瓶,道:"这一样是五香药烧酒。你们好汉吃了,许多好处。"喽啰问道:"怎见得许多好处?"客人说道:"有个夸头你听。"

> 造出五香美味,甘松官桂良姜。陈皮薄荷与饴糖,吃了浑身和畅。

喽啰听了,有的说,且拿去献魔王。有的说,依客人好言,且吃一瓶看。一时,四五个喽啰,吃了药酒,个个倒地,昏沉不醒。魔王见喽啰出寨无回信,差尽左右,都被酒醉倒。乃发起怒来,自出寨外。却原来,客人乃是陶情。二人大笑起来,各相进寨,叙说别后衷情。陶情却把改名换姓的事,备细说来,说到轮转司叫他劝化几个的话,魔王听得大忿起来,说道:"人生在世,孰无个刚强不馁的情性? 怎教我做个委靡不振的懦夫? 人

---

① 高唐——战国时楚国台馆名,在云梦泽中。传说楚襄王游高唐,梦见巫山、
　　神女。

② 孟礼——不详。

来干犯着我,难免扑簌簌怒填胸臆。"陶情道:"丈夫志意充满浩然,谁不夸你得所养! 或厉青云,或冲牛斗,不缩不馁,为国家鼓出些英雄豪迈。你却不如此,往往匹夫为谅,竞短争长,不忍一朝,陡生五内,为争名也是,为争利也是,小不忍也是,抱不平也是。还有郁郁莫伸,恹恹成病,都是阿弟忍耐不住。仔细忖量,倒不如吃我陶情两杯,消磨了这衷肠闷损。"二人正在寨中讲论,那喽啰忽然醒觉,一个道:"误事,误事! 贪这瓶中,忘了寨令。"一个道:"好酒,好酒! 吃两杯,注寿延年。"一个道:"没情,没情! 醉得我昏昏睡梦。"一个道:"有趣,有趣! 能使我解闷消愁。"喽啰们你长我短,说笑不了。忽然寨前来了两个客人,问道:"这寨可是分心魔王住所?"喽啰见了两个客人,笑道:"自来衣食,往常过客闻风远离,这两个痴客反来上门惹事。"几个喽啰扯拽两客,到得寨内。陶情一见了,原来是王阳、艾多二人,齐齐笑起来,说道:"久别多载,幸喜今日此地相逢!"分心魔王便叫喽啰摆起筵席,大吹大擂,吃了一夜。次早相聚寨中,只见陶情开口说道:"列位弟兄,我有一句话儿奉劝,若是肯听依从,不独一个免遭轮转,大众有益,不动无明。"王阳便答道:"大兄有何事见教,请说!"陶情乃抚掌高谈。却是何话,下回自晓。

第二十三回

贪嗔痴路过分心　清宁观僧投老祖

话说陶情抚掌高谈，说道："我们四个弟兄，在人间世也是个好汉子，怎么心情都不一？好酒贪花，逐利逞忿，终日营营，在我们自己身上，只做原来不曾有也罢了，怎么结构在世人心上，叫他生出许多祸害？我日前分明做我本等生理，苦被个吴厌伙计，朝夕酕①酏酊，放肆颠狂，惹出莫大事来，贻累我官司受拷，逃不过明有王法。却又被冥官较个功罪，几乎转推到地狱，受无限苦楚。幸亏神司黄封册籍解救，叫我劝化列位弟兄，各各心归于正，勿苦了自身，兼害了他人。列位契兄弟，若肯听我劝，小弟从今日守我本分，做些淡薄生理。王阳阿弟也寡欲养心，葆合②太和，资些寿命。艾多阿弟量入为出，无吝无奢，一任天生，莫多克己。唯有阿弟，你这分心魔王做不得，做不得。大则性命不保，小则灾殃受苦，都是你忿忿不平，自家惹出。依我说，今后放个汪洋度量、阔大心情，自然人亲人爱，果是虚怀善柔。"王阳听了，拍手笑道："阿兄，你可谓恕己责人，口是心非。我们三人个个都是你勾引。只说小弟日前在客店，偶见明月，只因沽得一壶，便惹动数句，扯出一段情词，受那老汉子咕哝了半夜。"艾多道："便是小弟，也只因你这三盏，想起那万斛。"魔王道："不消讲，只方才喽啰被阿兄这瓶儿，弄的七颠八倒。"三个人把个陶情说得主意不定，恍恍惚惚，说道："是我勾引。我那车子上瓶堆瓶满，一发取来，我们弟兄尽醉方休，且在这分心寨盘桓几日，再作理会。"

正说间，只见喽啰来报，寨前又来了三个客人。魔王便叫："拿了他来！"喽啰方才去拿，倒被这三人打倒。魔王听得大怒，执了一根棒，走出寨门，大喝一声："何处行人，不献金宝，反恃众强生事！"这三个客人也大喝一声道："我们也是世间好汉，去寻些买卖做的。你是何人，有金宝快

---

① 酕（máo）酏（táo）——大醉的样子。
② 葆合——保持。

早献些出来，与我过客做赆礼，便饶你这毛贼性命！"分心魔王听了，道：
"哎呀！倒骗起我们来了。你是甚好汉，也留个名姓。"只见三个客人，一
个开口说道："你问我有名，说与你听。"

好汉名儿说你知，世间有我正当时。

利名场里称独好，富贵丛中肯让谁？

偏多那敢争吾少，计较谁能把我欺？

饮酒从来先我醉，逢财到处占便宜。

寻花问柳般般耍，美味珍馐件件齐。

喜我盈厢并满库，教人退让且差池。

弟兄三个人间世，一个真强一不痴。

你如问我名和姓，吴厌名儿说与伊。

魔王听了，笑道："原来是一个害不足症候的客官，倒想我们的金
宝。"吴厌也问道："你是甚人，阻我行客？通个名姓来！"魔王道："问我名
姓也有，我说你听。"

我姓名儿天下晓，父娘生来出世早，

从来心性不和平，荡着些儿便作恼。

也曾仗剑斗牛冲，也曾冲锋山岳倒，

也曾浩然塞两间，也曾怒发安一扫。

夸我好刚使出来，说我逞忿动不了。

哪知我是英雄豪，赫赫威风真不小。

灵通关上知我名，分心寨内要金宝。

结交四个契弟兄，名唤分心老太保。

两个通名道姓，正要动手动脚，争打起来，却好陶情在寨前看见了，
道："休要动手！原来是吴厌老伙计。"吴厌见了陶情，笑道："老伙计，你
如何在这里剪径寨中？"陶情便把别他的事情说了一番，乃问道："老兄，
你别后在店家，还是开店？还是另寻生理？杯中物还是终日不离么？"吴
厌道："自别了老兄，终日醺醺，也还仍旧，把几贯本钱，也只为这些忍不
住，都消磨了，无计资生，懊悔不及。因此前往远方外国，寻些生理，却遇
着这两个朋友，也是无策度日，我三人遂结纳做个忘年友，离了家乡，投托
个人家过活也好。"陶情问道："怎叫做忘年友？"吴厌道："这一个朋友，说
起来与你分心兄弟性格差不多。也只因他着怒好生，少年心情惯了。这

一个朋友秉性愚拙，站便站个呆，坐便坐个呆，他年纪老大，有几分直朴，故此不论老少结交，所以谓之忘年友。"陶情听罢，便请三人入寨，尚有余瓶，随排小宴。大家计较本分生理，却没本钱，都看着艾多说道："如今要生理，非艾多兄弟设处，断乎不能。"艾多道："本钱不难，只是要寻个地方。"吴厌道："小弟也访得有个国度中，尽好做生意。"陶情道："哪个国度中？"吴厌道："离此数百里，有个震旦国度，人民广众，三百六十行，件件可做。"陶情道："便散了这寨中喽啰，守本分生理，是个千稳万稳上计。"分心魔王依从，一时散了众喽啰，烧毁了寨栅，裹了些金宝本钱，前往国度中走。

他七个人正才走上路头，便错了行境，恰好一个白须老汉子走近前来，陶情便问道："老翁，我们是往国度中寻生理的，错了路境，请问一声：这几条路从哪条走是正道大路？"老汉子道："从中走是大道，这几条是小路。近来地方人要近便，皆从小路，把个大道不由，他说大道迂远，殊不知大道坦坦，该走该走。小路儿虽近便，却邪僻险巇，天气晴明，尚有高低难走，天阴雨雪泥泞，其实难行。你列位却是做甚生理的？"陶情便把本行说出，老汉听了，便骂道："你这伤天理的，只图赚人钱钞，哪里管人损伤！且莫说你一心忠厚，把醇酽美味卖与人，那人贪你美味，多少倾家害病！只说你们，不忠厚的，把水掺和在内，吃了你的，淡薄可当，泄泻难忍，破人肠腹，致人疾病，罪过万千。可恨！可恼！"老汉子说了，不顾而去。陶情笑道："精精晦气，方才出门，便撞着这个拨嘴老汉。"吴厌道："陶兄，倒是我与你做过伙计，知道掺水情弊，哪里就有百千罪过？世间做假掺水的生理甚多，难道都是罪过？"陶情道："正是。莫说吹肉、灌鱼、挑葱、卖菜和水，就是贩绫鬻缎也用些水，何独责备在酒家作罪？"王阳笑道："这些和水不伤人，惟酒却渗人肠腹，罪过在此。"艾多道："谁教人吃它，又费了我？若知情不隐，便搣尽井泉，何有于我！"七人口说步乱，便不觉走入邪僻小路，按下不题。后人有七言四句嘲饮水酒说道：

> 馋口流涎贪味美，图钱害理掺和水。
>
> 费财肠腹又遭伤，不饮免教醉后悔。

按下陶情众人行走僻路小道，前往国度中各相寻生理。他其中却有生平不善经营，专一倚靠人身过活；学好本分，把主人件件做来合当；不学好挟邪，把主人种种行去逆理。按下众人在路不提。且说元通老和尚，阳神广照,见"四里"改名换姓远投异乡去了,他四弹之教已明,普度之因既了,入定关中,一尘不扰。一日,在净刹中,偶然出静,吩咐行者:"是日当净扫焚香,只恐国王到来。"说罢,仍复入定。那行者偶然失记,地也未扫,香也未焚。却说国王,名号异见王,乃是达摩老祖之侄。王素不重释门,一日命执事官导引,到清宁观里看叔。老祖知其来意,乃命徒弟道副出观迎接。不意王先到净刹里来,看见刹中行者懈怠,不扫殿焚香,大怒,便问:"主刹僧道是谁?"行者答道:"只有老和尚闭关入定。"王走至关前,见关门封闭,乃叫左右启关。只见老和尚盘膝闭目,端坐关中。王一时怒起,叫左右打关,刹外用火焚烧。左右把关扛出刹外空地,行者泣哀求饶,王怒不解,方才叫左右举火,只见那关内,火腾腾焰起自焚,火光中一朵白莲现出,莲开,一个和尚望空而去。当时左右回报,异见王不信,喝令将报信执事官拿下拷罪。一时便惊动了达摩老祖,正在观中,命徒弟道副接王,忽然叫一声:"徒弟,我侄王怀不信心,焚了元通和尚。他哪里知正当和尚示寂,化火自焚,左右回报,王怒其欺,下执事于狱,汝能救否?"道副答道:"弟子虽有救心,却无救计,料王驾来,我师会面,自有方便。"

正说间,只见一个僧人走入门来,向老祖恭礼三拜。老祖见了,便问:"汝自何来?"僧人答道:"弟子自震旦国来,名唤波罗提,以夙因得投师门下,望赐收录,备弟子数。"老祖道:"夙因果是不虚,只是汝方来此,便有一事用汝。汝能正王不信三宝、救下报信官之拷么?"波罗提答道:"师命不敢违,愿往救正。"老祖问道:"汝以何计救正?"答曰:"世人不信,总自怀疑。火里生莲,道本不谬;莲开见僧,理实不虚。只以未始有见,因以启疑。弟子微以神通力摄他归正。"老祖点首道:"事成而返,当以功录。"当下波罗提即走至净刹。时王在刹中,正吩咐驾临清宁观,只见一个和尚立于阶前,望王稽首。左右都不知僧从何来,王越大怒左右不报。僧即言曰:"臣僧能上不自天,下不自地,左右前后,四方不自。我王左右,怎得知而报?"王曰:"谁也?人不有实立之地,怎生而来?汝见立阶前,何云下不自地?"波罗提听得,即踊身而起,浮于空中,道:"我王见臣僧所从何处来否?"王一见,即举手招僧,说道:"予知僧神力矣,可下地相与一谈。"波罗提乃自空而下,问道:"我王疑和尚化火自焚,火里莲生,莲中僧现,下报事者于狱,有之乎?"王答曰:"予正谓其诳。"波罗提乃把手一指,只见空中大火炎炎,光内莲花百千万朵,朵朵上都现出僧人,盘膝而坐。王见了，笑道："此空幻耳，岂为实有！"波罗提答道："世事未见，原属空幻；见后又岂为实有？比如王不焚关，空也；焚关，后空也；执事未报，空也；报而王疑，疑而拷，后空也。即王驾坐刹中为有，返驾而回，皆属空幻。"王笑曰："此论可推广否？"波罗提曰："可推而广。比如王前斋供，食毕放箸即空。只是怀不信而拷执事，虽说空而可怜，执事蒙不白疑冤，受诸苦恼，愿王发信心，开天宥①，原属空来，著些实报耳。"王曰："既属空幻，又何实报？"波罗提答道："一慈著善，善自有种，种善得善，即是报也。"王笑起来，吩咐饶了报信之拷，来临清宁观看叔，仍命僧众与元通和尚修斋，令波罗提主坛。后人有谈万法皆空五言四句：

> 万法眼前实，过眼即皆空。

> 只有善因果，报应不空中。

却说达摩老祖令波罗提救正，国王不信，去后乃面壁入定。左右到观中，见老祖入定，随报王："老祖入定。"王此时便信左右之言，回殿而去。波罗提主坛，斋事既毕，回观适遇老祖出静，波罗提上前参拜。老祖道："我知汝微现神力，正王信心，他日演化功成，自见汝一臂之力。今日吾徒道副修持，当借汝切磋功果。"波罗提拜受，老祖又问："汝自震旦国来，彼国秉教善良否？"答曰："善良固多，作业时有。非师大阐化缘，只恐迷而不悟，众生染着，堕入无明，多生障碍。"老祖道："一切恶业，不独异国众生，误造迷染，便是本国多有。予欲演化本国，赖汝首开方便之功。"波罗提听受谢退，老祖面壁而坐，二师各归静室。正才放参，只听得半空笙箫声响而来。道副听得，便问波罗提道："师兄，你闻得乐音否？"波罗提道："闻在师兄之问后，不闻在乐音之响先。"道副道："既已闻音，响来何处？师兄能辨其音，作何凶吉？"答曰："响自空来，其音多吉，近地必有喜庆之事。我以神力通闻，其乃送子于善门者乎？"道副问道："人间育子，空动笙箫，何人吹送？"答曰："积善应以和风，万籁自成佳韵。积恶应以厉气，一门必有怪征。寿夭贵贱，皆兆于此。"道副听得，合掌诵了一声："祖师，积善降祥，积恶降殃，人可不知修积？我当于静定中，游观善因何在。"说罢，波罗提一笑而去。

却说道副发了这游观善因志愿，果于定中根寻笙箫音响之处。他缥

---

① 天宥(yòu)——指人天生的资质范围，相当于当代所说的天然的潜能。

缥缥缈缈在虚空中,果见祥云霭霭,一簇长幡宝盖,跻跻人来。乃上前观看,
见无数童男童女,摆列前行,后边一位神司押着。道副稽首问道:"神司
押这些童男童女何处去的?"神司答道:"此皆善人所积,吾今送与他为子
为孙。"道副道:"僧闻世有善人,亡后自归善道。比如那善人,不论士农
工商,富贵贫穷,却都是些长者,怎么俱是些童男童女?"神司答道:"此未
始有劫也。比如善人尚存在世,只就他善功一造,善念一举,冥官注笔应
有子孙,随降诞佳儿佳女。待他积善不倦,且莫说他长生注福,只就他百
年回首。却是轮转后劫,前亡后化的司主。"道副又问道:"比如这童男童
女,俱是一般形貌,其中宁无个大小高下、参差不等的?"神司道:"又在他
善功大小,自成个高下。只要世人固守善因,莫教悔改。"道副合掌念了
一声佛号,说道:"此是现在善功,僧知报应神速,如此不差。若是世间为
恶的,却是怎样送子送孙与他?"神司听了道副这一句,便皱着双眉,却又
怒恨了一声,说道:"我已说与你僧人,恶的自有转轮一劫,这其中条款却
多,僧且静听吾说。"乃是几般条款,下回自晓。

第二十四回

神司善恶送投生　和尚风魔警破戒

神司乃说道："做恶也有大小,冥间报应条款却也不少。有等应送几个子孙与他,只因恶减其少,或少灭其无,甚且夺其已有,或送几个顽劣的与他。若是送顽劣的与他,还是照他恶根顽劣,也还他个顽劣。此又冥报之小者。"道副又问道："世间大恶小恶,想必有个条款?"神司道："大小果是有条款。"道副问道："大的何恶?"神司又恨了一声道："不忠君王,不孝父母,不敬日月三光,不义昆弟,不和夫妇,如种种十恶不赦之大。"道副听了道："善哉! 善哉! 信如神司之言,只说作恶之大,神必不肯送子孙与他。比如他已有多子多孙在先,却作了大恶在后,如何夺得了?"神司听了道："僧何鲁钝至此! 只就个不忠君王罪恶最大的,王法可饶他一个?"道副听了,便稽首称谢,说道："小僧知也。还有小恶条款,望神司说了罢。"神司道："小恶多端,如何说得尽! 只是世间,凡有逆理,便是过恶。"道副又问道："大恶无可解救,小恶可有解救么?"神司道："早知不做,便是大恶也可救。若是明知故为,便是小恶也莫解。"道副道："大恶断乎莫救,除是不做。只是小恶,世人或有不知误做的,却如何解救?"神司道："不知误为,知道即改,罪可消除,仍复无恶。"道副连拜三首,道："神司,请教个小恶能解的道理。"神司道："僧人静听,我说解救的道理。"说道：

> 莫云恶小为,些小不可作。
>
> 种种自招尤,造罪无可活。
>
> 有等无心愆,良心须早觉,
>
> 改过不宜迟,旧污一旦濯。
>
> 嗟哉此冤缠,世或多染着。
>
> 惟愿我仁人,一恶一善夺。

比如贪嗔痴，廉静能分豁①；
比如骄傲奢，守我安舒约；
比如奸狡私，须存正大乐。
种种众恶生，种种众善驳。
宁使一理明，莫教一欲泼。
神司最聪明，报应无担阁。
诸恶永消除，种子长生药。

神司说罢，道副道："善恶大小，僧备知矣。善能解恶，僧知理矣。只是轮转这恶业与那转轮这善信，僧却未知。"神司把手一指道："我要送善知识家孝子慈孙去，不暇工夫与僧谈也。你看那黑气漫漫在下，便是造恶业赴轮转；那白光烁烁在上，便是修善行赴转轮。"神司说罢，笙箫音响、幡盖飘摇半空而去。道副停住了脚头，定睛看那白光冉冉，随着神司也去了。只见那黑气悠悠不散，飞卷前来。把眼一看，黑气中无数的枷械枷锁、男女哭泣，那苦恼情状，真是难观。道副方才合掌念佛，只见那黑气分开，那些男女分头往下方各处散去，其后却也有位神司押着。道副见这神司，比前那一位，形像大不相同。只见他：

赤发金冠顶束，皂袍铁甲身披。手持利器怒威威，专押心瞒己昧。

神司见了道副，怒容转变笑颜，道："僧自何来，拦吾去路？"道副稽首答道："小僧偶闻音乐之声，暂发游观之意，妄触云轺，罪过！罪过！请问神司，方才这些男女，情态十分凶恶，僧已知是轮转变化，但不知分头散去，何处脱生？作何究竟？"神司道："此是世间作孽恶因，原该转轮自下再下，入于六道②末处。只因他尚有可原处，故此押他生方，还在人道。只待他悔过前非，一擘有一善解来，仍复还他个乐境。若是一误再误，便是吾神也不知他究竟也。"道副道："这等说来，于众男女还是小恶，从他改行从善，若是大恶，久已入六道之末矣。"神司道："正是，正是。"道副方欲再问何处去，那神司鞭风驾云，去如火速，便道了一声："去的路境，僧

---

① 豁（huō）——裂开。

② 六道——佛教所说众生根据生前善恶行为有六种轮回转生的趋向，称为六道。

师自识。"道副听罢,忽然出定,道:"哎呀! 我只因笙箫音响根因,便入了尘情梦幻,染此一番境界,这却也显明。莫谓尘情梦幻,果是真实不虚的根因,吾已久历师门,怎还有这一番梦觉?"说罢,天明到得祖师座前,只见老祖出静,转过身来,见道副侍立在傍,乃对道副说道:"波罗提曾云震旦国度善恶根因,吾于此度中缘热,今欲与汝到彼演化,恐汝又多了一番尘扰。"道副答道:"恩师演化,正当携弟子们知识。"祖师道:"汝于静中已自知识,又何必外游,把眼见反作空花①?"道副听了祖师参明了静中知识,便跪倒说:"弟子随师外游,怎么眼见反做空花?"祖师道:"徒弟,你眼见后何殊梦幻?"道副答道:"实理却在于斯。"道副这一句,祖师便知他觉悟,乃问道:"汝既知非梦幻,便知尘世真因。"道副答道:"弟子知也。师以何法令众生不染着?"祖师道:"吾只有演化普度之愿。愿化本国一切有情,各发善心,成就无上菩提,共登彼岸,然后再化他国,以消灭恶业真因。"道副乃拜受而退,却得了波罗提指授许多道术,便欲随祖师演化本国不题。后人有众生幸闻真因、愿复正觉五言四句。

诗曰:

　　菩提具妙法,万劫最难逢。

　　幸有闻见者,庄严与佛同。

话说东晋孝武帝改元宁康年间,有北魏拓跋氏国王名珪,一日坐朝,群臣见毕,王问道:"天时当夏,酷暑蒸人,予欲寻个清凉地界,避此炎热,汝等臣众有知何处清凉,可堪避暑?"当下一臣奏道:"近地有座名山,名曰五台。这山高出云表,广占方舆②,上有石洞遮荫,松筠③蔽日。王欲避暑,此地实便。"王听了,乃发驺从车舆,到得山间,设起锦幕,铺着绣墩,正才高坐,与臣下谈经邦正务,讲治国嘉猷④,忽然一个梵僧,来到王前,朝上稽首顶礼,乞化一坐具之地,以创修行之所。王听了道:"僧人,你要创个修行之所,须也要十余亩之山。一坐具不过是一蒲团,宁有几许? 便铺具自坐,何必来向予乞化?"梵僧答道:"寸山尺土,皆王所有。

---

① 空花——虚幻之花。

② 方舆——大地。

③ 筠(yún)——竹子。

④ 嘉猷(yóu)——妙计,妙策。

臣僧不明白乞化,是欺占也。"王遂允其化,说道:"一坐具之地,恁你自便。"梵僧乃谢王退去,把蒲团铺于山巅之上。次日只见那蒲团,头出星辰,尾摇日月,方圆五百余里。臣下见了,忙来奏王,说道:"梵僧铺坐具在山,甚是广大,周围丈量,不止五百余里。"王听了,说道:"此必圣僧,予已允乞施地。但不知此僧何圣也。"乃下令,有识得此圣僧的说来。臣下哪有人知? 只见一臣奏道:"我王要知圣僧来历,臣有一知识僧人,法名神元,见在山脚下,结丈余草屋修行。王可召他来问。"王依言,召神元来问。神元到得王前,说:"臣僧只闻得座具铺山,却也未知梵僧何圣。"王曰:"汝既是僧,如何不识? 必要汝去查来,勿使予心疑惑。"

正说间,只见半空中祥云霭霭,梵僧显化法身,庄严坐于狮子身上。众臣与王都见。神元忙下拜顶礼,少顷不见。神元乃奏王说道:"臣僧知是文殊菩萨化现也。"王乃令臣下焚香礼拜,即传令启建寺院,修演道场。王回朝称赞不已。寺院道场事故,皆付与神元料理。当时便有好善士民,发心捐金的,舍身披剃出家的。工程却也浩大,寺院却也不小。神元做了方丈住持,工完事毕,朝见国王,国王乃命神元与晋通聘不题。

却说轮转司自放了陶情,叫他劝化"四里",便查卷内有情无情、应转因缘,有六道四生,上自天人道,下至畜生道,各有个去向。也有一念善解诸恶业的,也有一念恶仍悔了善因的。分项各投生在人间,仍看他造作更改。却有卜净,本定这一类的,冥司说他信道不坚,发他阳世,若再造作恶业,便堕入恶道;若改修善行,还复他福缘。卜净领着百千一类,却脱生在晋、魏二国之间。这些性灵,那里知识本来善行固有,恶念不无。晋国中就有一所庵寺,名唤湛虚院。院内有一僧,名犹然,他便是卜净后身。只因他蜃化迷真,后有一声弥陀之解,仍还他这一善根因。谁想他妖氛犹未净荡,名在院出家,依旧不守僧戒,外示人斋戒,暗实茹荤,贪财好色,不说俗人。

一日,正在院门外立,只见一个僧人,跟随一个行者,近前稽首,说道:"老师父,我弟子是外国而来,朝聘帝主的,欲借上刹,暂住旬日。"犹然见这僧自远来,行囊富丽,又听得是朝聘僧人,便邀入方丈,彼此通问法号。僧人乃答道:"弟子此魏主遣来上国通聘,法名神元。请问师父,上刹何名? 道号何称?"犹然答道:"小庵名'湛虚',犹然便是弟子法名也。"当下备斋相留神元,次早报名朝见孝武帝。帝问僧人:"汝国有多少寺院?"神元答道："臣僧国内无有寺院。"帝问："如何无寺院?"神元答道："臣国自来未闻佛，止臣僧一人，原系南朝，游行北地。只因国王避暑五台，感动菩萨，乞化山地。创建寺院，实始臣僧。今特通聘修好。"武帝听了，令臣下赐宴款待，给与来文。神元拜谢辞朝，回到院中，犹然接着。两僧正讲菩萨化现、道场功果，只见院门外，走进一个疯魔和尚来化斋。犹然便将款待神元的素斋与他。这疯魔和尚将素斋倾落在地，说道："我不吃素，有荤食，快将些出来。"犹然变色，说道："我院中皆斋僧，哪有荤食?"和尚笑道："明斋暗荤，瞒得他人，怎欺得我？只说你吃荤一罪，欺瞒二罪，堕此恶孽，还不省改？轮转卷上分明，不净因中怎解?"犹然听了，哪里肯认，便怒起来，说道："何处颠僧，破我清行!"神元也说道："和尚，你要荤吃，这明是犯戒，且又冤人。我在此客寓，如何有荤你吃?"疯魔笑道："你是胎素，我自知你。他是口斋，我岂冤他!"乃叫一声："黄犬何不衔出骨来!"只见一只狗子从门外飞走入犹然卧内，衔出几块肉骨。神元见了心疑，犹然赧颜觉愧，便发起怒来："这疯和尚，不知是哪家狗子，从外衔了肉骨，却来此处冤我!"和尚笑道："你自作孽，何人冤你?"犹然师徒不忿，便把和尚推打。和尚乃问神元："汝那方可有这明斋暗荤的僧人?"神元道："我处无僧。便是有，也只是我寺几个初入禅门弟子。"和尚笑了一声道："休推休打，我去也!"忽然化一道毫光而去，吓得犹然跪在地下，只是磕头，口称："弟子再不敢也。"神元方才说道："犹然师父，这分明显化，不是你藏肉在内，必是你徒弟茹荤。急早回心，莫造恶孽!"犹然信服谢教。一时坊中僧俗，便就知疯魔点化，犹然明吃素、暗茹荤，把他行止传坏，立身不住，乃候神元出境三五里遥他便同着三两个徒弟赶上前来，道："师父，我弟子们要到贵地一游，望乞携带携带。"神元知他来意，却也不辞。

　　众僧往前行走，天色黄昏，看看月起，犹然便问神元说："师父，天色已晚，怎无个住头宿店?"神元答道："我来时算定地方，有个住宿村店，却怎不见？莫非往来人稀，我与你错走了路头?"方才说讲，只见前面现出村落人家，神元道："此是住处了。"乃趱步上前，越走越远，月色明而复晦，不觉的黑暗难行。走到一个店家门首，那店外点着一盏灯笼，上写着"安歇客商"。众僧进得店门，方才打点了宿歇之处，摆出些素食馍馍。犹然忽叫腹痛，要寻地方便处，乃出店家后门，只见门后两个男女，哼哼唧唧，若有苦楚情状，向前跪倒，叫一声："师父，救我二人性命!"犹然问道：

"你二人何事求救于我?"男女道:"实不相瞒,我二人往年负欠店主些钱债,好意今岁来还,已算偿不少,他却幽闭我二人,要害性命。师父出家人,若肯救生,决然报德!"犹然听了,问道:"你往年欠店家甚债? 今岁如何还他? 既已算偿不少,却怎要害你性命?"男女道:"实不瞒师父说,我二人当年路过到此,借寓一宵,吃了他两次馍馍饭食,只因他客众人多,浑骗了一宵钱钞。偶然今复过此,被他拿住,我二人产了几个小男女,被店主算了个利上起利,尽被他卖了,如今还要计害。"犹然方才答应。忽然,门傍走一个黑汉子出来,把男女骂了一声道:"你这作怪的,骗了他饭钱事小,你却骗食了他二卵情深。比如我不欠他债,在此吃了他些无功之食,也遭他一日之害。"说罢,把眼看了犹然一看,便上前来扯衣,说道:"你这和尚,是我仇人,如何到此? 你可记的你口食甚美,不念我死者甚苦,你方且要填还我命,尚能与人救生。"犹然听了,吓的把手将那黑汉一推,往前边飞走,便把这情节说与神元。神元听得,忖道:"这店家必是个不良善之家,谋害过客的。"乃秉烛往后门去看,哪里有甚男女,也无个黑汉,只见一个罩内两只肥鸡,半堵土墙,一猪倒卧。神元看了道:"是也,是也! 犹然道行不备,遇此种因,求救是僧人形貌,说仇乃衔骨根因。"随出得堂前,把二鸡一豕事情,说与犹然师徒。他半信半疑,全未有个慈悲之念;一惊一怕,都存着个畏惧之心,巴不得天明起身,离店前去。此时却动了神元向道心肠,乃向店家说道:"小僧有件事儿,欲与店主商量。"店主问道:"何事商量?"神元道:"今已暮夜,待明日说罢。"却是何事,下回自晓。

第二十五回

神元捐金救鸡豕　道士设法试尼僧

众僧宿了一夜,次早起来,神元乃向店主说道:"世上有一种往因,店主可信?"店主道:"师父,什么往因?"神元道:"比如骗挟人财物,负欠人债垛,当世不还,劫后须偿。"店主笑道:"人欠人财,人还人债,世上有的,小子如何不信? 只是当世不曾还,劫后怎生偿,这却难信。即如我被人骗,安知非劫前我欠他未偿? 师父,你且说劫后偿还的当作何状?"神元道:"俗世说得好,'欠债变驴变马填还',譬如店主家有驴马,甚至犬豕鸡鸭,应与你卖钱食用,都是负欠不还根因孽障。"店主道:"师父,你僧家议论太迂,信定了个往劫,哪里知财宝为世资有无通义,若负欠了不还,便变人畜生道。这等果报,是个陷人机阱,不太刻剥①至此!"神元笑道:"店主人,你只知有无通义,哪里知骗挟机深,变畜填还,不在那不还债负,却在这害人的机心。人心善良,无奸无狡,便是佛祖。人心奸狡,有债有负,便入轮回。我小僧在你后屋,见鸡豕在圈,偶动慈心,只恐是来还你夙债,我愿代还,免它杀害。"店主道:"师父,我今日正要杀鸡宰猪筵客,且后池尚有鱼虾千百,你能尽免得他今日之网否?"神元道:"小僧愿捐金求免。"店主道:"我这地方鸡猪少有,鱼虾无多,便受你金也要寻买,万一无得,何以筵客? 这难从命。"神元见他坚执不从,只得念了一声"弥陀",出店门前行去了。这店主果是筵客,尽将鸡豕宰杀,仍又网尽池内鱼虾,只希图充满食前杯盘,哪知根因果报。这果报根因,却有不同,岂是食一牲物就有一牲根因,乃是杀一性命便有一命果报。这根因果报,后有知其义的老衲,说了几句偈,道:

论根因,有果报,老僧说与人知道。那里是:食他肉便就还他,那里是:杀他性命他也要,总是怜他一气生,也是阴阳成铸造。把猪圈,将鸡罩,他也识忧愁并安乐。人因故杀害慈仁,人因特杀供心好,杀

---

① 刻剥——同刻薄。

机一动血淋漓,物岂无人这灵窍。求不饶,苦谁告? 仇恨冤愆终报
效。一还一报总关心,是以仁人远厨灶。

却说神元意欲捐金免鸡豕生命,店主坚执不允,一念慈心,无处能用,
只得同犹然师徒并随侍行者,趱路前行。在路却才与犹然讲论吃斋不茹
荤这一片善心。犹然道:"师父,你说得固是,只是世间豪门富屋,珍馐①
百味,杀牲宰豕,充满五齐②,谁不说天生物以养人! 比如禽兽昆虫,大食
小,强食弱,俱随口豢③。"神元道:"天地生物之心,岂不愿人物各安其生。
你说大食小,强食弱,不过以力胜。猛虎食人,岂是天生人以养虎? 人力
不能胜虎,便为虎食耳。"犹然又道:"不生不灭,不灭不生,生生灭灭,如
四时迭运,二气流行。只生不灭,万年贤圣犹存。只灭不生,一去阴阳顿
息。不几于把化机窒了?"神元道:"圣贤有这仁物之心,虽万劫不灭。凡
俗无这慈祥之念,便沉沦不返。我释门专以果报根因劝人,毕竟是为法门
开个方便。"犹然的徒弟也多嘴饶舌,说道:"师父,人灵物蠢,见刀杖何知
死具! 说精魄,也不甚多,岂比得生人性命?"神元笑道:"你等浅识,安知
大义? 独不见伤弓之鸟高飞,漏网之鱼远逝,鼫鼠五技何心? 狡兔三穴何
意? 物既有性命所关,人岂无慈仁共视?"神元说了这一番,犹然师徒也
有点头的,也有口应的。

众人走了一日,看看天晚,到得一村店人家,神元进得店门,只见一个
老汉子迎着,叫了几声:"好师父! 请入内上房住宿。"便说道:"老汉合家
是吃素的,敬僧的,今日遇着师父们,好,好。"神元道:"客店来往,岂皆必
其食素?"老汉道:"正是。吃荤的客到此,见小店无荤,多是外市买来。
昨日几个客人,买得一只活鸡要杀,老汉见鸡有悲鸣之状,不忍,劝客莫
杀,宁可以饭食准算求换,可喜客有慈心肯换,此鸡得免杀戮。师父,你听
五更鸡鸣求晓,也是个活泼泼的性命。"神元合掌称善。正说间,只见一
人敲门求宿,老汉开了店门,那人入得门来,看见上房宿的是僧人,各屋寻
了一番,道:"善根! 善根!"往门外走去。犹然见这人光景,便跟出门来
看。只见那人前走,后边跟着几个黑汉,无数男女往前飞去,口里尚说:

---

① 珍馐(xiū)——美味的食品。

② 五齐——五种细切的冷食肉菜。

③ 豢(huàn)——喂养。

"善根！善根！便少这一个也罢。"犹然疑惧，进得屋来，与老汉说了，又与神元说。神元听得，乃向老汉说道："这一鸡善根，不知救了老店主家中什么性命。"老汉答道："一鸡怎么救了小店性命？"神元道："老店主方才说，昨日救得客人一鸡性命。方才这人进门，各房寻看说：'善根！善根！'犹然出门，见他跟着许多黑汉男女，便是昨店后门一类根因。犹然师父，你两次警戒，我见你师徒心荤未化。老店主，你一鸡之善，宁无家中事故可征？"老汉道："师父，你不说，我不知。自昨日救了这鸡，我一女久病，昨忽少安。"神元道："此即是征。"老汉笑道："师父，难道一只鸡，便救了一女？"神元道："还不止，还不止。"老汉道："怎么不止？"神元道："一女尚不足报你一念慈仁。"犹然道："师父说的，无乃太甚？"神元道："犹然，你独不知干城弃于二卵？"老汉道："这却何解？"神元道："古有干城大将，吃了人二鸡子，便使主疑见杀；救了一鸡，其功大矣。"神元说罢，老汉善心愈坚。

众人住宿，次早辞店前行。旬日，神元却早到了国中，朝见了国王。国王备问通聘事实，神元一一奏称，却好说到疯魔和尚警戒犹然僧吃荤之话，国王大异。便敬信沙门，一时兴建寺院，就有三万余所；远近人民披削缁发，不止二百余万；译经律论一千九百余卷。自古佛塔之盛，无出于此。后人有说道"为僧超九祖"，又说道"为僧病四民"，独有九九老人五言四句说道：

> 予不劝人僧，亦不于僧妒。
>
> 唯愿僧人心，无忘君与父。

话说长爪梵志得不如密多尊者度化，离了东印度国，从海岛远去寻访高真了道去讫，遗下本慧、巫师二人，也各自寻路。只因这二人弄幻生拙，误入旁门，少不得轮回劫转，却又记恨尊者指破化山，灭了他手段，这一种恚忿根因，便思想个报复的究竟，他二人物化一灵，向方复归人道。却说拓跋氏传至太武焘，即位年间，嵩山有一道士姓寇，名谦之，字辅真，却是本慧更生。他早年心慕仙道，术修张鲁，服食饵药，历年无效。他在雍州市上卖药济人，尤善祝由科①，与人骗病。但凡有疾病的，吃他药不效，便行祝由科，画一道灵符，吞了便愈。或是人家有邪魅搅扰，便求他灵符驱

---

① 祝由科——古代由祝祷治病之术。

逐。一日，正在街市卖符，却遇一个汉子，近前道："师父，你这符可驱得白日抛砖掷瓦精怪么？"谦之道："我的灵符，专一治此。"汉子买了一张回家，贴在堂中。次日到谦之处，说道："师父，你的符不灵，精怪更甚。"谦之不信，亲自到汉子家来看，进得门，方才开口，只见屋内大砖大瓦抛打出来。谦之忙念咒步罡①，哪里治得！砖瓦越打得紧，几被打伤。急出来，叫汉子闭门方止。谦之心里疑惧，忖道："我的符法怎么不验？"正才思想，只见一个道人在街市上化缘，谦之见那道人，打扮却也整齐，相貌却也古怪。怎见得？但见：

>青厢白道服，蜜褐黄丝绦。
>
>沉香冠笼发，棕草履悬腰。
>
>葫芦拴竹杖，符药裹绵包。
>
>为何双足赤？好去捉精妖！

　　谦之见了这道人生得古怪，便上前稽首道："师父何处来的？要往何方去？弟子也是在道的，望乞垂教。"道人道："观子一貌清奇，是个修真人物，为何面貌清奇中却带些惊惧颜色？且问你名姓何称？一向做得何事？"谦之答道："弟子姓寇，谦之名也。幼慕仙道，未遇真师，日以符药资生。今日正为一件异事不能驱除，所以心情见面。请问道师名号。"道人答道："吾名唤成公兴，修真年久，颇有呼风唤雨手段，驱邪缚魅神通，惊人法术也说不尽。吾观子貌，可喜为徒弟子。且问你今日有甚异事，不能驱除？"谦之便把汉子家打砖掷瓦精怪说了一番。成公兴笑道："谅此小事，何足介意！"便在那绵包内取了一张符，递与汉子。汉子接了符，方才开门，那大砖一下打出来，把张符都打破。汉子飞走将来，看着两个道人，说道："越发不济，不济。砖瓦连符打破了！"成公兴听了，把竹杖变做一杆长枪，左手执着葫芦，右手执枪，赤着双足，飞走入汉子之门。那砖依旧打出，被道人把葫芦迎着，块块砖瓦，都收入葫芦，只收的砖瓦尽。道人两个打进房里，哪里有个妖怪！却原来是个奸盗贼头，见人往房上去了。公兴见了这个情景，已知其故，乃将符焚了一张，只见那屋内黑漫漫，若似个妖怪模样，被符驱逐，往空走了。便向汉子道："汝妇被邪，吾已驱去，只是速把妇移他所，以防复来。吾自有法与汝，驱逐其后。"汉子与邻人

---

①　步罡(gāng)——道教法师设坛礼拜星斗的步态和动作。

都知屋内妖气逐去,盛称感谢成公兴。只有谦之背说:"师父法术,葫芦收砖神妙,明见奸贼,怎么指做妖氛? 却又与妇人掩护?"成公兴道:"我等修行人,心地要好,便就是常俗人心,也要为人掩垢隐患。我方才若明出奸贼,不但坏了妇行,且是伤了汉子名声。汝遇这样事情,当存方便。"谦之道:"师父说得固是,无奈妇不守节,奸又复来,却不虚负这一番法术?"成公兴道:"妇不守节,自有恶报,万万不差。奸贼复来,只是要费吾一妙法术,永绝其根。"乃将葫芦内砖瓦尽倒出来,叫一声:"变!"那砖瓦尽变做狼牙鹿角尖刺,叫汉子铺在房檐卧内,道:"此物防妖,偏能捉怪。"汉子拜谢。

　　成公兴与谦之离了他门,往前路行走,到得一座庵前,谦之击开大门,内走出一个比丘尼①来,道:"我这是个尼庵,师父们请山门少坐,不敢留入庵内。"成公兴见了那尼生得年轻貌美,乃忖道:谦之道貌虽近,道心未知。乃把自己面一摸,却又把谦之面也一抹,顷刻二人娇滴滴、如花似朵起来,对尼说道:"我二人也是两个道姑,今有公子衙内夫人外游,唤我们陪伴,迷失了路头,望尼师容留少住。"尼僧茫然忽略,便邀入庵内。众尼齐相见了,叙其来历,成公却也伶俐,对答不差。尼僧即具素食,他二人却也不辞。吃了,看看天晚,两个只是不出庵,说道:"路远,怎衙内不见人找寻而来? 没奈何,求尼师借宿一宵。"尼僧慨然留宿,公兴却又把谦之吹了一口气,只见谦之,顷刻灯下变了一个俊俏道士。那少年尼僧见了,都走入房去,道:"怪哉! 怎么道姑这会却是道士也? 男女有别,况我等既已离父母,不慕丈夫,入了空门,皈依三宝②,当谨守禅规,牢持节介,莫教男女混杂,玷辱清修。"真好贞洁尼姑,个个躲入卧内,只剩了老小两个,在外支应。公兴待谦之打坐,他却变那青年尼僧,执着一枝灯烛,走近谦之前,问道:"师父,老师父前堂打坐,你却在此。若是嫌僻静寒冷,我屋内可以避寒。"谦之听得,正襟端坐,作色道:"优婆尼,你说得何话? 小道因天晚借宿,彼此都为何事出家,既已绝欲修道,不但不可发此言,当不可举此意,须要端正了身心,勿要犯了暮夜四知,入了奸淫十恶。"尼僧

_____

① 比丘尼——尼姑。

② 三宝——佛教称佛、法、僧为三宝。佛指佛教创始人释迦牟尼,法指佛教教义,僧指僧众。

道："我见师兄是个道姑，你却是个道士。我只晓得春心一点，哪晓得什么暮夜四知？"谦之道："天知，地知，你知，我知。这伤风败俗的事，做不得！"谦之愈辞，那尼姑越娇娇媚媚起来。谦之心不觉也动，忽然想道：成师父会弄假妆幻，万一他假尼试我，岂不自坏家风？乃真作怒容，坚心辞绝。成公兴见他正气，乃把脸一抹，现了本来面目。谦之忙起身投拜，道："师父捉弄弟子，实是度脱弟子。"公兴笑道："我观汝貌，今见汝心。"乃各相打坐，天明辞尼出庵。那尼姑见是两个道士，懊悔在心，却又见他们变化多端，疑神疑怪，不敢怠慢，送出庵门，紧闭入内。成公兴乃称道："好贞洁尼僧！"谦之道："师父，果然这庵尼贞洁。世可有一等不贞洁的。"公兴道："有贞洁二字，原对着没贞洁一恶，这恶，作罪不小，比那在家没贞洁更大。"谦之道："总是一般过恶，如何更大？"公兴道："他污秽了禅门，比玷辱了夫纲更过，所以不小。"谦之道："师言一团至教。"公兴道："汝听我言，不但戒尼，亦且自戒。我于那试你之际，也曾见你到了个把持不住的境界。那时亏你一转念返正，如今才生出这一番随缘论道的功果。只要你从今以后，更要荡涤到个纯一不乱的境界，便入了修行正宗。"谦之唯唯听教。后有说："色欲迷人，人若能咬定牙关，只在那相逢一刻之时，正了念头，便过后无灾罪恶。"有八句诗说得好：

　　人情多爱色，淫欲总皆痴。
　　贪恋成灾罪，清贞免祸危。
　　牙关牢咬定，心地紧修持。
　　不独僧和道，还戒比丘尼。

第二十六回
公兴五试寇谦之　正乙一科真福国

话说成公兴道士与寇谦之离了尼庵,一路讲论一番道理。谦之问道:"师父,弟子投拜入门,只为往年慕道无功。今日愿求个不老长生方法。"成公兴答道:"弟子你既要求长生不老方法,须是到个山中静室,修炼服食药饵,方得不老长生。我闻华山僻静,当与汝到彼处藏修。"谦之拜谢,当时随着成公兴师父,取道而行,到了华山脚下。只见那山:

　　巍巍顶接碧天齐,松桧森森路境迷。

　　鹤唳猿啼禽鸟噪,雪深石峻洞幽凄。

成公兴与谦之到了山下,公兴想道:"谦之虽然投拜我为弟子,他道心真实,尚未深知,不三番五试,这道术万一妄授匪人,彼此罪过不小。"公兴乃把手一指,只见那山脚下,隐藏着一座茅草小屋,门外立着一个老婆子。成公兴到得面前,向那婆子问道:"老婆婆,借问你一声,这山上可有狼虫虎豹么?"婆子道:"有的。"又问道:"可有寺观么?"婆子答道:"没有寺观,只有仙人留下的石室。"又问道:"石室可有人住么?"婆子道:"无人住。"又问道:"上山到石室有多少路?"婆子道:"二三十里近路,只是过两条岭阜①。"公兴听了,便叫谦之:"你可上山看石室,可洁净幽僻堪以居住? 我因走来倦怠,且借茅屋暂歇。"谦之听从,乃登岩涉岭,上得山来,越走越远,腹中又饥,思量进前力倦,退后不能。他正在嗟怨之时,只见一个山猿,在那石磴之上蹲着,见了谦之,攀援松桧枝上,望着谦之,唧唧哝哝。松下顷刻一只白鹤,蹁跹跳舞。谦之也坐于石磴之上,观听那猿啼鹤舞,不觉的脱了双履,盘膝磴间。方闭目,不知那猿跳下树来,悄悄把双履拿去。谦之开眼见了,不觉的怒从心起,道:"山猴孽畜! 你拿了履去,我却如何走这山岭石径?"乃去赶猿,这猴子赶便走,不赶又住,只把双履穿上又脱,脱了又穿,及至谦之走近,他又往那峻石险崖飞越蹲着。谦之急

---

　　① 阜(fù)——土山。

得红汗交流,乃怨道:"师父耍我上山,他却在婆子茅屋安坐,这回吃茶吃饭,叫我忍饿受苦。却又被这孽畜,偷了履去,如何行路!"

正怨间,只见公兴走近前来,说道:"徒弟,如何不寻石室,却在这里闲坐? 教我茅屋久等。"谦之道:"师父,我弟子只因山岭险峻又远,力倦腹饥,坐此石上少歇,苦被猴子窃去双履,在此没计奈何。"公兴笑道:"出家人时时谨戒,刻刻提防,双履是身外之物,你未免不因他动了身内之火,如今你双履在何处?"谦之乃指道:"那猴子在那里穿穿脱脱的便是。"公兴见了,便把自己的双履脱将下来,望平坦岭傍一掷,那猴子见了,也把双履脱下来,望岭傍一掷。公兴乃叫谦之取履,谦之方才取得双履,师徒穿上,过得岭来。谦之问道:"师父,以你的道法幻术,谅一个猴子如何难治! 为何把双履设个狡计算他?"公兴笑道:"弟子,你既知狡计何异幻法,总属欺诈。目前不是个正大修行,人有个自然道理,你时尚未至,心地未坚,且自安常取顺。"谦之拜谢,乃道:"师父,弟子走了许多远岭,腹中饥饿。"公兴把手一指,只见岭下青茸茸细草,公兴先拔了一束自啖①,却叫道:"徒弟,此草可以充饥。"谦之依言,采而食下,即时腹饱,虽膏粱不美过草。师徒正行,只见峭壁悬岩处一个洞门,公兴道:"此石室也。"乃与谦之入得洞来,只见洞里幽僻洁净,却似个仙家屋室。怎见得? 有《西江月》二律说道:

> 石室幽深净洁,石床石磴依台。仙人居处有谁来? 洞卷白云自在。帘挂珍珠滴漏,棋分青白安排。丹成潇洒任徘徊,都是仙家境界。

却说海岛真仙玄隐道士,一日赴蓬莱会去,吩咐道童徒弟谨守洞门,叫新园收服这些邪魔外道,不得浑乱正大真机。新园道:"弟子心愿收服邪魔,只是道力微渺,望师真传授几般微妙正法。"玄隐道:"仙机高妙正法,轻易难闻,汝非修立药饵丹炉、九转纯一,何由得道?"又对道童说:"自汝复归正乙,已自了明大道,尚差片步未登,将也有授受因缘。只是勿传下土。"玄隐说罢,驾鹤凌空赴会。道童却与新园思想,也要招个门下徒子徒孙。新园忽然一想,与道童说道:"本智师兄,我于往昔会中,见'四里'远投异度,扰乱人心情,都叫人迷了这酒色财气。近又附合了贪

---

① 啖(dàn)——吃。

嗔痴，败坏禅门，我力不能驱逐，想昔本定转劫，卜净投生，或可点化归真。当图共力。"道童道："非人莫传，师有明戒。师兄须要慎重。"新园点首。

却说谦之得了公兴指的青草，采食不饥，一日向公兴说道："师父，弟子久随师父，每患肚饥，即得草食，止可因饥得饱，不能长饱无饥。"公兴笑曰："汝欲长饱不饥，亦非此草。"乃将手往松树下一指，只见那松下长出许多茯苓药草，叫谦之服食。谦之道："师父，这物徒弟常卖市间，岂足以服了不饥！还求些异味。"公兴道："饱腹岂独茯苓，长生还须柏叶。便是柏叶，也堪服食。"谦之不信，还求师异味饱腹。公兴道："我姑试汝，却也不甚差讹，奈汝怀不信。也罢，吾昔有一师修行海岛，能修药饵，若得他传授，修炼服食，可以延年无算。"谦之欣然，求师访海岛真仙。一时二人离了华山石室，望海岛趋来，渡海盘山，也不记时日。二人到得海岛，依崖而上，只见洞门深锁，道童本智门外兀坐。公兴与谦之上前询问真仙。道童道："吾师赴会未回，二位问的何人？"公兴道："吾昔有赛师，法号新园，久未会晤，闻他近在海岛，故此来投。"本智道："新园亦吾师暂留此地，责令他收服邪魔归正。他因想也要寻个门徒弟子，向在此间，今往别山去也。二位当于他处找寻。"公兴便把谦之饥饿求饱的情由说出，道童道："吾门谋道，自有饵药，若为饥饿求谋，便是诚心未至。吾师回洞无期，便是我也不授这般弟子。当速寻新园，他只恐也不收为饥饱的弟子。"道童说罢，把衫袖一拂，顷刻那有海岛洞谷形迹！道童也不见，只见悬崖峭壁，密树丛林，没有个路径人迹。二人只得望洋四顾，公兴看着谦之道："到此光景，只得驾个幻云，回华山石室。"乃作起法术，驾云起在半空，公兴低头一看，说道："吾师在此山也。"谦之也低头一看，果见一座大山在海，二人停云落阜，依旧驻足山脚下。谦之道："师父，腹饥了，此地无那草，便是柏叶也无，如之奈何？"公兴把手一指，地间忽然长出那青草，叫谦之采吃。谦之不肯去采，道："弟子吃此，日久厌心，且问师父，这山是何处？远近可有人家化缘卖药，可以充腹？"公兴道："此嵩山也。我与汝登高峰，寻石洞，恐新园赛师在此，未可知也。"

二人上得高峰，果见石洞里坐着一个全真，公兴上前拜倒，说："弟子有失瞻依，为罪万千。"全真曰："与汝别久，正尔悬想。"乃顾谦之曰："此为谁？"公兴答曰："弟子招来徒弟。"全真曰："既是新招徒弟，乃吾徒孙，只是以孙名汝，失了劫前相共患难之义。汝今来意，却是为何？"公兴又说谦之腹饥欲饱之意。全真道："汝既为此，当以长生不饥药饵之。"公兴曰："正惟师望。"全真乃具药食。谦之一见，吓得魂飞天外，胆战心惊，向公兴说道："师父，怎么是些毒虫恶物？臭秽不堪，看着吓人，还要入口！"自忖此非全真，必是山妖石怪，乃往外就走，全真见谦之要走，把口吹了一气，只见石洞就有几十层，全真与公兴都不见了。谦之哪里出得洞来，心慌跪地，叫："成师父救我！"只见公兴在洞石之外，远远声应洞中，说道："徒弟，你未可成仙，止可为国王公卿师相。"言毕，公兴也不见。谦之独自在石洞中，只得打坐修炼，想道："公兴师父三番五次试我，我不能专心致志，只在个饥饱。今在这洞中，如何得食？"正然心虑，只见那柏叶青草，蒙蒙茸茸，长入洞来。他采而食之，得以不饥。

　　一日，正在洞中修心养性，忽然那洞开峻石，谦之走将出来，见一大神，乘云驾龙，导从百灵，集于山顶，自称太上老君，谓谦之曰："自天师道陵升遐以来，地上旷职，汝文身直理，吾故授汝王师之位，锡①汝云中新科二十卷。自开辟以来，不传于世，汝宣吾新科，清整道教，除去伪法、租米钱税及男子合气之术，大道清虚，宁有斯事！专以正大礼度为首务，加之以服食闭炼。"使玉女九疑十二人，授谦之导引口诀。谦之拜受。忽然大神不见。谦之乃奉法辟谷，不复言饥。年余，在石洞中，精神色泽，大异昔时。一日，自想居此山中无事，乃出洞闲步，忽然见山岭之上，又有一个神人端坐，旁有童子，执着许多经文册籍。谦之投拜岭下，请问："上圣何神，显化弟子？"神人答曰："吾乃老子之孙，名号李谱文，因见子有仙风道骨，特赍②图箓③真经、天宫静轮之法与汝，汝若能敬奉正教，恪守真科，福国利民，永持善道，吾当与上界天仙，导引汝超凡成圣。若或离经叛道，不但夺汝之禄，且有降罚于汝。"乃以经文六十余卷赐谦之，谦之既拜受了图箓真经，随离了嵩山，望魏地而来。到得一座寺院门前，只见几个僧人，在山门之下，立地闲谈。谦之近前，听那僧人讲谈的，不是别话，乃是迎接官府。谦之乃问道："列位禅师讲接官府，却是哪位官府？"僧人见了谦之是个道流羽士，衣衫却是久在洞谷不甚整齐，便轻易答道："接官府

---

①　锡——同赐。

②　赍（jī）——送东西给人。

③　图箓（lù）——道士画的能驱使鬼神的图形。

是个官府。"谦之一时便忍耐不住，说道："世俗炎凉，只敬衣衫，不敬人品，且是势利。官府管得他着，便伺候迎接。我无干碍，便答应，也没好言。"乃弄个幻法，猛然换了一个整齐全真。那众僧见他：

> 仙冠道服，白拂黄绦，两道眉清分八行，一双手长尖十指。体貌如蓬莱道众，丰神似大罗真仙。小童儿捧着经文，大体面妆来圈套。

众僧一时忽略，见道士人物整齐，衣衫新丽，便起敬起畏，躬身上前问道："老师真何处降临？请入方丈随喜①。"谦之答道："吾乃官府相邀到来，僧人迎接的便是。"一面说，一面往山门，摇摇摆摆进来，后便跟随两个和尚，一个说到小房少坐，一个说到山居奉茶。谦之到得方丈，只见一个行者捧着一杯茶来，谦之接茶在手，不觉的笑了一笑。行者疯疯癫癫的，问道："老师父笑谁？"谦之道："世态炎凉，后恭前倨。"行者也笑了一笑，道："谁教狡诈？病则一般。"谦之听了惊异，方欲再问，那行者听得山门外清道声传，往外飞走，说："官府来也！"只见众僧凛凛排班迎接，那官府昂昂直进方丈而来。众僧只道是官府邀请来的全真，不敢叫谦之回避，那里知是谦之诈言！这官府却是魏朝官长，姓崔名皓，进得方丈，见个道士坐在堂中，那谦之却又弄个法儿，依旧是洞中出来的破服。崔皓见了怒起，便叫左右，一壁厢捉拿道士，一壁厢睬过僧人。方才开口，谦之听得，便叫："官长休得啰唣！贫道不是与你捉拿的。"崔皓问道："你是哪里来的？"谦之道："官长若问我贫道，听我说来。"说道：

> 家住嵩山石洞里，清净幽深无可比，
> 饥餐洞口万年松，渴饮山头一涧水。
> 我师公兴本姓成，传教谱文名说李，
> 炼就金丹得九还，能延寿算成千纪。
> 赐我图箓与真经，扫除伪法租钱米，
> 云中新科二十宗，开辟以来不传起。
> 谦之道士是吾名，特到尘凡来度你。

崔皓听得，随叫左右备车马，把谦之请到府中，盘问他三药二火之微妙，六时百日之深功。谦之随问随答，当时崔皓大喜，纳头便拜，请谦之的科仪图箓、真经等卷看阅。谦之答道："官长要看贫道这科仪等项，却不是轻易看的。"怎生样看，下回自晓。

---

① 随喜——指游览参观寺院。

第二十七回

行者点化崔夫人　魏王约束中军令

却说崔浩要看科仪等项，谦之道："官长要看，须是斋戒沐浴，拜入道门为个弟子，方才看得。"崔皓哪里肯依谦之言，只是要看。谦之见他不肯依言，乃使法术，只见空中黄巾力士，拥护着焚香童子，捧着许多经卷，只是在云端现出，却不下来。崔皓见了，方才下拜，愿尊谦之为师。谦之乃招手，叫童子捧经卷下来。那空中童子，方才落下彩云。崔皓一一看阅科仪等项，称赞礼谢。后有说道法真伪总在道者之心五言四句：

> 大道原非假，清虚果是真。
>
> 但问修行者，可是道真心？

却说拓跋氏太武焘临朝，执事官奏道："今有臣下崔皓上书，陈启嵩山道士寇谦之，道法灵异，图箓经卷，非世所有。且辟谷轻身，若欲修仙学道，非此人导引不可。"太武准奏，即令臣下召谦之人朝。崔皓又启道："这道士高傲自重，非可呼召而至，望王以礼待他。"太武依言，随令谒者、执事官厚币延来。只见执事官与谒者领了王命，备齐金缎表礼，两员官私自一个说道："王听崔官长书荐一个山野道士，如何不召而礼请？若是礼请，这道士必是个公相，有经国安邦之略，治众牧民之才，我们也安心上门去敦请。"一个道："不然，贤能之士，养高抱道，厚币延请固是。若是有道的全真，他能呼吸阴阳，旋转造化，运神三界①之外，不在五行之中，便是以礼延请，要学他长生不老，这也说不得奉令莫辞劳苦。只是如今有道的，他不在深山穷谷，完他的修行，来你这尘凡作甚？"一个说："修仙之人，也有寻外户的。只是这一件外户之事，便就生出多少奸狡，坏了教门宗旨，那知道些法术！晓的些内养，他便装体面，立崖岸，作模作样。若是不知道的，与他相亲，便就化缘，要布施。"两个执事官，说一回，笑一回。只见左右捧表礼的一个随从人听了，说道："小的知这道士有道行，有法

---

① 三界——佛教认为人生死往来有三界：欲界、色界、无色界。

术,不肯轻易见人,便面也难会。"执事官听了,乃问道:"你如何知这道士有法术?"从人答道:"这道士能驱邪缚魅,降怪除妖。"执事官听了道:"我正有一怪事,他若能除,也不枉了奉令礼请。"谒者便问道:"先生有何怪事?"执事官答道:"山妻近日怀孕,临盆之日,梦有四个汉子,领着无数孩童,口里说道:'分门散户与人家鞠养①。'这无数孩童,都是丑陋恶像,并无一个清秀容颜。山妻捡得一个,生下来,却是精怪一般,不吃乳,不食饭,如今只要荤酒吃,便止啼哭。若是道士有法术,也要问他个原来情节。"

当下执事官与谒者,到得崔皓府中,通知谦之说:"国王表礼延请师真赴朝。"谦之哪里肯行,说道:"吾未别谢嵩山,安可轻造王朝?"乃出府门,说道:"且回山去也。"执事官只得回奏,国王问崔皓,说道:"予以礼请道士,如何不来?"崔皓道:"道士曾说,未辞谢嵩山石洞,未便入朝。"国王乃命执事官同崔皓奉玉帛牲牢,往祭嵩岳,仍命礼官,鼓吹迎谦之于平城之南,起建天师道场,重台五级。一时招集道徒众盛,国王遂改称太平真君,亲至道坛受祈。崔皓既荐寇谦之,大得宠于国王,晋封官秩。二人得国王宠幸,终日讲谈法术。国王一日问谦之:"道场法事这等齐备诚敬,天神可来享受?"谦之道:"不来享受是臣道与王徒修虚设也。"国王道:"既是来享受,凡人可见得么?"谦之道:"见得,见得。"国王道:"既是见得,道师何不施一法术,使予与那天神交接见面,这才见费了许多醮事,不虚设逐日功果。"谦之答道:"王欲交接天神,必须要起建个宫殿,在半空里鸡犬音声不闻,凡俗浊气不犯,天神方肯下降,王方得交接。"国王听了大喜,随命崔皓督工,以国城东南之地,建座道院,起名靓②轮天宫,令极高大,不闻鸡犬之音,勿近凡浊之气。当下兴工。土木之费,工力之作,不说千百万计,小民力竭,百姓愁怨,道路兴嗟。却有个疯癫行者,走到崔皓府前,口里说的是疯癫话,手里捧的是一卷《金刚经》,要见崔皓。却遇着崔皓公出,夫人郭氏偶在堂前,这疯行者一直走近堂前,左右把门人役,哪里阻拦得住!夫人见了行者,问道:"行者何处来的?"行者道:"我道人有处来,只恐夫人没处去。"夫人怪怒起来,道:"这疯道人说疯话,我一个封

---

① 鞠养——抚养。

② 靓(liàng)——美丽。

诰夫人，官长又是当朝显秩①，怎么没处去？"行者道："夫人，你听我道人说几句疯话。"

　　说疯话，不是疯，却是几句正道宗。执笏当朝官长事，脱簪直谏你家风。骂汝夫，理不通，荐寇道，建天宫，民力繁伤怨气冲。福国安民有正乙，一诚感格在心中。哪有天神来接见，徒高台殿在虚空。没处去，你夫翁，急早回头秉至公。我有弥陀经一卷，能保夫人得所终。

　　郭夫人听了，方才叫侍婢接得行者手中经卷，行者化一阵风，影迹不见。夫人望空下拜，取经一看，乃是一卷《金刚经》，便供奉家堂，时时看诵。却说这疯癫行者是何人？便是那寺中捧茶，说谦之狡诈的行者，呼犬衔骨的疯魔，总是随密多尊者、未了普度的元通。他虽被印度国王焚化，阳神却也周游世间，他见国王宠幸崔、寇二人，那执事官说的许多分门散户孩童，都是那轮转的贪嗔痴等一派，吴厌、陶情等众脱生，恐引坏了这方寺僧人，吃荤酒，破戒行，做出坠地狱的根因，故此屡屡显化度人。却说崔、寇二人得国王宠幸，一个专恃威权，一个矜骄傲慢，朝臣大小，无不怨怼②。一日，二人正在靓轮天宫下来，到得府中，私说宫殿这等高广，科仪这般诚敬，却不见神人交接，恐王说道不灵。二人正议，忽然阴风晦昼，目不见人，只听得空中若忽声言说："汝等当竭忠事主，正道安民，吾奉正教仙戒汝等以正，则顺而获祥，以邪则逆而受祸。赫赫正气，岂容汝等怙③宠骄恣！"崔皓见了这光景，往内堂抹壁飞走，寇谦之听得这音声，把案一拍道："吾自有法！"只见声止风息，依然白昼。崔皓进得内堂，见夫人在堂中讽诵经文，听得却是释门品第，乃问此经卷何自而来。夫人便将疯癫行者说话，备道一番。崔皓哪里肯信，随把经文焚毁，叫投诸厕内。只见那火焰飞空，化作祥云西去。郭氏无奈，只得退归闺阃。后有说崔皓焚经、获罪根因果报不小五言数句，说道：

　　　　佛开方便门，演此真经宝。

　　　　见闻得受持，消灾增寿考。

　　　　奈何崔皓愚，偏邪信妖狡。

―――――

①　显秩——显达。

②　怨怼(duì)——怨恨。

③　怙(hù)——依靠。

焚毁投厕中，造孽非轻小。

一朝宠幸衰，王怒槛车讨。

按罪投厕坑，道涂以溺搅。

自悔溺经因，伤心已迟了。

却说崔皓毁溺经文，造下无边罪孽不知，乃与谦之专寻僧家过失。一日，正相谈论在府内，忽左右传禀，有执事官王玹要见寇师。崔皓令其入。王玹参谒了崔皓，便以常礼相见寇谦之。谦之恃宠骄傲，心中不快，便问道："先生顾我，有甚事情？"王玹道："久闻师真除妖降怪，小官家有一怪事，只因山妻怀孕，临盆之日，夜梦四个汉子，领着无数孩童，口里说道：'把这孩子分门散户，都与人家鞠养。'便把一个丑恶的与山妻。山妻嫌其陋，再四拣择，哪有一个可观，不得已受了一个。生出来，果是丑陋恶像，如精似怪。如今却不吃饭食，专要荤酒。如无，啼哭不止。为此求师真鉴别何因，可有个法术惩治？"谦之听了，答道："先生，这事情必有根因，吾有道法，只是不轻易为人驱除。先生须是费百千金宝，建一个九转大大道场，方能知这详细，救解汝子荤酒啼泣。"王玹听了，说："小官职卑俸薄，哪从得有百千金宝，望师真从简行事，也是莫大恩功。"谦之面允，王玹退去。谦之乃向崔皓说道："执事官卑，傲慢见我，我以厚费难他，仍要查他家门产子，果是何怪。"遂画了一道符焚去，只见符使唤得四个汉子到来。谦之乃问王玹孩子事情。四汉齐齐答道："我等皆前劫'四里'，轮转未了根因。能乱正而却畏正，能导邪而复陷邪。"谦之听了，说道："汝等我已知矣，只是昔日寺僧炎凉，今日王玹傲慢，行者两次弄疯作颠，来侵吾教，吾今本当用剿，只得留汝，报复那骄傲、炎凉。"四汉道："我等也只因浑乱人情，重罚轮回异劫。今道师正当存正大光明，以修真教。不当以些微小忿，希图报复，甚失出家修行之体。"谦之不听，乃复问王玹孩子如何不吃饭食，专以荤酒免啼。四汉道："师真既已知我等情由，只因王玹妻平日妒泼，她生产临盆，恶气上升，邪氛入念，梦寐不自悔改，产育自是怪妖。"谦之道："吾且不治汝以邪投她，且令汝去把她邪陷。"四汉唯唯退去。却早王玹复来，泣拜谦之之前，说："小官无礼，望师真开宥。"谦之回嗔作喜，说道："先生，莫非孩子有说么？"王玹泣道："孩子连荤酒不吃，只啼不止。"谦之笑道："无虑，我有一符，可执回宅，焚之自安。"乃以符与王玹。王玹依言焚符，其孩不啼，吃饭。因此，国人皆曰："寇道师不可轻慢,国王且师事,况臣下乎?”“一符除怪,止却孩啼,真好道法!”纷纷攘攘,遍满国城内外。

哪知元通和尚屡屡显化阳神,一则为普度之已完、未结,已完的,是密多尊者前度化缘;未完的,乃达摩老祖四弹之教。四弹乃无言之秘,叫和尚一灵,作不了之因。却不知谦之道名虽大,而心地欠明,附和着一个偏僻挟邪的崔皓。元通和尚阳神虽遍彻有情,只可惜不能操轮转劫夺,挽回那狡诈心肠。这和尚苦了神魂,那邪的恣其心性。元通长老悯他异劫漂沉,有生居释流,不明禅戒;有长在道品,不谙仙宗。又见谦之、崔皓挟偏树党①,仇怼空门,并那行者规讽,搅乱阃②中,只这一种深仇,便成矛盾。无奈海岛真仙与正道蓬莱赴会,达摩老祖又面壁多时,那轮转冥司止据阴阳往返、善恶轮回,一死一生,不虚时刻。这“四里”哪里管甚九流三教,六道四生,沾着有情,便迷其性。此时若不是圣人道治、仙佛阴功,妖魔怎生荡定?

却说长安之西,山野之僻,有贼叛名唤盖吴。这伙人不知父母生身,当保首领为孝,王法严密,宜安本分为良,苦被四孽转劫得这一派恶迷,导引得称兵为乱。可怜涸辙鲋鱼③,自取糜烂,只是有道仁心,于兹甚悯。却说神元聘晋回还之日,魏地创寺之多,有道真僧不遭三途之陷,却也有万万千千。那更与“四里”为契的,却也有千千万万。这崔皓既师拜谦之,敬遵他法,便与释僧有如仇敌。神元是一个过世僧灵,怎敌见生官贵!且是被迷尘情之众,一灵难挽。如是因缘,结构人世,便有一种幺魔小丑。这盖吴称乱山野,魏主兴师亲伐,当日传令三帅,统驭五兵,果是整肃的弓刀,犀利的剑戟,堂堂阵拥旌旗,烈烈炮轰天地。左列着崔、寇,僭拟军师;右摆着孙、吴,尽皆赞画。当下魏主传令中军,兵将静听约束。却传的何令? 他传道:

> 兵战场中止尸地,王师所诛为不义。
>
> 勿恣掳掠劫民财,勿肆伤残将人毙。
>
> 可怜兵火到村乡,夫妻子母惊逃避,
>
> 割恩割爱哭啼啼,死别生离无解计,

---

① 树党——树敌。

② 阃(kǔn)——妇女住处。

③ 涸辙鲋(fù)鱼——在干涸的车辙里的鲫鱼。比喻处境十分困难的人。

家园田产且丢开,宝贝金珠难带去。

奔逃漫说贵为官,号泣难夸势与利。

愿尔枕席过王师,凯歌此去先得意。

却说魏主兴兵亲伐盖吴,传令五兵,免恣屠戮,兵到叛贼即除。真也是义师所指,反侧自安。不匡兵师驻扎在一座大寺院相近,这寺院方丈,却是神元通晋带来的茹荤长老。疯魔戒谕不改,店肆警省不悛,留下孽障,积出冤愆,却遇着统兵来的官员,叫方丈设席会客。方丈辞禀说:"僧房长素,不便治荤。"这统兵官有甚忌讳,便铺设酒馔,酒酣,推入方丈小门,逼近僧卧房密地,见有兵器陈设。再通小屋,一石磬傍悬,兵官击了一下,只见小屋门开,一个丫环出来,见是官员,即闭门入内,随把僧人扭到崔皓军前。僧人口口申冤。怎禁谦之在旁,指唆成案,启知魏王。魏王大怒,说道:"丫环之事,虽称冤,白诬犹可。陈设兵器,此明明与盖吴同谋为乱。"随命有司按诛寺众,执事官抄没僧人财产。见家家俱有酿具酒器,及州郡富家大户寄顿财物,不说万计,又为窟室藏匿妇人,又使崔皓之谗得以信王。乃进说王曰:"佛法虚诞,为世道害。况此沙门,藏匿兵器,犯此大戮,宜悉除之。"魏王信崔皓之言,乃尽毁经像,芟夷①长安沙门,回宫敕台下四方,命一依长安法,诏曰:

昔后汉荒君,信惑邪伪,以乱天常,自古九州之中,未尝有此。夸诞大言,不本人情,叔考之世,莫不眩焉。由是政化不行,礼义大坏,九服②之内,搧为丘墟。朕欲除伪定真,复羲农③之治,其余一切荡除。有司宜告征镇将军刺史,诸有浮图④形像及一切经卷,悉皆破毁;沙门⑤无少长,悉坑除之。

魏王将颁诏,只见寇谦之谏王诏且莫要下颁。却是何意,下回自晓。

---

① 芟(shān)夷——除去。

② 九服——古代天子所居京都以外的九等地区,即侯服、甸服、男服、采服、卫服、蛮服、夷服、镇服、藩服,后泛指藩属。

③ 羲(xī)农——即伏羲、神农。

④ 浮图——佛塔。

⑤ 沙门——指出家的佛教徒。

第二十八回
崔寇恶报遭磨灭　忠孝投师入法门

话说魏王将颁诏灭僧,寇谦之上前谏曰:"臣蒙主公信重,感崔官长荐引,敢不奉诏!但西方实有圣僧,即臣教实有道祖。重此轻彼,恐非立教之意。"崔皓在旁说道:"寇师差矣!仗吾正,应合祛邪。不当互操两可。"寇谦之向崔皓私说:"司徒不可偏执太甚,安僧实所以固道。"崔皓只是劝王莫听。只见阶下跪着一人涕泣。魏王问是何人,左右奏说是太子晃见王。王问:"有何事奏?"晃曰:"臣闻西方圣人,果是慈悲,救度众生,宣扬正教,供奉犹恐未尽一诚之感,况可灭乎?我王不可听信崔皓,有伤释教。"魏主只是不听。太子见谏不从,乃退与近臣计议,将诏书缓宣迟发,使远近寺院僧人预先知道,躲避为计。沙门因此多获救免,收藏经像,只是塔庙在魏地者残毁殆尽。后人有诗说道:

> 佛法原无厄,惟僧自召灾。
>
> 不因藏妇窟,怎惹祸根来?

清溪道人叹盛衰八句,说神元聘晋,僧寺太盛,乃有此衰。说道:

> 世事有盛衰,阴阳成反复。
>
> 倏尔春冬寒,忽然夏秋酷。
>
> 忧乐自何常,有余生不足。
>
> 唯有这光明,正大长生福。

却说太子晃谏王莫听奸臣崔皓之言,伤灭释教,惹恼了崔皓,他趁着太子缓宜迟发,向魏主说道:"太子违诏,私与沙门交结。"魏主大怒,把太子幽禁起来,将欲赐死。太子果师事一僧人法名玄高,这僧却也非凡,能知过去未来善行妙法。太子事急,求救玄高。玄高曰:"王信崔皓之谗,祸及太子,皆因沙门被酒色,起衅非小。吾有忏法①,能解救其难。"太子道:"忏法如何解难?"玄高曰:"吾忏名金光明法,能使王回心转意,自是

---

① 忏法——僧尼念经文代人忏悔。

谗言不入,其罪得免。"乃咒水献花,礼佛作忏,果然魏主夜至三更,梦其先祖责魏主曰:"太子仁孝,汝何听信谗言,疑害太子? 若太子有差,吾当祸汝。"魏王惊醒,随唤群臣,说梦中先祖之言。群臣皆称太子无过,魏王乃释放太子,待之更厚。太子得免于罪,乃谢玄高。玄高曰:"太子罪解,只恐奸佞谗及吾僧,吾其不免!"果然,崔皓在府中,与寇谦之讲论道法,崔皓问谦之说道:"师真,你的道法,吾见其外,未见其内。"谦之道:"信如官长之言,科仪经皆外也,修性立命却是在内真功。"崔皓道:"这真功如何修立?"谦之道:"此功非静养深山僻谷、炼精化气成神,如何能得? 若是司徒,营营禄位,便见了也无用。"

二人正讲论之间,家仆忽来报太子免罪,崔皓听得惊问道:"他缓宣迟发,是我奏王,怒他违诏幽禁着他,如何赦免?"家仆道:"闻说太子师事一个僧人,这僧道法甚高,能使王夜梦警戒,欲此太子得免于罪。"崔皓听得,遂差左右打听太子与哪个和尚谋免。左右探听的实,把玄高礼忏情由,魏王做梦事实,一一报与崔皓。崔皓大怒,遂白知魏主曰:"前违诏书,私与和尚交结,暗行妖术,致令先祖托梦恐吓我王。若不早除,恐为大害。"王听崔皓之言,乃命执法官收玄高。玄高早已知觉,恰遇着太子到来,乃叫一声:"殿下,吾数当不寂,只是吾徒弟玄畅居于云中,离此六百余里,半晌如何得到?"正说间,执法官奉王命将玄高拿去,玄高到了法台,却踟跌而坐,那些刑具毫不沾身,闭目示寂。忽然一个和尚走至面前,泣曰:"和尚神力,当为我起。"忽然,玄高开眸,说道:"大法应化,随缘盛衰,盛衰在迹,理恒亘然①。但惜汝等行如我耳,或恐过之矣。惟玄畅南渡,汝等死后,法当更兴,善自修心,毋令中悔。"言讫即化。众徒弟哀泣号呼曰:"圣僧去世,我等何用生为?"只见玄高现形云中,说道:"吾不忘一切,宁独弃汝?"众徒曰:"和尚当生何所?"玄高曰:"我往恶处救护众生。"言讫不见。崔皓既谗害了玄高,乃劝王尽除释氏经像,王听其言。可怜沙门大遭屠戮。

却说元通老和尚,神游八极②,见沙门在远近寺院持斋修行的,被茹荤破戒的连累,都是那陶情等一班,勾引坏教。他已知盛时如彼,衰时乃

---

① 亘(gèn)然——从古至今。
② 八极——最边远的地方。

此,虽然都是不守戒的做出,却难道不动慈悲! 云间见这戮僧光景,乃显神通,附灵于一个沙门,法号元会,名昙,振锡到魏宫门。魏主见了,即传武士斩之。武士奉令,刀斫不入。王乃自抽佩剑去斫,毫不能伤。剑微有痕如线,遂令武士收捕,投入虎槛中,虎皆怖伏,不敢瞬目。左右请以谦之试之,王准奏,随召寇谦之入虎槛,虎即虓吼①起来。魏主始大惊,延元会上殿,再拜谢过,送元会于近城寺中。元通老和尚阳神,仍返清虚极乐,不题。

却说崔皓专恃威权,魏主太武以皓为监秘书郎官。一日,其僚属姓闵名湛,劝皓刊刻所撰国史于石,以彰直笔,皓从之,乃令工人刊石,立于郊坛,书魏先世事迹详实。往来见者咸以为言,国人无不忿恨,相与谗皓于魏主太武,以为暴扬国恶。太武大怒,使执法按皓罪状,崔皓惶惑不能对。乃执皓槛车,置于城南道侧,使卫士路人行溺其面,呼声嗷嗷,彻于道路。皓乃叹曰:"此吾投经溺像之报也。"尽法以处,仍坐收僚属百余人,寇谦之并坐。其党正要弄幻法逃生,忽然云端里见玄隐道真带着道童本智多人,道:"吾奉正乙,驱除邪恶。"谦之求饶,说道:"小道也曾受图谶、崇正教。"玄隐道:"正为你假正入邪,坏吾道教。"道真说毕不见。谦之遂罹②于崔党之害。后人有说报应善恶、祸福不差五言八句:

> 崔皓兴谗日,沙门被害时。
>
> 善有福善应,恶有恶神知。
>
> 经像何冤溺,科仪空受持。
>
> 寇崔遭业报,糜溃不收尸。

话说达摩老祖在清宁观,一心只要普度有情,演化本国。一日,却与弟子道副说道:"我本天竺南印度王子,出家修继多罗大法,今吾师已灭度六十余年,闻知震旦国众生,若被邪魔扰正,以及东土诸有情破戒毁教,吾欲自西而东,随缘度化,须是择吉日良时,辞别侄王,然后启行。"道副唯唯奉教。忽然见一人,自外而入,见了老祖,哀哀泣跪于地。老祖悯其情景,乃问道:"善男子何为哀泣,卑礼师前?"这人说道:"小子幼失怙

---

① 虓(xiāo)吼——老虎吼叫。

② 罹(lí)——遭受。

怙①,长又无能撑达②,欲报父母深恩,无由可报。千思万想,唯有投拜佛门,做一个和尚,报答生身养育。"老祖听了,说道:"一子出家,九祖超脱,固是善功。只是你父母望你生生继后,一入佛门,便守戒行,恐于继续有碍,反称不孝之大。"这人说道:"小子家有弟兄,或可为继,望祖师怜情收录。"老祖听他言辞正大,来意真诚,便欲收做弟子,但不知他意向可专不变,乃令道副以法试其心志。

道副领了老祖法旨,随向这人说道:"出家不难守戒难,你既要投托佛门,须先在厨房供行者之役。"这人听了,随走入厨房,劈柴运水,便问道:"师兄,你说出家不难守戒难。我想出家,是我一心要报父娘恩。发了这愿,就离了家园,到此观中,做个行者。挑水也不难,劈柴也不难,便是敲梆念佛也不难。却不知守戒难,守的何戒? 怎便叫难?"道副说道:"出家人既入佛门,便要遵守禅规,坚持戒行,不饮酒,不茹荤,不淫欲,不偷盗,不妄念,不贪嗔。虽说五戒八戒,却也种种甚多。你若能持守,不犯这戒,便是真心出家。若是不能持守,一犯了这戒,比那在家罪孽更大。人心变幻,见了这种种淫欲易乱,所以说守戒难。"行者道:"我只是把报父娘恩的心肠,时时警省,说为何出家,为何又犯戒。师兄,你说这个可难?"道副道:"是,这却不难。比如劈柴挑水,还要费力。这持守戒行,只在这心一主定不乱,不费工夫,不劳力气,何难之有!"行者道:"师兄,我从今以后,只是存着这个心罢。"当时道副把行者这话,向老祖说明,老祖道:"万法千缘总在这一点。彼既说言相合,可唤他来,收为弟子。"道副乃唤行者至老祖前,老祖道:"汝为父母出家,只这一念与那为生死出家的,公私略异。但由此入彼,进步更顺。今起汝法名尼总持,披剃随时,汝既知戒,当无变乱。"总持拜受,退与道副静室悟坐禅之理,习入定之功。后有赞总持出家念正五言四句说道:

> 出家为生死,谁为报亲恩?
>
> 知得身从出,总持一念真。

话说尼总持拜受老祖教戒,择个吉日,披剃为僧。清宁观僧众及地方善男子善女人,得闻喜舍,都来庆贺。观僧诸众遂建道场佛会。只见善男

---

① 怙(hù)恃——指父母。

② 撑达——做事老练、周到。

子中一人，向道副问道："尼总持师父为父娘恩出家，我小子也有一种恩未报，不知老祖可收留做个徒弟？"道副答道："善男子有何恩未报？"善男子道："我家自祖到今，历过十余世，都在这村宗族同居，耕种的国王田地，代代不绝衣食、供纳钱粮。若遇着荒旱，便赦了免征。算计到今，田产日增，人口益众。只说我父母弟兄，享庄家丰年富足之乐，却也不知是哪个赐汝。往日有几个贼盗，来村搅扰，一村性命，几乎伤害。感得官长发仓给廪，招集兵马驱除，一时把些贼盗平服。我村得以安堵，大家小户得保守了田园性命。这都是国王的深恩。我想受了这恩，要尽个忠心报国，我却又无官职，不如削发为僧，做一个报君恩的和尚。师祖若是肯收留，我小子情愿入佛门为弟子。"道副听了，说道："你可谓不忘根本，真乃善良，待我转达祖师，与你说个方便。"乃向祖师把这善男子的话禀知祖师。祖师笑道："遵守王法，勤耕田地，莫拖官府钱粮，孝顺见在父母，便是报答国恩。何必削发为僧乃为报答？"祖师正才与道副讲说，只见这男子双膝跪于老祖之前，说道："祖师所言至教，只是弟子心坚于此，望乞收留。"祖师笑道："也罢，汝心既坚，汝愿颇正，由此正愿入门，坚心向道，彼岸何难登到！"乃唤道副："趁此道场功果，与总持一同披剃，起法名道育。"当日众心无不欢悦。后有赞道育出家心坚五言四句说道：

> 佛法无难入，端在一心坚。
>
> 师言皆至教，帝德实无边。

　　按下祖师收得二徒弟在观，欲要辞王演化别国不题。且说西竺胜地，原是佛祖成道国度圣境。一日，佛在祇园①聚集菩萨圣众，演说无上甚深微妙法宝，天花缤纷，异香缭绕，旁列着十八位阿罗②尊者，得以听闻。偶然世尊发一句慈悲功德，说道："吾于未来世已知窃名逃俗、七情染惹、六欲交攻、因邪害正、作诸恶业之众，谁能解救，度脱这若等等？"只见十八位尊者齐发弘深正愿，合掌长跪，向世尊作礼说道："诸弟子于慧光中已知魏法灭僧，非魏之过，乃奸皓之谮，实逃俗窃名、有伤释教的和尚自作孽耳。今有达摩演化，收录忠孝入门这一种正大光明，正好趁他有东度之愿，与他解救可也。"世尊道："他一人素闻缄默，欲伸无言之教，怎肯

---

① 祇（qí）园——印度佛教圣地之一。

② 阿罗——阿罗诃，即罗汉。

尽纷纭辨析之劳?"尊者齐道:"彼有三大弟子,皆明正道,颇通妙法,纵有纷纭析辨、水火文部之难,善自降伏。"世尊道:"虽然这三大弟子有能,只恐他法力尚微,道心未固,汝等当为一试,用助其普行东度之功。"当下众尊者拜谢世尊,愿遵法旨,各于鹫岭显灵,乘云驾雾,到得下方,互相计议说道:"世尊以慈悲方便,念诸有情,自取罪孽,令我等协力助成高僧演化之功,但崔寇已灭,释教复兴,其兴吾等自知有神僧力,只是三僧演化东度之愿当令助成。但恐他随行,道心法力尚浅,未入精微,道路迂远,邪魔颇多,万一被迷,演化功阻,而东度之愿何能成就? 我等当随方以试,三弟子果具神通力,能降众邪魔,便助他演化前行。"众尊者各发无上圣心,齐声道:"善哉! 善哉!"当时众尊者,随问第一位尊者以何法试。却如何答,下回自晓。

第二十九回

扶演化阿罗说偈　尼总持扰静赴斋

话说众举第一位尊者,问以何法试,只见尊者结跏正坐,旁有一蛮奴侍立,有鬼使者稽颡①于前,侍者取其书通之。尊者乃说一偈道:

吾以一法试,于诸书所通。

魔邪呈色相,荦扰静定中。

第一位尊者说偈毕,便问第二位尊者以何法试。只见尊者合掌趺坐,有蛮奴捧胲于前,老人发之,中有琉璃器,贮舍利十数。尊者亦以一偈说道:

吾以一法试,于诸舍利宝。

光中生觉悟,因以度诸老。

第二位尊者说偈毕,乃问第三位尊者以何法试。只见尊者扶乌木②养和正坐,下有白沐猴献果,侍者执盘受之。尊者以一偈说道:

吾以一法试,于诸献果中。

辞廉知供养,顿教地狱通。

第三位尊者说偈毕,乃问第四位尊者以何法试。只见尊者侧坐,屈三指,答胡人之问,下有蛮奴捧函、童子戏捕龟者。尊者以一偈说道:

吾以一法试,于诸三指答。

明指在指端,大道从兹发。

第四位尊者说偈毕,乃问第五位尊者以何法试。只见尊者临渊涛抱膝而坐,神女出水中,蛮奴受其书。尊者以一偈说道:

吾以一法试,于诸神女出。

两处试禅心,道心无言触。

---

①　颡(sǎng)——额头,脑门。

②　乌木——树名,常绿乔木,质黑色。

第五位尊者说偈毕,乃问第六位尊者以何法试。只见尊者右手支颐①,左手拊②稚狮子,顾视侍者,择瓜而剖之。尊者以一偈说道:

　　吾以一法试,于诸献瓜因。

　　昆弟既和合,总归爱敬心。

第六位尊者说偈毕,乃问第七位尊者以何法试。只见尊者临水侧坐,有龙出焉,吐珠其手中。胡人持短锡杖,蛮奴捧钵而立。尊者以一偈说道:

　　吾以一法试,于诸法器内。

　　衣钵不相争,清廉出智慧。

第七位尊者说偈毕,乃问第八位尊者以何法试。只见尊者并膝而坐,加肘其上。侍者汲水过前,有神人涌出于地,捧盘献宝。尊者以一偈说道:

　　吾以一法试,于诸献宝盘。

　　清流供祖饮,不受望外贪。

第八位尊者说偈毕,乃问第九位尊者以何法试。只见尊者食已扑钵,持数珠诵咒而坐。下有童子构火具茶,又有埋筒注水莲池中者。以一偈说道:

　　吾以一法试,于诸沙老僧。

　　赠以宝瓶茗,灭却怪狞狰。

第九位尊者说偈毕,乃问第十位尊者以何法试。只见尊者执经正坐,有仙人侍女焚香于前。以一偈说道:

　　吾以一法试,于诸执经地。

　　仙人侍女香,诵经解不义。

第十位尊者说偈毕,乃问第十一位尊者以何法试。只见尊者跌坐焚香,侍者拱手,胡人捧函而立。以一偈说道:

　　吾以一法试,于诸见世因。

　　数珠作舍利,助化恶心人。

第十一位尊者说偈毕,乃问第十二位尊者以何法试。只见尊者正坐

_____

① 颐(yí)——面颊,腮。

② 拊(fǔ)——击,拍。

入定,枯木中有神腾出于上,有大蟒出其下。以一偈说道:

　　　　吾以一法试,于诸前世定。

　　　　枯木有神腾,大蟒亦云性。

　　第十二位尊者说偈毕,乃问第十三位尊者以何法试。只见尊者倚杖,垂足侧坐,侍者捧函而立,有虎过前,有童子怖匿而窃视之。以一偈说道:

　　　　吾以一法试,于诸度猛兽。

　　　　性善能皈依,人天可成就。

　　第十三位尊者说偈毕,乃问第十四位尊者以何法试。只见尊者持铃杵①,正坐诵咒,侍者整衣于右,胡人横短锡②,跪坐于左,有虬一角,若仰诉者。以一偈说道:

　　　　吾以一法试,于诸云端内。

　　　　多保诵如来,免致伤物类。

　　第十四位尊者说偈毕,乃问第十五位尊者以何法试。只见尊者须眉皆白,袖手趺坐,胡人拜伏于前,蛮奴手持拄杖,侍者合掌而立。以一偈说道:

　　　　吾以一法试,于诸静定因。

　　　　为解诸冤孽,指明浅与深。

　　第十五位尊者说偈毕,乃问第十六位尊者以何法试。只见尊者横如意趺坐,下有童子发香篆③,侍者注水花盆中。以一偈说道:

　　　　吾以一法试,于诸供花心。

　　　　童子发香篆,指明果报因。

　　第十六位尊者说偈毕,乃问第十七位尊者以何法试。只见尊者临水侧坐,仰观飞鹤,其一既下集矣,侍者以手拊之。有童子提竹篮,取果实投水中。以一偈说道:

　　　　吾以一法试,于诸静中觅。

　　　　无言胜有言,为上乘第一。

------

① 铃杵——佛教法器。

② 锡——锡杖,佛教法器。

③ 香篆——香名,形似篆文。

第十七位尊者说偈毕,乃问第十八位尊者以何法试。只见尊者植拂①支颐,瞪目而坐。下有二童,破石榴以献。以一偈说道:

> 吾以一法试,于诸佛会中。

> 荒沙流墨迹,福善助成功。

众尊者说偈毕,慧光遍照万方,神力永扶九有②。照万方,众生仰福;扶九有,万寿无疆。各生欢喜之心,以成东度之愿,专视达摩老祖演化、三弟子随师功果。按下不题。

且说祖师在清宁观宇,一日出定,对三弟子说道:"吾观国度众生因缘情识,多被众欲交攻,致使罪孽牵缠,吾心甚悯。今欲辞诸侄王群臣,往彼震旦国中,随缘而化。汝等当白王吾行之日。"三弟子唯命,白知异见王。王于老祖行日,枉驾来临,老祖因与王说道:"王当勤修福行,护持三宝。吾去非晚,一九即回。"异见王听了,涕泣挥泪曰:"叔既有缘,在震旦国非吾所留,惟愿不忘父母之国,演化事毕,早早回旋,免悬吾望。"老祖点首,当时辞别侄王及众宰职,离了清宁观宇,前出城郭,望东大路而行。王又具大舟,实以众宝,泊于海滨,听老祖泛海而驾。后人有五言八句赞扬祖师东行普度。诗曰:

> 佛子何因缘,而为众生度。

> 慈悲具提撕,有情生觉悟。

> 一觉悔前非,一悟知来路。

> 万劫不沉沦,人天一转步。

话说祖师法驾一动,人天欢喜无穷,邪魔乱性有正,尽在这慈悲普度之行,演化众生之愿。师徒出得郭内,到了一处郊外地界,只见一座寺院。道副师上前观看,见那座寺门,上悬一扁,大书"万圣禅林"。祖师进得寺内,参谒圣像,方丈众僧迎接师徒堂中坐下。尚有远送众等辞别回去。按下师徒在万圣寺住下。且说红尘扰扰,人心凿去本来;世事纷纷,邪魅偏来乱正。人若不坚持正大光明,以完生人大道,谁不被那邪魔引惹,丧了本来,迷了天性? 小则灾疾相缠,大则性命不保。这邪魅岂能乱人? 都是世人持守不固。

---

① 拂——佛教用具,用以驱蚊虫等。

② 九有——九州。

　　却说陶情、吴厌这些七情六欲,劫劫轮转,不分等等。世人投入心胸,便乱人智虑,引邪了崔、寇诸人,迷害了不明僧众。当时守戒的得缓宣逃救,犯戒的遭孽障亡身。这些孽障纷纷乱窜,仍要迷人。却闻得普度演化真僧东来,乃生计阻,哪里知邪不胜正,魔岂敌真? 邪正相并,如红炉燎毛,沸汤化雪,自取灭耳。祖师师徒驻足万圣禅林,傍晚各自习静。乃有一魔扰道副静中,道副见其人生得怪形异貌,手持书简,向道副说道:"我城外官长,为父母建延生大会,礼请十方僧众享三昼之斋,备一缣①之赠,闻知师众道高德重,特遣小人持书礼请。"道副于静定功久,哪里听闻! 这人书如电光一掣,他却端坐不动。魔见道副不理,即去祖师身前,但见祖师端坐,如太阳正照,阴霾哪敢近侵! 却又去尼总持身前,持书也照前说了一遍,只见尼总持他虽是为孝出家,但未久入菩提门路,道心尚未坚真,只因请者为父母延生一句,便答了一声:"我等初出郭门,焉敢妄叨斋供?"魔道:"逢道场随喜,是僧家因缘;我官长以书简奉请,乃是敬礼真僧圣众。还有一等僧人,闻风赴会,远路找来,受享斋供,饱上求饱,虽然似馋口饿眼,总是成就檀越善功。"尼总持一接了书简,动了赴会根因,那目中不见在堂端坐身形,唯有去赴斋的这一番情景,随这人行走,便问:"吾师父、师兄何在?"魔随答道:"已前行。"总持飞走上前,果见师与两个师兄先走。到得城外官长府前,只见一大衙门,威严整肃,左右列着长幡宝盖,正中摆着门对榜文。虽然是官府衙门,却乃道场佛会。

　　尼总持进得府来,官长接着,周旋曲折礼仪,都是师徒们平昔交接。忽然摆出斋供,尼总持方才要举箸,只见那经堂上一位老僧,貌似阇黎②,说道:"那弟子,怎不参谒圣像,又不念句祝食咒文? 你独不闻见腥风秽气,怎便唐突举箸?"总持忽然惊觉,依然端坐堂中。只见琉璃灯焰辉煌,照着满堂圣像。总持睁睛一看,左列罗汉尊者,第一位圣像,宛然阇黎,庄严色相。当下总持铭刻在心,想道:"这一番静中尘扰,万一后遇道场斋供,不当唐突举箸,须要参圣咒食,以防魔业不净之扰。"总持颖悟在心。却又见第一位阿罗尊者面前稽颡的鬼使,形怪貌异,宛似持书之人,乃趁

---

　　①　缣(jiān)——细绢。
　　②　阇(shé)黎——佛教用语,高僧,也泛指和尚。

在堂众僧早起功课回向之时,他便向尊者前俯囟①作礼,赞叹不尽。到得天明,众僧参礼祖师,俱各复位,唯有尼总持向祖师前长跪,把夜来事因说出,求祖师度脱。祖师半句不答,也向第一位尊者前,合掌稽首,道了"慈悲"二字,复位而坐。正才坐下,果有使人持书,来请祖师师徒赴斋。祖师辞以匆匆东行,不得荷②爱。这使人哪里肯退,苦苦哀求说道:"主人诚意具斋相请。"祖师方才启函,书中说道:"草舍茅檐,凡夫俗子,得闻圣僧东度,一则素斋奉献,一则异事相闻。倘驾下临化解,不胜幸遇。"祖师拆书,见说"异事求解",便动了慈悲演化之心,慨然允去赴斋。道副乃问使人:"汝主何事怪异,求我师尊化解?"道育也问使人:"汝主何姓何名,却是何等职业?"使人答道:"我主人姓向名尚正,曾为国度中执戟郎官,解组③多年,生有二子,长子名唤向古,次子名唤向今,二子生来极孝极弟,娶有二妻,又极贤极和。只因主人娶了个继室,忽然变异,如今二子二妻,狠的狠,恶的恶,全然没个道理,把个老主人气恼成病,求医罔效,符忏不灵。今闻师父们东行演化,特来启请。"道副二人听了,乃向尼总持说道:"夜来曰师兄有扰静根因,今此须应这段功果,莫要劳我师尊。当借你神力,解脱这老郎官灾病冤缠。"总持口中答应,心里却疑:"莫非又是非静之扰?"

　正讲说间,祖师同三弟子到得向尚正家门,使人已先报知向老。向老出门迎接祖师,师徒入得门来,只闻得腥风一阵,祖师把智光大照,已知怪情异事,端④在主人一念所招。自不发言,一任徒弟们驱除芟解⑤。那向老迎得祖师师徒到得堂中,纳头便拜,说道:"病体不恭,望师真恕慢。"祖师师徒各相答礼。茶罢,即摆出素斋,上首一席,安了祖师坐;旁边三席,三位徒弟坐;老者一席,斜对着。祖师便问:"老大人,郎君如何不设席一会?"向老听得祖师之言,便把双眉一蹙,道:"师父且请用斋。心腹事情,一言难尽。"祖师箸便不举,一毫不沾。三个徒弟也看着祖师不动箸吃

---

① 囟(xìn)——脑顶。

② 荷——承蒙。

③ 解组——解下印绶,辞去官职。

④ 端——原因。

⑤ 芟(shān)解——消除。

斋,便也不动。总持欲动箸,他却亏了静里一番警戒提撕而起。向老只是举箸请斋,祖师只是要添郎君一席相会。向老无奈,只得备细把衷肠异事说出,道:"师父在上,听我老拙①一言。我当年生得两个儿子,娶了两房媳妇,个个孝顺,只因近日续了一弦之故,一个狠似一个,都变了孝心,成为忤逆。老拙为此气恼成病。"祖师听得,只是合掌,道了一声:"善哉!善哉! 这冤您有自,道副徒弟当为发明。"道副方领师旨,只见屏风后一个汉子嚷骂出来,说道:"和尚吃斋只吃斋,管人家闲事,问人家门风作甚?"把上席一桌斋,一手掀倒在地。尼总持便说道:"善人莫要躁性,这也与僧辈无干。"言未毕,屋内又走出一个汉子来,看着这汉说道:"大哥何必与他讲理,打了罢!"这汉子也把几桌斋都掀倒,将手就打道副。道副只把手一推去,那两汉子便似有绳索缚定手足一般,动也难动,口里只叫"救人"。屋内又走出两个人,手里拿着大棒,恶狠狠骂出。却是何人,下回自晓。

---

　①　老拙——老朽。老年人自谦之辞。

第 三 十 回

道副论忤逆根因　祖师度续弦说偈

却说屋内走出两个妇人，手执大棒，口里乱骂道："和尚家吃甚斋！方才素食内，是我们着了些荤油，你都吃了，仍要管人家闲事。却又弄甚手段，打我的丈夫？"向老口里便骂道："恶妇无知，怎么毁僧谤佛，破人斋戒？幸喜长老都未曾动箸，天使你们掀倒了。"那两妇听得向老怒骂，便执棒要打，被道副念了一声："善哉！"只见两妇棒随手落在地，二妇目瞪痴呆。向老见了，只叫："好圣僧！好圣僧！"祖师乃向徒弟们说："这事原不异怪，自有根由。我等且回寺。"尼总持说道："不是静中阿罗尊者先有警悟，方才弟子举箸，被他欺也。师父，他家既有不孝之子、不良之妇，我等回寺，收拾东行去罢。"祖师只是不言，辞谢向老道："老檀越当洗心自思平日冤愆，以至于此。我等回寺，再与你持诵焚修化解。"向老见斋已掀倒，几个凶恶，悻悻乱嚷，好生惶愧，只得送祖师出门。道副乃对向老说道："小僧见你这二子二妇，恶生有因。方才见他行凶，没奈何聊施道术，定住他身，却难造次开豁他心。若不解了这术，便是终年他身也不得动一步。"向老道："这等忤逆子媳，便送了他也当。"道副笑道："我师尊以演化为心，度脱众生为事，怎肯行霸道剿灭不善之人？你进屋叫他回心转意，便活得心，动得足。"乃将向老手心中，用指画了一个"顺"字，叫向老莫开拳，只叫他可恭敬二亲，皈依三宝，他如应允，把拳一开，包他定身即解。

向老依言，送得师徒出路回寺，他却进门，只见二子尚立地不能展足，二妇犹然痴呆似醉。向老乃问道："你们今后回心转意，不作凶恶了么？我请高僧吃斋，你却破他戒，又行凶打出堂屋，是何道理？你哪里知高僧有道能法，定住汝等身体，方才说看我面情，不遣阴兵剿你。你如回心，还有法救，若是不转意，便定住你只到终身。"二子听得，慌惧答道："依你回心转意。"向老听了他这一句，也不再问他如何回心，如何转意，把平日凶恶事情如何改省，便把拳头一开，只见二子二妇即时活动，依旧嚷骂起来。且说道："好了，这几个和尚去了。"正闹吵间，只见屋外走进一个人来，却是二子母舅,见向尚正一家闹吵,她却不行解劝,也帮着向古、向今二子毁骂向老。气得个老者往门外走去。后有人说:"人家遇着这忤逆冤愆,当察其根由。有根由自父母使来的,能有几个似大舜圣人,孝顺瞽瞍。说道:天下无不是的父母,我身从何处生来,虽父母偏心,故意难我,到了个挞之流血,更要起敬孝,只等父母悔心。若是那不明白道理的,或为钱财,伤侮父母;或溺爱妻子,不敬父母;或好勇斗狠,以累父母;或因偏心弟兄姊妹,怨怼父母;或为自身口腹,欺骗父母;或为酒色邪非,不听父母教训,违背父母;或起坐颜色,傲慢父母。天下的道理古怪跷蹊,这等恶业便生出无端的祸害。那为钱财伤侮父母的,贫苦断然在后;溺爱妻子、不敬父母的,不作鼓盆鳏夫,定招责离逆子;那好斗与怨怼父母偏心的,越使父母嫌恶,致入法网,蹈罪不赦;为口腹欺瞒父母的,多生病,食不下咽;那不听父母教训的,为非多犯,王法不饶。还有一等,过于和睦,父立子坐,为他事迁怒,见父母颜色尤厉,不即改容和悦。这一件道理不明,使父母心情不快。一或致父母不快中生出灾疾来。这段根因,为恶不小。这皆是为人子的,爱己身不孝养的过恶。"后有劝人警省,如清溪道人五言四句诗说的好:

　　父母我前身,我身父母后。

　　欲肥我后身,安把前身瘦。

　　却说祖师同三个徒弟,回到万圣寺中,众僧接着,道副把请斋未吃,向家子妇凶恶的事,说与方丈僧人,甚责二子不孝之罪。众僧说道:"向古弟兄不孝,理法难容。只是其父有以使然,事无足怪。"道副道:"其父何以使他不孝?"僧人答道:"向尚正这二子,乃前妻所生。只因前妻弃世,续娶后室。婆媳不睦,生出这一种冤孽。"道副道:"此情果是其责在父,为子的也当委曲和顺。"僧人道:"二子两妇,当后母未娶之先,却也极孝。如今凶恶异常,亲邻劝解,官法警戒,都反做仇。"道副道:"我师尊以度化前行,见此逆理乱常,必须要降服了他凶恶根因,消除了这忤逆孽障。"僧人道:"比如师父要劝解他父子,还当在哪个身上究正。"道副道:"于理法只当究子正媳。"僧人道:"有何理法究正?"道副道:"子不顺亲,法所不赦。何必论父母有不是使然? 只就他不得亲心,便该罪死。若论以理究正,便是生母弃世,父续后母,人子有八母之义,安可不循义孝敬? 纵遇着妒恶不贤,专在这为子的感格①。若是子有一片孝敬真诚,蹈汤赴火不辞,那为父的娶了后妻,难道忘前,不顾其子?子再孝敬不违,这其中便积出无量福祉,家门自生吉庆。若是子不明理,怨父继娶,再加继娶妒恶,或生有己子溺爱,或唆使父不和,或姑媳不相亲爱,再加不贤媳妇怼公怨婆,丈夫易听,或带前夫之子,侵克后夫财产,为子的正当合忍逊顺,更加和颜喜色,亲爱过于平常。乃若理法不明,多起忤逆,子媳无钤治②长上之权,却有干犯违拂之事。人伦既逆,家道岂昌?所以还当究正于子。"

　　道副与僧人正讲论一派道理,只见向尚正老官长来到方丈,先稽首圣像,即稽首祖师,后谢罪三位高僧,说道:"老拙正为家门不幸,出了这顽子恶媳,冲撞列位师父,罪过万千,求圣师慈悲开赦,仍求度托。但不知这种冤愆可得消释?"祖师只是不言,合掌道一句"善哉"。向老再三哀求,祖师但云:"问吾弟子。"向老只得请求道副师解化。道副乃对向老说道:"老檀越,你这事情莫怪其异,实有根因。当初你先室弃世,身既有二子佳媳,正当因其孝以正其伦,谁教你断弦再续?世间断弦再续的,第一无有子嗣,只得娶一继妻为传代计。或中馈③乏人,房栊缺侍,不得已寻一个铺床叠被之妇。你岂不知续娶情苦,补房事难,守义贤夫良妇,宁甘鳏寡。"向老答道:"师父,你出家人哪知我俗家闺阃中情苦!当初前妻在,中馈有人,衾枕有伴,裳衣饮食有条。前妻弃去,百事关心,虽有子媳之贤,却少闺闱之助。没奈何寻一继室,谁知生出这番怪异!"道副道:"老檀越,你说怪异,小僧却说是平常事理。比如娶得继室是个女子,你以老年纳个幼妇,纵贤也知半世孤媚,不贤便生嫌忌。只这嫌忌中情节,或与老夫不合,或与子媳为仇。孝子顺孙,能有几个爱敬!人伦多从此坏。若娶个再醮④,他两夫较量,其中爱憎偏多,一旦拂意,就里机关难测。再加前妻子媳,少有不顺其心,嫌隙易生争竞。世间多少佳儿佳妇,为此更变了孝顺初心,做了个不明道理匹妇匹夫,以造下逆天犯法之罪。其初原为闺阃有助,到底反成了不幸家门。愚哉,莫此为甚!"向老听了道副之言,

---

① 感格——感动,感化。
② 钤(qián)治——辖制、约束。
③ 中馈——借指妻室或妻子。
④ 再醮——改婚、再婚。

合掌道："师真说的，真是慈悲方便，法门至道。老拙句句明心，言言合我。只是事已到此，悔交迟矣。求示一个解救功德，把子媳仍复善良，不再凶恶。便是这继娶的，也叫她安常处顺，使老拙免得气恼，除去病根。"道副乃向祖师合掌长跪，道："望乞吾师大垂恻隐。"祖师闭目坐久，闻得徒弟恻隐之言，开眸又见向老，亦拜求度脱。乃说了四言四句偈语。说道：

　　续弦续弦，勿听其言。

　　无伤子妇，亲友宜贤。

　　向老听了祖师偈语，如镜照衡平，陡然心地朗彻，气宇和平，忧容变作喜色，病体顿复精强，谢了祖师师徒，辞别众僧，到得家内。只见二子二媳与那外来的人，气尚不平，恶狠狠的问道："老没正经与和尚议论我等不孝，那和尚不是执法官府，诉冤究罪我等。"向老嘻嘻笑道："这和尚却不是平常僧众，乃是国叔圣僧，有缘震旦国中，欲东行演化，度脱有情众生。方才我受不过你等气恼，寻他求个解救，他师徒如此如彼讲论了一番，总说是我不明道理，做了个听信继娶之言，伤害了前妻子媳。我想那高僧四句偈语更是明切，他道一末句，说'亲友宜贤'。我想人家亲友贤德，也劝解几分。比如继娶的有人唆使，致生嫌隙。再加丈夫听信谗言，果是把孝顺子媳多有变作忤逆儿郎。我如今听了高僧之言，便解了我平日之忿。"向老说罢，往屋内飞走。只听得在内声声叫继娶妻室："好生和睦人家父子，安静老幼家门"。这二子听得，乃对舅氏说道："这等看来，方才是我二人无礼，也不曾听那和尚们说些甚话，便造次打出来。若据我父方才言语，果是高僧。我二人合当去寺中探望，也求个方便解脱。"舅氏也道："我既是亲戚，须问个如何是贤。"只见两妇说道："我方才不当暗置荤腥，破了僧戒，罪孽怎消？也当去忏悔。"一时各生欢喜，到得万圣寺来。

　　却说寺中众僧，见祖师师徒演化普度有情，不讲禅机微妙梵语，专讲人伦善恶根因。也有向道的，执经问难，祖师句句开发其疑。也有随喜的，就事论事，徒众宗宗指明善恶。这方丈众僧，便设个道场，请祖师登座演说上乘法宝。祖师道："何必费此一番唇舌劳扰，满眼空花。鉴悬堂庑，往来任缘，照人无私，彼此随觉。"祖师说罢，众僧依言静听。当时四方善男信女，却也随喜甚众。只见向古、向今同着舅氏，入得寺门，见了祖师跏趺坐于殿侧，众弟子侍立两旁，他三人便稽首师前，拜谢前非。祖师只是袖手,笑容不答。向古又参礼三位高僧,彼此各各相答。只见向古开口说道:"师父,我方早轻妄触犯,罪过万千。师父们有所不知,只因我父丧了前母,继娶这后母,甚是不贤,搬唆是非,惑乱我父,计害二子,凌贱二媳,还有说不尽的不仁不义之处。以致我二子气忿不过,也顾不得违了些人伦道理。"道副答道:"善人,莫要伤害了纲常伦理,造下了逆天罪孽。三父八母之义要知,五伦一孝居先为重。岂不知舜帝事亲,呼天号泣;文王大圣,视膳问安。二位善人,你当尽了子道,莫要伤了二亲。若是伤了亲心,王法自是不容,幽冥岂无鬼责!"向今便说道:"师父,你出家人只晓的说见成美语,那舜帝文王,都是圣人天心。我们凡夫俗子,度量窄狭,父母既偏心,不念我等是他前妻遗爱,我等难道甘受这后娶的欺凌!一时冲撞些儿,他便百般唆害。其实含忍不过,以致如此。"尼总持听了道:"善人,你二位为亲甘蹈不孝,小僧为报恩出家,只说如今事势到此,你却要一家和睦、昌盛为好,还要一家吵闹祸害为好?"向今道:"我等岂不愿一家和睦昌盛,只是他为父母的心肠偏僻不好。"尼总持笑道:"善人差矣!不必论如今彼此成隙,只说你母弃世之后,子媳若孝,仿那问安视膳的心情,莫使你父忧中馈之无人,房闱食息之无托,他便也不思续娶,以忘前姻之好。只因子无问视心情,便起了续弦之意。"向今又说道:"不欺师父,我弟兄从来也孝,谁叫他娶了这继母不贤,唆使的一家不睦?"尼总持道:"且问善人,你父继娶他入门时,难道他便起个不贤的心肠,唆使你父子?她那初见你二子二媳,何等爱厚,必是你们存了一个晚继心肠,不使出个孝敬实意。古人说得好:亲娘为儿搔秃,血流满面,人见了说爱之也。若是晚娘,人便说妒。看这根因,还是善人弟兄不看她始初入你门待子媳之意,嫌以生嫌,隙以生隙,浸淫以至于此。依小僧之言,回家趁你老父悔心,急行顺母孝道,你母若不回心转意,报应却又在她也。"向古、向今听了拜谢。

尼总持只见那舅氏在旁笑道:"师父说我甥,叫他尽却子道是矣,你却不知这妇心情恶毒,连我也欺。"道副乃问:"善人是谁?"其人答道:"吾向古舅也。"道副笑道:"我师偈语末句,正为善人发,说'亲友宜贤'。人家遇此事,消祸起祸,都在这一种根因。若是亲友贤,自劝解中生出许多方便,方便不独一家安其阴功,于亲友亦不小。若是亲友不贤,唆使成仇,不独一家受害,他自身也难必善后。万一被唆使的看破,这仇恨又不了。"舅氏听了,便点首说:"师父真是度脱我等。"三人赞叹出寺而去。方出寺门,只见许多妇女,口中念着阿弥,手内捧着香帛,见了他三人,乃立着问道:"东度圣僧可容妇女瞻拜?"向古答道:"瞻拜得。"却是哪方妇女,下回自晓。

第三十一回

度向氏一门复孝　化郁全五子邪心

话说向古三人，得了圣僧度脱，不独反逆为孝，心情便正大起来。出了寺门遇见许多妇女，老的、小的，丑的、俏的，那小的执扇遮面，这老的捧烛拈香，可怜那丑的无人顾视，独嫌那俏的偏惹人观。他三人便道："是谁家没礼义男子，放纵闺门妇女外游？有这等不知羞女妇，借口烧香，庵观混杂。虽然是释门，清净慈悲，普度善男信女，只恐藏奸导欲，引惹市井无赖顽心。女菩萨有这善心，何不守妇道，不出闺门，在家堂焚香拜圣；何必瞒丈夫，信僧尼，入寺观，出身露面，见像焚修！清白世家说无，恐有村乡小户，传引偏多。"他三人正说，只见这些妇女中有两个乃是向古弟兄妻小。妯娌二人，见了丈夫，便问道："演化高僧在何处？"向古答道："在殿上。如何你二人到此？"其妻答道："昨见公公回家，回心转意，说了一篇好言好语，都是这东度师父劝化他的。我想这僧人定是高贤圣众，我们前怪公公请和尚来家，说我们不孝，故此把素斋内放了荤腥。古怪他不举箸，天使得你们掀倒了。今日乡村奶奶、大娘，传说万圣寺有高僧演化，故此我们来瞻拜烧香。"向古三人听了，说道："你如何不同婆婆来？这便还是你等不孝。"二妇道："我们与婆说，反被她掿了几句没好气的言语。"三人道："圣僧在殿上，你们既有村邻伴来，我们且回家劝母，也来随喜。"舅氏道："你我方才讲妇女不可出闺门，却怎不叫二媳回家，任她进寺，又要回家劝母来随喜？"向古笑道："二妇既回心信佛，已来寺内，且就她这好意。万一高僧再有开度他们好言语，从前罪孽或可消除。我们回家劝母，她系老人家，便出了闺门，也无甚大过。"向今笑道："千载难逢高僧圣道，只要我们父子们跟从出来，以免嫌疑。"三人回去，两妇同着众女人到了正殿，瞻拜圣像，便走到殿傍。见几多男女，来来往往，观看祖师师徒。二妇上前合掌深深拜倒，口内念佛，忏悔前愆。道副却认得是向古家执棒打出屋来的二妇，便对尼总持说道："化转二妇之心，便是他一家之幸。"尼总持道："这理真当，人家每每忤逆公姑，唆使不明的汉子。若是汉子贤孝,不听长舌妇言,世间哪有说公道婆,背前面后,搬是非,唆男子,还是个良妇。为丈夫的,只是一味不听,把那偏心溺爱私情,做个光明正大道理。"道育在旁也说道:"人家三代五代积出富贵儿孙,都从此造。"尼总持道:"哪里等三代五代之后,只说眼前,一门欢庆,灾害不生,妇女产育无难,丈夫家道兴隆,皆出于此。"祖师听得,开眼说道:"徒弟言,太迫切了。"当下二妇只是磕头,众妇个个称道好言语,起身出殿门而去。后有赞扬汉子莫听长舌一篇道:

> 切莫听,切莫听,是非都是妇争竞。
>
> 说长道短汉遮拦,枕边耳内何时静;
>
> 数公道婆骂小姑,吵邻咶舍亲姻听。
>
> 败家门,夫不幸,听了是非乱了性。
>
> 多少不孝出此门,多少不义由斯径。
>
> 听了不是惹官非,听了果是生灾病。
>
> 身家若是要平安,除却忠言俱莫听。

话说二妇听了师徒言语,个个自思,悔想己身不是。回家把这好言,你劝我,我劝你。就有邻家妈妈娘子,说向嫂不当才悔公婆。这二妇省悟,便去孝敬晚婆。却说这晚娶婆子,果然初嫁入门,见前妻子媳虽也贤顺,只因些小拂意,当自想不守前夫之节,失身再醮之夫,百事含容忍耐,以图过个平安日子。乃有心情强狠的,说我是母,我是婆,便欺凌子媳;遇着那道理不明的,道他是晚,他是继,不忿生嫌。后夫忘了前妻遗爱,只要后娶心欢,偏听成隙,日长岁增,真乃家门不幸。贤的做了不贤,顺的成了不顺。妇人家水性积了些,无处解散的闷气,多少染了些没来由的疾病灾危。向家晚婆子正是这宗根因孽障。自揣不明,积忿成病。却得向老闻知祖师东行普度,请斋解救这怪异,谁想子妇又不明,闹吵这一番。费了师徒唇吻,化解的一家复旧欢好。这婆子见了向老,来说些好话,二子一舅又来问安,两个媳妇双双悔过前非,都借着和尚的良言,圣僧的劝解。这婆子一时也悔过更新,心和意快,疾病安愈,梳洗起来,也去会两个尼姑道婆,往寺里忏罪保安。向老好生欢喜,忙备香烛币帛,跟随婆子,到万圣寺来。哪里知向老平日一家父慈子孝,只因他既有子媳,又复续弦,除了这淫欲根因,便惹了那王阳辈阴中搅扰。他这辈怕圣僧东度,人人崇信正道,不得遂他迷乱人心,乃遇着事机暗生魔阻。却说向老同着婆子入得寺

来,他不便上前谒圣,乃叫尼姑引着婆子,近师前瞻拜。祖师知其为向老续娶,酿成这一种根因,乘他悔悟前来,乃说一偈道:

> 前节既失,后悍作祸。
>
> 自不忍心,于人何过。

婆子听了偈语,哪里知道? 只是合掌望着祖师拜礼。同着尼姑道婆出得殿门,把偈语念与向老听。向老却明白说道:"高僧偈语,只要你忍耐免灾,把你与二子、两媳从前以后是非过恶俱消释了。只照你初到我家看待子媳的心肠,便无气无恼,那疾病也不生。"婆子满口答应。向老一心欢喜到家,一门仍旧和好。却说人生五体,有个"三尸"魔孽。这三尸不喜人镇静长远,专一鼓弄人作孽为非,凿丧天真,所以修真悟道之家,屏却三尸之魔。世间好事,他使得人不去做,便是那七情六欲,种种邪魔,都依附人心,弄得人七颠八倒,他才遂意。却说王阳辈混迹世间,分门逐类,结构在那不明道理人心。这向家一户,都也是他。今被圣僧点化了,他这些孽障,计议道:"世间有正原无邪,有善原无恶,只因人心不古,已生出我等,既有我们,怎肯容他? 这僧人一念要演化度脱人心,从了正道善行,必然福寿资生。我辈怎得容留,把世人愚弄?"这些孽障,乃就趁着国度中寺院远近,不明道理的愚夫愚妇,使作的那好货财、私妻子,不顾父母养;使作的那博弈好饮酒,不听父母训;使作的好勇斗狠、惹祸生非,连累父母伤;使作的那作恶犯法,把父母身体发肤毁;使作的那违和迁怒,不把父母柔声悦色待;使作的那为利为名、争忿轻生,为父母忧。种种愚夫,不孝之罪滔天。还有一等愚妇,被他使作的偏爱子女、忘孝公姑;使作的妒夫纳妾,老至无儿;使作的咒公诅姑,中馈不洁;使作的偷馋抹嘴、暗地藏荤;使作的在家不奉母仪,出嫁不听婆教,般般恶孽。虽说是"三尸"鼓噪,总是这七情六欲吴厌辈附和。因向尚正父子婆媳,复旧孝顺欢好,一门兴旺,六畜滋生。这种种男女,有闻知度化的,恶念不悔,反生讥诮;也有误遭邪惑,一念省悟的,到寺超脱,望求释前非。

祖师于静室中,慧光普照,洞知这不齐情由,乃向尼总持道:"徒弟,汝为父母出家,不当完一身之孝。若能充此善行,普及一切众生,同归正道,功德无量。"尼总持领了师旨,乃向道副问道:"师兄,这善行如何充满?"道副答道:"可度化的,须要言说;不可言说的,须要法力,师弟自揣近来道心善行,积成法力何如? 若尚浅,当仗佛祖慈心方便,赞成功果。"

总持道："我知师兄道力弘深，仰仗扶持。"

　　二人正说间，只见许多善男信女，到殿中瞻拜祖师，纷纷杂杂。一个老汉子说道："闻知师父度化向老官长，父子婆媳悖逆复孝，老汉却也遇着这宗怪事。老汉夫妻两口，生了五子二女，也无一个孝顺。若是师父慈悲，救正他们，也似向家一般改悔，老汉夫妇定然厚备金帛酬谢。"总持答道："老善人，世间凡事有因，譬如地中布种，种豆出豆，种瓜出瓜。你前辈祖父，恐有失了孝顺的，后代定然生出不孝不顺子孙。"老汉答道："先世无有这样祖父，便是老汉也不敢夸口。"总持道："如何不敢夸口？"老汉道："不是夸口，我老汉为子时，父母在堂，师父听我说：

　　父母在，不远游，戏彩斑衣解忧愁。

　　饱食暖衣供早夕，下气和颜声更柔。

　　这孝敬，在心留，少有违拂独自尤。

　　只愿双亲心喜悦，福寿康宁到白头。"

　　老汉子说了笑道："师父莫怪老汉夸口，其实祖代传来并无不孝的。"尼总持道："世间怪事，多从积恶中来，只恐老善人祖父有积来过恶。"老汉道："这也不敢欺瞒，我祖父——

　　都积善，不行恶，代代务本不逐末。

　　无有奸盗与邪业，宽厚居家常守约。

　　不趋势利与炎凉，安分守己为生活。"

　　老汉子说罢，尼总持道："据老善人说来，祖父都行善，无有过恶，宜子孙代代孝顺。今五子二女，无一个行孝，想是老善人溺爱不明，未得教子之方，纵放他的良心。你莫知他恶，这却难劝化。教训已迟，其实在老善人，修省也无用。"老汉道："师父，如今仰仗道力，与老汉做个功德，使他们悔过前非，也见佛法无边。"尼总持道："善功德力，固可感化，将来只是转变得你五子良心发见。我佛门不设怪诞，不行成令，顺善心自然，成就菩提已耳。"道副听得，乃对尼总持道："师弟你答老汉之言，虽是一团至理，却只是收拾已坏之人心，不得不行个激浊扬清之术。比如雷霆惩恶，天道无私；五刑①禁奸，王法不赦。若只拘拘我释门慈悲方法，一听其

————————

①　五刑——古代指墨、劓、剕、宫、大辟五种酷刑；以后又称笞、杖、徒、流、死为五刑。

自化,只恐那幼失教训,执恶坚意不回的,却怎生觉悟他悔改?"尼总持听了,那里有个主意!两只眼只看着老汉子。老汉乃自袖中取出宝珠十数颗,奉尼总持说道:"师父,你定是能教诲我子女转心改意,有道法的,愿以此珠奉献。"尼总持见老汉手捧着宝珠,却又把眼看那右庑,见第二位阿罗尊者合掌笑着,傍有琉璃舍利之光,乃生觉悟,便向老汉说道:"小僧们为生死出家,一切世法金珠宝贝俱以尘土视之,受此无用。老善人何不把些宝珠分给你子女,世间父子分颜生出那违拂情状,多系财帛爱多竞少。"祖师听得总持说出这两句,便睁眼看着那老汉,道了四句偈语说道:

> 种惠生爱,种施生因:
>
> 为失爱施,何不反惠?

祖师说偈毕,依旧闭目端坐。老汉哪里知解?只求师父超脱他子女回心转意。道副说道:"老善人,我师尊说偈之意,也叫你回家分布些金宝与你子女,他自然孝顺敬爱你。"老汉道:"实不瞒师父说,老汉庄田地土也不少,金银财宝也略充,每每分给子女,反惹的他们怨怼,毫无逊顺,每每干犯我老汉。"道育在旁听得笑道:"老善人,此情易测,人心无有厌足,易起争端,只恐你分布不均,偏多偏少,得少便憎。若是有教训,知道理,安分受惠,方且感父母之遗爱。若是失教诲,不明理,争多嫌少,便生起不均之怨恨。"老汉道:"我从来公平,哪有偏多偏少。师父总是你说得好,人心无厌足。又且少年失了教训,他个个不明白道理,如今酿成了个忤逆的性情。欲要呈明官府,只恐王法不宥。他却反说我老汉不慈。"道副说道:"老善人,你请回家,我小僧亲来拜探你五位善人。"老汉大喜道:"老汉姓郁名全,家住地方,就呼做郁全村。师父若肯降临,当齐相候。"老汉说罢回家。只见五子已有人说与他道:"你父在寺与僧人备细讲你弟兄不孝事情,却也一问一答,都有道理。"五子听了,个个生嗔,说道:"我等有何不孝之事?与和尚家讲甚道理?"他这五人,心胸都是那邪魅鼓弄,三尸魔倡。一个个忿恨起来,直奔到寺。只见殿上:

> 香烟云绕,钟鼓声敲,圣像庄严,高坐莲花宝座;僧人凛肃,分诵海会经文。旁列着一十八尊阿罗汉,位位金身;背坐着五十三参观世音,活活菩萨。两庑廊塑十殿阎罗,一山门排四金刚圣像。护法执杵降魔,弥勒开颜笑世。笑的是:忙忙愚俗堕红尘,降的是:昧昧邪心沉苦海。

　　话说这五人忿恨，走到寺来，见无数善男信女，烧香礼忏，又见了许多佛像菩萨，心里便有几分敬畏。及至到得祖师前，见众人瞻拜，只得也合掌敬礼。便向祖师前说道："我等五人，即是郁家老父之子。闻老父在师父这里备细讲说我等不是，不知有何不是？故此特来请问。"祖师闭目只是不答。尼总持便问道："列位善人名号？"五人齐声答应。却是何名，下回自晓。

第三十二回

执迷不悟堕酆都　忤逆妖魔降正法

只见为首的一个答道："我们弟兄五人都是郁家老父所生,第一名富,次名贵,三名福,四名禄,五名寿。"尼总持听了,便合掌道："善哉!善哉美名!都是轰轰烈烈奇男子,怎么使老尊不得全享五位之爱?"只见郁富开口问道："师父何故发此言?想必说我等不是。便是这寺内,你哪里知我父母一般生出我五人,内中又无一个乞养外来不明之子,每每偏心不均。比如有几许金宝,你多我少;比如说几句言语,你是我非。又不是老人家颠倒,又没有甚谗佞刁唆。我弟兄家常或有一句两言冲撞他老人家,便说我们不孝。"尼总持听了道："列位犯了逆天大罪却怎生解救?当即向佛前诚心忏悔,归家孝顺父母,只恐从前罪孽还解救不得。若再迟时日,便堕入一十八层地狱,受诸苦恼。"只见郁贵听得笑道："师父,你僧家专说没对证、费思想的话,地狱何处?苦恼何罪?只讲个眼见的,方才可信。"尼总持道："见在的便是王法,你若忤逆了父母,一字入公门,五刑凭受用。这便是眼见的苦恼,有据的地狱。"郁贵笑道："不瞒长老说,我郁贵,也有个小小前程,我父母便怪我不是,却也不送入公门;便是入了公门,五刑却也免加。"尼总持听了道："先生既是有前程,难道不求前程进一步?这个方寸被这不孝坏了。又恐不能前进,挨得时日过了,倒退几步,那时公门也入得,五刑也加得,悔是迟了。"郁寿在末坐听了,笑道:"长老,你说挨过时日,到了前程退步,那时人已老迈,公门五刑也入不得了。"尼总持听了,把眼看着郁寿道:"善人,你可知仁者寿?你心术既为干名犯义,伤坏了这仁,安知可能到那老迈?"五个人,你一言,我半语,空费尼总持讲说,都是那邪魅盘据在心。道副见这光景,深知难以口舌化。乃向十殿阎罗圣像前把手合掌,道了几句梵语,这五人见众僧顾左右,言他事,乃笑语,离了寺门回家。时天色已暮,五人越走越远,迷失路境,不觉地来到一所大衙门前,他五人抬头一看,但见:

门楼高耸逼云霄,阶砌坦平铺玉石。

　　户拥金钉和兽环,槛横铁段如蛇直。

　　兽头飞瓦出千条,鹿角横木围三尺。

　　牛头左列做公差,马面右边为皂隶①。

　　寒风冷冷似人号,阴气霏霏不见日。

　　他五人心下慌疑,进前不敢,退后不能。回头一看,哪里是原来之路,左右又皆大水汪洋,只得坐地,彼此商议。郁富向郁贵说道:"兄弟,都是你向僧家,不信公门,这却明明公门,只是我等如何到此?"郁福也说道:"阿兄,都是你说地狱何处,这莫非是地狱?"郁禄也说道:"阿弟,都是你说老迈,这却是老迈的行境。"五人正说,只见十余个青脸獠牙鬼使赶将前来。一个喝道:"你们要老迈不走这行境,何不早念救苦慈悲世尊?"一个道:"家中也有两个救苦世尊,便是肯恭敬念他一声,也不得到这境界。"郁富乃问道:"列位,此是何处? 你们却是何人?"鬼使道:"此是阴司,即名地狱。谁叫你干犯双亲,蹈了逆天罪过? 我们奉勘问冥司,特来提你。"说罢,两个押一个,绳索牢拴,扯拽前走。郁富乃泣道:"鬼使哥,我平日虽有一两句冲犯父母,却也无甚大过。"鬼使怒道:"人子见父母面上略带些不和柔气色,便入了不孝之罪,还说一句两句冲犯言语。"郁贵也泣道:"鬼使哥,纵我有一时误犯,却也念微末前程,放松些绳索。"鬼使怒道:"若说愚俗凡夫,不知误犯,还可哀悯;你有前程,故作误犯,该罪加一等。"那绳索越扯得紧。郁福也泣道:"望赐宽些,多奉些金宝。"鬼使大怒道:"汝等正为心地不明,父母弟兄分上,重利不顾义,被这金宝陷害,却又来愚弄我等。你哪里知,我这冥司,金宝无用。"郁禄问道:"鬼使哥,怎么说金宝无用? 世间烧钱化纸,却在哪个项下?"鬼使道:"这都是生人耳目,敬祖心赐,代代不忘。先世借冥资表这敬念。若是冥司有用,富家到底是富,贫鬼到底是贫。且要这金宝买值何物? 为人子的生不肯舍金宝供养生身父母,死后焚纸,金钱何用? 反造了恶业。那佛祖要你这金宝也无用处。"郁富道:"依鬼使你说来,这金宝冥司无用,世人便不当焚修。"鬼使道:"汝愚不明至此,世人敬天祀祖,只看你心,不问你宝。你心无宝,不将出敬,故存你金宝玉帛,不费羊存礼之意。"

　　五人听了,心里略明。被鬼使扯拽,入了大门,走到一所官厅去处。

————————

　　①　皂隶——古代贱役,后专称在衙门里供职的差役。

抬头看厅上,有大粉扁,上写着"勘问冥司"。五人伺候一刻,冥司掌勘问主者登堂,鬼使押了五人,阶下跪着。司主取文簿一看,大怒起来道:"扶持乾坤,振扬世教,专在五伦①。这正大光明道理,你等如何背乱? 当押入十八层地狱,与他备受孽因,轮转到畜生之道,历劫不饶。"主者一面叫左右,押他五人下地狱,一面却把簿子点名,叫一声:"郁富,你如何只贪货财,不舍养亲? 粉骨碎身,不足以消这恶孽。"郁富答道:"小人贪货财是真,却也未尝不养亲,朝鱼暮肉,也曾供父母,如何不舍?"主者道:"你供亲,实为自供。虽比那不供的罪稍减,但曾款客,以剩残之食食亲,致父母少有不豫之色。此与不舍养亲何异?"叫左右押去。郁富又辩道:"处家之常,即以款客之余养亲,胜如不养。"主者喝道:"你非贫子,安效家常? 不敬之罪难恕!"叫左右押他入酆都②地狱。却又点郁贵,说道:"你如何只知求名,不知荣亲? 馘③首刲心,不足以偿这恶孽。"郁贵答道:"小子求名是实,名尚未就,如何荣亲?"主者道:"你求名之念,一派要高官厚禄、治产荫子心肠,何尝念及荣封父母、尽忠君王?"郁贵又辩道:"小子虽是有此心,却也未尝到此地。比如到此地,荣封父母自是有的。便是尽忠君王,也须成了名位。难道名位未成,便责我不忠?"主者喝道:"人世遗孝于忠,忠臣出于孝子之门,你立心未入孝道,自知你扬名,不入忠公。这罪也难饶。"叫左右押入酆都地狱。却又点郁福名,主者怒道:"你欲安逸,劳苦二亲。"又点郁禄名,主者也怒色道:"你欲肥甘,不行视食具膳。"又点郁寿名,主者犹色未解愠道:"你欲免三灾九厄④,如何不行问安侍疾? 你这一行人,只图为己,不念生身。殊不知你爱富得贫,要荣反辱,只因不孝所招。不但利未得,名难就,这罪孽,倒天河难洗。"叫左右都把这五人押入酆都,再察轻重,分派地狱。左右正才把五人绳索起来,只见吴厌、陶情这一种冤缠,齐齐跳跃出来,欢天喜地说道:"送了他们下地狱,我们又去世间,另寻别项。"正说间,只见半空中来了一个僧人。众人看

---

① 五伦——我国封建社会指君臣、父子、兄弟、夫妇、朋友五种伦理关系。
② 酆(fēng)都——地名,俗称鬼城。
③ 馘(guó)——古代作战时割取敌人的左耳;此处指割。
④ 三灾九厄——三灾有大小之分:大者为水、火、风;小者为刀兵、饥饿、疫疬。
　九厄有:疾病、牢狱、刀兵、水漂、火烧、毒伤、压迫、惊恐、饥寒。

这僧人，如何色相：

> 头戴着一顶毗卢帽，身穿着一领锦襕衫，
>
> 脚踏着一双棕油履，手捧着一只椰子瓢，
>
> 口念着一声弥陀佛，眼看着一起作孽人。

这僧人看着押解的，叫一声："且慢！"众押解只得暂停。僧人向主者稽首，主者立起身来，拱手道："圣僧何因到此？"僧人道："小僧从师东行普度，暂寓万圣禅林，前化向氏一门为孝，今度郁宅诸子回心。只因他偏执不信阳因，故此陷入阴果，但念未离正觉之门，且恕他尚昏之业，与他个自新正路。"主者道："阳造恶因，阴陷恶道，毫不差忒①，救所难解。可恨他一种恶根，正在此押解他酆都，遍历阴山背后一十八层地狱，圣僧何得来说方便？"僧人道："司主固乃阴间执法，但吾门以慈悲为主。即如司主仲尼，不为已甚，有过许令自新。郁氏五子虽犯弥天大罪，其实也因其父未行教训，当年溺爱不明，故纵其恶莫知。他哪里晓得人间世为父母的，未曾临盆，其子尚在七八月间，便有胎教。为父的或歌诗诵书，向妻说些五伦道理，那子在腹，母听他也听，气血混沌中，便生出一点灵觉，所以生育出来，十有八九聪明秀丽。若是为夫的荤酒终朝，淫欲彻夜，腹内黯黯不明，一团血肉生出来，多是顽钝愚蠢。及生出来，三六九岁，不令他从师习礼，终日与他放荡嬉游。义礼不明，谁为孝子？或有孝子顺孙，必是他父祖积德，冥冥善功所召。若无积德善功，万万无有好子。还有那不肖的生将出来，连累祖父灾殃气恼。"主者听了，拱手说道："高僧之言，真如金石，且请问好子如何？何为不肖？"僧人答道："勤俭攻四民之业，荣亲耀祖，便是好子。博弈为非，倾家荡产，便是不肖。这不肖，便是不孝。"主者拱手道："善哉！善哉！信如高僧之言。今看佛面，且免他押解地狱。这地狱中，都是不明那正大光明道理的，我阴司也不愿设此以待不肖，只是他自作自投。圣僧若肯一概慈悲，方便他们，超生出世。"僧人道："慈悲方便，是我门中宗旨。只是司主这地狱中，都乃已结证发觉，情无可矜，法所不赦，难以一概度脱。"僧人说罢，只见陶情这一班孽障，齐吆喝起来，道："和尚家，不去自己修持个见性明心、历劫不毁的大法，却来这里说人的孽根，管人的闲事，把我们弄送的冤孽、结构的窝巢提明说破，长你

---

① 差忒（tè）——差错。

家志气,灭我们威风,是何道理? 早早的脱卸僧帽禅衣,入我伙来,受用些荤和酒色。你那清门淡饭,有甚好处?"僧人听了,大喝一声道:"孽障,你是何方鬼怪? 哪里妖魔? 在这地狱门前,不知觉悟,早早修省,尚敢毁我僧人,乱人正觉!"只见陶情这一班队里,走出一个邪魔来,看着僧人道:"你是那寺和尚? 何庙阇梨①? 法名何叫? 甚处生人?"僧人道:"你这孽障,问我来历,我且说与你听:

　　　　我身南印度中降,早年父母齐齐丧。
　　　　士农工商总不为,不思出将并入相。
　　　　一心只要入禅林,为报亲恩做和尚。
　　　　清宁观宇披剃时,投拜师真有名望。
　　　　教我出入静定中,传我心神不可放。
　　　　久久炼得悟禅机,世法尽教无碍障。
　　　　一心不欲在家门,随师普度朝东向。
　　　　出得国城暂止栖,万圣禅林参佛像。
　　　　阿罗尊者显慈仁,试我扶持驱魔障。
　　　　执戟郎官延我斋,荤油搀入素食饷。
　　　　我师老祖识腥风,道力除却妖和妄。
　　　　度脱父子妇和妻,孝道仍还一门向。
　　　　相传指引郁全村,五子不明仍放荡。
　　　　祖师慈悲度脱他,设此地狱将他放。
　　　　我今见闻怜却愚,指引回头超苦浪。
　　　　你若问我姓和名,总持法号多名望!"

尼总持僧人,见这个邪魔生得:

　　　　红头发,蓝面脸,两只金睛灯盏眼。
　　　　一双肉角插天庭,十个指头青靛染。
　　　　一嘴尖,两耳卷,鼻子朝天额下掩。
　　　　獠牙露出两腮前,叫了一声如呐喊。

　　尼总持看了他,乃大喝一声:"邪魔,你也生长何地? 唤甚名谁?"邪魔道:"长老你要识我来历,我说你听:

---

　　① 阇(shé)梨——高僧,也泛指僧。

问我姓名原有向，不是无根没声望。

自从盘古天地分，那时便有我色相。

只因人皆直朴纯，孝顺父母忠君上。

大舜大孝贯古今，空劳斯时身附象。

文王视膳问安康，伯鱼当年哀泣杖。

郭巨埋儿天赐金①，丁兰刻木为娘像。

董永佣工葬父亲②，感得嫦娥从天降。

世间都是这般人，与我魔王全没帐。

分心寨里遇陶情，惹出我等多魔障。

本来只要附人心，落得一身称豪放。

送了一个入幽冥，又送一个地狱上。

我名忤逆有名邪，不怕道尼与和尚。

无父无君说你们，荡着些儿叫你丧。"

尼总持听了喝道："原来是你这邪魔，我想天地间除了正人君子，你不敢乱他些毫志意。再除了我等出家僧道，你不敢侵近色身。世上被你陷害了多少愚夫愚妇，堕这十八层。堕这十八层，还是逃得王法的，若是逃不得王法的——"尼总持说到这一句，便攒眉泣涕起来。那魔笑道："和尚是个哭脓包，怎么说一句逃不得王法的，便哭起来？"却是为何，下回自晓。

---

① 郭巨句——郭巨，晋代人，事母孝。传说其妻生一男，他恐分掉母亲的食物，欲加活埋，正掘地，得黄金一釜。

② 董永句——董永，文学故事人物。传董永因无力葬父，卖身为奴，后与天上的织女结为夫妇。

第三十三回

试禅心白猿献果　堕恶业和尚忘经

尼总持泣道："世上被你这邪魔陷入天罗，万种苦恼，真是叫天不应，叫地不灵。身体发肤受的是父母的，被你弄得他毁伤万状。可怜他在公厅，受那五刑三拷。有一等恶狠父母，仇视其子，恨不得食其肉。有一等动了天性恩的，哀怜已迟。为父母的，哪里知刑罚的，是自己身体？为子的，哪里知刑罚的，是父母发肤？此处愚夫，至死还有不悔不反自己过恶，甚且仇恨无端。可怜他怎知不尽的王法，还有地狱在后。"邪魔听了，大笑起来，道："我党生就反常背道，专要逗弄着这等。世上愚夫送一个，再换一个，才有些精神滋养。"尼总持便厉色起来说道："我僧家不迷入真境，如今遇着你这邪魔，只得哀求正法除你。"乃合掌望着空中称赞了一声："护法大力尊者！"只见空中现出一尊神将，手执降魔法器，专击忤逆邪魔。邪魔见了尊神，匍匐在地，口称："远离红尘，再不向人间鼓弄。"尊神怒道："汝等变幻不常，隐显叵测，何足为信？"乃叫鬼使押入黑暗地狱。这邪魔涕泣求饶，尊神怒目不解。只见他党中，陶情辈低声嘱道："何不皈依僧人，还求他方便。"邪魔乃叫一声："总持师父，方便方便。"总持道："你自方便，谁能与你方便！"乃向神将说道："驱此邪魔，仰仗神力。如此斩草除根，免其再发。世间凡夫俗子，不明纲常伦理，被他鼓惑迷弄，今日费神力之剿荡，劳圣僧之唇吻，皆此邪魔猖獗。"神将道："若以吾神力职掌，专剿灭此魔，但既属僧门，聊存方便。即此地狱昭然见在，借劳僧步，一一押赴，使他目见被陷之人，受诸苦恼，自生悔心。须是大借神威押赴，不然此妖邪又复逃避支吾。"又道："吾要护持三宝，日赴千坛，鉴观大地逆理乱常之辈，以伸吾剿灭驱除之权，不暇留此。吾僧若随师演化，后再有梗化众生，不得已而用吾神，当称扬梵语，吾即来临扶助。"神将说罢，飞空而去。

尼总持乃向主者说道："郁氏五子，小僧本欲乞求免押阴曹，令其自悔。乃其实是被忤逆邪魔鼓弄，今押此辈遍游地狱，使他目击被陷凡愚，不得不连他顺带，使他也经目警省。"主者拱手，遂唤鬼使押忤逆魔。鬼使方才去扯那邪魔，陶情辈等邪，一阵烟走了，只剩得一个邪魔被鬼使押着。郁氏五子也被鬼使锁押。尼总持见了，乃复向主者求宽，说道："望司主垂念他未离禅林寸地，尚在慈悲我师光照之中，免其锁押，容小僧保领，遍游示戒可也。"主者道："既是僧以方便为解，姑领其教。"乃喝退押解鬼使。五人见总持与他方便锁押，又且身边无一恶狠狠解人，乃低头拜谢，说道："昨日在寺中，承师父教诲，只是我等固执不明。今陷于此，乃承救拔，得免押解，不知前途何处去所？这押解的何等邪魔？"总持道："汝等便是这邪魔迷惑，镇日朝昏不舍，你等如何不认？可喜他离了你身，你且前去，看那被他坑陷之辈受苦。"当下总持辞别主者，叫鬼使押着忤逆邪魔前行。这郁氏五人随后。走不多时，只见前面一座大城，拦着去路。怎见得大城，但见：

　　石砌堞高百雉①，金钉门掩三开。东连西接海天宽，上逼青霄不断。黑雾漫天笼罩，寒风侵首无端。城门外设许多般，刀戟精灵无算。

　　鬼使押着邪魔，手执着一面押解牌儿，那精灵看了，便放他进城，却拦着郁富等不放其进。总持向精灵说道："小僧保此恶孽，欲遍游地狱，以示警戒，汝等不必阻拦。"精灵道："人间自有地狱，僧人何不指与他看？"总持道："人间犯法者众，牢狱习以为常。上官三令五申，耳提面命，详细在那申明亭内，惩创在那杻械枷中。善者自善，恶者不畏，所以小僧乞求前司主者，保得这辈观游，乞赐容放，不致差池。"正说间，只见一个白猿手执一桃，献与总持，说道："僧食此可免入此城。"总持暗思："庑殿有阿罗三位尊者受白沐猴献果，我何人斯，敢当受献？"只这一念，那白猿飞空而去。城门洞开，精灵拱手，听僧人带五人入城。总持入了城门，径直走去。只见一座大门楼，上写着"酆都地狱"。旁墙上贴有许多告示，上写着："一禁欺误君国、忤逆父母、不忠不孝众生。"总持看了，便叫郁富等："你当观看。"那邪魔，便欲挣脱绳索，说道："鬼使哥，此处禁止我类名色，理不当入，乞放了我罢。"鬼使怒道："此正是送你万劫不超生的境界。"只见郁富等说道："人间欺君误国、忤逆父母，也有个重轻，怎么一般示禁？

_____

① 雉(zhì)——古代城墙面积的单位，长三丈高一丈为一雉。

就没个等第?"鬼使怒道:"狱里禁着的,自有等第,你怎得知? 要知,须待狱主升厅,僧人禀白过,方才现形与你见知。"正说间,果听得云板三声,狱主升厅。众人在门外观。见那狱主:

　　头戴金冠黑翅,身穿绛色红袍,白玉带上系青绦,足下双靴染皂。
左列着文书掌判,右列着善恶功曹①。阶下摆着戟和刀,专候罪人拷较。

　　狱主升厅,鬼使押着邪魔,到了阶下。门上哪里肯放总持入去。总持方才合掌,念了一声佛号。只见厅上主者见了门外僧人,便问左右不知,鬼使乃答应前情。主者听得,忙叫左右延入总持,以礼相接。乃问:"高僧自何而来? 到此何事?"总持便把前情说出。主者道:"僧不言,吾已备知。但你要观看,只是色相难观,垢秽难近。又恐你僧家慈悲不忍,发出一个方便来,破了迷情,走了这恶孽。"总持道:"即如司主说,我僧家原除了俗情烦恼,不忍观看恶孽自作自受,只是为吾师有度化情因,不欲叨叨口耳,每欲缄默中示人一种道理,令使自化。苦奈群情不慧,众生迷昧者多。故此我徒弟辈,随师演化,发师未发之旨,以开众生有情之路。望乞见原,把狱中不忠不孝恶孽,与此郁富等一观,涤虑洗心,或者在此警省。"狱主听了,笑道:"据僧所言,当放出纵观,但已结证、未结证、已发觉、未发觉,轻重不等,刑罚亦异。那重的,已结证的,或发在畜生道,或发在饿鬼道;那轻的,未发觉的,或使他活受灾害,或使他见刑世间;那已发觉,尚未结证的,乃幽囚地狱中。此地狱中,虽似世狱一般拘系,却与尘世不同。尘世人情多为利诱,禁卒与主者公私不同,受贿徇情,容有把罪犯安置闲散之处,苦了那贫苦的,禁押他在那瓮隘湫②底之间。若我这冥司,不逐利贿,不受私情,贫苦愚氓,还怜他个少训失教;富贵奸顽,反恨他逞凶肆恶。总是一般幽囚,无分彼此。"狱主说毕,乃叫左右把狱中忤逆罪犯,不分轻重,放出狱门之外。左右奉令去放罪犯,主者乃拱手延僧厅上侧坐,把郁富等五人并押的妖魔,分布两阶。只见那虎头犴狴③之中,

---

①　功曹——官名。汉代郡守下有功曹史,简称功曹,相当于郡守的总务长。

②　湫(jiǎo)——低洼。

③　犴(àn)狴(bì)——传说中的一种兽名。古代牢狱门上绘其形状,因此又用为牢狱的代称。

杻械枷锁,烂腿折脚,愁眉苦脸,哼疼叫痛,一个个挨挨擦擦,哭哭啼啼,走将出来。

尼总持见了叹息,向罪犯说道:"人生世间,乾父坤母,乾即是天,坤即是地。天地盖载之恩,高厚无极,所以父母配合,天地一样罔极恩深①。有此父母,就有此孝顺人子,职份当为,一毫之外不可加,一毫之内不可少。要加添无处加添,若少了一毫,便入罪犯。可怜你这众中也有不明故犯的,也有明知故为的,受这苦恼。可恨你自作自为,不自觉悟,不畏王法,不怕冥谴。"众犯听着点首,郁富等见了寒心。只见众犯把眼往阶下一看,向主者诉说道:"我等生前,岂不知父母生身?只因一时酒色财气、贪嗔所染,却被那阶下押来的忤逆邪魔,坑陷了我等好好心肠。清清世界,都被他鼓惑弄坏到此。"邪魔见了众犯,已自惊愧,却又听了众言,乃答道:"你们自心无主,与我何干?想我那来鼓弄你之时,你父母也曾把好恩情言语与你说;那好亲戚邻里,也曾把甜言美语与你劝;那知道义的好朋友,也曾把纲常伦理与你讲;那贤惠妻妾,也曾把忠言苦口与你谏。谁叫你执邪罔化,不听良言?自作非为,与我何干?"众犯听了只是咬牙切齿道:"分明是你鼓弄我等,迷了本家,送在这苦恼去处,还要多嘴饶舌。"主者听了,大喝一声道:"这些孽障,到此还行强辨,你岂不知俗语说,'门里君子,门外君子至。'又古语说的好,'贞女在室,狂夫禁焉。'你众犯若便正大光明,那邪魔敢无端勾引?"喝叫左右仍押入狱。却叫把那忤逆邪魔押赴阴山背后,永远莫使他出世。这邪魔听了,苦屈皇天,叫:"高僧方便。"尼总持道:"我僧人于无法可治,还有何法方便于你?"狱主乃吩咐鬼使写了一道牒文,把忤逆邪魔押去。乃唤郁富等过来,说道:"汝等不孝之罪虽未发觉,然已迹著,特勘问司主未结证定罪,过来,圣僧为汝等坚执罔化,故设报应因缘,为汝等警戒。你可知逆理犯顺,无边罪孽,皆从你不孝中积出。今我这地狱中,第一禁欺君误国不忠的,忤逆父母不孝的,汝等犯了不孝之条,故押出这党罪犯,欲使汝等各知悔悟。若复执迷不改,须置汝等生王法,死地狱,汝无后悔。"乃向总持拱手,道:"高僧不便久留,诸狱总皆罪恶幽系,睹一自知。若必欲遍令此辈游观,恐见了这许多罪案光景,动了你释氏慈悲,显得吾执法不存忠厚。但保助

---

① 罔(wǎng)极恩深——古时特指父母对子女的恩德,以为深厚无穷。

你祖师演化,此行水陆国度,若有见闻善恶苦恼,有情等众应得度脱,解罪消灾,但诵梵音①,吾自显应。"狱主说罢,尼总持合掌称谢起身。只见狱主复留住总持,说道:"我亦有一事,在勘问司尚未勘明发过,须与圣僧有三分瓜葛②,少留待发过来,当仗方便。"尼总持乃问道:"司主有何事要小僧方便?"狱主道:"吾在阳世一门行孝,故此百年得袭此职。今闻吾子不改先志,为父母持斋,延请僧人持诵诸品经咒。有寺僧法名轻尘,得受经资,弃置不诵,已入恶孽勘问,只是未完此件公案。敢烦顺寄僧徒,续完彼此功德。"

正说间,只见两个公差押着一个和尚,手执着公文,呈上狱主。狱主拆览公文,乃叫推过那和尚来,便是轻尘,不诵经文,妄受赀财这宗公案。尼总持见是僧家,不待狱主清审,便开口请饶。狱主笑道:"地狱无私,安行嘱托?想是兔死狐悲,恶伤其类。"总持道:"僧家方便存心,见俗且救,况一门同宗,安忍坐视?"一面求饶,一面看那和尚,满身都是铁钉钉着,无一皮肤好处,苦楚万状。总持不忍,哀求狱主释放,去了铁钉。狱主道:"事关于我,我正也踌躇;若要去他铁钉,还须叫他徒子若孙补定经咒。"总持道:"小僧既认他做一门同宗,便是代他持诵经咒诸品,也是小僧披剃到今习熟。"乃随口诵出诸经一过,只见那轻尘身上铁钉根根自脱。狱主乃谢总持,叫左右且放了和尚,在那壁间发落。一面喝郁富等,说道:"汝等信阴阳一理,报应不差么?"郁富五人磕头,满口答道:"深信,深信。"狱主道:"且饶你一十八层之解,幸喜你尚未离足佛门。"说罢,把袍袖一拂,顷刻公厅不见,他五人原来出了寺门,见天色昏暗,朦朦胧胧,复走入寺廊,在那左庑下就宿。寺僧见他五人睡卧,只当借宿,也不惊叫动他。尼总持打坐殿上,又复入了这种根因。祖师见总持出定,乃笑道:"徒弟虽把持不定,却也于度化有功。"乃说一偈道:

> 自种有因,因以成众。
>
> 受魔却魔,为静之动。

尼总持起身,先拜了左右阿罗尊者,随向祖师稽首,却信步走到十殿阎罗圣像庑下,见郁富五人方才睁眼起身,一个道:"诧事,怪异,怪异!"

---

① 梵音——诵经声。
② 瓜葛——比喻辗转牵连的亲戚关系或社会关系,或泛指牵连。

一个道："在此圣像前,便做这景像梦?"一个道："做梦只一人知觉,哪有五个通同?"一个道："明明显化我等。"一个道："只看那长老可知?"五人正说,只见总持走向跟前道："小僧如何不知? 若不是我小僧方便,押解一十八层。"五人听了道："爷爷呀,地狱昭然,我等罪恶何解? 须是到殿上求告祖师。"总持道："这才解得。"五人乃走上殿来。却是何等求解,下回自晓。

第三十四回

求课诵报本回心　　说忠欺灾祥果报

　　话说祖师趺坐在大雄宝殿之上,旁左两楹之间来往善信,瞻依不断。寺僧焚香礼忏,借师演化,因而交揽檀越施主,也有许愿酬恩的,也有斋僧结缘的,也有问道求度的,也有悔过消愆的,也有为自身祈禳疾病痊瘥①的,也有为妻子保安修醮②的。那祝延圣寿牌位设着正中,和尚只持科文,晨夕诵念一遍。哪曾见为父母的来叩大慈,恩光普照,又见那僧众奉承势利,忙忙碌碌,道人行者奔走,跻跻跄跄。祖师大展智光,乃向三个徒弟道:"世态人情百千变幻,我等欲行度脱,只据得目前。即此目前尚漏,如何普及万方,永垂历劫?"道副答道:"师尽师心,一随万变。"尼总持答道:"只据见在,任其去来。"道育答道:"有我有人,无人无我。"祖师听得道:"汝三人意见虽别,理实不殊。只是于三世慈尊原意少异。"尼总持便合掌稽首,拜问三世原意。祖师道:"为父母出家,今已披剃在佛门,那些地狱中有情,宁忘了演化?"尼总持当下颖悟,乃两眼看着郁富五人,上殿来瞻礼。祖师却又一心里想着轻尘的课诵根因,只见郁富五人上得殿来,跪拜在祖师面前,也不言语,只是磕头。祖师大放光明,备知来意,但口诵一偈。说道:

　　　　知心便问心,云何堕此狱?

　　　　反此不正经,消愆在慎独。

　　郁富等不知偈意,惟郁贵叩首师前道:"小子知也。"乃起身向寺僧告许经愿,祈保双亲康健,灾难无侵。当时就有一个僧人近前道:"施主要建一会经愿道场,还是建一藏课诵功德?"郁贵道:"一会怎么说? 一藏怎么解?"僧人道:"一会乃是一时修个法会,一藏是课诵经文五千四百八十卷为一藏。一时法会灯烛香花斋仪,与一藏课诵的功德费用多寡不同。"

----

　　①　痊瘥(chài)——病愈。

　　②　修醮(jiào)——设坛做法事。

郁贵说道："只要功德广大，我祈求得益。"僧人道："如此，须是与施主课诵一藏经文。"尼总持听了僧人课诵之言，乃向僧人道："莫要似轻尘的课诵。"郁贵笑道："师父不言，小子也忘了，但不知可有此事？"那僧人听得，吃了一惊，忙向尼总持问道："师父如何说轻尘的课诵？轻尘乃吾师也。见今疾病在房，师父这言说得有些古怪跷蹊，请毕其说。"总持但合掌不言，郁富便说道："我等为不明孝道，误犯双亲，被阴司冥谴，已堕成狱。幸未离善地，得圣僧救度，于冥冥中见狱主惩治一僧，说他为人课诵得贿，不完经功，把周身铁钉遍钉，得圣僧救解。我们影响之间，尚记得他名号轻尘，叫他徒子若孙速补完经文，以释前罪。"僧人听得，问道："施主，此言却从何处见闻？"郁富道："便是夜来山门庑廊处，明明显化。"僧人道："果是吾师为人课诵经文未完，偶患恶疮，遍身疼痛，将已垂亡。昨夜忽然疮口合愈，住痛得生。细思冥冥报应不差，我等为师续经忏罪，自顾不暇，尚敢又揽施主经文，重复造孽？"僧人乃稽首尼总持，说道："师父既解救我师于冥冥，这郁施主经文一藏，借道力与他成就了功德罢。"总持道："我等随师东行，功夫不能久留。"僧又向道育前稽首说道："望三师父与他课诵罢。"道育答道："此系吾总持师兄揽来的功果，小僧未敢承揽。"时在堂尚有众僧，齐道："我等不必推让，何不稽首祖师前，听教何人课诵？"众意乃定，齐到祖师前合掌启知祖师。祖师与道副正闭目端坐，众侍左右。忽然祖师开眼道："得四句偈语。"说道：

　　诵经本孝，为诵则忠。

　　失却忠孝，须归仁者。

祖师说偈毕，乃看着道育说道："徒弟，汝当推广本来善愿。"道育道："祖师为东普度，法驾将行，弟子为人课诵，恐坐日迟延，未为事便。"祖师道："吾虽为东行度，但与本国夙昔有缘，顺道演化，只要成就众善，何忌迟延？"当下道育向师礼谢，遂承应课诵经文。只见众僧知轻尘果报，又见郁氏五子回转孝心，为亲修建功果报本，郁老夫妻得知，遍传引得远村近里僧尼道俗、善信男女，各出金粟①，建一个祝延圣寿报本的道场。众信僧人都拜请祖师登座，为众说法。祖师道："既令吾徒弟承行课诵，一切科仪悉听他行持，吾暂移静室打坐。"乃令道副随身，按下不题。

————————

　　① 金粟——金钱与粮食。

　　且说阿罗三位尊者见尼总持以口舌，化郁富等五人不回，动了嗔念，向十殿圣前念了几句梵语，见出真实不虚地狱，警戒他五人。又为出家高僧，安可令他遨游地狱？那犯法罪恶，污秽僧身，只为救度众生，说不得广施方便，乃以白沐猴献果试他禅心。尼总持那时若见了白猿桃果，说吃了免入地狱，一时吃得，便入贪痴。只就他一心自忖，不敢僭受圣真之献，便成就了他这一件功德。也是郁氏五人之幸，又得道育高僧与他课诵经文，修建法会，阿罗三位尊者乃向四位尊者道："尼总持以孝化忤，以顺惩逆，吾故试以法，以扶其教。今道育课诵，虽为郁氏五子报本根因，实为轻尘和尚消愆。尊者慈悲，曾云法试，毋使他禅心不力，又被邪魔乱正。"第四位尊者生欢喜心，允首答道："俟彼诵持演化，吾自有法以试。"

　　却说轻尘和尚，为受贿课经不完遭谴，被圣僧救度。这一端情由，往来寺中无一个不知。他自己也省悟悔改，一时疮痛已痊，入堂参拜圣像，忏悔罪逆。乃谢尼总持毕，随上道育法座前合诵经咒。恍恍惚惚，只见一个蛮使手捧二函，上写着一行字。一函开着"经资三金"；一函开着"经仪七金"。七金者，置于道育座前；三金者，置在轻尘前面。那轻尘看了又看，道育端诵不顾。少顷，蛮使与函不见。道育经文诵毕，乃向郁氏及众信说道："小僧奉师旨承揽经功，此心唯恐心与经文不一，或生慢心，或生妄心，或生利欲等等邪心，或生育我种种私心。口虽诵念，眼实外观，经随眼去，孽随诵入。自保不暇，焉能与人度脱？诸善信当鉴小僧真诚，切莫惠布金钱，不但受领入了贪邪，只一入眼，恐起了无明之妄。"道育说罢，只见众信中一男子开口问道："圣僧之言，果是真诚。为十方众生，课诵功德实行。且请问：我等布施金珠，供养三宝，圣僧课诵经文，代消灾罪，与受原属至情正道。祇园长者也曾布施，我佛慈尊也曾受纳，彼此利益，不背人天。圣僧方才说入贪起妄，不知堕入哪项业因？"道育道："小僧出家，原为感皇王水土之恩，无有个职名之报，愿以一忠披剃。今只就这忠之一字，为诸善信开陈。人生世间，这个方寸，无形无声，敛之至微，发之至大，百千样变幻，皆从此出。只就这忠道，对着个欺罔，这忠有百千样福祥，欺有百千桩孽障，福祥多少荣，孽障无限苦，总在这方寸。人何为自苦！"男子听了，合掌称谢道："愿圣僧把这忠字，如何有百千样？这福祥却是何等样受？这欺字如何有百千桩？那孽障却是怎几桩苦？"道育道："忠有第一样，众善信，你听小僧说来：

第一为臣子，愿得称为良。

上事尧舜主，仁义佐赞襄①。

登庸②贤哲士，绥猷③及万方。

惟知道事上，哪念家门昌？

入相或出将，雄名著边疆。

每念身殉国，不问家与乡。

为牧及为尹，万民命所当。

廉静普慈仁，不贪酷与赃。

莫云民易虐，微疵若自伤。

抱此一赤节，名传万载香。"

善男子听了心生欢喜，说道："圣僧说的一团道理，果然正大。我这寺中往往有高僧来讲经说法，有一等只讲些禅机梵语，愚昧的听了打盹瞌睡起来，那有敢轻藐释教的，只是磕头念佛，哪里明白？虽说禅机深奥，有缘的自悟入道，不肯轻泄匪人。世人一登善地，一闻梵音，便超凡界。只是不如圣僧明明白白教道，且再请问第一样忠道之下还有多少？"道育答道："忠道多端，比如为人，谋事尽自己一个实心，把他人事如己事做，便就是忠。少一存个为利的心肠，或无终始，或反伤坏，或畏嫌忌，或贪酬报，便是不忠矣。比如小僧们为人课诵，那善信一种求佛的志诚，何等厚望你完成，你却贪利，不尽实心，这罪孽怎生忏悔？"道育说到此处，只见轻尘与徒弟子，俱各合掌瞻拜谢过。男子听了，便恳求圣僧，备细把尽忠福祥与欺罔的罪孽苦恼一一教道。道育道："众善信既要备细听闻，小僧也说不得刻薄，攻人之短，有碍慈仁。但存忠是世人自己享福免苦，小僧便喋喋呶呶④，宁甘罪过。你听我说来：

说忠良，护厚福，百代金紫何须卜。

好名万古永流芳，为圣为神为仙佛。

想高官，贪厚福，功名富贵何时足。

---

① 赞襄——赞助，帮助。

② 登庸——选拔重用。

③ 绥（suí）猷（yóu）——安邦之策。

④ 喋喋呶（náo）呶——说话没完没了，唠叨。

一心只顾保身家，那念公庭与民物。

肆贪残，逞暴酷，不恤黎元①遭荼毒。

一朝天网说恢恢，难保身家无刖戮②。

纵然漏网在生前，身后宁逃灾病促！"

道育说罢，男子合掌称善。只见一个士人，名姓唤做昌远，向这男子叫一声："钱定兄，你今备问，高僧备答，固然阴阳报应，善恶不爽。只就你方才说的，忠良与欺罔，福祥罪孽，如今却有一宗不明白，请教请教。比如我小子三世善良，一心忠悫③，告诸天地不悖，质诸鬼神无疑，怎么累世贫寒，前程阻隘？我这隔海沙村，一富厚世家，说起他积恶，真是挽西江之水，罄④南山之竹，也写不尽。你看他代代拖金衣紫，个个荫子荣妻。看这报应，却又何在？"道育听了，问道："先生有怨心否？有妒意么？"昌远答道："君子不怨天，不尤人，小子何怨？彼或固有这富贵，于我何与？又何妒？只是就高僧言事论事，这一件不得明白。"钱定说道："五行秉受，世运变幻，或者侥幸苟免。"道育笑道："若如此说，造化又私，阴阳报应复舛⑤矣。先生但固守君子之行，不入怨尤之地，安心静听，终有见闻。纵不在一时之因，自有百年之应。"昌远也笑道："高僧见教，一团正理。只是小子刻间不明白，难免日后不生疑，看来报应还在个有无之间矣。"道育听得，乃看着轻尘说道："师兄，你的一宗公案未消，这宗事必须借重昌先生明早心胸，定然明白。"道育说罢，乃续课诵，在堂僧众也有听了这一番说话的，道忠良奸欺、福祥罪孽，真真不爽。也有听了昌远说的，尚怀不信心。还有私议法座，被士人参驳倒了，又不知何事借重轻尘，莫是答应不出，把轻尘什么公案推托也。当下天晚，众各散归。

却说道育退下座来，进入静室，稽首了祖师，复入蒲团坐位。却想起昌远这一宗问答，乃端坐默念了一声梵语，只见一尊神将立前，说道："吾僧有何委托？"道育道："前所临狱主一宗公案，乃寺僧轻尘灾罪未决，今

---

① 黎元——黎，黎民；元，老百姓。黎元，犹言众民。

② 刖（yuè）戮——古代一种酷刑，把脚砍掉。

③ 忠悫（què）——忠诚。

④ 罄（qìng）——用完，用尽。

⑤ 舛（chuǎn）——差错。

已为他度脱，便是这种根因，又生出一宗，使众生不明因果。敢借神力押那轻尘和尚往前狱，消了这宗公案。仍复查明一个昌远士人不明白的因果，以伸了吾师演化之愿，成了我等扶助东度之功。"神将便问："何事士人疑惑辨问？"道育说道："据这士人自称，三世善良，一生忠悫，怎么累代受贫，前程不利？海村富贵，积恶多端，如何代代金紫？这报应差殊，他心地疑惑。"神将听得，随化了一道金光，直到轻尘和尚房中。只见那和尚自在堂中课诵了经文，吃了晚斋归到僧房，不肯调摄方愈的身体，乃便碌碌查收割的稻谷账目，叫那徒子若孙揽张施主家的经，送李施主家的疏，骂行者不扫地，嚷道人不烧茶。徒弟好的，不作声，让他聒聒絮絮①。不忍耐的，说道："老师父，疮才好了，痛才止了，早早安息罢。"和尚方才收拾欲卧，朦胧闭眼，只见金甲神人近前，把他阳魂摄去，复问他昌远士人何处。和尚指说："近寺不远。"神人押着和尚到了昌远家门。只见那士人在那书房中：

> 青灯独守，黄卷自温。寒毡坐破，了无愠戚②之容；石砚磨穿，哪有忧贫之色。展采错落，文房四宝；呻吟咕哔，义理千篇。只见他：玉漏频催残夜，金猊③已冷香烟。那士人，犹挑尽寒灯不辍；这神将，但唤那障眼来魔。

神人见了这士人穷居陋室，破壁寒窗，对着圣贤经传，不忘诵读功夫。一念慈悲，不忍他这勤心贫困。但受了高僧之托，只得摄引他魂，忙叫睡魔把他精神疲倦。昌远不觉得打了一个呵欠，于梦寐中便随着神人来到一座公廨④去处。只见一位主者，正在那厅上拷掠许多善恶情由，左右报称神将降临。那主者忙出阶恭接，道："上将尊神，何事降临？"神将道："一为高僧代诵经咒，押这和尚消了罪孽；一为士人昌远不明忠欺报应，稽查这种根因。"主者听得，延神将上坐，随唤过轻尘和尚到阶下，戒谕他一番，说道："你受人之托，当忠人之事，经文咒语，三宝真言，登善信于天堂，救罪人于地狱。可是你贪金钱的，便是卖钱焚香礼圣可也，怎教你指

---

① 聒聒（guō）絮絮——唠叨不休，多话。
② 愠（yùn）戚——愠：含怒，怨恨；戚：忧愁，悲伤。
③ 金猊（ní）——香炉的一种，炉盖作狻猊形，空腹。
④ 公廨（xiè）——官署、衙门。廨：官吏办事的地方。

经不诵？分明贪诈人财。那托你焚修课诵之人，心念一举，你岂知冥冥中随注笔立卷。你不诵，怎销功果？今幸东度高僧与你销释，你当苦守禅规，勿效凡愚鬻利①。"主者说罢，便叫左右取出一簿子，注上一个"销"字，喝一声："纵放你回，再看你后！"却是如何，下回自晓。

---

① 鬻（yù）利——求利。

第三十五回

轻尘和尚销罪案　伯嚭奸魂被铁鞭

　　昌远听得主者戒谕和尚说课诵功果，心念一举，冥必注笔，便自裁度："怎么经卷，世人立心课诵，便注笔立卷，要销了这功果，看来皆是纸上陈言，岂有此理！"昌远方自裁怀，那主者便知。乃问神将，带此士人何故。神将便把他不明忠欺报应的事说了一遍。主者乃唤士人到阶前，说道："汝执迷不明，皆由执理太迂。汝岂知经者，心也。世人诵经，即是诵心。经者，善也。世人诵心，即是行善。吾冥冥岂取其经，盖取其心之向善。"昌远又道："恶心善心，作受在人。冥冥何必谆谆与他计较？"主者笑道："汝不敏慧，亦至于此。世间善恶两心，关系甚大。怎知一善感发多少生机，一念恶萌多少杀机。比如，见一胎卵湿化众生，或陷于水火、刀砧，性命危亡；人心发一慈悲不忍，救度了他，便合了上天好生之德。若是见危不救，且生杀害他的心肠，这段恶因，便拂了圣神慈悲正念，推广这个善心。不但存个杀害心，便是存个不救心，就入了忍心害理。这忍字在心，欺魔邪妄，就猖狂作横，把个正道昏昧。所以圣神扶持世道，注作经文，与人课诵。那上智之士，会至理，得悟上乘，超凡入圣；中智之士，借经功，端正念，体慈悲，行善果，长生获福；就是那下愚之人，得闻人课诵，也不知经意浅深，只闻现在功果，捻土焚香，见像作佛。他这一片真心，便成善道。善道充满乾坤，众生安福无量。天地成物，至意不亏，圣神参赞①，化机不息，孰谓经功无补？若是不明经文，违背旨意，忍心害理，报应不差。即如轻尘和尚，受贿不诵，入了不忠，自当欺诈之报。只因圣僧度脱他罪，尚要他扶助善门，故此且从权释放。"昌远听了道："既是忠欺，冥冥必报，因何若海村世家，代代作恶，见今富贵接踵，金紫盈门？若小子三世善良，一心忠直，贫寒每至，捉襟露肘，饥馁多见，枵腹②枯肠，莫不是幽有炎凉，阿谀

---

　　① 参赞——参与并协助。

　　② 枵（xiāo）腹——饿着肚子。

势利？不然，报应何此不均？未免使寒士有偏畸①之叹。"主者听了笑道："报应冥冥岂差？世人昧昧未觉，汝自不知，何怪增叹！"乃叫左边案吏，把沙海世家与昌远历代所行善恶文簿，查过来看。只见案吏查了一宗文卷过来，众目展开一看。只见：

> 簿籍陈陈已久，条开款款如新。分明善恶注根因，都是奸欺忠信。前代忠奸贻②后，后代善恶观心。增增减减不差分，好似执图索印。

案吏取过簿籍，当着众面展开，一行行注着：某人行某善，应否贻子若孙荣富；某人行某恶，应否贻子若孙祸害。昌远见了说道："祖父积了善恶，难道自身不承受，乃贻于子孙。若子孙再行了善恶，却怎么报应？"主者道："世人积了善恶，一观他善恶大小。若小，在自身承受；若大，乃馀及子孙。子孙若是行善，以继祖父之善，这荣富增长何须疑说？若是行恶，伤了祖父之善，难免灾危。若祖父以恶贻，子孙以善改，却也要稽察他个重轻大小。这其间有个增减报应。"昌远听了，便求个增减公案一看。主者乃在那簿子上翻前揭后，却寻出昌远的祖父积过的事实一看，乃皱着双眉说道："可恼，可恼。"便把簿子指与昌远道："汝看，汝看。这一派名姓，可是汝祖汝宗的？"昌远忙看，果是祖宗名讳。一行上注着："昌国不忠，以才能杀害兵众，不行安抚，流祸后代，应报以殄灭③。"昌远一看，汗流浃背，惊惶无地，却逐行看到他祖父下面注着，有为人谋事尽心者，有为友以忠告谏言者。又看到自己名下，注着"安贫守志，笃实不欺"。主者乃转过悦色，道："幸也，幸也。汝果三世良善，只是没有大善功，准折了前代百万生灵命脉。汝若能于善良外，再积个大大功德，即使汝富贵荣华，乃继祖公门第也。"昌远听了，忙拜倒，请问个大善功。主者道："善功何可预说名状？总在汝一念救百万仁心。"昌远道："百万岂是易得的？"主者笑道："一念慈仁，若是一命能救，志量便就充满。人心岂有一物慈，不慈万物的？细观汝家报应，应以恶增。今因三代善良，合当减矣。减尽再积汝善，善报自然不小。"昌远拜谢，乃求世家所注一看。

---

① 偏畸——偏激。

② 贻(yí)——遗留。

③ 殄(tiǎn)灭——消灭，灭绝。

主者依言，乃检阅到世家文卷，说道："善哉，善哉。他祖忠公，曾按抚穷民，救荒济饥，一疏活了百万生灵，当代代金紫，世世荣华之报。乃看他一行行列后，只因积恶减小，有请求嘱托，得贿不效，以失人望的；有见父行为过恶不行谏阻的；有自逞豪势、凌辱贫寒、占夺人产业的，种种多端，难以尽述，报应当减，犹不失衣冠荣富。若见今的不改行从善，灾祸之来不轻也。"昌远道："观他豪恶，就当绝灭，如何慢慢消减？"主者道："他公祖活人阴功重大，后世虽有小不忠，幸未伤害了一人性命。若是逞势凌人，伤了一人，便坏了百万根因也。此文卷汝当信记，乃冥司不爽分毫道理。"昌远拜谢道："小子心地明白了。"只见神将坐在殿上道："汝既明白，当遵依狱主，好去抱忠存赤，以自取荣名。"神将说罢，化一道金光不见。主者乃叫鬼使指引和尚与士人从旧境回来。昌远醒了，乃是一场梦中警戒。天早到寺，礼圣像，拜僧人，明白这增减报应之理，一心存忠心，抱赤意。果然后来成名荣显。后有说不忠良的人心，俱是那欺罔邪魔作横，若论忠良正气，充塞宇宙，何物邪魔敢于作横？但忠良近在浑厚，一边欺罔的心伪，奸狡百出，世法人情不古，忠直者少，敌他不过。所以圣贤治世要剿灭邪魔，以扶正气。清溪道人为此五言四句说道：

　　　人心嗟不古，忠良被邪魅。

　　　能伸至大刚，妖魔自远退。

话说崔皓不忠，已正王法。其毁经溺像罪孽，自堕酆都。他岂无血心在世，只因历古来的奸邪魍魉流害于后人，他这邪魔，便自坑陷了伯嚭①。为人不忠的，被吴厌、分心魔等交结入了他肠，送了他性命。他这精灵复又东闯西投，却遇着伍相国忠神，正执着钢鞭，追捉伯嚭形魂，陡然遇着。却说人死形魂，善者上登天堂，生极乐国；恶者堕入地狱，受诸罪孽，怎么又复在冥间，西投东闯？不知人有三魂，堕地狱者，一魂；守尸骸者，一魂；那一魂，却遇着分心魔等正结聚思量，又去鼓惑世人，乃遇着相国忠魂。这伯□精灵见了就要逃躲，被相国手执钢鞭，挝倒在地。旁边却恼了分心魔等，大惊小怪起来，见了相国捉住伯嚭，齐计议夺救他。这邪魔哪有器械？却也会腾挪，走到万圣寺内，把祖师众僧徒的降魔锡杖、戒尺等器械，

①　伯嚭(pǐ)——春秋时吴国大臣。吴破越后，他受越贿赂，许越媾和，并屡进谗言，潜杀伍子胥。吴亡后，降越为臣。后为"奸臣"的代称。

偷了出来抵敌。相国见这众魔汹涌出来,抖擞神威,摇身变化,众魔齐齐看见。只见相国:

> 头戴幞头光闪耀,身穿金甲红袍罩。
>
> 腰间宝带虎狮蛮,脚下双靴貔虎①套。
>
> 手执长鞭节节钢,口喝一声星火暴。
>
> 一心只要捉奸回,哪顾青红与白皂!

相国见了众魔,执杵的执杵,拿锡杖的拿锡杖,还有双舞着戒尺的,跳趯趯一似山猴子,也来逗弄精怪。乃笑道:"佛门无此辈,是何处诈冒来禅林家伙?若说是僧,却又有须发,若说是俗,却又有须没发,有发没须,想是佛门广大。"这些邪妖影射在里,相国见了,乃以一脚,把伯嚭形魂踢倒在地,却执着鞭,挝②得无影踪。少顷,业风③一阵,又复聚出个伯嚭的形像,被相国抓翻,用索子捆缚在地。却来向众魔说道:"我为奸佞不忠坑陷报仇,汝等何魔,敢来放肆?"只见分心魔道:"我等各有姓名,你当初为甚被他坑陷,还是你坑陷了他?"相国怒道:"他不忠吴王,谗邪害我,如何是我坑陷了这贼?"分心魔道:"他不忠吴王,与你何干,满国多人,偏你与他相拗,自取灾危,如何嗔他坑陷? 就是坑陷你,你在世既忠良,吴亡你也亡,你生为忠义,亡为正神,受帝封于万劫,享忠名于百世,倒是他成就了你这美名盛德。为你这忠义,倒陷得他人亡家也亡;受的美女死了,得的金珠散了,治下的富贵荣华,子孙不能长久。坑陷得他万劫漂流地狱,轮回畜生道,苦楚不尽,遗臭万年。这如今还受了你鞭打脚踢,却不是你坑陷了他?"相国听了怒道:"我为吴臣,恨不得捐躯报吴,成就他国社万年有道。被这贼弄得越复沼吴④,恨不得食他肉,寝他皮。你倒说他成就我这万年美名,这美名岂是我臣子所喜所愿? 正是荣我百世,恨他百世。岂独我恨,便是百世有一点良心的,无有不恨。"

相国说罢,举鞭就向分心魔打来。分心魔侧身躲过,乃向崔皓的形魂说道:"来打伯大夫的,乃是忠良正气神道,却是你反常逆了他。你当为

---

① 貔(pí)虎——古代传说中的一种猛兽。

② 挝(zhuā)——击打。

③ 业风——地狱中所吹的风。

④ 沼吴——犹言灭吴。

伯大夫出力，与他抵敌。"崔皓道："我固与伯大夫一体，究根找源，却是你们勾引，还是你们上前，敌那神道。"分心魔与陶情辈计议道："崔司徒也说的是。"乃举起禅杖去迎。哪里知禅杖是真正僧人戒器，这魔哪里能使？被相国鞭打的无影无踪。一鞭一个都弃了家伙，化了一阵怪风走了，只剩了一个崔皓孤魂，犹执着两柄戒尺，正要挡抵钢鞭。忽然阴风飕飕，只见许多僧尼、和尚魂灵近前来，把崔皓的戒尺夺去，骂道："你这奸贼，生前毁我们经典，此时又借我们戒尺何用？"崔皓手内没了戒尺，那相国的鞭，便及他的身。这夺戒尺的和尚，反将戒尺乱打。可怜崔皓打得如泥，顷刻业风一阵，又复了身形，被相国用鞭挑了崔、伯两个，说道："且送他地狱受罪去也。"相国既去，这些僧尼和尚冤魂，却是崔、寇陷害的僧众，有情无情因果。无情的，是在当时出家，当守五戒八戒，谁叫他吃荤酒，藏妇女，犯了大恶，与崔、寇何干？有情的，是因不守戒的和尚，连累学好的含冤。这些精灵，也是东飞西越，恰好来到国度，遇着这一宗因由，见了那些分心魔等。陶情邪辈，却也知是他一种鼓惑了他心。方才要扯打魔等，却被相国鞭走，弃下了僧家杖戒等器，各执在手中，没个来历，不知头向。正疑思间，却好万圣寺中钟声鼓响。众灵飞越寺前，欲进山门，只见两位把守山门大神喝道："何处精灵，妄来福地？"众灵看大寺齐整，山门洁静，把守的大力神王却也威猛。怎见得？但见：

> 射目金光冠勒明，缠腰玉带锦袍成。
>
> 手中宝杵降妖孽，足下云鬼压怪形。
>
> 坐列严严生杀气，守山凛凛不容情。
>
> 若问尊神何上将，禅关把守大灵神。

众僧灵齐上跪地，说道："僧等不幸，遭崔、寇谗捏被屠，飞越到此。不知这寺何处禅林，谁家香火，住持何僧？若肯容留挂搭，愿上圣俯容进寺，瞻仰金容。倘沾法露，也是恩及宗门。"神王听得怒道："寺中大众被妖邪窃去戒尺、禅杖等器，只因吾两位西参佛祖，一时不在，被妖盗去，正在此稽查何方妖孽，却原来是你这一种邪魔。"神王举起宝杵便欲就打，众灵乃泣道："上圣且息霆威，我等实不曾来盗众器，只为在前途偶遇吴国伍相国追捉伯嚭，瓜藤蔓引扯出许多邪魔，各执着这些器械抵敌相国不住，各自逃形，丢下这器械。我等不知来历，执着寻个头项，不匡就是上刹中众师的器械，如何被他们窃去？我想出家人惺惺不寐，便就是入定，这随身戒器也不当被魔窃夺。"神王道:"汝等不知,上等高僧不用戒器,便是有戒器也不用,可有可无。若入静定,与魔争器,便入痴因。惟中等僧人,用此戒尺、禅杖。有等外像示人,专用心在这戒器上,装体面。你不知寺里高僧,在内演化本国,又欲东土度人。你等衷情,吾神已烛照不虚。若要怀冤度脱,须是投诚,另作计较。我这门中,一概魑魅魍魉①难以轻入。"众灵道:"吾门慈悲,摄孤施食,专为普度魑魅,便容其入,何为不可?"神王道:"摄孤施食,须也要看那法主有无道德,若是有道德的,念动真言咒语,万里孤魂,顷刻到坛。一粒法食,遍满十方。若是无道德的,摄自摄,孤自孤,谁来食他那没手眼的法食? 便是对面也不能摄他。"众听了道:"上圣,据你这般说,寺里既是高僧演化,东土度人,我等正是东土被崔、寇的冤僧,合当求度生方,乞放入山门,以瞻高僧法像。"神王道:"不须乱讲。若要进吾山门,须是看你众灵缘法。"却是甚样缘法,下回自晓。

---

① 魑(chī)魅(mèi)魍(wǎng)魉(liǎng)——传说中山林里害人的怪物。

第三十六回

神女化妇试真僧　冤孽逢魔谋报怨

话说万圣寺山门神将,不容众和尚阴灵入寺。众灵哀苦求告,神王道:"须是看你们缘法,这寺内一个轻尘和尚,受贿卖经,堕了罪孽,被高僧开度救解。事必醮谢道场圆满,定然摄孤。趁此机会,汝等仰仗道力,方得入门。"众灵大喜。

却说道育为郁氏五人课诵经功,上通三界,感动诸佛圣众。第五位阿罗尊者,正在洋洋大海观涛,抱膝而坐。只见波中现出一位神女,向着尊者拜舞。尊者问道:"法身何自,色相何为?"神女不答,但袖出一书。尊者令侍侧蛮使受其书,看了亦不语。良久,只见蛮使说道:"尊者问女而不答,女出书而看不语,何以示侍使?"尊者乃说一偈道:

　　法身色相,即道之在。

　　海洋神女,隐显何碍?

阿罗尊者说偈毕,把手向寺前一指,说道:"试法座课诵之禅心,济山门有情之冤孽。"那神女听得,忽然出波飞空到得寺门,分身显化,变了一个妇女。但见她:

　　国色妖娆,形容窈窕。蛾眉横翠黛,粉脸映红桃。额上花钿,妆出多娇多媚;风前绣带,飘挂倾国倾城。颤巍巍斜插凤头钗,轻盈盈缓动金莲步。宛然月里姮娥①,恰似广寒仙女。

却说阿罗尊者神光照察,山门外有情冤孽,未得高僧度脱,终是阻隔在一种魍魉孤魂之内。护教威灵,监门严肃,又何敢妄进山门,受领高僧法食?但他在世,披剃入教,尚尔有情,所以还动了阿罗大慈悲意,指示神女到寺,正为有情一节。神女原属道体法身,不言觉悟,化身径到寺中。

---

①　姮(héng)娥——即嫦娥。

天龙八部①,位位都知这神女奉尊者道旨,只见她杂在众信男女中,等候众僧香幡导引,道育上殿。道育出了静室,缓步中行,上得殿来。先参礼世尊金容,便合掌两庑圣众,然后端坐法座,朗诵经文。众僧敲铛击鼓,齐讽②诸品。这神女越出众善信男女班中,爽爽朗朗上前,扭扭捏捏出众,合掌跪拜,把一点秋波左右四顾。此时只有捧茶侍众的行者眼睃③,随喜的男女偷看道:"谁家这等个妇女也来听经?"这神女听闻经毕,只见众僧中一个首座和尚,起身走近道育座前,说道:"道场圆满,众信欲要施一堂法食,以超度孤魂魍魉。"道育道:"我为报本者课诵诸品经咒,心愿既酬,这法食功果,众师自有道法兼全的一凭胜举。"此时轻尘和尚受过警戒,自投诚向道,乃出一班答道:"弟子愿施法食。"神女趁空儿上前说道:"我为丈夫客外,保祐公婆,愿施一堂法食。"众僧方才抬头一看,道育在法座上,只如不曾见闻。轻尘忙说:"女善信,我这道场俱是僧房,共凑功果,不受外方分文钱钞。你若为公婆保祐,便是孝;为丈夫立心许愿,便是忠。只须道个姓,通个名,我们法会中,自与你通称保祐。女善信,且请回家,不必在寺中伺候。"神女听了一面称谢,一面把神力普照。见那众僧班中,上等信受佛祖修持,自然不动色欲心性;中等见道育高僧对境两忘,他也禁止邪私,就是有一等顾盼色相的,畏宗教禁戒,不敢萌一毫淫念。神女遍照中情,单单暗夸道育:"真是西方有手眼的长老,哪见众等禅心不乱!"乃走出山门。果然见许多长老沙弥,冤魂罪孽,乃问道:"汝等既是削发出家,宜归善道,何为狼狈到此?"众灵泣道:"某等俱是遭崔、寇谗诛,乱窜至此,伏望女菩萨,携带进寺门,瞻仰胜会。"神女道:"汝等生前皆是释门弟子,出入寺刹,本无阻碍,为甚汝不守禅规,谨持戒行?生负释教遭诛,死后尤难入宝殿。你且静听,俟施法食。若及汝等有情,那高僧自有慈沾一类。"

　　神女戒谕他们一番,飞空仍复归海。见了阿罗尊者,方开言说道:

---

① 天龙八部——佛教天神,即天众、龙众、夜叉、乾闼婆(乐神)、阿修罗、迦楼罗(金翅鸟)、紧那罗(歌神)、摩睺罗迦(大蟒神)。据说其中天众和龙众最显神灵。

② 讽——朗诵。

③ 眼睃(suō)——斜着眼看,偷看。

"尊者大慈,令我试僧禅心,度脱冤孽。果然守真的,自守其真,毫发不乱;冤孽的,自取冤孽,当有度脱道场。只是命我试僧,这一番色相,反设出幻化不情,非道心所有。"尊者笑道:"将欲匡助其功,必先探试其德。功由德著,试乃德因。世尊以慈悲演教,爱人无已,盛心正见于此。"阿罗尊者说罢,那神女散去,阿罗仍复归圣位不题。

却说道育,经功圆满,众僧议施法食。乃虔诚入静室,拜请祖师登座,摄孤施食。祖师方出静,问三弟子:"这两朝上殿作何功德?"众僧便把课诵功德备说一番,仍乞祖师登座。祖师微微笑道:"施摄科仪,吾从前未演;经文诸品,吾能诵未专,吾于慧照中见汝等见色相把持不乱,即此一念,浑忘人天两合,有情无情皆从此度。本不当又生别法,只是可怜那冤愆愚昧魍魉,尚守山门外地。尽汝众心,自去修建。我当令徒弟子,助一时之力。"众僧听了,唯唯退出静室,各相计议修建圆满施食道场。向、郁二氏父子及远近村乡善男信女,喜舍功德,众僧却也不辞,也不募化,当下就尊轻尘为班首,上法座摄孤施食。经文咒语,这轻尘和尚果是精熟。但见他:

　　毗卢帽顶戴庄严,锦袈裟身穿齐整。

　　口里诵咒语梵音,手上结牟尼①心印。

却说轻尘和尚向来心性不明,堕了罪孽,被尼总持救脱,祖师演化,自悔前因,顿修净业,在施食坛上显设法力,开度孤魂等众。那山门外这些冤孽,有当初在世学好的,只因被那不学好的连累坑害,虽然是限数莫逃,劫难适值,到底好的有情,精灵未投六道,偶逢道场胜会,还得神力慈悲,沾及佛门法食,免沉饿鬼道中。那在世不学好的,已违戒犯规,堕入不明罪孽,却被正气神王,不容他浑扰道场,阻拦不放他进。这冤孽,见内中生前好的,个个容入山门;拦着的,都是那吃荤饮酒、邪淫犯戒、避王法、躲差徭。他道释门广大,岂知冥冥鉴察,更是个恶业。这一种恶业不得进山门,闹闹吵吵,在神王前哀求道:"上圣可怜我也是无主孤魂,放进山门,瞻仰胜会。"神王道:"你生前不自怜,此际谁怜你?"众孽答道:"我愚,不知生前何不自怜。"神王道:"这怜字,乃慈悲方便第一个正大道理;这自字,乃是你心中一点独闻独见。比如那既受戒行,切不可吃荤肆杀,减却

_____

①　牟尼——亦译"摩尼",摩尼教的创始人。

了慈怜，不念那众生受诸苦恼，只要快口充肠。中心既忍不怜，到此又谁怜你？"神王一面说，一面把降魔宝器打逐这些冤孽。这孽中就有一种愆赖的说道："方便门中摄孤普度，原不论有情无情，一概超度。他既不放我等，难道没处去走？世语说的好，'此处不留人，更有留人处。'"几多冤孽被神王打逐的，没远没近跳窜。且说那陶情辈这些邪魔不服，押解地狱，趁空飞越，到得一座边海极处，冷落空山相聚，自羞自愧，各各说一番，笑一会，恼一场，哭一顿。那陶情说道：

> 笑我陶情，昏沉日行。
> 只贪解闷，不惜损神。
> 今朝把盏，明日提瓶。
> 厚交曲蘖①，结契醽醁②。
> 滔滔皆是，陶令③同盟。
> 正喜交欢，遂欲逞淫。
> 谁知薄悻，遇着僧人。
> 直拒不染，使我孤伶。
> 还押地狱，灭我令名。
> 这宗仇恨，心实不平。

王阳对着众魔也说道：

> 哭我王阳，不听人劝。
> 终日邪思，奸淫眷恋。
> 别室专房，后庭充院。
> 喜的青楼，亲的粉面。
> 龙阳④西施，枕席日荐。
> 刮髓枯精，是吾之愿。
> 谁料寡情，遭僧下贱。
> 不近分毫，反取憎厌。

---

① 蘖(niè)——酒。
② 醽醁(líng lù)——一种美酒之名。
③ 陶令——即晋代陶渊明。
④ 龙阳——男色。

押赴冥司,威生慧剑。

恩爱成仇,一挥两断。

艾多对着众魔也说道:

怪我艾多,为世奔波。

囊厢①充裕,有笑有呵。

生涯寂寞,受辱受磨。

有馀父母,夫妻以和。

交朋搭友,爱弟敬哥。

我因恃此,为世所呵。

谁知命蹇②,遇此秃魔。

不贪为念,绝我奈何。

似欲示清,廉静无苛。

可笑可恨,想有刁唆。

分心魔对众也说道:

说我分心,刚暴结姻。

好使忿戾③,怒把仇侵。

三皇④伊始,盘古⑤到今。

干犯吾浅,报复要深。

些微不耐,动辄生嗔。

好勇斗狠,不顾辱亲。

谁知自馁,和尚根因。

绵绵火性,不起半分。

还要灭我,押出迷津。

太和静定,敛息存真。

分心魔说毕,看着贪嗔痴众邪魔许多种类,却也会说笑,会嗟叹,个个

---

① 囊厢——口袋。

② 命蹇(jiǎn)——命运不好,不顺利。

③ 忿戾——忿怒而乖戾。

④ 三皇——指遂人、神农、伏羲。

⑤ 盘古——即盘古氏,为中国神话中开天辟地的人。

也要说一番。他便禁止众魔，说道："你等也该容你诉说心中抑郁情节。只是你们久与和尚隔别，纵有一等与你们沾染的，却是自上门的生意，他来寻你，不是我等到人门上寻人。"陶情正讲说，怪恨和尚绝灭他，一心里偏要寻，趁和尚过恶，报复仇恨。却遇着神王打逐的这些冤孽，飞空到得这海山冷处，听得陶情等咕咕哝哝，笑笑恼恼，说的一篇情话，乃见形与众相见。陶情却认得是往日鼓弄他们旧主顾，夺了他们搪铁鞭，偷的戒尺等器的一班熟脚①。乃问道："自往日相别，今朝乃会，一向的风声，闻知你们得以类度。何事又到此来？"冤孽泣道："我等只因与列位交纳，虽快一时心情，却堕落无边罪孽。昨在万圣寺山门，把守神将不肯放入。他道我等污秽道场。"陶情道："山门出入，莫说你等，便是我们若回心向善，也得入方便之路。"冤孽道："莫要讲他，正是说我们知法犯法，比列位又加一等，不肯放。如今事已到此，所谓一不做，二不休，想当时不受戒行，吃荤饮酒，与列位相亲，倒不致如此。如今反被戒行误了。我闻他师徒演化震旦国度，因欲东行，不免附搭着列位，阻挠他东行去路，教他们难行演化。"陶情道："你们叫做当坊②欺压当坊。世语又说的好，'若要佛法兴，除非僧赞僧。'你自家人要害自家，只恐行不得。"冤孽道："如今既到列位这处，万乞见容，仍同旧好。"只见王阳说道："我等混迹红尘，恣情清世，往年历一劫，起一名，改一姓，想在那灵通关，被元通和尚嘴嘴舌舌，讲他不过，躲离了他。闻知他随师行教，善功已满。却又悟了上乘，腾云驾雾，找寻我等找寻不着，如今往西方去了。"艾多听了笑道："那和尚若是悟了上乘，何劳找寻我等？我等自有神王押解与他。"分心魔问道："艾多哥，你如何知他不曾悟得上乘？"艾多道："上乘就是达摩四弹禅关之旨，当时便是叫他把我等四个会意。"陶情道："闻知元通和尚也悟得廉静寡欲，四个我们对头。"王阳说："悟便悟了，还未悟彻。闻知如今这达摩老祖，随有三个弟子得了四弹家教，所以誓愿演化。"

众冤孽问道："四弹之教，果是何意？"王阳道："高僧尚未觉悟，我等何知？但只闻得他师弟子，往往开发世人正大光明，莫不就是这四弹道理？"冤孽又问道："正大光明却是何等道理？"王阳道："就是世人孝弟忠

---

① 熟脚——时常来往的人。
② 当坊——街坊，邻居。

信这一派道理。"冤孽笑道："和尚家，为生死事大，自有修行先天最上一乘。不去度脱凡愚，却在这后天人道上劳心。可惜我等生前，被列位蒙蔽，迷而不悟，失却了先天道理。如今悟又迟了。"只见贪嗔痴等邪魔听着，也说道："你们生前，连人道也不悟，还讲什么先天。你哪里知他师徒着意后天人道，演化世人，正是培植世教，格正人心，积累后天之理，以超上乘之基。"众冤孽听了道："你们如何知之明？"贪魔道："我等也只因他们守之固，与我等相谬。"冤孽道："我等正在此不得入门，说不得什么知之明，守之固，借一位与我等报个冤仇。"只见嗔痴邪魔道："小子帮你报个怨罢，好歹鼓弄几个不正大光明的，阻拦着他师徒演化。"分心魔道："如今也难阻拦他了。"怎生难阻，下回自晓。

第三十七回

公道老叟看妖魔　献身行者陈来历

　　却说众冤孽,只因神将打逐他,不容入山门,受领高僧法食,抱怨在念,来到海山,与陶情等相逢,得嗔魔扶助他,阻拦高僧演化。分心魔说:"如今难阻了。当时我等,有那件逆邪魔,欺罔妖魅,正犯着这几个和尚戒头,今被他押解到酆都受罪,鞭打到阴山灭踪。我们空有移山倒海之能,怎奈世无干名犯义之辈,忤逆被他化为孝顺,欺罔被他化为忠良,大道坦坦,如何阻碍?"众冤孽道:"一事与列位计议,你等冷落海山,我辈又不容入善地,世纵无不孝之人心,或者尚有不信不悌等情性,好歹使作几个,劳他师父口吻,费他徒弟精神,阻拦他东行,延捱他时日,叫他西来没兴,东度无缘,也遂了分心嗔魔一念。就是列位也不被他四个字儿,赶逐得躲躲拽拽。"陶情等听了道:"也说得是。"乃各弄精细,一阵风大家散了,按下不题。

　　却说向尚正有前妻二子,家业又有二媳能支。一官既解,五福①当安。难道房栊天服侍之奴,早晚无呼唤之婢? 毕竟被王阳领了个妖娆入梦,使了个欲火迷心,却又被那媒妁甜言美语诱哄,引动春心,续弦了这个拨嘴拔舌的后婚女妇,耗精损神,把个元阳枯竭,一命归阴。留下金珠财宝,理当向今、向古均分。他二人孝道,被高僧点化,虽明美让,却也几分未谙。哪里是未读圣传贤书,不知义理;那里是忘却同气连枝,罔念父母情分。都是那不悌邪迷与那不逊妖魔,盘踞在二人心内。却说这两个邪魔各据着一个,趁那向古、向今分产之际,向古要占东园,向今偏夺不让;向今要占西圃,向古偏争不逊。家私,兄说弟多;田舍,弟说兄广。他两个心气方平些儿,却又被那邪魔斗狠。一日正分析之夜,只见他弟兄卧房上,两个邪魔在空中,狰狞的十分恶状。但见他:

----

①　五福——五种福气。《尚书》说五福有:一曰寿,二曰富,三曰康宁,四曰攸好德,五曰考终命。

一个光亮亮灯盏般两只圆眼，一个蓬松松刺猬样一个毛头。一个查耳朵，似蒲扇扬风；一个窊鼻梁，如冬瓜倒地。一个蓝脸，靛染何差；一个红发，朱砂无异。一个龇①着獠牙，只叫我要多些；一个挟着尖嘴，骂道你如何占我。

他两个邪魔都是艾多之党，迷乱在弟兄二人心内，被亲友劝解不开，官法惩治不怕，只嚷出他脏腑之外，蹲在那房屋之高，你骂我，我嚷你，你揭我平日心间违法的事，我扬你暗地亏心短行的非。吵闹得鸦雀儿也不敢往他房上歇，猫儿也不敢他家瓦上行。却有邻家一个公道老叟起早到寺来烧香，只看见这两个邪魔大嚷大骂。老叟躲在门里，悄悄听他骂到兴头，一个往屋下，执了一把大杆刀，跳在屋檐上，左舞右旋，要去厮杀；一个到房内，拿了一根长柄枪，钻出天窗外，前戳后刺，只要争锋。老叟看了一会，听了多时，想道：“原来他弟兄争产夺财，岁无宁日。我只道是他父在，偏心不均，他弟兄全无义气，忍心害理。原来却是这两个妖魔在他身上作变。我想向尚正老儿在日，也忠直积善，冥冥不当有这家鬼弄家神。缘何这邪魔猖獗，必然是他存日瞒心昧己，占人骈邑②，死后有这冤孽作横。他弟兄怎怪得终朝争竞，劝解不省。”这老叟，一则起得天早，一则看这二魔怎生解散。他把门儿半掩，身子躲着，只露着一只眼耳听劝。这二魔骂了一番，各显手段，一个把刀斫去，明晃晃犹如电掣；一个把枪戳来，光闪闪宛似星飞。两个乜乜斜斜③，却不是个久惯将家子，使出那十八般武艺，又不是个积年老教习，卖弄那各家的枪法神通。挽住□，你扯我拽，真似小鬼夺索；搪着枪，我争你推，如同饿虎扑食。

他二怪争斗了一会，彼此气力渐衰。只见分心几个妖魔来相解劝，道：“你二妖何故自相鱼肉，当家子相害？我等原叫你盘据在那份财产的心胸，迷乱他争闹，扰那演化的和尚向方。谁叫你两虎相斗，终有一伤，倒放还了那争长竞短的人。”乃分开了两下，带着不悌邪魔往空飞去，说道：“前村又有几家不敬长、不爱弟的，在那里梗化，须率去也。”却只丢了一个不逊妖魔，坐在那屋檐上呻呻吟吟，自思自想道：“我当初原与不悌，同

----

① 龇——张开嘴露出牙。

② 骈（pián）邑（yì）——许多地盘。

③ 乜（miē）乜斜斜——醉眼蒙眬，病病呆呆的样子。

出一门，如何反与他相竞？如今不悌邪魔既被分心魔带去，撇却我一个，如今且投入向古身中，搬弄一番去罢。"乃往屋下去了。这公道老叟听了邪魔说的是不逊话，又见邪魔行状这等恶，乃一面叹息道："人家昆弟忘义争财，我只道他是不读诗书，不明道理，把金宝产业当做生命，把昆弟看做路人。也不想金宝失去可挣得来，昆弟伤了怎能再得？却原来都是不逊邪魔在他心胸鼓弄。我早起欲往寺中参礼高僧，如今既见闻这样古怪事情，邻里情分，且往向家劝解他二人一番。"

公道老叟走到向家，只见家仆传入，向今出屋来相见了老叟。老叟便开口问道："昆玉连日家事何处？"向今听了，叹一口气答道："老尊邻莫要提起，我想先父存日，这些家私原该二人均分。如今我兄恃长占强，侵匿父遗的财宝，且又捡肥饶田产，侵夺了去。有屈无伸，如今说不得要告官司，与他分理。"老叟道："事果是你兄没理，但家事让长，你做弟的让他几分罢。"向今答道："尊邻见教，敢不听从。只是我兄侵占了我家财也罢，又明欺我懦，把上腴田地又夺了肥己。这如何甘忍？"邻叟道："父母分上，只当尊翁原前不曾有这家产，你如今将何以争？他将何以占？"向今又道："便是占了去也罢，他且恶狠狠，恃长凌幼，殴辱小子。"邻叟又劝道："长兄为父，长嫂为母，便是打了你几下，忍一口气，也不是外人。"向今被老叟劝了一番，他心胸那不悌邪魔，被分心魔带去别处成精，他便信理，听邻叟之劝。往屋里吩咐家眷置一杯酒，留邻叟。却好向古从内屋出来，见了邻叟，没好没气，说道："老官儿与我那不才兄弟讲什么话？"老叟道："正是为你昆玉和睦些，看父母分上，把家私田产从公均分，莫要争多角少，惹人耻笑。"向古听了，便动了嗔色，却是那不逊邪魔在他腹内，说道："家私原都有分派单账，哪个肯让？有一宗田产，却是我当年帮着老父挣的，他却年小，没有功劳，难道如今让他？"老叟道："便是同居无异财，就让一半与弟，也见你长兄的义气仁心。只看令尊分上。"老叟方说出"看令尊分上"，向古才动了高僧日前劝化的孝心，口正欲答句好话，却被那不逊魔在他肚内，又使作他起来，便道："老官儿，我知你为我弟作说客，听他在家杀鸡为黍，款待你也。"说罢，往屋内进去。老叟没奈他何，自家没趣要走。向今却忙走出屋来，苦苦留住。

却说那不逊魔，在向古腹中搬弄，猛然想到：向古被老叟劝化，几动了孝父心肠，随口欲让，被我使作的忿忿进屋，如今不免再到向今腹内使作他一番。乃乘向古气昏昏要睡，便出他腹，到得堂前，见向今与老叟对酌，难入他腹。却是怎难？只因他被邻老一番"看父母分上"正大光明的道理，把住了咽喉关，不容他邪入内。这魔正在无计，却好半空来了陶情。这邪魅，他与分心魔在别地迷人，见分心魔来，便说道："使他两个搬弄向氏二人，尚恐力弱。如何带一个来，叫那一个孤立无援，非计也。"乃飞空来探不逊邪魔作何情景，却遇着不逊魔正在向今席前，想入肚计。陶情见了，问道："不逊魔，如何不在他肚搬弄，却乃立在席前？想是图些哺啜①。"不逊道："当初两魔不同一气，反相争斗，被分心魔带了一个去，叫我两下里做魔难。向今被这老儿劝化得将次回心，我要入他腹却正难入。你有何计？"陶情道："要进何难？我有一计授你，你听我道：

　　　曲蘖从来乱性，莫教渗入柔肠。饶君懦弱性偏刚，乘着杯中
　　直向。"

　　不逊魔听了，笑道："好计！好计！"只见向今满斟一杯酒敬邻叟说道："动劳尊邻劝解。小子怎敢不听从？便就是克让也是个美事。"邻叟也回斟一杯与向今，说道："老拙直言，莫非要昆玉和睦。"向今接得杯酒，方饮入肚，那不逊邪魔乘着酒力，一直飞滚入腹，便在向今心里，就比那刁唆两家是非的还狠，戳嘴弄舌的更凶。向今被酒作引子，便动了不逊心情，问邻叟："我家兄方才却如何说？"老叟吃了他一杯儿，乃直言说出田产，当年他帮助有功，今日便占两亩肥腴也应得的。向今只听了这一句，乃发怒起来，说道："什么有功！这明明欺我幼弱。"便跳起身，要进屋去嚷。老叟见他恶汹汹的，忙扯住他，说道："老拙好言劝你，终无恶意。"向今哪里依从？往门外飞走，说道："不申明官府，终不得出这口屈气。"只见向古从屋内走出来，说道："我小子在内，听得老尊长善处人昆弟，句句说得忠言直语。叵奈恶弟悻悻的要去申明官府。敢烦尊长，劝他莫要使这不明道理的心性。便是田产，凭老尊长亲邻公处，小子让他些也罢。"向古这几句好言，却是那邪魔钻出去了。老者听了向古之言，口中答应，心里裁度，说道："他弟兄难劝，一个顺从，一个又拗，多是那屋梁上两个精怪作横。我如何降服得他？且到寺中与高僧计较，再作道理。"乃到万圣寺来，参礼圣像烧香。

---

① 哺啜(chuò)——饮食。

　　却说祖师在静室端坐，道副上前说道："师尊为演化本国，寺中这两日善信往往来来颇众，闻知向、郁二家子弟改心行孝。虽亏了两个师弟度脱，也是师尊功德甚深。但人心非古，这远近村乡人民且众，难道一概良善？若知向、郁报答改行这些根因，家家孝顺之子，忠义之人，也不枉了演化这一功德。"祖师笑道："演化在我等，改行在人心。却如何强得必得？只是我等原意，前行演化。久在寺中，费他常住，引劝方人，生一方挠扰，非吾本意。你三人可打点行李，往前途去，顺风赴大舟可也。"三弟子正要收拾行李，只见一个老僧，同着一个行者，手捧着两个大西瓜，走入静室，向祖师前说道："天气酷暑，剖瓜而食，以荐高僧师父。"道副便问老僧："此瓜何自而来？"老僧答道："乃行者得来的。"尼总持便问行者："此瓜何处买来？"行者答道："我于市上见一人持此二瓜，故买来敬师。师不敢自食，故持以献高僧也。"道育道："昨见瓜园有骂偷瓜之贼，只恐偷来，卖与行者。我等不食嗟来之食，况窃来者乎？"行者乃道："我自捐价以买，何必问瓜窃来？况偷的未必是此瓜。"道育道："已蒙疑念，终不吃疑在腹。"行者道："必如何来的方食？"道育乃把手指着六位尊者圣前，道："你看必如这尊者，方受侍者剖瓜之献。"

　　道育说罢，那老僧与行者持瓜退出静室。只见祖师向三弟子说道："汝等见道矣，得驱魔矣。"道副听了，便拜叩见道驱魔之旨。祖师道："我于静中，已早识其故。汝等方才若不审瓜之所从来，但据其敬献一言，欣欣剖而食之，便入了许多孽障。"道副又问道："祖师静中何见？"祖师道："此瓜果系市人偷卖，行者贪其贱债而买。这老僧哪里是敬献我等好心？却是一种邪魔，使作他来迷弄我等。这其间若不问破他来历，不指那六位尊者，庄严色相，爱那正大法食，哪里驱逐得这邪魔退去？"道副又问："这邪魔怎生来迷弄人？"祖师道："室外有公道老叟，抱邪魔之疑，又要费汝等驱除力也。但汝等得阿罗尊者道庇，可出庑谢，便知公道人来。"道育听了，忙出殿上，向六位尊者俯首作礼。正拜间，只见一个老叟上前问道："师父，你可是东行演化的？"道育见那老叟：

　　　　身穿着白布道袍多褶，腰系着黄丝绦子拴结。

　　　　头顶着毡绒帽儿齐眉，鬓插着剔牙棒儿歪塞。

　　老叟见了道育，近前问知，乃随着道育进了静室，望着祖师，礼佛的一般，合掌三拜。祖师答他，却只合掌高拱，道："善信安福。"这老叟便开口说道:"闻知高僧度脱向氏父子一门孝顺。这功德甚深,只是孝顺之家,便当生出余庆。怎么向老物故,遗下二子,便各相争竞起来? 兄不逊弟,弟不让兄。如今不至讼兴官府,不肯甘休。若是经官动府,不是伤了弟兄和气,便是破了产业。高僧以普度存心,这宗功德若行得使他不致争竞,却也真见方便门中。"祖师不答,闭目端坐半个时辰,乃开眼看着道副,说了四句偈语,道:

邪魔梗化,展转人心。

询此献瓜,因消不悌。

老叟听得不知,乃问道副说:"师父,你老祖禅机,我下愚不悟。"道副也不答,乃看着尼总持道:"此事当在师弟劳一番心意。"尼总持点头允意。却是何意,下回自晓。

第三十八回

圣僧不食疑心物　神将能降不逊魔

　　话说尼总持点头允意,他是了明祖师偈意,乃向公道老叟说道:"我师偈意,乃是说向氏弟兄心地不明争产,入了不悌不逊邪魔,以至如此。"老叟听了,便笑道:"是了,是了。我今起得早夜,开了大门,见向家房屋上两个凶恶狠怪。我始惊为盗贼,细观窃听,乃是两个精灵相争互骂,拿刀弄枪,却又不会厮杀。一会却去了一个,只见这一个口称不逊魔王,往他屋下去了。你老祖神僧想先知道,故发此偈。只不知询及献瓜,这是何意?"尼总持道:"方才正为寺中一老僧同一行者,来送瓜与我师解暑,我师未受其献。"老叟道:"人来献瓜,乃是恭敬,况出僧心,如何拒却?"总持答道:"只因我弟子们盘问行者,恐其来历不明,故此未受其献。今我师偈意,说'因消不悌',当询问献瓜,我与老善人去问行者。"当时总持乃同老叟走出殿来,左廊下恰好一人在那里与献瓜的行者争嚷,说道:"你如何偷我的两个瓜?"老叟乃近前问那人:"你如何说他偷瓜?"那人说道:"老尊长,我不说你如何知? 你是晓得今年村乡家家不结瓜,只我这地上结了两个西瓜。我这地却也是有来历的,也不是等闲人家。我家主人,当年父祖居宦,挣有多过,唯此瓜田最良。生有二子,一心偏爱少子,私把这瓜田给与少子,就是我的主人。我主人心极忠厚,不肯偏多受分,每年收熟,把瓜暗分,送与长兄。今长兄不在世,他却念旧不忘,见今年结了两瓜,叫小人下一个去奠兄,乃今不知何人盗去? 昨有人说,寺中行者摘了来,故此与他争嚷。"行者说:"我是用价市上买来的。"尼总持乃问道:"瓜值几贯?"行者道:"二十贯买来的。"尼总持乃向老者身边借得二十贯钞,付与行者赎瓜。行者道:"瓜已吃了一个,尚存一个。"那人乃说道:"有贼证便是贼。"行者道:"市上卖瓜人见在。"便扯着这人,往市上寻那卖瓜人。

　　老叟与尼总持也只得随着走。他两个意念,一则是祖师偈意,要明了献瓜行者情由;一则是见他二人争嚷,要与他方便解纷。只见行者同这人走到市上,那卖瓜的在一个药店取药。行者见了,忙拽住道:"偷的人瓜,如何诈我钞,又连累了我?"这人见了,满口认过,说:"是我一时见瓜,陡起了盗心,望恕了我罢。我卖的瓜钞二十贯,已取了药也。"尼总持笑道:"世人心地不仁,偷人瓜、诈人钞,乃赎了药。若是药不能医病,得了人钞,又不知做何项用矣。"医药者听了道:"你这长老,如何说这话? 此人偷瓜卖钞,事虽违法,情有可矜。他有兄病在家,无钞取药医治,想是盗瓜卖钞,此二十贯,吾不取,当还他作瓜价赔偿罢。"那瓜主人见有了贼,扯着往他家里去。众人齐劝解,他哪里肯放? 说道:"我主人说我匿了瓜,又说我不小心看守,如何放得?"众人一齐随着,到得瓜主人家,只见一个士人走出门来,见了众人。彼此把这些情由说出,瓜主士人笑了一声,教放了偷瓜的罢,乃对众说道:"我为士人,因先君爱我,分此瓜田与我。我有长兄,理当让长,我兄不肯拂了先君意,且说把这瓜田让了我不会灌溉的书生。我当年要辞,恐反负了先人好意;受了,又欺了兄长。只得每年瓜熟,分敬长兄。今兄不在,年遇着瓜少,只结了两个。我留一以祭先兄,如何被你盗去! 今众人来劝,说你为兄病,盗吾瓜赎药救兄。宁甘不义之名,而全大节之实。吾又岂忍责你! 还当赠汝以钞。"老叟听了此言,便叫行者把那一瓜送来还主。士人道:"瓜既是行者用钞买得,且既入寺门,已作僧家之享,就当祭度吾兄,作福田①罢也。"

　　众人谢辞了士人,归到寺中。行者把瓜献与尼总持,道:"早时高僧们不吃我瓜,果疑者当。今已明白,且出自士人敬僧,当得受了。"尼总持道:"此义瓜也,老尊长可体想吾祖师偈意,携回向家,备说此瓜情由,或者向氏弟兄悔念不争,未可知也。"老叟依言,携一瓜回家,正遇着向今恶汹汹地要寻代书,兴词讼理,天气暑热,坐在那一座避暑亭子上,气哼哼的。见了老叟,恐怕他又多言说劝,起身要走,被老叟一手扯住,道:"天气炎热,有什要紧事忙忙碌碌,且吃我一块解暑瓜。"乃把瓜剖开,递一半与向今。向今只得接在手中,叫一声"多谢",甜蜜蜜般吃下肚去。

　　却说这瓜结时,不过一种生物,有命无性之仁根结来,只因世有忠肝义胆精灵,便有倚草附木神异。这瓜为敬让昆弟这一种根因,其中便附着一个瓜精正气。始初卖与寺中,行者吃了,倒安静。只是不明来的饮食,

---

① 福田——佛教认为积善可得福报,犹如种田就会有收获一样。

人若不存个正念吃它，便入了不正之食，终有个口腹身灾。只因高僧怀疑，正是这个念头之正。又逢着六位尊者显化试僧，再遇着老叟这一派劝化向家的忠心义气，这瓜中便生一个瓜精。这精灵显神，专攻那不悌不逊邪妖。却说不逊邪魔正盘踞在向今腹中，使作得他堕入欺兄地狱。只等他词讼一入公门，便遂妖魔心志。不防瓜精在瓜内附着，趁向今一口吞下，邪正相逢，不容并立。他两个在向今腹中，你执枪，我舞棍，直斗出空中。

　　一个骂道，你这干犯兄长，罪比常人加等；一个骂道，你这无知妖孽，躲在囫囵葫芦；一个骂道，你这不逊弟的，该杖你孤拐；一个骂道，你这皮焦里不熟的，该碎嚼你身尸；一个骂道，你这悖理乱伦的，把你送入油锅；一个骂道，你这熟过顶的，叫你烂作蛆包；一个骂道，你这避兄离母的，叫你吃了倒吐；一个骂道，你这夸名的，叫你首阳①之饿；一个骂道，你这杀舜的，放你有痹②之方。

　　他两个战一番，骂一番，到底邪不胜正。不逊邪魔被瓜精正气骂败，便望四方叫救人。只见分心魔、陶情等辈，带着不悌邪魔，各持器械，都来助阵。瓜精见了笑道："你这些堕阿鼻的，不明长幼正道，不知逊让美德，鼓惑世上弟兄，不念同胞共乳，一气连枝，苦苦为产业相争，忘了父娘情分；为妻子恩情，失了弟兄天伦大义；为酒肉朋友相交，把嫡亲手足不顾；为歌儿舞女、婢妾侍儿交欢，忘了并蒂莲芳、一脉共派的昆仲。我瓜神，秉天地正气，直叫你堕入阴山，使世间都是知礼男子。你尚敢操锋执刃，抵敌我威灵？"不逊、不悌两魔，原虽一气，却是各附在向氏分争，到此只得合心共力，听了瓜精这一番戒骂，乃说道："你夸你正气，你且说你，从来和睦弟兄的有何好处？"瓜精道："你要问我从来好处，便把几古人说与你听：

　　　　圣舜遭逢傲象③，谗言肆害亲君。完廪浚④井计谋兄，夺却诸般

---

①　首阳——商末伯夷、叔齐反对武王伐纣，商亡后，逃至首阳山，不食周粟而死。
②　痹（bì）——中医指肢体疼痛或麻木的病，由风、寒、湿等引起。
③　象——舜的异母弟，性傲狠，多次谋杀舜，未遂，后被舜流放。
④　浚（jùn）——挖掘或疏通。

何用？　　一朝舜为天子，忘仇把象荣封。圣人德重处心公，天地鬼神钦重。"

不逊邪魔听了，笑道："世间能有几个圣人？你却把小民下愚来比，可笑，可笑！"瓜精道："如你说伯夷、叔齐兄弟让国，也是圣贤，不必说了。长枕大被，弟兄共卧，也是贤主，不必讲也。只说庚衮抚二兄之柩，病疫不避。杨椿弟兄和睦，旦暮问安。立心仁厚，报应非小，后来俱各昌荣。真是家和万事兴，哪见弟兄不和睦的得久长富贵？"只见分心魔听了，说道："不悌、不逊两魔，何苦与瓜精舌战。我等天性生来只要图自己顺心遂意，哪管什么今人古人！既已被你呼来助阵，好歹鏖战一场，定个输赢胜负，再作道理。"这些妖孽一齐举起器械，把个瓜精围在核心。瓜精却也不慌不忙，叫一声："众子何在？"只见顷刻一阵小瓜精，红的似血泼身躯，黑的似乌油肢体，各执着两扇大斧，好似板门，一齐拥簇上前，把个陶情骇倒，说道："这些小冤家，曾在人家筵前相会，每每吃他送个瓮尽杯空，他的手段大着哩。走了罢，也助不得甚阵，也使作不得甚弟兄。"王阳听得陶情要走，说战不过瓜精众小子，连忙扯着说道："陶情哥，你却只说众小精，人家筵上送你，却不知还是你我送他。我那风流辈中送他的，也不知千千万万。他送你不过三杯两盏，那要榔头的、吃下波的，他便稀少；不似我送他的妖娆浪荡，看灯走桥，大把满袖，只叫他舌敝齿酸，还要搜他个寸草不留。如今既来助阵，莫要长他们威风，灭俺们锐气！"陶情听了，只得立住脚跟，把骇倒要走志念牢拴，便酸心蜇肝①也说不得。只见那瓜精与众子齐攻将来，这不逊等邪魔各举兵迎战上去，都在那向今头上半空里赌斗。好赌斗，怎见得：

　　瓜精正气似天神，不逊邪魔真鬼怪。这个喷出火焰赛霞飞，那个吐出金光过电掣。使长枪晃晃蛇矛，用板斧片片雪刃。刀来蛟龙伸爪，棍去鸾凤穿花。一边只叫：我迷人管你甚事？一边大喝：你这贼害了同胞！

诸魔与众精搅做一团儿厮杀。始初邪魔不能胜正气，嗣后正气不能胜邪魔。瓜精看看败阵，那众魔个个逞强。这向今同老叟坐在亭子上，犹忿忿不平，恰好瓜精与众子正要逃走，说道："这纪纲扶持不成了。"只见

————————

①　酸心蜇（zhé）肝——比喻内心非常难受。

空中两位红袍神人经过,各执着双舞剑,看他们厮杀。见瓜精将次败阵,乃问道:"汝等何事交锋?何有仇隙?何姓何名?"瓜精便说道:"这一派不逊、不悌邪魔,我以正气剿他,勿使他鼓弄得手足争竞,以坏天伦。乃今众寡不敌,奸狡难灭。说不得,只率鏖战一场。"那神人怒将起来,说道:"原来是这党长而无述、幼而不逊。我二神非他,乃齐楚管仲、鲍叔①。生前以异姓弟兄相爱,如胶似漆。亡后,这一种义气成神。最恨这一党邪魔使作的同胞各视。"乃舞剑直奔众魔。只见艾多执棍,架着双剑,问道:"来将何人?"二神答道:"吾乃春秋战国有名管鲍。"艾多听了笑道:"晦你的气,你说道你异姓契如手足,你只好在朋友中逞能,如何到嫡弟兄内争胜?我想老管与鲍子,分金占多,且三战三北②,有甚奇能,敢来助阵?"鲍叔道:"管兄纵占多金,却也亏我能让。"艾多笑道:"你才能自揣不及,故意退让成名;若是才能高出管仲,你岂不会争多?"鲍叔道:"我故知他才能,一匡③齐伯,所以让他。"艾多又笑道:"益见你趋炎敬势。若是不知他后有大权,你当时肯与交好,让金不较?"二神被艾多一番讥贬,手虽舞剑,心却自惶,也要寻空而走。忽然紫袍玉带一位尊神到前。管鲍却认得是伍相国,便叫一声:"相国,乞借威灵扫荡。"相国乃挥鞭大喝道:"邪魔休得无礼,且看吾鞭!"只见分心魔笑道:"相国,你莫怪。我说你这鞭,只好鞭那伯□不忠,却鞭不得弟兄不睦。"相国喝道:"我如何鞭不得?"艾多道:"伍尚一弟不能保全,如何鞭得?"相国喝道:"吾能为手足鞭楚报仇,这鞭忠义有凭,专鞭你这妖魔。"乃舞鞭直打。这些邪魔却也狰狞奈战,饶着相国名将,却也被他缠绕多时。众魔正也熬不得众神正气,只见西方来了一位金甲神将,威风凛烈。邪魔见了,先有几分畏怕。众共看那神将,怎样威风?但见:

> 万道金光出顶上,一团杀气涌身前。

> 手持七宝降妖剑,口喝一声天地旋。

神将在空中,看见相国与管鲍帮助瓜精众小子,战那些邪魔,乃大喝一声道:"邪魔休得无礼,看吾剑来!"不逊等魔乃停着手中器械,战兢兢

---

① 管仲、鲍叔——春秋时的政治家,两人相知甚深。

② 北——败走,逃走。

③ 匡——帮助。

地问道:"冤家这些些小子,到有这许多神将来帮助厮杀。"神将听了喝道:"你这邪魔,莫藐视了众小子,他身形虽小,在母腹中次第分排,各各相让,不相搀越①,个个都有仁心,长大各生枝叶,不似汝等邪魔,各存崖岸,彼此好争。"邪魔道:"便是他好处,也与你无干。你如何来帮助?"神将怒道:"吾监观八极,巡游万方,专察人善恶。似你这不逊、不悌邪魔,乃吾神痛恨不容一刻在人心者。"说罢挥剑斫来,众相国等一齐拥上。陶情辈慌了,道:"向古无此魔,都是向今生出不逊来的,与我等不相干。走罢走罢。"一阵烟走了。瓜精与众子却把不逊、不悌二魔捉住。神将道:"好了,那几个邪妖逃走也罢,这两魔原系正犯,吾神虽职掌灭邪,但勘问原有地狱,借重相国去处治他罢。"相国答道:"吾乃专司不忠之辈,借重管鲍二位处治他罢。"管鲍答道:"吾乃亦专司朋友之伦,况冥中未受灭邪之柄,借重瓜精众子辈处治他罢。原系你们有干涉来的,还当你们完结。"瓜精答道:"我等原与他不空并立,只因势寡力弱,以致魔等猖獗。今既蒙尊神助力捉住他,伏乞借威解下束甲绦子,把魔捆缚送到一个地方处治他罢。"神将等问:"何处地方处治他?"瓜精道:"有个不怒而威,不劳刑罚而严如刀斧的地方,叫他远离人心,一归荡静。"却是何处地方,下回自晓。

———————————

① 搀越——不按顺序地行事。

第三十九回

师兄师弟争衣钵　秉教神王护法门

世间最难得，兄弟出同胞。

休生伤弟剑，莫动害兄刀。

财产世未易，妻孥①人合交。

怎如天合义，兄爱弟恭高。

神将听得瓜精之言，笑道："看你一个青皮夯货、烂肚东西，说什么不劳刑罚剿灭他的地方，能使他远离人心，一归静荡。"瓜精答道："上圣莫轻觑了我等，虽然外貌青皮，内抱赤胆，在世间专与人解烦消渴，口蜜舌甜，何尝与世相侮，不分个青白？就是我众子，个个出世，遇着那拨嘴拨舌的，紧斗牙关，不饶让他分毫，他也只是把一点仁心相对。只因有这一点谦逊仁心，便是伤了他生生枝叶，他也不计仇，不报怨。我众子为甚不计仇报怨？他说道，我同父同母一胞胎流来血脉，弟兄甚多，千百之中，若留得一个兄或是一个弟，生出枝叶来，兄弟生的子便是己之子，一般都是同胞胎来的血脉。只因众子存了这一点仁心，你看他代代相传，劫劫不灭，子孙充满世间。高门大户，富屋贵阶，哪里不是他积德？"神将听了笑道："这精灵语句虽支离烦诞②，倒也有几分合理。吾神日游万方，要去监察这不逊让的弟兄，轻则灾殃，重则祸害，不暇在此混扰。汝既有处治这魔的地方，可将邪魔叫你众子押去。"瓜精道："愿借神力，捆缚住他，莫教逃走。"神将乃就瓜精身上摘了两根藤儿，吹口神气，变了两条索子，把二魔拴缚，交付与众子，乃化一道金光去了。伍相与管鲍也各相拱手辞去。众子精把两个邪魔押着，乃问瓜精道："多事的老子，费了许多功夫气力，亏神圣们降服了这魔，你便随他们剿灭处治，却又讨他这差，押什么地方。倘拴缚不紧，遇着那逃走了的一党救了他们，却不又费精力？"瓜精笑道：

① 孥(nú)——儿女。

② 烦诞——荒诞。

"汝等小子只知说今日见成言语,哪里知前辈事实来历,却有个缘故。"众子道:"有甚缘故,我等不知。请说请说。"瓜精乃说道:

　　自小生来原有种,长在富家膏腴①陇。

　　只因兄弟两谦和,把吾宝重如古董。

　　可恨贼人揪断藤,双双偷去将人哄。

　　哄了人钞二十贯,赎药医兄情亦勇。

　　万圣寺内有高僧,行者买去祈恩宠。

　　高僧不吃疑与嗟,这段根因说惶恐。

　　公道老叟解纷争,把吾剖来暗讥讽。

　　不匡正气遇邪魔,大众交锋各逞猛。

　　金甲神将显威灵,助我擒邪扶道统。

　　根因原自出僧人,高僧断不留他种。

众子精听了道:"原来前情这端委曲,如今押他寺中。凭高僧处分罢了。"

却说公道老叟在亭子上扯着向今,递了一半甜瓜与他。他吃得心中凉爽,那老叟见了他意思转过些好颜色,乃趁着天气炎热,说道:"与弟兄争财夺产,且莫说曲直,只说这炎天酷暑有甚要紧,忙忙碌碌? 万一伤兄,这罪怎当? 家私、性命不保,万一自己受了暑热成病,却也真真有甚要紧。"向今一则是邪魔被瓜精逐出在外,一则是凉瓜逼去烦心,听了老叟公道一语,便省悟起来,向老叟说道:"承尊邻教诲,小子何苦执迷不悟? 只是既已与兄争竞一番,彼此言语成仇,怎便甘休了? 老邻尊,再教诲小子一个和睦方法。"老叟道:"实不瞒你说,你弟兄当年都是孝顺的,后转变了不孝不顺情节。虽说是你令尊在日,娶继一宗自错,却也有些古怪。我昨日起得天早,见你家屋上有一桩古怪,不必说破。但寺中高僧深知,如今佛门广大慈悲,须知到寺中请教他们,自有度脱的功德。"当下向今如梦方醒,随着老叟到得寺来。却好祖师与三弟子正收拾行李,要离寺前行,却遇着老叟与向今到来。向今近祖师前稽首,自行忏悔。祖师把慧光一照,已自知向今改心转意的根因,却又知瓜精押着邪魔来寺的情节,总是方便慈悲度化,便名处治,乃拽着禅师之袖,侧着道眼之眸不言,过了半

――――――――――

　　①　膏腴――肥沃。

响,乃说一偈道:

> 无情有情,邪魔妄行。
>
> 谦光合德,大道乃明。

向今听了,拜谢道:"小子回家,只一味做个有情,谦让吾兄便了。"说罢,扯着公道老叟,拜辞祖师众僧,往山门外去了。

瓜精押着邪魔,专听高僧处治,却遇着祖师说偈,乃悟道:"即如偈意,便是处分。"乃指着二魔问道:"汝听僧偈,知悟了么?如不悟,说不得押你赴冥司;若是悟得,当速改正。"二魔泣道:"禅语明明说邪魔生妄,不明大道,以致有情作了无情。我今悔却从来,愿归谦让也。"瓜精听了,叫二魔发个咒誓。邪魔道:"我已改悔,出自本心。若不出自本心,便发誓何用?古语说得好,信不由衷,质无益也。"瓜精听了,不觉得心生欢喜,把二魔放了捆缚。那藤子原是自己身上的,复还了己身。那邪魔飞空走了,说道:"骗了他去也。"瓜精见他骗走了,却不敢冲犯高僧阳神正气,乃与众子埋怨说道:"都是我包揽了押邪魔到寺中,与僧人们处治他。谁料高僧说偈,只度脱了生人向今,却不能把这邪魔度化。"众子精说道:"人心可得度复明,唯有这魔心奸狡,非神将威灵怎治得他?"瓜精听了,随于空中祷告。呼动神将来临,见了瓜精,便问:"你押的邪魔,地方怎生处治?"瓜精道:"实不敢欺瞒上圣,当初根因,原系寺中东度高僧师徒生出。如今解与他们处治,一则知佛门广大,能度化的邪魔,不劳斧钺,一则我等根因,得以超脱。谁叫高僧说了一偈,只度了生人弟兄心意,这邪魔却使个骗法儿走了。"神将道:"南方有一派儒门大理,专度生人,西方有这派禅机,专消魔孽。这邪如何不悟?"众子精道:"悟也悟了,他因叫解了绳捆,我们因叫他发誓。他道:出自本心,咒誓何用?当初只该叫他发了誓,后放绳索。不匡放了绳索,他却骗走也。"神将听了笑道,"谁叫你以疑召疑,动了他个不信志念?"瓜精问道:"何谓以疑召疑?"神将道:"世有一语说的好,'物必先腐,而后虫生。'人必先疑,而后谗人。你叫他发誓,是先疑也。他奸狡不情,就生出疑来,便骗走了。但这等狡骗邪魔能骗得你,怎能骗得吾虚空往来、监察善恶神将?汝等且不必疑虑了,当抱着吃,心中凉,济度世人烦渴,将要熟明正理,莫要与生人吃口白舌。"瓜精等听了神谕,退散去了。

这神将神目如电,便照见二魔脱了索,走在半空,四下里寻头路。他看见四海之内,不爱不敬的弟兄颇多,不逊不悌的男女甚众。莫说俗人,便是出家的僧道,借名师兄师弟,本是异姓同门,有等好的胜如骨肉,有等不好的,争夺不让,更倍俗人。他这一等在道叛道,也都是这邪魔鼓弄。却好二魔四方观看,只见万圣寺中,就是那买瓜行者的主僧,只因他不审瓜之来历,妄献老祖师徒,不受他的回去剖开,徒子徒孙吃了。哪里知这瓜却是那义气之弟敬祭兄的。妄自吃了,便惹出一种不义不敬的根因。这老僧有三四个徒弟,为分衣钵不均,大家正在那里争争讲讲。却说神将照见二魔在半空,随驾云追上,大喝一声:"邪魔行骗逃走,往哪里去!"二魔见了,魂里生魂,飞越天外之外,寻地方要走。却好老僧家徒弟,正吵吵闹闹,他却一直下投,忙躲入众徒弟之腹。神将见了笑道:"这孽障入生门,你怎知高僧住处毫发不容? 我且饶他,谅自有释门秉教。"神将一道金光去了。

这二魔潜形在僧徒腹内。后有说出家争衣钵的,邪魔更炽五言四句说道:

> 既已入空门,当思离世法。
>
> 贪嗔何更凶,堕入恶罗刹。

却说祖师师徒正要辞别寺僧前行,只听得僧房嚷闹。道副乃问方丈主僧:"何事僧房这等嚷闹?"主僧道:"师兄不问,我却也不敢说。想师父们在寺中开讲的是孝悌道理,度化的是不逊让人心,成就功德,隐显神通,谁不称赞? 怎么往来善信听闻目见,感化的不少,却偏是本寺中师兄师弟,为分析衣钵,到争竞异常?"道副听得,乃合掌向着祖师说道:"这种孽障,说不得还要惊动我师,借重道力。"祖师把慧光一照,笑道:"孽障果是又要费片言觉悟。事在汝等,只恐非一时能化。汝等且把行囊放下,静室再借一宵。"主僧道:"正欲师尊留驾,多住几日。把这争端,与他们息了。"这方丈主僧一面说,一面叫行者去唤了争衣钵的众和尚来。不多时,只见那献瓜的老僧带着几个小和尚,走到静室门外,伺候进参祖师。祖师乃向道副说道:"我曾云献瓜妖孽是那一种使他来迷弄我等,不可令入吾静室,使他犯吾秉①教执法,汝当令他出方丈之外。除了他们这种邪魔,自然各还个异姓同居的敬爱。"道副听了,乃问道:"师尊,弟子一向也

---

① 秉——执掌,主持。

不曾闻得,静室中怎么他们人便犯了秉教执法?"祖师道:"吾静室便是不扰执法秉教。我等既奉教居中,岂容纷纷外魔来扰? 此魔一入,自是执法,以法灭其魔,岂不于他有损?"尼总持听了,在旁问道:"师尊,此等邪魔,扰乱这不明道理与不知爱敬的和尚,正要剿灭其形,如何到留其迹,以成其恶?"祖师笑道:"汝哪里知,正是吾门方便,令其自悟,成就和尚功德,安比世俗驱魔,直灭其党?"尼总持听了,便觉悟了,乃出静室向僧徒说:"吾师尊方才入定,众位可到方丈外少俟①。"众僧依从,出得方丈,到得大殿上来,各各议论。也有说"祖师师徒谈禅论道,微妙无穷"的;也有说"祖师师徒正伦明理,演化不孝不忠"的;也有说"祖师不言,但只叫徒弟高谈阔论度人"的。众僧没有那邪魔在腹的,和容悦色,相亲相爱,讲一回"祖师未尝吝教,就是不言,也有授人至妙道理之处"。却又说一回"那个施主家有经醮,那个师父到甚施主家去募缘",你道"师兄师弟不可争竞衣钵,分散了门徒"。我道"师父那老和尚,不该暗有偏心"。纷纷讲论,都不关心。只有邪魔躲入腹中的两个徒弟,狠狠的心胸,忿忿的气色,你嗔我,我怪你。他既听方丈主僧唤来,又听得尼总持吩咐,只得在殿上等候下落。

　　却说尼总持与道副、道育三个,领了祖师旨意,方才出静室,到外堂无人处所。只见一个行者捧着一个钵盂,持着一根锡杖,向三师说道:"闻知师父们出殿公评,我家师父们分析衣钵,这钵杖是我大师父叫我送上,千万公评,说几句向他的话。"道副见了,笑而不言。尼总持摇手道:"从来僧家无此事理。"道育摇头道:"这邪魔来迷弄我等。"乃扯那行者出殿,说道:"你看看左右两边坐着的是甚尊者? 那对看殿门的是甚神将? 出家僧人不但无此事,亦且无此心。"那行者一面走,一面说:"钵杖皆是师父们用的,便受了何妨?"三师只是不顾。走到殿上,只见道副向圣像前三拜,再向护法稽首,只说了几句道:"谁叫那老和尚招了一班的徒弟,立出个俗,叫的弟兄有俗名,便有俗累;有俗累,便有俗争。若要不争,除非异俗。"尼总持道:"师兄,如何为异俗?"道副道:"只叫他代代接下,莫排弟兄,衣钵便世世相传。"道育道:"今已排定,谁甘退让?"道副道:"吾门原属空俗,名原乃假,今争空假之衣钵,留与后来之异姓。这邪魔,你盘踞

---

① 少俟(sì)——等了一会儿。

在无人无我，无眼、耳、鼻、舌之家，逞甚精灵？徒招业报。"道副只说了这几句，吓的二魔出了僧腹，往空就要飞走，却被护法神王打下，道："此是何门，你敢来浑扰？"二魔被打，泣道："爷爷呀，是他们先有争竞不让之心，我们方敢乘机投入。"神王道："吾神居此，所司正为严肃禅门。谁敢违法，同污类俗？如有此等，吾自不饶。你这孽障当押入地狱。"二魔泣道："上圣开言，吾等地狱自堕，又何要解押？"说罢抱头窜耳而去。这殿上众僧方才迎着三师，拱手说道："不守禅规，妄争衣钵，何劳三师评论？我等正在此议说不公，都是他师父多出来这宗孽障。"三师不答，只见两三个争竞的小和尚齐齐的退去。你说道："不是我父娘挣的家财，少些也罢。"我说道："既是出了家，入了空门，便这衣钵有也罢，无也罢，何必苦苦相争？"各各自去，都是那邪魔无踪。众僧等见了，都笑起来说道："早若回心，也不劳这几日争闹。"有的说："好师父，一上殿来不言不语，只在菩萨前咕咕哝哝，想是有甚降魔咒语，劝解的法儿。不劳多口饶舌，自家觉悟去了。"三师见争竞的和尚，自行退去，便回转殿庑，见七位阿罗尊者前，有胡僧持短锡杖，蛮奴捧钵而立，乃警悟于心，上前稽首拜礼，说道："尊者以道示法，弟子辈守法护教，于自心不愧，尊者不怍。"三师正说罢，只见天色黄昏，忽然一阵狂风大作。却是何故发这一阵狂风，下回自晓。

第 四 十 回

贞洁妇力拒狐妖　反目魔形逃女将

　　道副师等度脱争竞衣钵的和尚,转回殿庑,稽首阿罗尊者,皆是高僧与佛心一体。忽然起了这一阵狂风,怎见得风狂,但见:

　　　　黄昏天色暗,忽地一声来。穿窗入户响如雷,折树飞沙狠似箭。
　　炎天六月冷飕飕,宝殿三层开扇扇。红日刮西沉,星斗摧昏乱,行见
　　灯烛影摇红,一刹满堂灭去焰。惊的敲钟长老闭双眸,打鼓沙弥遮着
　　面。头上吹去瓢帽儿,个个光光明月现。

　　狂风刮处,众僧人个个惊魂丧胆,唯有三师心和意平,色相如旧,毫厘不变。三师进得静室,见了祖师,把僧人争竞回心的事情说了一遍。祖师道:“我于光照中已知其事,只是大风刮处,我等前行,恐于海舟不便。还有一端有情怪事,未免又要我等演化一番。”道副乃问:“有何怪事,敢犯师尊?”祖师道:“风虽天地吹嘘,大块噫气①,但清和曰风,狂烈曰暴,有暴风便有妖怪。汝等道力,谅能降伏其妖,驱除其怪,且自静听。”祖师说罢,师徒各于室中入定。

　　却说近寺山门,有一妪年近六旬,有一子,担柴为业,名唤力生,娶了远村一女为妻,却也贤德。事夫敬姑,无半点儿过失。一日,力生担了柴到远村去卖,遇着一个朋友,两相叙情,遂到一个酒肆,吃了些没菜的寡酒,不觉醉倒在深林静处。天色黄昏,其妻不见夫回,乃走到远村寻找。不知这深林静处,原有一个妖狐。只因变了个妇女,引诱了村间一个流荡子弟,吸了他那风流精血,遂作妖弄怪。有时变女子迷人,有时变男子迷妇。力生倒在深林夜静,其妻入林,看见丈夫卧地,醉叫不醒。正在那里独自一个力不能支,口叫无人,只得坐地,等夫醉醒。看看月上柳梢,忽然一阵大风,风过处,月朗星稀。忽然一个青年汉子,走近妇前。他打扮的

――――――――――――

　　① 　大块噫(yī)气――大块,指大自然。《庄子·齐物论》:“夫大块噫气,其名
　　为风。”

风流俊俏,怎见得,但见:

> 眉清目秀,五短身裁,色嫩颜娇,一腔丰韵。戴一顶苏吴小帽,尽是风流;穿一领绮罗轻裳,果是标致。说句甜甜美美话儿,卖个斯斯文文腔子。

这汉子上得前来问道:"娘子,这夜静林深,人家离远,却守着一个不省的汉子做甚?"妇人见了也不答,站起身来往林外立着,道:"男女自有分别,且各守嫌,何必问我来历?"汉子道:"我好意问你,只恐这卧着的是你丈夫或兄妹醉倒在此。你孤懦无力,不能扶架他去。便是问知住处,帮你扶他,也是个与人方便。你如何说拒人千里之话?"妇人见汉子说的话近情理,乃说道:"我丈夫担柴卖,想是贪多酒醉,倒卧在此。我妇女力弱不能扶去。望乞替我扶出林间,待少醒走罢。"汉子听得,把她丈夫推了几推,打了几下,力生哪里得醒? 这汉子却走近妇前,卖乖使俏,说道:"娘子,夜静林深,无人知觉,你丈夫不醒。不瞒你说,我家赀颇富,前边高楼大屋就是我家。你若肯与我谐个伉俪,成个欢好,大则瞒了丈夫,躲藏我家。小则结个长久,早晚到你家行走,赠你些金珠财宝。就是你丈夫知道,也强如担柴营生。"妇人听得,暴躁起来,说道:"汉子差矣。你道夜静林深无人知觉,无形无声的是鬼神,有眼有知的是天地。你道不醒的丈夫可瞒,不道睁眼的男子可愧。你夸富有家赀,我守妇女节操。"汉子听了,笑道:"娘子莫要错过风流,你看你这等妖娆美貌,嫁了这个丑陋柴夫,怎如我少年才调①。若成就个姻缘,却也是个佳会。"妇人怒起,连叫了几声丈夫,却又指着汉子骂道:"是哪里无知恶少,不明道理村夫,不畏神明的痴汉,怎么清平世界淫乱纲常。快走出林,莫讨祸害。倘我丈夫醒来,断不饶你!"汉子道:"你丈夫断然不醒。"妇人道:"你若不去,定有祸害。"汉子道:"风流事儿,有甚祸害?"妇人道:"我拼一命,你祸害即生。"妇人言词真是个贤良,哪里知这汉子却是妖狐变化。他见妇人坚执不允,便生出恶狠心肠,地下抓了一把土泥,把力生满眼鼻涂了,却又取力生捆柴一根索子,往妇人身上一丢,看看妇人被妖缚倒。

岂料世事邪正,都有个神灵感应。人若心地歪斜,一时起了个奸心、盗心、邪心、淫心、杀心、害心、骗心、骄心、傲心、谄心、媚心种种歹心,这冥

---

① 才调——才情风格(多指义才)。

冥中就有一个神灵管着,真是厉害。就如那奸心一起,偏有一个管奸心的神灵。这神灵却怎样管他?是上天赐与他的几桩宝贝。却是什么宝贝?乃是一条索子,专捆世上奸夫;一把锋芒利刀,专杀不义男子;一个长枷,枷那和奸两个男女;一款转变条儿,却是淫人妻子,妻子淫人。一面手牌,上写着:"押送奸心,堕那抽筋地狱。"一座转轮,轮转那奸淫的入畜生道。这狐妖假借人形,迷乱贤妇。那识贤妇操了一个贞洁正心,这冥冥中也就有一位神灵管着,真是威严。妇人坚意一点正气,这神灵随执着几件宝贝,乃是一座贞节牌坊,上写着"贤孝"二字;乃是两件珠寇霞□,叫他受好子荣封;乃是一个葫芦,盛着几丸长生灵药,叫他享寿百二;乃是一对长幡宝盖,引他到极乐天宫;乃是一片铁石心肠,叫他死不怕,生不转,专击那狐妖乱怪。这狐妖方才使出妖法,把妇人捆倒,便惊动那正气神灵,刮起一阵狂风。林间跳出一只白额猛虎咆哮,直奔狐妖。狐妖心慌,现出原身,飞奔出林而去。此乃神虎,妇人哪曾看见?

　　只见林间来了一个老叟,见了妇人道:"娘子夜静林深,因何守着一个醉汉在此?"妇人答道:"老翁,这是我丈夫,醉倒不醒。我妇人力弱扶他不去,故此看守在此。"妇人也只道汉子去,老叟来,一心喜;却又一心想道:"到是守我妇道,一力拒人;若是邪了一时,撞着这老叟来,可不羞杀了人,伤坏了丈夫行止。"老叟听了妇人之言,乃上前把力生面上土泥去了,说:"怪道你叫他不醒,哪里是酒醉,原来乃鬼迷。"却去推了一推,叫了一声,力生顿然酒醒,翻身跳起,抹一抹脸,啐了一口,拿起柴担索子,方才看见娘子与老叟在前。娘子把因由说出,力生谢了老叟,与妻取路回家。正走到一僻路口,只见月已西沉,远寺钟声初响。却说狐妖怕的是虎,正才迷弄妇人,哪曾防神灵放虎来救贤妇?他惧怕走来。正在这僻路,想起调弄妇人情节,却好月影儿下,夫妇二人走来。他却曾迷过个邪妇,吸了他精髓,遂变了个妇人。在这路口,见了他夫妇,乃上前叫一声:"大哥大嫂,没奈何,带我一带,前途家去。"力生便问大嫂:"你到哪家去?"妇人道:"前村张家去。"却说男子心肠,多少不如妇女的,妇女心肠却也有多少歪乱的。力生见了静夜一个妇人,要带前走。他看妇人妖妖娆娆,便就动了淫心,乃哄了自己妻道:"你先家去,恐婆婆记挂。我送这娘子张家去来。"其妻信然,先到家去。老妪见了方才放心,问道:"你丈夫为何不归?"妇人却也真个贤德,恐老婆婆怪子酒醉卧林,乃说道:"丈夫是个买柴主顾人家,烦他送个家小到娘家去了。"婆婆道:"媳妇如何也去这半夜?"妇人道:"我也是那人家相留,与他家小作伴,丈夫此时就回。"那老妪听了,方才去睡。

却说狐妖变妇,力生领着他,哪里什么张家去?却来到近寺前一个静僻小庵,倒塌房子处所。这庵中虽供有神像,一向只因在庵住的没有个正景僧道。神像都是泥塑木雕,哪里灵应?有像只当无像。乃今高僧师徒们住在寺中,诸圣卫护,便是破庙颓庵,都有圣灵在内。这狐妖只当平常迷人,把柴夫力生引来。柴夫也只当破庵中每常依栖着些过往乞化闲人,动起欲心。谁知柴夫之妻贤守妇道,他这一点良心不独自家感动,神明保祐,便是丈夫起了淫心,亦能解得冤愆孽障。力生同着妖妇一路走到庵前破房子内,他两个正要调情,只见庵中走出一个黄巾力士,手执大斧,喝道:"无知孽畜!何处地方,敢来迷弄汉子,污秽善堂?"一面把柴夫骂道:"无知痴汉!如何妄起淫心?本当杀汝,但念你妻贤德,能守妇道,姑且饶你。快走快走,莫要污秽了山门。"一面举斧就斫狐妖。狐妖翻转面来,夺了柴夫扁担,变了一个凶恶大汉,两个战斗起来。柴夫吓得飞走道:"惶恐!惶恐!"力士与狐妖两个交斗半会,不见胜负。只见庵门外忽然来了一个邪魔,自称反目魔王,手里拿着一把两面三刀,也不问个来历,帮着狐妖来战力士。力士看看力弱,往空中便走。妖魔也飞空赶上,却好一位女将手执宝剑,上前大喝一声:"妖魔,休得无礼!堂堂力士,你怎敢大胆与他争锋?"妖魔停着刀,住着担,问道:"哪来的女将,通个姓名。"女将道:"妖魔要知我姓名,我说你听:

> 我家传来本姓孟,清白家声为世重。
> 父娘起我叫名光,三十婚姻犹未动。
> 只因我貌生不扬,张门不娶李不用。
> 当时有士号梁鸿,贤能声名真迈众。
> 我心情愿入他门,与他百年相守共。
> 夫妻相爱敬如宾,馈食举案齐眉奉。
> 裘褐相配布衣交,百年老后神司颂。
> 颂我真是梁鸿妻,封我为神威显重。
> 世间反目乱纲常,宝剑光芒岂放纵?

反目魔王与狐妖听了道:"原来是孟光女将。不是你贤,还是梁鸿高节。想你貌丑粉饰，恐怕人厌，举案齐眉，遮了尊容，岂是恭敬?"女将大喝一声道:"你这孽障，你哪里知，夫即天也，妇人以夫为天，岂有人不敬天之理? 只因世有你这反目邪魔，鼓惑的那为夫的不义，为妻的不贤，两作冤家，乖了好合。最可恨把个三纲五常坏了，生出许多冤愆祸害，叫世上愚夫愚妇，不知多少误入在你圈套。"女将说了，便把宝剑看着邪魔分顶砍来。那力士也把大斧照着狐妖劈头砍去。妖魔哪里敌得女将，脱个空儿走了。反目魔临去说道:"我也错上了坟，这狐妖迷人，专一假相亲爱，故作欢好，嚼迷人脑髓，啃男子筋骨。与我何干，来帮助他?"狐妖临走也说道:"我真错放了箭。这反目邪魔，他常使一个撒娇撒赖，自恃容颜，说道:便恼了这瘟老公，他自然要来哄我。使的一个恶心歹意，拳大力粗，说道:便打杀这臭婆娘，也值不得甚。他与两个男女有情，与我何亲，管他作什?"妖魔说了飞走。笑坏了个力士，却恼坏了个孟光女将，说道:"孽障，你走到哪里去! 我专管人世不敬夫的妾妇，不顾爱妻的丈夫，定要拨正了正大光明，如何肯轻恕了你? 你便走上焰摩天，我也会腾云追赶。"说罢，驾云来赶这反目邪魔。这邪魔，当不过女将威灵，虚架一枪，往空走了，在那空中，寻一个躲女将的处所，做本等事的地方。

　　却好那远近之处有几等人家，夫妻不睦。第一等是夫不义，娶妾多宠，以至结发有如冰炭;又一等是妻妾不贤，妒恶作大，以至犯了七出条款;又一等溺爱己子，作践前妻子女，以至丈夫私怀怨恨;又一等淫赌为非，不顾妻孥，以至室家矛盾;又一等夫嫌妻丑，妻憎夫陋，两不为欢，以至各相吴越①;又一等抛妻弃子的，室家咒骂，背夫逃走的，败坏纲常，都是不明正大道理。这几等人家，正在那里有父有母的说儿子的不是;有公有婆的说媳妇的理非;有朋有友的劝他和睦;有姊有娌的教他欢好;有好岳翁岳母的只叫女儿敬女婿;有好郎舅的只要姐妹重夫君;有好亲好邻的只劝夫妻们相敬相爱。反目邪魔把这几等人家都看在眼里，说道:"你这些劝解的，都是些善人君子，积阴骘②、存方便，你便招吉祥，积福寿。却叫我被女将赶捉将来，何处一躲?"正四下里观看，却只见一个人家夫妻俩口，在那里争嫌咒骂。邪魔忙奔到他屋檐上蹲着，看他屋内，却有两个亲

---

① 吴越——春秋时两个敌对的国家，这里比喻为仇人。

② 阴骘(zhì)——阴德;阴功。指暗中做的有利于他人的事情。

友在堂中讲话。邪魔道："且休忙下去，只恐是好亲良友，劝解的他们正气起来，却不教我依栖失所？"乃侧着耳朵听那亲友，却不是说劝解夫妻和睦的，乃是两个狐朋狗党、游手好闲，引诱世间良家子弟，搬弄人家夫妇是非。那男子在堂中恶言恶语，骂妻咒妾，那妻妾在房内咬牙切齿，恨友詈①夫。却有两个女妇在那妻妾旁添言谤语，全没句好言劝解。邪魔听得大喜道："这家是我主顾，且躲在他家，避女将之锋。"乃从屋檐往下，直入那男子之腹，不匡那男子腹中却先有个邪魔在内。见了反目邪魔入来，陡然不让，两下里争竞起来。却是甚样邪魔先在腹内，下回自晓。

---

① 詈(lì)——骂。

第四十一回

扶头百辆论风流 改正狐妖谈古董

话说反目邪魔投入这男子之腹，不匡王阳无处依栖，偶逢着两个引诱良家子弟的汉子，一个叫做扶闲，一个叫做衬里。这两个人全无生活，全靠扶头，正扶着良家。这男子名唤金百辆，这百辆家颇殷富，只因娶了个妻室，却是个名门之女。虽说是容貌娇美，只是性气刚强，又逞着父兄有些势头，每每与丈夫不相欢好。这丈夫又恃着家富，怪妻不知妇随夫唱，常常不入房中，因此顿生嫌隙。男子被扶闲引诱到那花柳丛中，不分昼夜欢乐嫖风。哪里是百辆贪爱风流，却是王阳邪魔被扶闲、衬里两个引入百辆心腹。这王阳入了百辆腹中，弄得他春心飘荡，不倦无归。这日在堂上正与扶闲两个谈的是：

> 青楼美人哪个妖娆可意，行院妓女哪个窈窕多情。哪个轻盈杨柳腰，哪个娇媚芙蓉面。哪个笑语喷香人买笑，哪个身躯袅娜客追欢。哪个步步金莲，哪个纤纤玉笋。哪个罗裳着体轻，哪个翠钿堆眉俏。哪个金凤钗斜插乌云，哪个蚩①虎钮双围鸳颈。哪个不施胭粉懒梳妆，哪个为爱风流频卖俏。

金百辆正与扶闲两个讲论嫖风，却遇着反目邪魔撞入腹内。王阳见了便骂道："你这祸根到里来何干？"反目邪魔见了，也骂道："你这冤孽踞着内何为？"王阳道："我为梗化的不知寡欲，因此容留在腹。"反目魔道："我为女将威灵，战败逃来。"王阳道："此败家腹中损钞肚内，耗精伤性身里，你躲甚难？"反目魔笑道："既是这破败去处，你却如何存住？"王阳道："你还说都是你不效好合，我方到他处来。但我初入来时，却甚完全的家当，只因有你这根因，再加我拨弄，怕他百辆也被我们拨弄得七零八落，委实容留不得你。"反目魔听了说道："老兄你既难容我，乞教我个容留的地方。"王阳道："房内那个娘子却容留的你。"反目魔听了，便出了百辆腹

---

① 蚩(chī)——痴呆、无知。

中，入得房内，果见一个妇人生得也娇娆美体，貌态轻盈。不知为何因由，只见他：

> 两目愁眉双锁，一面脂粉懒搽。没情没绪咬银牙，只把乔才①
> 咒骂。

反目魔见了这个景象，却也不敢直入，且听这妇人可有甚话说。却又见旁边坐着两个长舌婆子，他两个一会家说你老公的不是，怎么嫖风；一会家说你娘子也怪不得你恼；一会家说抛着你孤衾独枕，真情可恨；一会家说全没个知疼着热的恩爱，委实«嫌。这妇人听了两个婆子言语，咬牙滴泪，骂声不止。反目魔听了笑道："快哉！快哉！我魔王情性喜的是两口仔冤家一般，怕的是夫妻一心一意。往往躲在妇女身内使作得夫妇不和，却被旁边劝解，我便不遂心意。今遇这两个婆子戳火弄烟，使她长长怀怨，便是我魔王躲难的安家。"说罢，一直入了妇人心内，使作得这妇人气一回，骂一回，恹恹成病，倒在床上去睡，反目邪魔存躲不题。

却说狐妖被黄巾力士抖擞神威，孟光女将显灵赶杀他，却与反目邪魔不相干涉。他在僻路之处想道："我只因林中调那柴夫妇人，可爱他贞洁不变。这样的妇女生在世间清白，死在阴中成神。你看那孟光女子，阴中只为她敬夫主、守节操，上天封她个女将，神通广大，专管世间夫妻不和的。她如今既赶杀反目邪魔，我不免变化那夫妻相爱的，她定然不来害我。"这狐妖乃跳到半空观看，那家夫妻和睦的不可去搅扰他；那家夫爱妻的不可去吵闹他；那家妻敬夫的不可去缠惹他。却看到金百辆家夫妻反目，意欲到他家弄个手段。却看见反目邪魔躲在那百辆的妻身内，狐妖又想到这邪魔躲处，只恐倒惹女将来寻。如今且到那夫妻相和睦的人家走走。狐妖乃变了一个卖花儿的婆子，手提着一个花匣儿，走到这人家来，入得堂前，只见一个小妇人迎着，叫一声："花婆，你卖的甚花？"狐妖只因这妇人问了一声，便动了他邪淫恶念。说道："我卖的是：

> 通草花天桃活似，盘线花红杏无差。
>
> 纸剪花荷莲染色，皮金花梅菊堆黄。
>
> 铺绒花石榴喷火，剪采花兰蕙拖青。
>
> 翠毛花金凤生成，珠石花玉兰做就。"

---

①　乔才——坏家伙，装模作样的人。

这婆子花匣哪里有这许多名色？只因见这妇女娇娆，又动了坏心肠、伤天理的淫性。他只待妇女开口，说要称心美意的花儿，他便显手段，变化妇心爱的名色。这妇女听了花婆口说的各样花名，便道："我正想两朵珠翠花儿插鬓，盘线花儿簪头，倒好，倒好。"狐妖即时拔了身上两根毫毛，变了几枝盘线花与珠翠花朵，开了匣盖。那妇女一见了，喜上心来，便把那花儿捻在手指，笑道："婆婆，这两样花要多少贯钞？"婆子道："盘线花要五贯，珠翠花要三百贯。"妇人道："不多不多。只是珠翠价重，我买无钞。"花婆笑道："闻知娘子与官人和好，官人多钞，便开口要他买花，他自是顺你心意。"妇人道："婆婆，你不知我官人吃辛受苦，挣的钱钞养赡妻子，快活茶饭也消受不起，怎么还要他费钞买花？我若开口，他不应承，又恐拂了我意；应承了，我心又不安。这两个心情，人家夫妻们不和都从此起。"婆子道："虽说一宗买不买小事，便到个夫妻不和。"妇女笑道："婆婆你哪里知，人家事大从小起。"婆子又道："娘子，闻你官人，钱钞甚多，难道你便不私聚他几贯？"妇人道："人家妻室好的，恨不得做女工、省柴米，帮补丈夫挣家业。乃起这不良的心肠，私匿他一贯，便伤了他一贯赀本。"婆子笑盈盈起来，说道："娘子却也真真贤德，只是婆子有一句话儿不好说。若说出来，珠翠花儿白送与娘子戴，不要一贯钞；便是金银首饰绫罗彩缎，也不要钞，都是白送。"妇人笑道："哪有这样事情？"婆子笑道："却有这事情，实不瞒你。我与金百辆家中往来，他夫妻两个不和，这金百辆只因妻子在家，恃着娘家贵倨①势力，早晚一些丈夫不是，便就使嘴变脸，狠言恶语不礼丈夫；百辆又恃着财多，被扶头的引到青楼行院人家，那小娘儿见他豪富，款待奉承，比他妻子十分敬爱，故此百辆怪妻，终日晓夜不归。前日与我婆子说行院人家是个无底坑，多少子弟富贵的邪了正念、破坏了家业。他烦我与他寻一个私窝巢，有哪家贤德标致的叫我做媒，与他相交一个。便是费几百贯钱钞，也情愿。婆子为此，昨日也走东家、说西家，看了几个娘子。贤德的又少，容颜标致的，又不贤德。我看娘子容颜标致，人又贤德，若是肯容我婆子说这一宗私情儿，便是这珠翠白送，还有许多在后。"妇女听了，即时大怒起来，骂道："你这老贱货，原来假做卖花，诱引人家妇女，怪道有规矩诗礼人家说得好，道婆、尼婆、花婆、

---

① 倨（jù）——傲慢。

卖婆、媒婆,有嫌有疑的,不是那亲切有来历的,不可与他上门,穿房入屋行走。我方才也未审你个来历,便容你进门卖花。你却原来是这等老婆子。"说罢,妇人举起大巴掌劈面打来,哪里知这妖狐是个邪魅,虽动色心,却又正气,暗夸人家有这样妻小怎不兴旺家门?他被妇女正气的巴掌一下便打出原身,现了一个狐狸往外飞跑。不防遇这人家的家神,正在万圣寺内保护高僧回来,见了妖狐跑将出来,大喝一声,道:"邪魅如何大胆,闯入善门,调弄人家贤妇?"妖狐见了,他哪里怕?但夸道:"家神,果如你言,真是善门贤妇,你好生与他把守门庭,我老狐是不怕你,却也爱敬他。你若好好小心,莫离他门户,莫说火盗双消,不侵他善门,便是他家灾病邪魔也不敢犯,官司口舌也消除,孩提娃子也平安无恙。"狐妖说罢,往外飞走去了。家神听得狐言,乃叹道:"这精怪说得倒也中听。"后有说这几样婆子,邪正不同,不禁绝往来,恐为奸薮①;一概禁绝,恐有正气的往来,总在家主提防。非有瓜葛周亲②,不无引奸遗害。因此赋五言八句说道:

> 正气不可绝,有道尼与婆。
> 若非正气者,其奈妒妇何?
> 不容家主禁,且听恶婆唆。
> 诗礼传家法,禁忌不为苛。

　　却说反目邪魔躲在金百辆妻的腹内,这魔使作得她怨气冲天。孟光女将正赶邪魔无处踪迹,却好神目如电,见邪魔在这妇腹不出头来,无计可施。忽然狐妖走过,女将却认得是对敌过的妖精,见了道:"原来是这种孽畜。他这种虽居兽类,不似人形,只因年久山林受了日精月华之气,遂能多般变幻,常为妇人男子之形。如今剿灭反目邪魔无计,且哄他过来,帮衬帮衬。"女将乃叫一声:"那狐狸过来听讲!"妖狐听得半空叫他,抬起头来看道:"原来是女将。"乃答道:"女将军,你是好合正气,理当扫灭反目邪魔,我老狐与你无干。前日与力士鏖战,也只因邪入正庵,生出许多矛盾。今你去剿魔,我归林谷,叫我则甚?"女将道:"你见居畜类,假托人形,当思六道轮回,何不实修个上等,把那变男子、调戏妇女邪心,求

_____

① 奸薮(sǒu)——阴谋是非之地。
② 周亲——至亲。

佛门超度，做一个往生正果；把那变妇女、引诱男子歪念，拜神明慈祐，转一处人道法轮。你若执迷生奸弄幻，莫说吾神正气不容，便是你自身难保。"狐妖道："你赶你的邪魔，我走我的路境，没相干，休多讲。"分开丛刺就要飞走，女将笑道："料你这些小兽，何难治你。"乃望西喝一声："白额何在？"只见远远山中，跳出一只金睛白额虎来，十分凶猛。但见他：

　　　眼如两盏明灯，瓜似四钢利锯，斑斓花满一身，尖利刺分双颊。

吼一声如电掣雷轰，跳几步似越山跃海。百兽见了潜形，哪个敢狰狞

相抗？一时听得神喝，便奋迅咆哮而来。

　　这虎到得神前，跳跃了一回，把鼻子嗅了几嗅，闻着那草刺丛中腥气，几爪子扒出个狐来。那狐见虎现形，却向着女将哀求救命。女将喝退白额金睛，乃叫一声："狐狸，你如今归正了么？"狐妖道："归正了。"女将道："你既归正，我有用你之处。只因反目邪魔藏于妇腹，使作得他夫妻恩情离异。我以神通大力，追逐不出他来。想你善变有情男女，若是引诱得他离了妇腹，不伤了天伦正气，不阻滞了东行的高僧，仗此善功，叫你也脱离了兽道。"狐妖听了答道："谨领神旨，且请回威灵，待我狐从容定计赚他出来，那时再听上神发落。只是这邪魔也有一分本事，必须得个降他的宝贝。那金百辆夫妻两个，离异已久，也须得个和事亲邻，伏望上神作个计较。"女将道："我赐你个当年过眉的物件，我夫君在日的书文，有此两物，不须亲邻宝贝。"狐妖忙忙接了一看，却是他生前举的案，梁鸿诵的诗。那诗上载得是周文王匹配后妃，只因后妃生有圣德，求之未得，痞寐思之。既而娶之，亲迎于渭，雍雍①肃肃，和而有别。那后妃的贤德，真是勤俭孝敬，见于《樛覃》②之章；贞一端庄，见于《卷耳》③之句；慈惠逮下，见于《樛木》④之篇；众妾称颂，见于《螽斯》⑤之咏。狐妖接了在手，展开入目，说道："这女将夫妇原来看诵了这诗章。虽说是后妃贞静幽闲之德，却也是

----

①　雍雍——相互应和。

②　《樛覃》——《诗·周南》篇名，写新婚妇女，并赞扬其恭谨和勤于洗涤。

③　《卷耳》——《诗·周南》篇名，写贵族妇女怀念丈夫远征。

④　《樛(jiū)木》——《诗·周南》篇名，诗中祝颂君子安享福禄，或谓妻子对丈夫的祝福。

⑤　《螽(zhōng)斯》——《诗·周南》篇名，旧时用为祝颂之词。

文王刑于家邦之化。周家百世昌隆，实本于此。我今既受人之托，必当终人之事。"狐妖想了一计，乃摇身一变，却变了个卖古董的汉子，走入金百辆家。只听得百辆在厅堂上说老婆的不是，夸妓者的多情。见了卖古董的汉子，一时眼错，乃叫道："张大哥，久不见，你携些古董到我家里来卖？"狐妖便随着口答道："正是，久不曾到老财主家来。"百辆问道："可有甚好古董？拿来我看。"狐妖道："有古董，乃是一本《毛诗》①，一件吃饭的木碗。"百辆见了笑了又笑。却是何因，下回自晓。

---

①　《毛诗》——相传为西汉初毛亨和毛苌所传。

第四十二回

诵毛诗男子知书　付酒案邪魔离妇

　　百辆见狐妖取出一本《毛诗》、一只木碗，称道："有好古董在此。"乃大笑起来，说道："你这个没时的，怎么把一本书、一只碗说是古董？这本书哪个教书先生没有？便是这只碗，我家喂猫儿饭的也是。"狐妖道："我把财主当个识货的，原来是个不识古董的。这《毛诗》不是如今教书先生的，却是汉时梁鸿读的书；这木碗，你家纵有千万，却怎比得它？它乃孟光馈食举的案。只因他夫妻相敬如宾，当时显扬大名，亡后声称不泯。莫说仿效他的成佛作祖，只说揭了他这书，念他两句儿，便福寿康宁，夫妻百年无异。把他这碗儿盛了一次饭吃，便灾疾不生，男女终世和好。"百辆道："没对证，没查考，我却不信，且把书拿来我看。"狐妖把书递与百辆一看，百辆方展开，只见那诗内载着"刑于寡妻，御于家邦"，他方才念了这两句，便想道："关雎①乐而不淫。"只想了"不淫"两字，那腹中王阳邪魔便存留不住，往鼻子里一个喷嚏打将出来，飞空走了。百辆一则王阳色魔离身，一则《毛诗》正念，便悔却从前，说道："一夫一妻，乃男女人伦，怎么我一时不念妻言，便听信扶闲、衬里嫖风弄月，有伤风化？这古董倒也是个真正的，只是我便明白《毛诗》所载，晓得梁孟事迹。我妻尚在偏性执拗，便去赔个小心，说个不是，越长她骄。"百辆踌躇②了一会，乃对狐妖说道："卖古董大哥，我这本古董书留下，这木碗却没用处。"狐妖听得，便知他因书转意，乃随口说道："我闻大娘子也要买古董，望乞吩咐侍儿，携入后堂，卖与大娘子吃饭罢。"百辆已是回心的，听得这话，便叫侍儿把木碗携入绣房。娘子正在那床上气哼哼的害病。侍儿携着只木碗走入房来道："娘子，官人说有个卖古董的，在堂上说这木碗是件古董，乃汉时梁鸿配

---

　　① 《关雎(jū)》——《诗·周南》篇名，为全书首篇。也是十五国风的第一篇。

　　② 踌躇——徘徊，犹豫不决。

孟光吃饭的碗，叫侍儿送与娘子买。"娘子听得，方有个回心的意，叵奈①反目邪魔牢踞在内，哪里畏惧！娘子因此冷笑道："什么古董？要它何用？我闻孟光举的案，乃是个酒器，哪里是只木碗？不要它，不要它。"侍儿只得携到堂前，付与狐妖。

　　狐妖见百辆丈夫读了两句诗书，便回心转意。那扶闲、衬里，见百辆买古书、念诗意，却又把妓家风流事情说出来，倒被百辆抢白了几句，说道："老兄，我一向因山妻无礼，恃势欺夫，偶与你去散心消闷，谁知这家门路难走，连日有些不耐烦。二位可到别处利市利市罢。"扶闲道："金兄如何说这话？小子见兄纳闷着恼，却不是争田夺地，受亲邻朋友的气，乃是与令正娘子反目，故此劝兄到青楼美人之处散心。此是对症用药。俗语说的好，'病酒还得酒来医'，你如何把钱不去耍乐，却买甚古董？便就是买古董，我们也识得几件周炉汉鼎，如何买这本残书？"衬里也帮着说道："青楼美人家，琴棋书画却也不少，还有笙箫弦管，比这古董更是散心。我晓得金兄是俗语说的'厌常喜新'。若是这家门路不好走，不耐烦，我却另有一家美貌无双，风情出众的，留着这买古董的钱钞，且去耍乐散心。"狐妖听了，只恐百辆心情又被他二人言言语语说转了，乃向扶闲说道："我进屋来卖古董，见二位只道是官人的良友，劝官人莫要夫妻不和。男儿汉齐家治国，修身乃能齐家。劝他去嫖风耍乐，身便不修，怎能齐家？莫说夫妻是敌体②的，不顺从你了，便是仆婢家人，也不服你拘管使唤。二位既非良友，却又破人生意。"衬里笑道："你这人，说我们破你生意，却不自知破了别人生意。"扶闲道："正是，他只一人生意，却破了两家生意。"狐妖道："分明你破我卖古董生意，叫金官人留钞去嫖。"扶闲道："金官人依你买了古董，便不去嫖，我们坐在此何用？那妓家候着客不来，却不是破了两家生意？"狐妖听了，乃忖道："这二人原来劝嫖为利。我不免捉弄他一番。"乃随口答应道："是小子不该破妓家生意，二位也不该劝村里家乡子弟去嫖。他这门儿，原为远方孤客，离家日久，思家心忧，暂寄情怀，却也不是个久恋的门户。久恋失了资本，多少流落他乡，苦了那父母妻子悬望。若是二位坐在此，为要些用，小子昨日卖古董，遇着一

---

　　① 叵（pǒ）奈——可恨。
　　② 敌体——彼此地位相等，不分上下。

个远方客官,钱钞充囊,要寻一个青楼美妓;若是二位肯望他,到有些用用,小子情愿领二位去。"扶闲听了,便扯出狐妖到堂外,说道:"大哥,你若领我去望那客官,我今作成金官人买你的古董。"狐妖说:"领去,领去。"衬里见他二人堂外说话,却也扯狐妖背后说道:"大哥,你若是领我望客官,倘有用处,厚厚谢你。"狐妖道:"领去,领去。"他二人却不向百辆讲嫖风事,只讲古董到是汉物,有钞该买。笑坏了一个狐妖,忖道:"世间有这等人心,本当捉弄他一番;但我奉女将叫我引出反目邪魔来,怎奈他到议古董,牢踞在妇人心,且把木碗回复了女将,再作道理。"

却说孟光女将正在空中等狐妖引出邪魔来,只见狐妖走到面前,把买古董劝省了百辆事情说出,却又把妇人不要木碗的事也说道:"女将军,闻你当初举的案是酒杯,如何今日却与我一只木碗?那邪魔在妇女腹中盘踞着,却也识货,声声不要,怎肯出来?为甚女将军不把酒杯与我,却把一只木碗与我?"女将笑道:"你哪里知我当时举案齐眉,也不止一酒杯。总是敬丈夫,不敢仰视之意。今劝丈夫当以诗书,安可用酒器以劝娘子?"狐妖道:"如何劝娘子不用酒器?"女将道:"妇女家贤德的多不饮酒。"她说:"这酒乃男子汉散闷陶情之物,却又是败家伐性之浆,妇女家如何吃它?我恐百辆妻小是个贤德的,用它不着,反惹她怪丈夫劝之以酒,益坚邪魔之意。"狐妖又问道:"妇女家若吃了便何如?"女将道:"酒能乱性导淫。男子吃了,到乱性之处,也看不入君子之眼;若是妇人吃多,到那醉乡深处,你可看得?我故不与你当年齐眉的酒器,所以说他是散闷陶情之物。"女将只说了一句陶情之物,却好王阳离了百辆腹中,正探访众弟兄下落,听得"陶情"二字,便去寻着陶情说:"女将点着你名。"这陶情听得,也不问个来历,一阵风却来到半空,听着女将与狐妖讲吃酒酒器。他才伺候个着落,只听得狐妖要女将的举案酒器。女将道:"也只得与你去当古董去卖。"便将一只酒杯儿付与狐妖,说道:"这件古董,若是劝解的夫妻好合,降伏的反目邪魔,便是汝功,却也免劳我寸弦一矢。"

狐妖接了酒器在手,辞了女将,往百辆家来,依旧变个卖古董的,却不是张大哥,乃是李大嫂了。陶情备知其情,随跟着李大嫂到得堂中,只见百辆独坐在堂,一见了狐妖,便问道:"李大嫂到此,想是有甚花粉儿卖?你不知我家娘子近日与我割气,推病卧床,脂粉不沾?你来,她也不买。"李大嫂道:"老身近日不卖花粉,却卖些古董。"百辆道:"什么古董?"狐妖自想前日木碗她既不要，如今却说是酒杯，只恐她又不要，乃说道："是个梳头的油盏儿。"百辆道："这件古董，我男子汉用不着，女娘家才用的，你且取来我看。"狐妖乃自袖中取出，百辆见了笑道："这分明是只酒杯，却也非古董。"狐妖道："古董，古董。"百辆道："是哪处来历？"狐妖见前说梁鸿的书，孟光的案，如今又说是举的案，恐怕又不要，乃说道："这古董来历久远的了，乃是夷狄①造酒、禹饮而甘之的酒杯。只因他恶旨酒②，连这杯儿也弃置不用。后来妲己③用它做油盏儿，只因圣王金口玉言，说酒不好，连酒杯儿也就不好；妲己用了它，便也不好。虽然不好，却来历久远，可不是个真正古董。"百辆听了笑道："这婆子乱说，便说是个汉窑古器也罢了，扯这样谎话。"狐妖便随着口说道："汉窑，汉窑。"百辆道："我也不管你甚窑，只是我娘子与我不睦，你可到她房中劝得她和好，便是不买古董，我也谢你。"乃叫侍儿领着李大嫂，进房内见娘子去。

狐妖此时方进得房内，那陶情紧随狐妖的酒杯儿。狐妖进到房中，看那娘子被反目邪魔使作的牢拴心意，只是恨骂丈夫。狐妖一见了，便开口说道："娘子安福。"娘子道："什么安福，我被丈夫气得恹恹成病。"狐妖道："娘子富家大户，要穿就有绸缎绫罗，要戴便有金珠首饰，要吃便有珍馐美味。你官人又惇良忠厚、亲热多情，有甚气着你？"娘子道："大嫂，你不知，我丈夫只因我从来心性不会阿哄人，他嗔我性子不好，便听信两个扶头的，终日青楼饮酒，妓女追欢，气得我病恹恹，他也不管分毫。"狐妖道："娘子，你莫怪我说，这还是你作成了官人到妓家去嫖，却不是两个扶头的引诱。"娘子道："如何是我作成？"狐妖道："我前日在一个去处，见一个好嫖的官人，当初家私颇富，只因嫖妓弄得精一无二，褴褛异常，懊悔手内无钱，妻子埋怨，父母不礼，亲友耻笑，邻里轻骂，却在那背地里自解自叹，唱个曲儿。我婆子听得，暗笑他到此还有这个心肠。娘子不厌听，我记得唱与你听。"娘子道："愿闻，愿闻。"狐妖乃唱道：

　　论青楼美人可意，买笑心恨我当时。只因妒恶不贤的，使作我费家私。到如今懊悔时迟矣，怎得叫糟糠贤德妻。他回心喜，回心喜，

---

①　夷狄——古代对四方边境上少数民族的鄙称。

②　旨酒——美食美酒。

③　妲己——商王纣的宠妃。

我岂肯恋野雉撇却家鸡！

狐妖唱罢，娘子道："大嫂这是个甚曲儿？"狐妖道："我听得这好嫖官人唱了，旁边有人说道，好一个《解三醒》牌儿名曲子，你当初如何不唱？今日唱来，不自怨你贪淫败德，却怪你妻室妒恶。那官人却也说得好，当初妻室不贤，终日使嘴变脸，便是美貌也难近，被朋友引入烟花。那小娘儿爱钞，阿哄奉承，便是丑也欢心。因此妓日益亲，妻日益疏。到如今无钞无钱，那小娘儿做的是这家生意，也不怪她慢我辞我，只是依旧还是妻子，守着贫乏。若是当年妻子和好，我怎肯去嫖风荡产，乐妓抛妻？我婆子今日看来，还是大娘子任性气，使作得官人去嫖。"金百辆娘子听了，心里便有几分转意，却奈反目邪魔牢踞在内。狐妖知道机关，急急向娘子说道："依我婆子劝，还要娘子回过笑脸儿来，好好敬官人杯酒儿，他自然与你好合。"娘子道："这事却难。"狐妖乃走出房门，叫一声："金官人，你须来赔个小心罢。"百辆听得，入得房来。那邪魔还使作得妇人把被蒙着面，狐妖便把酒杯儿递与官人，叫他斟杯酒儿解和。百辆依言，斟了一杯酒在手，揭被去灌娘子。娘子不饮手推，泼了些在被上，那酒气薰入妇鼻。这陶情乘着空儿，直入妇腹，却好反目邪魔被陶情看见，大喝一声骂道："我当初与他夫妇交个合卺①杯儿，今日两忘其好。原来都是你这邪魔使作得他两个无情。"反目魔笑道："你说与你有情，骂我与他无情，怎知我无情却有情？你有情却没情？"陶情道："你怎有情？若是有情，便相敬相爱，不致反目相离。"邪魔道："两夫妻不和，一日两日，就是半年一月，也有和时。和时日月长远，可不是我无情中有情？"陶情听了，大骂道："你这巧嘴，你离间他夫妻，恨不得终身不会面，才是你本性。若不是我与他两相好合，岂不遂了你心？莫说是夫妻，原该恩爱，一时不睦，喜我劝解，便是吴越仇人，也喜我解忿息争。你如何说我无情？"邪魔笑道："你骂我巧嘴，我骂你饶舌，你不知道男子备百行于身，便与你有些过多放肆处还恕得，若是妇女惟守一节，若与你多情，便生出许多恶来。可不是有情中没情？"陶情又问道："妇女因我生出许多甚恶？"邪魔道："世上糟糠贤德的，不与你近；便近你，他却也有节防邪闲，不被你误。若是不贤德的，亲近了你，豪纵了你，便小则生妒，大则生淫。妇人倒个淫妒之处，我不敢

---

① 合卺(jǐn)——婚礼的一种仪式。

说，可不是你有情做了没情？"

陶情与邪魔相争不息，俱难存住，直嚷出娘子身外，却被狐妖见了，忙拔下两根毛，变了索子，去拿他两个。二魔见了笑道："狐妖，你如何也不分个有情无情，一概来拿，我等哪里怕你！"三个不分皂白，乱争乱嚷，只嚷到半空，却不防孟光女将在空久等，见狐妖引出邪魔，便使兵器来杀，狐妖又助阵空中。二魔慌了，只见陶情口称道："我是助老狐引出反目邪魔来的有功人役。"把眼一看，只见万圣禅林相近。陶情说道："此地曾熟，且去躲躲着。"一阵风跑走。那反目魔见陶情跑，他也跑。后边女将带着狐妖赶来。二魔到得山门口，只见神将把守山门，问道："何物妖魔，敢闯佛地？"二魔求道："我们是被难的，知佛门广大，佛心慈悲，特来求超脱救难。"神将道："你有甚难？"二魔把衷肠事情说出，神将道："佛门果是慈悲，却慈悲的是忠臣、孝子、义夫、节妇，你这种邪魔入不得我山门，与我禅林毫无相干。你且看圣僧在内，千真拥护，大大小小，多少远庵近庙，神司普集。你如何容得？"举起钢鞭要打，却说陶情是个久惯会跑的妖魔，荡着些空儿就走了。他说道："反目邪魔恼了女将，原与我无干。只因误听名色，自取多事，跑了别处去罢。"陶情跑去。这狐妖随后也赶去，丢下反目邪魔。却好女将赶上，与出门神将两下夹攻，把邪魔拿倒。却怎生处治，下回自晓。

第四十三回

授女将威扶惧内　结狐妖义说朋情

世间家道欲兴隆，切莫夫妻两不容。

果是妻贤夫祸少，须知内妒外遭穷。

长城哭倒称姜女，贵主辞开义宋弘。

几古几闻梁孟德，声名天地永长同。

　　却说女将与山门神将拿倒了反目邪魔，叫手下用索子捆了。女将骂道："你这孽障作恶多端，为甚的使作男子汉无情无义，不念妻室是人伦所重，父母求媒妁，择门当户对，行财下礼，何等心肠，巴不得姻缘凑合，成就了秦晋婚媾，与你生下一男半女，后代荣昌！你却昏迷了她心志，使作得那男子失了夫纲。便有一等妒恶不贤的妇女，也不想丈夫是一身之主，三从四德①罔闻，愿为有家不念，或是心意不遂，或是穿戴不齐，或是家道贫乏，种种说不尽的不贤。还有不念丈夫无后，不容娶妾，绝了他的香烟。最可恨此一等！都是你使作出来，使她失了妇道。如今既已捆倒，宜置重罚。"反目邪魔听了，捣蒜的磕头哀求，只叫："不是我一人，却是他夫妻两个你使性子，我变嘴脸，再遇着那平日恼妇女的唆使丈夫，平日恼丈夫的谗谤妇女，使他两个不和。我魔不过就中撺掇②，撺掇。"女将听了，叫手下重加刑拷，那邪魔冤苦喊叫异常。却遇着寺中轻尘师徒到施主家去做善事，起得早了，在山门下歇息。猛然，轻尘一梦非梦，不但目见其形，且耳听其实，上前来看。只见索子捆着一个邪魔在地，云端里一位女将显神。这邪魔见山门外来了一个和尚，便吆喝求救，说道："老师父望你慈悲，开个方便，救苦救难。"轻尘乃问来历，邪魔备诉苦恼。轻尘道："你这事情与我僧家毫无干碍，管不得你。"邪魔道："你僧家摄孤放食，怎么说

---

① 三从四德——封建礼教束缚妇女的道德标准。三从是：在家从父，出嫁从夫、夫死从子；四德是：妇德、妇言、妇容、妇功。

② 撺掇——怂恿；鼓动。

一切有情无主都沾法会?"只这一句便动了轻尘善念。况他道场施摄专门,乃向女将求个方便。女将道:"方便虽听僧家,只是这孽障作如何方便?"轻尘和尚想了一会,说道:"我施摄法会,虽能普及有情,却不能度脱的这一种大恶。吾寺静室中,有东度圣僧居内,待我天晓求他个方便罢。"轻尘说了,女将遂把邪魔发付与山门神将。她化一道金光去了。后有夸孟光之贤,因何授她女将之职,只因世有悍妇恶过罗刹,故授她个武勇专治一方欺降男子之妇。因成五言四句说道:

最恶是妻悍,而为男子降。

因授孟女将,威扶惧内郎。

却说轻尘和尚到人家做法事,一心只疑山门外反目邪魔这一宗异事,回到寺中,乃到静室,只见祖师徒闲坐讲论最上一乘道法,因说普度群生功果。忽然轻尘进得室来,把夜间山门外反目邪魔事情说出,便问道:"此等世事,亦于度化有情否?"祖师微笑不答。轻尘再三求度,祖师乃说一句"此魔所关最大",便看着尼总持道:"度此魔当借于汝。"轻尘便向尼师合掌说道:"师兄,此事须求道力。"总持道:"此事无难度化,只是老师先到金百辆家,看他夫妇何如。或是和好如初,便纲常已正;或是仍复相争,这断根因自有方便。"轻尘听了这话,遂访到百辆家来问邻询里。人人都说他夫妻和好如初,便到寺回复尼师。又问道:"祖师一句说所关最大。请乞师兄教明。"尼师道:"此事易晓,吾师开度甚明。盖为夫妇乃人道至大,上继宗祖,下传子孙。不但关血脉之流演,实系家道之污隆①。若是两相爱敬如宾,夫不纵欲伤元,妇不妒淫损德,自然冥冥送个麒麟之子,五男二女,七子团圆,桂兰并馨,家门昌盛。若是两不相和,冤家债主这情节,不是你我出家人说得,所以老祖说所关最大。"轻尘听了,合掌赞叹,复向尼师问道:"师兄,反目根因我备知也。只是山门神将尚收管着反目邪魔,既不容他入污佛地,又不放他败坏人伦,愿求方便法门,度他远离尘世。"尼师道:"此事何难!我小僧曾入静功,遍游地府,目见不忠不孝之臣子,不爱不敬之夫妻,个个有应堕之狱,当受之罪。师兄既精摄狐,当借人家道场法会,关召这反目邪魔,备审他历来几家反目,却是为甚不和。我这里也备开应堕的罪狱,叫他永远不入反目之门,莫使作人世夫妻

---

① 污隆——盛衰。

不明这一种报应。"轻尘听了,便求总持开出地狱罪名。总持道:"地狱在心,何劳纸笔? 我说与师兄谛听。"乃说道:

> 夫不爱妻堕地狱,当审何因行此毒。
> 或嫌貌陋妇家贫,或娶宠妾将妻辱。
> 或贪嫖赌拒妻言,或肆骄奢费产屋。
> 奸盗邪淫总是非,致与妻儿成反目。
> 此等地狱有酆都,罪下油锅炙皮骨。
> 若是妻妾不循良,报应也不差毫忽。
> 恨公怨婆咒夫君,欺妯辱娌骂小叔。
> 偷馋抹嘴败家常,邻里街坊多不睦。
> 致使丈夫生厌嫌,因成仇隙犯七出。
> 此等地狱有刀山,罪入火坑烧肌肉。

当下尼师一一说出,轻尘宗宗记了,二师却又附耳与轻尘说一句话。轻尘到道场等法事完毕,摄孤施食时,把尼师这些说的地狱罪案开读了一遍,又炷香关召反目邪魔。只见山门神将押着邪魔,于灯烛光摇之下,隐隐见邪魔畏避,飞空而去,临去说道:"师父,你也说两句度脱的话儿,只说些地狱罪孽。"轻尘乃把总持附耳的一言说道:"世间有夫妇,如天道有阴阳。阴阳和,雨泽降;夫妇和,家道成。"只说了这一句,那邪魔方才灭迹。轻尘斋事圆满,回寺备细把这事与尼师说了。只见老祖向轻尘说道:"我等只为演化本国,因愿东度,久留寺中。虽然行所住处,随缘而安,但非本愿。"乃叫徒弟收拾,辞别方丈寺众,拜谢圣像,出山门大路,往东海前行。时值初秋,地方虽异,风景不殊。但见:

> 梧桐飘一叶,时序已初秋。
> 残暑收微雨,流萤绕远洲。
> 寒蝉鸣树底,野鹭宿沙头。
> 老僧随节令,日与道优游。

话表离了万圣禅林数十里,却有个远村,地名新沙,边邻东海。这村沙人烟凑集,有座海潮庵,安宿往来僧众。只因客僧中有一等,不为生死出家,却为衣食落发。梆子不知怎敲,经文哪知半句,披着一件缁衣,只会一声佛号。这一日化斋不得,倦饿在庵,叹气生恼。却有两个知道些戒行的和尚,见他这嗟嗟叹叹,乃说道:"这和尚化斋不得,入了贪嗔痴孽。"这客僧气哼哼道:"什么贪嗔痴孽! 化斋不出,腹饥难熬。你们吃得饱饱的,还得了人家衬斋钱钞,却来说见成话。"只因这客僧不知戒行,动了这种无明火性,遂惹出一宗烦恼。却说陶情在山门前怕女将威武,一阵风走了。狐妖见他走,随后赶来,却好赶上陶情,被狐妖一把揪住,说道:"你这妖魔,如何脱空而走? 早早受降,待我老狐索子捆了去见女将。"陶情笑道:"你这忘情的妖狐,想我老陶帮你诱出反目邪魔,与你献功。我若是该捆的,那女将也不饶我走了。你得了功,反来赶我,还要绳索来捆。"狐妖听了笑道:"你原来是帮功人役,你叫做甚名何姓? 却是哪项来历?"陶情道:"若要问我名姓、来历,我说你听:

祖上传流是外苗,只因情性甚雄豪。

有田收得多升斗,采药锅中水火熬。

熬成春夏秋冬酿,世上交欢要我曹。

只因不中高僧意,灵通关上把身逃。

四海九州都走遍,多情偏遇没情交。

相逢不饮空回去,枉费心机四处跑。

相交几个兄和弟,胜似亲生共一胞。

一心只为僧怀念,四下谋为要阻挠。

昨朝误听名儿点,助你降魔一盏醪①。

你今问我名和姓,一字名情本姓陶。"

　　狐妖虽然一时帮助女将捉拿邪魔,却是畏那金睛白额,不得不行出个正气。他听见陶情这一篇话说,便动了他原来的妖心。乃问道:"陶情哥,你如何要阻演化的僧人? 却相交的几个甚弟兄?"陶情道:"只为当初受了僧家三言两语之气,他又禁绝,不与我们交好,故此知他演化东度,往往又说长道短,把我们弟兄生疏了,东一个,西一个。如今说不得将错就错,因机生机,与他做一场。"狐妖道:"陶情哥,你们错了念头了。我闻圣僧高道,第一等见性明心,第二等慈悲方便,第三等坚持戒行。僧家既持守戒行,不与你有情,却也是他本等,你如何反生机变,鼓惑人心,越犯了他演化的真念? 逢一个当方便他,便发一个慈悲。是你以度脱的事阻他,反是以方便的事叫他行也。"陶情道:"依老狐,作何主意?"狐妖道:"我一

―――――――――

① 醪(láo)——酒酿,此处代指酒

人不得两人智,你这几个弟兄如今在何处? 必须得他们来计较计较。"陶情道:"我们弟兄一个叫做王阳,闻他在前村,依附着一个好游荡的败家子;一个叫做艾多,他依附着一个啬吝奸鄙夫;一个叫做分心魔,他依附着一个好勇斗狠儿郎。当初灵通关上,我们都有个别号,只因各自生心,怕轮转这劫,都改了名姓。前相聚在万圣寺山门,指望与那僧人们讲个道理。一次把门神将不容,这次又不容,如今寻他们也没用。"狐妖听了道:"你们要阻演化的和尚,却也合了我老狐心意。我老狐昨日助女将降魔,也只因畏虎。今日老陶既帮助了我降魔之功,我难道不助你阻僧之力? 如今我与你同心合义,便拜个管鲍之交,陈雷之契①。"陶情大喜。

当下二妖正结拜个朋友,只听前村海潮庵中木鱼儿声响,有和尚在里念经。那狐妖侧耳顺风一听,只听得梆子乱敲,经文乱念。他便向陶情说道:"是了,是了。这庵中多是演化的和尚,他都是禅和子②,连毛僧不会应教,胡乱敲梆化缘,我与陶哥去探个光景。若是可以与他讲个道理,到也免得彼此生嫌。"陶情依言,乃与狐妖摇身一变,却变了两个士人,一个青年不上二十多岁,一个老者六十余春。他两个摇摇摆摆,直入庵来。却只见几个和尚在这庵前几间空屋里,坐着的、站着的、卧着的、盘膝打坐的,也有笑和尚,笑的是有斋吃,有衬钱;也有愁和尚,愁的是没饭吃,没缘化;也有带笑不笑,带愁不愁的。带笑不笑,是见了性,尚未尽明了心;带愁不愁,是化饭不着便饿了,这不有身何害! 狐妖变的是个青年士人,只得伶伶俐俐上前说话。他不向那笑和尚开口,专向那愁容哭脸的问道:"师父莫非是东行演化的么?"那愁和尚没心没绪,见二士又不似个打斋布施的,便随口答应道:"东行东行,演化演化。"狐妖又问:"在万圣寺中,闻知度脱了向家父子、郁氏儿男,是列位师父么?"愁和尚随口应道:"正是,正是。"狐妖乃问道:"闻知师父们七情已断,六欲已除。如今却愁眉

① 陈雷之契——汉代陈重年少时与同郡雷义为友。太守荐举陈重为孝廉,陈重让给雷义。后雷义也被举荐为孝廉。两人都拜为尚书郎。雷义因事被罢官,陈重也叫病辞职。后雷义复职,又欲让于陈重,后世以他们形容交情深厚。

② 禅和子——亦称"禅和者",略称"禅和"。佛教禅宗用语。用以称参禅的人。

不展，面带忧容，有何未断未除？"愁和尚只是随口答应。妖狐乃向陶情说道："人言高僧不言东度，果然不虚。只他这一任外来转变，只以无心答应，便果是高僧。"陶情道："真假难测，如今装样的不少。已观其貌，当试其心。内外若一，便是真实。"狐妖道："也说得是。"乃向众和尚说道："小子二人住居不远，却是父子相交，忘年为友。只因今岁多收了几斛麦，想起人生在世，满目皆是空花，唯有善事，乃为实地。善事不越广种福田，我想种福田，只有斋僧布施，是一宗实事。今特到庵要斋些僧众。"那众客僧听了，笑的也不笑，愁的也不愁，一齐问道："二位施主原来是要斋僧布施的，却也是作福无量，享福无穷。且请方才说父子之交，忘年为友，小僧们只道二位长幼不等，乃今说是交情朋友，怎么叫作父子之交、忘年为友？"狐妖道："这位朋友曾与我先人为友，故叫作父子之交。我今年方二旬，他已六十余春，两相契合不疑，所以叫作忘年为友。"那笑和尚笑着又问道："我僧家却也有个道友，不知二友之外可有甚好友？"狐妖道："多着哩！"却是何友，下回自晓。

第四十四回

取水不伤虫蚁命　食馍作怪老僧贪

狐妖乃说道："朋友乃五伦之一，你听我道：

人与人同一类，往来便有交情。益友损友①六般名，但把胜吾友敬。"

狐妖说罢，笑和尚道："朋友之交果多。"愁和尚道："多也，少也！我们饿着肚子，这时那个朋友斋你，送些布施与你？"狐妖听了道："我原意来斋僧，你们问我朋友，方才答应。"愁和尚道："施主是只斋我等见在，还是大众俱斋？可外有衬钱？"狐妖道："大众也斋，见在也斋，衬钱也有。"愁和尚听了，便笑起来，说道："施主，这善事只是一次，却是长远而斋？"狐妖道："今岁尽着收的几斛麦，若是年岁有余收成，依旧斋僧。"愁和尚道："好善心，好善行。只是和尚，今日化斋不出，腹饥之甚。二位施主方便，且布施些钱钞，买几个馍馍充饥，便是一般功德。"狐妖听了，与陶情说道："人言演化高僧因类普度，怎么我们讲说朋友之交、损益不等，他不借此开发些道理，只是说腹饥要馍馍吃？"陶情道："高僧妙用不同，莫不是随你口，试你心？你没个忠诚的问。他便没个正经的答。"狐妖道："高僧高道点化世人，多有装疯作痴，随口浑话，其中却暗藏着至大至深禅机妙理，要人自悟。"陶情道："虽然遇着这样和尚，他试我，我也试他。"狐妖道："这是自己先存个不信心去待僧家。"陶情道："你是何人我是谁？一心要阻拦和尚，却如何讲细微曲折？"狐妖笑道："我原是个听人指教的。"乃地下拾了两块土泥，叫声："变！"却变了两个大馍馍。那愁和尚见施主袖内拿出馍馍来，乃笑道："好施主。"便忙来手抢，那笑和尚中一个也来抢。愁和尚嗔道："你是化缘得斋，肚饱的，且让我吃罢。"那笑和尚虽难让，狐妖见他面色却变，乃暗笑道："他说也有个道友，怎么见了一个馍馍便动了面色？"这愁和尚拿着两个馍馍，也不管冷热，几口吞下，哪里知是

---

① 损友——对自己有害的朋友。

邪妖诡计？两个土泥入腹便作怪起来，疼痛吆喝，声闻于外。狐妖与陶情笑倒，说道："演化高僧，原来是假的，阻他何难？"两个正在庵中，弄术儿耍和尚，不防祖师师徒一路行来，见远远一座庵堂：

青松隐隐，白石堆堆。青松隐处见雕檐，白石堆中藏小径。高出
云中的是钟楼佛殿，流来涧内的是绿水青萍。往来不见一人行，远望
但闻多鸟噪。

祖师见道："上一座小石桥，便在桥上少憩。"三弟子依栏旁立。师徒正讲几何见性明心道理，祖师只见桥下清流可饮，乃命道育持钵汲水。道育下得石桥，见那水中虫蚁杂集，乃循着沟汇而走，说道："水虽清流，虫蛭游中，不但不洁，且恐惊伤生命。"乃循流到那洁净去处取来献师。道育正举此念，却说阿罗尊者随处显灵，第八位尊者以一法试道育，他却为何？只因狐妖以幻法弄愁和尚，为释门护道，故试道育禅心，因扶演化，乃于水沟旁地，忽然见一人，捧着一个盘子，中有钱钞数贯，见了道育乃说道："师父，小子是村间人，为父母灾疾，许下斋僧布施。愿以这几贯宝钞敬僧，祈保父母。"道育道："虽是你为父母孝心，只是我僧家遇缘化斋，这钱钞无处使用。"那人道："师父说的何话？出家人哪个不贪几贯钞？防天阴、备饥饿，就是破了偏衫，也要钱买。"道育笑道："补破衲是我僧家本愿，有斋供何必要钱？善人，你只知布施我僧家这钱钞，你哪里知道替我僧家生过孽？世人嚣嚣，只为财利，见了钱钞，必起贪心。我僧家受了你的，必要藏收在身边，或是密贮在囊厢，是我先生个防人贪盗心肠，不如无有，何等清净。"说罢，只看着沟渠中清水要取了献师。那人又道："师父，你既不受钱钞，难道不开个方便救我父母？"道育道："留你钱钞问医赎药，便是我的方便。"那人道："救不得，救不得。"道育道："你父母在哪里？"那人便指着庵内道："在这里。"道育抬头一看，只听得庵内吆吆喝喝人声，乃想道："此是他父母病苦也。"及看那人忽然不见，惊异起来，忙忙取水到桥上，献与祖师，便把这异事说知。祖师乃把慧光一照，说道："此神人也。为试汝因而救僧。吾且打坐在石桥，汝等弟子当先到庵中，自然知故。"

三弟子领诺，离了石桥，尚远庵门，只见庵中来了三五个和尚，迎着三师问道："列师可是东行的么？"三师答道："正是。"和尚道："我等闻知国王皇叔出国，大小臣工、善男信女、僧尼道俗，千百之多迎送，我等也是等

候迎接的。怎么这些时还不见到?"三师答道:"就是我师,他出家本为修行了道,度化众生,便是一人前行,连我等弟子也不肯带,哪里肯惊动众人?"众僧道:"我等有一样出家的,巴不得说个大头势惊动世人,若据三位师父说,真乃高僧也。"育师便问道:"庵中何人吆吆喝喝? 有如病苦?"众僧道:"小庵前有空堂三间,专下往来僧道。今有几个化缘和尚住宿,遇着两位官人说要斋僧,和尚中一个不曾得斋,吃了他两个冷馍馍,便作怪起来,却是他在庵中吆喝。"众僧说了,又问:"祖师何时到此?"三僧说道:"我师在石桥打坐。"众僧忙步往石桥迎接。

却说三师走到庵前,便闻着一阵腥风糟气,及抬头,又见那庵堂屋上一团妖氛现出。道副乃向尼总持说:"此庵中定有妖邪迷人,想那没道行僧人染惹了。"尼总持答道:"正是这断根因,我等须要提防。"三僧进得庵来,却直上大殿,参拜了世尊圣像,稽首了两庑阿罗尊者。道育见了八位阿罗圣前,便了悟前因,乃合掌称扬道:"佛心无处不慈悲,只要僧道家时时警省,行行正念,自然感应甚神。"三僧参礼毕,只见两廊众僧知是祖师徒弟先到,各各来行礼,问道:"祖师尚在何处?"副师答道:"祖师在众师心头。"那僧们听得,便笑起来,说道:"东度师父真真的有些拨嘴,我等初相见,问声祖师在何处,乃是好去迎接。乃答道:'在我等心头。'"副师听了,乃说道:"众位师父,不必疑我言语。假使你问我灵山在哪里,我却不曾走过,也只得答你在心头。"只见一个僧合掌拜下,道:"师父,我弟子悟了。"育师乃问:"往来僧人住在何处?"一僧答道:"师父,我这庵通各处地方,往来游方却多,前边有空堂三间,安住师父们,已打扫了。方丈闻知祖师降临,又收拾殿后一间静室伺候。"育师道:"出家人莫要两样待人,既在佛会,都是有缘,我且与师父看那前堂。若可容我等,又何必他处?"众僧道:"前堂有几众游方化缘僧,闻知方才有两位施主,把了两个冷馍馍与一僧吃了,正在那里作怪。"育师听了道:"是了,是了。我们未进庵门,便已知这作怪。"乃直走入前堂,只见那和尚吃了馍馍的,愁着脸,摸着腹。众僧也有为他愁的,也有说他不是的。为他愁的,便说同行为伴,怜他贪食,受了疾苦;说他不是的,怪他不自爱重,贪食冷物受病。育师见了,合掌道:"善哉善哉! 这馍馍是哪里化来的?"

只见堂内走出两个士人来,见了育师神光罩体,道炁合身,他两个打一个寒噤。狐妖乃向陶情说道:"这和尚不凡,想乃是演化僧人,我等既撞着，须要做出个手段来。"陶情乃开口向育师问道："师父们可是东行演化的？"育师道："正是。"陶情道："同行有几众？"育师答道："上有吾师，下有吾师兄两个。"陶情道："演化行的是何事？"育师道："随类而化。若是出家僧道，吾师便发慈悲，指陈上乘道理，令其觉悟；若是士农工商在俗众等，吾师便说方便，开导人伦正道，这便是事。"陶情笑道；"上乘道理，我等迷而不悟，若是人伦正道，四海九州人民无数，你们一人如何能化？且莫说千万人、千万心，便是我一人也有千万样心。"育师听了笑道："施主，你可知千万心总归一心，假如我僧家化得一人心，便是化了千万心。"狐妖也开口问道："师父，你说人伦正道，却是哪样人伦？"育师答道："大则君臣父子，次则夫妇、朋友、昆弟，各有个纲常天理，便是正道。"狐妖道："此时且莫讲别理，只说朋友这一伦，便有千百样心，师父却如何演化？"育师道："朋友之交，任他千百样心，只要尽了我一人之心。"狐妖道："一人心却是何心？"育师道："朋友以义合，只要尽了这个义心。"狐妖明晓的这个义字道理，他却故意辩问，只要等僧人说出个演化的去向，他便为陶情设阻拦计策。他哪里知高僧智慧明静，自庵前已知妖气腥风，及进入堂中观见这两人形色，乃暗忖道："何处妖邪，敢青天白日迷乱僧人？也只因这和尚动了贪痴，自取作怪，我如今且探这妖邪何故在此。"乃问道："二位施主，到庵何事？"狐妖把斋僧的前话说出，育师道："善事，善事。我等东行饥渴，正欲化斋，却遇着善人，好歹求化一顿饭食功德。"狐妖听了，私喜道："陶情要阻拦他正无计，这泥馍馍且耍弄他一番，叫他师徒们吃了作怪。"乃取土泥又变了馍馍两个，双手递与育师道："我与这老朋友在人家吃馍馍省来的几个，只是冷了。师父可吃的便吃，若是吃不的冷斋，便热了吃。莫要似这位长老作怪。"道育道："不妨。我僧家有个钵盂，却乃是个宝贝，凡遇化的斋饭，不论冷的热的隔宿的，入到钵内，吃了再不作怪。"乃取了一个钵盂在手。那陶情见了，惊讶起来，说道："这件器皿却不曾相会。"乃向狐妖说："老狐哥，这长老不比平常，俗语说得好，'看风使船'。可算则算，不可算则走路，莫要惹他。你看他这件吃饭的家伙，到有些古怪。"狐妖道："什么古怪？我知这是和尚家化饭吃的钵盂。"陶情道："什么钵盂？老陶从不曾见。"狐妖道："你却见得是何器皿？"陶情道："我见得器皿，说与是听：

　　瓦壶瓶，烧窑上。锡坛儿，出工匠。还有铜罐磁瓯葫芦样，金银玉斝①玛瑙厢,琥珀杯儿雕各像。鹦鹉摘桃蜂赶梅,老虎狮驼并兕象②。广筵长席说交欢,我与这器相亲傍。钵盂器皿不曾闻,只好盛饭斋和尚。"

狐妖道:"你不曾见这器皿,也难怪你。他却是僧家物,待我假问他个来历,你便听知。"狐妖乃向道育问道:"师父,你这器皿有出处么?"道育道:"有出处的:

　　这钵盂,配锡杖,本慈悲,出经藏,不比寻常器皿盆瓯棒,八宝攒成法食盂,五戒如意持斋汤。目连尊者救慈亲,饿鬼狱中超尊障,一切毒厌化为尘,邪魔见了魂胆丧。"

道育说罢,陶情听得,只叫:"老狐,走了吧。你听他说的这家伙厉害,不比我的瓦罐磁瓯。"狐妖笑道:"老陶,你的瓦罐磁瓯更厉害多着哩。"陶情道:"瓦罐磁瓯有甚厉害?"狐妖道:"和尚的钵盂,不过化斋盛饭。你的家伙,荡着的花钱费钞。卖产破家的,也只为这瓦罐;吃醉了撒酒疯,生事惹祸也只为你这磁瓯。却不是比钵盂厉害多哩!"陶情道:"且看他吃你馍馍,若是着了你手,便厉害也没用。"狐妖道:"说得是。"只见道育接了狐妖两个馍馍在手,便不就吃。乃放在钵盂内,一手捧着盂,一手半合掌,念动咒食真言,那馍馍在盂内,忽然一阵烟起,却是两块土泥。土泥在钵内,忽然拥出一座小小山岗,那岗上走出一只小小金睛白额虎来,渐渐长大。狐妖见了,往庵门外飞走。陶情怨道:"我说这和尚的钵盂厉害。"狐妖慌张张地说道:"果然厉害,只是老陶,你既要阻拦他,也说不得计较个策,破他这个厉害。"陶情道:"往前途相候他,再作计较。"

二妖正在庵门计较,忽然一神将近前大喝道:"何物妖邪,敢立在此?"狐妖见了,便问道:"爷爷是何神道?"神将道:"吾乃巡行庵庙感应正神,监视天下庵庙香火,恐有不守戒行僧道,秽污作践庙堂,冲犯圣像,及护送迎接圣僧、高道往来庵庙的。今有高僧到来,因往迎接。你这两个大胆妖魔,敢立在此!"狐妖心情灵变,乃说道:"爷爷呀,我等闻有东行演化高僧,专一慈悲度脱有情无情、四生六道,我等也是迎候求度脱的。不知高僧今在何处?"神将道:"尚在石桥坐地,庵中见有僧人迎接。"狐妖道:

　　　　————————

① 玉斝(jiǎ)——玉酒器。
② 兕(sì,似)象——古代的一种兽形酒具。

"庵中见有三四个，却有一个执钵盂的，不像是演化的，倒是个拿妖捉怪的。"陶情也说道："他捧着器皿儿，又更厉害。"神将听了，只道果是求度脱的，便发动慈悲道："你等既是向善，当更变个有情，以来求度。"说罢直进庵堂，保护高僧。狐妖乃与陶情计较说道："老陶，你为甚要阻拦高僧演化？看来这高僧行处有神将拥护，到处有秉教匡扶，你自揣力量，何不更张性情，降伏僧门，修持善果？闻知僧家五百大戒，专灭是你。"陶情道："老狐，你却不知，我等因依附着几个安乐窝巢，被僧家什么戒行打破了，不得安身。欲留窝巢，故行拦阻。只是我等力量微薄，难胜他们，坚心忍耐。一向也闻知老狐神通变化，今日如何不能帮扶我老陶一个阻拦的手段？"狐妖听了陶情这衷肠事实，却又被他一褒一贬，乃说道："老陶，放心放心，我有个计较了。"却是何等计较，下回自晓。

第四十五回

严父戒子结良朋　岁寒老友嗔狐党

狐妖向陶情说道："东度僧人，我看他们遇着修行访道的，便指说见性明心道理。若是遇着不在道的，便指陈三纲五常生人的道理。其人若明这道理，他便坦然前行。若是其人不明这道理，他便不行，必要度脱了这不明人。我想五常中朋友也是有关系的。方才既在堂中说了父子交、忘年友，我与你便依附个朋友交。不明道理的去与他们辩驳，误了他行程，便遂了你拦阻。"陶情道："此计甚妙，只是要在这村前村后，寻几个不明朋友之交的，去费他们一番唇舌功夫。"

按下二妖计较不题。且说副尼二僧在殿上与众僧讲禅，候祖师驾临。道育却在堂中接了狐妖馍馍，放在钵内，念动真言，显化出虎来。狐妖畏虎，一阵风走了。道育师乃笑道："我说堂中腥风糟气，原来果有妖魔在内。"乃向愁僧说道："师兄，你休怪妖邪，都是你心贪自取作怪，出家人愁道不愁食。经文说得好：我身本不有。身既无有，食便是空虚。有斋无斋，置之度外。谁叫你忧愁，便生出烦恼魔障。"育师说罢，把钵盂向涧中取半盂水来，念一句梵语，与愁僧吃下，即时安愈。众客僧方才问师来历。育师乃把祖师演化东行说出，客僧个个称扬拜谢，齐齐也向桥边来迎祖师。后有称道育师盂水救愁僧五言四句说道：

> 贪心招怪孽，盂水荡妖氛。
>
> 度汝愁和尚，宁知不有身。

却说这边海新沙村中居人甚众，农工商贾，遵习道理的不少，结纳交友，往来欢好的也多。有一人名唤仁辅，家私颇富，结纳了几个朋友都是财帛相交，酒肉为友。其财帛相交的，阿谀趋奉，真也殷勤。其酒肉为友的，花言巧语，真也契阔。一日，仁辅正在堂中，与这一班交友，讲论得不入诗书正道，都说得是些博弈游闲、花柳浪荡事情。狐妖与陶情在庵门计较了一番，说道："僧人正讲的是人伦、朋友交谊，我与你就在前途观看那个贫穷富贵之人，看他是什么交游，鼓弄他一番，却与这和尚规正：一则见闻他些话头，一则废他些时日。"陶情道："交游的事情，惟我极熟，门路却多。"狐妖笑道："果然结交朋友少不得你，只是你既熟知这门路，你且与我讲一讲，好去寻人。"陶情乃讲道：

朋友从古来，五常赖扶植。

有等势力交，财帛与酒食。

同道或同类，善柔共便辟。

直谅友多闻，三损并三益。

结盟刎颈交，小友忘年密。

患难道义朋，父子相传袭。

故旧生死情，同袍共砚笔。

门路说来多，屈指非只一。

狐妖道："我也知门路多，如今且与你弄个隐身法儿，走到前村，看那家堂上有相聚的交朋，好歹去鼓弄一番，看那僧人怎么演化。"陶情道："却也要看他是那一家朋友，亲得使他疏，薄得使他厚，这计较方成。"狐妖听了，乃与陶情使一个隐身法，他见人，人却不见他。走东邻，穿西舍，却好来到仁辅家。只见堂上几个朋友，也有坐着的，也有立着的，与主人讲论。狐妖与陶情听了说道："这宗门路得计较了。"他二妖伺候，听那坐着的讲些博弈事情，仁辅笑嘻嘻答应。只见正讲间，堂后一个老叟走将出来，也不拱手，也不叙礼，便看着仁辅说道："交朋友以义，必须彼此德业相劝，过失相规，这方是良友。我老人家在内，听得你这两位说的无一言正道，俱是嫖赌事情。青天白日做些正经好事，结交几个有益无损良朋，若是这样歪朋，使我老子厌心。你二位快走快走，莫要勾引良家子弟。况我老子这家私，也是辛勤出来，好朋友扶助的。"那两人口中即答应道："我小子，讲便讲了几句嫖风博弈的话，却不是这家吹手扶头，囊家①久惯，却是来叫大官人放些债，生些利的。偶说句耍乐话，老尊长莫疑莫怪。"老叟道："便是劝人放债，也是个财帛相交，希图利债。我家若一日无钱，你这耍乐话儿也没的来说。便是这堂屋之上，也不来坐。"那两人听了，往门外咕咕哝哝去了。

狐妖与陶情说道："这家父严教子，与子驱逐无益交朋，不是我等计

① 囊家——赌博时借钱物与人的人。

较,别家去看。"陶情道:"两个坐着的去了,且看这两个立着的却是何友。"只见老叟说了两个坐着的去了,却看见两个立着的,只道是人家后生仆辈,便进屋去了。这两个乃向仁辅说道:"你老叟说的一团道理,只是不当人前嗔怪大官人的朋友。况你也是有主张的,便是花费几贯,也自有来处钱补。"他两个巧语甜蜜,那仁辅欢喜,忙叫侍儿供设酒饭款待。他两个方才坐下,狐妖看他细嚼慢咽,那些阿谀奉承全没个道义言语,乃向陶情道:"这二人却上了我们计较也。"正说间,只见屋内一个妇女叫道:"官人,你也是个聪明伶俐之人,怎么相交两个酒食之辈?我为中馈妻①房,叫我碌碌劳苦,打点节品,费心烹饪,只道待你多学多识、道义之交,却原来是有损无益之友。"那两人听了,羞惭满面,手放下酒杯饭碗,口里忙说道:"大娘子,你也是贤德的,我二人却不是劝嫖赌乐游荡的,却是早晚过来候大官安福的。"妇女道:"人各有家,人各有安福,我官人因何不到你堂上吃酒饭,问安福?若是没有这酒饭相待,这安福且从容待候你;若是真真问安福,方才听那两个讲嫖风的,你便该直言规谏,使我公公听了不出来动这一番言语,却不是老者安?我官人不听得嫖赌之言,不笑嘻嘻答应,必然保守家财,却不是官人福?我在堂后听你说的,都是巧语花言,便知你等是酒食朋友。"一个听了就起身要走,一个便扯住道:"话便是贤德,只是坏了大官人体面。女人家只宜居室中规谏,怎么把官人朋友当面抢白?既已见教,且终了他官人款待高情。"起身的又说道:"罢,罢,去了罢。人家娘子能明明抢白,便能恶恶打来。莫要惹他,去了吧。这酒饭再到别友家去吃罢。"一路烟跑了。

　　狐妖见这光景,向陶情说道:"这家子不但父严,亦且妻悍,不容丈夫搭无益之交。不是我等计较,再往别家去看。"二魔方出堂门,往外欲走,只见一人衣冠齐楚,仆从跟随,走入仁辅门来。狐妖道:"这来的朋友不同,料又是一等。"陶情道:"只恐是亲戚。"狐妖道:"且随他进堂,看主人何待。"只见这人走入堂中,仁辅忙入内更衣出迎,侍儿仆婢收拾开待客的酒饭家火。那一个酒食朋友门外去了。仁辅迎得这人,宾主叙礼。礼毕,便开口说道:"小子一来候安福,二来邻有宦游解组②归来,欲相交几

---

① 　中馈(kuì)——指妇女在家主持饮食等事,泛指妻室。

② 　解组——解下印绶,辞去官职。

个林下老友,盘桓①余年。小子意欲纳交,只恐力薄,特来奉约往拜。倘结成交契,早晚也沾他些贵气。便是我与老兄处在村间,也有些光彩。"仁辅听了说道:"事便是好,只恐我等扳援高贵,惹人嘲笑。亦且他尊贵体面,拿出傲慢,我等怎当?"这人道:"我闻他与人交好,说我无官守,林下逍遥,便与常情一类。况处乡里,有何高下? 这便是个达尊,有道理的。况我等以势分纳交,原该卑以自牧。"仁辅听了,满口应承,便吩咐童仆跟随,与这人出门望客。狐妖与陶情道:"这计较却成了。"陶情道:"看此,定是势利交。"狐妖道:"古语说的好,'结交须胜己,似我不如无。'"陶情道:"正是,我也闻的,'居必择邻,交必择友。'我们且随他去,看光景再作计较。"

二妖隐着身,跟着仁辅二人出得门来。只见那两家童仆,你也兄,我也弟,两相交好。陶情便问狐妖道:"你看此辈,也有个交好,这却唤作何交?"狐妖道:"这叫做同类交。"陶情道:"同类交,可有个义字么?"狐妖道:"生死交,刎颈交,没有他的;势利交,直谅交,没有他的;笔砚交,宾主交,没有他的。倒是个酒食交,有他的。那主人会席,此辈不空争食其余,却有何义?"陶情道:"这也计较不成,且到那宦家,看他如何,再作道理。"二妖隐着身,随着众人,走到宦老门首。只见那:

　　阀阅高排门第,缙绅②首出人家。

　　朱户分开环面,彩椽上有雕花。

　　但观鹤鹿来往,不闻鸟雀喧哗。

　　这厢叩阍③有礼,那壁应客无差。

仁辅二人走到大门,小心低问,只见把门的答应了,进去禀知。怎知二妖隐着身,一直到了厅堂上。却见那尊长陪伴着三五个朋友,闲谈笑话。把门的禀知,尊长忙出堂相接。二人入得堂前,下气柔声,谦恭逊顺,却也真个十分小心。狐妖与陶情道:"我观二人实乃谄媚交。"陶情道:"此处可要和尚度么?"狐妖道:"敬尊长的礼当,做尊长的安受,未足计较,还不动僧人之度。且再看众坐着的情义何如。"只见那堂上众友,也

---

① 盘桓——住宿,逗留。

② 缙绅——旧时官宦的装束,亦作官宦的代称。

③ 阍(hūn)——宫门。

有峨冠博带的，也有穿绫着缎的，也有宽袍大袖的，也有道巾野服的，也有布衣青衿的，许多座客交谈接语。只见那尊长席间敬礼，却只在那布衣面上专意。陶情向狐妖道："这尊长矫情励俗，不与那富贵的交谈，乃与那寒薄的接语。"狐妖道："相交不在贫富，只要有才略，想此布衣，多才多略。且听他借资布衣，是何言语。"乃听尊长与那布衣讲的，都是三四十年前淡饭黄齑①事，寒窗笔砚时。狐妖道："原来是贫贱交。这尊长不忘旧故，可谓高贤。那和尚见了又何以度？我们计较不成，罢，罢，还到别家去看。"

二妖隐着身，走出尊长大门。二妖现了形，往前正走，只见路口一座亭子里边，坐着两个乡老。狐妖上前拱了拱手，便与陶情坐在亭子内。只听那两老口口声声都讲的是是非、谗言、谤语，辩白心迹。狐妖仍旧变的青年，乃向那老问道："老翁二位，也有几岁年纪？老人家，时光也见的多了，世事必须经练久了。有甚要紧，气哼哼的，讲是非、分青白，不自保爱？"那乡老一个开口说道："乡兄，你不知，我相交一个朋友，平日也不曾慢待他。便是交财也明，往还也不失了礼节，只因些小怨隙，他便背前面后说我的短，讲他的长，故此不得不生恼。"狐妖道："既如此，便绝了交好也罢。"乡老道："既相交为友，如何便绝交？"狐妖道："老翁叫做匿怨交，最为君子所恶。"乡老道："你这人不知道理，怎便说我是匿怨交？殊不知我乡老当初是三人为友，歃血②定盟，岁寒不变。只因小子占了些春光，被几个风流亲爱携我入秦楼，或拉我到楚馆，又叫我随他书斋绣阁，与那兰蕙争香。这一朋友还有时相亮，那一个朋友便背前面后说我抛弃交情，逐甚风流，坏了节操，故此在这里辩白心迹。"狐妖正欲问老者姓名家乡，只见远远又来了一个乡老。这两老忙起身，笑语无间。那来的乡老便看着这两老说道："你二老，可该背后议论人短长？我与你二老是结盟交契。只因你炎凉占先，弄香腻粉，做了个匿人交。我本虚心忠言劝你，你何故在此怨我？"二老只是笑而不答。陶情乃问道："三位老尊，大姓何名？家住何处？"三老答道："山野村老，也懒谈名姓，料住在此山中，往来熟识。"狐妖道："既幸相逢，便通个名姓，以便称呼。"一老便道："老拙叫

① 淡饭黄齑(jī)——泛指粗劣的饭食。
② 歃(shà)血——古时盟誓，将牲畜之血含于口中或涂于口旁，表示信誓。

做春魁，这友叫做后凋，这友叫做此君。"便问道："二位也通个姓名。"狐妖不肯说，只见陶情便答道："小子陶情，这友叫做畏虎。"狐妖只听得一个虎字儿，便吃了一惊，变了颜色。三老却也通灵，便笑道："畏老兄，似曾相识，倒是陶老兄，不曾会面。"狐妖一则知三老是岁寒友，无可计较，一则听老者说似曾相识，恐知他来历，乃扯着陶情说道："别家再看去。"乃辞三老说道："小子们要前途赶路寻友，不得奉陪。"三乡老笑道："你这狐朋酒友，哪里去？我三老久已知你来历，你如何妄借人形，伤坏雅道，梗高僧道化，欺我岁寒交情？"狐妖被三老说出他来历，便胡厮赖，乱嚷乱叫，只寻空儿要走，被三老缠住难脱。那陶情是久惯一路烟的，丢了狐妖，一阵风跑去了。这三老扯住狐妖道："你老老实实说来，方才跑去了的是谁？你与他有何缘故相识？"狐妖只得说出真情，说道：

　　他是破除万事无过，只为助我擒反目邪魔。

　　因此结为忘年小友，不匡遇着演化头陀①。

　　我把土泥变为斋饭，被他钵盂破了馍馍。

　　顷刻盂中长出山岭，猛虎咆哮跳下山坡。

　　我老狐生来有些畏惧，一路烟走也没奈何。

　　谁知撞见三位老友，识破了我来历根颗。

　　三个乡老听了，大喝一声，说道："清平世界，高僧演的也是王化，怎容你这狐朋、狗党、妖魔！"狐妖没了法，只想要逃走，却怎生逃走，下回自晓。

---

　　①　头陀——行脚乞食的和尚。

第四十六回

正纲常见性明心　谈光景事殊时异

话说狐妖见陶情老友一阵烟跑去了，这三乡老拉住不放他，道："患难中便见交情，可见这陶情是个面交酒友。"狐妖苦苦哀求三老放手。这三老说道："你这妖魔不求那高僧度脱，离了畜生之道，却还要假借人形，妄托友道嚼人。吾等常与山君往来，须率扯他到山君处，叫他把你碎嚼。"三友正讲，只见一人飞奔到亭子上来，口称"范子"，见三老拉住狐妖，乃问道："三位老叟，如何扯住这位青年朋友不放？"三老不答，但问："足下何往？"范子答道："吾与一友，期二载千里相会，今其期矣，千里赴约。"三老听了，遂放了扯狐妖之手，近范前一揖，说道："君可谓知己交，世上有此信人，吾等当亲当敬，又何必与此狐交，作甚计较？"狐妖见三老放了手不睬他，含羞退去。范子也别了三老，说道："吾要赶千里程途，不暇与老叟聚谈。"乃飞走去了。三老方才讲道："闻狐妖说，演化高僧过此，他们能发明纲常正道，我等既与世称三友，便把这友道求他们指教一二。"按下三老在亭子前等候高僧不题。

且说道育在堂中钵盂内现出山虎，吓走了狐妖，乃向那愁和尚说道："师兄，你入了贪魔，自取作怪。你只知敲梆化斋，哪知贪迷觉悟？"愁和尚摸着腹，只叫"爷爷呀救难"罢了。育师乃把钵盂盛了些涧水与他吞下，顷刻平安，那众僧方才合掌称谢。只听得山门众僧迎接祖师，进了正殿，参礼圣像，相见了方丈。三弟子上前侍立，顷刻殿前聚集许多善信。也有来历的，说道："好一个长老，像貌非凡。"也有来求道的，见了祖师庄严色相，便参礼十分。这来求道的，也有一等谈空说妙，问法参禅。却有一等，听闻得高僧指明纲常伦理，能使不忠不孝等类改行从善。只这一等人，其中便有家中或父不慈，或子不孝，或夫不爱，或妻不敬，种种家庭不和的，望着演化僧到，特来参谒求教。这些人，只道高僧有奇术神法，把那反常背道、不忠不孝的转变过好来。哪里知高僧只据着生人性分中正大光明的道理，一提撕开导耳。当时聚着的善信中，便是仁辅与宦尊①众友。那亭子上三乡老齐来探谒，道副大师一一请问众檀越姓氏。只见宦尊开口说道："老子舒中来也，解组归来，闲居无事，与这几位朋友盘桓终日，以乐余年，闻得高僧自国度远来演化，特谒莲座，以聆妙旨。"祖师不答，但说一偈。说道：

  俯仰从前，一正而定。

  逍遥已后，勿浇乃性。

那宦尊听得，拜受谢教，说道："人言不差，果然高僧因类演化，老子知偈意矣。但只是老子与众友来临，须是人人求一个超脱。"祖师乃目视副师，副师领悟，乃向宦尊说道："吾师教本无言，说偈只为尊长有问，不得不言。尊长欲人人尽言，非吾师本意。我小僧代言，且只就老尊长说众友来临，小僧看众位色相不等，不知是上交老尊长，还是尊长下交取友？这友道多端，总归一义。"尊长点首，说道："老子晓得了，只是一件事请问你：出家人当讲些见性明心的宗教、虚无微妙的禅机。我闻你们自出国门，只讲的是纲常伦理之言，演化忠孝廉节之辈，这三纲五常乃是在家生人的道理，你出家人既超出三界外，不在五行中，如何谆谆只讲这俗家的事？"副师道："老尊长，就你说见性明心，这性是何物？这心是何物？世人若把这纲常正了，便就是见性明心。"宦尊笑道："不是这等说，把宗教离远了。"副师道："老尊长，你离了道理讲性，还是你远了。"舒宦尊又问道："师父，你们东度之意何为？"副师道："我祖师与震旦国度有昔劫之缘，又因崔、寇诛尽沙门，吾师于慧照中，观见崔、寇不忠君上，自然王法不容。乃若沙门被诛，却也是他自取灭亡，岂有披剃出家，不守禅规，天道肯与你安然受享？僧等为此远行，要使这不忠的知王法，鉴报应，改心从善；要使那破戒的守禅规，遵释教，不堕无明。"舒宦尊听了道："人言不差，都说东行高僧如镜悬照，物随其来，都在光中。我老子时时想慕，刻刻欲会，今日相逢，听得教言，实慰我心耳。"副师笑道："此可谓友道中神交也。"那亭中三乡老听了，一齐说道："交情说到神交，这点精诚，古今能有几个？古语说的好：'坐则见于墙，食则见于羹。'心同道同，便是交道也。"

众方讲论，只见那堂中几个和尚都上殿来，参礼祖师毕，便问副师：

————————

  ①　宦尊——有官位的尊贵者。

"从哪条路来的?"副师答道:"自惺惺里来。"和尚又问:"往何处行去?"副师道:"从东路去。"和尚道:"我等正从东来,师父们须要小心谨慎。这东路有些阻碍。"副师问道:"有甚阻碍?"只见那愁和尚把脸愈加愁容,说道:"难行难走,不谎不谎!"

  第一宗是海水茫茫风波险。

  第二宗是剪径妖孽劫行囊。

  第三宗是被难沙门无度脱。

  第四宗是不重僧村难化斋。

  第五宗是程途遥远没处宿。

  副师听了道:"海水风波,我国王有赐的宝舟,可恃以无恐。若是剪径妖孽,我僧家有何一介行李与他劫掠? 被难的沙门要求度脱,正是我等演化夙愿。出家人到处,难道饥饿而死? 必有伽蓝①打供。这程途遥远,随所住处,便露宿林栖,有何不便?"愁和尚愈加哭起来,说道:"依师兄所说,四宗②都罢了,只有这被难的却是那被诛的冤魂,一灵飞越,到这方乡,倚草附木,迷往来行商过客,我等饶着是逃难一事同人,它鬼寻熟的迷,几乎被它迷倒。"副师道:"你既是吾僧家,岂不会往生超度真言、驱邪缚魅神咒,如何害怕?"愁和尚道:"他生前与我等也不同心,死后愈加惫赖。说道我们吃素看经的,得了太子救难,得以逃生,他吃酒茹荤的偏生古怪,神道不饶他,个个被伤。伤了到也罢,却还要把他堕入地狱。我等逃来时,正是他们迷人日,只恐如今都堕入地狱,路途清宁好走了。若是还有漏网的,师兄们却也要小心在意。"副师听了笑道:"师兄,你生来只会哭,便是不会出家的。岂不知一切尽皆空,凡人见怪不怪,遇邪无邪,自然恐惧不生。你若是愁眉哭脸,枉吃了素,何尝看经?"副师说了,众善信赞叹,个个辞出庵门而去,祖师师徒在庵静室打坐不题。

  且说陶情与狐妖冒居友道,见事不得个计较,又被那岁寒三老友扯着,怕惹出事来,一路烟走了。却走到个东南通道的荒僻路上,举目无一个识知,自己揣度,说道:"我想当初灵通关浑迹,到今尚无一个着落日子。"只因狐妖讲到弟兄朋友处,遂想起王阳、艾多、分心魔这一班结义,

---

① 伽蓝(qié lán)——佛寺。

② 宗——桩;批。

不知漂泊何地。正然思想，只见远远几个人来，陶情立住脚，睁开眼看，那来的乃是几个踉踉跄跄酒头汉子，走近前来，见了陶情便道："老兄原何独立于此？摆脱不似旧时，憔悴大殊昔日。"陶情见了道："原来是昔年交契老友。一向在何处立脚？"众人道："往昔与兄逐日交欢，只因北魏有神元通晋，带了几个僧人回国，那好僧持戒，把我等驱逐无所。却有那不守戒行的，日日与我等相亲，遂而留住脚头。今日那不守戒行的，弄出败兴，我等存留不住，故此远行到此。"陶情道："别来已久，众兄还是往日光景么？"只见一个道："时异事殊，我等都改名换姓。便是与一个相亲，他也起个别号，就是我当年与老兄相好时，名叫打辣酥，如今改作终日昏了。"陶情笑道："这等说来，众兄都有别号了？"众人道："都有，都有。"陶情便一个个问，终日昏乃指一个，说道："这位叫做百年浑，这位叫做沽来美，这位叫做只到酉，这位叫做乐醄醄，这位叫做口流涎，这位叫做吸百川，这位叫做吃不尽。"陶情道："你众友高兴，另立名色，便是我小弟当年叫做雨里雾，如今也改做陶情。我且问终日昏老兄：你与那不守戒行的相亲，弄出什么败兴？"终日昏道："小弟们一言难尽，都有几句《西江月》曲儿。"陶情道："怎么还有心肠做曲儿？"终日昏道："你知道的，有了我等再没个不哼两句儿的。"陶情便道："说来，说来。"终日昏乃说道：

　　　　原为相亲解闷，谁知他朝夕不离。忘却敲钟打鼓念阿弥，斋醮全
　　然不齐。

　　陶情问道："老兄，你这个曲儿说的是出家和尚与你相亲，他却如何败兴？"终日昏道："这僧人师徒两个，没早没晚与我盘桓。一日施主家请他荐亡，师父道：'徒弟，明日施主家荐亡，今日戒饮罢。'徒弟道：'明早戒不迟。'次日起早，看着瓮缸，恨了一声道：'冤家且忍耐半日儿。'我小弟在瓮中只得由他。他师徒到施主家，一日法事毕回来，等不得，点了一盏灯，拿了一把壶来瓮边，我听着他叫一声：'徒弟冷的罢？'那徒弟道：'熬了这一日，那里等的再烧火去暖。'那师父方把灯放下去揭瓮，只见一阵风起，我在瓮中听那风：

　　　　忽地声如吼，门窗尽刮开。
　　　　老僧没计策，只叫点灯来。

老僧方揭瓮盖，忽然一阵狂风把灯吹灭，便叫徒弟点灯来。那徒弟道：'堂中灯火俱被狂风吹灭。'急急走到瓮边，只见黑屋中一个亡魂哀哀号

泣,说道:'二位师父,好歹再熬今日一晚,免要开瓮罢。我承功德,道力已接引生方。如吃了这瓮中物,不但不得生方,且还要堕入地狱。'那师父听了害怕起来,叫道:'徒弟,见了鬼也。'徒弟胆大,乃说道:'我等荐亡道场,八众僧人,却难道今日都不开瓮?'那魂随应声道:'六个俱守戒行,所以我才得他道力;若是师父二位,只恐自身不保,尚能救度亡魂? 只是你有一日之戒,便也成就了功德;若是今晚开了瓮,不但我无缘法,你俩众也有后灾。'他师徒哪里肯依? 便把瓮黑屋里揭开,也不灌入壶瓶,便把勺子你一勺,我一勺,冷吃到个醺酣①方才点灯。他俩个师徒终日昏昏,我小弟所以起了这个名色。只因他如此,后来积出这败兴灾殃,我故此离了他到此。"陶情听了道:"你当初不该与他出家僧相亲。"终日昏道:"他来亲我,谁去亲他? 那六个不亲我的,我可敢去惹他?"

陶情听了,乃问百年浑说:"老兄想也是师徒们败兴来的?"百年浑道:"小弟另是一家故事。"陶情问道:"那家故事?"百年浑道:"我也依样画葫芦,说个曲儿。"乃说道:

偶向朱门寄迹,谁知那白社②攒眉③? 相亲相爱百年期,只为他

下楼不记。

陶情听了道:"老兄,怎么他下楼不记?"百年浑道:"我遇着一个贵客爱我,携我到他家终日款待宾朋。这宾朋中也有尊敬长上的,一团礼节待我;也有天性不饮的,毫不沾染于我。不匡④座席中,一个与我滥交的,他哪里顾甚贵倨,管甚礼节,只到个瓮尽杯空,还要使得人家瓶壶不闲,差家童送到他家里。这个滥交,到了八九十岁也无一日清醒。将近百年还是终朝酩酊。子孙劝他老人家保重要紧,哪里肯依? 却好从楼上去,便不计下楼时,一跤跌下来,到个呜呼丧矣。他才放我。"

陶情道:"败兴,败兴。且问只到西老兄,可也是跌下楼来伤了残生的一般?"只到西道:"不同,不同。小子遇着一个风流朋友,尽是相爱。到临了,也弄得败兴,饶着败兴,也有个《西江月》说与老兄听:

---

① 醺酣——饮酒尽兴而醉。

② 白社——无人祭祀的土地庙,亦指荒无人烟的家乡。

③ 攒眉——皱眉。

④ 不匡——没料到。

适量而止为上，谁教他贪滥恣情。恹恹镇日不能醒，不到黄昏不定。”

陶情听了道：“老兄，这也是他风流佳趣。”只到西道：“什么佳趣？这朋友秉来瘦弱，性子骄傲，逐日携我，不是青楼乐地，便是红杏花村。朝朝过酗，夜夜滥贪。那父母爱他，医家劝他，不好说的。”陶情道：“怎么不好说？”且听下回自晓。

第四十七回

祖师慈悲救患难　道士方便试妖精

只到酉说:"他父母爱他,叫他樽节①些,莫要吃,早伤了性命;那医家劝他裁减些,莫要到个药饵难医。他哪里肯依? 只是逐日恹恹害病一般,好饮食一毫也咽不下,美味汤水儿吃下也难安,所以说他昏昏只到酉。小弟便随着他起了这个名号。"陶情道:"你既有托,缘何也来?"只到酉道:"便是他不听父母教,不依医人劝,生出毒病儿来,也到个亡之命矣,才走将来。"

陶情道:"败兴,真个败兴。且问沽来美、乐酶酶与口流涎、吸百川、吃不尽列兄,也都有个毒病儿,方才得放你来?"众人道:"实不瞒老兄,我们也都是一般。但是有樽节的,略略不为所困。却也有一个曲儿你听:

谁不是沽来美味,哪个不快乐酶酶? 流涎不尽百中川糟,爱养浅斟②为妙。"

陶情听了道:"众位既是相亲的,都是高人放达,浅斟樽节,不为所困,宜乎贫贱相守,淡泊为交,何故又来到此?"沽来美道:"我众人虽说有相亲相爱,古语说的好,'没有个不散的筵席。'世间万事总皆空,便是我沽来的美,沽尽也空,乐酶酶,乐毕也空。涎了也空,川竭也空。只是吃不尽,便也是我等不尽。那吃的,便是老彭八百岁,也有了空时。"陶情听了道:"不差,不差,说得是。"终日昏便问陶情道:"老兄,你的行径,也说与我们知道。"

陶情道:"我小弟也照列位说个《西江月》罢。"乃说道:

自叹生来遭际,与人欢合怡怡。文齐怎奈福难齐,专与僧人割气。

终日昏听了陶情说"专与僧人割气",乃道:"老兄,你如何与僧人割

---

① 樽节——节制,节约。
② 浅斟——缓缓喝酒。

气？小弟却与僧人相亲。"陶情道："我这僧人，比你那僧人不同。你那僧人是不守戒的，终有个空隙儿与你弄倒。若是我遇着的这僧人，没个空隙儿弄他。"终日昏道："我们一味消愁解闷，却也没个空隙与那个拿着。"陶情笑道："正谓我们空隙儿多，被他拿倒了，所以我东走西奔，没个计较。"终日昏道："我们有甚空隙儿与他拿着？"陶情道："他说有等人被我们发作起来，父母也认不得，把言语触了；弟兄也顾不得，把手足伤了；夫妻也忘记了，把恩爱失却；朋友也不念情，把交道绝了。还有不忍一朝之忿，装酣儿撒泼，惹祸生非，又有不知礼义廉耻，钻穴逾墙，这都是我们空隙儿与他拿的定定，如何计较他？"终日昏道："这等说来，果是与我亲的僧人，天涯相隔，不同的远着哩。这僧人如今在何处？"陶情道："他今在海潮庵居住。"终日昏道："我等就到这庵中见他，有何相碍？"陶情道："难见得，难见得。"众人道："如何难见？"陶情说道："高僧慧眼，见了就知邪正，把门神将，秉教大力神王，不容我等混入禅林，以此难入。"众人道："我等各有变化神通，哪怕他慧眼与那神王？"陶情道："失敬，失敬。列位俱有变化神通，且问终日昏老兄，会变何样神通？"终日昏道："我会变脸，行见白就变红。"陶情听了摇头道："不大，不大。"又问："百年浑老兄，何变？"百年浑道："我会变性，一会善，神不欺，鬼不欺；一会恶，天不怕，地不怕。"陶情也只摇头道："不济，不济。"又问："只到酉老兄，何变？"只到酉说："我会变炎凉，一时寒飕飕，玉楼冻破；一时闹热热，银粟回春。"陶情更摇着头道："不见得，不见得。"又问沽来美等："这位老兄何变？"沽来美道："我会变乜斜①。"陶情道："怎么叫乜斜？"沽来美道："疲缠他入我圈套，腾那②他上我门头。"陶情笑道："都不中用。高僧们神通广大，智慧幽深，老老实实待他出庵，再作计较。"按下不题。

且说祖师在庵殿上静坐，三弟子侍立，忽然向道副大师说道："善哉，善哉。沙海邻村三五十族，苦罹于患难，虽然在他自作自受，却也未免动出家人恻隐。吾既居此，且已识故，安可坐观，不为之救？汝三弟子当往救之。但须得一物将去，庶③不费力。"乃举目视着两庑阿罗尊者，向三弟

---

① 乜（miē）斜——眼睛略眯而斜着看。
② 腾那（nuó）——挪动；移动。
③ 庶——几乎；差不多。

子说道："汝等当借尊者神力。"道副大师领悟，即于祖师座前，稽首辞出庵门。尼总持也领悟，乃于两庑阿罗尊者前稽首，遂出庵门。道育师也领悟，乃于正殿世尊前稽首，遂出庵门。在堂众僧，不知其意，也有向祖师问缘故的，也有随出庵外看三位高僧的，都不明白，祖师也不言不答。却说道副三位出了庵门，往边海荒沙直走，头也不回。三人正走人烟绝迹之处，满目荒沙。道副便向尼总师说道："师尊于慧照中见邻村人民罹于患难，二师弟知否？"尼师道："我见师兄领师旨，即稽首辞行，料有向方，又何劳疑猜？师尊目视两庑尊者，说当借神力，我故稽首阿罗前辞行。"乃问育师。育师说："我亦二师兄之意，但思世尊万法教主救苦救难，到处显灵，故稽首辞出庵门。祖师既向师兄说，必料师兄亦得慧照。又说我等三人去救，何必询问？只是我二人尚未深明邻村何所，村人何难。师兄亮知觉而来也。"道副大师道："我听师尊之言，邻村料不出东西南北，何敢多问，以逆师尊不言之教？"

　　三个正说间，只见那沙岸上一个老僧盘膝坐地，手持数珠，口念经咒。三人上前稽首，那老僧只手还答。副师乃问道："这荒沙何处？前去有村落人家么？"老僧不言，半晌，只等口中经咒念完，乃看着三人问道："何处行僧，到此不知路头，还要问人？世间可有个不知止处，便妄自走来？作速回去。前村只因善恶人心杂处，惹了一个精怪，恶的应当受他害也罢了，只是善门之家，畏怕惊惶，却也不安。你三位要化斋，却也无斋。便有斋，却也难吃。不如回去，有座海潮庵要住往来僧道。那村居人颇多，还有缘化。"道副道："我等是奉师前来救人患难的，岂有回去之理？"老僧道："精怪厉害，有甚要紧？便违了师父之命何妨？"副师听了也不问了，直向前走。老僧忙叫转来说道："出家人，性子何急？"副师道："天地间君父之命不可违，就是师命又岂可逆？比如，君命之蹈汤，父命之赴火，随行犹怕迟，尚敢退回？我等师命，便是精怪厉害，料不比汤火的厉害。"正说间，只见远远一个童子手持一杯茶来，说是近村人家，送与打坐老僧吃的。老僧接茶在手，便递与副师说："三位远来，合当受此。"副师辞谢道："食必让长，我等安敢当其赐？"老僧笑道："三位好心，只是你既奉师意，救人患难，此去前沙尚远，这精怪降伏却也不难。我有一瓶在此，即把此茶注于其中，荡邪驱魅，不说甘露，可持而去。"副师方接在手，老僧把手一指，道："那不是精怪来了？"三人回头，老僧与童子忽然不见。

　　副师接得个茶瓶，乃想起祖师之言，借尊者神力，乃望空拜礼。向尼、育二师说道："此九位阿罗显圣，虽然试我等道心，亦系慈悲民众。但不知此茶瓶作何用处。"按下三位高僧望前路行走。且说这海沙村落，地名铁钩湾。村有百里，居人颇密。家家捕鱼虾，食海兽，离海荒沙还出那獐、狐、鹿、兔，人恣猎射网罟①，却也奸狡异常，取尽生灵，堕成恶业。却也有十中二三善心男妇持斋的不去取，吃荤的家无取具。只说这射猎网罟之家，百样奸巧，伤生害命，杀气太重。不但人遭苦极必报，就是飞禽走兽、鱼虾蝼蚁，伤害太急了它也思想报仇。它一物微蠢，岂能报仇？冥冥之中却有神灵发慈悲之念，存好生之仁，痛恨那伤害生灵之辈，每每降灾与祸。可怜这村人，只知非血食不美，非射猎网罟无以资生，恣意妄为，恨不得竭泽而渔，空林而弋。他哪里知杀一生命，便生一仇怼②。古语说得好，"人无伤虎心，虎无杀人意。"鹊歇牛背，不歇人肩，知人有捉他心，害他计。蚊虫见人手指即飞，蝼蚁遇雨得浮草而渡，它岂无心，不贪生活？何苦人心不知慈悯，百计害它，以恣口腹！只因这村人作此恶业，就生出一个精怪。这精怪却出世不在深林大谷，乃生在水中，却是一个大虾精。它一微虾，筋力又瘦，如何成精？只为取它子子孙孙，食者太多，它积怒成仇，积仇思报，便成了一个精怪。一日在海中，与众虾计议，说道："这村人太恶，百计来捉我等。恨我无鹍鹏之翅，蛟龙之灵，以快雄心。闻知这村人，荒沙处捕獐、捉鹿，看那獐、狐、鹿、兔中可有恨这村人的，或是结个伴儿，或是请教个法儿，把这村人弄得他个七颠八倒，也不饶他。"众虾道："我等正在此怀恨他捉了去，咀嚼甚苦。"虾精道："我只见他网儿撒去，叫着一网打尽，大大小小都被他捞去，却不知他怎样咀嚼，何等样苦。"众虾道："他捞将去，大的剪去须爪，去须还不觉，只剪爪便疼痛难忍。"虾精哭起来道："是么，是么？比如一人手膊被刀割去，可疼可痛。"众虾又道："剪爪正痛。他却又送入滚油汤锅，这疼痛怎忍！"虾精道："可怜，可怜。真是难忍，小的被他捞去却如何？"众虾道："小的无须爪之痛，却有汤油之苦。更有一宗可怜处，说起这苦更甚，不是下磨磨，便是下碓舂，放上许多盐，做成虾儿酱。这个苦恼真真可怜。"虾精听了，收了眼泪，道："此仇

---

　　①　网罟(gǔ)——捕鸟捉鱼的器具。
　　②　仇怼(duì)——仇恨。

海深,怎生不报?"乃分身一变,变了一个长须老人。上得海滩,直投荒沙、深林密处,寻个獐、狐、鹿、兔,四荒观望,哪讨一个? 都是村人射猎尽了。虾精正坐在深林,只见远远来了一个青年后生,虾精观看那后生:

> 乔装打扮,摇摆行来。一裹巾勒着齐眉,夹布衣遮来全体。腰束一根吕公绦①,脚穿两只罗汉靸②。手拿纨扇跳钻钻,眼望松林来疾疾。

虾精见了后生近前,便问:"小朋友,从何处来?"后生一时答应忙了,便说:"来处来。"乃问:"老汉子坐此做何事?"虾精听了便道:"你这后生,调嘴弄舌,必是个不做本等事业,闲游浪荡之人。"后生道:"你如何识得?"虾精道:"唐突相逢,须当敬老,怎么我问你何处来,你便答我来处来。"后生道:"你这老汉子必定也是个妄自尊大,不合时宜的老汉。"虾精道:"你如何识得?"后生道:"你先坐此,见人来全无个主道,身也不起,手也不动,便问我来历。我实不瞒你,小子姓狐名狸,来处也远着哩。"虾精道:"远也说说我听。"狐狸乃说道:

> 家住昆仑山岛,常与鹿豕交游。
>
> 只因性灵变化,偶来沙海滩头。
>
> 有功捉得反目,无情交了陶流。
>
> 到此人穷反本,还思旧境优游。

虾精听了,故意作个假托熟,道:"原来是狐老兄,我一向久闻你与什么陶情结为契交,今日如何独行到此?"狐狸乃答道:"我与他原是个面交酒友,一遇患难,他便高飞远去。你不知这个人以酒为名,到处苟合,若是不合,便一路烟无踪无影。且问老汉子,高姓大名?"虾精道:"若问我姓名,也说说你听。"

> 生在汪洋水国,与鱼为乐交游。
>
> 只因子孙众盛,各分湖海潜留。
>
> 苦遭网罟伤害,弄作家破人愁。
>
> 为此来寻走兽,要与渔猎报仇。

狐狸听了,笑道:"原来是长须老精怪,真真的你有屈没处伸,我想你生长

---

① 吕公绦(tāo)——绦的一种,由五色丝三合而成。
② 靸(sǎ)——拖鞋。这是指罗汉穿的草鞋。

海洋,不求闻达,苦被村人百计嚼你,果然仇恨不可不报。只是你有何手段,会甚神通,把这海村,生它些祸害?"虾精道:"一人不得二人智,正在此无计。我想,我技不若长蛟。它一鼓浪,把这村人漂没,却又不忍。有善人仁人不伤害我,怎的教他玉石不分,一概罹害?"狐狸道:"你还是个仁义心肠,如今却作何计较?"虾精道:"我想当年,这荒沙多少狐、豕、鹿、兔,被这村人射猎已尽。古语说的好,'兔死狐悲',难道你无仇恨?"狐狸道:"不欺老兄说,我一向称为狐妖,却也有些变化手段。你若不信,我复了原相你看。"后生把身一抖,只见原是一个九尾狐狸。老汉子笑道:"原来你也是个忠厚妖精。你既忠厚待我,我也把个忠厚待你。"这老汉子也把身一抖,却复了原身,是一个大爪虾。一个放下四足,在那沙上打虎跳;一个直戳起两须,在那地下效螟游。

　　二精正露原身,却好一个全真,手捧着一个葫芦儿,走近沙路上来。二精看见那全真怎生打扮?但见他:

　　　　头顶黄冠子,身披白道衣。

　　　　麻鞋双脚着,丝带满腰围。

　　　　蒲垫肩头担,拂尘手内挥。

　　　　葫芦盛妙药,想是走方医。

　　二精见了全真来,躲又不及,变又已迟,被那全真看见了狐狸,道:"孽障,怎么捉着个大虾?吃又不吃,放又不放。"这狐狸,原有妖性,乃呱呱讲话不似讲话,叫嚷不像叫嚷。全真原是仙风道骨,一见便知,笑道:"原来是个多年老狐与一个老虾。你这两个孽障必有个缘故,我闻你多年受了日精月华之气,善变人身。我且背过身子,闭了双目,让你变出个会讲话的模样,再问你来历。"全真乃背过身,闭了眼,却又想道:"这孽障定然要走。"乃于葫芦内取出一丸丹药。却是何说,下回自晓。

第四十八回

仙佛宝器收蛟患　祖师说偈视沙弥

狐精见全真背过身去，乃暗相说道："我们正讲报仇这村，却撞着这个全真来。如何躲避？却又不便变化。不如趁他转身，走了罢。"虾精道："我闻全真多会呼风唤雨，降妖捉怪，若走得干净便罢了；若走得不干净，被他捉将来，倒惹得不干净。"狐精说道："打扮得虽然是个全真，却不知他可是个有道的真实全真？如今世上好歹念两句《参同契》①，记几句《悟真篇》②，手里拿着个葫芦儿，不知卖的谁家药？装模作样，诱哄愚夫，也是个全真。"虾精道："我看他是个真全真。他若是假全真，见了你这个狐狸，拿了你去剥皮吃肉，便是虾儿，莫想饶你。真全真，故此好生存心，背过身闭了目，叫你变出人形，问你个来历。你看他葫芦内取了一丸药在手，全有个仁心爱物，把金丹度人的意思。"狐精道："依你主意变个人形，与全真度脱吧。"二精乃摇身一变，依旧狐精变个后生，虾精变个老汉。全真转过身，睁开眼看见，笑道："孽障果是有能。"乃叫二精近前来，二精逡巡③畏缩，不敢近前。全真道："我出家人，方便好生，决不伤汝，汝不必怕。有何情由，实实说来。"二精乃把前情说出，全真道："我非别人，乃海岛玄隐真仙弟子，本智便是。我师蓬莱得道逍遥，我亦成道。昨慧光照出，这邻近村乡，人心积恶，上天发怒，应有灾难。但恶类之中尚存一二善人，我是以来救护，恐玉石不分，殃及善类。今听汝等所说，有个道理。你二精可变作活物，待我变作贩卖之人，到这村中试人善恶。若是善人，当脱其难，若是恶人，当降其灾。"狐精道："这等我便变作个兔子吧。"虾精道："我原还本身。"全真道："虾不可共兔卖，须是变做个野鸡，以便我为

---

① 　《参同契》——道家书名。全名《周易参同契》。
② 　《悟真篇》——道教书名。用诗词百篇演说道教炼丹的法术，和《参同契》互相发明。
③ 　逡（qūn）巡——因有顾虑而游移不前。

猎户去卖。"一时各自变化起来,宛然一个猎户,担着雉兔,走长街,过短巷,无一家不叫着要买。

且说道,荒沙近日不出禽兽,村中因此稀少,争着叫买,猎户只是假争钱钞不足。却好走到一人家门首,只见门内走出一个男子来,看见猎户便骂了一声,说道:"这等一个精壮汉子,不去做些别样经营,却担着两个活物卖钱。你得了钱钞,不过买柴籴谷,救你一日之饥,却叫这两个性命伤了。可怜也是它出世一番,有眼看着人世,有耳听着声响,有口食着草粟,有性知道疼痒,被你捉来送入人腹。"猎户听了,乃向二精说道:"走遍村乡都是要买活物,唯有这家汉子,你听他口口声声,何等善言善语。若天降灾殃,不救这人家如何过?"虾精道:"这汉子言语虽善,不知他家道何如?"全真道:"须是到他家里观看方知。"虾精变的却是雉鸡,他故意飞入这人家。只听得个妇人在屋内哼哼地说道:"病歪歪的,叫汉子买个鸡儿做汤,他道放着鱼虾不做汤吃,偏要活活杀鸡害个大性命。"虾精听得吓得飞将出来,说道:"仇人,仇人。虾儿、鱼儿又不是性命,怪不得这人家妇女有病。他既要吃我,我便趁他病,报他一场。"全真道:"虾精且莫躁性,我爱他个不杀飞禽,且全他家室。"只见狐精说道:"这满村都争买兔雉,连走兽也杀,此仇我当去报。"全真道:"你如何报?"狐精道:"我与他个好还报他,那好动刀杀的,便报他个项下出血。"虾精道:"他便有寸铁利刃,你却没刀。"狐精道:"趁他项下生疮害毒,我便叫他无药可疗,血流不止。他若是炮烙油火,滚沸汤锅,我便报他个浑身腐烂,遍体脓伤。"虾精道:"犹不足以报恨,他尽坑了生灵种类,也少不得还他个大小灾病。"全真听了道:"你这二精也怪不得你怀恨思报。只是那不害你的,却也是个恩家,你如何不报他?"二精道:"我也报他个合家大小安福,善人寿命延长。"全真道:"这是神天主张的事,你一物之微,敢操祸福之柄?"二精道:"这也非神天,也非我等,总是善恶人心自作自受。"

正说间,只见天风猛烈,海水泛滥起来。烟雾濛濛,却见蛟腾无数。看看村落漂没,那村人汹汹慌乱。这二精越助风潮,全真独力救援。正在势孤力弱之际,只见西南上来了三个僧人,手执着一个茶瓶,口中念着菩萨梵语。那海潮渐平,长蛟化为蚯蚓般样,也有钻入全真葫芦内的,也有收入僧人瓶的,顿时村沙宁静。那村人有看见沙滩之上,神僧、高道救护,齐齐奔来拜谢。这三僧犹自狰狞,怒目而视。只见那众村人中两个老者,说道:"我这沙滩久未起蛟,村中也平安多日,今日祸患,若非众师救难,村人险葬于鱼虾之腹。"全真乃笑道:"汝等欲免其葬腹之因,当须动一慈仁之度。且问二位老叟,你可认得这一个后生,这一个老汉?"那老者上下看了一看,道:"不相认。我两老一家斋素,不出屋门,生平交少,故与这二位不认得。"二精听了笑道:"不是我这众位师父,救了你这村落,还是你二老救了众人。我等仇心,少略消了。"说罢,不见。三僧方才与全真相见,各叙道话。后人有五言八句说道:

> 莫说世间物,蠛蠓①乃化生。
>
> 亦具血肉性,宁无生死情?
>
> 有心思报复,无力与相争。
>
> 仁人多造福,不忍听其声。

且说祖师打坐宝殿,庵内众僧候其出定,乃问道:"老祖师命三位高徒哪处公干?莫不是化缘?我这庵中颇有常住供养。若是化缘,我等方才跟出庵门,见高徒从东海沙荒处行去,村远人稀。只要走到铁钩湾。叵奈这村落人家行善的少,不但无斋化,且还要受诸苦恼回来。这地方多精怪,捉弄得村人家家不得宁静。又且长蛟时起,海水泛滥,漂没人家,走得快些,还得生命。若是迟了,或是黑夜,多有冲去。高徒不当往此村去。"祖师不答,但说:"出家人,莫要拣好地化缘,信步而行,随所住处。"正说间,只见庵前远近,善信接踵而来,都是家中六亲不和,灾病煎熬,不得安静的,听闻高僧演化,齐来求度。祖师欲待不言,又因三弟子外出,恐辜来众问道之心。欲言则往往来来,非止一人一事,不胜烦扰。乃于众善信前,说一偈道:

> 一切不平等,根因皆自作。
>
> 自作自为医,何须问人药。

祖师说偈罢,乃侧目直视着焚香小沙弥,说道:"小和尚,烧香的心肠在哪里?难道炉香叫他自己烟焚?"众善信中,有明白的,点头赞叹,合掌称谢;也有不明白的,却问那点头道:"高僧说的禅机梵语,是如何讲解?"众中却有那宦尊在内,他便向那不明白的说道:"高僧之意说道:各人家不平等的事,都是你自家生出来的,若思想这事根因病患从何起,当从何

---

① 蠛(miè)蠓(měng)——小虫名。

止,自然就安静,何须责备于人? 比如焚香,焚与不焚,皆在沙弥一心自主。"宦尊说了,众善信还有不明白的,说道:"闻知高僧有徒弟三个,肯与人备细讲解,怎么不在殿中?"

却说道副三众与全真救了铁钩湾蛟患,全真向副师说道:"师知这村人灾患何始么?"副师道:"作恶之报。"全真又问:"师知这灾患何救么?"副师道:"作善之报。"全真又问:"师既知报恶,却又知报善。报恶不苦了善,报善不纵了恶么?"副师道:"蛟患,正所以报恶,我等来救,正所以报善。"全真笑道:"师言尚未尽了。我等来救,是报善,尚未报恶。未报恶者,他恶贯未满也。小道昨来,见二精怪也非精怪,乃作恶的畜怨积恨所成。这村人,若是了明这一种怨恨根因,速行改省,物各有性灵,你爱生恶死,它岂独无? 但存方便,就无精怪。若是执迷不悟,恣口腹之美,不顾生灵之命,这精怪怎肯甘休?"副师道:"我等既为救善人,非为报恶人而来。我已稽首世尊前,乞发大慈。须是善人益坚其向善之心,恶人惩创其作恶之念,始终成就了这来救护功德,事在道师做主。"全真道:"闻知三位禅师道力高深,神通洪广,还是禅师做主。"副师道:"我等僧家一意慈悲救善,即是惩恶,但恐恶的不知因救善而得救,改善之心不坚。还是道师贵教,情法并施,功德易就,请勿推辞。我等也须瞻仰道力。"全真听了,乃说道:"村人善信易化,恶心难改。若不大显一番神通,怎能更转他的恶意? 如今说不得贫道用法惩恶,禅师用情示度。俗云:救人须救到底。"副师答道:"一听道师主持行法。"

全真乃把手一挥,叫一声:"狐、虾二精何在?"只见狐精仍旧变后生,虾精依然变老汉,二精站立面前,道:"仙师何事召吾二怪?"全真道:"村人作恶无它,非干名犯义之大憝①,非反常背道之巨谴;不过是忍心杀害昆虫,为汝等冤家债主,汝等积恨益深,他那里恣情不悟。我两门愍念②愚氓,造此恶业,几被蛟患。还来救护,只是救护了村人,与你等毫未有济,更存留杀机于汝等。吾今欲五全功德,必须要汝等协力。"二精问道:"仙师,何为五全功德?"全真道:"一全善人无难,二全恶业知消,三全鱼虾免害,四全鹿兔无伤,五全我与禅师皆成了普度之愿。"二精合掌赞扬

---

①　大憝(duì)——元凶,奸恶。

②　愍(mǐn)念——怜悯的念头。

道："愿随道力驱使，不敢违背。"全真乃叫虾精说道："你变这老汉极相宜，可把狐精变个兔子，携上村间去卖，看是哪家专要食兔，与你狐辈最仇。你可趁他家祸害灾殃，加一等①作跷蹊古怪，我把这葫芦中丹药与你一粒，恐有法术医人来救，一凭你将丹相几妙用。"虾精老汉接了丹药，正欲辞行，副师乃叫住道："汝等惩创恶家，恐波及善类，可将我僧这茶瓶携去，遇有难解之难，也能助一善功。"虾老也接得在手而去。

却说这村名铁钩湾，言人心最险有如秤钩。就有一人姓辛名独。这人奸险存心，诡诈行事，害人利己，刻众成家，恶贯满盈，家中灾难迭出，却也说不尽他的坎坷。一日，梦其祖先说道："辛独，你当改过自新，行些善事，救解身家灾难，就是宗祖冥中也得超升。你如不改，只恐祸患临来，悔之晚矣。"这辛独哪里信从？一日，妻妾子女灾殃不保，他却遇着虾老拴着一只活兔子村中卖，乃叫着："老汉子拿兔子来，我买。"虾老近前把兔子递与他。辛独见有近邻几个人来，只道是来争买兔的，他忙把兔子收入屋内，却把钱钞付虾老。只见那近邻人中，一个善老人说道："辛独，你不该忍心又买活兔，伤它性命。我看蛟患方安，都是圣僧高道救护，你也当向些善。"辛独笑道："家有病人，想此活兔为食。要人病好，哪顾生兔？"虾老听了道："全真为方便善人，因纵了这恶。他只知收了活兔进屋，怎知收了祸害入门？"虾老拿着丸药茶瓶，站立在辛独门前。却说狐精变了兔子，被辛独收入屋内。他却把兔子放在一个罩内，伺候宰割烹庖。哪里知狐精变的兔子，他知这情由，乃掀开罩子走出来，前后屋内观看。只见辛独家中妻子大大小小灾病异常，却见许多恶邪凶怪守住不离。见了狐精，这些邪怪便恶狠狠起来，说道："你这送命的兔子，因何又被他得来？"狐精把身一抖，却变了一个后生。他把隐身法儿又使出，辛家人哪里见它？只听辛独见罩开不见兔子，大嚷大骂去寻。狐精却问这些邪怪缘故。邪怪道："我等皆是辛独往日恣意杀害的禽兽、鱼虾，苦被他百计咀嚼，一灵饮恨不散，结聚在此，只待时日，报他个合家不救。"狐精道："我闻这村中伤害汝等的人家不少，如何独守在他屋内？"邪怪道："我们做不得主。还有这村中报应大力王神，他执有册籍，家家都有个次第②开载。"狐精

---

① 一等——一群，一伙。

② 次第——次序，一个挨一个地。

道:"册簿怎样开载?"一个邪怪道:"今早闻得神王到海潮庵参谒高僧去了。留下册籍在那邻家善老儿屋内。且问你:方才是一个兔子,怎么就变了个青年后生?我知道了,莫非你也是被他坑害买来的冤孽?"狐精道:"不是,不是。我是要报仇的走兽。只因皈依了僧道方便之门,为救善人到此。"那邪怪一听见了狐精之言,乃大怒起来说:"怪道蛟患不作,我等空守时日,徒抱着仇恨。闻知是什么和尚道士救了。据你说救了善人,却不纵放了恶党?叫我等被它伤害了的,不得讨它命,报它仇。"说罢,一齐抢上来把个狐精拿倒。狐精措手不及,隐身法儿也不灵,依旧复了个活兔子。辛独家婢见了,匆匆捉拿了去,放在罩内。狐精偷眼看那些邪怪,却也都是禽兽昆虫之类,只见家婢把兔子罩住,却去报与辛独知道。狐精忖道:"这一回他定要计较我。我若弄起手段来不明不白的,这些邪怪又恶狠狠地怪我们坏了它事,只得走出寻虾老计较。"乃把身一拱开了罩,依旧隐着身走出门来。虾老见了问道:"你如何到他屋里,许久不见个动静出来?"狐精道:"一言难尽。"却是何言,下回自晓。

第四十九回

善神守护善人家　恶党闻灾知警悟

　　狐精向虾精老汉说道："原来这辛独过恶,伤害生灵,神王不宥他,把他平日这些被害的冤孽,都守住他灾害的妻子,只等他恶贯儿满,便报应。谁想我等救了一村蛟患,他这冤孽不得讨命超生。"虾老说道："一村吃鱼虾、猎走兽,千千万万,偏生在他家?"狐精道："我也正是此言。他道神王有册籍,注定恶人轻重次第,先后大小报应。"虾精道："册籍,你见来么?"狐精道："我也要看他册籍。他道神王参谒高僧去了,把册籍放在邻老善人家。"虾老道："我也说方才众人中一老,说辛独买活兔的不是。可见善人人喜神也欢。册籍放在善老家,我与你到他家去看。"狐精乃同虾老隐了身,走入邻老善人家。只见邻老家中,一个善神坐在堂中守护着家堂。那册籍祥光射目。善神见了二精道："你这两个孽障变人貌,隐幻身,何敢撞入善门? 想你被那咀嚼你的,与你有命性干连。你当入他室,仇他毒。哀此善门,毫无违碍。"说罢,把手内一个铁如意当二精打来。二精忙忙说道："善神菩萨,我们虽是要报仇的,却也不同。"善神喝道："我看你二怪什么不同?

　　　　貌虽老少人形,情却狰狞古怪。

　　　　一似长须爪虾,一似獐麋狐态。

　　　　你们冤自有头,这家毫无你债。

　　　　速去他处现形,谁家买你杀害。"

二精听了道："我两个在辛独之家,闻知神王有册籍报应次第,特来求看的。"善神不肯与他看,狐精便来抢了册籍,往屋外飞走。善神赶来,虾精乃执着茶瓶,取出全真与的丹药一丸,叫声:"变!"那仙丹即变了一丸石弹子,圆滚滚,直敌那如意,左来打左抵,右来打右搏,两相战斗,却遇着神王回到取册。见两个战斗,看了一看,怒道:"何物邪怪,敢与善神相竞?"乃执神斧来砍虾精老汉。老汉忙了,见那弹丸抵敌不住,随把茶瓶捧在手中。只见那瓶中五色毫光外显,光中钻出一朵红莲。此时善神与神王停着兵器说道:"救苦难菩萨的宝器,你是何怪,敢窃了来?"虾精道:"我这宝器乃高僧与的,如何说窃了来的?"善神道:"那狐精现抢了册去,此宝岂不是窃的? 或者也是抢来的。"虾老道:"石弹乃是仙真之丹,茶瓶乃是高僧之器,他们现在荒沙之前,特为善人来救。"神王听了,乃与善神笑道:"原来你二怪也是学好改行的邪怪。且问你:高僧仙真既来救护善人,却又叫你来,做何公干?"虾老道:"只因救善,恐纵了恶党。依仙真道法,要剿灭了恶人,以扶持善信。依高僧慈悲,要那恶党闻灾害知警,速改行修善,以免灾迍。方才因辛独恶贯将满,说神王有报应轻重大小册籍,我等欲看了,以便回复仙真,故此入这善门,触犯了威灵。"神王听了,便收了神斧,叫狐精拿了册籍来,共同一看。

当时展开,只见册上注的甚是明白,也有合家斋素,全不杀生害物的,乃第一行,应增福寿;也有为父母灾疾,不得已宰杀孝养的;也有为王差享祭畜养、牺牲忠公的;也有为祀祖祭先取物,实那笾豆①的,俱在二行之上,应当无过无灾。以下便注着恣口腹之美,肆宰杀之惨,多寡有数,时日无虚的,应当报以合家大小轻重灾难。却最不善的是辛独,行事奸诡,立心凶暴。杀戮过多,应当恶报。狐精只看了这一行,把个册籍交还了神王,扯着虾精道:"事实有据,我与你报与高僧仙真去,叫他作计较罢。"二精飞走,到了全真前,把这事情说出。全真乃向副师说道:"世事看来善门自有善神拥护,恶家自有邪怪守着,观隙俟时,料那神王册籍注定,岂轻纵了? 我等已方便了他蛟患,真是那善人成就了他的,且各自回鸾去吧。"说毕,叫那虾老、狐精过来:"你二精只俟着辛独贯满,应去报仇。我等去也。"遂别了副师而去。副师同尼、育二师取了虾精茶瓶,乃说了五言四句偈语,发付二精而去。说道:

　　　一害还一害,应作报怨看。

　　　村中有善信,如意保平安。

副师说罢而回。二精赞叹而去。三人来到前路静处,只见一个老僧面貌不似前的,坐在沙岸上,持着数珠儿念佛。副师见了,向尼师说道:"取瓶尊者在此。"乃上前顶礼,将瓶交付道:"蒙菩萨点化,救得村人,分别善恶,仍得全真道力扶持。"那僧只点头念佛说道:"三众有斋化余剩,

---

①　笾(biān)豆——笾和豆。古代礼器。

斋我老和尚一顿。"副师道："有斋奉献,怎敢供余? 实未有斋。"那老僧只是念佛。尼师道："师兄看此僧,非昔尊者,何为错认,又把个茶瓶付他?"副师道："一任其非是,我以信心为是。此僧若知非是,故认非是即非是也。彼不知非是,我不知非是,一施一受,弥陀岂远? 皆此实心。师弟,你一说非是,我与你便皆有非是。看这非是作何因缘?"那老僧见三众答以无斋,他仍旧坐着念佛。副师见这光景,也念了一声佛,辞别而走,到得庵门,只见往往来来,许多善信,都是瞻礼祖师的,说道："三位师父回来也。"副师三人上殿参礼世尊、两庑尊者,只见九位尊者前不见童子茶瓶。副师知其意,稽首祝赞未毕,只见那老僧也走回庵,到庑下把瓶儿放在尊者前。向庵僧说道："我早见这位菩萨前不见了瓶子,只道是人窃去,原来是这三位带了去救村人。适我沙上化斋,三位还我,我不敢言。今原还了菩萨。"庵僧道："老师父,你今日得了斋么?"老僧道："得了斋。"副师三人见闻不言,但向尊者前又复顶礼,随进静室参谒了祖师,说道："弟子奉师旨,解救了铁钩湾村人患难,回来拜复。"祖师点首,只见坐中有一善信开口问道："三位高师救那村人,何等患难?"副师答道："救他蛟起患难。"善信道："我这海边蛟起,定然大水漂没。不论三五百千家众,俱要沦丧。这是劫数使然,还是过恶之人造出冤孽?"副师答道："劫随恶造,两相积成。"善信道："虽然,其中宁无一善人? 当年我这村中也曾遇难,有善人家众,俱被沉沦,此又何积? 看来也是适然。"副师答道："善信大姓何号?"善信道："小子魏真,实不瞒师父,我家已三代行善。当年祖上也被蛟患不浅。"副师道："行善之人有真有假,有名善而实则不善,有始善而终却不善,有为利而善,有貌善而心不善,纷纷不等,安可概谓之善? 倒不如平常作恶,一旦悔过向善的,倒真实是善。"魏真听了又问道："师父,你且说这貌善而心实不善的,却是何等?"副师道："见人笑面,恭身利己,狡贪刻薄,此名为貌善。"魏真道："这等可有个报应待他么?"副师道："有报应,须是见虎而怒目视,愁眉乞怜,此处虎岂哀恕? 终是狡贪刻薄无用也。"魏真点首,又问："名善而实则不善的,却是何等?"副师道："名传斋素,暗地坑人,此名为实不善。他的报应,来不意之祸患,陷众见之图圄①，此自生前，还有阿鼻②继后。"魏真听了，骇然惊惧。又问："始善而终不善的，何等？"副师乃说七言四句，道：

> 可惜前功高大户，徒然败子出家门。到不如为利为善终得利，一念仁心改昔非。

魏真听得合掌道："信如师父之言，毫忽不差。但我等村乡愚民，只晓得祸患之来，求神买药，哪里知道有这个不消求神买药的道理？"魏真与副师讲说，在座善信甚多。一时听闻了这善恶真假都有个报应，乃齐齐地你看着我，我看着你，说道："张大老，如你家之事，也是个报应了。"张大老便看着李大老，说道："如你家这事，也是个报应了。"纷纷齐讲乱说。魏真便说道："你众人不要乱讲，师父们原是演化度人，无有不开心见义，与你们分剖善恶报应，方便你各门安静。"尼总持便说道："魏施主，演化度人是我祖师本愿，但我师化在不言。即言，有明说的，有暗指的，总不过片语半偈，世多不解。我师却又言之不多，所以我等代师之言岂好多言也？诸善信家，若果有不明疑事，无妨说出，我等自为分剖。"只见张大老便开口说道："小子家，有一桩怪事，为此心意不平。撰了几句，师父试听。"乃说道：

> 白日阴魂讲话，黄昏母鸡啼鸣。炎天池水冻成冰，男子结胎怀孕。

尼师听了笑道："此恶报也。"张大老道："我家也多行善，有何恶报？"尼师道："此阴恶胜阳，多是中馈有不善之报，根因却在施主。盖施主为一家之主，你不善以待那妻妾，故妻妾属阴，积阴成厉③，若不速改入中正之道，只恐积厉生患。我为善信虑也。"张大老乃问道："即如师言中正之道，却是何道？"尼师道："夫有夫纲，妻有妻德。夫失其纲，妻必无德。"张大老点头道："说得是，说得是。"李大老也开口说道："小子家有一件古怪古怪事情，为此撰了几句。"说道：

---

① 囹(líng)圄(yǔ)——监狱。
② 阿鼻——即阿鼻地狱。佛教名词。为八热地狱中的第八狱，也称"无间地狱"。
③ 厉——危厉，危险。

棠棣①开花作怪，堂前荆树成精。猫儿被鼠咬其胫，布粟为妖相竞。

尼师听了道："此亦是恶报。"李大老道："我家也积善，如何恶报？"尼师道："此昆弟②不相和，多是居幼的行恶，居长的无礼，这两恶积成，定有官非口舌之报。"李大老道："可救解得么？"尼师便问道："施主你昆玉③几位？"李大老道："我无弟兄，只小子一个。"尼师道："有几位郎君？"李大老道："这却有三个。"尼师道："施主平日无教子之方，必是郎君昆弟不和也。"李大老道："小子从来家教甚严，专在这昆弟上着力。只因我先祖父昆弟争竞，不相容忍，小子所以把子教他和睦，唯恐争竞。"尼师听了，合掌起来念了一声梵语，说道："此先世积来也，报应根因断然不爽。施主，你只能警先觉后，在那法上为解；不曾积一善道，在这阴功上求解。任你教子相和，怎奈他冥冥作怪。"李大老听了点头服义，说道："小子只求个三世解冤的阴功，望高僧明指教诲。"尼师自不敢主，乃扯李大老下坐，望祖师稽首，求赐度脱。祖师眼看着三个弟子，道："此不可以理解，亦难教化。汝三人当清其根因，剿其孽怪，可望消释。"副师三人乃领师旨。

话分两头，却说这李大老的父在日，叫做李杀虎，心地偏窄。有弟兄三个，这杀虎居长，欺二弟占家财。以故二弟不忿，常年争讼。莫说家财费尽，亦且臭名遗后。一日杀虎物故④，到了阴司，堕入抽筋地狱。狱主把他簿子查勘，大怒道："你这无人伦的孽障，大恶至此。"杀虎道："小子有甚大恶？"狱主道："弟兄乃人伦一宗正道，想当年你父母生你，又得个弟，何等欢喜！心中说道，与你又添了一个手足，遇有患难，你便有帮助不孤。益苦挣财产，唯恐你弟兄不得过日子。又娶个贤惠好人家女子与你为妻，巴不得妯娌和好，一家如张公九世同居。谁想你听不贤妻话，分开同胞二弟，又奸狡倚强，欺占财产，以致争讼。你可知天理不容，家财占的，到头来一场空而无用，还留下这臭名儿。我这冥司，且不饶你。叫鬼使押他在抽筋地狱。他忘了手足恩情，便抽他手足之筋。他忘了同胞之

棠棣①——古书上说的一种植物。
　②　昆弟——即兄和弟，也包括近房的和远房的弟兄。
　③　昆玉——对别人兄弟的敬称。
　④　物故——亡故；去世。

义,便抽他浑身之筋。"狱主说罢,又查他后代应有一脉三孙,乃使他似祖积恶,仍还他个弟兄相竞。只因杀虎有这一种根因,所以李大老生了三子尚幼,未有妻室,未曾成人,却萌蘖根由,已先呈露。家中有座花园,园中有各色花树。但见:

> 棠棣花连芳共蒂,牡丹花独占群芳。
>
> 芍药花红妆金缕,海棠花娇媚妖娆。
>
> 白梅花玉骨冰肌,黄菊花傲雪凌霜。
>
> 紫荆花胭脂染就,绣球花白雪平铺。

这园中万卉千葩,却也数不尽;三春四季,却也不同开。有色无香的真也可爱,有香无色的实也堪闻。李杀虎在日,朝夕在园中赏玩名花,相共的都是交情契友。可恨他这园是祖父遗来,便与二弟有份。他倚着强梁,便是二弟脚也不肯让他进园。积了这根因,就生出一桩怪事。只见李大老一日正在园中赏那紫荆花,树下飞出几只禽鸟来,一只一只飞到空中,乱相扑相啄。也有飞去的,也有落下来的。李老怪疑,近前一看,乃是几只鸿雁,见人来便往树根下钻入不见。李大老正疑,叫小仆取锄掘树根,只见土穴内,钻出几个大硕鼠,扛着一个黄猫。那猫三足无胫①,其一足胫被鼠见咬而啮②。李老乃大诧异,遂掩其土,一向并未与人言。今因张老在祖师前说出,副师三人奉师旨到李家中剿除这怪。李方说出,乃领着三位高僧,到树下周遭一看,只见副师见了乃向尼总持道:"师弟,你知这根因么?"尼总持点首道:"知其一。"副师又向育师道:"二弟知这根因么?"道育也点首道:"知其一。"副师笑道:"你等知其一,尚未尽知。"乃向尼总师附耳道:"如此,如此。"尼师答道:"正是,正是。"却是何说,下回自晓。

---

① 胫——小腿。

② 啮(niè)——啃,咬。

中国古典文学名著丛书

东度记

下

[明] 方汝浩 著

华夏出版社
HUAXIA PUBLISHING HOUSE

第 五 十 回
李老吝财招盗劫　仙官阅卷授诛心

话说副师见了李家树下飞出大雁来，各自争斗，飞去落下得可怪，又见鼠反食猫，乃向尼总师弟说道：

世事皆先兆，明人睹未萌。

将兴生瑞草，家败出妖精。

上士勤修德，下愚妄自行。

一朝来祸福，岂是没因生？

尼总持听了便向副师说道："师兄见解极是，却不知这鸿雁与硕鼠精怪何以兆败？"副师道："雁飞去者去，落者落，此失序也。雁行属于昆仲①，紫荆乃其义花。此必有分行失义之根因，而其家可知其败。况硕鼠为猫所捕而食，今反啮其胫，无礼犯上，必有主弱仆悍之侵。"育三师道："可禳解么？"副师道："李善信无昆仲，且未经历其事，从何处解？此兆必自其先人，先人往矣，根因必种在后人，后人又何知其解？"尼二师道："当劝李老修德行善。"副师道："德有德因，善有善报。但前人已种昆仲之恶因，此必不能挽回昆仲之恶报。"李老听了三僧之说，乃合掌求解，说道："三位师父所言，毫发不差。是我先人不念昆弟同胞之义，伤害了些人伦道理，以至我无兄弟。今我生三子，虽无争竞，其实皆幼，只恐长而不和，事将奈何？乞求三位师父与小子把这根因解救。"当下副师只说："造下根因各有种类，施主即修善，却又有别项善报。似此昆仲根因，解救不得。"尼总持道："师兄，不然。古有齐景公②坐朝，晏子③侍立，只见天文官奏道：

---

① 昆仲——兄弟。

② 齐景公——春秋时齐国君。名杵臼。

③ 晏(yàn)子——春秋时齐国大夫，字平仲。

'荧惑守心①,主有灾难。'景公问:'这灾难可禳解的么?'天文官道:'可修禳,移在臣下。'景公道:'臣下,乃辅我之人也,我闻君无辅,何以为国? 移臣下断然不可,再思别计。'天文官道:'可移于岁。岁若旱涝,主灾可免。'景公道:'国以民为本,民以食为生。若岁有荒歉,民何聊生? 寡人不愿伤民,宁可自当灾难。'晏子听了,称贺道:'我王有此善言,那荧惑必然化祥。'次日,天文官果然奏道:'夜观天象,荧惑退舍三十里,反主我王福寿,国民安泰矣。'岂有先人种了昆仲恶因,李善信修一德,不禳改了的?"育师道:"二师兄说的一团道理,只是德从何处修去? 善从何地行持?"尼总持道:"德与善,但随李老善信,自修自行。"李老道:"便请三位建坛道场,诵些经卷罢。"总持道:"经卷岂能挽回不义之报? 道场那里解得昆弟之愆? 见苗寻根,只得待我查勘这一种根因,再与李老善信作功德也。"总持说罢,乃回庵中仍照常侍立祖师之侧,日间接待往来善信众人,夜与众师习静。

这晚,总持有那查勘心愿,便于静定之余,游神法界之内。忽然来了正殿上,见世尊端然坐在莲座,两厢阿罗尊者庄严色相,各依序坐,只见十位尊者,执经正坐,旁有仙人侍女焚香。尊者目视着尼总持微微笑道:"汝以经卷不能挽回不义,这经,何义也? 这诵经,何人也? 这不义,何人为也?"总持听了,合掌谢过。尊者道:"汝非是过,当未察根因。"总持道:"弟子正为未察根因,所以志愿查勘李氏祖先造下之业,今日园花雁鼠之怪,与他个解救入门之路。"尊者道:"吾执经照见五蕴皆空,汝欲查勘,总不外此。但汝若知,何劳查勘? 汝若不知,查勘徒然。"总持道:"弟子非查勘,自己欲使那不知者知也。"尊者笑道:"吾姑试汝。"把手一指,说道:"那殿阶下自有查勘处。"总持乃看殿前阶下,列着许多仙官。只见一位仙官,总持认得乃是当时查勘郁氏弟兄的。总持忙下殿阶,拱手作礼问道:"仙官何来?"仙官答道:"当朔日②礼谒世尊。"总持道:"正有一事请

---

① 荧惑守心——火星守御星。荧惑:火星。心:明堂星。明堂系天子位,引申为御星。

② 朔日——农历每月初一。

问,世间妖孽关乎气运①么?"仙官道:"师何不明妖孽关乎方寸②?"总持
道:"方寸之善恶,各从类报么?"仙官道:"自然从类。"总持道:"今有世人
欺凌弱弟,占夺财产,当得何报?"仙官道:"报在子孙。"总持道:"可禳解
的么?"仙官道:"种瓜得瓜,种豆得豆。总有善修,终难解救。"总持道:
"当年有个李杀虎,占夺昆弟之财产,应得何报?"仙官乃令执卷吏取卷查
看,道:"其报在孙,与祖同一占夺。"总持道:"俱乃伊孙,此占彼夺,未为
祸害。"仙官听了,把眉一蹙道:"师只知占夺不为祸害,哪知祸害深大,叫
做骨肉相残。莫说财产终空,便是恩义断绝,就积酿出少凌长、卑压尊,莫
有穷竭之患。世间类此事最多,师何独举李家昆仲之报来问?"总持道:
"小僧只为遇有这种根因,便为此来查勘。"仙官道:"世间恶类多端,幽府
注载颇悉。师为一事欲查,宁胜烦扰。吾有诛心册籍,当付师阅。只是机
难预泄,六耳③不传。师如遇有应查勘者,可独查看,以助汝师演化。切
勿与他人知觉。"仙官乃吩咐执卷吏道:"此后注载诛心册籍,当随师到
处,听师梵语一声,即于师静中显现查勘,不得违误。"仙官说毕,拱手辞
行。总持复留住问道:"李氏禳解,毕竟何修?"仙官乃答道:"解铃还得系
铃。"说罢,自去。总持觉悟,乃到天明侍立祖师之侧。祖师目视着总持
道:"弟子色相,动静两相扰于胸中,其必为善信家妖孽未解。"总持答道:
"正为李施主花妖鼠怪,弟子们已知为弟兄阋墙④之兆。但解此根因,未
得个修禳对症之药。"祖师笑道:"此有何难?"乃说一偈。时李大老诸善
信人等已集于庵殿堂,但听祖师师徒片言半偈,便相与思议。只见祖师一
偈,说道:

祖先往矣,宁无遗族?

损却有余,补其不足。

祖师说偈毕,庵僧众遂相传出,众善信听得,个个思议,便向李大老说
道:"高僧偈语,欲要李大老看顾宗族之贫乏的,我等想偈语真真是对症
之药。李大老,你便家财富足,宗族尚有日食不周的,损有余补不足,不但

---

①　气运——宿命论者所指的气数和运气。

②　方寸——心;心绪。

③　六耳——指三人。

④　阋(xì)墙——兄弟不和。引申为内部相争。

德义高深,亦且善功远大。"李大老口虽答应,心实不舍。那悭吝之色,见于面貌,便直入祖师静室,见祖师合掌拜跪,再求个禳妖之言。祖师闭目不答。总持乃说道:"吾师已说有禳解妖孽之偈,善信但查你同祖一脉传来,谁是与你祖共产分财? 之后若有贫乏的,当速赡给①。"李大老面有难色,说道:"吾族甚众,贫乏且多,安能损我有限之产,以补若多之众?"总持道:"量己力为施,济哪饥得一日之食,善信便有一日之善矣。"李大老只是口应,回到家中,便有那穷寒宗族,知道庵中高僧指明他家园花妖鼠怪,叫他赡顾宗族。却有一个士人叫做李阿诺,他却是李大老同祖传派来的,走到李大老家借米谷。说道:"阿诺不才,饥寒困苦,敢求族兄资助。"李大老答道:"高僧劝我,我正在此思虑。族人颇众,我力量不能遍及,你且回去,待我计较通当,再作道理。"李阿诺听了,只得回家。李大老乃对妻把这些话说出,其妻笑道:"树下雁、穴中鼠偶然作怪,旋已消灭。吾三子尚幼,哪里争竞? 信那僧家迁言乱话,把家财给那贫族。这些贫族有不务本等耕种,好吃懒做,方才受贫。你便助济一年,也终甚用?"李大老听了妻言,便悔了善念,几日连庵里也不来。却说这李阿诺回家几日,复又来求告大老资助,反被其妻骂了几声,隐忍回去。一日,李大老正在家盘算资财,约有千金。其妻在旁说道:"再经几年,利上生利,不说有这几倍。孩子成人均分,怎有什么争竞? 若是依那僧人劝,分给贫族,少一百便差了一百之利。"大老笑道:"正是,正是。"只见一个仆婢在旁说道:"仆婢要分文,家主也舍不得,肯把与外人?"大老又笑道:"正是,正是。"

话分两头,却说这村沙有一党豪侠恶少,生平最喜这李阿诺。说他为人俊雅谦厚,甚怜他贫乏,又恨这李大老刻薄。李阿诺三番五次上门求助,只是不舍分毫,却又遇着庵内演化高僧开度他,他只口应心违。这几日听了妻言,连庵内也不来。这党豪侠私相计议,有的说道:"李阿诺贫乏,恨我等无财以赠。"有的说道:"哪里可挪移②借贷,为他设处助济也该。"有的说道:"他有富族李大老,便替他挪借些也好。"只见一个恶少说道:"李阿诺懦弱,若是强悍的何愁财产?"众人便问道:"他强悍却如何?"恶少道:"闻他祖上财产都被李大老祖欺占了去,他不能争讲。若是强

---

① 赡(shàn)给——供给,供养。
② 挪(nuó)移——转借。

悍,定然争讲得。"有众人道:"李阿诺善人懦弱,怎能争讲?"那恶少把眉一蹙,对众道:"有主意了。"乃向一豪侠耳边"如此,如此"。这豪侠点首道:"妙甚,妙甚。"众豪侠你向我耳说,我向你耳说,一齐道:"此计甚妙。"按下众人计议,且说李大老正与妻盘算金银,只听得醮楼三鼓,忽然门外喊声震天,仆婢惊惶入内,报知李老夫妻。说门外强人劈门而入。李老吓得魂不附体,忙躲入空屋。只见那些强人打扮得甚是凶恶,手执兵器、火把,照耀如同白日。李老看那强人怎生打扮:

> 一个个白布缠头,青烟抹面。假胡须皆是络腮,真刀棒都拿在手。口声声只叫快献宝来,眼睁睁但云且拿家长。几个道:杀他人不如放火,几个道:有了宝便饶你残生。

李老夫妇听的说有宝便饶残生,乃哭哀哀地叫道:"大王爷爷呀,金宝都在厢笼里、橱柜中,请自取去罢。"众盗听得他夫妻说话,一个乃道:"拿出来,杀他无义。"一个道:"得人宝,且饶他残生。"一个道:"无义之徒,便杀之何害?"一个道:"害人生命,又得人金宝,此宝伤情。"一个道:"莫要伤人,莫要奸淫,做这买卖永远不犯!"一个道:"且查金宝,勾足①便去。"只见众盗一齐拥入卧房,得了千金宝钞,各个心满意足,出门去了。李老夫妻方才出屋来,气喘喘的,失魂丧魄道:"罢了,罢了。怎么来,怎么去。"家奴仆辈也有说:"平日分文不舍与我辈,过穿过吃。"也有说:"终日终夜盘算,做了一场空。"也有说:"倒不如分给些与贫宗族,谁不感恩称德?"也有说:"便是修桥补路,斋僧布施,也胜似白送强人。"这李老气了一夜,到天明随报了地方官。那地方官只批个"严拿立案"。亲戚朋友登门不过问个安慰。一时便传入庵内,众信人等,都叹说李大老不听高僧劝解,执迷不悟,果然有此怪事,乃相叩问。尼总持说道:"师父,你说李家花妖雁怪必生于昆弟之争,乃今被盗劫之报,何也?"尼总持道:"金宝多积,必起众争。总归破败,何必拘执?只恐昆弟根因还不止此一劫。"副师听了,便向尼总持道:"师弟,你我出家人,莫要幸人灾,乐人祸。他已被难,又何须说还不止此?"当时只因李老这不听僧劝,遭此盗劫财空,村间便传动高僧果然非凡,大家小户略有一件不明白的事,便持香来拜问。不知祖师演化,只欲人全忠孝之伦,各尽生人之道。佛门弟子便引

---

① 勾足——足够。

他了明心性之机,破除他障碍之陋,随缘示度,无有成心。只因教本无言,众生难悟,故有三位徒弟子折辨善恶根因,彰明报应事理。祖师虽然不言,亦常因人恳问,就事指明,每于慧照中,过去未来,明如观火,点化应验,就如响之应。

这李大老为盗劫了金宝,恼了一场,悔却不听僧言,却复到庵中叩问道:"小子晦气,也是不自了明道理,有此祸害。如今财去家虚,欲效前行,助济贫乏。连小子也至贫乏有日也。但此后还求指教度脱。"祖师微笑,看着尼总持道:"徒弟,你于静定之余,已有诛心之册,当示开度,以指迷途。"尼总持听了师言,惊异起来,暗忖道:"仙官授我诛心册籍,叫我六耳不传,如何我师知觉?我想老祖灵明,洞彻万事未来,必有前知。"只得忙忙答应道:"弟子自当查勘,以示开度。"当时道副二师听得说诛心册籍,便齐问道:"尼师,什么诛心册?"尼总持不敢说出,但道是祖师教旨,二师乃近师前拜求教旨。祖师亦不欲言,但据诛心二字发明一偈,说道:

> 人心本虚,应物多幻。
>
> 外显谦恭,明瞒暗算。
>
> 幽实神知,理有折辨。
>
> 真伪自分,直诛其叛。

祖师说偈毕,二师拜受教旨。尼总持乃向李老说道:"你莫嗟贫,应有贫过善信的;你莫恨盗,尚知财帛傥来①之物。老善信,你身也原不有,何况财帛?你早知财帛招盗,几乎丧了残生,何不当初早散些济贫?小僧之言,殊为冒犯,但从此老善信只当祖上不曾遗下这财帛,便是自挣的,也只当不曾挣的。省了烦恼,保重身体。为今日计,小僧又替老善查勘报应根因,已做了对症药石,无复后患了。"当下李老听了点首,众僧与往来各善信都称好言语,真乃诛心之论。却说尼二师对症药石,无复后患,却是何说,下回自晓。

---

① 傥(tǎng)来——意外得来。

第五十一回
阿诺享见成财产　大神送麒麟①佳儿

　　话说尼总持听得李大老被劫之日于静定之初,依仙官之言,乃念了一声梵语,忽然光中现出一宗文卷。到他目里看了,便知盗劫金宝,终还了他祖先占夺之族。此乃对症药石。这果报根因,毫厘不差。若不是原归了他这种根因,便还有鼠精雁怪之报。所以尼总持见了诛心册籍,便有这诛心之论。李老解救后患,全在于此。却是什么对症药石?且说这盗乃是村沙中那几个豪侠恶少。只因李阿诺良善贫苦,屡求李老助济,李老坚执不肯,又且盘算生利,克众成家,亲友憎嫌,奴仆埋怨,故此起了这番劫掠。几个恶少得了金宝不分,乃托了一个豪侠,把这金宝逃出远村,买田置地,立起一个家私。约有数月,豪侠乃设备酒席,邀请田邻地友,座间说道:“小子原系某村沙人,弟兄两个共承父遗田产,金宝相等。某弟在家守着田产,小子携得金宝出外经营。想起经营,不如置产,故此置了这些薄业在此。原与我弟相约,轮流彼此,互更管理。今小子在此数月,想弟尚无妻室,株守家园,不知外方风景。我意欲与田邻地友,结一婚姻。若有女未适人者,愿将舍弟送为门婿。这置的田庄,料可供以资生。”当时田邻中就有一人道:“小子家有一女,一向未婚,今已二十五岁,不知令弟可配得?”豪侠道:“舍弟三十之年,正宜匹配,当烦弟友为媒,聘定五礼俱备。”豪侠又招得奴仆几人,俱各吩咐停当,乃回乡村,把这事情尽与旧伙说知,却到李阿诺家来,只见阿诺困守在家,毫无怨族之言。豪侠乃说道:“足下困苦至此,何不在外,投托人家,做个门婿,以过日子。”阿诺笑道:“小子家无立锥,囊无半厘,谁家赘我?”豪侠道:“小子正为此事来讲。我见足下少年老成,谦厚守分。今有远村一个富户,有一女长成,意欲招赘个老成女婿,尽有些陪嫁妆奁,已荐了足下。若是足下肯成这个亲事,小

---

　　① 麒麟——古代传说中的一种动物。其状为鹿,独角,全身生鳞甲,尾象牛。此处指吉利的像征。

子便是个媒人。"阿诺笑道:"可知甚好,只恐无此事理。"豪侠道:"我已说明而来,只要择个良辰,足下辞了亲邻,不必说去为婿,只说出外谋求些生理。"阿诺大喜信实,便择日辞别亲邻说:"在家没些道路,今且出外谋些生理。"亲邻听了,也有笑的,说道:"一个贫汉,性又愚拙,求甚生理?"也有信的,说道:"贫守在家,倒不如出外寻个头路。"可叹人情薄恶,若是个富贵人出外,送行馈赆①的亲邻也不知多少,一个贫汉出外,问也没一个人问,礼也没一个人礼。这阿诺随身打扮,行李哪有半分?都是豪侠与他置备,并无一人知道,悄悄离了家门,来到十里林中。只见一个村乡酒肆,酒帘高挂,豪侠看那酒肆:

> 冷清清竹篱茅舍,静僻僻村店酒家。客不来,主不辩,犬也不吠;烟不出,火不入,肴②也无些。但只见四座空闲,尘灰满案;当垆③闲坐,与酒保叙话嗑牙。

豪侠见酒肆静悄无人,乃邀阿诺到得屋内,坐在个空开座上。叫了半日,酾了一壶不冷不热酒来,铺上两碟隔年经岁的小菜。豪侠岂是不去高楼美馆?只因静僻,好与阿诺说这一番情话。二人坐下,豪侠乃酾了一杯淡酒,悄悄地说道:"阿诺足下,事不说明,你却怎知?今我约你出外,只因你族李老刻薄。我辈久闻他祖上与你祖分析家产,倚强占夺,今他积有富饶,你独贫困。闻知你屡屡求助,他分毫不肯,因此我等起了一个义举,凑了几贯钱钞,托我小子在外,一则经营些利钞,一则择便益田产,置办些家私,今在远村,又行了聘,定一个女子与足下,成一房妻室。如今你到那里,只说是我兄弟,一向受分田产,在家管理,原约半载与我更番掌管。"李阿诺听了这话,宛如醉梦想道:"向来也如此,一班豪侠少年,义气结纳,救人之急,济人之难,但我何人,有何才艺,他们相待如此!"只得满口应承道:"承君周爱至此,有何德能,敢当其爱?"当下二人还了酒钞,直到村间。果然亲邻来接,奴仆欢迎。豪侠把田产文契钱钞账目,一一交与阿诺,又叫奴仆见了二主人。只见吉日,村邻抬了个女儿,过门与阿诺成亲。三朝毕日,豪侠辞去,阿诺只得备办酒席饯行,远送几里。阿诺终是心疑,

---

① 馈赆(jìn)——赠送给远行人的财物。
肴—②荤菜。
垆—③旧时酒店里安放酒瓮的土台子。也指酒店。

看着豪侠说道："某自揣度与兄长何缘,何德当此厚爱?然心窃疑,实不自安。或者兄长有甚见托死生之处,愿长兄明言,不然使小子终身不得明白。"豪侠听了怒色起来道："见成家私、妻室、仆从都让了你,又没甚生死相托,只为你家有不义宗族,叫你这良善受屈吃贫,故做此一番事情,你疑的也是无因而至。匹夫仗剑,我实与你说罢。只要你谨慎受用。"乃于袖中取出一个封袋儿,内有一简帖,叫阿诺回家自看,当时两相分袂而别。阿诺哪里等得回家拆封,遂望豪侠去远,乃于静树林中拆开封袋,乃是一帖,上有四句五言说道:

　　　义气为伊发,金赀①有自来。
　　　臭名甘柳跖②,总是族家财。

　　阿诺看了,惊汗浃背道："呀!原来族老被劫,乃是这一伙恶少。虽然你是义气豪侠做出来,你哪里知蹈了国法不赦之条,陷了贫人不义之罪,此事如何做得!我如今欲出首,则伤了义气之人;欲安受,则恐惹出滔天之祸;欲逃而弃去,又坑了人家女子,带累奴仆受伤。"千思万想,到了家中,坐卧也不安。无可奈何,只得暂享现成财产。此便是李大老对症药石。却又怪李老非中心悦而诚服,把金宝助济贫族,却是豪侠辈劫夺出来的。他这一种怨恨心,终是那鼠啮猫胫报应,在那奴仆欺弱主。后来李老物故,三子幼而受仆欺,仆欺主而报应又最大。此在祖师离庵东行之后也,且按下不题。

　　且说牝鸡③阴畜也,雄鸡阳畜也。雄鸡半夜子时,阴气消,阳气发生。就如云从龙,风从虎,以类相感,故此公鸡于阳生啼鸣。岂有公鸡不叫,母鸡早鸣?人家母鸡晚啼早叫,智者就指为阴气太盛,主阴人旺相。不知的,便把他为作怪,杀而食之。还有公鸡生类,母鸡一时啼鸣,人不能知也,疑而杀之。可叹鸡虽笼中物,凭人宰杀。只是偶以生相,适遇必然之叫,遂遭刀斧。仁人也当存一个不忍之心,造一时活生之福。

　　却说这海潮庵后,有一个人姓张名朵,娶了一个妻室,唤作花娘。夫妻两个耕种为生,侍奉一个继母。张朵倒也孝顺,每每继母要衣要食,张

―――――――――――

①　金赀(zī)——金银财物。

②　跖(zhí)——春秋战国之际奴隶起义领袖。

③　牝(pìn)鸡——母鸡。

朵一一奉承。这花娘虽是面奉，心里却有几分不悦。一日，继母要一件衣穿，张朵一时钱钞不便，口虽应，却迟了数日。继母便怪怒起来，恶言恶语咒骂他夫妻两个。张朵听知，忙忙双膝跪在母前，说道："儿知母要衣，岂敢不买，只因连日手内无钞，故此迟延了几日。自知不孝之罪，愿母明明杖责，以消了嗔怒之气。我想父去母存，守一日之节，即靠子一日之养。老人家，使你气恼在胸，儿罪怎解也？"继母见了冷笑道："你是肯买的，只是听了花娘言语，故此迟延。"张朵答道："并无听信花娘等情。"只这一句答应，便把那孝道减了几分。当时张朵只该听母要衣，便去买做。一时无钞，明告之母。只待母怒骂之时，方才跪禀，且母怨媳言，平日也该察妻不孝处，轻则禀母责罚，重则割恩离异，岂有为妻回护之理？只因这一回护，就见其平日虽是不听，必有不能使婆媳相和之处。婆媳少有闲言"古怪，古怪"，家道偏生不济，迟了几日，衣服虽买了布帛，做就奉母，只是母心终是不悦。

一日，张朵见耕种艰难，日食窘乏。这花娘咕咕哝哝，怨贫道苦，张朵心焦。一日，听得空屋中有人说话，张朵疑有贼人，急走去看，只见两个黑影子似人形，闪烁不见。遂疑惑，怀着鬼胎，乃与母计议，迁移到个南北交通的地方，安歇往来客商。这个生意，也只淡薄度日。但说人家亲母见了淡薄，便百凡省俭，便是忍饥受饿也无怨言。就见有一等恶狠的亲娘，好吃好穿的妇人，见亲生子媳艰难，也存个哀怜之意。只有这继母，她既与子媳隔着一个肚皮，便就有三分异念。有一等贤德的，不好穿吃，存心仁厚，念后夫之子即系亲生，更加疼爱。不幸寡居，便随着子媳，浓浓度活。却有一等不贤的，不是又思别嫁，便是勒掯①子媳。将没作有，吵邻咶舍。世间男子汉，或中年或老年，既有子媳，不幸丧了妻室，只当忍守鳏居，万万不可再续继室。这继妻便是贤，能有几个两相偕老？或是生了子女，他便有前妻后妻，亲疏相待。或是丧了一个，又嫁一个，空惹了一场笑话，留与儿女们率个头转。且是这不守夫节小妇人，丧了丈夫，便听信媒婆，晚嫁一个后夫。宁有几个好男子汉，家私丰盛，人物情性过似前夫，得终身倚靠？有一等最苦的事，也是她不死守妇道，要去嫁人。说起这苦有几句：

---

① 勒掯——刁难。

真可笑，妇人不知守节操。丧了前夫嫁后夫，几般苦恼向谁告？非亲儿，几人孝？不贤媳妇情偏拗。奴仆都是先进门，能有几个听使叫？有私囊，多宝钞，大大小小还欢乐。若是无依投托人，妆奁衣饰没一套。伸手缩脚脑面羞，再加后夫无才貌。进门两日过三朝，哭又难哭笑难笑。亲戚邻舍背后谈，精精话苦这再醮。

却说张朵，继母也只因丧了前夫，晚嫁张朵之父，不幸又丧，靠着张朵虽然贤孝，无奈媳妇性悍，张朵不能钤制①，过恶虽是妇人罪，却坐于家主。一日炎天，母思冰水。张朵处心，向山后一座小神庙前一个清水池中，取水供母。适遇着小神在庙检查这一坊的善恶人户，有鬼判进卷文册。小神展册一一看阅，注着张朵孝母，只不该纵容悍妇，与他回护欺母。看了这卷，欲要奖赏他孝，却又有这一宗过失。欲要加罚于他，却又难没了这孝。

正向鬼判踌躇，只听得空中鼓乐，又见彩幡迎送麒麟佳儿。小神飞步到堂，一则看是何神，以便迎接；一则探听，送子何处去的。小神抬头一望，乃是送生大神，便问："上神，送麒麟佳儿何家何人？"大神道："今有下方三义港中一个义妇，立心忠节。"大神说道："这三义港有个元乡尊，只因六十尚未生子，娶了三五宠妾，个个不育。这元老因见年衰，多娶人家女妇在身，终是他都有个出头的日子，却叫他守着个老汉。虽然衣帛珍馐，未必不抱着少年情性，恐他动这心思，一时难过。乃乘闲暇，大小都在面前，乡老乃发一句说话道：'你众妾，我当初只为未生子，今年娶一人，明岁娶一人，不意数年来，娶了你们几个，却日久俱各不育，女儿也不孕一个。我想你们青春年少，终日陪伴着我老汉，终有个出头日子，不如趁我尚在，捡点些妆奁，嫁个人家，一夫一妻，也免得后来忙蹙蹙②，寻觅头路。'当时众妾个个不语，也有心内喜的，巴不得当晚就出门；也有想才貌，如那个那个的，暗想道：'嫁这样的，就好了。'也有思量的，道：'便嫁个穷汉，也是一对夫妻，胜似而今丰衣足食，穿绫着锦。'众虽不语，却便个个动心。只有一个小妾，名叫着赛莲。她这女子情性凤纯，每常在众妾之中，不争宠，不妒人，敬嫡爱婢，空闲也不出闺阁。他听了元乡老这一句

---

① 钤(qián)制——制服。

② 蹙蹙——局促不得舒展之意。

话,便悲哀情切。回到房中,不通婢女们知,点一炷香,望空拜了几拜,说道:'我也是生来一个女流,不幸父母贫寒,把我卖与人家做妾。既已做妾,倒是个老汉丈夫,也是随他一场,如何又去嫁人?只愿得老丈夫,寿算绵长。纵有差池,决无改嫁之理。'说罢,袖中拿出一把剪子来。"却是何用,下回自晓。

第五十二回

悍妇凌夫遭鬼打　道人惩恶变驴骑

　　小庙神听了道："大神，这妾妇拿出剪刀何用？"大神道："可怜她立志坚白。她把剪子剪下些头发来，说道：'立誓不去嫁人。'却有巡日神将见知传禀到，吾想这元老，本不该有子，只因他存了这嫁妾好心，便赐他一子。却又可敬这妾妇更贤，以此送个麒麟佳儿与她，使元老喜她有子。改嫁了众妾，此妾将来守志节操，与他个好子光荣。"小庙神听了道："原来大神为善人送子。今家庙中一个善人，为母到池取水。只是此人畏妻悍，不能钤制，但妇人有罪，坐于夫主。况此人虽孝可嘉，而畏妇当罚。小神正在庙中论他功过，大神当何以裁度？"大神道："吾可送子，此事自有监察神可较量。"说罢，鼓乐彩幡，径自前去。小庙神正思功过赏罚之条，却有两位专罚纪恶二神，在云端里巡游，听了这话，也不问其缘故，直到下方，径入张朵家内。恰遇着张朵取得池中清水归来。花娘迎门接了池水，自己先咕嘟咕嘟呷了两碗。婆婆在内叫水，花娘慢答迟走，方才送了一碗进屋。这纪恶神见了，怒从心上起；那专罚神看见，恶向胆边生。他也不查个原来头项，只向纪恶神说道："罪坐夫主。随唤风瘫怪，把张朵一跤跌倒，取他的病卷来照。"说罢，二神飞空去了。只见张朵正在店中支应往来客商，忽然一跤跌倒，后足顿时拘挛，众人扶救不得。花娘只得背入卧房。亲邻来看，只见张朵口耳鼻舌俱如平常，只是一身不能动履。仰卧在床，只叫满身疼痛。花娘无计，只得自行管理店事。眼见婆婆受她埋怨，丈夫受不起她咕哝，张朵病瘫不题。

　　却说小庙之神到庙中问鬼判："取水的孝子，怕妇的丈夫，如何处治？"鬼判道："闻见专罚、纪恶二神处治他了。"小庙神又问道："如何处治？"鬼判却说了一曲《西江月》道：

　　　　本是顺亲孝子，只因回护妻房。妇人坐罪丈夫当，得患风瘫
　　床上。
小庙神听了，遂改他这曲，说道：

　　本是妇人不孝,谁人造罪谁当。吾今监管这村乡,且救善夫灾障。

　　鬼判听了道:"庙主何法去救?"庙神道:"纪恶、专罚所行,吾神力小,不能擅自更改解救,须是为他另筹个大力量神司,与这张朵消释灾病。"正说间,只见一个僧人行路渴倦,到这庙内避暑,身边挂着个椰瓢,到那池中取水吃了,饱饮而卧在庙间。庙间看那僧人:

　　　　光着头,赤了足,身上横披布一幅。

　　　　腰间椰子一瓢儿,手内戒尺两根木。

　　　　耸肩头,袒肚腹,怕日避炎躲庙屋。

　　　　两眼看看清水池,饱饮几瓢倒身宿。

庙神看那僧人,也不拜神,也不念佛,想是腹饥没斋,将池水来充腹;不然就是行路,炎天口渴力倦,吃了几瓢池水,倒在地下就打鼾呼。庙神向鬼判笑道:"这等一个和尚,若说他是个有道行的高僧,他当此暑热炎天,不在名山僻洞养性修行,便在那古寺上刹看经念佛。他热汗淋淋,奔走道路何为? 若说他为抛离家乡,远行访道,既已披剃为僧,难道不学些经典?便是无人静僻之处,也该捻土焚香,念几声佛号。想必是个游食游方,少传授,没度牒①的,初入禅门,只知没人处冷静小庙,便放肆倒卧。若是有破戒的等因,他便悄然独做,哪里知虚空有监察,小庙有神灵,看着你分毫不爽。"鬼判听得,乃近僧身,上下一搜捡,明白并无些七情六欲,哪里有五鬼三尸,浑浑厚厚,真真诚诚,一个光头和尚。这和尚睡到那熟处,庙神只见他眼闭处,一窍开来方寸心间,现出一位阿罗老祖。只见那老祖:

　　　　发带削而不削,须似留而非留;赤色禅衣半搭而不披,青棕草履
　　双提而懒着;庄严宛似弥陀,色相浑如罗汉。

　　庙神与鬼判见了,忙合掌称扬道:"善哉,善哉。原来这僧人,是一位真诚向西方求谒佛祖志心的和尚。你看梦寐之间真心发见,乃是一意在这老祖身上思想,便就呈露出这一尊庄严色相。可敬! 可敬!"鬼判道:"若是世上愚昧之人,心专在一宗事,或注念一人,可呈露出来么?"庙神道:"古圣先贤梦寐,自然与此一理,若是愚昧之人,意在凶恶,念在奸淫,那梦寐之中呈露出来,人自不知,我等监察巡游神司,决然明见。你可知道,暗室亏心,神目如电,哪里是神目来看你亏心,是你恶因祸本先露出来

────────────

　　① 度牒——僧道出家的证据。

了。"鬼判听了说道："不差，不差。看来这个僧人到也力量不小。庙主要救那张朵，可用的着这僧。"庙神道："你不说，我倒也无策。看这僧人，不知可会行医用药？或是口齿利便，会讲能谈，医得那张朵病好，说得那悍妇回心。且待他醒来，我等明使暗助，若有可施神力处，各显个神通。"鬼判领诺。正说间，只见一个妇人，提着一个水桶，来池中取水。那僧人醒来见了妇人，便问道："女善人，我和尚远来饥渴，渴已吃了池水。只是饥无可救，望女善人，有斋吃化一餐。"妇人道："有的是饭，但凭你吃。"说了提着桶水，一直去了。这僧人便随后跟去，庙神与鬼判也随着，到得妇人店中，只听得张朵卧在床上要水吃。妇人狠狠地说道："要吃自去取。"张朵道："大嫂，我若起得来，走得动，哪要你取水？我便也罢，只是婆婆也行走不得，送碗与他吃。"妇人哪里答！但问："长老，要吃多少饭？我这店里，是卖饭人家，若是长老要吃，多少让你些罢了。"那僧人只叫拿来吃。妇人忙摆下素菜，盛了米饭，和尚一连吃了十数碗，便起身叫声："女善人，谢斋了。"妇人听了道："我卖饭店家，又不斋僧，怎与你白吃？"和尚道："僧家一路化斋，哪里有半文钱钞？若是女善人不肯，待我到海潮庵参谒了祖师，花几文钞来还你。"妇人哪里肯！便夺了僧人戒尺道："把这家伙值当在此。待你有钞来赎罢。"僧人却不肯，妇人又嚷叫。那张朵在床上听得，叫："大嫂，若是僧家无钞，便作斋他，莫要留他物件。"花娘听得，怒骂道："瘫汉，卖饭人家若是斋僧，连本都折了。"张朵听了，也骂道："丑妇不知事，此长老想是一时无钞，谁叫你请他来家？"花娘被张朵骂起性子，就把戒尺进房去打。小庙神与鬼判忙附在两根戒尺上，只见花娘恶狠狠地把戒尺去打丈夫。却也古怪，那戒尺打到丈夫身上，打处血脉便活，打一下，好一下，打了十来下，张朵哪里瘫了？便跳起床来，夺过花娘手里戒尺，反打妇人。打一下，疼一处，打了十余下，花娘倒在床上，口里虽哼着，骂着，身子却动不得，如瘫一般。这却是神差鬼使。这张朵喜喜欢欢走出房来，见了僧人，把戒尺还了他，便深深下拜，口里只叫"佛菩萨"。那僧人只道是店主出房还了他戒尺，斋了他一饭，哪里知道张朵瘫痪在床，被戒尺打好了，谢了一声，昂昂走去。这村邻左右见的，都说："张朵孝子，花娘悍妇。有此一宗报应怪事。"张朵继母见子病好，也出得屋门。

邻人遂把这奇事，传闻了张大老。乃张朵宗族，故此张大老在庵中说出来。恰好那僧人执着戒尺,在庵中随众功课,闻得张老说出这一段情节,微微笑容。尼总持既奉祖师教旨,叫他开度有情,他便于静中念动梵语。那诛心册现在他目中,已知这戒尺打妇,显是鬼神默助,附在木上,总持知这根因。只见众僧功课,戒尺敲击,其声更响。总持乃高叫一偈,说道:

> 纲常既已扶,而除悍妇毒。
>
> 想是为闻经,仍附戒尺木。

尼总持说偈罢,那小庙神、鬼判欢喜,离了戒尺而去。尼师乃向张大老说道:"张朵家室,可语他孝姑顺夫,忏谢小庙之神,其灾可解。"张大老依言,传与张朵。花娘自想道:"我把和尚戒尺打丈夫,怎么打好了瘫痪?事已古怪跷蹊,却又被丈夫打瘫了,更又跷蹊古怪。多是我逆了天理,神鬼不容,今闻的圣僧传来,叫我悔从前之过,救已后残生,敢不听信?"乃乞张朵到庙中许愿。自己吃斋念佛。三五日间,其病即愈。故此海潮庵中,又留着祖师师徒。这远近善信闻风烧香求度,人人都有跷蹊之事,家家不无古怪之因,来问来谈,总是不明纲常道理所招,失了正大光明所致。祖师师徒既发慈悲,只得开度,按下不题。

且说离南印度国百余里,有座圆陀村。这村广阔人众,行善作恶的混杂其中。地界有个东里社、西里社,相隔不十余门户。这东社有一人,姓古名直,为人慈善存心,礼义待众。生有两子,俱仿佛其父,日以耕种为业。西社有一人姓禁名希,为人诡诈不情,奸狡多陋,亦生有二子,与父无异,也以耕种资生。这古直与禁希年皆半百,田间无事,便相约了到那酒肆中吃一壶薄酒,叙几句闲话。古直句句只说的是父祖遗下这两亩薄土,靠天收得几斛粮食,量入为出,不敢过费。若省俭得些儿,便防旱涝。无事时,教诲这两个儿男,叫他存心良善,弟兄相和,保守这几亩产业,不失了宗祖遗留。某日,长子多饮了几杯酒,便责怪他纵酒不改,家业终必不保。某日,次子日高三丈也不起床,便嗔骂他懒惰不勤,田亩必然荒芜。有个女儿,也教他母莫放闲了他。女工针指宜习,锅头灶脑当知,嫁到人家,免使公婆妯娌笑骂父母。"禁希老兄,便是小子日食三顿茶饭,只是感天地神明。村乡中似我与兄的,宁有几家! 如东邻某人,家无隔宿之粮;西邻某人,又多灾殃病苦;南边某人家,欠少官租;北边某人家,挂累私债。往前比去,百分不如富贵的;往后看来,九家不如我的。真是靠天,但须守分。"这禁希一面听着，胡口乱应，一面想着要讲他的事情。听了古直说的，只道"正是，正是"。却便讲他的衷肠。说的是张家男子做贼，李家女妇偷人，那个姻亲三代世官，那个朋友万金产业。赚的那个钱财，真也是托天手段；占的那家便宜，却也是迈众才能。居家无事，教大的个偷天换日的本事，教第二个腾云驾雾的神通。"古老哥，你说靠天，我说还是靠人。"

两个正讲，只见一个游方的道人走近前来。他两个睁睛看那道人：

拂麈①挥在手，葫芦系垂腰。

口中谈道话，只叫善为高。

禁希见了，便问道："道人，你叫善为高，却是什么善？"道人答道："莫作恶。"禁希笑道："怎么莫作恶？"道人答道："只行善。"禁希道："浑话，浑话。"道人笑道："如何是浑话？小道在这店中听二位讲谈已久，只据你谈讲的便分了个善恶。一位说靠天，一位说靠人。靠天的，果是善；靠人的，便是恶。"禁希听得，便说道："靠人是我说的，怎么是恶？"道人道："你靠的人却是谁？"禁希道："便是我。我想世间功名富贵，须要我去做。我去做，功名富贵可得。我不去做，便不得。这却不是靠人，难道人不去做，靠天送来与你？"道人道："靠人做有两般，若是一般本分做去，叫做人定胜天。那里是人胜天？便是天随人愿。若是不依本分，胡为乱做，这就是恶了。我方才听这位老善人说靠天，句句是善；听得老善信句句说的，若是这般靠人，只恐难靠难靠。"禁希听了，大怒起来，骂道："哪里游食？何处野道？化钱只化钱，乞钞只乞钞。说什么善恶，讲什么人天？快走，快走！"千野道，万游食，把个道人骂得动了火性，把那拂麈一挥，顷刻禁希手足变了四只驴蹄。禁希不觉，口尤恶骂。众吃酒客与古直见了，大惊起来。店主听闻，也进来看，顷刻禁希头面身体，俱变成驴子，下得席来，大作驴鸣。只见道人笑呵呵地说道："你骂，你骂。"那驴子刷耳攒蹄，将蹄子来踢那看的众客。此时众客惊惧，齐齐跪在地下，叫道："神仙，下愚之人不识真仙，冒犯得罪，望乞赦宥②于他罢。"道人道："吾岂设弄幻法迷惑众位，把一个具五体、配三才、堂堂男子汉叫他变了畜类？据他与古善人

---

①　拂麈(zhǔ)——用鹿尾或马尾制成的拂去尘土，驱赶蚊蝇的器具。

②　赦宥(yòu)——赦免罪过，予以饶恕。

一席之言,明明设奸弄诡,欺善害良,恃己才能,夺人便宜。小道与他明明
变个驴子,强似幽冥报应,叫他转世,入了六道畜生。"说罢,叫:"店主家,
可有鞍辔取一副来。"众人只是哀求,店主人也不肯去取鞍辔。道人道:
"众善人,若是要小道饶他,须是取一副鞍辔来,倒救了他。若是没有鞍
辔,再迟一时,便难救了。"店主听得,忙去取了一副鞍辔。道人把鞍辔背
上,牵出店门,跳上驴鞍,一直飞骑去了。古直与众人赶去,又传与禁希二
子,似信非信。见古直说了,便也赶去。这道人骑着驴子,不赶不走,慢慢
地行,越赶越走,如飞的去。却是如何,下回自晓。

第五十三回

数珠子两敌丸丹　舒乡尊四知前世

却说人家妇女有恶，罪在夫男。若是夫男有过，妇女也能救解，这禁希父子皆奸狡，却有一个妻室贤惠。平日见禁希非法，苦口劝他。叵奈丈夫不听，又戒叱二子，也不依愿，她却在家吃素念佛。这一日，正与古直婆子叙说："你家当家的好，为人慈善，儿子也好。若似我的丈夫，却也不顾个天理，只要夺人便宜。"古婆子道："正是，外人也议论禁伯伯不是。"禁妻道："议论还是好的，还有人骂说这变驴变马的。"正说，只见村人来说，禁希变了驴子，被道人骑去。禁妻听了便往大路上赶来，却好二子与众人齐赶，他妇人家信实，便望着道人，叫声："佛爷爷，饶了丈夫罢。"一边叫，一边赶。那道人听见妇人哀怜，其声却善，乃回头一看，只见西边来了一个和尚，一手扯住驴辔①，口里叫道："师兄，事便是叫惩恶，只是于情太忍，于法太苛。不看僧面看佛面，饶了他罢。"那驴子被和尚扯住，众人就赶上了。众却不看道人，但看那和尚：

> 光溜溜头无一发，赤坦坦腹大半垂。

> 面辉辉有如满月，貌堂堂像似阿弥。

这和尚扯着驴子，只叫："饶了这孽障罢。"道人哪里肯依？但叫："僧人，此处不是你慈悲的。"这禁希虽变了驴子，他口里说不出，眼里却认得，心里又明白，晓得村间众人、朋友妻子。诉冤不出，诉苦不能，两眼落下泪来，一身也做不得主。他方才怕的是道人，怕他鞭敲捶痛；认得是和尚，听他方便求饶。和尚再三叫："道真，为何这等发怒？想是冒犯你罪重？出家人也该发个慈悲，恕他下愚无知之罪。"道人道："他犯我，罪轻；不善，业重。虽然触了我不赦之条，却也是他自作自受。"和尚听了，乃扶着驴鞍道："孽障，你尚有人心否？你尚记往日所为否？你尚认得你妻子否？"和尚问一件，驴子点一点头。和尚叹道："可怜，可怜。你既有人心，两眼

---

① 辔(pèi)——驾驭牲口的嚼子和缰绳。

看着世法,只是说不出。真个是哑言众生,当面见你妻子不能言,妻子又不知你心间事。这苦实痛,想你平日奸狡,遂了心意的快活,怎知有这等的苦恼?"道人听着和尚嗟叹,笑道:"禅师,你只知他现世现报,还有妻子朋友在面前看着他。若是作恶,入了轮转六道,那时凄凄独自,并无一个妻子亲朋晓得。这苦恼又向谁说?"和尚听了这一句,便掩面悲惨,说道:"红尘扰攘,不能必无瞒心昧己恶业;地府幽冥,岂无轮回报应恶趣?只恐作业者多,变畜者众,动了仁人不忍,怎能勾世上人心,恪守纲常伦理,遵行大道光明,不入邪恶,都证菩提智慧?"和尚一面嗟叹,一面求饶。道人只是怒气不解。和尚无计,只得把数珠子取下一颗,叫一声:"变!"顷刻变了一粒舍利子,叫声:"禁希快吞!"那驴子忙把那粒舍利吞下,忽然转过原身,把鞍辔卸在地埃,依旧一个禁希在前。古直与众人惊喜,妻子忙扯着禁希回去。这禁希如醉如痴的,随着众人走去。只见道人笑了一声道:"长老慈悲,固是你德;恶人犯我,其实难饶。你有神通,偏我没有?"乃把葫芦提在手中,取出一丸丹药,叫一声:"变!"却变了一个黄巾力士,腾空而去。那禁希被妻子正扯着衣袖前行,只见空中一个黄巾力士来到众人面前。但见:

> 头戴黄巾勇士飘,身穿锦甲束红绦。
>
> 手中铁索牢拴扣,单向希身颈项抛。

却说和尚见道人把丸丹药变个力士,他把慧眼遥观,就知此情。随把数珠子又解下一颗,望空抛去。只见数珠子假变了个禁希,与那力士锁去,拖到道人面前,道人见了笑道:"这和尚苦苦要救他,明明是纵人之恶。你既发方便之心,何不度化他改恶从善?也不劳费我等道力。这如今便使尽了一百单八颗念头,也敌不尽我这葫芦内丹药。"乃又取了一丸丹药叫声:"变!"却变了一只金钱豹,凶狠狠赶上禁希众人。众人见了恶豹如虎,大家慌惧逃躲,却丢下禁希尚醉梦痴痴,被那豹一口衔将去,却放在林中。道人走到林子内把拂尘一挥,只见禁希忽然变了一个肥猪。众人与妻子见豹又衔了禁希去,哭哀哀走出来寻,不知禁希又变了一个猪。却是一村户人家叫屠户宰杀的,挣脱刀杖,跑到林子里来,却被道人的豹吓走远去。村人不知,见了禁希这变的猪,便索去要杀,禁希此时更苦,真真是叫天不应,叫地不灵。乃自想道:"平日只见屠户宰猪,缚在案上。凶狠狠白刀手中拿,气喘喘赤血孔内淌。徒有惊邻喊杀之声,那里动人怜悯之意。"禁希正在那案上,听那屠户口叫"烧汤",举眼不见妻子,说又不出,两眼落泪,一心正苦。忽然见一个和尚走近前来,叫声:"善人,莫要动手,错杀了人家猪。这猪是禁家养的。你们的猪,被豹吓走在前林内。"屠户听了,看那猪果然不是,乃放下案子。只见那远远林内,果有一猪藏躲,屠户去捉宰猪。和尚乃叫禁希妻子近前认你家主。数珠子一颗,就变做了一粒舍利,叫声:"禁希快吞!"禁希忙吞下肚,依旧复了原身,扯着妻子,哭哭啼啼。和尚方才开口说道:"作恶使心,反累己身。你知了么?"只这一句,如汤点雪,那禁希双膝跪地道:"小子知了。只是知却前边行过的恶,却不知后边这些冤愆事。"和尚道:"你若知了,速改前边凡有所行,思此后事。"禁希如梦方醒,正与和尚讲话,那妻子众人,也都合掌礼拜和尚,叫请师父寒家献斋。和尚辞道:"我岂图你斋吃的?只要你众善信行些善事。"正才讲说,只见道人走近前来,看着和尚说道:"好和尚,我道人作恶人,你却做好人。"众人见了道人,怕他又行变驴法,也只得跪着说道:"我等再不敢为恶了。"和尚乃向道人说道:"师兄惩恶,小僧已知圣意。只是太苛过刻。"道人笑道:"师兄,你有所不知,此人在店肆中,我小道听他与那位道者讲的,都是心腹事。那位古道者,句句善话,这禁老者,句句恶语。所谓一句恶言,折尽平生之福,句句不善,便当轮回几劫恶道。方才只因师兄到此,多是怜他妻善。更且日相共饮的古直善人,我故显示惩创他恶。叫他两劫恶因,变化畜类,一旦历过,他如速改前非,犹存人道,如再不悟,难复人身。"禁希与妻子,只是磕头。那道人说罢,看看古直道:"人去留名。我今不说,你怎得知?"把拂尘一挥,腾空而去,飘下一纸简帖儿来。众人拾起看念,却是五言四句,说道:

　　吾名赛新园,曾达仙家路。

　　殷勤在世间,惩恶将迷度。

众人拾将起来,念了一遍,递与和尚。和尚笑道:"我已久知他来历,但欲彼此成就开度功德,故此不言。你等却也不知我的来历。我在百里之遥海潮庵住,今有祖师师徒在吾庵间,愿行演化本国。为此出来化斋,供什常住,听得禁家女善信一句弥陀,就知根因,必是善人动念,故此来救你。看那松林树下,道人又来了。"众人方才举目观看,和尚忽然不见。众人惊喜称赞而去。

　　这禁希回到家中,整备素斋香烛,请了亲邻,洗心吃斋念佛,备了些盘费，找到海潮庵来。却遇着朔望之日，地方众善信在庵中参谒祖师。这禁希望见祖师跏趺坐在蒲团之上，众人跪拜于前，他也合掌拜跪，口中念佛。众善信纷纷求祖师开度。祖师半句也不答，只看着禁希道了一句，说道："汝若悔了前修，那道人又来拿你去变。"吓得禁希只是磕头，答应再不敢。禁希拜了起身，方才去拜礼圣像，走看两庑，只见第十一尊阿罗尊者，趺坐执着数珠儿，宛似救他的僧人模样。他见了满心欢喜，只是跪在地下磕头。却好副师见了道："善信，你如何只在这位菩萨圣前磕头？"那禁希也不答，连连磕了无数。副师道："磕头也不中用，趁早把菩萨的数珠子添补足了。"禁希听了副师这一句，便忙起看菩萨手内数珠，却散了线头，少了两颗。他便问副师："老师父，这菩萨的数珠儿哪里有？弟子情愿买两颗补上。"副师道："在善信心上。"禁希笑道："如何在我心上？"副师道："若不在你心上，如何得复人身？"禁希听得，自己忖道：这圣僧果然通灵，说的话跷蹊古怪，俱不是那世上凡僧、混账和尚，讲前人的糟粕，说没对证的空言。他句句都在我身上发明，可见作善也瞒不过他，作恶也欺不得他。按下禁希为恶之心一旦豁然明白，归家改行修善不题。

　　后人有说善恶报应不差，世若不信，只看世间。一般是五行生来，一个人有贫穷、富贵之不同，疲癃、喑哑之各别。那富的，口餍粱肉，身着绫罗；贵的，乌纱冠顶，金带垂腰；穷的身无完衣，贫的家无半粟。还有一等残疾，可怜他目从胎瞽，哪知世上青、红、蓝、白？耳自幼聋，不辨声音话语。更有喑哑的，说不出心间情苦这种根因。因成七言四句，说道：

　　　　五行都是一般具，富贵贫穷各自遇。
　　　　要知今世这根因，总是前生善恶趣。

　　话说禁希生平作为不善，以致道人惩戒他。却得了其妻修善，叫了一声"佛爷爷"，他这至诚感动菩萨，便有神僧救解。这十一位尊者显化，默助度脱阴功，却又试副师道行，乃于副师入定，忽然显一神通。在那正殿上，端然趺坐，叫一个焚香侍者唤了副师到面前，说道："道副弟子，还了我两颗数珠子来。此非数珠，乃我舍利。"道副答道："尊者自行方便，开度下愚，用去数珠，非干弟子之过。"尊者道："彼已举意，问何处可买补数，汝却指说在心，他无处觅心，便未曾补。禁希既去，此珠当为汝还。"道副答道："容弟子觅补。"尊者笑道："珠可补，舍利难得。"道副道："人各有舍利，弟子当自补也。"尊者笑道："吾以慈悲度世，虽尽舍一百单八之珠,不求人补,但只愿人知今世之受,乃前生之因,不昧了今生之作,以明后世之受。"道副听了,说道:"即如尊者之言,弟子正欲人知。无奈知道的少,这前生作过,后世湮迷①。哀此湮迷,他怎知觉?"尊者乃令侍者捧了一函,付副师道:"此函乃智慧宝卷,汝若欲知人前后之因,当于静定之余,默然以会。"副师道:"师弟总持,闻有仙官授以册籍,莫非即是此卷?"尊者道:"彼乃诛心之册,惩戒见在者,此卷乃过去录。尚有未来录,容当查付汝道育师弟。总是注人三世善恶根因,汝等合当信受。"说罢,副师出静,天已黎明,沐浴上殿,参礼圣像,稽首阿罗圣前。早有善信众等到来,这众人纷纷讲说圆陀村有个变驴的怪事,被和尚救解。也有信的,口念弥陀,说道:"眼见的地狱。"也有不信的,说道:"一个活人如何青天白日变驴子?"一个说道:"闻知骂了道人,想是道人作的障眼法。"一个说道:"闻知他妻行善,感动神僧救解。"只见舒氏乡尊同着几个朋友也在座中说道:"此事当信,却也可畏。常想这畜牲道,前世岂无个根因? 便是你我在座的,却也不等,岂无个前生今世的果报? 我老夫从善,也知是五世为人,今世叨冒②这一步,却也不易来的。"众人听得惊异起来,便求乡尊讲说。乡尊道:"说便说了,只恐这道理不可漏泄。"道副听了,便说道:"老乡尊,果然是五世为人,修积善果而来,小僧已知。却不知乡尊记得可切? 但说无碍,小僧还有个后世报与乡尊。"舒氏老听见许他个后世根因,便欣然说出,说道:

"一世为人是猎户,只因家世传门路。

鹞鹰捉的是飞禽,韩卢③搏的是蹇④兔。

一朝赶得两雄鸡,雌雄两个相哀护。

我因叹此羽毛虫,弃了这猎寻别务。

我想生前做猎户,终日伤害生灵,也只度得日子。没来由自己当杀生之罪,寻了钱钞,养活别人,乃弃了祖业门户去担柴为生。天赐山中得了些横财,遂成了家业。有子有孙,老得其终。却到:

---

① 湮(yān)迷——埋没迷失。

② 叨冒——贪冒。

③ 韩卢——古代寓言,韩卢是条迅捷的猎狗。

④ 蹇(jiǎn)——跛足。

二世为人是客商,贩梨贩蒜贩生姜。

东处买姜三五担,西乡买蒜几舡舱。

只因姜蒜分荤素,我恐持斋被破伤。

嗣后改却荤生意,经营百倍利家昌。

那时只因动了个荤素不可同舱,恐卖与吃斋的破了他戒。冥间说我这一点善心,就查个官贵之家,与我脱胎换骨。却遇着一个查勘的司主,说我前世伐柴拾了横财,不曾还人,伤了这些天理,便脱生了个官贵之家,只做了个清高才子,我想:

三世为人是才子,青灯翠幕攻书史。

不逞富贵恃才华,守分功名惜行止。

尽却人伦和六亲,谦光①不僭②乡邻齿。

五男二女极贤良,九十三春方已矣。

虽然生于富贵之家,未得伸了才子之志,冥司说我固无罪孽,却无功德。忽然一个圣僧到来,与冥司说个方便。我那时心里惊疑说:'何处长老,曾无相识,来讲甚方便?'听那长老说道:'可怜这才子。志念未伸,空抱着豪迈之气。况且贤良方正,与他转个威风赫耀的人中去做罢。'乃承他方便,他说我生前到僧寺,尊敬三宝,故此方便。冥司听信,遂将我:

四世为人生世胄,阀阅③簪缨④传世旧。

壮年皋比⑤坐拥金,一呼百诺随吾后。

果然八面有威风,但我存心多仁厚。

戈戟虽陈不杀人,到处安民全老幼。

只因这点儿心肠,那时到处称我为仁将。功勒⑥旃常⑦,名垂竹帛,老终正寝。因此尚记得这五世。"却是何说,下回自晓。

---

① 谦光——谦让的风度。

② 僭(jiàn)——越礼;超越本分。

③ 阀阅——有功勋的世家;世代居官之家。

④ 簪缨——达官贵人的冠饰。代指显贵。

⑤ 皋比(pí)——原意是老虎皮。因宋朝张载讲学时坐在虎皮上,后因指讲席为皋比。

⑥ 勒——这里是刻画之意

⑦ 旃(qí)常——一种旗帜。同"旗"。

第五十四回

高尚志逃名不仕　道副师见貌知心

"今我这生,却乃五世。只因我前三世才子志念未伸,这一世还与遂了前愿也。只因我生出娘胎,未迷真性,自垂髫①以至今日,忠孝廉节,时刻不忘。叨冒这一步,也曾立朝纲、忠国王,也曾居民上、为大吏。今日高尚林间,不愧身后,志愿足矣。只是自继书香之子,尚未有传苕源②之孙。家无余产,徒有一经。师兄,你方才说有个后世根因,我老拙,但知前五世,却不知后一世,乞明指教。倘有生前过恶,也便忏悔省改。"副师道:"老乡尊世世为人,未迷正觉。所以不迷者,善根清净,真灵不昧。若是恶缘,便入昏愚,昨日今朝尚然忘记,况生前劫后,怎能洞晓?"舒乡尊点首道:"正是不差。只是师兄说知我后世,我后世却如何光景?"副师道:"天机不可预泄,小僧有一册智慧宝卷,却著着乡尊后世,看来原是今世所作。此宝卷小僧知,只可乡尊自知,他人不可与知见的。"乡尊大喜,即求宝卷一看。副师乃说道:"乡尊欲要卷看,当俯伏圣像前,自然得见。"乡尊依言,便俯伏在佛前。忽然睡去,似梦非梦。只见殿旁一个侍香沙弥,手捧着一卷文册,乡尊求看,那沙弥即递与展开,见前边注载不说千劫,总是有生人,便有生生历世,气脉传来,何尝断绝。乡尊见了,叹道:"是呀,想我此身,不是开辟来就有,没理后空桑③处生来。"只见前边一世一世尽消去了,后边一世却随着今世,这今世卷中开载善功一件,便著在下边后世应得何福。恶事一件,也著在下边后世应得何报。乡尊便查他善功,却也甚多。如一件忠国,应有荫子荣后之福;孝亲,应有延年享禄之福;廉节,应有家世清白之福;贵不矜骄,应有康泰之福;尊不凌里,应有和

----

① 垂髫(tiáo)——童子未行冠礼前,头发下垂,用以指儿童或童年。
② 苕(tiáo)源——这里指子孙连绵不绝。
③ 空桑——古地名。在今河南开封陈留镇南。相传伊尹生于此。

平之福。注载甚多，不能悉记。生前无亏，身后克备。却查他恶籍，仅有两条，一条注着为清吏执法太刻，民命攸关；一条注着为特杀过害生灵，徒恣口腹；底下著着应得苔源未续，难证仙佛之宗。乡尊看到此处，那沙弥即掩其卷，说道：“后皆是应得报的卷宗，乡尊岁月尚长，善恶未见，莫要看也。”

乡尊还要求看，忽然惊觉，忙稽首圣像前，起来拜谢副师，说道：“智慧宝卷，承师指点度化，只是著的善功果是今世，就也应着了。那恶籍注道，我为清吏执法太刻，我却也几分不服。想我当时居官之日，最恶贪赂。不知这贿赂若贪了，都是小民膏血，有罪畏法，只得变产业、鬻①子女。可怜你要代代豪富，那些小民穷致死亡，所以我居官愿为清吏。又想法度乃王之法，循不得私，理不可纵，有罪当诛。故我尝为执法，即有民命。此应做的，怎么说我是恶？”副师笑道：“清吏执法，不如浊吏宽刑。非是浊胜清，宽胜刻也。民恶宜死，倘可活生，苟得其易来阿堵，宽纵其命，也是天地好生之德。若是不爱他赂，定置他死，于法固不碍，只是于心太难忍。冥间不乐人心之忍，故做了恶看。其实较那不清浊吏，民罪不至死的，苦刑酷罚，索贿善良，这恶更大。老尊长恶籍之下，所以还注的活，说道苔源未续，此犹可修德而续也。”乡尊又道：“为特杀过害生灵，这却怎说？”副师道：“为恣口腹，命庖②杀牲，人为延我，伤生性命，此皆为特杀。特杀者，专为我而供也。世人正如食者甚美，哪知死者甚苦？若是宁忍一餐之素，免人待我一牲之杀，这件阴功，过于庖厨之远。若是忍心，更求人杀以为食，便成恶业。老尊长居官到今，此业未必不无。但此干犯我僧道家宗教，故此卷载，难证仙佛之宗。”乡尊道：“此亦可修而解的么？”副师道：“老乡尊既知既见，若要修解，当于我祖师前求解。”舒老听了，遂向祖师稽首，拜求度脱。祖师不答，半晌乃睁眸，看着乡尊道：“幸有余年，宽心忏释。”乡尊听了，深服教旨。后有说宽之一字，真为享福延年之道。因成五言八句，说道：

　　　　奉职为天吏，惟情法两端。
　　　　循情坏国法，执法又伤宽。

----

① 鬻（yù）——卖。
② 庖——厨师。

宁使一家哭,从教诸路欢。

盛朝有良吏,万代做宽官。

这一首诗,岂是说居官的没奈何遵守王章,剿除恶孽,到了个丝毫不假借?莫说亲戚朋友犯了国法,逆了天理,他只认得国法,哪里认得私情!便是弟男子侄,也说不得,他把那面皮一转,典正五刑。虽然洁己秉公,较那徇私卖法的,忠奸不等。却只是瞽叟杀人,皋陶①执法,大舜为天子,也说不得弃国窃负而逃。这大孝就是宽德,为官的若不宽,只怕下情有说不出来的情节,被这一严苦恼,有罣误②不知,犯了罪过。偶然遗失了上官事物,被这一严畏怕,送了残生。为国催科,奸顽可恨,置之死地何惜?然就中宁无真情困乏,剜肉莫措的,妻子号饥哀寒不忍,又当比校遭刑。这也是一严之过。若有循良,宁甘殿校,认催科③之拙,愿抚字④之劳。少缓五刑,一从德劝,上不损伤国课⑤,下不坑陷民生。那敲梆子念菩萨,哪里寻这见在活佛?只为这宽以居官,报应不独子孙昌盛,偏就感动天地,旱涝不生,民皆丰稔,个个念恩,籴谷完租,到底还是居上以宽之报。

却说国度中一人,名叫做高尚志。这人年仅四十,人称他为强仕郎。怎叫这个诨名?只为上古之人,风俗淳厚,以年少登仕为大不幸。但家居修德立业,到了四十岁,不肯出仕。征聘目下,不得已方才出仕,这叫做强仕。哪里似今世,垂髫便想为官。不如意便外人笑、自己恼,风俗非古,殊为可叹。这尚志一日闲坐家中,忽然里老来报,道:"地方长官亲临拜你。"尚志惊异道:"我小子,德薄家微,岂敢当长官枉顾?"正然怀疑,却只见驺从⑥引导登门。尚志忙出迎接,只见长官下马,到得堂中。看那长官怎生模样:

冠冕通南国,贤良俨上台。

手中捧令旨,特为荐贤来。

---

① 皋陶——传说中东夷族的首领,曾被舜任为掌刑法的官。

② 罣(guà)误——失误。

③ 催科——催租;亦指催缴钱粮的小吏。

④ 抚字——抚养;抚育。

⑤ 国课——国税;国家税收。

⑥ 驺(zōu)从——古时达官贵人出行时,前后侍从的骑卒。

官长与高尚志相见,却以宾主之礼款待。尚志谦逊说道:"小人系白衣贱士,安敢与长官抗礼?"官长道:"吾为敬贤而来,荐才而至。足下若就了聘,只恐尊贵加吾一等。"尚志只得以宾主之礼相接,官长便出那手中令旨,荐他出仕。尚志哪里肯接令旨?官长叫左右捧过冠冕来,尚志看也不看,往屋内叫一声:"老婆,紧闭了中门。"他却往后围墙上爬过去,一直往东边走了。这官长坐在堂中,久等不见主人出来,叫左右击中堂后门,只听得其妻答道:"尚志逾后园墙走去了。"官长听得叹道:"这个方称得高士,我居此方为宰①三年,例有举荐。细访此人贤能,特请令旨荐他,他却逃避不肯出仕。我想,三年前到此任时,便有嘱托我荐的,如今荐书,说赵家子有才能,钱家男有智略,盈案累牍,荐例不过一人,仰望的不知多少。我居清朝一个官长,若举荐了一个贤良方正的,一则尽了我职分,不致误国;一则造福了地方,不致害民。我若举荐了一个虚名假誉的,不但误国害民,抑且②坏了我的功名心术。如今说不得宁违了例限,甘受降罚,决不轻易荐剡③,失了贤人。"一面叫人访寻尚志去向,一面密访野有隐士高贤,按下不题。

且说尚志爬过园墙,一直往东走来,也不曾带得些路费,也不问个前途虚实,信着脚步走来,却是一派荒沙海岸。举目无一个人家,回头又迷失来路,腹中饥饿。看看红日沉西,乃席地而坐,自嗟自叹起来,说道:"我也精精忽略,不曾思想,只为立意辞荐,懒出为官,怕居官之贤劳,不如藏修之自逸;恐才疏折狱,致小民之遭冤;虑催科计拙,使公家有逋负④;思小民之易雪⑤,想上天之难欺。为此逃名到如今,做个有家难奔,无处安身。"正嗟叹,只见一个白头老叟,执杖而来,近前看着尚志道:"呀,汉子,你自何来?此时日暮,三十余程并无人烟住所,尚然不赶路途,却还坐在此地。"尚志听得,忙问道:"老尊长,据你说来,你难道没个住处?你如今到哪里去?小子便随着你借一宿,天早再找寻旧路回家。"

---

① 宰——官名。

② 抑且——表轻微转折的连词,类同而且。

③ 荐剡(yǎn)——这里指推荐之意。

④ 逋(bū)负——拖欠。

⑤ 易雪——容易洗除耻辱、仇恨。

老叟道:"我家不远,却也浅窄,没间房屋安你。又家贫无一碗饭食你吃。可怜你一个宽宏大量的贤人,甘贫守分的善士,在这逆旅穷途,忍饥受饿,心甚不忍。也罢,也罢。你随着我来,看你的造化,待我寻些饭食你吃。"说罢,前走。尚志只得随着老叟走了半里之路,只见那沙阜高处,一个小庙儿,高不过三尺,阔不过两步。老叟往里一钻,忽然不见。尚志近前一看,却是个正神画像,形容与叟一般。尚志看那小庙儿,乃是边海人家设立的,乃忖道:"空僻处所,既有个庙宇,附近定有个人家。"乃四望远沙,哪里有个人烟去处?天色已晚,只得向庙前拜了一拜,说道:"我高尚志感蒙指引,到此又显示神灵,只得在庙前借地存宿一宵。仰望默祐一二。"祝罢,卧于庙前。

话分两头,果然离庙前两里,有一村乡,名唤泼妇乡,居中一个人家,男子诨名就叫做畏泼。这人娶了一妻一妾,妻性悍妒,妾貌妖娆。这畏泼也只因多了这两斛谷子,惹了这一场烦恼。却说他家畜一怪犬,善变人形。一日,有个亲戚名叫曲清,到他家来辞,往外方贸易。这曲清见他妾貌,遂动了个淫心。哪里知世人心术关乎祸福,这人淫心一动,便见于言貌。那作怪的犬看见,待曲清辞去外方,它却变了他的容貌,潜躲在妾房中,只待空闲,便要调戏其妾。却不知畏泼之妻,妒夫爱妾,暗买毒药,置在饭食之内,送与妾食。这妾放在房中未食,怪犬不知其毒,偷出吃尽。这毒发作,犬变人形未改,遂毙于房。却好邻有一妇与其妾不睦,见了大叫起来。畏泼妻妾方在厨房,走近来看,只见却是这曲清形容。邻妇口声,只叫毒杀了奸夫。其妻明知毒饭食妾,料是误杀其亲,却又恨亲来奸夫妾。大家齐吵,妾只叫冤,顷刻夫回,见了痛恨其妾。只得求邻妇莫言,向后园挖坑,把犬变得曲清埋了,遂把妾打骂一番,送回娘家。这妾含冤饮恨,何处申冤?邻妇要彰妾丑,遂说于曲清父兄。其父信实,道:"原来其子,辞往外方贸易是假,原来藏奸泼妾。"乃具词里老官长,尚未鞠审①。

却说这曲清离家出外,走了百里,到得海潮庵门前经过,只见往来善信出入,他也随喜进到殿上。但见:

彩幡高挂,钟鼓齐鸣,两廊僧众诵经文,几个沙弥供洒扫。点烛烧香,满堂善信;迎来送往,一派僧人。看那香烟缥缈通三界,但见宝

① 鞠(jū)审——审讯。

烛光明照十方。

曲清不觉地走入静室之外,见副师三位比众僧不同。许多冠裳善信,坐在室外讲谈,他也坐在旁边。只见副师见了问道:"善信何处来的? 看你行色匆匆,却有一件隐情见于面貌,此情非善,却是一种未改之恶。此恶一著,定有冤怨之祸。"曲清哪得知道? 只是低头细想。旁坐有一善信问道:"圣师,你看了这位面色,如何就知是未改之恶?"副师道:"人孰无恶? 一举意非理,即有鉴察之神鼓笔详注,以定报应。若是改悔,即行消除。这恶意消除在心,容颜便征在外。那未改的容颜,比那既改的形状却也不同。万分古怪,他人不识,唯有僧知。"曲清乃问道:"师父,你僧如何知道?"副师道:"我等前以理知,后以神知。"却是何知,下回自晓。

第五十五回

犬怪变人遭食毒　　鼠妖化女唱歌词

　　却说高尚志饥饿,卧于小庙之旁,月色朦胧,远远望见两个男妇同着一个少妇,持了香烛、酒饭馍馍,到这庙来烧纸。见了尚志,惊异道:"何处之人,却夜卧在此?"高尚志便通了名姓,说出错走了路的情节。这男子乃道:"原来是高贤士! 我今在地方,闻知你不受官长荐引为官,逃躲外出,原来迷路在此。我今一桩怪事,遇着贤人,不得不说,胜如当官鞫审。我小子家贫,只生一女,平常却是个清洁的,只因嫁与畏泼作妾,被他大妻悍妒,不知有甚缘故,畏泼有个亲戚,名叫曲清,明明有人见他辞家外去,却不知怎么地被毒死于我女房中。畏泼隐丑,退回我女。我再三审他,他只叫冤。如今曲清家讼到官长,尚未鞫审。今我备香烛到这庙来,讨个筶①。我这庙神灵,必然慈悲冤枉。"尚志听了,心里也疑,道:"可见,我不乐出仕,别人家遇着这疑难,不易判断。做官的安得不费心构思与他审理?"只见那人妇烧了香,叫女子发个誓,又丢个筶,便邀尚志到她家去。尚志笑道:"君子嫌疑之间不处,你家正有这不明冤事,我如何夤夜②到你家? 但只是指我个去路,便是你情了。"男子听得道:"冷饭馍馍聊吃一个充饥,何如?"尚志始犹不肯,这男子再三送与,尚志乃接了他馍馍,一杯薄酒,充饥而别。卧到天明,依路东走,不觉地也到了海潮庵,正值着曲清与副师讲论这理知、神知的道理。尚志也坐在旁边,只见曲清听得个理知,便问道:"师父,比如小子,从远村来,偶遇着圣地善缘,进庵随喜,中心本无甚恶,只一味出外贸易心肠,你便说我有一件隐情见于面貌。你以理知,何理而知也?"副师道:"但凡人有事在心,便有一个气色在面。这个气色原是心窍中出来,发见在面,你那心窍中举意是个善事,自然面貌气色光彩;你那心窍中举念是个恶事,自然面貌气色昏暗。岂但气色,

---

① 筶(tiáo)——扫地或扫炕的用具。

② 夤(yín)夜——深夜。

还要见乎四体、行走动履,都以理看得出来。"曲清又问道:"师父你说神知,却是何神而知也?"副师道:"这个说出,厉害,厉害。"曲清道:"怎么厉害?"副师道:"善信,你岂不知,一语说的好:

　　　'天知地知,你知我见,
　　　暗室亏心,神目如电'。"

曲清听了说道:"比如,师父说我有未改之恶见于面,这座间,可还有心窍中发出来的恶念在面貌上的?"副师乃四顾在座的善信,个个一看,道:"众善信都是在家举了一个到庵随喜佛会的善念。"乃看着尚志道:"这一位善信,却比众不同,以理推看,必定是心窍中有一个大道理在念。"尚志听了笑道:"师父,你看小子是何大道理在念?"副师道:"观你气色光彩,礼态安舒,似有才华在内而不矜①,本来宽裕而不狭。你这世界内大着哩。且请问善信,何姓何名?"高尚志乃把姓名说出,只见舒乡尊在座,便跳起身来拱手笑道:"原来是贤弟,名重在乡国,老拙神交久矣。则近日地方官长举荐出仕,却怎么来到此处?"尚志只是谦退不言,却把夜来在小庙迷路的话说出,又说人家多有不明白的事,便说到曲清身上。只见曲清听了,说道:"小子正是曲清。近因在家没有个道路,辞了亲戚家门,欲远投一个相知做些生理,怎么我家有甚不明的事?"尚志也只浑浑答应,随起身辞众,恐怕官长地方知他,又来聘他也。那舒老见了尚志起身,便扯着不放,邀到家去了。这曲清哪里远去寻相知?乃急急回家,按下不题。

且说怪物成精,岂是精偏作怪?只因世人做家主全要睡,到五更醒了时,把日间行过的事想一想,哪一件通顺,不伤天理,哪一件逆理,败坏人心。行过的若善,便依着做;若是恶,即便改。古怪,古怪,做善事就有吉神助你,做恶事偏有怪物成精。这畏泼的妻只因不贤妒妾,为丈夫的只该和好善化她,守着本分,安着义命。古怪,那妒泼之妇自然不是灾疾恶报,定是天亡。畏泼不知安命,却娶个妖妖娆娆之妾。那泼妻又不自思,生来貌丑,已被夫嫌,却又妒妾。若是贤德如孟光,世间哪里都是王允,弃妻又去娶妇?只因泼妻妒恶,家主又不正大,家中便一个狗子成精。这狗却如何成精?只因泼妻气不过丈夫娶妾,妖心万种,妒念一朝,在那狗前嗟叹,

----

①　矜——自以为贤能。

胡言乱语。狗有妖气，再加恶积，乃成精作耗起来。遇着曲清见了畏泼妾美貌，动了淫心，它便变了人形，去调戏妾。不意毒饭吃了伤生，被畏泼埋于坑内。这狗得土气复活，钻出土来，依旧复了原身在屋，人如何知道？它却又变这样，变那样。忽然在村外僻路，看见曲清回家，这犬就变了畏泼之妾，迎上路去，叫声："曲清哥！"曲清见了，却认得是畏泼妾，当初出外辞他之日动了淫心，如今只因僧人讲了善恶，它却端正了念头。说道："二娘子，如何在这僻路闲行？"怪犬乃答道："丈夫近日为件不明白事，把我逐回娘家，另叫我改嫁别人。偶因无事闲出，田间行走消闷。"曲清道："有甚不明白事？"犬道："只因大妻泼妒，诈言你与我有甚情由，你又在外，哪里分剖？如今恰好遇着，在这僻路，且到那深林密树内，我与你叙个冤孽。"果然人心淫欲不胜正理，曲清惧怕神知，把这僧言牢记在念，又且正为高尚志说的家有不明白的事，一心要回家，他便正言厉色起来，说道："你这二娘子，怪不得人家休了你，皆因你不守妇道。我若坏了这心肠，万一人知，何颜与亲戚来往？"正说间，只见一个白须老叟走近前来，道："这个怪畜，如何迷弄正人？"那妾地下一滚，变了原身，却是一只狗子，往林里飞走。这老叟也飞赶去。曲清惊疑回家，却好地方官长差人正来曲清家，唤他父兄去审。见了曲清，大家疑惑当鬼，把这情节说出来，同到畏泼家一证，又到妾家去讲，一齐到官。官乃叫地方把埋的曲清挖起来验。地坑内哪里有个埋人？却是一个空坑。官也难断，做了个立案，把众人赶散，畏泼到底疑妾，不去接她。过了多日，这妾苦守。

　　却说高尚志被乡尊扯到家里，盛席款待，暗地报与地方官长知道。官长忙排执事，亲到舒老家来。这日舒老正与尚志家门闲立叙话，只见远远：

　　　彩旗红簇簇，鼓乐闹喧喧，

　　　问道因何事？声传接长官。

　　高尚志听了就要逃走，被乡尊扯住，再三劝说，方才允就。顷刻官长到了堂中，彼此各叙礼节，才把尚志鼓乐迎到他家。你看那村邻大家小户，长幼男女，拥拥杂杂，你道"高官人学好行善，国王征聘他做官，真也应该"。我道"他平日宽厚，便是做了官，也福国安民"。有的说："他半生贫穷守分，今日却富贵到他了。"有的说："他廉洁存心，便是做官也不贪财。"尚志到了家中，同了妻室，择日上任。却好本地官长举荐了他，国王就把他替了官长。到任管事,真也是贤能,一日行香,两日拜客,三日就坐在堂上,查国课可逋欠①,囹圄可有冤枉,案头可有积下的未结事情。只见他赦小罪,省刑罚,销未完前件,禁后来弊端。却好查出畏泼这件未完,当即拘这一干人审,只见曲清备细说出这段情由。尚志乃问道:"往日庵间,说你有恶未改,想你就是奸淫恶孽。"曲清却说出林间僻路,狗变妾形,它遵信高僧之戒这段怪事。尚志大悟,随叫备祭仪到小庙拜神求筶。只见筶兆掷下,合了簿上筶语,说道:

　　　　阴人作恶,犬子成怪。

　　　　速改善心,吉祥无害。

　　尚志正看筶语,只见一只黑犬如人索来,伏在官前,有如待罪。曲清见了,便说:"这犬正是变泼妾之怪。"当时尚志把那狗杖杀,劝谕泼妻改善,仍把妾判回泼家。这曲清吃了斋,削了发,也奔庵中做个和尚。

　　却说做官当宽,但宽于善,莫宽于法。宽于情,哀矜那无知小民,误陷于罪。严于法,不纵了那奸轨犯科,为害作弊官长。只因这一味宽,便生出一个大奸巨滑的人来,却也报应得可笑。这衙门中有个义仓,又叫做平籴社,年岁丰稔,粮食价贱,便官价平收入社。遇年岁荒歉,乃照旧价给散小民,积粮日久且多。只因官长清廉,以致年岁多熟。却不知这社中生出几窝老鼠来,中有一个成精作怪的大鼠。这鼠终日吃粮,养得肥大如猫。只因这社中有一衙役,名唤商礼。平日心术奸狡,欺众瞒官,但因它伶俐多能,会遮掩,善洒泼。官长宽厚,纵容了它。它一日偶无人,独自一个静坐社中,只见社旁小屋里走出一个垂髫女子来,慌慌张张,如同迷失。商礼见了,便近前一把扯住,问道:"你是何人家女子? 到此何事?"那女子哀哀说道:"我是前村民间女奴,只因主母责打,逃躲出来,在此社中经宿一夜。思量没处投奔,又且腹中饥饿,只得乞求君子救我残生。"商礼道:"你是哪家? 我送你去。"女道:"既逃出来,难复回去。这打怎当?"商礼便动了个收留迷失女子心肠,把女子仍藏在社内。等到天晚,携回家里。家中却有一个老娘,见他带了一个幼女来家,问其详细,他乃一一说知老娘。这老婆子到知些道理,说道:"为人要守分存良心,一个逃躲女奴,又不是迷失的。就是迷失的,也该报官。三日不报官,便要问罪。若是背夫

────────────

　　① 逋欠——拖欠;拖延。

逃走的，你收在家，万一弄出事来，这罪名怎当？"商礼答道："老娘，这个罪名当得起。"乃问女子道："你在家会做些甚事？"女子道："茶饭不会做，针线不会拈。我主母爱风流，好吃一杯酒，喜唱一曲词，终日叫个唱词曲儿的教我学唱。若是唱得不好，便大鞭抽打。我因受不得这打，故此逃躲出来。"商礼听了笑道："绝妙，绝妙。我弄法寻了几贯钞，要吃一杯酒，正没个消遣，你便唱个曲儿，我与老娘吃一杯。"这女子乃唱个曲儿道：

切莫贪财，坏法贪财枉受灾。行宪①难宽贷，有利终须害，呆积恶，不知哀。上有青天官长精明，你纵能遭怪，笞杖徒流任你捱。

女子唱的虽是个《驻云飞》牌儿名，却句句犯着他衙门弊病，商礼听了大怪起来，说道："怪不得你主母打你，怎么唱这样曲儿？莫说她恼，便是我也懒听这败兴的声噪。"乃喝了一两瓯子②酒，往屋里去睡。叫老娘收管了女子，他便思量贩卖这丫头。

却说狐妖自从与虾精弄神通，助了救铁钩湾灾难，他四处遨游，也是听闻了道家方便之经，释门慈悲之咒，为非的事也不肯做，弄诡的法也不敢行。忽一日往商礼门前走过，听得屋内唱曲儿，声音嘹亮，词句娇柔，乃摇身一变，却变了一个老鼠，钻入屋檐，直到堂中，看那唱的女子，他却认得是个成精大鼠。这女子却也认得老鼠，虽是一类来的，却也不同，忙忙复了原身，直近狐妖身边，说道："你是哪里来的？我看你是个别类精怪。"狐妖道："你是哪里来的，变女子迷人，还唱曲儿？"大鼠道："实不相瞒，我是厫仓③多年之怪，因见这商礼日日欺公，不忿他恶，意欲计算他一番，故此弄这桩圈套。"狐妖道："原来如此，我想他欺公，也与你无干。"大鼠道："怎说无干？想我在厫中食这粮食，却是明明至公无私、官加的鼠耗。我们过食了，犹恐损折了正粮，难为了清廉官长，苦害了百姓穷民。他却恣情作弊，只图身家财利，不知洁己奉公，折了官粮，还推鼠耗。我所以不忿，变个女子。方才唱个曲儿，明明是警戒他，他反嗔怪去睡，意欲计害我。狐哥，你可有路见不平的好心，帮助我个弄他的手段？"狐妖道：

---

① 行宪——犹言行为，行止。

② 瓯子——酒盅。

③ 厫（áo）仓——粮仓。

"依你说来,你两个都是一事同人,蠹①残国廪②的,只是你还有名。也罢,我帮衬你个手段,叫他做事颠倒错乱,使心用心。你当初变女子,却是怎的?"大鼠便把前话说出。狐妖道:"这事不难,你仍旧变女子随着他,我却变个婆子,说是你主母来寻见了你,禀告了官长,叫他瞎受刑法。"大鼠道:"甚妙,甚妙。"仍变了女子,随着婆子房内。狐妖次日,却变了个妇人,到官长堂前,把商礼拐带人家女子首出。

却说高尚志清廉明正,见了这事,乃想到:"我为官清正,怎还有这不守法的役人?"乃令左右去拿商礼。左右到得礼家,果见一个垂髫女子,即时拿到社中,等候官长升堂。哪知大鼠,一则见了自穴,一则邪妖不敢近这清明官长,忽然复了本相,躲入穴中。狐妖知事不谐,把隐身法使了,藏在社中。那左右见女子与婆娘不见,四下找寻。那官长升堂,左右只得投见,商礼诉冤。官长审问左右虚实,左右不敢隐瞒,直直说出:"果在商礼家。拿出女子同他主母到社中候审,一时她母女都不知何处去了,想是下民之家,畏惧逃躲。既已找寻着女子,恐怕坏了她门风,说是何人家女子,故此忍情去了。"官长大怒,要责左右卖法。只因这一宽存心,且叫记责,作速找寻下落拿来审问,却把商礼暂责收禁,待女子出来再鞫。总是他的刑清政平。毕竟何处,下回自晓。

---

① 蠹(dù)——蛀蚀。
② 国廪(lǐn)——国库,国家的粮仓。

第五十六回

商礼改非脱禁狱　来思信善拜胡僧

话说刑清政平的官长,不独民庶不欺,便是鬼神也敬,那狐妖鼠怪也不敢逞邪。这大鼠还是历来前任因商礼而生出的精,乃商礼遇着后官明正,也容不得他恣情而弄法,故此弄法自弄,社中就因他的跷蹊,弄出这一宗古怪。禁在囹圄,只等捉得女娘,方才审问。商礼坐在狱中自嗟自叹,哪里悔自己欺公? 还想出来弄法。倚着奸雄,思量有罪的下狱还要吓骗。哪里知官清民安,仁政息讼,地方那里有个犯法收禁的? 这狱中禁固稀少。商礼闷坐无聊,忽然想起那晚女子唱饮这一种邪心,便又弄出一个古怪。

却说那狐妖与鼠怪两个计较,狐妖道:“我与你藏躲不现身,商礼罪名终是要脱。”鼠怪笑道:“都是他自作自受,我与他原无仇隙,便与脱了也罢。只是我与你到狱中看他可有悔过改非之念? 若是悔从前之过,还是个好人,若是恶心不改,怎与他脱?”当下鼠怪与狐妖隐着身,走入狱里来。只见:

> 虎头门里一锁牢拴,犴狴城中重关谨闭。阴气凄凄,悲风飕飕,哪里是人世囹圄? 王法森森,刑威凛凛,真乃幽冥地狱! 为甚地,人当事变,不忍一时恶气,发一个菩提善心? 必定要,争强梁,不让半步便宜,犯五刑不饶法度! 到此处不见天日,这时节有甚心肠?

那鼠怪不知官长法门禁地,进到里边东张西拽,还要想偷那牢食。只有狐妖,他是僧道门中皈依了一番来,虽然狐性未尽更改,却也见广识多,乃向鼠怪说道:“你来为何? 且看你旧主儿在那里。”鼠怪睁眼一看,只见商礼闷恹恹坐在那黑屋里,心里还想女子歌唱下酒,口里念着怎么没个进狱的宗儿,好歹也骗它几贯进监钱钞。狐鼠两个听得它嗟嗟怨怨的一回,思思想想一会,乃计较道:“这个人还不改念,我们一不做,二不休,越发弄个手段,叫他受苦一番。”狐妖就变个差役,鼠怪却变个禁子,走到商礼面前,问他要钱,说道:“官长差来点监,恐怕禁子卖放刑罚,便把刑法上起来。"商礼道:"二位,我商礼久在衙门,人情甚熟,便是做个方便也好。俗语说的:公门中好修行。"狐鼠哪里肯? 只是把刑法要摆布他。可怜这商礼受他两个摆布,苦楚难当,与它钱又嫌少。商礼情急,真心发现,悔念忽生。

　　却说鬼神何处无灵? 这狱中也有个正直大神,偶尔上界公出,这会回来,见二妖摆布商礼。他却看着他道:"正当摆布这奸恶,也不暇查看二妖来历。"只见商礼被二怪奈何不过,走到神位前双膝跪倒,无数地磕头,说道:"爷爷呀,商礼只因一着错,输了满盘棋。今日到此受这腌臜臭气。倘得脱离了这地,便去念佛吃斋,就做个乞化,也不做非理的事了。"大神只听了他这一句悔过的言语,便动了神慈。方才看那二怪,原来是狐鼠假变的。大神一心,直怜这悔过消刑的人,便嗔他作怪成精之畜,变过面皮,大喝一声道:"堂堂清廉正直在上,囹圄也空,你是何处精灵,敢来吾地作耗?"叫左右执鞭笞重处。鼠怪路熟,它又疾作,一阵风走出门去了,却拿着狐妖。它却也伶俐乖巧,乃说道:"我等都是被商礼弄奸设诈,坑陷了的畜类阴魂。到此恨他,特来报仇。"大神听了,喝道:"它已悔却前非,改心向善,吾神尚且宽宥,放它出狱,何况你精怪,还说怎么阴魂?"狐妖听了,随口便答应道:"他既改过,我便恕了它罢。"往外一阵风走了,走到社内,遇着鼠怪说道:"官长清廉,鬼神敬服,便是囹圄也冷静,我们妖怪也难存。"鼠怪道:"此处难存,却到何处去耍乐,那地去安身?"狐妖道:"我四处走了一番,东有神仙,西有和尚,南有循良①,北有贤圣,你我邪不胜正。去不得,去不得。"鼠怪道:"我坐井观天,那知天之高大? 从来生长社中,只知耗些官廪,哪晓得异乡别里,有这许多胜览。万望老狐携带他方走走。"狐妖想了一会道:"也罢,你既要他乡,看些光景,我只得带你一行。"狐妖乃带着鼠怪离了社中,往荒沙走去。

　　古语说:"举头三尺有神明。"哪里没有神明,就是这荒野去处,人迹罕到之地,也有虚空过往,为人举心动念,便有个神明。你便不知,它却昭然显见。你举动的是慈悲物命,方便阴功,孝悌忠信之心,那神明何等欢喜! 真实不虚叫你求谋遂意,灾难即消。若是你举的是坑人害物、逆理乱常之意,那神明便拂然大怒。你要求荣,他却与你辱。真也古怪,就是神

---

　　①　循良——旧称官吏守法而有治绩者。

差鬼使。这二怪方才走出荒沙，只见前边一处村落人家，有一座界碑在那里。二妖抬头一看，那界碑上写着三个大字，狐妖久历人世，却识得字。乃说道："这碑上写着中路界。"鼠怪道："想是往那个地方去的中路。"狐妖道："正是，正是。"方才说罢，只见那碑前一个猛勇大神拦着中路，喝道："何处邪魔！大胆敢来闯越我路？"狐妖乖巧，便答道："我两个不是邪魔，却是来从中路走的。且问尊处何人？拦阻这路，不放我行？"大神道："我这一村，都是往年有两个东度僧人过此，劝化的大家小户孝爷的，敬娘的，吃斋的，念佛的，因此秉教立我为勇猛神司，在这村口专阻邪魔妖怪，怕他来搅扰善信之家。"鼠怪乃问道："若是邪魔妖怪到此，便怎么？"大神道："若是此等，吾神力能吞而嚼食。看你这两个，似正非正，似邪非邪，你当自知。"狐妖真也伶俐，乃对鼠怪计较道："我历过许多地方事实看来，行正的好，作邪的难讨便宜。这个小村僻路，也有个邪正分说。我们从今改了念头，行些好事，莫要叫人指我们为狐妖鼠怪。便是走尽天下，也无惊怕。"鼠怪道："我但听主裁。"狐妖乃向大神道："我两个是正非邪，要去海潮庵听东度僧人讲法的。"大神道："我看你调假，便是个精怪。我这里往年有东度僧久已过去，闻知到东印度国度化①了国王与缨珞童子，今已示寂成佛，那里又有个东度僧人？"狐妖道："见今在海潮庵说法演化。"大神道："是了，海潮庵尚在前边，离路远哩。你路境如何不熟，必是个调假妖怪。吾神专恶假诈之精，当受吾吞而嚼食。"狐妖更有些见识，乃问道："尊处恶假诈，却是何诈？也说个明白嚼人。"大神道："我说个明白，你听：

> 言语一身章美，莫教惟口启羞。有根实据出心头，正大光明不陋。为甚将无作有？逢人一片虚浮。欺人悖理自招尤，暗里神知岂宥②？"

狐妖听了道："真真人生言语，切不可将无作有。却有一等假借法言比喻道理，说古今未有之事。这个可谓调诈。"大神笑道："世有逆理之虚言，乃谓之诈。若是借喻劝人以入道，此名为方便，不名为假诈。你独不

---

①　度化——僧尼劝人离俗出家。

②　宥(yòu)——宽宥；恕罪。

知龙虎坎离之说,婴儿姹女①之谈,借名喻道,又焉可谓之诈?"狐妖听了,乃拜伏在地,说道:"我明白尊神之说了。"大神道:"你且起来,怎样明白?"狐妖也说几句。他道:

> 心邪实也是假,念正假也是真。真实虚假正邪分,祸福都根方寸。

> 岂知邪非为害?分明昧却天君。若知不使自无昏,福在真言实论。

大神听了狐妖之言,说道:"你既真实要听高僧讲法,他却是根理真言,让你去罢。"狐妖与鼠怪计较说道:"我四处也经历了一番,果然忠信可行于蛮貊②,虚假不能行于闾里③。我们既说听僧讲法,便只得往海潮庵去走走。"

话且不题,且说近庵有一人,姓把名来思,此人家世积恶,只因祖上略有些善根,故此还不灭他后代。这来思年尚幼时,有一个胡僧同着一个道士过其门,见了来思,胡僧向道士说:"你看此人,当有五种恶报,可怜他昏愚不自知省。"道士看了道:"他虽该有此五种,却还有一种可救。"胡僧道:"我也看他有一种可救,却是他祖上的一善积来。我等看他这种根因,说与他个省改解救的去路。"道士说:"便指出一种善因,他也只改得一种恶报。看此人一种当要十二年,谓之一纪。我与师如何定得年期,来与他指引?"胡僧说:"小僧有一口诀,求他使一种。"道士道:"二种却如何救?"胡僧道:"一以该五,何须定月?他自有见事生警之处。"二人乃走近来思面前道:"小善人,你肯布施我等一斋么?"来思道:"一斋不难,只是要个功德消受。你出家人终日吃人家的斋饭,这斋饭岂是容易来的?大家是田土上辛苦耕种来的。小户是劳碌筋力上挣了来的。若是没有功德,白吃了人的,却也不当忍字。你二位把甚功德来要斋吃?"胡僧道:"我有经咒功与善人保安,吃你的。"来思道:"经咒纸上陈言,便真保安,只好与你自保。谁叫你把经来换饭吃?愈发不当忍字。"道士道:"我有道法功与善人消灾,吃你的。"来思道:"我无灾障可消,只好你自去消灾,

---

① 婴儿姹女——道教称铅为婴儿,水银为姹女。

② 蛮貊(mò)——少数民族。

③ 闾(lǘ)里——乡里。

也难咒人有灾,挟人饭吃。"道士又道:"总来布施,出善人方便。"来思道:"我不方便,却也难强。"胡僧道:"若不慈悲,饿杀慈悲。"来思道:"我不慈悲,却便怎生?"胡僧与道士听了道:"此人昏愚不似昏愚,恶念不甚过险,我等若去了,真是怜愚恶不自觉悟,不免聊施个小法,动他的善心罢。"道士乃把拂尘一挥,只见空中飞下一个红嘴绿鹦哥儿来。来思便去捉,说道:"是我村中人家养的,飞走了来也。"道士道:"是我观里道童畜养飞来的。"来思哪里肯信,只是赶捉。胡僧说:"不要乱赶,这鹦哥是个家的。你看它听哪个呼唤,便是谁的。"当时便引动了这村间众人,大大小小都来捉鹦哥。哪里信说你的我的? 立心都来骗夺鹦哥儿去。道士笑道:"你这些善人,真也横着肠子要鹦哥,哪里知这道童畜养的这鸟会说话。"众人也笑道:"哪个鹦哥不会说话?"你争他吵。胡僧向道士说道:"人心奸险,见事相争。小僧与他个不敢争。"乃把手内数珠往空一举,只见空中飞了一个白鹦哥儿来。众人见了,乃惊异起来道:"这个白鹦哥,却不是凡间鸟也。我等闻菩萨方有此鸟。这和尚把数珠往空一举便来,这师父只怕就是菩萨也。"众人乃往着鹦哥下拜,来思便请道:"二位老爷,寒家供奉一顿便斋。"当时两个鹦哥飞得一会去了。

来思请得胡僧与道士到家献斋,斋罢,胡僧乃说道:"善人,我二人见你有五种恶报,都是你祖宗积来。幸有一种可救,却是你始祖善根积来,但解救却在你自修,非是一朝可改的。自此以后,遇有非理之事,见绿鹦而自省,见白鹦而知救,我等不留这两个根因,恐善信又生忘记。"来思听了,半信半疑,只得答应。胡僧与道士谢斋出门而去。

这来思年到二旬有四,一日下乡取讨账目。这乡中有一个寡妇,年方少,容貌甚美,见了来思,一则贪他青年,二则图他财利。这日遇着无人之处,妇人卖俏诲淫,来思也有个邪念。忽然仰面见半空一个鹦儿飞过,便想起昔年僧道之言,随正了念头。向妇人说道:"我男子备百行于身,虽说奸淫,不致大辱。你妇道惟守一节,若是淫污,便损了一生。各自知羞,却做不得。"说罢就走。那妇人命本长寿,享用也不亏,只因举了这淫行,着了这一羞,不敢向人说,抑郁在心,闭了眼目,就看见他亡夫。三朝五次,一旦而亡。却说来思在乡住了数日,猛然想起一事,收拾回家。却是何事,下回自晓。

第五十七回

奸贼坏心遭恶业　善人激义救冤人

话说人巧天又巧,明欺暗岂欺? 莫道天高远,天高听却低。这五言四句怎说? 只为这村中有一人,贫而无守,不能耐穷,却又淫而多欲,专好钻隙奸淫人妇。探听把来思到乡下取讨账目,知他数日不归。来思的妻貌甚娇,乃夤夜①钻穴隙要奸他妇,等到昏夜,悄地出门,来钻穴隙。忽然路遇着一个阴魂,口称是他祖宗,涕涕泣泣叫他学个好人,莫坏心术。这人问道:"你叫我学个什么好人?"那阴魂道:"鲁男子②闭门不纳,柳下惠坐怀不乱③。"这人一派淫欲心肠,哪里听信? 往前直走。又听那阴魂恨了一声,说道:"赌必为盗,奸必遭杀,何苦执迷不悟?"这人只是不听,一直径到把来思家,悄地入门,躲于空室。却说世有贫无衣食的,却岂肯冻饿杀你? 虫蚁儿也生个草根儿与它食,你若守贫,自不亏你。乃又有一个坏心术的,思量做个穿窬④,乘来思下乡,掘窟行偷,方才到得把家后地,只见一个精怪叫道:"莫要做贼。"这人始疑是人,却又忽然不见。乃问道:"做贼便怎么?"只听那精怪又叫道:

> 莫做贼,做贼难逃杀身厄。
>
> 世间万物各有主,人物怎教与你得?
>
> 或家偷,行路劫,恶心便造恶冤孽。
>
> 一朝犯法五刑加,问伊解救将何策?
>
> 此时叫天天不应,便濯清流洗不白。

---

① 夤(yín)夜——深夜。

② 鲁男子——据说春秋时,邻居寡妇要求鲁男子家避雨,他怕惹嫌,闭门不纳。后来把不好女色的人叫"鲁男子"。

③ 柳下惠坐怀不乱——据说春秋时柳下惠用体温偎暖了一个冻倒的女子,却不动性爱情欲。

④ 穿窬(yú)——从墙上爬过去。

　　　　可怜名节与残生，不守清贫一旦灭。

这贼听了，哪里肯信？却来到门边，见户紧闭，无处可入。乃挖一堵墙穴钻将进去，摸到空屋，却好撞了这淫心人。贼只道是来思，执着挖墙铁器便打。这淫人也当来思，夺贼铁器，两下夺打。贼力勇猛，把个淫人一下打死。贼心慌了，仍从墙穴钻出，不匡那墙日久砖塌，贼方钻出头与两肩，忽然墙砖往下压着贼腰，进退两难。身体不伤，犹活泼泼的。及到天明，地方邻里见了报官，把贼审问。这来思回到家中，备说这一番情由，那贼却认杀了淫人。正是来思拒那淫妇这一日时，来思暗想，正是：

　　　　色欲人人爱，皇天不可欺。

　　　　我不淫人妇，人难淫我妻。

来思正暗想："那日这淫妇我不奸她，家中就有这事。若是我奸了她，不但妻被人辱，或者又遭贼手。"正嗟叹间，只见空中一个白鹦哥飞来飞去，半晌方去。来思想起胡僧之言，乃往空祷谢。

　　这来思警戒了这一件事，又经过几年，家有一童仆得病伏枕。来思有一女，夜沉病在床。来思乃日夜看视童仆调理汤药，把个自己亲生女儿倒不管。其妻怨道："不顾亲生，却看奴仆，是何道理？"来思道："亲生女儿有你母看，异性童仆可怜，他无父母在旁，又无亲人在面，主人便是他父母一般。我不顾他，家下奴婢谁肯相近？"且宽慰这仆说："你莫要焦躁，待你病略好些，我送你还家，见你亲戚。"这童仆病势渐灭，来思恩养更深。一夕，来思梦见一人，说是童仆之父，道："感谢恩主爱念他子，救活他病，不但我感恩地下，且是冥司说，恩主存心仁厚，你女与子俱在难保，只因你这点阴功，成就三人活路。"来思道："便是成就活路，也只你子我女二人，如何三人？"其父道："恩主也得了活路。"说罢，梦觉。眼中恍然，白绿两个鹦哥在目。来思惊异，乃坚持好善之心。

　　却到了今日，正在家门闲立，见两差役锁着男女两人。那两人哭啼啼，叫冤说苦，差役骂道："你做的事，谁来冤你？便是苦，也是你自讨的。"来思见了，乃扯着差役问道："何事锁此男女？为甚叫冤说苦？"那差役却与来思熟识，乃答道："把尊长，你不知这两口子恶毒异常，他将一个孩子卖与张大户家为奴仆，不过数月，便串同心腹叫孩子开门偷盗大户家财物，约有十余两。孩子逃在他家，拿出公招是的，如何是冤？我们做公差的靠的是差钱，他却不与分文。难道我们不行些法度，实是叫他吃些苦儿。"那两口子哭着,也向来思诉道:"爷爷呀,青天白日,冤枉人拐带做贼,怎不是冤?只因卖儿女的人哪讨有钱?便受这二位公差之苦。我两口子当初为欠官粮,把个心爱的孩子卖与张大户家为仆,方且感他恩爱孩子,怎起得这意?"说罢,又哭。来思便动了不忍心肠,乃邀公差到个酒肆中,暗与公差几贯钱钞,道:"我说这两口子有冤枉,古语说得好,'公门中好修行',且问如今孩子在哪里?"公差道:"张大户叫仆人到他家拿来,见今锁在家。"把来思听了,又问:"那两口子,只是叫屈,说道这孩子何尝到我家,真是冤枉。"把来思慈心要救这两口子,却又不知真假。只恐这两口子情真作假,故意佯推,乃又问:"你两口子在家做甚营业?"男子道:"我在家做人的佣工,只因这一宗屈事,人家说我不是好人,便逐出来了。可怜这屈哪里去伸?妇人也靠在人家,为此也让人家不容,便怎生度活?"两人只是叫苦声冤。

话分两头,却说狐鼠二怪。他说了到庵听经,便来到庵前。二怪却不敢进庵门。为甚不敢?只因高僧在内,正不容邪,把门威神遵奉护教威灵,莫说邪妖远避,便是吃五荤三厌、身体不洁净的妇人男子,知道不净的避忌,不敢入门。不知误入的,便堕了罪孽。狐鼠不敢入庵,却在庵前求把门的神放它入门。说道:"我二怪虽是畜生孽障,只为前生心地奸狡,轮回这劫。却又自知昔非,久历尘世,得了日精月露正气,晓得些变化神通,今欲悔改前非,投托释门,消灾忏过,以求度脱。往神司放入闻经听法。"威神道:"汝等据要入门,真假未必,且尚有怪气妖腥,便容了你进门,到了殿上,那高僧圣众见闻,连我把门的也作业。你等必要进庵,须是在外积一功德,行一善事,便可进门上殿。"狐鼠问道:"如何行一善便入得?"威神道:"善人天堂也上登,稀罕小庵观寺庙。"狐妖听了,乃与鼠怪离了庵门,去寻些善事修积。正走到酒肆门前,只听得店内两个男妇啼哭,二怪乃变了两人走入店来,正见把来思与公差讲话。二怪听得明白,狐妖与鼠怪道:"我见这人分明是存心方便,要救这两口子,他做他的功德,我们积我们善心。"便也来席上与公差说道:"天下人间方便第一,二位你可放了这两口子罢,我们三个人保着。"公差道:"如何放得?除非是你弟兄宗族。他走了便拿你去替。"狐妖听了,便随口答应道:"正是,这汉子是我族兄,妇人就是我这位的亲姐。"公差道:"岂有正身放了,拿你替头？除非我们得了你一注大钱钞也说不得。"来思便道："二位果与两口子认亲，代他去审，我便替他送你几贯钱钞。"公差听了道："你且拿见钱来。"狐妖听得，便地下拾一块砖变了一块银子，递与公差。那公差心喜，却把两口子放回家去道："见了大户再作计较。"这两口子如梦方醒，自惊自疑，忖道："世间哪有这样热心肠好人？"拜了两拜，回家去了。

却说公差锁着狐鼠变的人，来思也随着去看。只见到了张大户门首，张家走出一个少年奴仆，出来见了公差锁的二人不是正身，便道："你如何不拿正身来，却是得钱卖放？"狐妖见这仆人，辞色古怪，乃向鼠怪道："这两口子，果有些冤枉。待我弄个手段，查他真实去来。"乃把锁褪了，将身一变，变了个张大户看家的狗子。入得门来径奔屋里，东走西往，只见屋内锁着一个孩子。那仆人走进屋来，狗子却隐着身听那仆人向孩子说道："你家娘老子未拿来，拿了你家亲族来了。你只好说是你娘老子，叫你开了家主的房门，把银物是他拿了去。你若不这等说，便要打你二百皮鞭。"孩子道："说了却怎么？可打了？"仆人道："说了不但饶打，我还把果子你吃，早晚也要我看顾你。"孩子道："我便饶打，可打我娘老子么？"仆人道："自然打他。"孩子说："他是我的娘老子，如何苦了他？"仆人道："想他卖了你，不管你在人家死活受苦，还想顾他作甚？"孩子道："便是卖了我，也只因少了官钱，没的饭吃，不得已了。我如今宁捱二百皮鞭罢。"仆人道："你前日已招出了，如今怎改得？"孩子只是不言语。狐妖变着狗子在旁听了说道："我疑这仆辞色古怪，果然这事有些冤枉。"只见仆人走出屋，又向一个心腹人说道："孩子言语忽变，怎生奈何？"心腹道："当初你不该诡计，坐在他娘老子身上。事已冤着他，说不得了。把孩子好歹再藏了外边去，只说又是他亲族来偷拐去了。我们偷的银物，便费些与公差也可。"按下二人计议。

狐妖听了，乃出门，把这情节说与鼠怪。鼠怪道："我也弄个神通。"却把块石头假变了个人，与公差锁着，它却复了老鼠原身，走入张家屋里。先看见仆人，哄那孩子把它藏拐在外，后却开了箱笼，拿出一包银子，称得几件出屋去与公差说话。那公差伺候了一会，只见张大户出得屋来。公差二人带得孩子家亲戚入去，少顷，张大户请了地方一个巡捕长官，到得它家，坐在堂上。狐妖变的假人锁在旁边。但见那长官：

头戴一冠,上有无情结;足登双履,下绽鹣子皮。破圆领束着一条角带,穷模样矲了两道愁眉。只因地方淡薄,他又只吃乡村一碗清水;无奈官债逼迫,那里有处借贷半厘低银? 奶奶衙中报怨,一旦回乡,盘缠哪讨? 爷爷心上快活,三年考绩,殿最必然。

鼠怪见那长官,坐在堂上叫公差带过二人来。二人大喝起来:"青天白日,家仆盗了家主银物,却冤平人串拐!"长官又叫拿出孩子来对证。公差忙入屋,仆人已将孩子藏出。却不防鼠怪变了一个孩子,出到堂前,也大叫:"白日青天,仆人偷了主银,赃见收在箱笼,却叫人冤我爷娘!"长官听了,看着大户说道:"这小厮如何今日又供差了。"乃叫公差,即同大户到仆人房内箱笼一搜,只见银物见在。一时便把家仆刑起,满口供招,便放了锁的二人出去。这鼠怪变了孩子,想道:"仆人奸计藏匿了孩子,冤他爷娘。幸喜我替他伸冤,如今将计就计,把藏匿的孩子送还了那两口子,叫它母子在一堆过活。却怎么消了张家这一宗卷案?"好鼠怪,想了一会,趁着那官长与大户坐在堂上,究问那盗银家仆,这鼠怪乃变了一锭大银子,忙叫狐妖变了孩子宗族,同公差进屋来。说道:"家仆诱我孩子坑害娘老子,今幸长官审明。这孩子公心明说,却也难安在大户家了,愿将原卖礼银交还,赎归家去。"长官准了,大户只得与它赎去。二怪大喜,自谓行此一善,辞了把来思而去。

把来思在张家门外,只等听了这事情,完结回家。只见两个鹦哥儿,飞来飞去,来思见了,只因合掌念佛,道:"想胡僧与道士之言不差,果是我有恶孽,又救了一种。"乃回家只想行善。这二怪乃把藏匿的真孩子领到两口子家,还了它。两口子惊疑问道:"二位恩人,不知我夫妇有何缘何德,受恩主莫大救拔之义?"二怪笑道:"还是你二人平日有甚好心肠,今日遇着灾难冤枉,得善人来救了你。"两口子道:"我们为觅人家佣工,有甚好心?"二怪道:"你试想一想看。"两口子道:"我们也只是雇在人家,出了一点忠心与人家做事。往常见佣工的躲懒的,误了主家之事,还有偷盗主家物件的,还有作践它家器物的,我想那人家与你饭食吃、工钱用,图你出力,你却坏了心肠,天岂肯祐?"二怪道:"这便是你善行好心处了。"两口子得了孩子,留二怪酬谢。二怪一心想着进庵听法,哪里肯留?乃辞了他,一阵风到了庵前,便要闯门而入。只见把门的人哪里肯容?二怪说道:"我等遵谕,行了一善,特来求赐放入。"威神笑道:"吾神聪明,你们举动便知。这善是那把来思的，你二怪不过因人成事。算不得，算不得。难入，难入。"二怪听了，自思果然这事乃别人起根的，便离了庵门又往他方，寻行善的事。

二怪正变了两个人在村乡里闲走，只见村中十字街头，一个愁和尚在那街石上撞头化缘。二怪看那和尚，怎么愁？但见他：

蹙着双眉两道，露着一个光头。非疮非疖又非瘤，却是撞出来的皮肉。

听他声声喊叫，化斋化那馒头。苦肉计好没来由，还是前因今受。

鼠怪见了，说道："你看这和尚，愁眉皱脸，喊叫化斋，却把那父娘皮肉苦，撞的光头上大瘤，果然是为生死道行，便碰破了头也无怨。只为化斋，不过是饱腹，如何这等自苦？"狐妖道："修道人苦行，或者该是这等。我们自行修善，便该斋他一饱。"鼠怪道："你听他口口声声，只叫化馒头，我与你哪里去寻馍馍扁食、烧饼馒头？"狐妖道："这却不难。"却怎不难，下回自晓。

第五十八回

狐鼠怪掠美示恩　把来思救人失水

　　狐妖与鼠怪道："那十字街头许多卖馒头的,这和尚是看见了,便起心要吃,所以他愁着眉。"鼠怪说道："化便化,愁着眉何也?"狐妖道："他愁着眉,一则是要吃,不得到口,一则是撞得头疼,一则不知可有人舍,一则是有人舍,不知可好吃得饱。"鼠怪道："你说斋他不难,便斋他个饱罢。"狐妖道："哪有钱买? 我与你弄个手段,隐着身偷馒头来斋他。"鼠怪道："偷便是贼了,为斋僧自家却当个不义之名。我把土石变几贯钞,明明的买馒头斋僧罢。"狐妖道："也使不得,僧便斋饱了,那卖馒头却折了本。"鼠怪道："这个没钱的善愿却难行。"狐妖道："这也不难,我前日与你救那两个男女,看那把来思倒是个善人。我们如今变两个和尚去化他的馒头来斋这和尚。"鼠怪道："这也说的是。"二怪把身一抖,却变了两个和尚,走到把来思门前。只见来思正走出门来,看见两个僧人,便问道："二位师父何来? 要化什么?"二怪答道："只为饥来化斋。"来思道："来得正好,也是二位缘法,方才正备了些素斋,要请一个邻家吃素的道人。既是二位饥,要化斋,便请屋内坐。"二怪你看着我,我看着你,说道："这撞头的和尚,真也是没缘。偏生我们委屈设法斋他,却有这样留难。"一面二怪口里暗暗地说着,一面只得进入屋来。只见素斋摆出,他两个吃着只想法儿。却说人有心事,吃饮食不是不下咽,便是不知味,没好没歹乱嚼乱啖下肚。二怪吃了斋,把个桌席上精光,汤也不剩一点。把来思心里倒也欢喜,说道："俗语道的好,'斋僧不饱,不如活埋。'这两个和尚一定饱了,且再说个好看的果子话。"乃问道："二位师父,粗斋不洁,不能斋饱。若是不够,当再奉献些点心馍馍。"只这一句便引动了狐妖乖巧,答道："我二僧够了,多承施主盛意。只是我有个老师父,在村前化斋未得,若是有点心馍馍,乞化几个斋他。"来思听了,便叫家童又捧出点心,却好都是热馒首。二怪见了,喜上心来,乃袖着馒首,辞了施主,直到街头。

可怜那和尚撞的头晕，气力也没些，人心狠毒，就没一个慈悲方便喜舍①。鼠怪见他这光景，乃向狐妖道："这和尚苦苦撞头磕脑，乞化不出，一则村人刻薄，那里不腾那一贯斋他，也积些福寿，一则这和尚把这撞头的苦行，何不庄严端正诵卷经咒，不会诵经也念几声佛爷，自有善神打供。世间何尝饿杀了个学好的和尚？他苦苦撞破头额，叫做强化恶化，反使恶心，见了动恼起嗔。"狐妖道："你也莫要管他强化恶化，破头肿额，但出我们善心，把这馒头趁热斋他罢。"二怪当时把馒头递与僧人。僧人接了便吃，吃饱了走去，方叫谢斋。二怪笑嘻嘻却走到庵前，往门内就要进去。只见门上许多善男信女手捧着香烛的，直入无碍。有一等闲行游戏、身心不净的，近便进了门，却被那守门威神怒目指视道："亵渎作罪。"只有二怪，他却看的明与神说的话。威神见了二怪便喝道："你又来乱闯。"二怪道："我等奉谕，行了一斋僧善愿，特来进庵听法。"威神道："你何尝行善？一个要偷人馒头，举了贼意，一个要假变泥钱，坑人资本。如何是善？"二怪道："我们当时也自知其非。乃转到善人家化了馒首斋僧，费尽心肠，这却是善。"威神道："你吃了他无功之食，又诈了他越外②之馍，就是费了心肠也是个掠美③示恩，作不得善，人不得门。"二怪道："诈了他馍，这情有的，却怎叫吃了他无功之食？"威神道："你二怪外貌假变僧人，心中一团邪念，不会念经与那施主消灾，不曾咒食与你受斋释罪。快走，快走。若要进我山门，除非自行善事。"二怪听了。只得离庵前去，按下不题。

却说把来思二次见了白绿鹦哥，想起当年僧道说他有五种恶报，乃逢事便举善念，也行了许多善事，却不见鹦哥的报应。这日，只因斋了两个和尚，袖了他几个大馒头去，说与师父吃，却又变了两个常人，将馒头斋那撞头的和尚。街村还传来说："两个时时务务过客拿出馒头斋僧，这馒头却不是村前卖的，却是把家的馒头。"为甚人认得馒头，是把家的？只因把来思为斋昔年僧道，说了他五种恶业，这一番事情明明鹦哥显化，示了他三次善功，他便常常做这大馒头斋僧道，故此村人远远传来。这来思却想道："馒头分明是两个和尚袖去，如何是两个外村过客？"且访问这过客

---

①　喜舍——乐于施舍。

②　越外——另外。

③　掠美——掠取别人的美名或功绩以为己有。

怎个模样,村人又传的古怪。来思便疑道:"这袖馒头去的和尚定是两个神人化现,他却又化现过客斋僧,想斋僧也是个善功。"为此径到海潮庵来,一则久闻庵内有高僧寄寓,一则有这一点斋僧的善心。他捧了香烛前来,起得早了,东方尚未发白。这村前有一个深水池塘,来思将眼远望,尽是茫茫大水,心里甚疑。只见那池塘:

> 大非往日之池,阔有远天之状。汪洋似海茫茫,声势如雷聒聒。
> 挡行路不说天堑,惊人意错似鬼魂。不是错念头,走歪了正道,定然
> 迷了窍,误撞着邪魔。

来思远望心疑,忖道:"我村这向南大道直走到庵,怎么走近海来?况我此地没海,只有一个小小池塘在前旁路,虽然水深,却也不大。莫非是我起早眼花了?便是错走了路头。"一面疑想,一面近前来,只见池塘仍旧。却有两个人在水中说话。一个道:"空设漫天计,怎能害善人?"一个道:"冤家自有头,还债自有主。"一个说:"这是把来思应当有此一报。"一个道:"你看空中有两个鹦鹉护身。"一个说:"日中有个醉汉子还债。"一个说:"傍晚有个瞎妇人填冤。若是这两人不来,便说不得什么善人,什么鹦鹉,且拿他顶了缸着。"来思听了这话,想道:"这分明是邪魔话说,魍魉现形。有甚冤家债主想要拿人顶缸做替?我到庵中总来也是行善,且坐在这近池树林,等那日中傍晚,有何应验。"却好坐至日中,果见一个醉汉跟跟跄跄、东歪西倒走将过来,就往那池边行去。来思见了,急忙叫道:"汉子,休要到池边。看你:

> 行步散乱,身子倾欹。眼乜斜,看睁又闭;手支吾,指东画西。口
> 里胡歌乱叫,似曲无些腔板;脚下前伸后缩,如跌有甚高低。只该少
> 吃些下波子,也不乱性;奈何不忖量迷魂汤,撑满肚皮。卧巷倒街,谁
> 来扶你?伤生害命,哪个能医?只落得个吃时快活,怎知道那醉后如
> 泥。还饶个脚跟把持不住,但见的身骸送入深溪。"

来思一面叫他莫入池边。那醉汉哪里听依?他却一面嗟叹。这醉汉的必至之情,果然走近池塘,一跌跌入池水深处。这来思一心恻隐,便顾不得解衣,往池中去救。那醉汉一把手扯住了来思,死也不放。来思也慌忙了,道:"罢了,罢了。我只因一时动了善念,造次救人,却不想自立个实地,分明是冤家债主,早夜阴魂,话不虚谬。"那池塘深水处,若似人扯的一般。来思正在慌忙之际,却说狐鼠二怪离了庵门,正计较寻些善事去

做。忽来到池塘之处，见二人在水里相搅作一团，若似泅水的一般。二怪见了，慌忙弄个手段，直入池中，把二人救得起来。二怪见一个醉酒汉子，失脚入水，也吓得酒醉半醒，一个却是来思，曾受过斋僧之惠。狐妖便问道："把善人，你如何同这酒汉浑搅水池里，莫非是争斗投水？你们或是俱醉，失跌入池，我们若迟来救，可怜你二人性命不保。"来思便说出醉汉失水缘故，却又把天早阴魂说话事情说了一番，却才拜谢二怪。二怪听了，鼠怪说："且把这醉汉送入村街，就有他的熟识。"扶着去了，方回来与来思讲到庵中听经的话，来思又把瞎妇旦晚缘故说出，二怪道："宁可信其有，不可说其无。"乃同来思到得家中，换了水湿衣裳，吃了些酒饭，方才问二怪姓名，因何与小子熟识，救了残生。二怪道："实不相瞒，我二人向日行路肚饥，遇二僧赠了我几个馒头，说是府上布施他的。"来思道："事果有的，却闻说又斋了撞头的和尚。"二怪忙忙答道："正是，正是。我二人吃了两个，却省下几个斋僧了。如今闻得海潮庵高僧说法，我二人特地去随喜，路遇这巧，救了尊长，又承高情款待酒饭。既是阴魂说傍晚有瞎妇过池填冤，我们与尊长守着池边。若是果有，救他一命，也是阴骘。"来思道："好事，好事。况且顺路到庵，也是功德。"

　　却说这村间有姐妹二人，姐嫁了一个不守本分的汉子，妹嫁了一个微末生意的丈夫。这不守本分的，浪荡了家私，专一引诱良家子弟嫖赌，也不知坑陷了多少好人家儿男。这池中冤魂便是他引诱坏了的，投入魍魉。后来没人引诱，贫苦生出恶病而亡。这妇人一气，把个双目瞎了，孤寡无靠，却依栖妹子身边过活。这妹夫当年也劝他汉子做些好事，便是微末的生意也是个本分前程。汉子不但不听他言，还笑他说："你那微末生意，吃辛受苦。一朝不足分文，只好糊口。似我这买卖，大盘吃肉，大壶吃酒，大包用银钱。"妹夫道："大是你的大，多是你来的多，受用是你有受用。只是世间辛苦出来的银钱，便受用的心安，若是不将辛苦艺，得了世间财，纵有受用，也不长久。"汉子笑道："多少贵族富室享不辛苦的钱钞，受现成的福，代代快活心安。"妹夫道："你道贵族富室享见成福，不受辛苦，哪知是他祖父的功德，贵的是先世忠国爱民，积下的俸禄，与子孙受用。富的是前人勤俭经营，挣下的家私，与后代享成。"汉子道："妹夫你休管罢。我是吃惯了的口，用惯了的手，做惯了的事。你本是个贫守分，穷骨头，没福受用的，休管我罢。"怪了而去。因此天道却也古怪，一旦丧了，只遗下妇人，又瞎了眼，依栖着妹夫。这两口子既出一个好心，怜是亲戚瓜葛，便该恩养她个孤寡之苦，乃终日颠言讯消，叫这妇人瞎着双眼，没处诉苦，一直跑到池边来投水。天色傍晚，那池中魍魉说道："我想在日，被她汉子千般哄、百般诱，把家私坏了，且欠人债负，逼迫以至投水。可怜那时也是一急无奈，投入水中谁想孤魂苦恼？"

　　悲风情惨切，长夜晓何知？

　　不乐阴千载，宁安阳一时。

　　魍魉自悔，要寻顶首。却好瞎妇情苦奔来，正要投水。那魍魉喜道："那汉子坑我，今其妇填冤，报应不差。"正要伺候扯他，哪知二怪与来思守着，果见一个瞎妇走来投水。那瞎妇不就投水，乃哭哭啼啼，把她汉子生前行止，说一句，哭一声；却又怨那妹夫两口子，也说一句，哭一声。来思听她哭了说，说了哭，将次要跳，乃大叫道："那瞎婆子，你既说你汉子当年过失，你为妻的，也该劝谏。若是劝谏不听，把今日投水的性命那时拼着，为丈夫的，也有听妻贤劝的。若是改行好处，做本分营生，你哪里知天道决不叫你汉子身死。你瞎了双目，孤寡无靠，想你那汉子在日来的空头钱钞，你只图受用他的快活，怎想有今日！"那瞎妇听了，眼虽不见，心里却明白，说道："好言语，今日悔是迟了。"他这明白自己当年的不是，却就消了一肚子气，哭哭啼啼，只说妹子的不是。来思又说道："你也不该怪妹子，她是念你同胞姊妹，养活你生，妹夫又是看妻情分。若是你再没有亲妹，谁人顾你？你如今自思自省，忍些闲气，与你亲妹和好过日子，莫要寻这条苦路。"瞎妇被来思说了一番，心也知悔。狐妖乃扯她上了街路，直送她到妹夫家，把她投水的话说了。那妹子也哭啼啼扯他进屋去了。狐妖乃复到池边，同来思趁着月光，直奔庵里来。但见那月：

　　皎洁如同白日，清辉遍满长空。一轮照彻万方同，倒影星辰摇动。莫道寻常三五，但云今夕佳逢。庾楼①老子兴无穷，喜与高人赏共。

　　狐鼠与把来思趁着月色，不觉地走到庵前。二怪到底害怕把门威神，不敢近庵，在远树林边，乃叫来思说："尊长，你住居近地，庵僧必熟识，此时天晚，只恐月下难敲其门。你先去探个消息，我等远村来的，见景生情

————————————

庾（yǔ）楼——露天的楼台。

方是。"来思依言,乃先走到庵门,只见庵门大开,善信出入甚众。来思问众人:"今夕夜深,如何庵门大开?"众中一个人答道:"今日是高僧三位徒弟说法,晚建一堂施食。"来思听了,便直顾上殿,看僧施食,乃忘记了两个同来的在远树下等信。这二怪久等不见来思回信,乃起身只得前来。狐妖与鼠怪道:"这番料威神必然容我等入门。"鼠怪道:"怎见得?"狐妖道:"我们救池塘两命,乃是自行的善功。"鼠怪道:"正是,正是。"毕竟二怪可得容入庵门?下回自晓。

第五十九回

威神三阻狐鼠怪　菩萨两查善恶医

　　话说祖师随路演教,度化众生,到处庵观寺院,有静室可坐,便经旬寄寓;逢着僧尼道俗,有缘法可度,便随遇开悟,自多不语,每每三位徒弟代言。因此在这庵中,应答善信开度事情,多是他三个高徒。一日,庵中众僧见来谒高僧者众,便发了一个善愿,向道副大师说道:“大师道行甚高,度脱虽众,只是终日费烦口耳于生在善信,利益宏深。若是建一个道场或是施一堂法食,济度幽冥、孤魂等众,也是个莫大功德。”副师答道:“我等谈经说法,便是济度众僧道,生者得悟,恐亡者未沾。”尼总持师便也说道:“事有阴阳,道本无二。”众僧又道:“见在度亡科仪,岂是虚设?”道育师道:“科仪乃明见功德经义,还本不见真心。”三位与众僧讲辩了一会,彼此大家都端坐入定。忽然副师于静中现一个光景,见殿傍一根枯木,忽然其中腾出一位神人,其下一条大蟒蛇钻出。那神人大叫道:“和尚,你既明人天大道,怎不念六道众生?若说科仪陈迹,这蟒可以转超。”言罢不见。副师出静,见阿罗尊者圣前有此景象,乃与众僧议建一个佛会。三位师兄师弟,一位一日,主坛法事,讲经典,仿科仪,摄孤施食,真也是胜会,村乡善信来往布施。这一日,正是副师主坛首日,却说庵门大开,把来思直入上殿观看。狐鼠二怪久等,只得到庵门,方才要入,只见把门威神又拦阻着说道:“你未有独行善功,如何又来搅扰?”二怪道:“救三命于池水,却是我等自行之善。”威神道:“为此一善,冥司正在这里议功,若不是把来思一念始发,你等哪有这一种善缘?”二怪道:“我等若救之迟,把来思自顾不暇,尚安得为功?”威神道:“正为把来思有这水灾恶报一种,未作在何项,故此菩萨的白绿鹦哥未现。如今作他的又有你们;继后作你们的,又有他功创始。今日较往常法门更肃,你看那自身不洁,故入误进,自招罪孽。你们比此不同,原有性灵,你知我见,故此阻你者倒是度你。”二怪听了,乃慨然说道:“既是善功不曾注明,把来思非此一善,不得消他一种恶报,我们情愿让此一善功德,救解了他恶孽一种。”只这一让之言,只见威神呵呵大笑起来,把个庵门大开了,说道:"一言两成功果,你两个不独善功,且定转生人道。进去,进去。我如今不阻拦你了。"二怪方才昂昂进庵,直到殿上。后有清溪道人诗五言四句,说忍让真是善功:

不竞真为福,让功果是高。

世人能退让,灾祸自然消。

狐妖进入庵门,走上佛殿。那狐妖是久历过的地界,弄过了手段的僧庵,只因近日威神凛肃,又且他心信法门,随着禁忌,去修积善功,进入庵来,上得正殿,他都是熟游。只有鼠怪在那社里成精,弄妖捏怪,不知善地广大,殿宇巍峨。他见了众僧凛凛拜礼圣像,课诵经文,众信男女依拟行道,乃向狐妖说道:"我在社中,张头露面,躲躲拽拽,只知弄法儿,耗粮食,若不亏你携带,走这福地,怎能够见广识大,开阔了心胸!"狐妖笑道:"料你鼠腹有类蛙肠,便开阔了也不大。"鼠怪道:"老狐你说差矣。我不入这禅林,我也不会说话。世间心胸,有见识,便自阔大。若是没见识,便原来阔大,也是小家子。我今幸承你携带,入了善地,便会巧言。我不是巧言,乃是一句道理。人若有了这道在心,明了这理在腹,莫说是我鼠腹,便是个疙蚤蚊虫,他也脱离了簸芒小见①。"二怪一壁厢闲谈,一壁厢看高僧依科行教。但见他:

高座法台,朗吟梵语。众僧齐和真经,钟鼓迭鸣押韵。烧香的侍者虔恭,剪烛的沙弥端肃。哪个善男信女不侧耳仰观?这会鼠怪狐妖也倾心敬仰。

只见副师坐在法台上,先持解结咒,后诵度亡经,那些善信不见,这狐鼠却知。少顷,山门洞开,孤魂野魅充满庵前,直连境路。也念了施食真言,那法食变满法界,有听了经咒,悔悟生前作孽的,喜道超生有路;有沾了法食,受用现前功德的,乐然饱腹无饥。二怪直候到法事完毕,副师下座,方才抬头看众人。只见把来思也杂在众人丛里观看。二怪方才近前说道:"如何不回个信息,叫我林间久等?"把来思方才答应,原来妖魔邪怪在庵外变幻迷人,到了福地便不能隐藏,他两个俱现出原身,吓的个把来思往殿上一把扯住了尼总持道:"师父,怎么道场法会,却惹了狐鼠精怪入来?"总持把慧眼一观,果见两个狐鼠假变人形,到此藏隐不了,明明

---

①　簸芒小见——犹言鼠目寸光。

两个孽畜。他见了高僧，便齐齐跪伏在地，口口只求度脱。尼总持道："我师兄道力可见高深。一般兽畜也来求度，何况于人不知省悟，不求度脱？"乃看着二怪说道："有奸莫弄，有妖莫逞，充满善心，自超上等。"总持念罢，把手结一诀，只见阶下一个黄巾力士现形。总持道："可把此二怪押赴轮转，说他出离了畜道，却积了三次善功，且又悔心入我福地，万毋叫他再堕入畜生道里。"力士听了，即把二怪押去。

二怪欢欢喜喜拜谢而走，把来思方知高僧法力。当下夜晚众信散去，他只得在庑廊下歇宿。他心里惊疑作怪，说道："怎么我为救人落水，几被沉没，感得这二人拯救，怎知他是狐鼠两个精怪？今若不是高僧看破，押他超生人道，只恐精怪变幻，终是迷人。又想我当年胡僧道士说我五种恶报，屈指算来，白绿鹦鹉已现了三次。昨日救人失水也是一种善念，怎么不现出鹦哥？"心下正疑思，忽然钟鼓齐鸣，却是尼总持上殿，轮班请行法事。来思见了忙抹了一抹脸，上前合掌礼拜，说道："弟子把来思，当年有胡僧道士化斋，说我有祖父积下的五种恶报，因始祖有一善化解，赐我二个白绿鹦哥，叫我见绿鹦知省，见白鹦知解，我弟子已三见鹦哥现形，想已解了三恶。尚有二恶，不知作何善功，得以解救，望高僧明白示我。"尼总持听了，合掌道："善哉，善哉。善人，你祖父积恶，报应在你。此是你家门事，自然不爽①的果报，我僧人怎知？你既有往年僧道指引度脱，你自家行修自家解救，我僧与你隔心异念，如何得晓？"来思道："自师父们到庵，我村乡何人不知，道说高僧说破尘情，指人心胆，度脱了七祖九玄②，解释了九幽六道③。若是我弟子有甚积恶，望师父直诛其心。"来思只说了这句诛心，便打动了他慈悲方寸，乃向副师道："这位善人，满口说出往因善恶，所谓直陈衷曲，我又何必诛心？师兄，你有过去前世之因，试一表明，看他未来报应，或是解，或是受，使诸有情尽晓天网恢恢，疏而不失。"副师点首，乃端坐入定，两个时辰出得静来，于诸大众前直说出来思

---

① 不爽——毫无差别。

② 七祖九玄——七祖：称父、祖、曾、高、传支之祖、开林之祖、立姓之祖；九玄：九天，即中央与八方。

③ 九幽六道——九幽，即地狱；六道，即轮回六道：天道、神道、人道、地狱道、饿鬼道，畜生道。

祖父积恶根由、始祖一善功德。却是何善何恶？众人倾耳而听，只见副师一件件说出来道：

来思始祖为华佗，奇方救病起沉疴①。

舍冤苦被曹瞒②害，焚却医书③没奈何。

谁教后代流南度，不法丹溪乱认科。

火症错当风凉治，枵腹④说人饮食多。

胡针乱灸伤人命，任意歪医惹笑呵。

积下恶冤遗后裔，五种冤怨报不苟。

一种诲奸招刃害，二种女子被灾磨。

三种投溪沉水报，救人孩子事差讹。

尚有恶因留二种，幸亏福地拜弥陀。

行善何须限数目，便是百种不为多。

为甚胡僧求度脱？只因行孝有鹦哥。

来思听了副师说出来的前因，乃说道："不差，不差。我家传来说，始祖上是一个卢扁⑤良医，到人家医病，把人疾病，当自己父母的疾病一般，望、闻、问、切，寒良暑温，苦心劳思，救疗人病，活者甚众。不意祖父接代家传，不遵祖意，只贪财利，轻人死生，任意胡医，故此我未学前业，远投这村，赘入人家。幼因失了母氏，无处寻访，我想人生世上，忘了生身之母，就是不孝之人。所以方才师父说出鹦哥乃行孝之鸟，如今就拜辞了师父，回去寻母。倘天假良缘，得逢老母，再来修谢。"来思只发了这点好心，猛然见殿高处鹦哥现于菩萨之前。来思见了，随拜礼圣尊，出庵门而去。众僧便问副师说道："大师方才说出他祖代善恶根因，但只说个鹦哥微意，并不曾讲明了他后这一种之报。"副师道："那救人孩子，非为正善，乃是狐鼠弄怪而成。救人沉水，就解了他自身沉水恶报。今日礼拜福地，便是

---

① 沉疴——久治不愈的病。

② 曹瞒——即曹操。

③ 焚却医书——华佗因不为曹操治病被杀。死前曾把一生行医经验的手稿交与狱卒，狱卒怕连累不受，他愤而焚之。

④ 枵（xiāo）腹——饿着肚子。

⑤ 卢扁——卢地名医扁鹊。

四种。尚有大恶孽一种，不敢先泄，只看他寻母这一种人间最大之善，能解极大之恶，无有孝道之大也。"说罢，众心悦服。按下二师轮修道场功德不题。

且说来思明晓积来恶孽，报应善功，只因高僧说明了孝道乃世间最大一种善功，他便想起生身之母。只为幼年他父行医，误伤了一人性命，那人隐恨九泉，诉冤在报应神司，说庸医枉害了冤魂。神司怒道："生死根因，都有个造化气数。你数当绝，如何怨他？哪里知就是误伤，也是气数假借他手。况且伤你不过一命，他活人却也数多。"冤魂泣道："若说气数，不敢怨他。若说假手，真也害在他三指。"神司道："如何害在他三指？"冤魂道："他三指未明寸关尺，一心只想浑愚人。可怜万劫难逢人道命，被他轻易送残生。"神司听了，哀悯起来，便查他父的报应，当夫妇殒灭，入那幽暗地狱，仍积恶孽与来思，计有五种。神司即命鬼役，勾他夫妇。

却说来思之母，叫做把氏，夫便行医，她却熬炼膏药，私施于人，多救了人疮毒疾病，有此阴功。这日药帝菩萨正降人间，怜疾苦，察善恶，查医者之良庸。若是善人，便遇着庸医，她也阴中默助，手到病除。人说泥丸子也治好大病，哪里是泥丸子效灵？却是善心感动菩萨慈悲救护。若是恶人，便遇着良医，偏生认错，哪里是药饵不灵？都是菩萨不宥。鬼役正来勾他夫妇，却好菩萨遇着说："把氏多行善，当宥。"鬼使遵依佛旨，不敢勾她。菩萨却又查出把氏为夫炮制药饵，便有佐夫误用伤人之罪，免她死地狱，不饶他生罪孽。偶然遇着盗劫兵争，把来思母子遂失迷两地。把来思流入远村，不思生母。赘入人家，只顾妻室。不但未有子嗣，且五种恶报，见于面貌。被僧道昭然明见，他既消却四种，这一种却也异常。却说来思之母，被刀兵离失，走到海沙荒僻，饥饿困倦难行，仆地跌倒，坐在荒沙之上。正啼哭不止，忽然见一老妪，手提水罐，一步三挨，好生难走。但见那老妪：

　　白发乱蓬松，拦腰束短裙。
　　一步那三叹，手提汲水瓶。

老妪见了一个婆子，坐卧在沙上，看看走近前来问道："婆婆何处来的？怎么这般狼狈？"来思之母，一面悲啼，一面说道："我是远方被强贼刀兵赶慌，与子失散了来的。"老妪道："你这婆婆，想那子不是你亲生的，就不是你亲生或者自养,乳养,晚娘随嫁,遇着荒乱便死也不离了母。怎么一个亲生之子遇兵荒盗贼,失离走去?"把氏道:"老妪,你不知有个缘故,我夫在日,曾做些伤理事业,天叫我逃亡死难,幸然存得个残生,走到这里,饥饿难忍,进退无路,老妪救我一命,也是阴骘。"老妪道:"我也是远方逃难到此的。说起来话长,但前树林有我的一个侄子居此,我因投托他家,得一碗饭食。今到海边,汲些淡水。你可强挣到我侄家,把碗饭与你充饥。"来思之母只得起来,同老妪走到林间。只见半厦草屋,里面一人仰卧在个草铺之上,口里哼着,见了婆子,便问来历。婆子把前情又说了一番。方才问那人为何仰卧口哼。这人说道:"不瞒婆婆说,我也是远方人,名叫做捕窃。怎叫这名? 只因会捕鼋①鳖为活,偷海洋水兽,窃水中生物,人便称我这名。只因晓得这地方多鼋鳖,搭了半厦草屋,在此处捕鳖。此去人烟凑集去处尚有十里多遥,一向得鳖去卖。偶因海中一个怪鼋,被他咬了脚面,不能行走。却幸得我这姑娘,也是避荒来此寻我,乃留他在此。我如今亏他扶我海边,早晚捕得些水兽。却有市人到此,米换收去,我借此苟延生命。婆婆,你放心,权住两日,待我脚好,与你找问。"婆子稍谢,乃问老妪:"走路如何也艰难?"老妪说道:"我是少年足有寒湿之气,遇着劳碌便发。前日是逃荒到此伤了。"来思之母听了道:"不难,不难。包你两人都腿脚安愈。"却是怎生安愈,下回自晓。

---

①　鼋(yuán)——即鳖。

第 六 十 回
把氏施膏母子会　鼋精报怨说因由

话说把氏当年佐夫炮药,知道膏药能帖疮肿、腿脚不能行走等病。她却叫人村间取得两味油与黄丹,熬成个二八丹,专帖疮疾,与捕窃老妪帖上就愈。捕窃与老妪大喜,感她好意,留她居住。那市贩来收水兽的,问起捕窃脚如何愈,因知是把氏膏药帖好,乃传引了害足疾的许多村中老少汉子,齐来取讨膏药,把氏慨然熬炼济人。一日,正在草屋熬膏,只见一个道人走到屋下叫一声:“女善人,你费了好意,救了些行不得的人。”把氏道:“正为他行不得,我好心救他。”道人笑道:“谁叫他行不得的,他却要行? 冥中就与他个行不得。也罢,你既行了好心,管叫你母子团圆,也是你子完全了两夫妇的孩子,使他子母欢合所积。只是这传引来害足疾的,都是他行不得的冤缠,我仙家有个知过去未来法术。但有来取你膏药的,问他行不得,便来问我,叫他行得,方与他膏药。”把氏听见道人说,管叫他母子团圆,他便心善,乃依着道人,有那取膏药人来,把氏问道:“可是行走不得?”其人道:“正是,正是。”把氏便叫他到海滩上问道人。这时取药就有十余人,都说两足行走艰难,也有病疮肿的,也有病筋骨的,也有笑的,说道:“往常取药何尝问甚道人?”也有信的说:“想是仙方传授,方有此灵验。”一时齐到海滩上。只见果有一个道人坐在滩上,手里拿着一柄拂麈,闭着双目,端然而坐。众人上前,那道人睁开了眼问道:“列位到此何干?”只见众人:

足不能停立,腰何尝直存?

腿脚生疮肿,都是残疾人。

众人见道人问来何干,齐齐道:“我等都是行不得,到婆婆处取药的,她叫来问老道。”道人说:“你众位行不得,只该安坐在家,如何却又行来?”众人道:“只为行不得要医,强勉走来取药。”道人说:“世间好事善行,你却不肯强勉走去,偏行不得的,强勉行来。你愈强行不得,愈害的深了。我小道,要列位来问的缘由,非是叫你来问我,是我要问你列位。”众人问道:"老道,你要问我等何事?"道人说:"天地间一个人,事也关心,行也关心,都是一般人。偏你生疮害肿,足不能行,都是你心事不同,灾害在你足上,明叫你知道,这行不得的事,必须把个好医行得,方才不受苦。"众人道:"我等愚而不悟,不明白心上何事行得,何事行不得。如何就使足受灾殃,半步也艰难受苦。"道人乃先指着一个人说道:"就观此位面貌倾欹①,容颜黯黮②,必是心有欺瞒。凡人心有欺瞒,便有行不得的去处,轻则灾疾,使足不前,重则拘挛,四肢下举。"这人听了,忙问道:"何为轻?何为重?"道人说:"轻乃瞒人利己,欺懦骗愚;重乃不忠不孝,欺长上,瞒天理。"这人听了道:"老师父真乃仙人,我小子也只为经营些小生理,养赡妻孥,使了些假钞低银,欺瞒市井,却非大过。"道人笑道:"假钞低银乃明瞒暗骗,这宗重孽却也不轻。人若犯此,怎能够脚手轻健?你这个行不得,行不得。便贴一千张膏药,也不济事。"这人听了,慌忙跪倒说:"小子回家,便悔却前非,以后只是人心天理。"道人说:"若是真心去改,只消一张膏药,行得,行得。还要遂你求利真心,起家丰富。"只见一个人问道:"小子也是足肿,行不得的。老道看我小子何因?"道人说:"小道看你骄矜气色,必是中心傲慢。小则恃富逞才,大则凌尊慢长,大小都行不得。"这人问道:"恃富便怎么? 逞才便怎么? 凌尊慢长便怎么?"道人说:"富乃你有财,怎么骄矜自恃? 人便贫穷,也与你富无甚相干;便是贫的来卑污求你,你却自恃骄矜不得,反不能保守其富,其间祸隐不测。若是你有才,不过自荣自贵,也与那愚不肖无干,骄矜何用? 便是逞才能,自骄倨,就是抱负多才,也不坚固,轻佻生灾。若是凌尊慢长,这骄矜的心肠,必然倨傲,干犯长上。却不止这腿足行不得也。"这人道:"有理,有理。只是我小子也无才富可恃,也无尊长可慢。实不瞒老道,我家传来略有些贵倨势力,自谓村乡人不如我,无求人之心,便有常自满之色。老道见教我,从今只谦卑以自处罢。"道人听了道:"善人,若是如此,贵倨可以常守,还有尊荣在后,不消膏药,就坦然行得。"这人说道:"我为取膏药,那婆婆叫我问老道,原来是你要问我。若是不用膏药,却用何药? 怎得坦然就能行?"道人说:"善人,果是化却骄矜傲慢,我有一丸妙药,叫做东坦健步,

---

① 倾欹(qī)——倾斜,不端正。
② 黯黮——昏暗的样子。

吃了就行。"乃取葫芦在手,摇了几摇,摇下一粒丹药,当下与他吃了下肚,果然就坦然爽利而走。

却又有一人忙忙地问道:"老师父,小子足疾甚痛,也是有缘故么?"道人说:"小道看众位,哪个是没病无因行不得的?都有根因,待我一一看来。"便把这甚痛的一看道:"呀,你这痛还不算甚哩!看你面带笑容,心藏毒意,定是不与人方便解忿息争,乃是刁词拨讼。只恐天理有伤,王法不宥,这足之上还要痛得紧,行不得,行不得。也是你缘法,免了膏药贴腿,与你一粒安心丸,除痛回家,急急自问己心,自然此痛不发。"这人凛凛点首谢去。道人却又看着一人道:"善人,你也是狠毒心肠,行不得。恻隐之心,人孰无有?宽裕之念,便见于色。你何见危难不救?视贫苦不怜?算人下井,还压以石!若要行得去,须是悔却从前,方可贴着膏药。"道人看一个说一个。众人问一件,道人答一件。总是冤愆,关系自己心术,并无一个善信仁人,遭此灾疾不能行走。众人听了,十人九服,却有一个笑说:"老道,你言特迂,未足深信,我村中也有持斋修善,生疮害病,不得行走的。"道人也笑道:"善人,据你说,持斋的就没个使心用心的?修善,就没故作误为的?或者他不为恶,也有一时不知不觉,不行忏悔,冥冥不差。难道不是个报应?也只要自己思省,使行不愧影,就无灾障。"众人听了,连这个人也都拜谢。

正说间,只见把氏手携着许多膏药,来施与众人。众人接了膏药,方才一步一步那足而去。也有听了道人之言,一时大踏步走去。把氏方请道人到屋吃斋,那道人把手一指道:"那远远走来了一个取膏药的了。"把氏回头一看,果有一个人肩伞担囊,大步走来,不似足疾不能行的。把氏看了这人,回头哪里有个道人?把氏望空磕头道:"爷爷呀,想是个好人。"便下拜起来。那担囊的走近上前,看着把氏,放声大哭。把氏方才认得是她儿子,母子哭了一场。乃到草屋,把来思方说出离散赘婿缘由,把氏也说出逃躲到此真情,乃问子如何找到此海沙荒处。来思道:"老母不是施膏药,我如何得知?想当年母会熬炼施人,故此我在村中。有个道人指引到此,果然遇着老娘。"说罢,等了捕窃渔人回来,辞别老妪渔人而去。方才出门,只见一对白绿鹦鹉飞在半空,把来思望空而拜。把氏问故,来思备细说出一番前因,母子嗟叹不已。方才走到海边,找寻归路,忽然黑气漫漫,对面不见人踪。来思与母慌疑迷道,只得席地而坐。少顷,黑处只见一个妖怪生得凶恶。但见它：

> 灯盏眼两道光亮，赤头发一似红缨。青脸獠牙，状如鬼怪；查耳
> 槽鼻，形似妖精。手足都是一般无异，衣裳却少四角拖襟。见了他母
> 子两个，张嘴就要吞人。

　　来思母子见了，慌张害怕，说道："青天白日，你是什么妖魔鬼怪？可
怜我母子是久抛离别，今日方才找着。平日与你无冤，近日与你无仇，何
故作此黑雾漫天，拦阻我行人归路，张着大嘴，凶凶恶吃我们？"妖怪道：
"你这人恶业，原该我吃的，只因你入了善门，行了善事，今日非我食也。
却如何熬炼膏药，救好了我的仇人，还说无冤好话？"来思道："熬膏固是
我母，救好多人，却不知谁是你仇。我母不知，误犯的罪过。望你可怜她
老迈残年，我情愿代母，与你吃罢。"妖怪道："你果是个入了善门的，你出
了这一点孝心，便该我吃你，且也饶恕。只是那捕窃捕我辈水兽多年，忍
心伤命，积仇已深。前因遇着，正要吃他，被他得命走脱，止咬了他一只左
脚。正要与他日久不愈，以致伤生，却被你膏药医好。如今在此等他，只
恐你母子又把膏药救他，故此说你知道。"把氏听了便诳他说道："我熬炼
的膏药留下一二百张于他，他如今口哼叫浑身疼痛，满身都贴着，你却吃
他咬不得。我那药草，你若沾了些儿气候，便不能活。"妖怪道："你这
等说来，你定有几张儿在身，我也不敢闻你一闻，就是厉害。"来思听了，
忙说道："冤家只可解不可结。你是替水兽报仇，我们是代捕窃消罪，且
问你非水兽族类，怎肯报捕窃之恨？你却是何兽？"妖怪道："你听我说
来。"乃说道：

> 自从盘古分山水，海洋波中生我每。
> 四足随潮上下划，五湖任我往来委。
> 头长不似短项鱼，口阔岂像虾须嘴？
> 龟鳖须教让几分，蛟龙不敢吾轻侮。
> 有时体壮大如山，有时身小藏浅水。
> 可恨渔人心不良，说道此肴真味美。
> 叉戳网拿不遂心，刀斧分开壳与髓。
> 你为日食做生涯，却教水兽为冤鬼。
> 万中无一我长存，要与渔人仇此彼。
> 若问我的历来因，老鼋说实无虚诡。

把来思母子听了道："原来你是老鼋精,恨捕窃捕获你同类,如今要与它报仇,谅你一个水兽,怎敢把人仇害? 要是依你仇害人,从古到今,也不知多少人捕获水兽,曾见那个水兽害了一人?"鼋精道："人害了水兽,是人倚着强梁势力、机巧法儿,伤了水兽。可怜那水兽势力不如人。善人说得好,蝼蚁贪生,它岂不惜命? 天地间,善有善报,恶有恶因。死兽有知,宁无怨恨? 鬼神有灵,岂不察此怜彼,与杀兽之人做一个对头? 任你机巧势力,却当那神鬼暗算不过。实不瞒你母子说,我这海中龙王甚威,也恼那机巧捕获水兽的。我因诉这世间强梁倚势渔人,也叫他个瓦罐不离井上破。有时风浪恶,长年渔人也落水,丫头孩子也失脚,不留他的。"把来思听了笑道："自从无始以来,水兽贪饵,人食水兽,哪里拘拘说甚报仇? 世有渔猎,也是一种生人养身的生理。"鼋精听了,怒目直视着来思,说道："世间凡事有个从中的道理,有个慈悲的心肠,谁教那捕窃忍心机巧,捕获无厌? 又因那馋口恣意的世人,取食过多,减膳辍①乐。圣人也有个斡旋造化、解谢根因,难道这个功德,你母子也不知?"来思被鼋精说的闭口无言,只叫："我们回到捕窃家,劝化他改业,如今求你莫要黑漫漫地吓我们。"鼋精即时往海中下去。

来思母子复见了天日,将信将疑,欲待要找路归去,只怕前边又遇着妖怪。欲待要复回捕窃家来,又怕他不信,徒走一番。思前想后,母子计较,正没个主意,只见风浪海中,又有个黑漫漫的光景。来思乃向母说道："罢,罢,妖怪把我话当信行人,若不复回劝化他,我以谎诈,这光景却难推却。"母子乃复走回来。恰好捕窃脚又疼痛,正在卧处口哼,见了他母子,却又喜欢十分。把氏又熬了两个膏药,与捕窃贴在脚上。来思方才把鼋精的话说出来,捕窃哪里肯信? 说道："这话有些来头,老兄,你也不知。我这村间,捕鱼为生的却也甚多,他却不会使法儿捕鳖拿鼋,只有我一人会机巧捉这水兽。为此市贩到我家甚多,却也赚得几贯钱钞。这弄黑雾变妖怪,都是海上这些渔人气不忿我做这一宗买卖。老兄母子,肯住在草屋,便多住经年也无碍。若是不肯住,便照大路坦行,我也不敢羁留,却不要信他。"来思道："老兄何苦执迷不信? 岂有青天白日,一时黑气漫漫,妖怪凶凶恶恶,站在面前,一句一句说的不差? 岂是小子来扯谎,听信

① 辍(chuò)——停止。

你行中渔人诳你？委实妖怪等你到海边，还要算计吃你。"捕窃一则是膏药上脚，脚便止了疼痛；一则是听了来思之言，激恼起来，拿了一根铁枪，向来思说道："你看我此去，若是真鼋精，待我枪戳了它来，碎分了，卖与贩鱼的，若是假鼋精哄了你来说话，叫他看看我这铁枪厉害。"说罢，往海沙上一直走去。来思母子被它恶狠狠几句言语，留身不住，也不顾它，辞了老妪就上大路，往前村而去。老妪留他不住，乃锁了草屋，也向海沙上来。看捕窃忿忿持枪，去作何状，下回自晓。

第六十一回
捕窃变鼋知苦难　僧人论酒说荤腥

　　话说捕窃拿着一杆长铁枪，怒气往海边来寻什么鼋鳖精怪，看是哪个同辈渔人，调谎哄来思母子，要夺我道路、生涯。他一直跑来，哪里见什么精怪，一边笑道："我说是调谎。"一边叫道："是甚鼋精鳖怪，早早出来，试试老捕的铁头枪！"方才叫了一声，只见一阵风来。那风却也厉害，但见：

　　黑雾从空卷，乌云向海奔。

　　眼前物色暗，耳内响声闻。

　　刮倒林间树，惊慌海上人。

　　荒沙人迹少，草屋尽关门。

　　那风过处，只见黑气漫漫。捕窃拿着枪，腿肚子先转了筋，"趷踷"的咬牙大颤，说道："爷爷呀，我每常只知道儿叉一个团鱼，哪里晓得个什么鼋怪，真真的有些跷蹊。"来思母子话不虚传，果然一个精怪，青脸獠牙，查耳环眼，手执着一杆大刀，带领着许多小怪。捕窃见了慌张，无奈势头没法，只得大着胆子叫道："精怪，你世间中何物，敢来惹我积年老捕？"妖怪骂道："你这贼窃，是海哪件生理换不得饭吃，哪样经营赚不的钞用，偏要做这网渔。便是钓些小鱼碎虾也是伤害物命，却还要设机巧，捉我们水兽贩钱。你便得钱使用，却叫我们水兽好好的在水中洋洋得意，忽然被你捉将去，零割碎分，卖与那馋痨①下油锅，滚汤煮。因此这大小水兽，张头露尾，躲躲拽拽，害怕你捉，不得安生。一向要咬断你脚筋，叫你走不得路，捕不得鱼，饿死了你这贼窃，谁叫你自来寻死！"妖怪说罢，把手内大刀照捕窃斫来，捕窃没奈何，只得挺枪遮架。他却是个戳鼋叉鳖的惯家，倒也有弄枪的手段，当着海沙岸上，两个厮杀起来，但见：

　　长头枪分心直刺，大杆刀劈面不轻。

　　捕窃是积年网户，鼋怪乃多日妖精。

---

　　① 馋痨(láo)——爱吃，贪吃的人。

一个恨他捉去卖，一个怕怪不相应。

鼋虽恶也怯枪狠，人没法要顾残生。

一会家你冲我撞，半日里谁胜谁赢？

两个斗了半日，鼋精不能抵敌捕窃长枪，乃叫众小怪帮助出力战斗。众小怪道："网鱼捉虾的，是我辈仇人。这贼却是你老鼋的对头，我们与他无仇，就叫我们帮助，也不肯尽力。"鼋精道："你如今帮我胜了他。你看那海塘上，多少捕鱼戳虾的，少时你去与他们战斗，我也出力助你。"众小怪却是些虾鳖鱼虫、泥鳅蛤蜊，你看它们各执着一件兵器，上前助战。这捕窃看看败了，倒卧在沙上。鼋精看见，忙吐了一口粘涎，忽然把捕窃身子变了一个大癞头鼋，鼋精却夺了捕窃的精气，变了一个捕窃。众小怪见了问道："老鼋，这意思却是何故？"鼋精笑道："他弄我，我弄他，叫他自弄自。待我也把他村市上去卖，叫他也尝尝滚水油锅之苦。"众小怪听了道："这等说来，那海岸上，我等鱼虾仇人，正在那里撒网把钓哩，我等也去使这个方法儿，叫他大家，也与市上吃我们的，尝尝滋味。"说罢都飞星去了。

却说捕窃被鼋精迷了身形，变作大鼋，被假捕窃挑到村市上，一时就有市人携钞来买。假捕窃手里拿着把尖刀，说道："老官，你要整买，却是零买？"捕窃此时两眼看着，耳里听着，心里要说，却说不出，乃想道："若是市人整买，还挣得一时性命；若是零买，便要刀割。我想当时卖鼋，整卖零卖，便是这个光景。"正在恍惚如梦惊疑之处，忽见那些小怪，也把渔人迷变了鱼虾，小怪却变了些丫头小孩子，提着篮儿篾浅①，口里叫着："卖鲜鱼与活报。"那渔人却不能与市人说话，又不能喊口叫冤。你看他一个个攒眉闸眼②，状若乞怜。他却见了捕窃认得说得，彼此只是互谈诧事。任他喊叫，那市人数钞不礼，只得交钱拿去。忽然市上走了两三个酒汉来，捕窃看这酒汉，东歪西倒，踉踉跄跄。他便认得鱼虾都是人变，鼋精也是人形，卖鱼虾的丫头孩子却是鳅鳝，卖鼋的捕窃却是妖精，乃大喝一声："妖物如何青天白日假变人形，到把真人弄假！"这水怪被酒汉两三个一顿拳撞脚踢，打的飞走，却丢了鱼虾大鼋，都复了人身，尚昏迷不悟。村市

---

① 篾（miè）浅——竹子编成的容器。

② 攒（cuán）眉闸眼——皱眉眨眼。

买鱼虾的,见了都惊怪起来,说道:"怎么鱼虾大鼋都是人形?"就有那馋痨好吃鱼虾的,说道:"原来这水中鱼虫湿化的,也都是人变的,吃他怎的!"疑怪的都走去了。酒汉乃把捕窃并渔人,一掌一个,都打省了,却如梦幻一般。及至省了人事,他啐了一口,似梦醒不知何故,也不谢酒汉而去。

却说这酒汉,如何明白这一种光景?他却是陶情,同着终日昏、百年浑两个。陶情与他游荡村落,指望拦阻东行高僧。不匡高僧随所住处演化,静庵洁刹,便多住几时。他这酒怪,等候到来不得。陶情乃与终日昏计议,假变市人,开个酒肆,等有破戒僧人,吃了他的,便是拦阻高僧一体之意。不匡来到这村市上,见这鼋精光景,只因陶情似妖不妖,作怪不怪,他却明见了这情由,把妖精打去,救省了捕窃、渔人。渔人原是鱼虾诨来,便徜徉诨去。只有捕窃醒了,把眼揉一揉,看着陶情三人道:"小子明明持枪与鼋精战斗,不知怎么被他迷了,到这村市,变作鼋身,备知这整卖零切情苦,却又不知如何得三位解救。大胆奉邀三位到个酒肆中,一杯酬谢高情。"陶情道:"实不瞒你,我三人遍走这村,把些小本酒肆,吃的瓶尽瓮干,家家都收了酒帘,且惊疑我们量如大海。你有那个酒肆可饮,我们自沽了请你。"捕窃笑道:"三位纵量如沧海,也吃不尽沽来酒。我这村市店中,都是趸买零卖,还要搀些清水。若是到那做酒糟坊,你如何吃的尽,且是不搀清水。"陶情道:"酒里掺水,伤天理害人。这样心肠,你只图得利,那知吃了的作病,不是伤胃,便是破腹,暗损阴骘,想得人利,还要自损利哩。"终日昏听了道:"闲话少说,且到那个地方,有发卖糟坊,我与此位吃几壶。"捕窃乃领着陶情到一个去处,果然是大酒肆。

众人方才入屋,叫酒保拿酒来吃,忽然一个僧人走入屋来,向着店主说道:"店主,你可是要财利倍增,家道昌盛,开这个酒坊么?"店主见僧说了这句话,便起身答道:"老师父,我们辛苦经营,开张酒肆,怎不是要求财利?若靠天,财利有余,家道自然昌盛。"僧人说道:"只是伤了些天理。小僧也不怪你,造酒为生理,只是要店主知道这伤理之处。留点好心,纵不大盛,也免自损。"店主乃问道:"造酒营生,有何伤理处?"僧人道:"小僧有几句话儿说与店主知。"乃说道:

　　天地生成米谷,与人充腹资生。

　　谁叫造成曲糵,伤了谷气元精。

那更酒工抛撒，作成泥粪沟坑。

不思老农辛苦，舌法禁戒不轻。

私造因何有罪？为伤天理民情。

店主听了笑道："长老说话太迂。你出家人，大戒在酒，故有这等迂谈。"僧人道："我非迂谈。店主若要昌盛，须当觅个好心作工，不要抛撒五谷，作践酒浆。千米不成一滴，便是吃酒的，也要珍重这酒，细饮慢咽，知这其中滋味，一滴皆是农工辛苦，莫要大杯巨觥，①充肠满腹，到个终日昏昏，借口陶情，醉浑不省。"僧人说罢，店主点头，方才吩咐店工酒保，可有便斋，留这长老一顿。却不知陶情听着僧人说的，句句着在他身上，乃走出屋来，喝一声："那里和尚，你不吃酒，却嗔人吃。且称名道姓，把我们数说出来，是何道理？"僧人见了陶情笑道："你识我僧么？"陶情道："不识，不识。"僧人道："你遨游海国，饮尽曲蘖，那个不识，如何不识我？"陶情道：

说我遨游海国，真也识尽风流。三皇五帝到春秋，多少贪杯老幼。便是饮中八圣，神仙玉佩曾留。朝官宰相共王侯，都是相知有旧。

僧人笑道："你却不识我，我却识你。"陶情道："长老，你却如何识我？"僧人道："我识得你是：

假借陶情贪曲蘖，大杯小盏任胡涂。

伤生伐性何知戒，醉后贪杯不若无。"

终日昏听了道："你这和尚只认定了五戒②，那里知八仙③。便是我这个老友百年浑，是醉也只三万六千场。"僧人道："我僧家难禁你断，只劝你节；不怪你遨游海国，哺糟啜醨，只怪你贪嗔破戒，阻拦度化僧人。你若依我僧说，节饮为高，且生五福。"百年浑道："不听，不听。"僧人道："我小僧好意劝你，不听也罢。只是这一位善人，我看你是个蝇头微利，日赶朝中，哪里有这许多钱钞，与人吃酒。"捕窃乃说道："长老你如何看我是

---

①　觥（gōng）——用兽角或铜、木制做的盛酒器。

②　五戒——戒律名词。又称五欲戒，即戒色、音、香、味、体。

③　八仙——道教神仙人名，即钟汉离、李铁拐、张果老、曹国舅、吕洞宾、韩湘子、兰采和、何仙姑。

个小生理,淡薄局,不该吃酒?"僧人笑道:"我小僧看你:

> 捉襟频见肘,纳履不遮胫。
>
> 只图身自暖,妻子冻如冰。
>
> 难当柴和米,何尝荤与腥。
>
> 虽然终日醉,落得赤精精。"

捕窃听了笑道:"长老你说得一团道理,我想这酒名叫做福禄水,必定是富贵之家前生修积了来的,今世享用,樽前侑酒笙歌,席上嘉肴美味。若是前生不曾修积了来,便天性不饮,吃了多病。若是以下的,不知安分,贪杯酷饮,不是浪费了田庄,定是消折了资本。还有一等,没有田庄资本的,叫做:吃的裙无裆,裤无口,披一片,挂一片,邻里笑,妻儿厌。何苦执迷,终朝酗酒?若我小子,却不是贪酒。只因生平捕鱼度日,他人得鱼,便沽酒快乐,真是不顾家计身命。惟小子得鱼,不足日计。为甚不足?却为近来村人日繁,生理淡薄,捕鱼的日众,这海中没甚大鱼。小子却会捉鳖,因而捕几个大鼋。不匡这水兽,大的成精作怪,嗔我日日捉他,他乃咬我腿脚,又变了妖怪,与我厮杀,弄个虚幻,将我做鼋,把他变我,拿到村市来卖。我想这会光景,宛似我卖他的一般,说苦人不礼,叫冤人不知。正在慌忙之际,幸遇这三位,打退了妖精,救了我生命,故此到店中,沽一壶作谢。"僧人听了道:"你不亏三位救你,委实碎割零分,下油锅供人食,转入六道轮回。你捉他,他捉你,这冤缠苦恼何时得脱?你今得脱了,何不速改生涯,做些不伤生的买卖。"捕窃说:"谨依师父教诲。"乃叫酒保,取酒来谢陶情三位。僧人乃叫:"莫要取酒。我看你这贫人,多不过一壶瓶,如何尽的他三人量?你只依了小僧,改了营业,待我小僧与你沽一壶,酬谢他罢。"捕窃说:"你出家人,哪里有钞?"僧人道:"我化缘得了几十贯钞,可以沽得。"陶情听了,与终日昏说:"果如和尚之言,一个贫人,多不过一壶,倒不如和尚的钞化来,若多,到有几壶。"终日昏道:"我们如何吃僧家化缘出来的酒?"陶情道:"彼此都有功,便吃何妨。"百年浑道:"我们救渔人有功,吃他酒。僧有何功?"陶情道:"出家人度化的一人回心向善,他便舍身也喂虎,割肉也喂鹰。几贯钱钞,如何不舍?吃他的,无妨,无妨。"乃向捕窃说:"你既有这师父代钱沽酒,不消费了。"只见僧人把袖中一摸,到有几壶的钞,叫一声:"酒家,拿杯壶肴菜来。"那酒保摆下两个菜碟,便问要吃何样肴馔。僧人道:"我出家人,不敢劝人茹荤①。若是把荤劝人,便与庖厨杀生的何异。"捕窃说:"怎么僧家劝人吃荤,乃与庖厨不异?"僧人说:"庖不自食,烹以食人。僧既不茹荤,乃以荤劝人,事又何异! 还要作业,堕入眼见杀生血肉,被人啃嚼,忍心之报。所以我僧家,不以荤劝人,便是以荤食人,自己不食,眼看人食,无有哀怜生物之心,这个罪孽,怎当,怎当!"说罢,只见酒保取两样青菜豆腐来,说道:"师父,依你这素肴如何?"僧人道:"青菜真是素肴,豆腐也有荤腥。"豆腐如何是荤,下回自晓。

---

① 茹荤——吃鱼肉之类的肉菜。

第六十二回
道士三施降怪法　长老一静服鼋精

　　僧人说："豆腐也有荤腥。"那酒保笑将起来,道:"长老说话不当理,豆腐若有荤腥,这么这青菜也是荤了。"僧人说:"小僧有句话儿,念与你听:

> 说荤腥,非豆腐。只为豆乃农辛苦。
> 磨它精液去它渣,点化石膏与盐卤。
> 矫揉成,有何补,看来变幻如丹母。
> 不荤之荤说是腥,工人不洁名称腐。"

　　僧人念罢,说道:"我小僧非是说你豆腐是荤,只因此物,它是农人辛苦出来,养人的五谷,谁叫你磨碎了它,用其精液,去其渣质,弄巧变,化成膏,分明机智做出,失了它本来面目。这也犹可,却又把它立名为腐,腐字从肉,便有荤名,犯我僧戒。这也犹可,但恐工人造此,或手足不洁,水浆不净,入了酒肆肴馔之厨,沾了荤腥之气,所以我小僧不吃,说有荤腥为此。"

　　僧人正讲,猛然一个道士从店屋中闯进来,把僧人当肩一蝇刷①打下,说道:"为你犯了戒行,便叫人连豆腐也莫吃。哪里知吃酒不吃酒,总在一量;吃斋不吃斋,总出一心。不在心上讲因果,却在荤酒上用工夫,放着三个邪魔,不理服他,法除他,却与他诗云酒曰,琐琐碎碎,叫他们弄神通,骗渔人的酒吃。"道士一顿狠狠言语,把个僧人说红了脸,笑道:"师兄,原来是你。我岂不识得妖魔,只为僧家存心方便,慢慢的化他,不似你道法严肃,不容邪怪。"僧人说罢,那陶情三人酒也不吃,往店门外飞星就走。道士把蝇刷一挥,三个就如绳缚其手,胶粘其足,立在店外,只叫:"道真饶恕。"捕窃见了,忙向道士前作礼求告,说道:"小子被鼋精所害,亏此三位救解小子,却也不知三位是何处来历,只是有恩当报。到此店

---

　　①　蝇刷——即拂尘。

中,一杯也不曾吃,却被长老讲了半日闲话,如今又遇着师父,不知有甚缘故,把他三位禁住。"道士问道:"你是何人? 被什么鼋精害你?"捕窃却把前事备细说出。道士说:"择术不精,是你之过。谁叫你做这营生,自取祸害。"捕窃说:"方才一则变鼋在市,备知这鱼虾鼋鳖遭网被卖的情苦;一则长老、师父劝化小子,已悔心别做营业了。"道士听了道:"既是你悔却前非,另寻不伤生物的营业,我且以妖灭妖,先除了鼋精,莫使他作怪害人。"乃向僧人说道:"师兄,你动辄与他慢慢讲礼。小道如今且请你坐在捕渔父草屋之内,待小弟除了鼋精,再与师兄处此三怪。"僧人只是合掌,说道:"好劝他罢,莫要恶剿。若恶剿,又露出我们筋骨来了。"当下把陶情三个,道士法禁松了,带着他齐到捕窃草屋。

只见老妪哭哭啼啼,说道:"捕窃侄儿被妖怪害了。"在草屋内,数一回,哭一回,道:"叫你听把家母子话,你却不信;叫你做别的生理,你却不依。如今把性命被鼋精吃了,不知是囫囵吞了,不知是细嚼慢咽,不知是照我们市人陪饭食吃,或者是陪酒儿吃。吃你时,不知你可想着我姑娘老人家,我姑娘却想着你。那脚面上疮不消膏药,必然不疼了。"这妈妈子正数长道短,却好捕窃同着僧道与陶情三个,进入屋来。那屋小容不得多人,道士却叫僧人坐在捕窃屋内,他仍叫捕窃持了一根枪,叫陶情三个变了捉鱼虾的渔人,齐到海岸上叫骂道:"臭鼋精,臭虾怪,如何战斗我不过,叫小怪帮助,弄什么幻法,你变我,我变你,诱哄市人。如今有法师在此,你敢再出来成精么?"

却说鼋精与鱼虾小怪,弄了这番手段,被陶情们打散,回到海沙,气哼哼,闷恹恹,说道:"捕窃、渔人,被我们弄巧,已将送他刀斧油锅,不知何处来了三个凶汉救了他们。虽然未除了贼捕,却也吓得他不敢再来。"正说话,却听得海岸上吆喝,却是捕窃同着几个渔人。鼋精大怒,乃提了大刀,带着小怪,上得岸来。这鼋精却不看捕窃,乃看着陶情三个,笑将起来说道:

哪里钻来酒鬼,乜斜东倒西歪。破衣烂帽鞴鞋①,想是寻鱼买卖。此处非同往日,渔人安敢前来。抽身改业算伊乘,迟了些儿莫怪。

---

① 鞴(wēng)鞋——高靿(yào)棉鞋。

陶情见鼋精说几句藐他的话，他也把鼋精瞅了两瞅，说道：

多大鼋精作怪，本是龟鳖形骸。只好切酢换钱财，下酒将伊当
菜。如何把吾轻觑，夸强海上沙崖。这些鱼虾小怪莫胡猜，称早投降
下拜。

鼋精听得，举起刀来，就要砍陶情，却被捕窃持枪架住，说道："鼋精，
我老捕已改了业，不来寻捉你们，只要你也安分守己，潜形水内，莫要惊我
渔人。就是我们渔人，不过为资身，取你有余的小鱼虾，换升合米粮度日，
也不伤甚天理。"只见那鱼虾小怪愁着眉眼道："你便说鱼人取我们换米
度日，你哪里知他得鱼换酒，吃的醉醺醺，胡歌野叫，你便散闷怡情，怎知
都是我们性命。他既不仁，我们无义。"乃一齐簇拥上前，把这陶情三个
围在中心。陶情三个却也不慌不忙，拳打脚踢。虽然打去，怎奈聚来，一
时间千千万万。那鼋精得势逞凶，捕窃那里敌得住，看看又要败倒，此时
却得道士仗剑在手，也来抵敌。只见鱼虾小怪益多，道士忙然作法，把剑
一指空中，念念有词，那空中罩下一个大网，比海更阔，鱼虾见了飞走，直
躲海底深水，忙把兵器乱撑。鼋精见势头不好，只得鼓起精力来战道士，
被道士大网罩下。他却把刀一割，将网割破，钻将出来，也弄个手段，把嘴
回陶情、捕窃啐了一口粘涎，顷刻他几个都变成大鼋，拿着大刀，到来围住
道士。道士见了笑道："这精怪到也会弄手脚，我看你也只是这一件本
事。"乃向东取了一口祖炁①，望陶情们一吹，只见陶情们仍复旧去战鼋
精。鼋精见了却把嘴向道士一口啐来，粘涎到处，连道士也变了鼋精。陶
情战的眼花，捕窃斗的神乱，齐把枪棒到来敌道士。却亏了那把剑有神
通，随变了一条金龙，霞光万道，在那道士身边拥护。莫道终日昏，他却也
有一时醒，看见众人奔杀道士，他大叫："莫要眼花看错，那青锋慧剑豪气
冲空，是我道师。"陶情们方才眼明，努力敌鼋，鼋精见势力不济，往海中
一钻，形踪一时潜去。捕窃拿着一杆枪，东戳西戳，见没有鼋精，乃埋怨终
日昏说："都是你胡喊乱叫，把个鼋精走了，如今弄得不死不活，怎生计
较？"道士笑道："你们莫埋怨，有我小道，不怕那鼋精逃走。料此青锋慧
剑神通，定然除却妖魔。"捕窃道："师父，我在这海岸多年，深知这鼋精手
段，便是师父道术宏深，也只好收服他，却是除灭不得。他的神通不小。"

---

① 祖炁——道教用语，指先天虚无自然之妙炁。

道士问道："一个水兽妖魔,有甚大神通?"捕窃道："师父,你听我说他的神通:

> 说鼋精,神通大,久历春秋熬冬夏。
>
> 血气从来勇猛时,生长海中天不怕。
>
> 圆头陀,光乍乍,智能迈众真不亚。
>
> 纵然一战失鼋身,蓄力养精怎肯罢。
>
> 师真若要收服他,坎离颠倒阴阳卦"。

捕窃说罢,道士笑道："颠倒坎离是我仙家手段,这鼋精走到哪里去?我小道若把这海水清澈到底,他怎能藏躲?"说罢,道士捻动先天诀,步起涉海罡,把青锋剑望水内一搅,只见"咕嘟"一声,鼋精依旧从波涛中出来,看着道士说道："我老鼋安安静静,原归不扰之波,让你那捕贼,剿窃些小鱼芒虾度日。你这道士,因何又来搅扰? 想是与它这几个,打浑了水捉鱼。"道士大喝一声道："谁来与你嗑牙打诨。想你倚海为生,妖魔作怪,伤害渔人,我仗法力,要剿灭了你邪氛,你说安安静静,原归不扰之波,只怕你欲心不改,妖念复生,无限渔人,被你吞嚼,送了性命。我仙家慈悲,定要驱除灭你。"鼋精也不答话,举起手中刀,照道士劈面斫来,道士把剑相迎,战了百十余合。鼋精道："道士,你莫说我是水兽,惯能水战,我与你陆地较个手段。"乃腾空跳到沙岸深林僻处,拿着刀叫："道士,你来这里试试手段。"道士笑道："你这妖精,离了窝巢,自然躲不过我的道法。"乃仗剑到林边,两个又战了十余合。鼋精急了,把嘴一张,只见赤焰焰火光迸出。陶情们正跟来助战,见鼋精口内喷火,却也厉害。怎见得,但见:

> 炎光焚岭泽,烈焰燎昆仑。
>
> 赤鼠通玄窍,彤云结顶门。
>
> 颠倒天河水,延烧虚谷神。
>
> 腾腾三昧①火,吓杀敌鼋人。

捕窃见了,向道士道："这妖怪神通果大,一个水兽如何喷出火来?"道士喝道："莫要大惊小怪。这水中弄出烟来,是我的上门生意,熟路行

---

①　三昧——佛教用语,本指心神专一,杂念止息。古称解脱,引申为事物的诀要和奥秘。

头。它会喷火，我却也会倾潮。"把剑一挥，海水倒卷，但见：

> 波涛翻白浪，汹涌倒黄河。
>
> 善灭三焦火，能除五体疴①。
>
> 源流来不息，既济得中和。
>
> 任尔妖魔焰，昆仑衍派多。

鼋精见了笑道："这道士也会弄水，任你滔天，越壮我势力。"两个又战了十余合，渐渐战到荒沙野处。那僧人正在草屋中打坐，久等众人不来，乃叫老妪："你到海岸，看我同来的道士，怎样除怪捉妖。"老妪听了，方出草屋几步，只看见众人围住了一个癞头鼋，那鼋呲嘴獠牙，喷火烧人，这道士仗剑喷水，混扰在一堆，慌忙走回，向僧说："众人都在海沙上，与鼋精相争哩。"僧人听得，乃步出屋门，走近海沙，果见众人与鼋战斗，乃席地闭目，存一个静定功夫。只见那鼋精，看看战败，四下里望鱼虾小怪来救，哪里有半个鱼虾！只看见海沙上，一座宝塔儿，层层光焰。鼋精把刀撇了，变一个水老鼠，一直奔向塔儿边，寻个砖瓦缝儿，门楗眼儿，窗檐窟儿，思量要钻入藏躲，寻了周围一番，哪里有个隙儿钻的入去。正要又走，哪里是个宝塔，原来是一只白额老虎。这鼋精要走，却被僧人念了一声梵语，鼋精缩的手掌大，拜服在地。道士见了，仗剑要斫，僧人笑道："师兄莫要伤它。"道士说道："我不诛它形，只诛它那一阵火腾腾要害人的心。"僧人笑道："师兄，你有水克它，只是水火交战，便难服它。我僧家以静定收它，故此不劳一力。"道士也笑道："师兄先得我心同然。你不以静定降它，我与它战不胜，继之弄神通道术，道术不能降，终也要借这水火炼他。今他既降服，发落它归海安分守己，不许再弄妖气惊害渔人。"说罢喝一声："孽障，安分去罢！能安分自免人来害你。"鼋精听了而去。

道士乃问道："师父，我与你到何处去一行？自你离了林中，不曾问你出来何往。"僧人答道："小弟一时出来，到个大讲禅林随喜。闻海潮庵高僧师徒行寓，讲经说法，演化国度，善信百里奔听，小弟因此也远来走走。"道士说道："我亦闻知高僧演化，想就是此庵，当与师兄同瞻仰圣会。"僧人听说，便欲辞了捕窃而行，只见陶情说道："二位师父要去赴会，我们三个也吃携带。"道士忽然面色变了，说道："我久知你三个深情，正

---

① 疴(kē)——病。

要剿灭了鼋精喷火,却来吞嚼你们邪魔。因念你救人处微劳,尚在犹豫,你要我带你听讲经文,随喜佛会,如何去得? 那高僧岂肯容你?”僧人道:“这也无妨,只是你三个久蓄阻拦演化僧心,把这心肠息灭,仍求个度脱,方才带得你去。”陶情听了道:“便随师父教旨。”捕窃听了,也要同行,说道:“捉鼋不成,得了性命,情愿跟和尚师父,出家去罢。”僧人笑道:“你一个捉活物为生计,如何出得家?”捕窃说:“小子如今改了生计也。”僧人道:“生计虽改,实善未见。”捕窃说:“我小子如今要随师父出家,便是实心行善。”僧人道:“我这心肠,却也是悔改来的。只是善根为本,法器次之,尽汝三皈①,遵吾八戒②。”捕窃乃敛手问道:“师父,怎叫‘善根’?”僧人答道:“真心实意原从见性中来。”捕窃又问道:“师父,怎叫‘法器次之’?”僧人道:“中规合矩,脉脉不断真传。”捕窃不解其意,又问道:“师父,如何叫做‘尽我三皈,遵你八戒’?”僧人道:“释门有佛法僧三样皈依,你能尽此,方做得和尚。世间有个五荤三厌,你能遵守不沾,方才完了八戒。”捕窃听了道:“师父,你的门中,有这许多琐碎。我往常只见一个人,或是躲差徭。避罪名,欠官钱,少私债,没个头项生意,或是孤苦伶仃,把头发剃光,手里拿个梆子,颈项挂串数珠,身上穿件缁衣,头顶戴个瓢帽,他哪里晓得什么三皈! 几曾遵那八戒! 走向人前,谁不叫他一声长老?”僧人听了笑道:“也还有一等变来的,但这是身根未净,终有不坚之心,法器难传,恐堕无名之狱。”捕窃听了,也不明白,乃向道士说道:“小子随师父做个徒弟罢。”道士笑道:“我这道门你愈发做不得。”捕窃说:“如何越发做不得?”道士说:“我道门也有变化的,难造次做。你若要知难做,我有几句词话,说与你听。”什么词话,下回自晓。

---

① 三皈(guī)——归依三宝(佛、法、僧)。
② 八戒——又称八斋戒,即不杀生、不偷盗、不淫欲、不妄语、不饮酒、不眠坐高广华丽之床、不装饰打扮及观听歌舞、不食非时食(正午过后不吃饭)。

第六十三回
石克辱讨饭乞儿　喽啰报冤家债主

　　道士乃说出几句词话，他道：

　　　　我玄门，岂轻说，轻说天机便漏泄。

　　　　你今要入我玄门，我这门中无生灭。

　　　　第一不贪世上财，第二不恋人间色。

　　　　财色冤愆结祸殃，生死轮回无了劫。

　　　　要识五行颠倒颠，深知八卦坎离诀。

　　　　筑基炼己心性降，姹女婴儿丹鼎结。

　　　　上药三品①神气精，得完一旦朝金阙。

　　　　谁说玄门容易投，不是神仙做不得。

　　道士说罢，捕窃说："玄门难做，陶情老兄携带我小子游方，另寻个生理做罢。"陶情笑道："我们遨游四方，到如今无处容身，如何带得你？"捕窃说："也不曾请问恩兄三位高姓大名，为何遨游四方没个容身之处？"陶情道："我等无它巧艺，只会造成春夏秋冬，引惹东西南北，可恨身无资本，哪计经营。实不瞒说，我这终日昏、百年浑，也只因帮随着两个酷好的，伤了残生，走到此处，要想再帮随两个，却闻知东度僧人专一演化酷好的，破了他生意，因此想法儿拦阻。不意我等想法儿弄人，到被法儿自弄。偏生不得凑巧，向来怕的是出家僧道，义气不相合，道师犹可，只有禅师拒人千里太甚。如今我想，倒不如皈依了释门，求他个出路。若问我姓名，这道师知道。"僧人道："汝等不必多谈，好歹随我同道兄，到海潮庵求高僧度化罢。"捕窃乃辞别老妪随僧远出。这老妪哭将起来，说道："侄儿，你出家固是好事，也要心无挂碍，积些功德。你便削发除烦恼，丢的老不老。无倚又无依，阴功反害了。"捕窃道："姑娘你耐心，我去了就回。"老妪道："出家比不得作客。作客的，身在异乡，心挂家里；出家的，要心无

----

　　① 三品——药物分类，谓上药、中药、下药。

挂碍，一任东西，还想什么回来。我也罢了，不过是你家出嫁的姑娘。还有一等，抛了父母、妻子、弟兄、朋友出家的，朋友、弟兄各有产业营生，抛弃犹可；若是父母、妻儿，倚靠何人？你却出家，那佛爷爷有灵，也不忍孤苦的想念！"这老妪哭啼说着，只见僧道二人齐齐开口说道："老妪，你说的虽是，哪里知生死攸关，无常最大。出家人为了生死，哪里顾得别人！"老妪又说道："你便为自己出家，这忍心抛了别人，却不损了阴骘。我闻出家，阴骘乃第二要紧。古语说得好：'三千功满，八百行完，方能成佛作祖。'我如今也不拦阻你，只是早去早回，免人思念。"捕窃听了这话，一则是道心不坚，二则善根不实，被老妪长长短短，乃向道士僧人说道："二位师父与陶兄三位前行，我小子打点了安家，随后来罢。"僧人笑了一笑，与道士一直大路前行，按下不题。

且说副师弟兄三位，轮流上殿，讲明经义，开度愚蒙。只见把来思跪拜殿前，说道："我小子仗道力慈悲，寻着老母来了，只是恳求超度，可有什么作过恶孽？"副师道："善哉，善哉。大道能完，横恶自免，无复恶报矣。"来思方才拜谢。只见坐间，一个随喜善信问道："师父，你说大道能完，却是什么大道？"副师道："这一位把善信，孝遇其母，免了他一种恶报。"那善信道："如师父之言，怎么我乡村有一个富良，名叫石克。此人壮年也失了双亲，不惮千里，经历了两载，果也寻得父母回家。后来双亲弃世，凡遇着四时八节①，祭祀蒸尝，再无遗缺，或遇着往来游方僧人，便请在家，诵经礼忏，超度父母，虽说趁风使船，只吃他碗素斋，没甚大钱钞布施，却也难得这一点孝意。这石克只因存了这点心，乡党宗族，哪个不称赞他孝。他既孝，便是能完大道，怎么不能免一种恶报？"副师便问道："此人既能追远，如何有甚恶报？"善信道："说起话长。这石克家颇富饶，只因秋收甚熟，佃户供送粮食，盈仓满囤。内有一个佃户，差了租粮二升，他千奴万畜，骂不绝口。那佃户无知，也回答了他两句恶语，家仆便要争打，石克随即喝住道：'无知愚人，知甚尊卑大小。只因我以富势辱他，他隐忍不过，动了愚蠢之性，回我两句。我有容人之量何必计较争打。'乡村莫不夸他大量。又有一宗好处：粗布衣，常穿不洗；淡齑饭，每食不嫌。

①　四时八节——四时：春、夏、秋、冬。八节：立春、春分、立夏、夏至、立秋、秋分、立冬、冬至。

杯肴人家易请,远路独自徒行。村人那个不称他节俭。且是财帛交人,分文不苟;田租账目,升合都清。里中大家小户,那个不说他公道。却为何一件奇祸,送了他的性命?"副师道:"什么奇祸?"善信乃笑道:"石克也是一时迁怒的不是。只因算佃户二升之租,痛骂不止。忽有一个乞儿在旁,乞他一合之谷,不知石克正在那发怒之时,大喝道:'看你堂堂一个汉子,不去执锄负担,寻个道路营生,却腼着羞脸讨饭,乞人半合之粮。'那乞儿不去,只要讨谷,石克便把骂佃户的恶言,将乞儿一顿。这乞儿看了他一眼,怒色去了。岂知事已过了十余年,石克贪心不足,裹了百金,千里之外,经商觅利。路过一处地方,石克正行之际,只见一座高山在前。他看那山中景致,忽然高顶上走下三四个喽啰来,把石克拿住,绳拴索绑上山,尽把他的行李金帛抢掳一空,仍要害他性命。只见喽啰绑了石克到山上,却有一个强人,坐在虎皮交椅上,问喽啰:'有了金宝么?'喽啰答道:'有了。'强人道:'得人钱财与人消灾。放了他去罢。'三四个喽啰听说即解了绳索,放了石克,叫:'汉子好好地去罢。'石克得了生命,只该走去罢休,谁叫他恋恋不舍金帛,回头几次,看那行李,复走到强人前,乞求赏他行囊中被卧。他道:'大王爷,金宝虽说是小人筋骨眼里挣出来的,平常不舍得穿,怎舍得吃,积聚到今,不料被大王收去,气也没用,恼也没干,只当舍了乞儿。只是被卧行李,走长路,店家见你没有行李,便不容留。'强人问道:"因何店家见没有行李便不留?'石克也是为财帛,失了心昏,真是倒运,说道:'店家不留,说是做盗贼的歹人,方才没行李。'只这一句话,那强人便恼怒起来,叫喽啰掌石克的嘴。这强人总是得了金宝,宽放他好意。却不想那喽啰中,一个古古怪怪模样汉子,听了石克说的'只当舍了乞儿',他便提动心间事,走近石克前,估上估下,看了一回,乃问道:'客人,你家住哪里?'石克便说出家住之处,只见那喽啰又复相相道:'是了,是了。大恩人因何到此?'石克不知,只道是真个有恩到他的故人,便把实言,为商的话说出来。那喽啰又问:'如何不在家耕田种地,讨些自在粮食,却出外经商,做这刀尖上生理? 便是做这生理,出外为商,也要宽和得众,结纳善良,遇着冤家债主须当奉承几句美言,如何向我寨主说那恶言? 你如今想起当年前一合之粮不舍,辱骂乞儿么? 此恨不为别的,只说一个佃户,一年两季受百千辛苦与你耕耘,你坐享其劳,虽然是你资本,田土也亏他出力。纵你富贵,也该把他当个主客,相爱相敬,如何千奴万畜,骂得他立身无地,这也可恨。就是那乞儿,可怜他资身无策,饥寒所迫,或聋或瞽残疾贫人,有谷与他半合,有钞济他分文,也是阴骘积在自己。你既不舍,还要呼叱辱骂,想那乞儿,当时困辱,不能报你,这恨便在九泉,也不饶你。你今日若记得,我却认得。'喽啰说罢,恐怕强人放他,乃向强人说道:'这个人是我恩主,请容他下山,喽啰屋内,待他一饭。'强人依言,乃容喽啰同石克下得山来,到得一个草屋之内。那喽啰果然沽些酒肴来,一面摆着,一面把大门关了,说道:'石克,你今记得说我"堂堂一个汉子,腼着羞脸讨饭"么? 人生在世,谁不愿做个富贵豪杰,只为时运不偶,遭际不辰,做此乞食。你若怜孤恤寡,爱老哀贫,肯舍一文半合,便辱人几句,人有不受蹴尔而与,嗟来而食的,尚不肯卑污苟贱,况有侠气,没奈何甘为求乞,如齐人不愧乞食,管仲宁受槛车,这样人肯容纳你凌辱乎! 我记恨汝仇,十余年矣,今日天赐相报,你可尽度前杯酌,让我也快一个心胸,出了那昔日仇气。'石克听了此话,骨解筋酥,慌张失错,泣跪在地,念了一声:'救苦救难! 只求饶个活命回家,可怜妻儿老小悬望。'喽啰道:'谁叫当年倚恃财富,今日自送上门。'可怜讲那喽啰不过,求饶半句不听,一旦被喽啰剐了不存。这不是'前能完大道,后却受灾迍'? 师父,你道这是或然之数,还是不必然之理?"副师道:"依小僧看来,乃是见在功德,生前报应。石克鄙吝,自招狭隘所致。"善信道:"师父怎见得?"副师道:"小僧也不明。看我祖师可曾出静,善信当去问明。"

这人正要起身,到静室拜谒祖师,只见坐间一个僧人看着副师说道:"这位善信,说石克事迹虽详,却有一件未尽知道,我僧欲说,且待他拜谒了祖师,看师意何发,当再明说。"当下善信进入静室,只见祖师正才出静,这人拜礼师前,把石克的一番事,从头一一又说了一番。祖师闭目微笑,顷又大睁双目,说道:"谁叫他:

　　生前不舍养,死后祭空斋。
　　忍辱宁甘薄,总贪无义财。"

这人听了拜谢,出得静室,到了殿上,把四句念与副师及众在坐善信等听。那僧人方才说出石克被喽啰杀害后一段情节。他道:"善信,你这一番话从哪里来?"善信道:"有人自外乡传来。"僧人道:"传之者前句不假,后却未知。这喽啰果然把石克邀入草屋,将酒食款待,执过刀斧,正欲加害,忽然一个长老往草屋前过,只见一个老婆子,手提着一尾鱼篮,叫声：'长老，快去那草屋内，救一无辜被害。'长老听得，方要问婆婆，何人何事被何害。那婆子道：'不暇细讲，迟了无益。'指着草屋里，叫长老打门而入。长老迟疑，那婆子忽然不见，长老方才推开大门，打开二门，只见石克见了长老，叫：'师父救人！'那喽啰手软气促，不能举刀，却被长老将戒尺抵住，救了石克。长老细看石克，却是往日过其家诵念经文，受石克斋供，与他追荐亡灵的施主，乃再三求喽啰释放。喽啰说道：'长老，你纵救他这一时，却也难保他过此山。'长老道：'我自有法。'乃扯着石克往草屋外走。喽啰一人难敌长老，只得放了石克，却飞奔上山。长老乃向石克道："喽啰上山，必唤了同伙强人，此来人众，我一人怎救？'石克慌惧，跪在地埃，口口只叫：'师父救命！'长老想了个法儿，道："除非剃了你头发，只说是我徒弟。这闻山上强人叫做名宽，有愿不劫僧人，喽啰料然不敢。只是没有剃刀，你发如何得剃？'正说间，只见那婆婆从山前走来，手里不提鱼篮，却拿着一顶布道巾，说道是鱼换来的，看着长老说道：'此山非僧道难过。除非这位客人包这顶道巾，说是你随身行者道人，自然过去。'石克只要救命，忙忙接过来，戴在头上，口里却又念了一声：'救苦菩萨。'婆婆道：'也只因你进喽啰门，见了刀斧，称赞这一声，动了人慈悲，故有此救。'说罢往山下飞星去了。道巾正才包上，只见喽啰同着几个凶凶下山来，见了长老同着一个道人，他便神差鬼使，眼里不认得石克，只叫'师父，你救了那客人，放他走到那路去了？'长老道：'往山南去了。'喽啰道：'我只问你要人。'却来扯长老。那伙众说道：'什么要紧，费工夫，惹和尚。'便扯了他去，寨主也要看僧面释放，众喽啰一齐扯去了。长老方才救了石克回家。"那善信道："据师父说，石克不曾遇害，得了长老救回，如今多少时了？"僧人道："三两日间。"善信道："师父你如何知？"僧人笑道："那长老即是小僧，小僧亲见这段冤愆。果也是这石克，父母在日，不舍孝养，双亲死后，空修斋设醮。明明忍辱，暗暗损财，都是心地不明，几乎丧命。"副师听了道："善信如今当劝他：'积金不如积德，克众不如济人。'"善信笑道："小子往常也曾把这样言语劝他。他说得好：'我石克生来秉性俭啬，喜的是克众，怕的是济人，宁啬杀了不怨。'"

在堂众人听了，也有笑的，也有点头的。那笑的何意？他笑的是石克辛苦聚得钱钞，鄙吝不舍分文，一旦远送与喽啰，还受他一场怄气。早知道半合之粮便舍乞儿升斗，也免这几乎伤命。那点头的何意？他说道：

"石克俭约成家,虽一时受了喽啰之辱,却免了平日求人之苦。俗语说得好:'勤俭免求人。'几曾见俭啬的向人借贷? 多是奢侈的,荡了家私,开口告人之难,何不学那俭啬的,自家省约。"这两样人裁怀在腹,故此一笑一叹,却不知高僧见貌知情。只见副师坐在法座上说道:"太奢招损,太俭招尤①。"却是何说,下回自晓。

_____

① 尤——过失。

第六十四回

骆周善心成善报　虎豹变化得人身

　　副师说了这两句，却有一个善信在座，姓名唤作骆周，乃问道："师父，你听了石克这一番事情，见了众人笑叹光景，却怎说个'太奢招损，太俭招尤'？看来奢俭都是祸害，人生在世，处家立业，也是免不得的，必定如何方好？"副师答道："小僧师弟尼总持，知此太奢，善信当问他。"骆周乃向尼总师问道："师父，你知太奢之害？"尼总师道："小僧也不深知，但有几句偈语，善信且听。说：

> 世人欲立业，切勿太奢华。
>
> 太奢多损德，豪侈必倾家。
>
> 淡泊须宁志，贫穷为逞夸。
>
> 若知此祸害，宁俭莫教奢。"

　　骆周听了说道："依师父偈语，世人奢华，损了何德。"尼总师道："德在人心涵养，恬淡冲夷①，就是建功立业，都从这平等处发出。若是一个奢华，穿好的，吃好的，费用不经，一心务外，中心宁不损了安详之德？德损，祸害必生。"骆周听了道："如此俭是美德，又怎太俭招尤？"尼总师道："俭之一字从省约上来。世人凡事一省约，只恐于钱财处鄙吝必生，致有贫穷的、交财的怨尤仇恨。祸害多于此出！"骆周道："如此奈何？"尼师道："人能去其太甚，从个中道，用奢用俭，自然德也不损，尤也不招。"骆周又道："小子生来不好奢，不甚俭，凡遇钱财使费，必须量入为出，家计虽不大充裕，却也不窘迫。只是多招人非，说我损德，险难屡屡经遇，幸赖神明，得逢救解。敢请教师父指明这根因，使小子后事得知警省悔改。"尼师乃问道："善人，你屡屡遇难，却是何难？得逢救解，却是何解？"骆周答道："说起甚多。比如小子当年不好奢华，居家穿着布衣，便是着旧，也不过洗浣一两次。只因世情轻薄，俗语说得好：'只敬衣服不敬人。'你便

---

　　①　恬淡冲夷——襟怀淡泊。

是子建①高才,若穿着一件破布袄子,见了不知道你才学的,那些轻慢你处,却也难当。虽说高才的人襟怀阔大,却也难看这世俗小家。若是个寒微下贱的,穿着一领绸绫衣裳,那相见不知道的,敬重十分,何等尊仰。小子也为这世情轻薄,多收了两斛谷子,买了一件苎丝②袄子穿着,果然那'眼空浅,小家子;没学问,真炎凉',比往日着布时加了几分尊敬。这不过是小子量入为出,适中的事,却就惹了一个小家子,说我力农田户,如何穿着绸绫。且说我服之不衷身之灾,这也罢了,却又引动了一个村邻贫汉,气不忿来借贷,借贷不去,致生仇恨,几次暗生计害。小子想起来:与了他,长他刁傲,若不穿着,空做此衣。一日偶遇村间一贫汉拖欠官租,要卖子女,我小子激义,把这苎丝袄子与他准了官租。谁想借贷的贫汉心忿成仇,黑夜持刀,守在空路,那时若遇,此难怎解? 幸有两个公差下乡的,见了即时锁解到官,发遣去了。谁知公差下乡,便是为袄子准官租事。故小子因此施济一事,便发心愿,周急十人,却在省俭中出来去做。谁知周急一人,便遇一宗险难。师父你道:'俭招尤',小子不俭周人,却又遇难,此何说也?"尼师道:"善信,你且把这周急遇难,向我师兄一说,师兄有知前因文册,必然明说与你。"

骆周乃说道:"小子一宗是周盗贼,几被焚身。往年岁暮,一人穿窬我室,被我家仆看见捉住,家仆即欲叫鸣地方官。我小子问此穿窬:'岁暮到人家作贼,必是饥寒所迫?'那贼道:'非为饥寒所迫,实为尊长家中畜的肥鸡壮鸭动心,料此鸡鸭必烹饪于岁暮,故此潜入公屋,希图窃取两只去吃。'小子听得,说道:'你果为此动心来要,但我处家亦俭,便是鸡鸭,当此岁暮,家下仅有别物可食,留以应客,亦未曾烹饪入釜。你既欲得,我当奉赠。且你取去,必须又费一番柴火,恐无酒下。'乃叫家仆煮熟,取酒相待,说道:'古人比你做梁上君子,我今见你不讲金帛,只以鸡鸭为取,乃是高人。'一面取酒与饮,一面取两只奉赠。正才饮酒,只见草屋四壁,火焰腾腾,小子与贼人俱各难出。正在慌乱,那穿窬智量果高,他脱下布衣,浸以酒水,盖罩我头,他仍伏我上身,冒烟突火,救我出来,并未受伤,他遂逃去。小子乃根究这火何起,却是两个庄仆放的,他道:'一年

---

① 子建——曹植。

② 苎(zhù)丝——苎麻做的白布。

到头节日，也费尽心，养的鸡鸭，便舍不的与我们吃，却与贼受用。'乃放火烧屋，却又得贼人救解，此也非俭，何故招尤？"

副师听了问道："尚有九宗，请毕其说。"骆周道："两宗是为友白冤，反遭仇害。小子昔年交处一友，名唤索疏，这人平日爱风流，肆游荡花柳丛中，乐无虚日。小子每每劝谏他不省，我道：'花柳丛中，损名节，伤精气，败坏家私，荒废事业。'他道：'人生世间，浮名寄客，百年瞬夕，有花问酒，有酒寻花，也是高人乐事。'小子劝的勤，他越拗的紧，忠言不信，卒底荡废了家产，来向小子借贷。我小子原恶奢喜俭，这样不听忠言的，便有多金，也不假贷他这败子。因见他衣衫久之褴褛，面貌憔悴，不似往时。他在门外窥张我屋内，我拒他不见，却在屋内作了几句词话传与他，说道：

> 为甚爱风流，恋烟花日浪游，千金一笑成虚谬。把忠言当仇，夸君子好逑，哪里知家筵荡尽无人救。没来由，向吾开口，你好不知羞！

尼总师听了说道："善信，这词句虽说直谏，只是迟了，且发挥太峻，定要招尤，惹出患害。"骆周笑道："正如师父所说。小子写便写了这词，传出屋外，心里却动了一个不忍，想道：'他恋色昏迷，把忠言逆耳，可怜也是一日交情，便说不得省俭。'随启门请入他来。他看着他颜色真带愧容，乃是看了词句，却趋向我前，百般委婉，想：'如今这样光景，何不当初斟酌，听我朋友直谏。'彼时只得那移些钱钞与他，却问他：'花柳丛中名妓，座间把盏良朋，如今可来顾你？'他道：'今日若那移的去，定然下顾下顾。'谁料这索疏终日还到花柳闲行，遇着妓家有客，他胡撕乱吵。妓家无奈，设了一个计较，却也太毒：她把一个乞儿用毒药毒了，称索疏来闹，故意串使乞儿争嚷，一时毒发身亡，却喊地方，指称索疏拳打人命，暗行贿赂，成了重狱。偶有人传到小子，叫去救她，小子仍念故旧，也顾不得奢俭二字，费了金钱，去白冤雪屈。谁知她恨昔日词句，反说小子与她同殴乞儿。赖有清廉官长，鞫明释我小子。这却是直谏招尤，看来也为俭起。"

道育师听了说道："再乞说一二，我师兄自有见解。"骆周乃说："三宗是嫁一孤女，几乎毒害。也是往日有个族弟，不幸早亡，遗下一个孤女。这女子生得丑陋不堪，兼且秉性妒恶，村里乡外，哪个人家肯聚他为妇？年过三十，尚未适人。小子想起周急之愿，也顾不得奢费金钱，乃托媒氏，委屈男大未婚之家,把侄女撺瞒①出嫁。媒婆到处将无做有,百般诱哄,丑的夸俊,穷的夸富,做这伤天理,只要图亲成。哪里知你说媒,要赚人家酒食钱钞。到后来两家不与前话相对,多有公婆父母小家子,不说聚得一个贤德女子,到家做个好媳妇,却专在当初信媒妁讲的,行下财礼,陪嫁妆奁,如今前言不合后语,不是琐碎怨媳妇,便是两亲生仇隙,哪里知这些小忿,便弄出是非祸害,还有欺天理骗女家的,因此都是媒氏,损了阴骘。想是小子,也伤了这些心术,便是伤了,也须是方便孤女,一片好心。怎么古怪嫁了一个极有德义的好丈夫,不嫌她丑陋,说道:'妻貌丑陋,是我福寿。人家妇女貌丑的,自思退让,不似那恃娇娆、争宠怀妒之妇,贤德便敬夫,可不是丈夫的福? 貌丑则丈夫淫欲必寡,可不是保身的寿?'这两和谐也是小子一片好意,怎么古怪,那婆婆嫌媳貌丑,怪我撺掇成的。一日款待我酒食,那婆婆把酒内下了毒药,单单来把杯劝我,忽然耳内若有人说:'莫吃恶婆子毒害。'我小子也是不该受害,坚意辞回。谁知婆子将酒强灌媳妇,可怜侄女被她毒酒将亡,却遇一僧人化斋,其夫以实告之,僧人出方立解。这可不是嫁孤女几乎毒害?"尼师听了道:"这也与奢俭无干。"骆周道:"当初恨我撺掇事轻,怪我不舍陪助他媳妇些妆奁,说我俭啬情重。"尼师笑道:"这也无关俭啬,乃是善信一种善因,救了一宗恶难。比如衣不赠贫汉以准官租,已为刀下鬼,安有今日? 鸡鸭不赠偷儿,火焚岂免? 只为直谏词羞怀恨,定有冤诬。纵然撺掇嫁女,也是一种阴功。只是善信积德不纯,故有此几番曲折。"骆周便问师父:"积德如何为纯?"尼二师道:"贫汉一人也,施贫汉一义也。何为俭吝于前,奢侈于后,前有怨恨,后动感恩,此便是不纯,若是奢行于前,自无后怨。"

　　骆周听了,点首称谢,说道:"师父,你这道理真痛快愚情。"道育笑道:"我二师兄哪里是痛快愚情,却是本来诛心之论。且再请问,自嫁孤女后,又有一二施济事么?"骆周答道:"小子为此不论奢俭,但有济人处,便是花费金钱,也说不得。一日村乡旱涝,连地饥馑,地方官长施麦饭以济荒,饥人多集。却有一等奸计的,吃一次,又假冒一次,管济施人设法除奸。小子说道:'一次两次,无非求饱,他必为不饱,故来假冒。'小子乃捐数十麦饭,以济不饱之众。托庇师众,此一宗却无祸害。"育师道:"此便

――――――――――――

　　①　撺瞒――隐瞒。

是纯善,安能有害,只恐有善报。善信曾有甚应验么?"骆周道:"小子此年得生一子。"道育师笑道:"是矣,再有何善,乞赐一讲。"骆周说道:"我村接东南大道,相去百里池塘甚少,往来行客又多,炎天酷暑,渴者愁苦。小子捐金,浚了五路井泉,每于暑天施水,果然途人不苦焦渴。"育师道:"昔有施水济人,仙人赐以一石,令其种而得玉,至今蓝田种玉之传,享富施水之报,善人必也有一应验。"骆周笑道:"薄田遂收五年之成。"

育师道:"此犹不足以偿其善。再有善行,请终赐教。"骆周道:"小子虽有济人善愿,却也无心行去,安可说以语人?"道育师道:"小僧心愿乐闻,乞勿终吝。"骆周道:"十年前裹粮外游,路过远村,宿一客寓。卧榻席下见有遗金一囊,启而看内,约有百两,乃问店主曾有何人寓此。店主答道:'三日前一公差在此暂歇即去。'小子听得暂歇即去,安有遗金在卧榻席下。又问在公差前是何人宿歇。店主道:'月余未留客此屋矣。'骆周道:'客店终日不脱宿歇,岂有经月不留客的?'店主道:'长者说得是,却有一个缘故。只因月前一客在内病亡,青天白日出邪,为此锁闭经月。三日前,偶有公差暂歇。这公差押着一个道人,这道人却也蹊跷,进入屋内,便要刀剑。我问他要刀剑何用,他说:'此屋想是久闭,邪气甚炽,我有驱邪法术,与店家扫除不祥。因此这几日方开门下客。'骆周又问:'这病亡客人,店主认得么?'店主道:'先前不认的,只得声鸣地方官长,公同葬埋荒地。后访得离小店百里,多树湾人也。'小子听得多树湾,却是我这村乡十里沙头,只为四方树少,此湾树密,名叫多树湾。乃携了金囊,回归家里,找到多树湾访问。果有一人,名唤亚里,也是出外经商,病亡客店。乃问他家,尚有妻子,他妻子道:'丈夫生前在远方,求谋生理。'小子问他可有本钱,他妻子道:'也只为家乡无本,远出一载,闻他没甚着落,依然赤手归来。为此忧愁,送了性命。赖得店主发心,殡葬了他。'小子听了,乃将那囊与他妻子看,他妻见囊,哭将起来,说是他亲手做的,丈夫带出外去。小子听了,随把百金交还他妻子,至今他妻子得金过活充裕。师父,这也是一宗善么?"育师听了,合掌道:"善哉,善哉!不爱遗金,善莫大于此,料必有报也。"骆周道:"未见甚报,只是我子向来懵懂鲁钝,后来渐渐聪明,肯向上矣。"道育道:"即此聪明向上,前程不可限量,都在善信这一宗也。再有行过大善,请一发见教了罢。"骆周道:"有几宗也不过忘却奢华,不惜俭约,把家私济了贫汉,粮食施了饥人。神天却也相怜保祐,也未

见甚败坏，日计每觉有余。当初一子，如今子女却有五男二女也。"副师
众人听了，俱各合掌，称扬其善。后有夸骆周善行五言四句，说道：

> 莫谓善无报，皇天见的真。
>
> 远在儿孙应，近观汝自身。

却说副师三人轮流讲经说法，无非代祖师演化立言，整日这村乡善
信，往往来来随喜，但有不明的根因，便来询问。祖师师弟子，只是一意开
道些正大道理，因而远乡村落，离国度三二百里的，也来听讲。唯有释门
弟子，师徒们便与他问难禅机①，讲论上乘。其余便是在道的善信，也只
好微露一二宗教微机。这日骆周讲论了这几宗善事，个个听得，称赞不
已。只见坐间一个僧人、一个道士、三个善男子，起身向副师前说道："师
父，你这讲的经卷，可度化得人么？"副师答道："不讲不度，不度不讲，讲
讲度度的，自为化，我小僧亦不知。且问师兄自何来？道兄来何自？三位
善男子何自来？"僧人答道："弟子与道兄一处，自大讲林中而来。"道副师
笑道："师兄既出家在大讲林中，又何必问我弟子度也？若必欲问，何如
自问？"道士便说道："自问何住？"副师答道："行实地，莫使幻，作空观，何
所住。这眼前诸幻皆空，我门中如何来的，也只念你既来，须率教你个自
化。"副师说毕，把手捻了一个心印诀，念了一声梵语，只见面前钵盂内，
忽然一道霞光照出，那陶情三个慌张飞走，道："我等只知曲糵，安识真
言。"往空中作烟云去了。却是何说，下回自晓。

---

① 禅机——悟入禅定的窍门。也指悟道者言行中所含有启迪性的机要秘诀。

第六十五回

走兽飞禽堪度化　士农工贾被妖魔

　　且说三个高僧正讲经义,这僧道等来历,若是凡眼却认不得,惟他慧照,虽非祖师明见,却也邪魔异类隐瞒不得。他出家慈悲方便,就是邪魔,也看他来意何如:若是逞妖弄怪,他自有秉教护持,道力不容;若是本一个向道求度心肠,便是邪魔也是正念,就与他个方便,容留不拒。陶情三个,邪不能存,去了。这僧道却是山林中多年修炼的两个虎豹。他向在山间,得闻前度尊者禅机,久伏山林,不出噬人。一日听得海潮庵高僧演化,故此虎变化了僧人出来,偶逢捕窃、陶情在酒坊,遂入来浑俗。不意豹也变个道士,出林寻到店中,随事行说,收了鼋精,服了陶情,到得庵来。那陶情邪不胜正,始初借僧道名色进入,后听了经文正义飞走。这虎豹原是实在生灵,却又见十三位阿罗圣前,有一个虎过前,侍者童子在侧窃窥,两个私意道:"菩萨前也有虎伏。"乃大着胆子,坐在座侧,哪里知却是十三位尊者法试演化僧人,正欲虎豹闻经,以成度化。他两个因问道:"师父方才说讲经度化人,不知可度化的飞禽走兽?"副师答道:"我本师说法,山石也点头,如何度化不得飞禽走兽? 比如人有恩与禽,雀也知衔环;吏有德化民,虎也渡水去。禽兽虽蠢,却有至灵。你食它肉,它岂不恨你。你无伤虎心,虎岂伤人意。禽兽不伤人,自能入人道。"僧道听了道:"比如虎豹不伤人,便超入人道。人若不伤人,却超入何道?"副师道:"人若不伤人,便超入善道。"僧道又问:"善道是何道?"副师道:"仙佛圣贤、王侯将相,皆是善道中超的。"僧道又问:"比如一个不伤人,就入善道,再可有进步么?"副师道:"你问我二师弟。"只见尼总师闭目趺坐,听得忙说一偈道:

　　　　恶道是伤人,不伤乃一善。

　　　　若来进步功,到处行方便。

　　尼总师念罢偈语,两个僧道随上前,实实说道:"二师父,我两个实非人道,乃山林虎豹。往昔得闻了前度尊者禅机,誓愿不伤害生命,因此修得年深,能变化人形,特来求超脱。今闻进步之因,意求方便之略。"尼师笑道:"我久已识汝两个。汝既向善门,欲求方便,趁吾祖师出静,当礼拜师前,以求超脱。"两个听了,忙走到静室,果见祖师与村乡善信及庵众僧人闲坐,你长我短,在室内求师度化。他两个不敢遽入,站立听久,但听众声辩论,却不闻祖师半字之言。他两个正疑,进退两难,忽闻祖师开言说:"既脱兽形,已归善道,不坏人心,岂复兽已。"他两个低头想了一会,说道:"分明师度也说我们兽变了善人,又归了善道,便不复入兽类了。"复走出殿上,把这话说与尼师,尼师道:"比如一个堂堂的汉子,坏了人心,必入兽道,哪里等他人,眼前便兽也。"两个听了,谢礼三位高僧。你看他两个摇摇摆摆,直出山门而去。当下在座僧人便问道:"二师父方才这一僧一道,与二僧讲的何话?"尼师道:"讲的是他学好行善做僧道,恐怕不学好、不行善的做了。他还有几句一善转人、再善转仙佛的话,与他讲去了。"按下不题。

且说这虎豹变的僧人道士,得了祖师度化,出了庵门,两个计议而行。僧人说:"我也只知变和尚,讲禅理,打坐功,劝化人。不到此庵参礼高僧,如何知出劫超凡的道理。"道士说:"便是我也只知道门名色,得了些陈言,哪里知上药三品的妙理!只是我们要进步,须远历湖海,与人世积些功德才是。"僧人笑道:"师弟,你且复个豹形看。"道士说:"师兄你便复个虎体看。"僧人把身子抖了十来抖,把脸抹了十来抹,原还是个和尚。道士也抖身抹脸,哪里复得原身。两个抚掌大笑道:"好呀,存了善心,不复入兽类也。"道士说:"若是不存善心,怎能变人?"僧人道:"不存善心,只恐人还要变我前身。"两个讲说间,只见路旁一个老叟说道:"二位师父,出家人有甚忧,也无甚喜,叫做忧喜不形于色,方是个有道行的人。你两个何事笑说而来?"两个听了,私语说:"俗云:'近朱者赤,近墨者黑。'这近庵的老儿,便就有些道理的言语。"乃答道:"我僧道二人,乃是从海潮庵而来,得闻了高僧经典,悟了些方便玄机,在路讲解,不觉喜形于色。"老叟道:"有理,有理。既是悟了些方便真机,却是那等方便?"僧人道:"方便之门甚多,怎么一言说得尽。"老叟道:"比如一个好好人家,被几个妖魔精怪吵闹,你僧道家可有什么方便么?"道士笑道:"拿妖捉怪,正是我道士生意上门,如何方便不得。"僧人道:"莫要说他道门,便是我僧家也能方便。"老叟道:"正是我方才要往海潮庵问法主,道路却远,又

恐僧家驱捉不的邪妖。既是师父说也会方便，乞请到舍，方便一二，自当
供献好斋。"

　　两个乃同着老叟一路行来，问道："老叟，你家中有甚妖魔精怪？"老
叟道："不瞒二位师父说，老拙家颇充裕，生了四个儿子。想世间只有做
个本分道路，方能尽得一个男子汉的事业，所以把四子因材教训：大子才
能出众，便叫他为士；次子蠢然力强，便叫他力农；三子却也智巧，便叫他
学艺为工；四子才干可任经营，便叫他为商。大家各执一业，倒也各有所
得，料可成家，不负了老拙这一番教训。谁知他四个，忽然都变了，怠惰本
业，相争相竞。大子荒废了学业，要夺农工；次子懒惰耕耘，乃经商贾买
卖；三子不习手艺轻便，反去力农；四子不务经营，游闲浪荡，因此跷蹊事
出：瓶罐也成妖，桌凳也作怪，青天白日见邪见鬼，孩子也不得安。师父，
你道是何说？"道士说："老叟，你家莫不是有甚歪邪妇女引惹妖魔？"僧人
道："恐是老叟伤了些阴德，叫做'主家不正，招出怪事'。"老叟笑道："老
拙家无妇女淫邪，我亦没有过恶。且请二位师父到我家，看是何怪甚
妖。"道士说："有理，有理。"两个走了数里，到一所庄户人家，房屋却也深
大，老叟便指道："这便是老拙寒家。"道士抬头一看，只见那：

　　　　房屋层层深邃，围墙处处多高。

　　　　人丁出入不少，马牛却也成槽。

　　两个走到门前，老叟躬身延入。到了堂上，老叟便问僧人何号，僧原
无名姓，忙忙答道："海庵。"又问道士，也忙答应道："潮庵。"老叟道："二
位师父既从海潮庵听讲而来，怎么法号就在庵上起？却是到庵后起得，还
是在前起得？"僧人道："我二人原不是此号，乃是到庵后改的。"正说间，
只见屋内一个大石头打将出来，就如人声说道："你两个只该说是号山
君，或是号金钱，如何诈冒姓名？"僧人、道士吃了一惊，向老叟说："想是
内眷在内，不容我两个僧道上门。"老叟低声近前说："这便是妖魔，打石
说话。"道士听了，问道："这屋内何处？"老叟道："这屋内就是大子的书
室。"道士说："太令郎可在内么？"老叟道："今早避出外去了。"道士道：
"今且叫令郎不必入室，待小道住下。"正说又一块石打出来说："你便住
下待怎么？"僧人说："连小僧也住在此室罢。"又一块石打出道："可怕你
一庵的和尚都来住？"僧人、道士听了，便要入屋内，老叟只是害怕，道：
"且吃了斋饭着。"道士那里等得，乃向身边拔出一口剑来，僧人也抖一抖

身体,执出一根禅杖,走入堂后。时天已黄昏,只见那空书室内,跳出两个妖魔来,生得却也丑恶,但见那妖魔:

> 一个发似朱砂,一个脸如蓝靛。一个眼似灯笼,一个耳如蒲扇。
> 一个手像钉耙,一个口喷火焰。一个拿着根枪,一个执着把剑。一个
> 咬着牙关,一个变了皮面。一个道冤自有头,一个道债各有欠。

道士大喝一声道:"你两个是何物作怪,甚事为妖?"只见一个怪说:"道士,你只晓的与人家做醮,要斋吃,要经钱。若是只这两桩,却是你本等,也不招邪作怪;若是夺同辈的门徒,争伙中的施主,嫌人家斋食,争醮钱的多少,便自家作怪为妖,又何必问我?你那和尚,到施主家念经,也是这般一等。你们自家作怪,我不过趁空隙儿,帮助着你。"僧人笑道:"我知道你了。只是我们不是念经做醮的僧道,却是随缘化斋游方僧道,那里与同辈夺门徒,伙中争施主?"那怪说道:"随缘化斋,有无任缘,也是本等。却有那吃着口里,想着锅里,吃饱了又想衬钱,化了衣服,又想鞋穿。自作妖怪,何消管我!"道士喝道:"休要强辩!你只说你是何妖,有何冤愆,把这老叟家煎炒。"一个怪便说:"道士,你要知来历,我也说与你知。"乃说道:

> 我妖名上达,这怪号欺心。
> 欲要登去路,先须种善因。
> 妄想一朝贵,将人产业侵。
> 不思勤苦处,就里有黄金。
> 我妖原是主,这怪却来亲。
> 士人无定主,相闹到如今。

道士听了笑道:"原来你这两怪,一个是扶助老叟大子上达的,一个是坑陷他废业的。人生世间,他习本分事业,只该扶助他,你这欺心怪,如何来坑陷他,使他废了前程大事?"欺心怪道:"谁叫他一心求上进,一心又妄想着他日登云路,如何置产,如何立业,张家之女可妾,李户之地可侵,自然上达之妖退脚,我欺心之怪侵身,总是他自失主张,莫怪我两魔作炒。"道士道:"习本分,思前程,亦是为士的分内事,你如何妄来侵夺上达的窝巢?"欺心怪道:"忠君爱民,为士的何不把这前程想一想,我自不敢来夺他的窝巢。"道士喝道:"如今只许上达扶助,却不容你欺心。"欺心怪道:"你僧道上人家门,只管化你的斋,吃他的饭,莫要管人闲事。"执着枪

照道士戳来,道士掣剑去迎。战了一会,欺心怪力弱败走。这里道士赶去,那怪往后屋檐上立着,叫兄弟们来助战。只见那后屋里钻出两个怪来,道士看见,回头只见老叟同着僧人进来,道士便问此屋何处,老叟答道:"此乃次子为农的卧房。"道士笑道:"老叟,你见屋檐上精怪么?"老叟道:"老拙眼花,不曾见有甚精怪。"僧人说:"你无慧光,如何得见。且问老叟,你这屋后几层,却是何处?"老叟答道:"三层都是三子四子住屋。"僧人道:"层层有怪,你且避了,待我两个与你除妖。"老叟依言往外屋避去,却叫家中男女也都避了。只见那两个怪钻出来,向欺心怪问道:"这僧道何来?"欺心怪答道:"我忙忙的与上达争窝巢,见了道士来助上达,却不容我,便与他争战,却不曾问他个来历。"这两怪乃手执着钉耙,问道:"那道士、和尚哪里来的,管人家闲事?"道士听了道:"你却又是甚怪?"那两个怪,一个称是"懒妖",一个称是"惰怪"。道士看他那形状:

> 蓬头跣足,拖手懒腰,一团好睡的形容,半似醉酒的模样。钉耙空执在手,气力全没些儿。倒像有些风流佳兴,好吃懒做的情况。农家若遭这个妖精,怎不叫三时①失望。

道士看了笑将起来,指着欺心怪骂道:"你叫这个幺魔帮助你,越发晦你的气。他两个连自己也顾不得,怎帮得你!"两怪乜斜着眼道:"你也休管我帮得帮不得,且说你两个的来历。我看你两个是两教各宗,常闻得彼此争施主,夸门风,今日如何一处你兄我弟,亲亲热热?"道士喝道:"你那里知我僧道原来是一家,只因世有不明白道理,浑俗出家的,便分门争竞。似我二人一气传来,何有差别。你既要问我来历,我且说与你知道。"道士乃说道:

> 自幼出山林,弟兄吾两个。
> 状貌不殊差,威风却也大。
> 只因识性灵,轮回被觉破。
> 我兄入禅林,自把仙门做。
> 炼得有神通,四海声名播。
> 昨谒高僧庵,道理都参过。
> 蒙师指路头,缚魅莫教错。

三时①——春、夏、秋三个农忙时节。

今朝遇你妖,自送上门货。

急早离他门,免教剑下锉①。

两怪听了,私自计较道:"这和尚、道士有些来历,可叫三房、四房妖魔齐来帮助帮助。"欺心怪道:"有理,有理。古语说得好:'三拳不敌四手。'"乃向屋后大叫:"弟兄们齐出来助战!"只见后屋层层都钻出几个怪来。却是何怪,下回自晓。

---

①　锉(cuò)——切;剁。

第六十六回
士悔妄欺成上达　道从疑爱被妖绳

　　话说懒惰二怪听了道士来历，招手儿叫后屋三四房妖魔出来帮助，那层层都钻出几个妖怪来。道士执剑在手笑道："我也不审你们来历，料着都是懒惰妖精，我道门挥开这把慧剑，叫你一个个灭形。只是我师兄在此，又动了他慈悲。"乃叫师兄："让你说破了他们，叫他离了老叟之门，别项寻头路去罢。"僧人笑道："师兄你差矣。既不用剑剿他，必须说破了他，叫他弥耳攒蹄①，各归平等，又何必叫他别项寻头路。世间何事，可容他懒惰成精作怪？"道士道："师兄你怎见得世间事，不容他懒惰精怪？"僧人说："师兄你既在道，岂有不知？"道士说："只当我不知，你且说一个明白，使这精怪听得也好。"僧人乃说道：

　　　　说懒惰，真不好，这精作妖事非小。
　　　　士若懒，志温饱，黄卷青灯都废了。
　　　　何时奋翅厉青云，看看时日催人老。
　　　　农若懒，田多草，坐看禾苗日枯槁。
　　　　有田不耕仓廪虚，日食三餐毕竟少。
　　　　工若惰，艺不巧，若要称良何处讨。
　　　　欲善其事必须勤，误了工夫空懊恼。
　　　　贾若懒，利须少，红日三竿不知晓。
　　　　东西南北不经营，资本从教都折了。

　　僧人说罢，妖精听了笑道："你人面兽心，说得虽然近理，兽心难道非是妖怪，怎么瞒得我！"僧人道："我心地正，便是妖也不为怪；你心地不正，便非怪也为妖。怎知我两个除了恶念，便非兽心，虽怪不怪，投了明师，说的更有理。"妖怪听了道："二位除了恶念，投了那个明师，做了和尚道士，便不为怪？"僧人道："我两个拜了高僧，从海潮庵来，有愿在先，要

————————————
　　①　弥耳攒蹄——弥耳：贴耳；攒蹄：把蹄收缩起来。驯服、服帖之意。

行些方便。这老叟训四子本分事业，却被你们精怪闹吵不安，我两人怎肯放饶了你！"妖怪道："实不瞒你说，那老叟能训子本分，不能必子守分不更。谁教他四子懒惰的不勤，欺心的妄想，这农工商，一懒无复自励。那欺心的尚有道理能明，所以我这欺心妖魔，还不曾把他上达精怪战去。"妖怪说罢，依旧往屋檐下钻进去。道士见了向僧人说："师兄，你这一番讲，只能服妖怪之形，未能服妖怪之心。看来除妖灭怪，要服他心。"僧人道："服妖怪之心，不如服屋主之心。人家屋从主心，邪正所系，比如四子从心正大，坚守本业，无妄无惰，妖自何来？我与师兄且相会老叟的四子看是何等根因，便好除妖灭怪。"道士说："有理，有理。"

　　二人乃出得堂前，只见老叟同着四个儿子坐在堂中，见了僧道两个，半带愁容，半带笑貌，问道："二位师父，我家屋内果是何妖作吵？何怪成精？"僧人道："你家原无妖怪，看来都是家鬼弄家神。俗语说得好：'怪由心作。'又说：'见怪不怪，其怪自坏。'你四位自心无怪，哪里有怪？"四子道："我四人奉父训，习本分事业，自心却有甚怪？"道士说："大先生，你曾温习本业，有望外之想么？有自欺欺人之念么？大丈夫有分内事业，一毫不可懒惰，有望外心肠，一毫不可妄生。比如为士的，忠君爱民，这是分内事业，便从穷时思达日，勤勤勉勉，就是暗地有妖魔，也是上达的精怪。若是出了分内，胡思乱想，一旦身荣，如何如何，这便是望外跷蹊古怪，便有邪魔暗生，把你的上达路阻，这妖怪还要作灾作祸。"老叟的长子听了，点头说道："这道士说着我肺腑，想当日简练揣摩之时，得意忘言之日，却果然存心不在分内，思出望外。从今随他妖怪作吵，我还习我分内士人。"方才心服道士之言，懊悔当日之妄，那满面顿生光彩。僧人见了说："大先生，你屋内妖怪存身不住也。"士人听得，忙入屋内，只见一个火光，灿烂加星，闪烁耀目，在屋滚出不见。长子出屋向僧道说："向来妖怪打盏弄碗，今却不见，只见一团火星，光芒闪烁滚出，此何怪也？"道士笑道："恭喜，此上达星光，惟愿先生黾勉①励志，自然妖魔屏迹②。"那三个农工商听了道："委实我等当初勤劳，做本分事业，家中平平安安，便是财利也增，百事也顺，只因日久意灰心懒，便生出这怪事。大家兄既悔却前非，我

①　黾(mǐn)勉——努力，勉力。

②　屏(bǐng)迹——避匿；绝迹不与人往来。

等从今，只是勤劳分内事罢。"三人说毕，便起身走去，老叟问道："你三人那里去？"三子答道："我们既说勤劳，安肯闲坐着说话。二位师父，我父陪你，我们趁时做事业去也。"三人一壁厢往外走，那力农的拿着钉钯往田里去，那为工的担着器物往村里行，只有为商的往屋里去想路头。只见一壁厢农工两房内童仆出来，向僧道说："我两屋内妖怪影儿也不见了，真真安静。"老叟便问："第四子的房屋内可有妖怪？"那童仆说："四官屋内妖怪反多了。"

道士听得，执剑又进四子屋内，方才到门，只见一个美貌妇人拦着屋门说道："人家有个内外，出家人如何不分个内外，直闯进来！"道士见是个妇女，只道是内眷，忙出屋外，叫老叟吩咐内眷且避。老叟答道："只因妖怪吵闹，我家内眷都避去别屋，此屋那里有甚妇女。就是有妇女，我家闺训也严，定然不容他向人张狂乱语。"僧人便问老叟："你家有何闺训？"老叟道："我家妇女六岁便不要他出闺门，三尺童子便不容他入卧内。亲戚等闲要见一个内眷也不能够。况你僧道见了他，还要说各分内外的话。"僧人道："我见人家男女混杂，不但见面说话，还有座谈说家常，亲手接物事的。"老叟道："此皆是小家子，没礼体的坏了门风。老拙家中从来有训，无此样事。"道士也问道："妇女家要闺训，这闺训难道是老叟教训？你这一个老人家也苦恼，四个儿子既要你教训他各习本业，妇女们又要你闺训他。"老叟笑道："师父，你出家人只晓得教徒弟。比如一个人家生了一个孩子，算命犯华盖①星辰，说孤难养，弃了父母，送与你门中，或为僧，或为道，做个徒弟。可怜孩子无知，他不是那壮年知人事，好道的，为生死出家，苦行投师访友。孩子家是父母舍送入庵观，只知把孩子做个出家僧道，交与师父。师父好的，教训他学经学忏，接代山门；那不好的，把当一个童仆打骂，作践使唤，总是异姓儿女，有甚疼热。还有一等，多招师弟师兄群居，没些道义，后来多有不成良善，为非作歹，还俗回家，只怕吃惯见成茶饭，做惯不本分心肠，就是还俗，也不成良善。师父，你知你门中教训徒弟，便知我们闺训，却在为母的从幼把女子不放她出闺中，教训她习女工，学妇道，只便是闺训。"僧人听了笑道："比如出家做徒弟，也要把个孩子投个明师上等，为生死修真养性，见性明心，这是仙佛门中。不但你送

---

① 华盖——星命术认为华盖星犯命、运气不好。

子弟投门中,这等的师父他岂肯轻易收徒,必定要鉴察你心意根本,果有仙风道骨,方才收为弟子。次后一等良善僧道,为传代接香烟,收人家一个弟子,必须也要叫他学习本业,守分出家,若是纵他吃荤酒,坏教门,不能教训个好徒弟,反把人家孩子坏了。就是人家闺阃①,多少母仪不良的,把女子学坏这母仪,也是脉脉传来。又在为丈夫的,齐家为本……"僧人正与老叟讲论,只见第四子为商的屋中,又打出一块大石头来,说道:"什么好师歹师,父仪母仪,勤谨的自是勤谨,懒惰的自是懒惰。我丈夫是个为商,经年在外,比不得三个伯伯,在家懒惰了,便荒废本业。为商的有处赚钱,有处折本,孤身漂泊,便花费些资本,懒惰些道路,却也有一日赚来补去。"道士听了,向老叟道:"此明明是你四郎内眷之话。"老叟道:"四房媳妇久病在母家。此分明是怪,师父莫要信他,只与我除妖可也。"道士说:"师兄,此妖非你方便的,劝化的,须是剿灭了他。"乃仗剑复入屋内,只见那妇人见了面笑道:"你这豹子妖精自不知妖,却要与人除怪。"道士看那妇人生得:

　　娇滴滴如花似玉,颤巍巍体态轻盈。妖娆一段卖风情。任你老成本分,见了她:好似六月坚冰,也要化了歪心邪性。

　　道士见了,方才掣剑去斫,那妇卖弄着妖娆,说出豹子妖精,动了道士原来根脚,只把心一疑猜,割不净那爱色的魔障,却被那妇人手拿着一根绳子,套将过去。僧人见了忙叫:"师父,快把慧剑割断妖索。"道士左挥右掣,哪里割得断,看看要变出豹的原身。僧人又叫道:"师兄何不定了心性,莫要疑猜。"道士方才明白,正过念头,割断了妇人套索,走将过来。那妇人却又把索子丢起来套僧人,僧人笑了一笑,忙变了个不坏法身,快利如刀,那套索荡着即断。妇人见套索无用,便喷出一口涎水,顷刻那水泼来,倒有些厉害,道士掣剑不能斫,僧人挥刀割不断。两个抵搪不住,往屋外飞走,乃对老叟说道:"这个妖怪难除。我两个要吞嚼了他也不难,只是又坏了我原来誓愿。如今只得复回庵中,请教了我拜礼的高僧再来,定要与老叟剿灭了这怪。"老叟不敢留,当下两个辞别老叟,老叟乃说道:"庵中既有高僧,我当同二位师父一往。"随出门往庵来。

　　道士便往原来路走,老叟道:"二位如何不认路径。此条路到海潮

---

①　闺阃(kǔn)——妇女内室。亦借指妇女。

庵,远且荒僻,若从西过了苦乐二村,直行大路,便是庵也。"僧人问道:
"如何叫作苦乐村?"老叟道:"当原前不知甚故,两村相离,不过十里。一
边叫做乐村,居人稠密,都是些富贵之家,其快乐的却有许多等样。一边
叫做苦村,居人却不甚多,都是些贫穷残疾之人,其苦楚却也多般,不知是
风水所招,又不知是地方传来的恶俗。"道士听了说:"师兄,我与你探听
这个根因,若是能变转的个苦乐均匀,却也是个方便。"僧人道:"若是把
苦村变了个乐村,可不更是个大方便!"原来这苦乐二村,中分大路,却是
往庵东西正道。中途有座小庙儿,有一个庙祝,侍奉香火。僧道与老叟走
入庙来,庙祝接着,便问:"二位从何处来?要往何处去?"老叟便与两个
答应。庙祝又问:"二位必会诵经设醮。"道士答道:"诵经乃我这师兄本
等,设醮我却不会。"庙祝说:"不会设醮,想是会炼丹养砂。"道士说:"这
都是傍门外道,我小道却也不会。"庙祝笑道:"那个出家道友,不知烧炼
乃修行的要务。"道士说:"知道烧炼,断乎不向人说;向人说的,断乎不知
烧炼。就说会烧炼,向人说,便是骗哄人也。"庙祝笑道:"师父,你既不会
设醮,又不会烧炼,头戴一顶道巾,身穿一领道服,却会做些甚事?"道士
说:"我只会苦的知道他怎样苦,能与他转变个乐处;乐的知道他怎样乐,
能与他说个长远乐。"庙祝听了,笑嘻嘻地道:"如此却甚好。我这两村,
正在此苦乐不均,师父若能转苦为乐,使乐到个长远不苦,莫说乐村敬奉,
便是苦村也感仰,就是我庙祝也报恩。"

当时听了,便传与两村。早就有苦村一个贫汉走到庙来,望着僧道下
拜说:"闻知师父会转苦为乐,我小人苦已极了,特来请救。"道士问道:
"你是何等苦?"贫汉道:"小人的苦,家徒四壁,粮无半升,常日忍饥,还要
无衣受冻。"道士笑道:"这何足为苦?"贫汉道:"比那乐村,衣帛食肉,歌
儿舞女之乐如何?"道士笑道:"他何足为乐?"庙祝道:"师父,两相比较,
贫汉可谓极苦矣。"道士问道:"贫汉识字么?"贫汉道:"略识几个。"道士
道:"尚有往籍前言可看,得意会理,尚有余乐,不足为苦,不足为苦。"贫
汉笑容而去。却就有一个残疾跛足,衣不遮体,走来问道:"师父如我这
苦真苦,遍体伤疮,两足腐烂,肚里无食,身上无衣,何等苦楚。"道士道:
"尚有两目可观,双耳堪听,一时少住了疴痒,半盏可克了腹饥,尚有片时
之快,何足为苦,何足为苦?"这残疾跛着足,笑了一笑而去。只见一个老
者,扶着一个聋瞽之人,虚喘喘拖病而来。那老者替他说道:"师父,这人

苦不胜言,目不见,耳不闻,饥寒成病,可怜他苦说不出。"道士说:"尚有
你老者扶持,何足为苦。你又代他能言,苦尚未极。且问你:他之瞽目,是
胎中瞎,是壮年聋?"老者道:"是壮年聋瞽的。"道士道:"更有聋瞽之趣。"
庙祝笑道:"师父说差矣。"道士说:"我如何说差?"老叟也说:"师父说的
果差。"却是何差,下回自晓。

第六十七回

说苦乐庙祝知音　举数珠长老破怪

老叟与庙祝说道："一个人全靠两只眼看，两个耳听，听不见人言声响，看不见南北东西，身再拖病，家又贫穷，还有一件最苦，他喑哑不能说话，这苦何如？师父，你道他更有聋瞽之趣，岂不是说差？"道士道："你们只知苦，不知他乐，他外目不见，中情不扰，两耳不听，心志不烦，有口与人讲苦，人谁能替？总不如饥得一食之克，寒得一衣之被，到作了个混混沌沌上古之朴，他虽无乐处，未足为苦。"庙祝道："依师父说，世间只有乐，没有苦，这苦字当初莫要制出他来罢了。"道士道："苦之一字原有，但皆不在这几般人。"庙祝道："不在这几般人，却在哪几般人？"道士道："却在乐村。"庙祝益呵呵大笑道："怎么乐村有苦？"道士乃说道："我有数句俚言，你试一听。"乃说道：

> 乐极每生悲，犯法身无主。
>
> 一旦明与幽，丝毫必有处。
>
> 想昔荣华时，不知寒与暑。
>
> 今日受炎凉，这苦谁怜汝。

庙祝听了道："师父说得是，乐极生悲，犯了恶孽罪过，果然这样人，当时享荣华，受富贵，一旦恃乐忘忧，到了个犯王章、堕地狱的时节，有眼看不见亲人，有耳听不得好话，有口向谁诉冤，害了些无疮的毒痛，受了些不病的灾厄，果然比那苦村，身体虽苦，心情却不惊恐惶愧，自己揣度说命当受贫苦，便安命罢了。师父果然说苦村众样人，何足为苦。只是这乐村人，知道乐极生悲，他却知节，每乐而不淫，知王法森严，却守分为乐；知地狱昭彰，乃安乐不作恶，可不长保其乐？"道士道："果如庙祝之言，乐果如此，自能长保。"

正议论间，只见前村钟鼓交响，香幡导前，庙祝与老叟出外，问是何故，村人说道："我那村里有件怪事，特请海潮庵高僧驱治。"僧人道士听得，也忙出庙问道："村里何怪，怎便去请高僧驱治？"村人说："我那铁钩湾村,向来蛟患时生,只从有两个僧道,法治平安。今忽有一个赤风大王,在村显灵,要人家猪羊祭献,如无猪羊,便要伤人家小男妇女。闻知向日僧道,自海潮庵来,今去延请,蒙高僧嘱咐了方丈一位长老,叫他来驱治这怪。"僧道听了,乃杂在众中,去看那迎来的长老。但见那长老,坐在一乘轿子上,眼看着鼻子,手拿着数珠,端端正正,任那村人扛抬。道士见了,向老叟说:"你看这众人,延请长老驱怪,这般尊重尽礼。你老人家要我们捉妖,却甚亵慢,哪里知世间隆师重道,必须致敬尽礼。"老叟答道:"师父,老汉虽愚蠢,也晓得敬贤。比如人家敦请个先生,你要他吐露胸中真才实艺,教导你子弟,能有几个出忠心,为传教,收门人,广效法! 却有一等心术少偏的,你要他尽心传道授业,他尽心不尽心,在他自心,你如何得知? 你若慢了一分没要紧的外貌,他便差了十分要紧的中情,所以为主人的要致敬尽礼。"僧人笑道:"老叟你既知此一节,便就知尊敬长老的这众人,十分有礼。只是世间人要为己做一件事业,便要借人财力,便也要尽十分敬重。那与你行事的,是个忠信好人,自与你尽心去做,若是个不忠信的,你再慢了他一分,他便坏了你十分。"

　　僧人与老叟一面讲着,一面看着迎长老。看看长老近前,看见了僧人道士,便把数珠儿往空一举,这僧道两个忽然脚跟立地不住,往地便倒,那长老急忙下轿,掣出戒尺,便要来打,这僧道跳起地来,叫:"长老休动手!"长老忽又见是两个僧道,心疑道:"我方才分明见众人中两个虎豹形状,定是妖精,怎么却是两个僧道? 莫不是我坐在轿子上心里舒畅,不觉眼花,不然便是这僧道两个非凡。我闻大人君子,化虎变豹。但他若是好人,必然我法力治不倒他,如何我数珠一举,他脚根又立不住。"长老虽心疑,只得上前问道:"二位从何处来? 想要到敝庵去参谒高僧?"两个便把老叟家妖怪事,说了一番。长老道:"我奉高僧师徒吩咐,命来与铁钩湾村治怪,此地既有妖,须当扫除了去。"道士说:"老叟家四子,却是士农工商四宗本业,三宗妖魔已被弟子们驱除,只有第四为商的一宗妖魔难治。我两个正欲到庵,求高僧指教法力,既是师父奉命而来,不知高僧有何指授?"长老道:"高僧以数珠、戒尺两件付我,叫我逢怪只举数珠。我方才于众中,分明见二位状若妖魔,故举数珠,忽然又非妖怪。"道士便问道:"若是真妖怪,数珠一举便怎么?"长老说:"高僧却有几句秘语传来,本不说与人,但二位既在道,同是治妖的,便说与他听知。说道:

　　数珠端正念,举动荡妖魔。

　　戒尺惩邪怪,锋铦不用磨。"

　　僧人听了,向道士说:"我与师兄方才只因争老叟礼慢,动了这点邪心,便令长老看见原形,把数珠一举,使我站脚跟不住,若不是长老,又动了坐轿子,畅快私心,那戒尺儿便灵如利剑。如今捉妖不捉妖,当把心放平等,自不作妖,何妖难灭。"道士道:"师兄言之当理,我们且不必到庵求高僧指教,只随着长老到老叟家,先灭了妇女妖怪,再向他铁钩湾去,降那赤风大王。"乃向长老说:"师父顺道,乞先扫荡了老叟家妖,然后再剿除村众处怪。"

　　长老依言,乃与僧道、老叟离了中途小庙,后到老叟家。方才叙坐,只听得堂屋后妇人大声叫道:"何处又寻个光头长老来了。任你便寻了南寺里北寺里,没头发的,整千成万来,也难管人家务闲事。"说罢大石如雨打出屋来。长老乃把数珠一举,只见屋内走出老叟的第四子来,看着长老道:"师父,你捉的妖怪在那里?"长老说:"现在屋内大叫说话,乱打石头。"四子乃往屋内一看,道:"不见,不见。"长老乃把数珠挂在四子项下,只把数珠一挂,他眼里便看见那妇人蓬头垢面,丑陋不堪,自己思想道:"原来是我出外经商,那柳丛中一个娼妓。我久未到彼,正思念他,要到彼处行乐,却原来这般模样,不是病害,定乃殒亡,空系恋心胸,想他作甚!"四子只这一个念头,只听得那屋内号唬一声,从空去了,顷刻老叟家安静如前。老叟大喜,四子齐出堂拜谢,摆下素斋,款留长老、僧道。

　　坐间却议论苦乐二村的事迹,老叟说道:"苦村之人真苦,师父你却说不为苦;乐村之人真乐,你却说不为乐。"长老听了,便问老叟:"此言自何说来?"老叟便把僧道与庙祝的说话讲出。长老说:"此事果不是怪。苦人兢兢业业,日求升合,有甚心情去行恶事?乐人心悦意足,任情放胆,那里顾伤天理?况且否极泰来①,乐极生悲,自然循环不爽。"老叟道:"为非做歹,多是苦人去做。比如为盗做贼,哪有个乐者去为?"长老道:"苦人犯法,与乐者违律,总是遭刑宪,受苦恼,只恐苦的能受,乐者难当。"老

　　——————————————

　① 否极泰来——否,泰是六十四卦中的卦名,否是坏的卦,泰是好的卦。意指事物发展到一定程度,就要转化到它的对立面,"否"可转化为"泰"。后因常用"否极泰来"形容情况从坏转好。

叟道："均是血肉之躯,刑法之苦,怎么苦的能受,乐者难当?"长老说："贫僧常在高僧前闻经说法,曾听了几句破惑解忧言语,你听我说来。说道:

> 饥饿贫寒能忍,官刑卑贱难当。老来卧病少茶汤,乐死有何系望。乐的何尝经惯,娇躯怎受灾殃。歌儿美妾守牙床,那件肯丢心放?"

长老说罢,老叟点头道："师父虽说的是,我老拙必定要找个根因,一个五行铸造生人,怎便有生来享快乐的,受苦恼的?"长老说："我小僧曾闻经卷中说的好:

> 要知前世因,今生受者是。
>
> 要知后世因,今生作者是。"

老叟又说："师父,经文大道理,却如何五行生来,那富贵快乐的像貌丰伟,这贫贱苦恼的,形貌倾斜?"长老道："我又曾闻:五行相貌,皆本心生。古语云:

> 有心无相,相逐心生;
>
> 有相无心,相随心灭。

人若生来相貌该贫苦,陡然行了一善,那相貌忽变了富贵;人若生来相貌当富贵,忽然作了一恶,那相貌忽就变了贫苦。世上人若知有心无相,只去行善,定然没有苦恼。"僧人与道士听了道："师父,你这等说,是心在前,相在后了。既是心在前,怎又生个苦乐相貌? 却不又是相在前,心在后了?"长老笑道："你二位虽转人道,皈依两门,一心尚有未彻,那里知心相根蒂,相通共脉,只在善恶顷刻一念间。二位且随我到铁钩湾村,降了那怪,自然知这心相从来的道理。"

话分两头,却说这铁钩湾村人,只因行恶,几被蛟患,幸赖僧道度化得安,村间仍复有瞒心昧己之人,就惹动生灾降祸之怪。有一家大户,姓井名宪三,这人家资近万,都是刻薄利债上挣来,虽然救了贫乏的急,却也坑了借贷的生。怎么救了贫乏的急? 人有一时钱谷缺少,或疾病官非,乃无处设处,却来借贷他的,加一加五利息,一个图利,一个得救了急。虽然方便,那知岁月易过,利息易增,贫乏无偿,只得把产业折准消算了。人无产业,家道易贫,多有伤生,都为他厉害。他却又有一宗克剥,人无产业不借。井宪三只因利债起家,却也招了多少怨恨。一夜在家盘算账目,称兑金宝,忽然一人从天井中跳将下来,手执着钢刀,声声叫道："井宪三,你知我来意么？"宪三听得，乃慌张向窗隙瞥看，见这人生得甚恶，又执着钢刀，料必是盗行劫，乃叫道："小人知大王来意了，必是要金宝，乞望宽恕不恭，多少把些奉献。"那人道："我非行劫之盗，乃是赤风大王，与世人报不平之神。久在海洋村湾来往，听得人家怨恨，明明指汝名姓，我大王怒你何事招人怨恨？原来是利债坑人，仇家作怨。本当鼓千顷之洪涛，把你一家尽淹没，却因汝于众怨恨中，仍有一种救了人急的方便，今夜特来戒汝。你何必掩闭小窗，慌张畏避，吾大王岂不能一推直入，将刀加害于你？你如今速焚香堂上，叫你合家长幼都跪拜堂前，听我几般戒谕。"宪三听了，又慌又疑，慌的是怕盗，疑的是盗有何谕。叫出家眷来，恐仇人诈伤长幼；不叫出家眷，又恐大王生嗔，说违拗了他。正怀疑惧，那大王笑道："你何必怀疑，若迟延鸡鸣，我竟直入，你家眷反不能保。"宪三听了慌慌的，只得叫起一家大大小小，出堂焚了一炉清香。真个的那赤风大王把窗口推开，大踏步进入堂中，上边坐下，家眷一个个战战兢兢，宪三只是磕头，叫饶性命，把眼偷看，那大王生的：

　　身长一丈，臂阔三停，灯盏般大一双睛。蓝靛染身面，须发没多根。钉耙手拿着钢刀，血喷口到有一尺八寸。

大王坐在上头，叫一声："井宪三，你听我吩咐，你从今以后：

　　放利债，须知害，公平自不招人怪。

　　济贫人，阴骘大，谁叫你把心术坏。

　　只图自己起家私，不顾贫偿将产卖。

　　将产卖，何所依，你喜亨通他命低。

　　还迟了，上门欺，骂人父母毁人妻。

　　受你辱，好孤栖，不是悬梁便跳溪。

　　破家受了威逼气，祸害临门没药医。

　　若知听我大王戒，忠厚行财谁怨伊。"

大王说罢，井宪三只是磕头，答道："敬听敬听。"那大王笑了一声道："你这人口甜心苦，此时畏怕的心肠，面情儿敬听，过后就说道：'做了这桩买卖，为仁不富，为富不仁，若是那骗人财的，我再以忠厚待他，定是不还，我怎肯甘休，做不得忠厚事。'俗语说得好：'杀不的穷鬼，做不的财主。'看你克剥存心，我大王的戒谕，只当耳边风，过后定然不遵。"井宪三答道："不敢违拗。以后不放利债，留着财宝自家受用罢，不讨谁人送还，

讨急又招人冤。小子也有一句,请问大王,我放债的,克剥了招怨生祸,损
人利己,那借债的,不还行骗,可有罪过么?"大王笑道:"骗挟财物,明有
王法,幽有鬼神,俗语说得好:'变驴变马,也要填还。'但是其中有两宗轻
重情由:比如负欠人债,不幸家产尽绝,无从处还,这非骗,乃无力偿,其罪
轻,王法也哀矜,幽冥也宽宥;若是欠了利债,不舍家私准折,仍要匿起囊
箱,悭吝①还人,甘受毁辱,将命图赖,这样短幸,纵逃了王法,那幽冥怎
饶? 变驴变马之情纵虚,那折子害孙岂诳? 我大王知世上借贷财宝的,还
多有感人恩济,设法偿人,就是没了产业,或者还存个愧心。只有你这放
债的,仁厚退让者少。我也不怕你面听一时,自有戒你后法。"乃把口向
井宪三一喷,只见火焰飞腾出来,叫声:"宪三,你看这星星可厉害么?"又
把明晃晃钢刀拿起来,向宪三试试,道:"你看此物可凶狠么?"宪三只是
磕头,答道:"厉害厉害,凶狠凶狠。"大王道:"此犹不足为凶狠。"乃是何
说,下回自晓。

---

①　悭(qiān)吝——吝啬。

第六十八回
赤风大王济贫汉　青锋宝剑化枯枝

　　井宪三见了这两宗，便知大王是火盗之意，却也真是警心，忙忙答应。那大王却道："犹不足为凶狠。"宪三道："还有何狠如这火盗狠？"大王道："只恐子孙招败时，依旧也去向人借。"那大王说罢，一阵风依旧向天井中腾空去了。井宪三与一家惊惶无地，起来吩咐家仆，切莫要向外人讲说。

　　哪里知这赤风大王又走到一家，这人叫做高大户，恃着祖父势豪，专一欺凌乡村，傲慢长上，心中多诈，眼底无人。有家族为宦的，倒谦厚待众，每每劝语他做个宽仁善士，说道："祖父之势力有限，凌人之过恶不祥，天道好还，一旦势去，终被人凌。"他哪里肯听，答道："我非逞势凌人，人自炎凉，你们不见。怕我势力的，他又会欺凌那不如他的。我尝让人一步，那人若好，便说我大户谦光，若是不好的，反道我该谦让他，就向我无礼起来。我所以宁凌人，不要人凌我。"大户只这个心肠，早动了赤风大王不平之气。这晚大户正动怒鞭打家仆，大王却从空下来，走到大户面前大喝一声："住手！"手里掣出一把青锋宝剑，向大户斫来，大户忙将杖仆木棍搪住，自知木棍抵不住宝剑，乃叫众仆来帮，那仆正受了鞭杖，怨恨在心，一齐慌张躲去。大户见仆不听叫，心里一面懊悔道：仆如手足，我伤了他，他岂肯帮我！一面怕大王的宝剑厉害，只得跪在地下，说道："爷爷呀，小子自知平生凌人，今日莫不是仇家请来报冤的侠客，不然就是要宝的豪杰。若是要宝，待小子搜刮些金珠器皿，我家非经商富厚，无从有藏蓄的财帛。若是替仇家报怨的侠客来行刺，望发慈悲，饶了小子，应该陪哪家小心，下哪个卑礼，小子改过后再不敢。"大王笑道："我非要宝的强劫，亦非报怨的刺客，乃是抱不平的剑仙，名叫赤风大王，久历你这村乡，深知你欺人凌物，我想世间一个人，原与你同天地气化生来，五体谁与你少一件？你有眼耳鼻舌，别人也有，你有心意，别人也有。你不过多他人些祖父的豪势，就是这豪势，只荣得你，与人何干？你为甚自骄自逞，凌貌他人？有一等炎凉小家子，贪你些财势，图你些肥甘，宁受呼喝。却有一等自爱的,不逐腥膻,你便藐他,徒作他一笑。还有一等受你欺凌,无力报复,隐恨在心,就如你这仆婢,宁无怨恨! 我今本欲仗剑来灭你,但念你还有良心,可戒而改,姑且饶恕,速行改过。"大户道:"大王戒谕真是,小子傲慢凌人。只是我为家主鞭打家奴,乃是家法,古语说的好:'鞭笞不可废于家。'难道这也叫做欺凌?"大王听了,大笑起来,说道:"你因不明这家法,我大王有几句话语,你听了。"说道:

> 家奴都是人家子,不过借他力为使。
>
> 纵有一朝过失奴,也须宽令他知耻。
>
> 饮食切莫两般看,贵贱口腹无彼此。
>
> 若是异视再加鞭,遇难谁人肯听你。

大王说了道:"此是戒汝宽恩奴仆,若是你不宽恩,更有一样居官的,法令太严,也使小民致怨。好个你家族,每每劝你谦和,这便是享谦和之福的。"大户答道:"便是居上的鞭笞奴辈,他若不听使令,我鞭笞不轻,不怕他不听。"大王道:"为主鞭笞太重,每每轻则逃亡,重则殒命,这等伤仁伤义,此我大王暗神其剑。"说罢,掣剑左旋右舞,口里依前火焰喷出,只在大户屋内,若有焚烧之势,吓得大户只是磕头道:"谨依大王戒谕。"

大王方把剑收了,往天井飞空而去,却又到一个僻静荒凉之处,大王抬头定睛一看,只见一间破屋,明月照在窗中,一个贫汉立在那里,自嗟自叹,大王见了道:"此人必是为贫嗟叹。我如今仗剑威风下去,贫汉已自无聊,却不吓坏了他?"抖身一变,变了个过路的常人,衣衫也不甚整,走近门前,叫声:"屋内有人么?"贫汉听得,忙出开门,见了问道:"汉子哪里来? 夜静更深,到此荒僻地过,却又敲我门,何故?"大王道:"我家住前十里村,因往后十里镇,寻人借贷些粮食,未遇借主归迟,欲借一宿,来早前行。"贫汉道:"正是荒路多虎狼,不宜夜行。便在小屋一宿无妨,但不知汉子名姓何称?"大王道:"我名姓唤做赤凤,不知屋主名姓何唤?"贫汉答道:"小子名姓叫做赤手,看将来,小子却是老兄一姓同宗。你向镇借粮,必是贫乏,与我小子无策资生,总又一般。"大王道:"我尚有借贷之处,虽贫犹可。老兄资生无策,也该设法一个资生。"赤手答道:"小子计策也设了千千万万,资生的买卖,也做了万万千千,只是不济,想是命运所招,还在才能短少。"大王道:"足下既做买卖,必是资生营业,纵然不济,日计料也度得。能计千千万万,岂无才能养生日计? 何需推诿命运! 想命运在天,天道不亏人,俗语说得好:'草也顶个露水珠儿.'岂有一个人自不挣锉,推诿命运? 若是一等人,想大富,便是痴心。又一等人,买卖利少,用度不节,件件经营,自是不济,这岂是命运?"大王说罢,赤手只是嗟叹呻吟。大王便知他心情,乃故意说道:"老兄,我小子说便如此,只是也想人生都是命运,真不由人,命该显达,便肯上进,运当富足,便计策顺。我小子也是贫无所措,向远镇借贷,不遇主人空回,岂不是命! 如今实不瞒说,正在资身无策,不知老兄既设法千万,如今可再有个好法? 若不吝教,也是奇逢。"赤手道:"买卖经营,件件无本,怎能得利?"赤风答道:"正是无本,小子也想道没用。"赤手道:"小子欲结几个同心,劫个大户人家,只当借他些资本。"赤风道:"这事做不得,一则王法森严,二则天理人心都坏,莫要想它。"赤手道:"做个掏摸行偷,也是个策。"赤风道:"也做不得,官法如炉,名节都丧,莫要想他。"赤手道:"如此再无头路,除非设诡行诈,将无作有。"赤风道:"更做不得,幽有鬼神,鉴戒可畏。"赤手道:"请教老兄,何事可做?"赤风道:"顺天理,当人心,看你才能力量,做些本分营生,自然过得日子。"赤手道:"贫乏却难过,奈何?"赤风道:"古人说得好:'饿死事小,失节事大。'老兄只一味苦守清贫,自然过得。"赤手道:"我小子也罢了,只是有个八十岁老母,何如忍得她受饥饿。"赤手只这一句,便动了赤风的哀怜之意,说道:"我两走富贵之家,算利的算利,骄人的骄人,却未听他说父母。这一个贫汉到有如此良心。我既与人抱不平,当助此贫汉,使他有些利益。"乃又想道:"他既无资本,我又无金帛,怎生助他? 也罢,不免说出赤风大王下降,与他受些祭祀猪羊罢。"

　　大王乃把脸一摸,从屋腾空,现出本像来,叫声:"贫汉,你莫愁贫,只要孝心侍母,我于冥冥自然助你。我非别人,实与你说出来历,我乃远村山林白额一虎,我同胞二虎一豹。只因我那虎兄弟豹,听闻了释道经文,改了伤人恶性,转劫了人身,我因此也要皈依人道。山神说我未积有善根,必待善根圆满,方能转轮人道,我故此到这村乡几家显灵,自称赤风大王,戒谕大家小户,叫他种些善果。你可称此传说,自有人来敬奉,一则保佑人家,一则助你养母。"乃丢下一根树枝来说:"此物你看树枝,却是一口宝剑,便是我助你神力。你可供奉,自有大户信你。我亦不远去,只在近山中,有呼即应。"说罢不见。贫汉自惊自疑,将树枝拾在几上,次日看来,果是一口宝剑。因此传说,大户井宪三信实,作兴起来,果然人家求利益的杀猪宰羊,贫汉陡然从容过活,毋得所养。这贫汉却不该诈说显灵,如不奉猪羊,便要伤人家小男妇女。因此村中向日受了僧道法术,驱除蛟患,便到海潮庵,延请高僧驱邪除怪。

　　这一日,正是赤手传说赤凤大王神剑,要猪羊祭祀,却好海潮庵长老被村众扛抬将来,随后跟着一僧一道,也来帮助除妖。只见长老到了贫汉屋门,见他屋内,供着一根枯树枝,问是何物,贫汉道:"是赤凤大王青锋神剑。"长老问:"供此青锋剑何用?"贫汉道:"与村乡人家祈求利益。"长老道:"分明一枝枯树,如何是剑?"只见来祭村众都说是剑。长老道:"即此是怪。"乃举起数珠,那青锋剑即复了原相,果是枯树枝。众村人一齐嚷将起来,乃惊动了赤凤大王,正在山间静坐,被贫汉一呼,他却乘风即到。见了长老与僧人道士,眼不认得,乃吹一口气在枯枝上,那枝依旧是剑,飞起照长老斫来,长老忙举戒尺抵住。大王见事势,叫做"双拳不敌四手",那僧道在旁,也像要帮的,乃现出形来,喝道:"哪里和尚、道士上门欺人?"长老道:"不消问我。天下和尚,总是僧人。两教一家,便是道士。且问你这妖怪是何处来的,在这乡村生灾作害?"大王笑道:"若说我来历,也不是无名少姓的。你听我道:

　　　　家住深山林谷内,父娘威风谁敌对?
　　　　生我弟兄三个身,中有金钱更文蔚①。
　　　　终朝一啸猛风生,惊林震岳百兽退。
　　　　藜藿②不采樵子闲,岗峦阻道行人畏。
　　　　弟兄只为悟轮回,欲积善因超畜类。
　　　　一个闻道入仙门,一个参禅居你辈。
　　　　我心也要转人身,积善遵奉山神诲。
　　　　只因村心铁钩湾,正道无闻招邪魅。
　　　　本来戒谕积阴功,助此贫人孝母费。
　　　　谁知他存不足心,假我名儿自作罪。
　　　　师父若是发慈悲,借那数珠拜佛会。"

　　长老听了,乃向僧人、道士说:"原来是你前劫弟兄,可喜你三位发了

---

①　文蔚——文采。

②　藜(lí)藿(huò)——粗劣的饭菜。

善心,积下阴功,又激励他善想。你们虎豹最恶,伤害物类,一旦悔心,入了正果。可叹世人空具五体,配合三才,反使心狼虎。虎豹修善,投转人道;人若修善,万无转入虎道之理。"僧人、道士合掌作礼,乃向赤风大王说道:"经了一劫,汝兄不识弟矣。"大王听了,即弃剑近前作礼,仍向长老求度。长老道:"吾奉高僧荡妖,汝既皈正,当静入山林,积功行满,向高僧求度。"赤风领谢,飞空而去。因此贫汉少克裕①了些家计,众村人怪他假借大王名色,要求祭祀,毁他墙屋,长老与僧道忙止道:"剑真不虚,神亦非怪,原是警戒众善。只是有神无神,各自警戒便了。"众人感激长老远来,明白了赤风大王来历,各家邀请吃斋的吃斋,送布施的送布施。长老辞谢布施说:"小僧奉师命来驱邪,斋可受领,布施不敢当。"村众有知事的说,送到庵中,作为常住,方是以礼延请。

长老方才要回庵而去,只见赤手汉子走近前来,一手扯住长老说道:"赤风大王因怜我家贫,无以养母,显此神灵,是何人说他妖怪,请长老到此驱他? 他若真是妖怪,便不该与你僧道认弟兄,既认是弟兄,便该留在此受祭祀,如何把他三言两语说了他去? 他去了,却叫我失了养母之计。你出家人,哪个不是借佛祖穿衣吃饭的,如何不行方便,破人衣食?"长老正怪他假借名色,要人祭祀,却听他一句养母之言,便说道:"善人,你莫要动怒,怪我小僧。那赤风大王虽怜你贫,却不喜你诈,你命里该受他利益,只因你这一诈,便教你失了利益。且世间万事得失都有个前定之数,你不须怨我小僧。"赤手听了,越怒起来道:"分明是你破了我营生,乃说什么前定,我便问你要个前定之数。"长老被赤手扯住不放,只见道士劝道:"善人不必动怒,我小道还你个前定数便是。"赤手道:"快还来,方才放手。"道士乃向僧人道:"庵中高僧,曾闻他有前因文卷,何不求师指明他前定。"僧人听了,乃向赤手说:"你且放手,我们两个同善人到庵去,查宗前定文卷,与善人明白。"赤手道:"既是有处查明前定,我小子正在此贫乏怨命,若知得前定,便心安守分,也不去设诈,妄求利益了。"当下赤手安慰了老母,同着长老三人,来投海潮庵。村众仍具扛抬行轿,布施礼物,长老一概辞谢,单单只是四人而行。

时天色黄昏,长老道:"寻个人家借宿一晚,明早再行。"赤手汉子只

---

① 克裕——做,完成。

是心急,要查他前定之数,乃说道:"路途平坦,且有明月,出家人行走,夜晚何碍,何必又扰人家。"僧人道:"也说得有理。"只是长老说:"走得辛苦力倦,便在那林间少憩一时再行也可。"道士笑道:"长老师父,你来时扛轿,把个身体养娇了,你莫怪小道说。"长老答道:"师兄有甚见教,但听你说。"却是何话,下回自晓。

第六十九回

救生命多保如来　耍拐人木石幻化

道士说："长老师父，你来时乘轿，不曾徒行，回去这点心肠未放，自然筋力便倦。我等来去皆自行走，自然敛去倦模。比如一个富贵之人，安享过车马，便知奔走为苦。一个贫贱之人，受过奔走辛苦，若得车马，便知为福。"长老不听，只是歇息林间，僧道两个只得相陪坐地。赤手汉子心急要行，往前直走，说道："师父们慢慢行来，小子前途等候。"长老道："你自前行。"按下不题。

且说离此林间三五里路，向来有几个恶狼，白昼食人，后被猎户赶杀净了，途路虽宁，这被食的冤魂未散，往往作怪迷人，每于夜晓，独行孤客多遭迷害。这夜朦月，先有个士人走过林前，不觉行步错乱，绊倒在地，只听得一个人声说："好个青年壮士，风流典雅，当拿他作替。"又听得一个说："你看他冠冕身体，贵显容貌，拿他不得。"一个道："莫要管他冠冕贵显，拿了他何害？"一个道："你看他正大存心，浩然为气，拿他不得。"士人听了，爬起来，往前而去。顷刻又一个吃斋把素善人走来，也绊了一跤，方要挣起，那怪一把沙土抛将来，这善人抹了一抹眼，念了一声"佛"，道："什么沙土，何人抛来？"只听得有声说道："善人，善人，莫要惹他。"这善人听了愈加念"菩萨"，便爬起来，坦坦走去。却遇着赤手随后走来，也一绊跌地，沙土乱来。赤手忙叫道："何人抛沙土？我是走路闲人，身边没有宝钞，衣衫不值几何。"随后且有人绊来，叫了几声，只听得有声说道："你瞒心昧己，不守本分，要行劫偷盗，不是好人，且与我等代冤替苦。"看看手足如缚，口耳若塞，只叫了一声："老娘呵！"却好长老同着僧道走近前来，看见赤手在地倒卧，满身泥土，口耳将塞，乃急扯起来。道士啐了他两口，方才明白，说出缘因。道士道："明明怪迷，长老师父，你我都会驱邪捉怪，况你又奉高师命来，如何放过？"长老听了，忙把数珠一举，只见黑黑影，许多魍魉，都跪在前，说道："我等皆往年恶狼食的冤魂，不得超生，在此捉生代苦，望发慈悲，救济救济。"长老道："汝等既捉生，哪生得何苦,愈堕了你们重罪,你这冤魂中有被他捉的么?"魍魉道:"没有,没有。"长老道:"日月已久,似你等黑夜迷人,如何没有?"魍魉答道:"容易难迷,两人同行难迷,忠臣孝子难迷,敬兄爱弟之人难迷,隆师重友之人难迷,口口不离了佛祖之人难迷,念念不背了善心之人难迷。"长老道:"这赤手汉子,你如何迷他?"魍魉道:"只因他昔有盗心。"长老道:"今日他却如何难迷?"魍魉道:"正因他一声念母,便有长老们到来敬护。"长老道:"可见善心,自有感应善处。汝等欲求超生,不当捉生,听我几句法语,若能领悟,自得超生。"乃说道:

　　　　自作还自受,何须捉替头。

　　　　超生应有路,惟在善中求。

众魍魉听了,齐齐拜首道:"我等不迷人,可超得生么?"长老道:"可超的。"道士笑道:"看来还是不善之人自迷。"说罢那魍魉不见。赤手仰见明月,方才醒悟,谢了长老们,往前行路。

天明来到庵前,山门尚掩,四个坐于门槛之上,等候开门。顷刻只见村乡信善接踵而来。却说这日轮该道育师上殿谈经,众僧齐齐环立,行者开了山门,诸善信鱼贯而入。长老进得殿上,与僧人、道士、赤手汉子参礼了圣像,向法座拜了道育师。长老缴上数珠戒尺,道育便问:"师父,你捉的何妖作怪?"长老道:"非妖作怪,乃是恶虎悔心,以善及人。弟子因其善心,令其多积广行,转劫人道。"道育师听了,看着僧道两个:世说有虎而生翼,今此虎而戒人,人不如虎多矣,虎呵虎呵,其必超六道轮回上也。僧道见育师看着他,点首赞礼而退。只见赤手汉子拜礼在地,说道:"长老说,高僧师父有前定之数。我小子贫苦异常,千方百计经营,日计尚然不足,不知前生作何冤孽,以致今生如此?"道育听了答道:"我观汝言,乃是执迷末了。经营日计只须一业,何必百计千方!计谋愈多,心术愈乱,乱中宁无设奸弄诡,失了中道本分?殊不知有限之利益,注在前定,经不得你无穷计算之消除。拙哉愚俗,为此不足日计者,反多矣。吾大师兄有前因之卷,二师兄有诛心之册,吾当为你查看。只是卷册非见在文移,可考而览,唯有定静中观,人人自有,个个注载不差,人不能静观自察,吾师兄为你鉴辨明白。你可在长老方丈中少歇,待师兄查明,告知与你。"赤手汉子听了,乃到方丈歇下。

道育在座上乃说经义一卷,众善信恭敬听闻。偶然空中现出一尊圣

像,如坐云端,手执铃杵,诵说经咒。育师见了,忙下法座稽首。只见副师
与尼总持两个从静空中出来,也向空拜礼。众善信问道:"高僧何故忽然
向空下拜?"副师道:"善信们曾有见空中云端内么?"众善信十有九人俱
称未见,惟一个善信,名唤道本,乃答道:"小子恍惚中见云里圣像,宛如
殿庑十四位尊者,但见摇铃诵咒,却不闻铃声咒语。"副师道:"不见的善
信道缘尚浅,见而不闻声响的善信心尚未诚。吾佛门中一诚可格①,方才
善信若是心诚道不浅,便闻铃声听咒语矣。"道本说:"师父,你听咒是何
法语?"副师道:"乃是一句'南无多保如来'。"道本问道:"这句咒语何
义?"副师道:"菩萨慈悲,见世有心机,伤害物类,动了一点不忍仁心,故
作了一句咒儿,救那被伤之物。不欲遂那害物的心机。方才若是善信诚
心一动,自然见闻真切。"众善信听得,一齐合掌求副师说明咒义。副师
乃向十四位尊者圣前稽首道:"弟子发明慈悲圣意矣。"稽首礼毕,乃对众
善信说道:"小僧有听受我祖师的五言四句偈语,说与众善信一听。"乃
说道:

> 物物相谋害,弱者被强食。
> 诚心发救援,如来一句释。

副师念毕,说:"比如小蜘蛛设机丝,网害飞蝇,大者人设陷阱,捉获
走兽,我心不忍,见了诚心,念一句'多保如来',那飞蝇走兽自然脱了灾
害,得了性命,遂了我心慈悲。"善信道:"善哉,善哉。信如高僧所说,乃
是如来灵感,却是善心显应。"副师答道:"昆虫虽小,它也有贪生一念,偶
被蛛网所牵,未必不如人心遭害,一念求活之诚。我以一诚相应,多有解
脱。"众善信道:"若是往孽冤缠,恐未必脱。"副师道:"往业何业?冤缠何
冤?都是恶孽积来,如此的空负仁人善心,何能保护。若知改悔于前,自
不受机陷于后。可怜人灵物蠢,蠢物岂能知悔,人灵自识真心,莫教堕入
恶道,悔是迟矣。"众善信个个合掌称赞。

只见方丈长老同着赤手汉子走到高僧前,拜求前定之数。副师道:
"我于静定中,已查有汝前造之因矣。本当于贯钞之积,只因汝不顺受其
遇,百千谋心,消除其半,又以欲盗行诈之私,其半已尽除了。但因汝养母
一言孝感,仍复汝三分之一,此非前定,乃眼前之因也。眼前之因,其善易

----

① 格——研究、推求。

增,其恶易减,事在汝行,非我所知也。"赤手汉子听得,说道:"师父,前事果不差谬,只是小子要知前定,非是眼前之因,乃日后之数。"副师道:"日后之数,在汝修为。天地也不知汝,非是不知,不能必汝行善行恶之心也。比如汝要显贵,也须由汝自行孝廉,汝要富足,也须由汝自行勤俭。假如汝当日思为偷盗,则官法汝自去投,谁得先定也。我有五言四句偈,汝试听闻:

作恶堕地狱,行善上天堂。

眼前须报应,不必费思量。"

赤手汉子听了,说道:"师父之偈意不差,眼前行善,便申明奖赏,眼前行恶,便戒饬加刑,何须又问前世后世,前因后因也"。称谢而去。后有说前后世报应太远,眼前因果甚近七言四句,诗曰:

报应分明在目前,何须隔世论因缘。

举头莫道无神鉴,福善灾淫法甚严。

话说祖师随所住处,凡遇善缘,便令徒弟子因情演化。行寓海潮庵,普度多日,乃欲前行。村乡善信及众僧再三留住,还要建个讲经圆满道场。道副师只得禀报祖师,说道:"村乡善男信女向来未听经义,未蒙度化,多有作为舛错,因此家户生殃。今得我师度化,家家行善,户户安祥,庵僧及诸善信愿建一个圆满道场,请我师少留法驾。"祖师笑道:"修建道场,汝等知这功果,不在钟鸣鼓响,不在灯烛香花,不在诵忏谈经,不在依仪行道,汝等知么?"道副答道:"有前世因。"尼总持答道:"有今世果。"道育答道:"有后世缘。"祖师道:"三世总在一心。"三弟子信受拜谢出殿,早有庵僧众信请行法事,都参详高僧道场"总在一心"之说,或有讲一心诚敬斋醮的,或有讲一心了明经文忏法的,或有讲一心善知识、三世根因的,副师们一一俱答应道是。当下修建道场,却也是胜会不题。

且说离庵数十里,有座小平山岗,行人路僻,往来颇少,因此山中有块怪石,久受地脉,状似人形,又有一枫树,多年枝叶茂盛,也受了雨露风霜滋培,有些灵异。这两物偶遇着海潮庵方丈长老路过,乃叫庵众把石凿了,到庵置于山门之内;把树伐了,到庵未成器用,却置在山门之旁,往来人众歇足闲坐。日久不知倚草附木何邪,二物成了气候,因听了庵僧经文,受了道场因果,乃变化两个老者,杂在众善信之中,欲进殿门,却有把门神将拦住道:"何物邪魅,敢擅入圣堂?"二老答道:"我乃村乡野老,随喜道场,尊神何为拦阻?"神将道:"高僧演化,百邪远避,怎肯容你邪魅混入,干犯正觉!"二老道:"我系乡老,何为邪魅?"神将道:"你木石假变人形,只瞒得生人之眼,如何欺得神明之鉴。"二老道:"高僧说经演化,便是飞禽走兽,也容听闻,我等就是木石,也无妨度化。"神将道:"木便是木,石便是石,本来未雕未凿,何妨度化。你却把真形变假形,既假心便坏,安得不谓之邪? 既邪,安能容你混入? 你如必要听经求度,须是仍归山岭,复你原形,待此庵内道场事毕,高僧前行演化,路过你山,随缘求度则可,此殿门吾神决不容你。"二老听说,不敢进殿,乃出了山门,弃却旧日石木之形,仍存置庵内。他这一种灵气复到山中,便附着别项木石,化为精怪。只因他虽听了些经文,却是庵僧口传,不是高僧心授,就是道场因果,也是门外瞻依,故此念头未正,却又唐突,被神将逐出,他只这心尚在。

大凡天下事物之理,君子与君子意气相投,小人与小人心情吻合。这木石二怪,邪正未有专主,却遇着两个拐子,一个叫做摸着天,一个叫做踏空地。这两个家无生活计,专骗拐儿郎,把一村两家孩子诱哄出门,拐到远方,卖与那不得逃走回还的人家。这孩子始初不知人事,被他诱哄随走,及至到了静僻去处,不见父母家村,喊哭起来,他却一好一恶,好的哄他走,恶的打他哭。可怜那孩提小子,叫天不应,只得随走,岂知他父母失落,心疼苦痛。这两拐子正拐了两孩,走到山中树下,计较投托惯卖的牙婆①,那一片狠恶邪心,却好木石二怪备细听着。他二怪也计较个法儿,说道:"我们变二老无用,何不就变这两个孩子,一则看他拐向何处,且去要耍,一则把这两个孩子,救了他回村,使他父母找寻回去。"二怪地上拿了一把沙土,向二拐眼里一撒,那二拐眼被沙眯,道:"怪风飞沙,眯了眼睛。"闭了一会,两孩子却被二怪领去旧路,指引村乡而去,他却变那两孩,故意在山侧,要寻路逃走。二拐揉了一会,睁睛见孩子走远,乃奔上前,一人扯一个,骂道:"何处逃走!"二怪故意说腹饥,拐子只得取出干粮与吃。走了几步,又说脚痛,二拐只得背负前走,累得一拐力疲筋弱,怨悔不敢言。背走了百里之外,落在牙婆家里,却遇着牙婆家又有一个挑贩人口的,贩卖两个妇女。木石二怪听那妇女啼啼哭哭,两相叙苦,妇乃问道:"女娘,你是何人家的? 为甚你被卖?"女子答道:"我是家贫,父母欠了官

---

① 牙婆——旧时以介绍人口买卖为业从中取利的妇女。

租，没奈何嫁卖。"女子问道："嫂子，你是何家内眷？为何卖你？"妇人道："莫要说起。只为我爹娘不择好婿，把我嫁了个浪荡败子，养赡不活来卖。"木石二怪听了，两相说道："可怜，可怜。为官租卖女，虽是输国课，谁叫你拖欠官租。若是官债，可怜卖儿女的钱钞，损人利己，怎忍于心。丈夫赡养妻孥①，须当本分经营，谁叫你不守本分，到个割恩嫁卖妻子。有义男子，便是行乞，也不忍离，只恐妇人无节，罪不容诛，一卖犹不足泄忿。"二怪计较了一会，道："可恨狼心，是这拐子，我们且听他卖了，看是何家，再作计较。"次日，果然牙婆总成了一家大户，将两个孩子卖了。二怪到得大户家，方才到夜，即从天井飞空，仍到牙婆家，把两个妇女迷了，背到荒村，问他来历，那妇女知梦非梦，把来历说出。二怪乃吩咐道："我乃神人，怜你苦恼，各送你回家。如人问你，只说遇着个善人，积阴骘求儿女，代你还了卖身钞也。"二怪说罢，各背送到妇人村口，他却仍回牙婆家里。此时尚是黑夜。却如何处，下回自晓。

---

①　妻孥(nú)——妻子和儿女。

第 七 十 回

仲孝义解难甚奇　古仆人悔心救痛

　　木石二怪送了妇女,各回村家,果然两家问其归来缘故,妇女依前说出,个个听闻说:"世间有此善人,完全了人家夫妻子女,只教他多生贵子,福寿绵长。"却说二怪送了妇女回到牙婆家里,听那贩稍①的客人尚鼾呼,拐子两个犹熟寝,木怪乃说道:"石老你变个女子,我还他个妇人,且要他一要。"石怪道:"那大户孩子不见了,定要来寻牙婆,却如何处?"木怪笑道:"这样坏天理的,正要与大户处治他。"果然次日天明,贩稍客人与牙婆正去寻主儿来买妇女,又恐路近无主儿,计较远方去卖,木石二怪暗笑道:"你可惜空费心机,料你们也无甚好作成。"正说间,只见大户人家来寻牙婆,连拐子都扯到官长问拐人要孩子,哪里去寻,拐子难免官刑,笑坏了二怪作要。后有说虽是二怪,捉弄二拐,却也是天理不饶,五言四句:

　　　　可怜人家肉,被拐刁割来。

　　　　湛湛青天近,难饶平地灾。

　　木石二怪变了妇女,一面笑拐子空费一番辛苦,一面又想着捉弄贩稍的客人。却说这贩稍的,见两个拐人走了孩子,拖带牙婆也问罪受刑,总是大户才势高大,他便不敢在近处贩稍,把两个妇女远带了出去。这一日到个客店里安歇,却遇着赤风大王被长老指教,归林修行,待高僧过时来度,他正飞空,寻些积功累行的事做,却好见客店里两个妇女,哭泣之声不哀,乃是二怪作假态处,弄那贩稍的戏要。不知天地间人心也有真正易动处,这两个贩稍的,忽然听得妇女哭泣,动了他为客的好心,两人计较说:"我们不是无本的生理,两个妇女也费一注本钱,纵是有些利息,也要消受,何苦把人家妇女,卖入远乡远里,还有卖入不良之户,天理何在。不如我两人各分一个,成就个室家,也省一番聘礼媒钱。"二人正议,二怪笑

----

①　贩稍——拐卖人口的人。

道："好便是你好意,只是我两个假变的,如何做得家眷?"抬头一看,只见空中,赤风大王存注听看着。原来木石与虎都是山林契旧,见了各相认识,备说彼此根由,赤风大王说道："我听了禅僧长老道理,思想我本兽类,性复伤人,万劫沉沦,终归恶道,所以一念皈依了正门。我两弟已转了轮回人道,我尚要积功累行,方得超脱。你二人本来木石,倒也是个清标厚重之质,虽久历阴阳,得了灵气,却只是个倚草附木之类。想乾坤浩荡,宇宙辽阔,何不守你的清标,历你不变的岁月,何苦到生出一种多事的形骸,劳心的幻化。幻化益生,罪孽益著,遇着火炎昆冈,斧斤入山,你精灵何附?"木石二怪答道："你说的一派正理,却不知我木石原非死枯,乃得天地气化所生,日长岁增,谁不眼见。他如木石,原自木石,有命无性,独我被僧伐凿入庵门,得了往来善信精诚善念,生出这一种智识。本欲轮转,但未曾受形人迹,前闯山门,欲听高僧演教,神将不容,因此漂泊到此。你既要积功,我木石安得不修行! 只是这客人有本贩的妇女,被我们设法送回原主,如今脱去,伤了他资本,又非我等修行正念。"赤风大王听了道："此事不难。你两个可假意病卧,看此二客资本是何从来。若是父娘血本,千乡万里辛苦经商,虽然做得不是正大光明交易,也怜他个为利心肠,或是孝养父娘妻子出来,如何叫他折了本去? 若是来得不明资本,赚得坏法金银,你便假病而亡,还叫他陪棺木,葬你荒郊。"

　　木石依言,到了天明,推病不起,只见二客慌忙问候,木石二怪只叫病沉。那客背地里抱怨说道："此事奈何? 万一妇女病亡,这注本钱折了,却如何还乡?"一个道："况是借贷的人本,合伙的营生。"一个说："债主却狠五分算利,若是伤了他本,怎肯甘休。"一个说："他放债起家,合伙为利,便折了他的,再作计较。"赤风大王听得,乃说与二怪。二怪便假死去,这两个贩客,慌忙备棺殡葬。那店家又勒揢①起来,说魇魅他房屋,挟骗钱钞,二客只是叫苦,只得倾囊贴钞。这赤风大王又与二怪,待他送葬荒沙,却脱身又变了妇女的父娘两个,赤风也变个随伴亲戚,到店中来,故意寻着二客,说道："自你两位带了我妇女出来,我在家思想,割舍不得,赶路追来,交还你财礼,还我人去。"两客说："妇女已病亡。"父娘哪肯信,便哭哭啼啼,只是要人,急得两客没了主意。赤风乃与店主劝解,两客把

---

　　① 揢(kè)——按、压。

行囊准折贴补了,方才放他得生而去。后有讥诮拐子并两客二词《如梦令》,说道:

（贩客你），世上财当取义，谁叫贩卖妇女。一旦本利双亡，反把行囊贴与。怎处？怎处？将何填还债主？

（拐子你），资生尽多卖买，何苦坏心拐带。可怜人家孩童，一旦分离在外。木怪，石怪，耍的(他)遭刑受害。

话说店家老两口子,同着一个汉子,开张安歇客舍。遇有客人不幸灾疾,可怜他客邸举目无亲,遇着有同乡同伴好的,积善心,怜苦病,调理服侍,这一片忠厚心肠,便积在身,遇有灾殃,自有神祐;遇着个没慈心的,只顾自己赶路程,还要就中取利,这样人后来偏也遇着没人救的苦事。莫要说客人,便是店家更要存个仁德心肠,遇着客人疾病不吝汤药,服侍劳苦。俗语说的好:"救人一命,胜造七级浮图①。"若是没仁心,疑忌魇魅②,或图孤客金钱,或赶逐病人出境,这样店主宁能常保无灾无害！便是这店家两口子骗挟客人,说妇女病亡,魇魅他房屋,勒揥③的客人,一心焦折本,一心焦店骗,没奈何贴补店家钱钞,又要勒他烧纸退送。只这一种不仁之心,古怪两口子生起病来,十分沉重。

却说远乡有三个行道的,天晚投宿在店,一个叫做金来,一个叫做古往,一个叫作仲孝义。金来是个待诏,古往是个官裔,仲孝义是个寒士。他三个人只为进身未第,有善信传来,说海潮庵高僧三个高徒道行,都有前定文卷,能知人后世事业,三人因此裹粮而来参谒,却为天晚,投入店家住宿。三个人只有仲孝义贫寒,极孝父母,村中人人皆称他为孝子。却说他这一件孝,就遇了几宗险难,俱解救的甚奇。一日越海乘舟,狂风忽把舟覆,得一个大鼋渡他登岸,那鼋口且衔他人遗金相赠。一日邻居里舍皆被火焚,他独安宁,父母且无惊骇,以此为喜。一日其幼子匍匐入井,村人见者,急救不得,那井中忽如人接手送出井,毫无伤损。仲孝义有此孝征,只是名尚未就,故此与金古二人来庵问僧,这晚三人在店投宿。

却说这店主人一病垂亡,是夜门外有勾人的无常使者,到店门外,不

---

① 浮图——佛塔。

② 魇（yǎn）魅——迷信者用祈祷鬼神或暗中诅咒害人的一种巫术。

③ 勒揥——克扣，勒索。

敢擅进。众宿客有醒的听着，那无常若向人说道："待善人卧熟时，方敢进去勾提。"这人问道："是金来么？"勾人道："非也。"又问："是古往么？"勾人道："不是。"又问道："是我等大王么？"勾人说："非也。"原来问的便是木石二怪，他似幻形，故识勾人，乃又问他："善人毕竟是谁？"勾人道："是仲孝子。"木石二怪笑道："姓名已举，冠冕加身，金来古往，何人不畏，你如何说不是？"勾人答道："贵不敌孝，只等孝子熟寝，方敢入门勾取。"少时仲孝子寝熟，那勾人入内，店主呜呼尚飨。

次早，木石二怪备说此话，说与赤风大王，赤风大王笑道："你两个诈言有此等情，我大王如何不知。"二怪道："只因你尚未超出轮回，尚有此劫，非如我等原有木石之性，可复得混混沌沌，不入此等境界。"大王问道："勾人既说贵不敌孝，假使贵的更孝，却如何？"木石二怪道："我却不知，除非问庵中高僧。"赤风大王道："正是。仲孝义既孝，如何不贵？"二怪道："也不得知。"赤风大王道："如此还回庵问僧。"乃假作人形，谢辞了店家，助店家些假设钱钞，出得门来，飞空而去。

这金来三人离店取路，望海潮庵而来，起得天早，忽然遇着一件奇事。三人带了一仆，名叫莫来，乃古家人，此仆平日心地奸险，虽说不坏了主人家事，却也是个豪奴悍婢。三人在前，绕过一林，莫来担着行囊随后，才放了担子撒尿，忽然一条赤蛇儿上前，把莫来的腿上一口咬了几个窟窿。莫来疼痛难当，行走不得，倒卧在林间，吆喝难忍。三人只得坐地，守着天明，那腿肿得桶粗，三人无计，进退两难。金古二人只叫："丢下莫来，且回家去罢，趁天早还赶得到，行囊叫仆守看，再叫人来接取。"仲孝义道："我们何事而来？岂有参谒高僧中途回去？"莫来道："近处有便人，雇觅一个去罢。"金古道："哪有便人？"正说间，一个汉子前来，金古忙叫他担囊代仆。那人道："蛇咬的仆人，谁人肯替？"仲孝义道："汉子差矣，我仆被蛇咬，难道行囊便替不得？"汉子道："蛇伤虎咬，岂是良人！正要他远路磨折，我若代他担囊，倒叫他受快活。"古往道："不白烦你，须与你钞。"汉子道："钱钞只可施济贫人，岂可与那恶仆？"古往道："不是与我仆，乃与你。"汉子笑道："固是与我，却是与你代仆担囊。我不代他担囊，你可肯与我钱钞？与我实乃与他。"汉子说了，往前径走。仲孝义道："如今唯有各分囊物，三人担行。莫来可行则行，不可行，且卧于此。"古往依言，把行囊三分，各相担着。金古二人自嗟自怨，一个说："好没来由，早知多带两个仆从。"一个说:"不如坐在家中,问甚长老,官虽未做,料已在后为之。"只有仲孝子担囊力弱,口念了一声佛祖,忽然一个长老从旁小路走出,仲孝子看那长老:

　　　　削发除烦恼,留须表丈夫。

　　　　肩担月牙杖,挂着一棕蒲。

　　长老见了仲孝子,也不问来历,两手把他行囊,夺在月牙杖上担着,方才道:"善人好生慢行,我和尚代你几肩劳苦。"金古见那杖长,和尚力大,便要开口求替,怎知道那长老担了仲孝子的行囊,如飞星去。二人笑道:"仲老行囊,长老骗抢了去也。"看看转弯,哪里有个长老? 仲孝义口虽不言,心下也疑,只得大着胆子往前走去。二人乃又分些囊物,与仲担着,却轻便无难。三人直走到晚,离庵尚有十里之遥,只见一个路口,那长老坐地,笑道:"善人来了。"仲孝子见了大喜,便问:"到庵尚有十里,天晚如何?"长老道:"便是善人们赶到,高僧已入静室,庵门已闭,不如此路内,有一善堂,聊可寄宿。"仲孝子道:"我等也知此堂倾塌,斋食且不便。"长老道:"近来是小僧修葺可住,便是斋供,小僧也备下有,三位可聊寄一宿。"三人乃进入小路,到那善堂,果然修理可住。三人放下行囊,长老收拾斋食。

　　只见莫来,踉踉跄跄肿腿跛足来了。长老看见,问是何故,莫来把蛇咬说出。长老道:"我看你相貌,蛇牙虎口,心地必恶毒奸邪,报应不差,若不速行改悔,只恐将来不止蛇咬。"莫来听了,只要痛止,便答道:"小子从今改悔,却自想平日也无甚毒恶。"长老笑道:"人人俱有个良心,若知恶毒,谁肯便做,就是做了,必有一点愧心。只是利欲或忿怒动了无明,突然做去,死也不愧,这时自岂能知。料你仆人性情,除了不忠家主,奸盗邪淫,十恶不赦之条,此外恶毒可赦,可赦便可改,是你不知,无足怪异。只是此后,若能悔改,莫说蛇咬,便是蚊虫也不侵你。"仲孝义听了,便问道:"师父,他一个愚仆,何知怎么改悔,你如今可教他的一个悔改的法儿么?"长老道:"大人君子无恶毒可悔改。善信有不知误犯,只在一念警省间。若是愚俗,须要对神明梵香忏礼,仗延我僧与他消灾释罪,自然蛇毒自退,腿脚疼痛复安。"莫来听了,便向长老下拜,说道:"师父,小子不曾带得香仪,愿借堂中圣前,就如今悔改了罢。如是灵验,免得疼痛一夜。"长老道:"悔改须也要寻你平日自知的恶处,比如不听主人叫唤,莫说嗔责怨骂,便是以恶眼视主,就为恶也。"莫来道:"一个恶眼视主,便是毒恶,菩萨如何这般法严!"长老道:"恶眼视主,莫说你仆人辈,菩萨法严,还有大似你的,严过菩萨的。"却是何说。下回自晓。

第七十一回

舒尊长误伤衙役　众善信备问善功

古仆听了长老说"恶眼视主,菩萨法严,还有大过此的",乃问道:"何样还大?"长老道:"王法最严,子若回头视父,罪在不赦,况你仆人。"莫来听了,方才明白,说道:"师父,小子从今一听主人使唤,虽教我蹈汤赴火,也是我为仆的分当。"长老乃叫他跪拜圣前,与他念卷经,诵部忏。完毕,请三人去睡,莫来只叫腿痛,长老寻了一品草药,口中嚼了敷上,立止了痛。那莫来止痛,便念了声"菩萨",倒身就睡,长老叹道:"你这仆人今日方知念佛,早若念时,怎被蛇咬。"长老也自去打坐。

天明四人齐起梳洗了,莫来腿也不疼不肿,担着行囊,三个同着长老,直走到庵来。这长老叫三位:"且候殿上钟鸣鼓响,方可进去参谒。我小僧先去静室谒高僧也。"乃径入山门而去。三人坐于门外,只见善信持香,却也来得早,各相等候钟鸣鼓响。寺院沙弥行者多是五更鸣钟击鼓,此庵因何随喜的善信俱候钟鼓声响,方才进入?只为高僧上殿,众僧齐集,方才鸣钟击鼓。这日众善信坐久,不听见钟鼓之声,乃是道场已完,祖师师徒辞别方丈,要往前行。果然日出三竿,只见祖师上殿拜礼圣像,辞别庵众长老而行。出得山门,众善信也有拜的,也有合掌问道的,也有说请再留法驾的,祖师师徒一一答慰,当下只见送的僧俗人等,香幡导引,却也齐整。怎见的?但见:

　　　　幢幡飘彩杖,宝篆①热清香。

　　　　高僧行所住,福国保村乡。

话说为官长的,秉心宽厚,也是第一件积福延年功德。却有一时,关系自己紧要事情,左右或违误了事,不得不以法处,尤当千思万想,酌量用法,恐怕彼此错谬,一或尽法,则左右有莫白之冤,这冤孽明明却不知,随着势分做了去。那冥冥之中,多有冤愆相报、古怪跷蹊的事。这村舒尊

---

① 宝篆(zhuàn)——形容香炉之烟缕缕曲折上升,形如篆文。

长,当年居任时,最清廉用法公平的。只因与一个僚友建议,要除一个坏法的奸恶,彼此书稿往来秘密,不与人观。一日祭祀,偶穿祭服,误将同僚书稿置在祭服衣袖,事毕回衙,衣折在厢①忘记。后数日寻稿不见,将平日极爱的一个衙役,疑他窃去,走露消息,便极刑拷问。可怜这回只因此稿关心,把公平之法放在一边。这衙役负不明之屈,送了残生。事已往后,一日尊长归休林下,偶折那祭服,家人忽于衣袖中,扯出那年书稿,舒尊长一见,便顿足抚胸,叹道:"冤哉,苦哉!此衙役负屈于九泉矣。"说罢,只见那家人横眉竖眼,一把手揪住了尊长,骂道:"今日你心既明,我却有冤报也。此衣一日未出厢,我冤苦一日不得伸。今经三载,你既不知,我故不白,今你知我白,冤苦岂终磨灭不雪?"尊长当时自认错误,那家人仍揪着衣领,撞了两头倒地,半日方醒,人问不知,尊长因而得了沉疴卧榻。

　　正要遣人到庵,一则忏罪保安,一则超亡悔过,却遇着祖师师徒离了庵门,道过其宅,家人报知尊长。尊长扶病出了大门,敬请高僧师徒入宅。祖师悯其诚敬,怜其病苦,乃辞谢众僧及善信远送香幡,入到尊长之宅。那尊长行礼不能,乃移榻堂中。家眷人等祈求高僧超度,备细把得病的始末说了一遍。祖师听了道:"善哉,善哉。冤冤相报,经百劫而不休,徒弟们当为尊长解脱。"舒尊长向来知祖师不多言,喜坐于静室,乃吩咐家众洒扫花园洁净房屋,请师徒居住。师徒本意行道,却因与尊长消忏这冤愆罪孽,只得暂留园屋静处。当时天将黄昏,尊长不耐病烦,乞求师救。道副师乃向尊长说道:"老尊长,你此病非风寒暑湿,可药而疗,非妖邪作祟,可法而遣,乃是一种冤缠为害。这冤缠如何应声,似印索图,你如何他,他如何你,岂易解救。待小僧于静定之后,有一根究功德,察其始末,再与尊长解脱。"说罢,尊长依言自去安寝不题。

　　却说道副与二师弟计较道:"舒尊长之病,不察前定之因,如何能救?"尼师道:"不诛冤孽之心,如何得解?"道育说:"不与他除却后来之报,这如何得脱?"三人说罢,各入静功,将次出定一个境界,三人如梦非梦,相聚一堂,只见一位尊者须眉皆白,升空而坐,向三人说:"入静非静,出定尚定,汝等其有物胸中以入,未得究竟以出耶?静定乃修行人本愿,

————————

　　①　厢——同箱。

何得管人闲事挠扰?"副师忙答道:"为演化度脱众生,皆此中不了,何得为管人闲事?"尊者笑道:"吾姑试汝。查究根因,自有冤孽,报复深浅。冤孽若深,无复能解;若犹孽浅,尚可度脱,汝等好为。"三人方拜,忽然尊者不见金容。三人乃各为舒尊长查究这宗冤孽。且说副师方入静,忽然如身到一座厅堂,公案齐备,一宗文卷在上,并无一个人踪。副师走近案前,揭开卷面,乃是舒尊长的事迹,卷前一行,开着舒某除奸的书稿,底下就金①判着:"忠臣爱主,除恶进贤,宜奖九世簪缨。"又一行开着,有鲠直②之气,却怀狐疑之心,减罚三世。只以失记书稿,误杖衙役,致毙于刑,减罚三世。下边却注着:"余当奖的三世福禄。"道副再要揭后卷,便如糊粘一般,乃执起朱笔道:"待我添一句解语。"乃批道:"百病不侵,灾殃消灭。"方才批罢,忽然惊醒,只见尼总持与道育二师俱已出定,各相称说尊长病势虽沉,却不能伤。道副便把阅卷的景象说出。二师道:"我弟一有静中景象。"副师笑道:"只为尊长根因,叫我等静定作扰因也。"

　　天明,舒尊长觉病势少安,扶病走出来,向副师们作礼,问祖师有度脱法旨否。副师道:"我师每常入静,动经一两日,乃我等于夜来略有景象,俱属老尊长事实。"尊长便问道:"师父们有何景象,关系老夫灾疾?"副师道:"小僧夜来,于前因卷中,见尊长除恶书稿倍加荣奖,只因误伤衙役,减却其半,但福寿自增。小僧为尊长将卷后批了'灾殃消灭'。且自调理,自然安愈。"尊长点首称谢道:"老拙病势,果于半夜陡然减半。"乃问尼师父有何景象,尼总师答道:"小僧早已见尊长文册,与师兄无异,只是后有衙役诉冤的一词,中诉尊长暴怒尽法,不思宽宥。"尊长道:"老拙忘失书稿在衣袖,后见了自生悔心。"尼师道:"文卷之下,正注着:'不见不悔,终作沉冤。'为此报以沉疴。小僧为尊长也添一笔:'无心之冤,改悔可释。'"尊长听了,点首称谢,却问道育师有何景象,道育答道:"小僧无甚卷册可查,于诸静后,但见尊长堂中挂有一轴诗文,上写着尊长后来报应七言四句,说道:

　　　　人间一切恶因缘,报应分明在目前。

　　　　为问解冤消孽障,都应一善种心田。"

---

① 金(qiān)——同"签"。
② 鲠直——刚直。

舒尊长听了，说道："我等为官的，执一时喜怒，莫说尽法，伤了小民，便就是一言一貌，动了怒威，那在下的畏心惊胆，亦有因而作疾伤生，况以威刑，宁保不堕冤孽！我老拙自料生平，执法在恶民，和颜悦色在善类，唯此一件，自知冤结。欲解此冤仇，须是察衙役家有何人应当优恤，再乞列位师父转经忏悔，超生亡役。"说罢，乃令家眷齐出堂，拜请祖师暂留法驾，当时启建一会忏冤释罪道场。善事方毕，尊长生一欢喜心，那病随愈。

却说有乡邻亲友来驾安，内有一人名尤子，乃舒尊长眷戚，开口问道："闻知三位师父深在灾病根因，吾有老父得患灾病，可能知他病原何得，其亦可解脱么？"副师道："尊翁何病？"尤子答道："食鹿染病，残疾卧榻日久，恐不能救。"副师道："人莫不食鹿，岂有作病！还是有疾有前，因鹿而发？"尤子道："有因也。吾父曾居官职，得一美珠，贵重百金，心甚爱惜，一日误落鹿食豆草秸下，随已取得。后忽失其珠，乃是婢盗，其心只疑豆中被鹿所食，把三四活鹿剖腹而寻，竟无有珠，后盗珠婢事露，老父梦觉鹿触，遂染病到今。想误伤人者，病可解救，误伤鹿者，尤易解也。望三位高师，大发慈悲，为吾父一垂方便。"副师道："此疑症也，梦境疑心也。曾法惩盗婢否？"尤子答道："亦止杖婢出珠，只是冤在数鹿。"尼总持听了说道："小僧查舒尊长病因，便已知这尊长病原矣。"尤子问道："师父曾知，却是何故？"尼师道："尊翁可名尤路么？"尤子答道："正是父名也。"尼师道："此事曾注册内，小僧见了，乃尊翁居职无功有过，不当因事得受美珠，又不当因疑误杀多鹿。鹿纵为人食之畜，而冤孽却在人心。事既明白婢盗，那一点误杀成疾，倒有人难解救。此时万金之躯，不说百金之宝也。"尤子道："舒亲眷伤人事明，乃可解救，伤鹿事小，反难解救，这却何义？"尼师说："舒尊长退不肖功大，想不肖害事，岂止暗活无限生灵。尊翁无此功德，乃有数命之冤，只怕难解救也。"

只见众亲邻友听了道："杀鹿成孽，作罪生灾，我等人人不无，家家岂少。师父既有文卷可查，乞为我等一查勘，以便人修善果，家积阴功。"道育师听了笑道："诸善信，是欲小僧们查勘有无冤愆，方去修善，乃是有所畏而为善。因求善而后积阴功也。小僧若去查勘善信无有冤愆，难道善信不去修善？有冤愆方去修善，只恐迟矣。"众人听了，俱各请教高僧，何以修善，如何积阴功。副师道："善修在一念感发，安可先说？阴功在目前积下，安能预知？"众人道："比如要先说使我等预知，师父或有明教也。"副师道:"八斋五戒,也是一善。"众人道:"茹荤之家甚众,皆为恶耶?"尼师道:"不宰牺牲,便是慈仁,慈仁乃为善首。"众人听得说道:"减禄延寿,想是此义。"育师道:"王公减膳撤乐,正是此善阴功。"众人称赞,又问:"善事多端,再求明示。"副师道:"济贫拔苦,也是一善。"众人道:"济贫必我有余,若我尚不足,何以济人?"尼师道:"有怜贫之心,即是济也。有救苦之念,即是援也。若见贫苦,毫无救济,漠然不动怜心,即是恶意。"育师道:"还有一等欺贫笑苦的,最不善也。"众人称是,又求三位高师:"尽说其善,使我等以便修行。"副师道:"修桥补路,也是一善。"尼总持道:"施药饮水,也是一善。"道育师道:"指迷说路,也是一善。"众人笑道:"微末小事,皆为善行。宁无大善开示我等?"副师道:"大善无过忠君孝亲,尊贤敬长。人能修积这善功,德福自无量矣。"众人听了,齐齐称赞。只见尤路之子起出众人坐席,向三师稽首道:"师父们,既说忠孝为大善,小子为父宰鹿得病,为人子的当为亲代,只望高师垂慈,可忏解而愈,乞赐救拔。"副师道:"尊翁冤愆本难救解,今善信一言,若出真心,我等自与你查解鹿冤,除却了报复之孽,然后再与尊翁解散这宗根因。"副师方说了,只见园中忽然起一阵狂风,这风非比平常的和风:

> 荡荡清炎暑,微微解躁烦。
>
> 人心欢畅处,不猛海安澜。
>
> 乃是飞沙翻土迷人目,搅海翻江覆客帆。
>
> 松柏槐榆连干倒,茅檐草屋顺墙坍。

这阵风过,副师向众人说道:"此风刮得非时,定有异常事因。"舒尊长便问道:"风乃天地吹嘘之气,当此清宁时候,谓之和风,有甚异常?"副师道:"风顺四时,春条风,夏清风,秋凉风,冬不凋风。若顺其时,枯者荣,荣者实,此令之善;若不顺其时,则折木坏屋,此令之怒。今日出而风猛为暴,小僧所以说有异常事因。"正说间,只见尤路之子,忽然跌倒在地,众人忙扶起,乃如醉如痴。不知何因,下回自晓。

第七十二回
走邪猿仆遭迷病　救乳鸟虎不能伤

　　且说尤路屈宰了三四个活鹿，这鹿原与两鹤为侣，鹤失其侣，却有一猿与鹤有清交之雅。这猿在他园中日久，有些怪异，能识人情变幻。这日见鹿被宰，哀鹤孤，因想道："主人养鹤鹿，以为盘桓①，今一旦宰鹿，则劈琴煮鹤，惟其心意。我猿却也与鹤同在清交，万一喜怒不常，害及猿猴，此生何以自保？"乃成精作怪，变了一个丫环，在尤路左右，假以服侍汤药为名，其实探听鹿鹤情由，看主人何意。原来主人宰了鹿，实乃疑它豆草内吃了珍珠，既知婢盗情因，自生愧心，染了这病。疑以生疑，恍惚中就见三四个鹿来索命。哪里是鹿有灵，却是人行了一件善事，自有神明祐护，妖邪自然不近；若是做了一件恶事，便有魑魅魍魉借因惑乱，神明不祐，自然灾疾顿生。尤路正病昏昏，只见三四鹿近卧前，如鹿非鹿，似人非人，说道："尤路，还我鹿命！"尤路道："畜生如何作祟。我乃一时误见宰汝，非是故杀特杀。"鹿乃说道："诸兽生命有夭，惟我鹤鹿长年，为一美珠，伤鹿长命，已诉冥司，怎肯轻放！"尤路听了，乃拔卧侧宝剑喝道："畜生休得啰嗦！吾命有天，你命在吾，便屈杀了你，也不为大害。"那鹿见剑，又被尤路喝骂，便欲退散，却被猿猴在旁见了，它且不变丫环，乃变了一只鹿，帮着众鹿把尤路指道："你为人未闻善功，难免私议，今日无故冤鹿，鹿可冤而杀么？"尤路听见，又执剑斫来，众鹿却是魍魉假设，见剑遁形而退。这猴怪乃把剑夺去，将欲加害，却被夫人走入卧房看见猴子执剑欺主，乃喝道："猿猴何得入房成精！"这猴子弃剑走了。因何夫人知是猿猴，只因夫主当年爱珠，曾言语劝谏莫受，她存了这点正气，又因夫病，拜神许愿，吃斋念佛，故此正自辟邪。那猴子自是远避，却不敢复入家园，恐夫人令仆惩治它，乃飞走到舒尊长园来，逞妖弄这一阵怪风。又见尤路之子在座，与众讲话，它恨夫人，遂迷其子，却未曾防高僧在内，妖邪何敢弄风。这尤

---

　　① 盘桓——住宿；逗留。

路之子被猴精迷了,众人扶起不醒,家仆只得扶回家内,夫人愈加惊慌,忙叫召医诊视,药饵不灵。

　　却说这猴精弄风,迷了尤子,便要迷众人,只见三个长老跏趺而坐,顶上放白毫光,它哪里近得!方欲要迷众人,那长老毫光中,忽如万道金光,如箭直射猴精。猴精当射不起,飞走出园,仍归旧处,见那孤鹤恹恹,如思鹿伴,这猴精见了,想道:"夫人识破前因,主人宝剑厉害,它若令仆婢到园寻我,如鹿般处,将奈之何?我如今只得先下手为强,把它家仆婢个个迷倒,莫使她来寻我。却又有一件,我一猴精,力不胜家众,且待那三四鹿冤魂帮助帮助。"等了到晚,果然鹿魂来到,猴精乃问道:"汝等何不投生六道,尚来何故?"鹿魂咽咽呜呜,哪知说话,旁有一押解的,代言道:"冤家债主一丁一对,怎得消除!"猴精道:"想此鹿必有应杀之因,就是冤了它,也难报复一个堂堂汉子。"押解的道:"你这猿猴,哪里知道,世间食牲宰畜,万万千千,若存了一点善心,行了一件善事,这牲畜方且为那善人之福享。只恐人心不能必无恶念,行的或有悖理恶业,非是此畜类报冤,乃乖气①致异,人自造孽耳。"猴精听了道:"你等来得正好。"便把前事说出,要这鹿魂帮助,迷他仆婢。押解的道:"冤各有头,鹿只寻得家主。你如要迷众仆,须是看他各有平生被他冤害。"猴精依从,乃遍与押解的前房后屋去看,个个奴仆,哪个不是有过恶、食生命的虫蚁儿。也是冤家索命,这猴精便个个迷了他。果然生疮的,害病的,个个仆婢卧倒。只有夫人无恙②,两个小童少女跟着烧香洒扫的无病。

　　夫人见这一家灾病,药饵不灵,正在焦思,邻却有一个毛捉老,善能除妖捉怪,夫人唤他来退禳。这毛捉老听唤,忙收拾符法来到,摆起香案,画了朱符,方才行法。那猴精笑道:"符法要炼先天一炁,运用自己元神。是哪里来的哄人钱、好酒鬼、浑帐的,驱什么邪?治哪个怪?"把毛老的头巾、手磬儿都夺了,送在花园内。夫人见了辞了他去。听得舒尊长见有高僧在家,差人来请。祖师乃令道育师往治其事。

　　道育奉师命,到得尤家,见大大小小都病,那尤子也昏昏沉沉。道育师前后房屋看了一回,口中到处念着梵语,那些家仆病已减了三分,只有

━━━━━━━━━━

①　乖气——不和谐、不正常之逆气。

②　无恙——平安;无灾祸。

尤路父子,渐渐沉重。夫人哭哭啼啼,哀求圣师解救。道育师好言安慰,乃在她家堂中打坐。到夜入静,出元神与他父子查勘根因,哪里是风寒暑湿,疾病根原,却是那不明冤愆作耗。道育师于静夜神游,到一所掌管冤枉司的所在,查尤路病原。司吏说:"尤路无甚冤枉。"育师道:"见有鹿冤。"司吏道:"鹿食草根豆秸,误伤虫命甚多,应遭此报,非冤也。"道育道:"草根豆秸,何有虫蚁?"司吏说:"凡山地草根木叶,俱有虫蚁藏聚,不但斧锄为害,便是牛马兽类啮草,多有遭伤,那有仁人留心到此,也是积福无量。"道育道:"尤路之病,既非冤枉所致,其尤子又昏沉成病,这根因却从宰鹿,乃是何故?"司吏道:"僧之师兄尼总持,有诛心册可查,僧可问自明。"道育乃出定,与夫人说:"尤尊长之病非冤鹿作祟,可请吾师兄来,吾亦当面询病原。"乃入卧内,只见尤路恹恹待毙,育师近榻问道:"尊长病觉何如?"尤路道:"老拙为宰鹿寻珠所起,如今意不在鹿,在病忧不起,家计难丢。"道育说:"老尊长原来是忧疑作病。小僧有一句话,奉劝人生世间一切事务,做过的莫思量,未来的休计较。你身未生来时,有何家计着意,有何疾病忧愁,有何难丢易丢? 只怕你忧此难丢,便惹灾疾不起。依小僧言,只当无此家计,总如始未生来。回头看世上多少无家计的,到无灾无障。"育师说了一番,那尤路哪里动意,但只口应。正讲间,家仆传入:"尼总持师父来了。"育师道:"来得正好。"只见尼师也入卧内,看那尤路卧在榻上哼哼唧唧:

　　瘦骨尪羸①若槁,焦颜憔悴如枯。恹恹就木在几乎,不识高僧
　能度。

　　尼总持入得卧内,见了路尊长光景,说道:"尊长有何念头在此时?"尤路又把前言说出,尼总持笑道:"尊长非家计忧,乃善功少积。依小僧说,悔却从前固迟,趁此日时尚可,若急早积行善功,管叫你灾病安愈。"尤路听了笑道:"符法不验,药饵无灵,怎样善功,就能愈病? 老拙亦曾叫子到高师处许愿,闻他愿代父之疾,此亦善功,如何反致疯发跌倒,见今卧榻不起? 曾闻高僧们以忠孝为善,不比凡常僧众,弃却纲常正道为修行,此代父岂非孝感,为何而病?"尼师说道:"小僧正为此查勘明白,非是孝不能感,乃是发心未真诚耳。吾佛门中,千感千应,只在一真。代父未尽

---

　　①　尪(wāng)羸(léi)——瘦弱。

真诚,反成罪过。却倒不如老尊长,疑鹿冤,非是忧家计,乃是爱生前不舍心真也。小僧等强尊长行善,古语说得好:'强令之笑不乐,强令之哭不哀。'真诚与不真诚,事在各人意念。不但这不真诚,关系一己,为家主的关系一家,这叫做:一家之主在尊长,尊长之主在一心。心若不真,妖邪百出。古人比心猿意马,全要劳拴。"尼师只这一句,那猴精正在那里,要迷乱众人,见了高僧,又怕他光射,被尼师说着心猿,它遂惊胆,想到长老们有道法捉妖,不似那酒鬼毛捉老,休要惹他。这猴精离了尤路家园,往别方走去,按下不题。

却说尤路父子,被二僧说了一番,心地略明,那夫人听得,忙出来深深拜礼二位高僧,说道:"夫子只因不听氏言,以致灾病。方才子也略明,间说代父未真,他说当时果是听师父说善,随口答的,代父实未曾诚心。从不忍父病一念,在听师言之先也。如今不愿己病之除,但求父愈。即我老身,亦愿代夫病也。"育师听了道:"尊长父子不致危者。小僧进门还见有一种善因,乃遍观前房后屋,仆婢不安,都是邪魔作祟,没有善因,今见夫人,乃知善因在你。只愿尊长父子悔前因,修后果,自然回春作吉。"尼师道:"邪猿远去,正意一存,家主一安,合门自保。这点真诚在夫人也。小僧有几句偈语,请夫人垂听。"说道:

病岂是鹿冤,疑心生暗鬼。

修善出真诚,消灾由忏悔。

尼总持说偈毕,尤氏父子病少痊愈,说:"师父们叫我修善,如今已知悔悟之迟,只是胜如当前不知悔。但不知修善实功,诵经礼忏,却是借重师父,还是自己发心,待病愈酬愿?"道育摇首道:"我小僧们虽曾说与尊长查解鹿冤,以除报复之孽,如今看来,你病原种种,非是纸上可超脱,必须大发一种善缘,方能安愈。"尼师道:"夫人已有善心,公子已存善意。若是尊长,发一种善缘,真是起死回生良药。"尤路想了一会道:"老拙愿舍宝珠之价,赈济孤苦贫人。"尼师摇首道:"善固是,但未大。"尤路道:"再愿救活放生禽虫兽类万千。"道育也摇首道:"未见为大。"尤路思思想想半晌,说道:"有一事可行,但未知人心可依。若是肯依从,不知善缘可大?"育师问:"何事?"尤路道:"我有旧交,见掌兵权,待下操切用法最严。我修书札劝他宽仁大度,存一个忠良慈爱的心,不得已而申法以警众。"尼总持听了合掌称道:"善哉,善哉。老尊长若行此善,实是为生灵造福,保国安民,大善无过于此。"育师道:"只此心一举,便已活了数万民生。小僧们行矣,尊长善自保重。"尤路只听了二僧称扬,心中一乐,陡然疾去八九。尤子沉昏遂解,走到父卧,见二僧辞要出门,他哪里肯放,随差家仆来请祖师法驾。祖师被舒老敬留,一则入定,二则好静,乃辞谢家仆。这家仆只得回来,正过一处深林,这林却是小径僻路,怎见得僻小,但见:

> 树密识阴深,人稀知路僻。

> 但闻禽鸟声,更有虎狼迹。

这家仆抄近道,走此僻路,到得林间,只见一个乳鸟被弹打落在地,不能飞起。两个大鸟飞绕左右,呜呜哀鸣,若有救起之状,却不能为救。家仆平日在家,极会捕鸦打雀而食,只因主人叫他宰鹿得病,却得僧家劝善解救,他遂动了善心,乃把乳鸟送上树巢。这鸟巢树枝且高,乃攀援而上。正才放乳鸟于巢,只听得林间风声响处,一个猛虎跳出。这虎却有两三只麋鹿在前,旁边有一人领路,那人喝麋鹿说道:"你寻得宰你之仇,我亦得前亡之代。"家仆看见,吓得魂不附体,说道:"明知这僻路蛇虫伤人,虎狼为害,怎么昏迷到此。如今虽在高树,万一虎爬上来,或啃倒此树,如何是好?"正踌躇间,只见那虎往树林深处蹲着,人与鹿皆不见。却有一个汉子,手拿着弹弓,怀藏着弹子,走近树来,口里骂道:"分明一弹正中着个乳鸟,落在此地,何人拾去?"这汉子左盼右顾,却不曾抬起头来。这仆人在树上听他言语,乃叫道:"汉子,雀鸟也是生命,何苦将弹伤它。"汉子听得,抬起头来,认得是尤家仆人,平日专一捕鸦打雀的,乃说道:"你这巧嘴,见爬在树上捉鸟,却讥诮别人。"家仆道:"我非讥你,乃是实意劝你。你且看那前树下,蹲着大虫,仔细仔细。"汉子听得,睁睛一看,跑走不及,被那虎跳将来,把汉子拖去。吓得家仆倒栽葱,一跤跌将下树来,却似人扶,未大伤损。爬将起来,往家飞走,忙忙回复主人说:"高僧乃舒尊长留住。"尤路只得备斋款待二位高僧。

这家仆乃把林间遇虎救鸟事说出,尼总师说道:"我僧进你主屋,见你面带凶色,今见你一面光彩好容,乃是救鸟,免了虎伤。难道善心不有感报?"尤子道:"此仆平日专好捕鸟,今日救鸟得免虎伤,皆是高师道力。"道育答道:"他已见打弹被伤,只愿他善行长远,多积勿改。"尤氏父子答道:"岂独家仆,都叫他莫改善心。便是我等,永遵师戒。"二僧合掌称谢,辞了尤家,复归舒宅,备细把这事说与祖师、道副师兄。时祖师已出

定,听得二弟子化善一节,乃说一偈,与舒氏人众而听,说道:

　　螳螂捕蝉,黄雀在后。

　　弹雀虎伤,泉水没兽。

　　众人听得偈语,个个赞叹。祖师师徒乃辞谢舒尊长,往前而行,师徒们迟迟行道,缓缓登途,三里一歇,十里一住,总是演化国度之心,随寓而安之意。行得两程,尚在本国境界一个路头,人民却也繁盛。乃是何处,下回自晓。

第七十三回

猿猴归正入庵门　道院清平来长老

话说南度国近东境界，有一山名多玉，想类蓝田①，曾有僧人结庵，施水济渴。那终日替僧担水之人，名唤孤光，赤贫，每每枵腹②担水，僧常给食。后因僧亦乏粮，此人乃拾山石卖于村市，得几贯度日。偶一日，拾得一石，中剖为玉，厚得其钞。此人妄念顿生，遂唤此山，名为多玉。此是人心不足痴望，遂乃荒凉。庵僧远去，孤光依旧赤贫，日乃乞化市中，夜归庵宿。这庵日久倾颓，仅有遮风蔽雨数楹。一日，风雨凄凄，忽然见破屋中一个猴子蹲踞在内。孤光见了，便上前来捉，这猿猴却也不慌不走，随他手扯，便跟他走来。盘旋了一会，这猴子冒着风雨往外飞走，孤光赶它不着，抚胸叹道："我如何不把绳索拴了，市上去卖几贯钞，也换得几许粮。便是把猴子做一个引头乞化，也强似白手求人。"

正说间，那猴子却是尤路园中走来的这精怪，弄风变幻迷人，被高僧道力逐来，它原有灵性，知这多玉山中，尽可藏形，又见这破庵孤光心不足，冒雨走出庵门，本意寻些野食来庵，忽听孤光叹悔，不曾绳索拴，它乃笑道："这不中相交的痴汉子，待我耍弄他一番。"却又想道："我若作魔弄怪耍他，只怕他认得拿妖捉怪的符水法家。前日尤家，见有长老居住，况此庵中，惟僧道可入。"这猴子就变了一个道者，走进庵来，向孤光说："老师父，借你庵中，暂避风雨。"孤光道："破庵处处屋漏，连我亦难安。"道者说："不妨，不妨。我会遮盖。待天晴，再化些砖瓦修理也好。"孤光听了，又道："住便住了，只是我赤贫，柴草也无一根烧汤你吃。"道者道："不妨，我自会化缘，不吃你的。若化得有余，便是老道任情受用。"孤光道："天色寒冷，火也没点与你烘。"道者说："出家人自有养，不须要火。"孤光道："只是眼下饥寒怎过？师父，你腹中可饥么？"道者说："腹中尽饱。"孤光

---

① 蓝田——陕西省蓝田县，以产玉闻名。
② 枵（xiāo）腹——空着肚子。

道:"你却腹饱,无奈我却肚饿。"道者说:"若无风雨,待我市上化缘就有,无奈风雨愈大难行。你且忍耐一时,待雨住,便是风大也无碍。"孤光愁着脸,这道者愈弄手段,那风雨直往屋里刮来,把个孤光冻得呵呵颤。这猴精愈发脱开衣服,说道:"我出家人有养,暖得紧,且开怀凉凉着。"孤光道:"总是你饱暖,不似我饥寒。"道者一面开怀,一面且唱个曲儿,唱道:

世事看来多翻覆,欲足何时足。可笑那痴人浮生空碌碌,只落得百年时成朽骨。

孤光腹饥身冷,正怨那风雨狂大,这猴精愈开怀唱曲,想道:我本尤家园中一个猴子,既瞻仰了高僧光照,不觉地走到这里,却又变了个道者,耍这心不足的老道,方才乃唱个叹不足的曲儿。也罢,既借庵避雨,如何又耍弄这贫汉?我如今就把这不足心肠难这贫汉。乃对孤光道:"老道,你晓得我小道这曲儿内意么?"孤光道:"我虽愚陋,却也明白。真真的世人,哪个心肠知足!比如我如今腹饥,怎得几个馍馍儿吃?"猴精见说,乃弄一个手段道:"不难,不难,你等着,我冒风雨取几个来你吃。"乃飞走出庵,顷刻袖中抽得几个热馍馍来。孤光见了,忙拿了个吃。猴精问道:"你心意足了么?"孤光道:"肚便饱,口却干,怎得些汤儿咽咽?"猴精笑道:"也不难。"乃取了一个罐子,冒雨而去,顷刻取了一罐热汤来。孤光大喜,连吃了两碗。猴精道:"心足了么?"孤光道:"身上却寒,怎得件棉衣一穿,便是柴火烘烘也好。"猴精心道:不足心肠渐渐来了。道:"也不难,我原说有养,方且开怀,便脱一件衲衣你遮寒。"孤光穿了衲衣道:"师父,身上不寒。我心视前却足,若看后来,怎得为足?"猴精道:"我与你闲口论闲话。比如你今为饥寒,得了饱暖,已知足了,若是再说个不足心肠,我便与你一问一答。"孤光道:"今日饱暖,明朝不继。明朝就继,后日哪有?后日就有,日月却长,奈何常继?"猴精道:"这有何难?出家人多结纳几个施主,求他岁供月给,自然长远。"孤光道:"须要求他。比如他心不如你意,求不能得,终不如自有。"猴精道:"不如化些金宝,买田治地,自收自吃,这意才足。"孤光道:"化他不肯,这金宝何来?必须不劳乞化,自家的金宝,置买田地,方能遂心。"猴精道:"这也有可处。闻多玉山有石藏玉,得玉估价,其田易得。只是得了田地,也要天时丰稔①,万一旱

———————————

① 丰稔(rěn)——丰收。

涝,未免忧心。"孤光道:"正是,正是。旱涝不收,钱粮拖欠,官长比催,若迟了限,必遭责罚,必须得个优免宽刑,方才护赡。"猴精道:"也不难。若有一官半职,自是优免。"孤光道:"一官半职,品秩不尊,上有大僚,下属也要趋奉,万一趋奉不周,宁保不敬之罪! 怎得一个大官僚做做,其尊在我?"猴精道:"也只就你这个不足妄想心肠,便是做个一品之尊,也非容易得来。不是根基风水,孝廉学业上种出,也须前生种德修善阴功。"孤光乃笑道:"我等一个贫汉,根基无有,风水哪来,孝廉学业无从得就,只有种德修善阴功可行,却又要前生修种。你我既在今生,受此贫苦,必是前生未曾修种,要想尊大,如何能够?"猴精道:"你这不足心肠可肯罢休?"孤光笑道:"如何肯休! 尚有后世,如根基可发大僚,却也不难。"猴精道:"根基岂易能得,乃是今生修种。"孤光道:"便是风水也可。"猴精道:"也是今生积得。"孤光道:"孝廉学业,便不须今生,却是来生自己努力。"猴精道:"今生不修种,来生定产于愚俗之家,怎知哪学业,行哪孝廉?"孤光道:"据师父说来,都是今生修种。如今我与你贫苦出家,在此破庵,如何修种?"猴精道:"你与我不同。我出家道者,八斋五戒,见性明心,不入贪嗔痴,惟念阿弥陀佛,便是本等修种。你既非僧,又不居俗,见在庵中,只就你这见在修种,若生不足妄心,便非修种,不但来世不得大僚,还要妄想,堕入无明苦恼。"孤光听了笑道:"见在不过破庵,日行不过乞化,将何去修? 把甚功德去种?"猴精笑道:"守你风雨凄凉,甘你饥寒贫苦,不劳妄想。僧家有一句禅语说得好:'上床脱了袜和鞋,知道明朝来不来。万事不由人计较,一生都是命安排。'"孤光听了笑道:"讲了半晌闲话,还在破庵修种见在功德。我如今请问师父道号,在何处出家,若是没有定处,方才你说能募化修理,便在这破庵居住。当年前有一位僧人,在此施些汤水济行人渴,不料僧不会化缘,冷落此庵,倾颓而去。"猴精答道:"我名元来,在梅岭出家,经年游方,哪有住处。老道若容我在此,管叫你饱食暖衣。"孤光听得笑道:"缘法,缘法。我依旧替你担水施汤。"他哪里识这老道乃是猴精变幻。

　　却说世间邪正原不并容,邪能归正,自入正因;正若投邪,便投邪道。往往有一等正人,邪入贪嗔,皆因善根缘浅,倒不如一个猿猴,得瞻高僧白毫光照,一种迷人兽心,改作出家正果,总是高僧到处,度脱化功。它却也性灵多智,一面村市化缘,修理破庵,一面布施汤水。乃就有村市善人,见这和尚伶俐,会说善讲,都肯发心,把个破庵修理如新。早有过往僧道,行路客商,吃汤饮水,地方人众遂称元来道者。起个庵名复新庵。怎叫做复新庵,只因:

　　荒凉无僧住,倒塌没修工。

　　瓦破淋漓雨,墙坍不蔽风。

　　堂廊生野草,泥土出蛇虫。

　　元来重复建,清夜又闻钟。

　　话说祖师师徒,行到多玉山这村境界,正要寻个安住的去处,却有一个善信,乃是海潮庵随喜过的,他见了祖师师徒,乃上前恭敬迎着,说道:"列位老师父,今日因何过此地? 欲往何处胜游?"祖师答道:"出家人行无定处,随路而走。"善信道:"请到寒舍,少献素斋。"副师便答道:"我师不欲搅扰施主之家,此处若有庵观寺院,愿借善信尊面指引一处,安宿一宵,来日前行可也。"善信道:"寒舍村俗人家,恐未必洁净,倒是复新庵少可居住。"道副便问:"此庵有僧众多少? 却是哪个善信香火?"这善信答道:"此庵久颓,乃是近日一个外游来的道者,化缘重修。这道者名元来,只他一个在此,施水济众往来行客。"尼总持道:"这道却也是一种善功,我等随喜也可。"乃向祖师说往随喜,祖师依从,方才举步。

　　却说元来道者,它本是猿猴,入了正果,性灵通达,就知远路有高僧来了,一心虽正,却还畏怕金光之射,乃又一心想道:"我当日弄怪风迷尤子,故此怕僧人。如今既做了道者,入了庵门,难道同宗共祖,安知我身没有毫光。且待他来,再作计较。"一时祖师师徒,同着这善信到得庵前。元来见了,合掌恭迎,请列位师父庵内献汤。祖师笑颜和悦,直入庵门,师徒坐下。元来迎前参礼,孤光也近前磕了几个头,随捧汤献上。师徒一面吃着汤,一面说道:"好个元来复新。"元来听了这一句,陡然耳热面红,坐席不定。祖师早已知其来历,但一念演化盛心,便是翾飞蠕动①,草木知化,也要成就他,乃故意问元来:"你出家多少年?"元来那里答得来,只道:"有几年了。"道副便对两师弟说:"倒是个老实道人。"尼总持道:"精细故作懵懂。"道育说:"聪明太过,却遇着平常话语。"祖师乃向三徒说:"汝等不必深忌以往,当以慈悲开度将来。"三弟子唯唯。元来却也通灵,

----

　　① 翾(xuān)飞蠕动——虫豸之属飞翔或蠕蠕而行。

就知师徒之意,乃合掌近前再拜,求个度脱,说道:"弟子自明往业,已复更新,愿我高僧们俯垂前路。"祖师闭目不答。副师乃答道:"汝知我师不答之意么?"元来道:"不知。"副师道:"度脱不在多言,你闭目自知耳。"元来更求其次,副师道:"长守勿变,便是度脱。"元来听了,乃去收拾素供献,各相斋罢打坐。天明,祖师师徒辞了元来,与善信往前行路。元来又求高僧教诲出世功德,祖师道:"道有道行。"说罢往前直走。

未到十余里,只见香幡摆来,许多善信乃长老来接。一个善信问道:"可是演化高僧么?我等乃清平院僧俗,闻知高僧师徒演化本国,路过此方,已洒扫静室,恭望驾临光顾。"祖师不辞,便随香幡僧俗前行。到得清平院,进了山门,上登宝殿,参礼圣像与两庑十八位尊者金容。随到方丈,与众僧叙礼,方丈僧人献斋。师徒一一问善信僧人名号不等,按下不题。

且说复新庵,元来施汤往来人众,传说庵内高僧行寓,便有好善的男女来访,远来的游僧问讯。元来本是猴性,心身不自安定,只因副师教诲他,闭目自知,它一夜闭目存神,知道这静中妙奥,乃恶那施汤,往往来来烦琐,便叫孤光不必担水烧汤。往来行人不遇汤水,以致思汤不得的焦渴。元来与孤光日间村市化缘,晚夜闭庵静坐。忽然半夜,元来坐入梦境,见一差役唤它去见一官长,元来道:"我乃出家道人,不犯法度,有何官长呼唤?"差役道:"你这猴精假变道者,乞化十方斋粮钱钞,既不会诵经礼忏,又不肯施汤济渴,无功怎消受得村市布施!"元来被差役骂了一声"猴精",它火性复作,乃摸了一根棍子,把差役就打,那差役笑道:"好个道者,如何火性不退。"元来益急,乃复了原相要走,被差役一条索拴了,往前扯到一个衙门。只见厅上一位官长正坐,差役把猴精扯跪在地,猴精无奈,只得哀求释放。那官长笑容满面,说道:"你原兽属,像作人形,性灵既幻,可喜你皈依善门。唤你来非为他事,一则转你人道,不堕畜生之劫,一则叫你普积善功。你如何不施汤水,救济人渴?看你既入善门,吃十方的斋供,也要做些善事,消受这种功德。"猴精道:"我只说出了家做道者,便该吃十方斋供。"官长道:"世人辛苦得来,你如何无功消受?"猴精道:"向在尤园见众僧人,受享斋供也罢,还要受那众人礼拜,香幡迎送。"官长道:"你哪里知演化高僧,到处劝度人修善果,尽人伦,功德深大。你今只晓得入庵为道者,一味化缘,若化缘无有,未必不动贪嗔烦恼,动了此种根因,我这里轮回堕落,未必能免。"猴精听了道:"谨领教旨,放释我到庵施汤去罢。"官长乃叫差役放它索子,猴精就走,官长叫它回来,说道:"你既免了六道轮回,即入人道,你这猴性要改,皮毛要拔去。"乃叫左右把他皮毛拔净。左右方拔,这猴精畏痛不舍,官长道:"一毛事小,转人为大,何不忍着!"猴精咬着牙,任左右拔净,乃飞走入庵,却惊醒一梦。乃向孤光问道:"你在这处多少年了?"孤光答道:"三十多年。"元来又问:"前在庵的长老,做何功果?"孤光道:"敲梆念经。"元来又问:"念的何经?"孤光道:"乃是《心经》。"元来又问:"《心经》何经? 你可知念?"孤光道:"我听他念日久,也记得会念。"元来乃说:"老道,你可教我一卷。"孤光乃把《心经》朗朗背念一遍,元来却也灵性,一遍便能念,他不但会念,却便悟得妙理,仍叫孤光担水,烧汤济人。

正才摆出一张桌子,放上几只木碗,只见一个人气哼哼赶来,先吃了一碗汤,后乃问道:"师父,我闻得有四个高僧在此庵住,如今往何处去了?"元来说:"前去多时。善人,你问他怎的?"这人道:"闻知高僧到处,不但人心恶的改善,便是邪魔妖怪也潜消。小子家有一宗邪怪,特来请他扫荡,奈何前去?"元来听得,一则也要仿效高僧,与人方便,一则原系精灵,又动了它好耍心情,乃问道:"善人高姓大名? 家有何怪? 小道也会扫荡。"这人答道:"小子姓零名地,家住前村十里湾头,捕鱼为生。有一个兄弟,不从我业,却每日张弓打鸟。我叫他捕鱼,乃是祖传本业,他道:'祖传本业,成家起屋为好。'乃经年衣食尚然不足,今日也打鸟,明日也打鸟,却好打着一个怪鸟,在家把兄弟迷倒,想必有些缘故。师父,你若会扫荡,也是阴骘①方便。"元来道:"我会,我会,管叫你平安无事。"却是何法能会,下回自晓。

---

① 阴骘(zhì)——阴德。

第七十四回

零埃打鸟遇妖邪　零地随猴拴鸨怪

却说世间哪有邪魔迷人，乃是人心自迷，一个五体俱来，人孰无心，这心虚灵洞达，超出宇宙，就有邪魔撞来，把一个正念存中，千邪万魔自然消灭。无奈愚俗道理欠明，酒色过度，或是欺瞒，或是懊恼，把一个灵明自先暗昧，就如那沉疴将毙的，胡言乱语，看着砖儿也是怪，瓦儿也是精，说的是鬼物，见的是亡人，非是眼目昏花，乃是元神溃乱。元神如何溃乱？都是这心无定主。大哉，心乎！一身主宰，为人却如何主定了他？唯有善念一个真如①，便主持定了。比如一心忠主，这正气历百折而不回，挽回世道天地，也拗不过他，有何邪魔敢犯？又如一心孝亲，这正念坚五内②而不可解，立此纲常，鬼神也倾心敬仰，有何妖孽敢侵？不但这大道光明，自驱邪魅，就是微小一善，动了真诚，也无孽障敢犯。

这零氏弟兄，择术不善，捕鱼打鸟，已造下冤愆，却趁此冤愆，就生出一宗古怪。零弟名埃，长未妻室，立心淫乱。一日打鸟到树林下，偶见一个女子，生得娇媚，在那枯树下，撮黄叶、摘枯枝为薪。零埃欲心遂动，乃近前叫声："姑娘，待我与你代劳。"那女子不睬，零埃乃走上前抱住，女子叫将起来，说道："清平世界，何处凶恶，白昼劫人！"零埃哪里顾甚天理，却又知荒林，去村尚远，用力强奸，那女子杀人喊叫。蹊跷那树上一只鸨鸟③，往下一口气呵来，零埃忽然倒地，人事不省，这女子挣脱，飞走回去。零埃昏倒在地，半晌方省，只见那鸨鸟变了那个女子，坐在林下，假意骂道："凶人恶汉，怎么不循法度，白昼辱我姑娘。我家住远乡，没人知道，若是有人知道，叫你吃风流的苦恼。"零埃听了她言语，乃是半推半就，却复上前，又要去搂她。那女子又吹一口气来，这零埃忽又跌倒。三番五

---

① 真如——真相。佛教指宇宙万物不生不灭、无异无相的实性、实体。

② 五内——指心、肝、脾、肾、肺五个器官，又称五脏。此指内心。

③ 鸨（bǎo）鸟——一种鸟。

次,这里不休,只是要扯那女子。那女子连吹连跌,把个零埃头都跌肿,他这淫心只是不放。看看日落,那女子却又不去,零埃等到黄昏,那女子说道:"痴汉子,哪个没有个廉耻,你必定要骗我,也有个房屋。且问你,可曾娶妻?"零埃道"不曾,不曾。"女子道:"既是不曾,我也未嫁,何不到你家去,免得林中撞见人来看破。"零埃听得,一则跌得兴阑,一则喜到家去,乃叫:"姑娘,你肯随我到家,便成一对夫妇。"这女子依着,走了几步,就叫脚痛,零埃只得背着。

到家开门进屋,他兄零地,看见兄弟背着个大鸧鸟,尖头秃尾,宛似一只老鹰,却又踉踉跄跄,进门如醉如痴,只道他酒醉归来,一家都不问他。这零埃背那女子进得房门,一跤跌在地下,那鸧鸟从窗内飞去,零埃乃昏昏沉沉。零地扶他上床睡了,口里骂道:"少吃些酒,也不至如此。"一家只道他酒醉,又飞走了鸧鸟,哪里知他被淫鸟迷心,总是他邪迷惑乱,乃终日昏沉。到得黑夜,那鸧鸟从空飞来,入窗变个女子,这零埃与之相狎,宛若夫妇。他便如此,一家却只见一鸟,夜夜飞来飞去,因此零埃日日形容清减,也不去野外打鸟。零地焦心,听得人说复新庵有高僧寄寓,善能灭妖驱邪,乃到庵中,高僧已去,这元来道者乃应承与他扫荡。当下零地听得道者说会,乃邀了他到家。元来进入卧房,只见零埃倒卧在榻,昏昏沉沉,不知人事。元来乃把他扶起,手洒着杨柳枝法水,口念着"般若波罗",顷刻零埃睁开双目,如梦方醒。元来叫他移卧别室,却闭了他门窗,倒卧在榻,等候那鸟来。

话分两头,却说鸧鸟虽淫,那里作怪,只因一个人心邪淫,起了一种奸骗女子恶意,遂动了暗地冤愆,生出这邪魔鬼怪。这怪不得鸧鸟,乃是零埃的邪心,附在那鸧鸟身内使作的。这鸟夜夜飞来,得了人的精神,遂会变幻。这晚元来却在卧房倒着,鸧鸟仍旧飞来,只见门窗尽闭,他乃变那女子敲门,元来不起,几回敲门不开,乃推窗跳入。元来见是一个女子,只见他:

　　　淡妆浓抹懒梳头,半带欢容半似愁。

　　　欢是弄娇寻汉子,愁惊卧榻老猕猴。

却说元来已轮转人道,入了庵门正果,因何妖鸟又惊见是一个猿猴卧榻?也只因他一时要灭鸟邪,倒卧零埃淫乱之榻,又起了一种变幻诡心。这段根因,遂使怪鸟看破。这怪鸟虽然看破,却自恃神通变幻,哪里畏怕什么猿猴，乃将计就计，走近榻前，说道："零埃汉子哪里去了？你这猴子如何卧此？"元来见了，此时方端出正念道："你是哪家女子，黉夜到此，戏弄男子？"女子道："此乃我夫妇卧房，你如何得入来？想必是个奸淫盗贼之徒，黉夜入人家内室。"元来道："我非盗贼，乃是捉妖邪的道者。"只这一句"妖邪"二字，怪鸟便立脚不住。为何立脚不住？但凡邪人不敢说邪，若说了邪，反被邪欺。唯有正人，直指其邪，那邪不胜正，自然远退。初前元来卧榻，还存了一种原前猴意，次后见了女子娇娆，毫不在意，直以妖邪拒斥。这点正念，故此妖鸟立脚不住，走出前屋，又想道：出家人不知立心可真，待我再去调他一会。若是其心不真，便迷他一番也可。乃复入卧房来。哪里知元来性秉原灵，他已知鸟怪，本当剿灭它，只因遵守高僧演化盛心，只要说破了它，使它自愧自悔，去了便罢。待怪鸟方出门，走到前屋，他却隐着身形，随出前屋，听他说复来调戏之意，乃叹道："世间痴愚被妖魔调弄，坏了心术的，万万千千，哪里知我元来是皈依了正果，使他又生出一种调弄情因。不可，不如说破了他罢。"乃待怪鸟转身，方要入房门，便叫一声："没廉耻的怪物，黑夜不守妇道，可不羞杀。"那怪鸟听得，哪里怕羞，一手便来扯，却被元来一口大啐，叫声："妖鸟，休得弄怪，我元来久已识你。"那怪鸟也啐元来一口。元来被他怪气迷了一迷，说道："这怪物倒也厉害，若不是我，怎不被它迷。"两个你一口，我一口，啐了十来口，怪鸟见啐不倒道者，乃想道："莫要惹他，万一他动手动脚，我却惹不过他，好歹再去别屋，寻零埃汉子。"乃往前走了。元来见他走了，乃闭门又卧。

这怪鸟前屋寻汉子，却走到零地房中，见他房中都是些渔网家伙，乃道："此人也是个没人心的，且调弄他一番也可。"正待要近前惹他，只见零地头顶上出一道光，光中却现出几个僧人，那元来形容也在里面。怪鸟见了说道："一个捕鱼的汉子，怎么现出僧像来？想是此汉业虽捕鱼，心却思善，他念在僧，光现便僧。既现出僧心，我空去调他，料必枉然，不如别屋再寻零埃。"乃又进一屋，只见零埃倒在一张破凳上鼾呼，他头顶上也现出一个人形怪鸟，定睛一看，乃是他变得那林间女子。怪鸟见了道："可见他尚有情，梦寐中又思我，我怎舍得去！"乃摇醒了零埃，方才说句风情话，却不防元来在那屋内，虽闭了门卧，乃心性原灵，忖道："零埃痴汉，恶念未消，冤愆未解，况怪弄神通，又遭他迷。"乃悄悄开前，前后房屋窃听，果然听得这屋内人声。元来急忙把屋门推开，见了怪鸟运动自己原精，一口啐去，那怪鸟当敌不起，往屋外飞空走了。

元来乃向零埃说道："你好事不做，打鸟弄出冤怨，正念不存，邪心惹来妖怪。如不悔改，只恐遭邪魔之害。"零埃口虽答应，心实未忘。天已明亮，零地出来，与元来讲说道："师父，你夜来扫荡，那怪可曾灭了？"元来道："怪在你弟之心，要他自灭方能。"零地道："我一夜思想，高僧能灭妖邪，他们远去。师父，你既入高僧之门，料也驱除不难。如今必定还要我弟自驱，他在迷惑之际，如何自驱？为今之计，求师父同我赶到前途，面见那几位师父，求他度脱何如？"元来答道："你主意却是，只是同你弟也走去，亲求更好。"零地听了，乃叫零埃同行。零埃哪里肯去，道："腿酸脚软，不能远走。"零地只得由他，乃同元来过了复新庵往前赶路。

两个正走过多玉山，一处密树林间坐地，讲论些道理，元来说道："善人，小道有一句话劝你。世间渔樵耕读，固也是人生本业，只是活泼泼的鱼虾，遭你网罟之害，此业却是忍心害物。善人就靠资生，不能改业，也须存一点仁心。想那活鱼满腹之子万万千千，多少性命，俗说：'千年鱼子，也是天地化生。'被你捕子煮食，真乃不当忍字。"零地道："此乃祖上传来，既承师父教诲，我小子以后不捕有子之鱼也可。"两个正说，只见林树上几多鸦鹈鹰鸟，把零地帽子刁了起去。一个鹈鸟会说人言道："你两个只讲不捕鱼，便不说休打鸟。你那零埃，专一打鸟伤生，造成恶业，还要淫心戏弄人家妇女，不劝解他改行更业，反要去寻僧来，扫灭我等。我等料僧念慈悲，广行方便，断不加害，可不空赶一番？你那道者，也不想你是六畜道中，今日乍得长老，便要撞钟。"元来听见，又被这怪鸟说出他原来名色，便动了嗔心，道："为人除怪，便弄个法术剿灭他，也无大害。"乃把脸一抹，抖一抖身，叫声："零地，你且站开，待我捉此怪鸟。"说罢，现了原身，乃是一个猿猴，飞跳上树，去捉那鹈鸟。那鸟却也不慌不忙，把嘴照猿啄来。猿猴一手扯住鸟翅，一手乱打鸟头，走下树来，教零地身上解下带索，拴了鸟足，交与零地，仍复上树，去捉那刁帽子鹰鹊。那鹰鹊见了势头，丢下帽子，飞空去了。

这元来乃复本来人相，哪里复得。零地见元来变了猴子，吓得半日方能说话，道："元来师父，我小子也知你有神通，善能变化。方才怪鸟在树上高枝，又无弹弓弩箭，怎捉得他？亏你神通，变个猿猴上树，捉它下来。

你如今还不复回人身,想是又有怪鸟来树?"元来道:"我本猿猴,只因归了正道,投入庵门,拔除六畜之劫,不落不兽之因,只为方才动了火性,不忍鸹鸟一言之伤,就拿了它,缚了双足,岂是出家方便法门行径。这种根因,复身不上。你可速改衣带,把这怪鸟放它去罢。"零地听得,半信半疑,只得解带放那怪鸟。那怪鸟一翅飞起,骂道:"你这猴精,不怕你不放。"千猴精,万猴精,空中飞骂,元来却坚忍了,要复人身,哪里复得!忽然想起孤光教得《心经》,乃念动一句,那人身即复过来,依旧是个元来。零地见了,也只道是神通,却又疑如何放了鸹鸟。元来见他踌躇,乃说道:"你莫猜疑,总是我出家人不拴飞鸟,就是怪鸟能言,也不把它作怪。如今只得与你赶路,见那师父去。"

　　按下两个赶路前行,不提,且说祖师师徒进得院内见得方丈,一一问善信名号,只见一个长老,上前答道:"弟子名号万年。"祖师道:"我久闻清平院万年,就是老师。"万年道:"正是弟子。弟子却也久仰圣师演化功果,愿求度脱。"祖师道:"师当自度,于我何求?"祖师说罢,连称"好个清平院"三四声,便入静室打坐。当下众善信及院僧,俱与三位高僧讲论些禅机妙理,你难我,我问你,哪里讲得过三个微奥①。只见一个善信男子向三个说道:"师父们在道日久,探讨甚深,句句真诠。我等凡俗,哪里觉悟,但闻得师父们度化众生,往往说是三纲五常,平日浅近道理,又能驱邪缚魅,拯患息灾。我这地方之幸,乞求演化一番,也是千载一遇。"道副说道:"小僧们本以谈禅论道、见性明心为务,只因众生内有不明纲常道理,不得已多言开导。这道理原无甚深奥,都是人生易行易知的,只因人把这易知不难行的昧了,故此就有邪魅灾患来侵。小僧们有甚法术能驱缚他?不过说明了人心不昧纲常,自然那魅消除,灾患拯息。"正说间,只见方丈前一株大树起了一阵狂风,枝摇叶落,顷刻即止。众人看那大树:

　　　巨干凌云,盘根踞地。青枝交互不说娑婆,绿叶丛铺宛然琪树②。风生处若万籁声鸣,月起时如千林倒影。浓阴堪蔽炎光,密荫可遮听法。

　　众人不因风起,却与树相忘,只为枝叶飘摇,乃相瞩目。但见那风息

―――――――――

① 微奥——此处指三位懂得精微深奥禅机的高僧。
② 琪树——仙境中珍异的树。

处,枝上一个鸟儿叫得如泣如诉。众善信也有说鸟音叫得好,也有说咶噪人耳。众僧们也有说从来此树,不有这鸟喧;也有说便有鸟喧,也不似此声叫。独有道副师听了鸟声,向二弟说道:"师弟知音么?"尼总持道:"鸟音多怪。"道育师说:"细听声冤。"副师笑道:"不差,不差。"却是何说,下回自晓。

第七十五回

元来道者正念头　青白船家救海难

话说树底鸟声如泣如诉，众僧俗不知，却是零埃好打得脱弹之鸟，惊弓高飞，远投此树。其声泣，乃泣说："我与人皆属天生，有血气，俱有痛痒，可怜那突遭一弹，打折了翅的飞扬不起，打伤了身的疼痛难当。远投林树，又恐遇猎人。可喜禅林，料无打弹，乃一翅飞来，踏枝树底。"泣得是惊弓之冤，诉得是零埃之恶。道副一听，便识其情，乃望树说道："那鸟既脱弹厄，向佛地，便入了生方，不须泣也。弹汝之人，方在那里恼恨，这恼恨多生灾咎，即是汝诉申也。"鸟那里飞去，仍连声喧叫，尼总持道："此怪音也。"乃走近树前，抬头看那鸟，但见：

> 羽毛茶褐色，头目老猫睛。
>
> 声叫连珠滚，形容似老鹰。

尼师看了，乃向道育说："此鸟，师弟认的么？"道育答道："此鸟多夜飞鸣，此叫必有冤怪。"乃喝道："孽障！清平善地非汝所栖，即有冤愆，当思自洗。"正说间，只见零地同着元来道者入得方丈，见了副师，便参拜起来，乃问祖师何处，欲求参谒。道副道："吾师入静，未曾放参。汝来意吾已知道。汝的假姻缘在树底声哀，何不斥去，亏汝端正念头，若不端正，此院何能擅入！"又向零地说道："鸟有冤，实汝零弟自作自受，若不改行，将入鸟道矣。"零地与元来听了师言，惊惶无地。零地只愿回家再寻别业，元来只求终始不变猴子阴功。副师道："你求吾二师弟，叫他喝去树鸟。汝只认真了经文，便是始终功德。"元来听了，乃向尼总持拜求度脱。尼总持把手向树上捻了一诀，口中念了一句梵语，那鸟即时飞去。却把手内数珠子，分了五十三粒与元来，说道："汝可将此念头持去，那零埃自尔怪除。"元来接在手中，拜谢了尼师，依旧同零地回到复新庵。

却说那树中鸣鸟，被尼师法遣飞去，就是怪鸟，能在零家弄假，树林骂猿，如何到清平院树底弄风泣诉，却不能说言道语？盖因正觉禅林，邪魔自然去伪还真。他即被尼总持捻诀持咒逐来，心已把妖气化为乌有，那些变女子态度成灰,不复到零埃家里调戏。这零埃心情未改,终日还想女子风流佳况。看看疾病来临,零地只得再求复新庵道者救度。元来道:"闻知怪鸟不来,你弟无恙,如何又病? 如今想是打鸟之事复兴。"零地道:"自与师父清平院回,已改了捕鱼生理。就是吾弟,已不复打鸟矣。不知如何,疾病益深。"元来道:"多因旧念未除,冤愆尚在。此病若要消除,前日清平院师父与了我数珠五十三粒,说可除零埃之病,你可将此珠与他,想是叫他照数念佛。"零地依从,随持了数珠回家与零埃,叫他念佛。零埃依从,接得在手,照数称念佛号,果然疾病消除。后有五言四句称赞数珠功德,说道:

　　　　菩提五十三,粒粒如来佛。

　　　　疾病得消除,永离诸业恶。

　　却说离清平院十里,有一村乡名唤平宜里。这里中有六个老叟,年皆八十有余,个个都家计丰足,只是平生行事,各人不同,居家形迹亦异。且说这六老叟什么不同。一叟名叫青白老,此老兄弟二人,家住眉山下,平生不视非礼。一日操舟海洋,偶被飓风飘泊到一座海山脚下,四顾波涛浪涌,幸尔不沉,得了性命,乃泊舟登山。那山上怪石嵬峨①,草木丛杂,却没个人踪。青白老上下登眺了一番,那狂风不息,归路渺茫,腹中渐渐饥饿。正在慌惧之间,只见海中远远一只船上,有五六人被风打翻,止存得破艄浮水,一人乘浪飘来。那落水之人一上一下,尚可以救,只是风浪狂猛。这一人登岸,青白老忙操舟冒风去救。这人道:"浪大难救,仔细你命。"青白老道:"人若可救,何惜于我。与其此时冒险,只当早前沉没。"乃奋力去救,却救得三人回来,到得山脚,渐渐都活,只是腹中饥甚,精力又倦。那三人中一人苏省②得早,便拜谢,问其姓名家村,青白老一一说知。那人感恩说道:"恩人,若得风浪宁息回乡,小子愿有图报。"青白老道:"我非冒浪舍生图报,盖怜你落水,上下没有个救处那一宗苦恼,把亲戚家乡都在那慌惧心中,故此冒险来救。救便救了你,若是风浪不息,居此人迹罕有空山,没处去向,终须饿损。"这三四人,你哭我啼,也都叫饿。

　　天已黄昏,那风陡然息了,只见山脚下,一只大舟奔来停泊,青白众人

---

① 嵬(wéi)峨——高峻貌。

② 苏省——苏醒。

饿甚，只得到舟边去求乞饭食。那舟中并无一人，但见一个长老，对着一桌斋饭，香灯供养，那长老口中念咒，手指捏诀。青白老见了心疑，只得开口叫道："师父救命，把斋饭布施些，救度难人。"那长老也不答应，只把那供养的蔬食，都往山脚下撒去。青白与众人只得到山脚下，拾取充饥，顷刻越取越撒。人人腹饱。少顷，大舟不见，僧亦不知何去。青白老乃与众人宿在舟中。

次日天明，风息浪平，认方向回乡。不觉两日，众人口谢辞去。只有这苏省早的感恩，到家将家遗田地分了百亩，送与青白老，说道："谢你救生，愿将产业相赠，想此身不救，产业尽属他人。"青白老哪里肯受，再三推辞。这人乃捐数贯宝钞以酬青白老，青白老只得受了，想道：我若当时沉没，身且不保，何有此钞。不如舍在清平院斋僧。正将宝钞携来到院，只见方丈捧出一杯茶来，供奉一位老僧。青白老看那老僧，宛然却是舟中施饭食的长老，乃上前问道："海舟中撒饭食山脚下济饥的，却像老师父。"长老听得说："老僧并不曾撒饭食海山脚下。"青白老道："实不相瞒，老拙荡舟遇风，飘泊山脚，幸得救生，只是无人烟处，饥饿难当。天晚见一只船泊山下，中无他人，只见老师父独对着香花灯果，茶食珠衣。我等求斋，老师父不言，只把斋食往山脚下乱撒，我等只得拾以充饥，遂乃饱腹。及要登舟拜谢，舟与老师父不知何处去了。"老僧听了说道："此事果有不虚，但有些奇异。老僧前夜在人家道场焚修法船放食，偶于静中，如梦坐在舟内，奉行法事，只见魍魉无数，来舟抢食。忽见海洋一神，把魍魉尽逐去，说善人山脚饥饿，及早去救。老僧也不自主，随舟行法，忽然惊觉，想是此种根因。"青白老听了惊异，又问道："那神可曾指善人是谁？"老僧道："彼时也听得说：'青白船家，善登百岁。'"青白乃笑道："我即青白。"老僧乃整衣恭敬。青白取出袖中宝钞，付与老僧斋醮。那赠钞之人只因感恩，把一妹嫁与青白老之弟，生子起家。青白老一生不婚，得此遂心快乐，寿果到今八十余外，整日与这五个老友相聚盘桓。

又有一叟，名叫伦郭老，乃少年贩海经商。此叟亦有昆仲，生平正直，不听邪言乱语。当五十余岁时，尚未有子嗣，乃娶得一个女子为妾。这女子过得门来，正当花烛之夕，一见了伦郭老老迈，便陡然色变，愁眉锁黛，赤耳挠腮，向床后叹了一声怨气。伦郭老一见了即想道：看此光景，实无她意，乃是少年心性多思配合少年。她意今日一拂了不遂，便多有血气不调,血气不调,如何生育？且以少女嫁个老夫,违了她投生一世。乃将房门掩上,退入卧房,毫不为意。但听得那女子悲凄了一番,却歌吟几句。伦郭老心聪,明明侧听,听得女子吟道:"

> 当初不幸胎成女,娇羞未肯轻相许。
>
> 恼恨伐柯氏①,一旦促香车。
>
> 欲拒愁无奈,就此百年与。
>
> 几回忆百年,可是此中居。

伦郭老听得,也朗吟几句。他因何也会吟？却不知女子会吟,便是个多情有思,非平常愚妇,必是少年识字知书。妇女家识字知书,若是个贤良之妇,阅古《贤妃经》,诵彼《烈女传》,贞洁节义,都从这识字知书中出。若是个不良之妇,睹淫词而动闺怨,览杂记而效传书,诲淫卖丑,俱在这吟诗赋句中来。倒不如这为商客的,却有学业未就,腹多经笥②,把生平豪思,遇着客邸明月清风,不伤天理去调情引妇,乃寄况怡情,歌吟几句散心。故此伦郭老少年也晓得吟咏。他听女子悲吟,乃朗赋几句,便依着女子的词韵吟道:

> 只为生男方娶汝,两相好合成鸳侣。
>
> 年少多情喜,岂教做色迷。
>
> 一任东流水,落花两无意。
>
> 全汝旧时容,旧时也似予。

女子听了,不言而卧,伦郭老次日起来,唤原媒妁,把女子送还她父母,便把这娶妾的心肠冷了一半。无奈那嫡妻贤德,见他还妾,每日又劝他再娶,伦郭老道:"娘子,你这等好心,念我继后未得儿男,把那私情抛开,专在这正义上劝我,说'不孝有三,无后为大'。若是那嫉妒妇人,哪里肯容夫娶妾。万一死在丈夫之后,人都恨他。少年不贤,又没个儿郎送他,这教做自作自受。便是个妾生的子,大义不敢悖,必然外面也要全了这嫡母的礼节。娘子,你是从长的好心,只是我老年,娶一个少女,却坏了她一点少年情性。"嫡妻那里信他,一心只是早晚相劝。伦郭老无奈,只得又娶了一个女子。这女子过了门,成了亲,性气不纯,动辄咒骂嫡妻。

---

① 伐柯氏——指媒人。

② 经笥(sì)——装经书的箱子。旧时比喻学问渊博。

嫡妻为丈夫娶她生子，百事忍耐，倒把好言美语、和容悦色待妾。无奈她纵性欺大，连丈夫也咒骂起来，伦郭只当不听不闻。岂知日久，任情回娘家住，不肯归来。伦郭没奈何，说道："嫡妻乃结发情重，怎教恶妾相凌。妻虽贤德，难道内无怪恨之心，万一成疾，乃是重妾轻妻。况久住娘家，只怕失了妇道，不如休去，免生气恼。"乃又叫媒妁领回原行妆奁，尽与她转嫁，他父母再三央求复收，伦郭只是不纳。

当时，就有一家女子，父母见留得年大未嫁，喜伦郭一家贤良，情愿与他为妾，嫡妻又劝，伦郭也访得此女善良，只是容貌少丑。伦郭心中情愿娶她，这女子也情愿来嫁。过了门，嫡妻甚喜。喜得是，迟眠早起，当家了计，敬夫爱嫡，满门无不欢喜。此女自从入门之后，暗值一炉香，待众人寝后，望空深深礼拜，说道：

　　一愿夫君长寿，二愿嫡氏安康，

　　三愿嫡先生子，四愿地久天长，

　　五愿家门兴旺，六愿长幼仆婢个个驯良。

一日伦郭听得堂前妾言，悄出堂后，听她六愿，并不提今自生好子，乃走出堂前，说道："二娘子，我本不听人私言，愿你言入吾耳，句句却正，如何俱在别人，且不愿自己生子，却声声只愿嫡妻生儿，是何主意？"妾乃答道："从来嫡生子，胜如妾生子。嫡如生子，我愿入婢行服侍，嫡又喜，家人又服。若是妾生了子好，嫡把当亲生，若是不良，多少嫉妒。再若夫心偏妾，家不和顺，便是子息也不安。"伦郭听了大喜，叹妾真贤。二人相携入屋，只听得堂窗之外忽然一声石打之响，妾听惊叫老听，老说："我不听恶声。"妾忙起出看，乃见天井中从空两个沙弥落下，进了堂中，忽然不见。妾甚心疑，入内不敢向老言。过了两月，果然妻妾各怀一孕。又经月足，只见一个老僧化缘，走入门来，向伦郭说道："吾为汝家妻贤夫善，把两个沙弥送为子嗣，富贵可期，还叫你长年不老。"伦郭听得，备斋供奉僧去。果然妻妾各生一子，起家立业，这伦郭老八十余外，日与众叟交游。那二子犹如一胞所生，皆孝顺夫妇三人，十分欢洽。

再说一叟名叫祝香老，少年时耕种为业。有弟祝咮，同父共母，有时兄歇弟种，有时弟息兄耕，两门出入，一气同心。一日，祝咮避些差徭，远出不归，祝香念一体连枝，待弟妻子胜如自己。弟有三子一女，自己只有一子二女，乃先令媒妁约订婚姻。有一富家，其子秀拔，父母欲求祝香之女。祝香说道:"我侄女未曾聘人,弟久未归,安得先聘己女!"媒妁道:"聘女论年,侄女年少,当让其长。"祝香不肯,富家只得依从,乃聘其侄女。嗣后又有两家求聘祝香之女。人有说两家子弟虽佳,但家计不如侄女所聘的富。祝香道:"古人择婿不择富,吾宁许聘清淡之家,若配了富户,人将我议结亲胜过三女。"

三女既嫁,四子已成。祝香乃思念弟数十年不归,自己老迈,召亲把家户分析,众亲立议,将产业分做二份。祝香说道:"若分二份,吾一子承立一份,吾侄三人承立一份,是吾一子有侄三份矣。古云:'同居无异财。'吾岂忍弟子不能如吾子之产。万一日后侄生养日繁,以不足产业,怎能度活! 只恐有余的有余,不足的难过,势必家产为有余的夺矣。"众亲称义,乃依意四分均分,四子却也都能,个个昌盛。祝香只是思想其弟,忽然一个老僧,走入屋来,适遇着家仆在屋内出,嚷道:"和尚化缘,当立门外,如何直入堂屋之中?"老僧不答,仍要往内直入。却是何意,下回自晓。

第七十六回

辛苗叟公门方便　小和尚还俗养亲

话说那个老僧，乃是祝味，只因昔年避差外出，多年在他乡，逢着僧人，谈论禅理，遂乃披剃出家。曾在海潮庵，得闻高僧伦理正言，乃想起家乡尚有兄长妻子，一旦归来探看。虽说出家人不以妻子撄念①，却冥中为这贤德之兄，思念同胞，感令他归来，以慰善人之望。祝味却识故里家门，年久家仆哪里认得，见个和尚往内直走，便嚷叫起来，一手去扯。真个是出家有些道行，一毫火性不存，也不说出姓名来历，也不嗔怪家仆，只是遇着哥嫂妻子，方才认得。果然祝香老听得家仆吵闹，走出堂来，见了僧人，细看一会，乃抱头而哭，妻子家众方才认得，各相悲啼，乃复喜道："阿弟，因何外游不归？叫我兄想念。一日不归，一日思念，你如何把头剃了，做个和尚。这和尚有何好处，你去做他？"祝味道："阿兄，你怎见得和尚没好处？依我弟说，和尚好处多哩。"祝香道："阿弟你听我说：

抛离父母别家乡，不习农工不做商。

骨肉不亲亲外姓，王家差役叫谁当？"

祝味听了道："阿兄，你说差了，我弟也有四句。"说道：

万劫难逢一个人，如何迷误在红尘。

因除烦恼离乡里，苦海回头永不沉。

祝香听得，说道："阿弟，我也不与你饶舌，人各有志，便随你罢了。只是你既脱离尘情，今日何故又归来？"祝味道："我逢高僧讲论玄理，因及纲常正道，弟兄妻子，乃是五伦正派。偶动了一念归来之心，虽自知堕了思凡，却也是阿兄善念感召。若是阿兄无思弟真心善念，怎得归来！且问阿兄，当此老景，镇日②何以了此余生？"祝香道："近因老迈，家计已析诸子，日与老友盘桓，但愿盛时以遂遇乐。"祝香又把嫁女分产事说与祝

---

① 撄(yīng)念——挂念。

② 镇日——整天;终日。

味。祝味笑道:"弟今回家,愿吾兄与众老欢乐老年,料兄不逐世味,不同熏莸①一类,凡有供赡,皆我小弟一力相承。"以此祝香享八十余之乐。

却说第四个老叟,名叫辛苗,平生身随衙门出入,资生过活,为人善柔,凡遇公事能言善谈,多与人方便,出自忠厚本心。这衙门中有尖利出头儿的,辛苗叟也由他,不与计较,有漏空不实的,辛苗叟多与他搪抵圆变,不坏了门风。一日,有一起争讼的,那原告刁诬,把一件伤天理、坏人门户的事情,捏词在官长,衙门众役俱受了刁奸之贿,欺瞒官长。这被诬的可怜为人善柔,又且拙懦。辛苗叟知其受诬,情必不伸,乃捐自己钱钞,代为打点,冒忌受嫌,暗把实情通知官长。官长疑他诈骗妄言,叟乃悲惨说道:"小人非诈骗妄言代诉,实乃知刁诬情虚,欲上得审其实,恐被刁诬蒙蔽公明,善柔受屈耳。"官长喝骂而退,及另差人密访,果系刁诬。善良不致偏屈,村民称快,哪里知是辛苗暗行方便。俗云:"公门中好修行。"辛苗只这一件事实,官长知其德行,乃大小狱情托他查访,得情方审,无不称明服公。

三年官长转任,辛苗叟家私都赔累,一贫如洗。人并不知,独有其妻每出怨言,说道:"衙门人役,谁家不热闹起屋,哪个不赚钞养家,偏你冷清,把家产都赔累尽了。"辛苗叟笑道:"娘子莫怨,我当年进衙门,为养家起屋。不意进了衙门,见众人个个横着肠子,狠心恶意,勒掯人钞。可怜这兴词动讼的,也有平日不舍穿,不肯吃,聚得钱钞,都白白地送在这衙门里,这也罢了。还有一等穷苦的,变产业,卖儿女,送上门与他,若是伸了冤,饶轻了法,这也罢了。若是冤不伸,法又重,我辛苗自进衙门看了这些情由,不觉得不忍心生。一则也因未有子嗣,就赚了些钱钞,知与何人;一则只当积些方便,救人苦恼,便是败了产业,饥寒家小,也说不得。幸得官长廉明听信,三年转任升去,不知后来官长如何。趁此抽身,另寻别业。"其妻听了,乃说道:"有此善心,我妻小愿甘贫守,待你别业。"辛苗道:"别样营业我做不惯,不知另寻个不惹是非本等钱钞,过活罢了。"岂料辛苦在衙门三年,只为存这点好念,把家计败了,只存得两亩空地,锄种过日。

---

① 熏莸(yóu)——莸,一种有臭味的草。此处比喻善恶不可共处。

一日锄种辛苦，倒卧在地，忽然睡熟，见一官长，幞头①象简②，走近前来，叫一声："辛苗，多亏你衙门方便，救了吾子孙不白之冤，清了吾家门体面。莫怨贫穷，管你门户高大。"辛苗乃拜问道："小人何事为尊官方便？"官长道："吾当年在世，忠心国事，在地方只吃一碗清水，积得养廉俸禄，以贻子孙，三世清白。只因积得多金，恐为子孙侈富，乃埋于吾家后墙之下，后令子孙不足者得。当时子孙不知，我亦未白其事。不意今有诬吾子孙，门户受污，几被玷辱。若不是汝察情方便，连我清名损坏。不独我感汝德，便是冥中称汝阴骘不少。汝可到某家后墙，挖此千金之埋致富，免得锄种之苦。"官长说罢不见。却又见一人，丰颐③大耳，衣冠整齐，走近前来，也叫一声："辛善士，多赖你衙门方便，免吾朽骨摧残，愿保你有子继后。"辛苗道："小人何事为尊长方便？"这人道："某人前日夺冢④之讼，若不是善士察访真情，几遭强梁夺去。年深日久，冢已数迁，吾骨尚存，赖善士救安。今愿复生投胎，为善士继后。"辛苗道："当日官长廉明判白，与小子何干？"这人言道："若不是善士忠公，官长信服，那奸刁难必不遂其诬。"说罢忽然不见，辛苗惊觉，汗流浃背道："怪哉，我在衙门与人方便，就是善良不致冤屈，都是官长阴功，怎么梦中人来谢我！挖人埋金，继富不仁。我闻富贵有命，况此官长子孙已处不足，当往指明，但不知可有此等事情？古人有蕉鹿⑤梦，虚虚实实。且就梦往说，任他信否。"乃向官长子孙把梦中事情备细说出，那子孙方才知讼平皆赖辛苗之力，却在后墙挖出千金之蓄。当时分十之一谢，辛苗不受，子孙再三强之，乃受归家。期年，果生一子，后得职官长，孝事辛苗。故此辛苗叟享龄八十之外，日与这五老盘桓。

再说那第五老叟，名叫我躬叟。这叟生得齐楚，少年倚靠祖父产业，自己却又辛苦经营起家，比前十分茂盛。生有五子二女。年近四旬，父母尚存，每日晨昏问安侍养。父母有疾，日夜不眠，割股相救。有此孝心，感

---

① 幞（fú）头——古代男子戴的一种头巾。
② 象简——象牙笏板。
③ 颐——腮，面颊。
④ 冢（zhǒng）——坟墓。
⑤ 蕉鹿——指世事如梦，变幻莫测。

得父母安康,我躬亦精神百倍,求谋皆遂。十余年,父母不在,他的五子亲见父孝祖,各人更加十分孝敬。我躬叟把家产分做七份,亲友问是何意,我躬叟道:"吾父遗我一份,我辛苦增至三份,今欲五子得受每各一份,以一份陪嫁二女,余一份我欲济贫作福?"亲友道:"济贫是你仁厚,便是福也。况你五男二女,个个皆孝,家业丰盛,手足康健,更多福也,又作何福?"我躬道:"非自求福,乃是为报答四恩,作些福事。"亲友道:"哪四恩报答?"我躬道:"天地盖载之恩,日月照临之恩,国王水土之恩,父母养育之恩。"亲友听了道:"天地日月,高明在上,如何报答?除非建斋设醮,只恐是虚仪。国王水土养生,人民若无官职尽忠,何以报答?父母已经仙游,何处报答?况福是你的现在,怎么报得这四恩?"我躬道:"亲友,你不知天地日月也只要人存心为善,国王官长也只要人恪守王章。我如今把这一份产业,遇有街修路补,拔苦济贫,就叫着作福罢。"亲友俱信他言语出自善愿。这五个儿子轮流孝养,却也人间少有。我躬到此八十余外,康健异常,亲友莫不夸他存心为善之报。

这第六个老叟,更是古怪,他名唤马喻。这老叟幼年,父母只生了他一人,算命的说他有关煞难养,行医的看他多疾病恐伤。父母心慌,说他虚飘飘无定着,乃许送在寺院出家。当时就有一个僧人,法名半真,这僧没甚戒行,浑俗和光。马喻随他出家数年,父母老迈无人侍奉,他一日自想道:"出家从师,果然得成佛作祖,且莫说见在父母,保佑他福寿康宁,便是过世的五代七祖,也超生天界。我父母送我出家,也只愿我做一个有道行的和尚。乃今随着这混俗和光僧人,他自顾不暇,有甚好处到我!不如还俗归家,侍养父母,有缘寻个妻小,我生个儿男继后,也免得被人议论,说我抛父母不养,逃王差不当。我想菩萨决不罪我还家侍奉父母的。"马喻当时拜辞了师父,一心回家,半真僧人也不作难留他。

却说这寺院叫做弘愿庵,僧人甚众。有一等受戒道行的,门下招的徒子徒孙,听师道、效师行的也多。有一等只图混俗如半真的,门下徒子徒孙也有自守戒行的。也有一等不听师父教诲,不守僧戒,丧却心情,不是被师赶逐,便是偷走还家。这一夜,只因马喻早起还俗,方出山门,却遇着三四个小和尚,彼此相问早往何处去,马喻便说出真情道:"父母无人侍奉,欲归孝养。这出家为僧,似你们投着个好师父,教些见性道理,明心真诠，不然就是经典科仪，久后得个正果，也不枉得抛父娘，拜佛门，为个和尚。若是遇着师父，披缁①削发，外貌是僧，心情只是在那利欲上要受用快活，今日望施主，明日拜檀越，揽经做醮，你便当个生意，不顾那人家敬请建一个道场。我想随着这样师父，倒不如还了俗，做个良民。"那三四个小和尚听了道："原来马喻是背师还俗的，我们实不瞒你，也是背师逃走归家的。"马喻便问道："你们想也是要侍奉父母的？"只见一个小和尚道："各有心事。"正才讲说，忽然一阵狂风，众小僧惊惧，忙躲在山门背后，让那阵风过。只见风过处阴云惨惨，一尊大神拦门正立，众小僧看那大神，像貌威武：

头戴金冠飞彩翅，身披铠甲衬红袍。

赤发连须睁怒目，手持宝剑大声嚎。

这神当门立着，喝道："你这几个小和尚，背师逃走，往哪里去？"小和尚见了，一个个胆战心惊，不敢答应。却有一个大着胆答道："我娘家去。"大神喝道："吾神聪明正直，岂不鉴察你心。你哪里有娘，本是无娘无爷，你兄嫂送你出家，你既有兄继后，便是出家。投了一个明师，有道行的，正当仿效做个好僧，如何不听师训，不守僧规，私心要还俗？吾神此门可是你私意出入的？虽说三宝门中，一真可栖，来者不拒，去者不追，似你这败坏僧门，此处一则也难容你，一则看你好吃懒做，不恤行止的，便是还了俗，也非纯良守法之辈。去便容你去，只恐你日后不守本分，想这清高不能入了。"大神说罢，把这小和尚，揪着衣领，往山门外掷出，便来揪那两三个，说道："你这心情，一类一类。"也揪着衣领推出，却要揪马喻，马喻忙说道："我是归家侍奉父母的。"大神听得，定睛一看，笑道："真情，真情，可爱可敬。你存此心，已证如来圣境。你九玄七祖有继，还保你百岁长生。好生去孝养，莫负了此日出门。"说罢，大神飞空而去，风静早见曙光。那几个小和尚有飞跑出门去的，也有想一想复进山门，仍归房去。马喻因此归家，留发侍奉双亲，年载家贫，父母已故。

却说这弘愿庵半真与那走了徒弟的长老，见还俗徒弟，果然那不遵师训，纵归家仍是个不良善学好的，只有马喻念头原正，虽然还俗，时常还来探看师父，感他养育了几年恩义。半真念他孝道，同庵僧人有爱他本分，

---

① 披缁(zī)——穿上僧尼之服。

怜他贫乏,借贷几贯钱钞,与他做些经营。三五年间,便挣成家业。一日,起早寻营业到一荒丘山过,只见林间一个女子啼哭,马喻近前问道:"姑娘,这早何独自在这荒山林内,啼哭为何?"女子道:"我五里村间王老女也,病故安此荒丘,不知何人毁棺盗吾衣衾首饰,复苏回来,无人救我回家,你若送我归去,吾老父定然谢你。"马喻听得,半信半疑。原何他半信半疑,下回自晓。

第七十七回

六老叟参禅论偈　三官长执册说因

　　世事逢古怪，莫讶遇蹊跷。

　　为恶偏成孽，作善自无欺。

　　暗有神明护，宁无福德依。

　　试观多富贵，俱是善根基。

　　却说马喻半信半疑，信的是，清平世界，一个女娘，衣有缝，话有声，果是复苏之人未可知；疑的是，既入棺之人，如何又活？但她口口求救，想救人乃是阴骘，便冒疑犯忌，说道："姑娘，你随我领你到家去。"那女子道："我力弱，不能远走。"马喻乃背负着她，到得王老家里。王老夫妻一见，惊喜问女缘故。女子备细说出前情，王老一面谢马喻救女之恩，一面要声明地方，提获毁棺盗衣饰之贼。马喻劝道："王老官，你要提获了这贼，将何礼物酬他？"王老道："定送他到官长治罪。"马喻道："若不是贼毁棺，你女子焉何得复活？依我小子说，还该谢他。"王老夫妻听了道："大哥，你说这话，却是个忠厚善人，且问你年纪多少？"马喻道："二十一岁。"王老道："吾女相配不差。"一时便留住马喻，把情由遍告亲邻朋友，招马喻为婿。马喻成了这段古怪姻缘，后生三子，极孝。故此马喻寿过八旬，与这村乡五老盘桓，以乐余年。

　　村里哪个不夸六叟之贤，说他们能安享老年之福。这六叟相聚终日，你到我家，我到你家，家家子女，个个贤孝，欢天喜地说："难得老人家年过八十，都康健不衰。"进入家门，便置备饮馔，俱要合欢众老之心，仍唤歌唱，以助六叟之兴。这众叟坐间也不说哪家过恶，也不夸哪个富贵，也不谈哪家子女孝顺忤逆，也不说少壮时做的事业，只说的是某家有一个不识进退的老儿，偌大的年纪，不把家私交托儿男，还辛苦前挣；某家有一个不知死活的老头子，若许的年庚①，不保守精气，还娶妾追欢；某家有一个

---

　　①　年庚——年龄。

不知涵养的老倔强，一把出头的年岁，能有几载？还好胜与人争淘闲气。众老叟你讲我说，只见我躬老叟道："你我老人家既看破浮生，往先做的一场春梦，如今相聚为乐，却又管人家闲事。俗语说的好：'喜吃糖鸡粪，蜜也不换。'这几家老头子，心偏看不破后来岁月，心情偏在这几件事上，便扯他来学我乐，他终是不乐。"伦郭老说道："我等相聚为乐，固然胜似他们，只是其乐有限，总皆空虚。我听得清平院万年说，国度高僧，寓居院内，能谈见性明心道理，成佛作祖真诠①，我等虚度偌多年纪，何不往谒？若得沾一时胜会，便也不枉了一世为人。"青白老叟道："我等已桑榆暮景②，便就闻了道理，也是无用，枉费了心机，徒劳一番礼貌。"祝香老道："便是朝闻夕死，也胜如不闻。"辛苗说道："随喜道场，也胜如虚费了时光。"这几个老叟，你长我短，讲论了半晌，只见马喻老叟端了正念道："我曾闻修道的人说，一息之气尚存，能知了道理，万载之灵光不灭。安见老人不可学道？我等敬心瞻谒去得是。"

六个老叟一齐走到清平院来，万年长老正与众善信诸僧听候祖师师徒出静，讲论上乘妙法、演化玄机③。只见院门外走来六个老叟，众僧看那老叟，一个个：

> 鹤发如飞雪，童颜似少年。
>
> 相扳④来福地，多是隐高贤。

这六个老叟走进山门，齐登正殿，参拜了圣像。众僧个个叙礼，万年个个都识名姓来历。只见六叟望着祖师师徒，更加恭敬。内中只有辛苗叟善谈多言，乃开口向祖师求教道理，说道："朽拙村老，迷昧一生，干名犯义之恶，毫不敢为；无心叛道之罪，时或颇有，从前做过，望高僧道力开宥。但自今日以后，料老迈无能觉悟真乘，只求教个不昧原来，多添几年逍遥自在。"祖师听了，微笑不答。六叟再三恳求道："高僧不言，我等益昧。"祖师乃说一偈道：

> 盗跖何寿？颜渊何天？

---

① 真诠（quán）——经义；真实意义及真理。

② 桑榆暮景——夕阳的余晖照在桑树榆树梢上，喻指人之暮年。

③ 玄机——隐秘玄妙的机宜。

④ 相扳——相伴。

识得根因,长存不老。

祖师说偈毕,闭目入静。六叟只得出静室,到方丈来坐,各人议论偈意。时道副三位也陪坐席间。只见辛苗叟乃说:"师偈是寿夭皆系乎数之意。人随乎数,也没奈何,听之已耳。"青白叟乃道:"师偈说,寿的尚留人间作盗跖,夭的已归自在作逍遥,寿的是夭,夭的是寿,这个根因。"伦郭叟道:"不然。师偈之意,乃是盗跖造下在世之业不了,颜渊乃是得了万世不泯之道而归。"我躬笑道:"不是这讲。师之偈意,乃是跖寿也由他,颜夭也随他,只乐我们见在根因。得一年,便是一年不老;得十年,便是十年不老。"马喻乃笑道:"虽俱说的是各人高见,依我说,师偈乃是跖与颜各人遭遇不同,哪在乎盗之不肖不该寿,颜之大贤不该夭。"祝味说道:"寿夭不齐,人之情;不以寿夭限人,天之理。安在乎彼寿此夭,徒增唇舌!"道副三位听了,俱各不语。万年长老乃问道:"师父,依你体悟师偈之意,何如发明?"道副答道:"吾师偈意,只就六位老叟见在根因,俱是从前做过善根,今后当自消受。莫在寿夭上拘了形迹,当在一念上种寿根因。"六个老叟,人人点头道:"有理,有理,我等生平却真也有几件事,不曾亏心短行,虽然不敢自必,说是长生报应,便是见了村乡几个使心机、用心术,不独自己夭折,妻妾子女多有不长。"众僧俗听了,都合掌称扬偈意。

这老叟方才辞谢高僧出门,忽然门外又来了四个壮年汉子,他却不进山门,站立在外,气赳赳、怒喷喷指着老叟,道句戏言,说:"你这几个老儿,在世是盗跖。盗跖盗人宝,老儿盗天寿。"汉子说罢,又笑嘻嘻哄然而去。万年长老送老叟出山门,见了这情节,却也不敢作声,即忙回到方丈,把这事说与道副师三位。副师听了道:"异哉!这汉子们乃是知道理的,可惜不进此方丈一会。"尼总持道:"既知道理,不进山门来讲论,非酒狂,必口是心非的。"道育说:"只恐是不正之怪,难容混入禅林。"道副道:"若是知道汉子,不可错过,也当访会一面,彼此有相资之益。若是不正之怪,剽窃理言,也当度化他。"万年道:"若六叟,我便知其姓名来历。这四个汉子,不识他何人。看他恶狠狠讥诮六叟,笑嘻嘻徜徉而去,莫不就是老叟说的使心机、用心术的汉子?我既承师兄们教诲,也当扶持演化的盛意,且去乡村访寻他来历,可度便度,如不能度,指引他到院来,请师兄们指教他。"副师道:"长老须当因人指教,莫要非人乱传。"万年长老听了,走出山门,到村间找寻四人不题。

且说这四个壮年汉子,一个叫做强梁,一个叫做殷独,一个叫做吴仁,一个叫做穆义。这几人生长平宜里,真个是使心机,不顾天理是非,惟图利己,用心术,哪管人情屈直,只要算人。再说这强梁家颇富饶,有庄田数百亩,与一人叫做阮弱为邻,欺其势力不能争讼,乃侵夺不厌,渐渐把他田产占尽。阮弱冤抑难伸,忽然一个游方道士向强梁乞化,强梁不但不舍,且口出恶言骂逐。这道士又向阮弱乞化,阮弱慷慨布施。道士便问道:"善人,眉愁面惨,若似有事关心,何不向小道说出?我小道也能为善人解愁。"阮弱便把强梁情由说出。道士道:"此有何难!小道有一法术,能使他田禾尽槁,你田倍收。"阮弱道:"田俱连亩,怎能他槁我收?"道士微笑不言,乃走到田间,把拂尘一挥而去,果然强梁田禾皆槁。强梁见了,乃倚势尽把阮弱熟苗割去。阮弱捶胸怨道:"法术害人,反使禾苗被割,倒不如道法不用,我尚有一分收成。今为法术,反被强夺。"正怨间,只见那道士复来,向阮弱笑道:"此正小道法术之妙,善人即须割他枯槁之草,管你收成十倍。"阮弱依言,乃尽把槁草割取。强梁见了大笑,便随他割尽。强梁割熟禾却少,阮弱割枯草却多,哪里知道士的法术之妙。阮弱割的草,皆是熟禾。强梁割的苗,尽皆枯草。强梁哪里知道,只是自家懊恼。阮弱知此情节,感谢道士。道士又问:"善人,你田地被他占夺,可有个界址么?"阮弱道:"师父,你看那田沟石桥,前是强梁田,后是我的地,当原以此界,如今被他占过来多了。"道士乃把桥顷刻用法搬移,只见桥后占过桥前,田皆阮弱之地。阮弱见了大喜,忙拜谢道士。那道士知强梁费了一番心机,落得个在家懊恼,乃留了四句口语与阮弱,一笑而去。说道:

强梁欺阮弱,占地将稻割。

不但割枯苗,移桥田又缩。

强梁懊恼未解,乃与妻子说:"明明阮家苗熟,我苗尽槁,因何割将来,却又是枯的?倒不如割我的草,却有余。"正说怪异,只见家仆来说,阮家割去的枯草尽是熟苗。强梁听了,暴躁起来,古怪可恼。家仆道:"还有一件古怪,怎么田地界址,石桥前后,如今桥前窄削,桥后宽远?"强梁道:"哪有此理,桥乃石砌,如何得动?"乃亲去搭看,果见田缩地长,自己惊疑,心实不忿,乃往殷独家来,备细把这情由说出。这殷独正在家设计算人,听了强梁之言,乃笑道:"强兄,此事何难。你家颇富,那阮家不过只几亩荒地。我有一计,你可借事把个害病家仆打杀,送在他门,与他兴一个人命讼词,自然田地都归于你。"强梁听了笑道:"殷兄,计便甚妙,只是伤了我家仆的性命,却去夺他的田地,先折了一着,这也不是我强梁的豪杰美事。"殷独道:"闻他割你枯草甚多,何不半夜放火烧他。"强梁道:"杀人放火,王法甚严,这虽是我强梁的行径,但明人不做暗事,万一露泄情由,王法无私,悔之晚矣。"殷独道:"还有一计,这阮弱好酒,每日远醉,黑夜归来,可趁机叫家仆擂之捶之,只做个酒醉鬼迷,路倒而亡。"强梁听了道:"这事也做不得,我强梁平日为人,也只是要强胜人,便是倚些势力,只好占夺便宜。若黑夜行凶殴人,这又非我素性。"殷独道:"除了这几宗计较,我小子却无策算他。"强梁便要辞回,殷独道:"好朋友如何空慢!"乃宰鸡为黍,沽酒相留,二人尽醉。

　　到黄昏,强梁辞别了殷独出门,酒醉上来,却走错了归路,弯弯曲曲来到一处荒沙,不觉得倒卧在地,睡至半夜。酒方少醒,自己恍惚正疑:"如何殷独留我,却倒卧在此?"方要挣起,只见两个青衣汉子,形状官差,上前一索套着道:"官长唤你。"强梁不知何故,被他二人扯到一座公厅,见一官长上坐,左右甚众,喝叫:"强梁跪倒!"只见官长执一簿子,看了怒目视着强梁,道:"你这恶人,自恃心性狂暴,凌虐善良,虽逃王法之加,岂恕冥司之责?"便叫左右把他布裳脱去,换上一件牛皮袄子,推入那轮转六道之司。强梁方才明白,忙泣诉道:"愚蒙有罪,乞求知改。"官长喝道:"你早不知改,只要见此光景,方悔前过,哪里恕饶!"喝令左右来推。只见左厢廊下,走上一位官长,执道一叶文册,上堂禀道:"此人还有不伤家仆性命害人一种情因可恕。"官长道:"此一种不足以偿他欺凌良善,多少善良受他冤抑。"摇首不肯。只见右廊下,也走上一位官长,执着一叶文册,上堂禀道:"此人又有不做暗事一节可恕。"官长哪里肯听,只是叫左右推入转轮。忽然中门走进一位官长来,手执着一扇文册。堂上官长,忙出坐,下阶迎着拱手,这官长道:"此人本当不宥,他却有黑夜不肯殴人一宗良心可恕。"堂上官长见了,乃回嗔道:"据此三件,理有可恕。"乃叫左右脱去牛皮袄子,仍还他布裳,说道:"若不知改,后来此袄终难脱去。"说罢,忽然不见。只听得有人声叫前来,乃是家仆持灯火找寻来接。到得家里只因这醉卧荒沙,受此一番警戒,乃病卧枕席,把些强暴心肠一朝悔改,遂把强梁更了个强忍名字不题。

再说这殷独为人心术最险，计算极深。他一日往海岸边过，见前行一个汉子，取道走去，那海里忽然钻出一怪来。那怪怎生模样？但见：

> 赤发蓬头蓝面，一双环眼如灯。两耳查得似风筝，四个獠牙倒钉。十指秃如靛染，周身露出青筋。一张大口向人喷，真个惊人心性。

殷独见了，吃惊倒在地下。看那个怪，待汉子走过去，却把一张大嘴开了，向那汉子后边日色照得身影儿一喷，只见那汉子，踉踉跄跄，如醉一般往前去了。这怪方才看见岸上倒卧着殷独，也要喷来。一则它无身影，一则眼已明见了怪形，殷独乃大喝一声："那海中何怪？做得何事？喷得何物？"这怪听得，挺身跳出海来，走近殷独之前，说道："你这大胆汉子，你岂不知我乃海内鬼蜮①，喜的是含沙暗射人影。被我射的好人做歹，善的说恶，任他有千般计较，只消我一射便迷。"殷独听了，忙站走身来说道："我方才见你喷那行人，想他射了身影，却如何不得迷倒？"鬼蜮道："这人叫做吴仁，为人刻薄不情，忍心悖理，没有些善，故此射他不中。想你倒卧在地，没个影儿我射，便是你为人，心术与我一类，又何需射你！"殷独听了道："可喜相逢，既承相爱，便与你结拜个交情，何如？"鬼蜮欣然。两个遂指海为誓，结为交朋。殷独道："凡我要谋些事利，全仗扶持。"鬼蜮道："若得了利，当分些见惠。"殷独道："惠利你也无用，若有些饮食，当来敬你。"两个话别，鬼蜮仍钻入水去。殷独方才前走，乃想将起来，啐了一口，说道："我一个顶天立地男子汉，怎么见了鬼，与什么怪结交？方才明明的一个什么鬼蜮，说含沙射人，我知道了。"却是知道何事，下回自晓。

---

① 鬼蜮（yù）——传说中在水里暗中害人的怪物。

第七十八回

殷独与鬼蜮结交　穆义同吴仁遇怪

殷独走一步，说一句，懊悔一声道："我知这鬼蜮射的是正人君子，若是挟邪小人，与他一类去射人。我殷独只因平日立心险峻，故此前来遇见。若是正人君子，他怎敢当面冲犯？只好背地里暗射。方才他说那射不中的，叫做吴仁，想必有几分不忠厚，我如今寻访他去，做个朋友，帮衬帮衬。"不意吴仁踉跄走来，腿脚酸软，坐在海边。殷独见了却认得，乃上前施礼，吴仁答礼，两个问了来历，殷独便把鬼蜮事说出。吴仁道："方才也觉身后似甚物打来，原来是鬼蜮这怪。老兄不知，此怪暗地害人，我们被他射不中，没妨，没妨，唯有一等善良怕他。"

两个正讲，只见一个汉子走将来，向吴仁叫声："吴大兄，你如何坐在此处？"吴仁道："因到前村做一宗生意，回来遇着这位殷独长兄。"殷独便问汉子姓名，吴仁答道："我这朋友叫做穆义。"殷独道："穆兄往何处行走？"穆义道："一言话长。小子有个妹子，嫁了丈夫。不幸夫亡守寡，只有十岁一个孤儿，寄食我家。老兄所知，荒旱年间，自家三口尚养不活。没奈何劝妹改嫁，妹子守节不从。一则饥饿，一则抑郁，不幸身亡，遗下孤子。偶有一外乡商人，与得几贯钱钞，只得把此子卖与他。不料我也有一小子，与孤子终日耍戏，不舍，背地里逃到商船，这商人俱带了外去。商人数载不来，我又无处找寻。今闻得外乡有个商人到来，只恐是带子去的，特走找寻。吴大兄，你的生意何如？"

吴仁道："莫要讲，不济不济，把几贯本钱折得干干净净。"穆义道："怎么折了？想你也是个千伶百俐，会算计的，如何亏折？"吴仁道："莫要讲起，也是我自家算计了自家。昨年只因本少，搭了一个伙计，借他有余，扯我不足，贩了一船牲口，船小载重，况又是些不调良的牛羊。我那伙计赶得三五只，陆地先行，我押载船后走。古怪，古怪！莫要讲它。"穆义道："我与老兄相契，便说何妨。怎么古怪？"吴仁道："我存心不良，只因那牲口中有几只壮的，要瞒着伙计寄在别家船里，到一处转卖，希图多得几贯钞利肥己。谁知道别船失了风，那牲口皆溺不救，伙计只疑我卖了别处，匿了本钱，都算在我身上。如今分开各自生理，这不是自算了自?"穆义笑道："正是，正是。"殷独听了，也笑道："二兄，这也是偶然，若是我殷独算计，百发要百中。"吴仁笑道："老兄，人算赶不得天算。"穆义道："话便是这等讲，人若不算，怎得便宜? 就是伤了些天理，也顾不得。"

穆义只说完这句话，忽然天昏地暗，风沙扑面，四顾没有路，茫茫尽是海浪。三人坐地，如在个山阜之上，那地又颤巍巍，如坍似塌。三人惊慌起来，穆义乃埋怨吴仁道："都是你在此坐地，误了我行路，说什么贩牛羊骗伙计，弄出这怪事。"吴仁乃埋怨殷独道："我歇歇脚便行，都是你讲什么鬼蜮，扯扳在此，惹这祸害。"殷独又埋怨他两个不相知，撞此冤孽。三个人无计脱难，看看那海波触这沙滩将塌，齐哭起来。少顷，那海波泛处，几个鬼蜮跳出来，看着三个笑道："你们也怕这平地风波险峻么?"三人既心慌，看见了青脸獠牙，又害怕，只是倒身磕头叫饶命，说道："风波险峻，真是怕人，可怜我三人在路途遭遇，家中没有信音。若垂怜放赦，自当报谢。"只见一个鬼蜮看着殷独道："你这人反面无情，我方与你结交，指海为誓，你如何懊悔，背后骂吾? 你这三人心地，不说这风波险恶，如今放了你去村乡害人，不如扯你下海，也做个一类。"殷独道："交情在先，海誓在耳，怎敢违背毁骂? 若是不放我等，乃是你先败盟。"鬼蜮听了道："也罢，且放你们去，尚有异日相逢。"忽然鬼蜮钻入海中，依旧青天白日。三个坐在平沙地上，说道："怪哉! 怪哉!"

殷独乃向吴、穆两个说道："我有个结义的弟兄，叫做强梁。闻他在我家酒醉，归路被迷，得病连日，有事未曾探望，我们又遇此怪事，当去望他。一则问安，一则探他如何解迷。"吴、穆二人听得，便随殷独到得强梁之家。家仆报知，强梁出得堂前，乃向殷独问二人名姓，彼此各通来历。强梁乃把醉归路上这些情由说出，又把悔改强梁一节也说知。殷独三人方才明白，也把鬼蜮这一种异怪尽说出来。强忍听了，乃说道："此事分明警戒列位，也当凡事存一着宽厚。"殷独笑道："警戒，警戒，不使些心机，怎做得养家买卖?"吴仁道："宽厚，宽厚，不伤几分天理，怎得吃鱼吃肉?"穆义道："老兄，我们生成的骨骼，长成的皮肉，旧性难改，任意做去，再作道理。"殷独道："强兄病愈初起，我等同他村乡闲步一番散心，有何不可!"

当下四个人信步行来,却走到清平院山门外。他们原不曾到院中来,却远远见六叟自山门出。殷独见了老叟,乃向三人说道:"这几个老儿,少年不舍得聚会游乐,礼佛敬僧,只等这头须鬓白,方才到此。"强忍道:"临老出家,也胜如死而不悟。"四个人一面说,一面走,恰好相近六叟,悻悻地发这"老而多寿是盗跖"的戏言。他哪里知这语,是说世上有一等不循道义的自害生理,乃徼幸①长生,如何作戏言?又岂知这青白等六老,都是少壮时行过善事,循过道理的,天与他得长生,得遇高僧,到这禅林随喜,他便悻悻笑讥老叟。这老叟都是看破世情,哪里计较,各自去了。这四人闲行,到一座花园之外,殷独便叫:"列位,我们既闲游,与强兄散心,遇此花园,何不进入观乐?"三人齐道:"有理。"乃进入园门,举目看这园内,果然百花齐备,亭榭萦回,好座花园!怎见得?但见:

楼阁重重,都是绮窗绣户;栏杆叠叠,尽乃绿柳红桃。曲径翠苔绕玉砌,日影横铺;珠帘彩幕挂金钩,风光摇动。四壁粉墙,千株杨柳黄莺啭;几亩池塘,万朵荷莲绿鸭游。海棠娇,粉蝶双双,来来往往;蔷薇丽,游蜂阵阵,歇歇飞飞。木香亭对假山青,太湖石傍新篁②绿。夸不尽四季名花,且状这三春后景。

强忍四人入得园来,只见一个看守的园户道:"列位游观便好,只是不要来摘花木。我园主为此常闭了园门。又道:'独乐不若与人同乐。'开了园门,与人游乐。又无奈这游手好闲的,摘花采叶。你便图采去插瓶头戴,怎知伤了我灌溉的功,泄了花木之气。"吴仁笑道:"便采了两三枝花朵,折了一二根枝干,也不致泄了花木之气。"管园的道:"我也不知,只是我主人是个知道理的,常说青草也不可芟除③它一团生机,与人不差。"穆义笑道:"若是恼了我,连根都与你生拔起,管什么生机活机!"正讲说间,只见亭子里坐着个长老,四人看那长老:

僧伽帽光头顶戴,锦袈裟阔臂身穿。

数珠儿挂在颈上,木鱼子拿着手间。

口念着阿弥陀佛,眼观着天地人间。

---

①　徼(jiǎo)幸——侥幸。

②　篁(huáng)——竹子;竹林。

③　芟(shān)除——削平;铲除。

　　想不是等闲长老,化缘簿广种福田。

　　那长老走下亭子,望着四人打一个稽首道:"四位檀越,请亭子上一坐。"殷独三人悻悻地把和尚慢视,强忍却是警戒了一番,改过心情来的,便答道:"老师父请坐。"随也坐在亭子的懒凳上,殷独三人也只得随便坐下。强忍问道:"师父上刹何处?"长老答道:"小僧乃清平院万年。"强忍听了,便起身敬礼,说道:"小子久闻方丈老师大号,自未曾会,今喜相逢,正是早晨见六个老者出院门而去,有一位长老送出山门,看来就是老师父。且请问六个老者到刹上何事?"万年道:"只因我院中,有国度中来的演化高僧行寓,他们特来参谒,请教道理。"吴仁便问道:"高僧演的何化?"万年答道:"演化却多,不拘一道。"穆义道:"我闻出家的僧人,一等见性明心,修行了道;一等诵经持咒,忏罪消灾;一等行脚游方,化斋挂搭。这高僧如何演化?"万年道:"三等都有他的。只是一等劝化人尽三纲名分,全五常道理,查前世根因,查现世果报,修来世功果,这却高出寻常三等。"强忍听了道:"三纲五常,出家僧人已超出此道,他如何又遵行?"万年道:"这高僧常说:'未超三界外,还在五行中。'一个人没了纲常道理,便入了阿鼻地狱。他哀怜此等,故垂方便;遇有此等,随缘度脱。"殷独又问道:"怎叫做查前世根因?"万年道:"一个人总是具五体,却有偏全不同。有富的,金珠充栋;有贵的,衣紫腰金;有贫的,食不充腹;有贱的,衣不蔽体。这都是前世修不修的根因。"吴仁也问道:"怎叫做现世果报?"万年道:"比如一个人,不忠便受不忠之罪,不孝便入不孝之条,做贼就有王法之加。若是敬上,便有显荣;孝亲,便有旌奖;行善,便招福寿;积德,便致吉祥。这乃是现世果报。"穆义道:"怎叫做修来世功果?"万年道:"今世之人,那上一等的,是前世修来。今世再修,乃世世居上一等。中一等的,少年苦修,中年受福;中年苦修,老来受福。这都是现世果报。若是老年苦修,便积到来世受福。又有一等,从少年到老,修善功不间断,现世受福不了。还要积与子孙,岂只来世受福!"他四人听了,齐问道:"比如我们,从今日壮年去修,却从哪里修起?"万年道:"便从善功修起。这善功不远,俱在檀越身中。这善修不难,俱在檀越动念。"四人又问道:"善却是何善?"万年道:"莫逞雄凌懦,莫暗地伤人,莫忍心害物,莫悖理乱伦。端正了这方寸一点,自然三世无亏。"殷独道:"比如这一点儿略不端正,却怎么三世受亏?"万年道:"一世是你现在苦恼,二世是你转回六道;说到三世,只恐世世不免苦恼,这苦恼小僧也不敢尽说。"

强忍听得,乃把穿牛皮袄子事说出。万年乃合掌道:"善哉,善哉!檀越幸亏了存这三点善心,不然,牛皮着体,六道轮回,今日花园发肤,却在前日荒沙地上矣。"强忍听了说道:"小子也只因这一番警戒,所以改名悔过。我这三个朋友不信,身上都有些毛病,比如他们不信不改,终作何报?"万年道:"小僧却也不敢妄说。檀越要知后来报应,除非小院中高僧闻知。这几位师父有道行,能知前后报应功果。"四人听了,齐齐起身,说道:"师父,我等愿到上刹参谒高僧,求他教诲,指明这报应。"当下四人同着万年长老到得清平院来,按下不题。

且说祖师静室入定,道副三位弟子侍立,候师出定,欲有问道之意。只见一个童子,手持香篆,进室绕身一遍而出。副师疑此院中自未曾见有童子,急随他出室,只见第十六位尊者前,有一童子发香篆,宛然相似,遂稽首尊者前,道:"尊者必有度化弟子们美意,故此显灵我等。"方才拜起,只见万年长老领着强忍四人到庑廊下,也来逐位礼拜阿罗圣像。这吴仁手里摘得园中一枝莲花,见尊者前有一花盆,忙插盆内。副师见了,便说道:"列位善信,只就你摘花时,物各有主;插盆时,一点真如。推此真如,步步行去,人人各正果报,善因无复不明矣。"副师只说了这几句,把个四人惊异起来,便向万年悄悄说道:"高僧真是神人,怎便知我们来意?"万年道:"高僧发言,本自无心,譬如悬镜,檀越们原来有心,自照出了。"殷独听了,乃扯着吴、穆两个道:"出去罢,我与你俱有些不忠厚的毛病,莫要惹他说坏了。"吴仁道:"且回家改过了,再来听讲。"穆义道:"看来果报是有的,若是没有,这高僧如何先知?且出去改行从善,莫要问他罢。"三个往外飞走,强忍与万年急叫,他三人哪里回头。副师也不问来去之意,复入静室。万年乃与强忍到静室中参拜了祖师,前出到方丈。三位高僧随出方丈,叙礼坐下。万年乃向副师说道:"方才四位,正是讥诮六叟的弟子,找到花园相会,特来请教三世果报根因。方才只听了大师几句,乃触动了他来意,去了。"副师道:"我弟子也只是无心所发,且请问善信名姓。"强忍乃说当前叫做强梁,只因警戒一番的怪异,遂改名强忍。道副师合掌,只道:"好!忍字真好!"怎见得好,下回自晓。

第七十九回

夺人钱钞遭人骗　肥己心肠把己伤

话说这忍字如何好？人生血气方刚,遇着不顺意的事,便动起暴戾心情,愤怒不平,哪里忍得！这不忍,就生出许多祸害,有一词说道:

不忍一时之气,生出百日之忧。作哭作病作冤仇,祸害临时莫救。

好个当场一忍,让人一步存柔。舌柔比齿久存留,能忍之人有后。

副师道:"善信,你改名须改行,若是名改行不改,却也枉然。这果报冤怨,仍存不解。"强忍道:"小子自揣一生秉性,只是要人些便宜,占夺人些产业,欺凌几个懦弱。只从荒沙醉卧警戒后,一病灰心,这些气力也消磨了九分。"副师笑道:"尚有一分,还有一分果报。"强忍问道:"果报却是如何报?"道副道:"天理好还,小僧也不敢显说。只是人如何使心机行出,便如何照出的以入。比如欺人孤儿寡妇的,后来家里孤儿寡妇也被人欺;夺人产业,终把产业与人夺去。来早来迟,不差分毫。"只见尼总持说道:"善信,你从来曾见闻有这果报得么?"强忍道:"师父不问,我小子到也忘了,果然有见闻过。我当初有一相知朋友,此人言不由衷,只凭口发,专一背前面后搬人家的是非,说人家的过恶。后来得了一个哑口病,要说不能,活活闷杀。又有一友,平日极爱洁净,处家最严,凡目中见有不洁之物,便重罚家仆。不但自身衣食不使毫末秽污,便是他人蒙不洁,必见而远走。他这两眼偏明,秋毫能察,岂知道陡然一病,双目不见,两耳又聋。以前被他捶楚的童仆,故意作践,指着骂的,把秽污耍他的,都作了个笑柄。"

万年听了,笑道:"小僧也见了两个施主的笑话。一个施主名唤并杰,他生来爱干净,与人接谈,不向人口,说人口气秽。与人交接物件,必以衣袖承受,说人手指拿的多秽。人有扯了他衣,说受人手污,即解衣浣洗。人有坐了他席,说被人坐秽,即用水濯。便是妻妾,也不沾污了身体,倒也过了二十多年。一日，老母吃汤，将碗递与他，他不去接，说母手不洁。只这一事，古怪跷蹊。走出大门，遇一经过道余官长，昔年为士时，知他好洁，受了他洗濯坐席之辱，却好出门，闯入官长前行引导，官长见了，想起昔年故事，顿时叫左右扯入衙门之外，叫左右唤担粪的，将粪直倾了几担。身体发肤，这臭秽怎当？仍禁他三日不许浣洗，方放他回家。"强忍听了道："我小子也知此人真可作笑，却还有那个施主的笑说？"万年道："这一个施主，名叫作落空，平生为人，爱的占人便益，夺人利市，费尽的心力，骗得几十贯钱钞，与妻儿计较，寻个生意去做。妻儿说道：'什么生意做得？想你用惯的手，吃惯的口，生意利薄，如何做得？倒不如买几亩地土，自耕自种度日罢。'落空道：'地土越利菲薄，怎得度的日？不如贩买几个丫头小厮到外村去卖，还有几倍利息。'妻儿道：'抛家失业，万一天年不测，丫头小厮有病，或人家识出弊来，官司难免。不如放借与人，讨得加一倍五利债，是个好事。'落空道：'不妙，不妙，人情奸险，骗债甚多，借与人，不如自家使用。'夫妻两个计较了一夜，天明起来，落空把几十贯钱钞裹在身边，往市上寻个生利的事做，看那项便益利市的生涯，便是占夺了人的，也顾不得。那人头疼眼瞎，正在市上前行后走，忽然见一人往前飞走，如有紧急事情一般，急忙忙身上落下一囊，随旁却有一人拾得，往后便走。落空见了，便扯着这人说道：'路道见遗财物，大家有份，'这人不理，往荒沙地界飞走。落空紧紧扯着，跟到深林僻处，说道：'大家有份。'这人乃开囊，却是黄金数锭。落空就要均分，这人道：'老兄，我乃人家佃户，家又贫穷，分此黄金，没处使用。老兄你若有随身钱钞，不如换了去罢。'落空听了，自忖道：'黄金价值百倍，我钱钞能值几多？'乃道：'你果有此心，我愿把钱换你。'乃身边取出十贯钱钞来。这人见了道：'金子价多，不够，不够，不如分了别处去换。'落空见他争讲，又恐人来看见，忙忙尽把腰间钱钞都与了这人。这人得了钞飞走，不知去向。落空得了金子归家，喜得手舞足蹈。妻子问道：'有何生意寻着，这等欢喜？'落空乃把金子拿出来，把戥子一称，倒有十五两，说道：'这生意做着了。'妻儿见了，也喜欢说道：'这金子可换得百十贯钱钞，买地土的也有，做本钱的也有。'落空道：'我还想娶个妾生个子，以继后代。'夫妻两个，又计较了半日，却把金子携了一锭，到市上去兑换钱钞。心里又惊惊怕怕，惊得是，遗失了金子的找寻，市上有人知觉；怕得是，金子成色低，价换不多，遂不得他买田娶妾心肠。恰好走到市上，见一铺面人家，写着：'换金'二字门牌。落空乃进入铺内，与兑金主人拱了拱手，说道：'小子有锭金子，欲兑几贯钱钞。'主人道：'借出一看。'落空忙从袖中取出，那主人见了，笑道：'你这人铜也不识，如何来骗我？'一手扯住道：'剪绺调白①，皆是你这等人，'扯到官司，刑罚究罪。落空有屈莫伸，只是捶胸叫苦。正吵闹中，只见一人在旁认得包金布囊，一手来揪着道：'我卖产交官的金子五锭，一时心事走急，失落市间，无处找寻，原来是你偷去，布囊金子可证。'把金子看了一眼道：'我原是真赤黄金，你原何匿起？'金铺主人道：'原来又是偷金的贼。'一时吵闹到地方官长，刑罚追偿。这落空哪里偿得起，连妻卖了，只落得遇赦还家，拾得一个性命。"

三个高僧听了道："善哉，善哉！天网恢恢，疏而不失。人生何苦不行些善事？"强忍听了，乃说道："小子听了师教，归家断然十分改行。"道育师说："善信，你便自知悔改，却也要把目前作过占夺人的产业，动一个公心，应还的速还，免入了后来一还一报的冤愆。"强忍答道："谨领师教。"只见道副说："师弟，强善信既知非改行，自成善功，只是殷独三人，未见他诚心悔悟回去，还得强善信修自己，再去化他三人。"强忍道："师父，人心不同，有如其面。我小子但知自悟，怎能劝化得他？除非也有一宗警戒，他们却方才知悔。"副师道："这也不难，小僧有五言四句偈语，作他三位警戒，善信可记诵回去与他听。"乃说道：

> 一切诸恶业，如蛇亦如蝎。
>
> 相伤无了期，种种无差别。

强忍听得，熟记在心，别了众僧回去。却说殷独三人，不敢听高僧讲说，恐怕说出他心腹平日非为。总是俗语说得好："贼人胆下虚。"他三人离了清平院山门，信步行走，殷独说："长老之言未必深信。"吴仁道："便信了，也没甚要紧。"穆义道："俗语说的'遇着善人便烧香，遇着恶人便使枪'。"三人讲说，不觉的走到一树密林深之处。这深林路通幽谷，谷中有两条赤花蛇儿，年深日久，通了灵性，专一作怪迷人。谷外山缝里，又有一个蝎子，也通灵作怪。一日，蛇蝎相游在谷口，只见赤花蛇向蝎子说："我等历世，岁月觉长，食的虫蚁，饮的涧水，时或毒螫行人，得了人的血气，因

---

① 剪绺(liǔ)调白——剪绺；偷盗；窃取。调白；挑唆。

此精灵，大非往日。我想行人往来甚少，难得遇着被我们蜇，不如施个神通，显个手段，到那深林密树，张个网儿，等个行人，蜇他些血气。"蝎子答道："计较甚好，只是我等弄个什么神通手段？"花蛇道："我想世人不贪财，便爱色，我变两贯钱钞在林间，有人来看见，必然把我藏系在腰。那时在他腰间，任我吸他骨髓。"蝎子道："我变一锭赤金罢，有人拾得，必也藏于衣袖间，让我吸他膏血。"蛇蝎计较了，果然变了两串青蚨①、一锭金子在林间。等候了一日，不见人来。二蛇道："蝎子，你变的引不得人来，再变别项罢。"蝎子道："深林无人到来，我与你当在路口。"花蛇道："路口往来人又众，万一多人看见了，彼此相争碎分，不免你要凿坏，我要扯断，还是林间，却寻个路头之处。"蛇蝎正移到林间一个走路口，只见一个僧人走近前来。蛇蝎看那僧人：

　　　　秃秃一光头，精精两只脚。

　　　　身披破衲衣，口念弥陀佛。

　　那僧人走入林子里，席地坐下，把面揉了一揉，睁开眼看见两串青蚨、一锭金子在地，便合掌道："什么人遗失了金钱在此？我想此物不知何等来的，或是远贩经商，辛苦将货物卖的，可怜他折了父娘血本；或是变卖家产，养生送死的，可怜他急迫便来失了，心慌意恼；或是衙门交纳钱粮罪赎；或是嫁卖妻儿老小，这不小心遗失路间。可怜身家性命，多有不保。"僧人嗟叹了一会，乃立起地来，四顾一望，大叫了几声："何人遗失了金钱？倒是我僧家不贪财看见，急早来取了去。"叫了几声，哪里有个人应。僧人道："说不得守在林间，料有找寻的来。"蛇蝎见僧人不取，乃计较道："淘气，淘气！长老若守到晚，我们事要破，不如复了本相，再变别项罢。"蝎子道："复了本相，长老一顿戒尺，却不打杀？"蛇说："没妨，没妨，他既不贪财，岂肯伤生？"蛇蝎乃复了原相，往林内游走。僧人把眼揉揉，道："我一时眼花，把个蛇蝎误当作金钱。"乃走出林去。僧人既去，蛇又向蝎道："不如变几个妇人罢，人情爱色，无有不亲。"蝎子说："妇人在林间，只可一个。若是三个，人便不敢亲近了。"蛇道："我有一计，你蝎变个美貌妇女，我两个仍变两串青蚨，待人来，只说是你陪人的妆奁钱钞，愿随嫁夫。"蝎子说："远远有个人来了，此计甚妙，快变！快变！"蝎子乃变了一

_____

　　①　青蚨(fú)——传说中的虫名，古代借指铜钱。

个妇人,二蛇变了钱钞,待那远来人。哪知那走来的是一个道士,蛇蝎看那道士:

> 头戴紫阳冠,足踏登云履。
>
> 堂堂貌伟然,宛若神仙侣。

道士走入林间,揭起道衣,方才坐地,那妇人走近前来,道一声"万福",吓的个道士忙起身,答了一礼。妇人便开口说道:"老师父,我乃前村人家妇女,无夫无主,邻人随我另嫁个丈夫,我也不白嫁人,有两串钱钞当作妆奁。若是师父有相知,不拘甚人,若是门当户对,便嫁了他罢。"道士听了,乃正色说道:"娘子如何说得此话! 女有女道,妇有妇节,你既无夫,必有父母。若无父母,必有弟兄。难道夫家没有宗族亲眷? 因何独自一个在这静僻林中,自为媒嫁? 你若不是个背夫逃走,便是个白鸽不良①,倒是遇我出家不变色欲的道士,若是遇着个恶少浪子,骗辱淫污,可不坏了你名节? 急早回家,莫要伤风败俗。"道士说罢,不顾往前途飞走,说道:"万一遇着过往人来,瓜田李下,不把我形迹坏了?"道士去了,蛇蝎道:"割气的买卖,如何偏遇着这等清白的僧道!"

蛇蝎正要再变别项,却遇着殷独三人走入林间。吴仁、穆义便席地坐下,殷独远远望见一个女人在那林内,趁他二人未看见,乃作言说道:"你两个坐着,我去出恭。"吴、穆不知,殷独乃走近妇女身边,两眼乜斜,上下瞥看。那妇人笑着脸道:"汉子休要看我,我乃村前无夫无主的寡妇,愿情嫁个丈夫,还有两串钱钞陪作妆奁。"殷独听了,忖道:"我有妻小,如何容得? 想吴仁没有家小,倒好作成他。"乃向妇人说道:"娘子,我与你做个媒罢,只是你那两串钱钞,须要谢我,方才作成你一个好丈夫。"两蛇听得要谢,便叫蝎子把钱付与殷独。殷独接了钱,又说道:"娘子,切不可说出谢媒钱。你若说出,你丈夫定然疑我,只恐婚事不就。"妇人道:"不说,不说。"殷独把钱藏在腰间,一蛇忙咬他一口,殷独"哎呵"一声道:"钱在腰间,莫要咬人。我殷独便瞒心赚这两贯,作成人一个婚姻,也不为过。"乃引着妇人到吴、穆前说道:"一宗婚姻作成吴兄。"便把妇人话说出。吴仁想道:"我也过得日子,岂有不行三茶六果,聘娶一个妻小,如何要个露水夫妻? 看这妇人,也值得几贯钞,不如口应着,娶到了家中,再卖了他。

---

① 白鸽不良——指在外不守妇道的妇女。

料她说无夫无主,没甚祸害。"正答应道:"殷兄作成高情,自当谢媒。"那蛇又在殷独腰吸了一口,殷独骂道:"咬得慌,也要忍到家里用你。"只见穆义道:"殷兄,你好无情,只作成吴兄,便不念我也是朋友,就做成做成我也好。吴兄你也无礼,如何突然娶人家妇女?想我穆义也未娶妻,便让了我也何害?"两个争夺起来,那妇人笑嘻嘻地说道:"二位不要争我,妇人家只要嫁个如意的丈夫。"穆义道:"怎么才如得你意?"妇人乃把手轮起指来。却是何意,下回自晓。

第 八 十 回

顾名思义消冤孽　化怪除邪总道心

　　这妇人把手指屈起，说道："一件是家私好。"吴仁便说："我有田产。"穆义道："我有屋舍。"妇人道："穿屋吃屋，还是田产如意。二件是年少壮。"吴仁便说："我才三旬年纪。"穆义道："我尚小三岁。"妇人道："三件是性儿温柔，情儿长远。"吴仁说："你便骂我也不恼，相亲到白头。"穆义道："便打我也不怪，相爱到百年。"妇人道："只凭做媒的主意罢。"殷独乃扯过吴仁来，悄悄地说："做成你，怎么谢媒？"吴仁道："一件上盖衣裳。"穆义见了，便扯过殷独悄悄地说："谢你十贯钞。"殷独听得十贯钞，乃向妇人道："他两个都是我好友，不便偏在一家，娘子且到我家，计较了再作主意。"妇人见事不谐，忖道："两蛇已在人腰，我蝎尚无定主。"乃生一计，说道："三位前行，我去方便了来。"三人依说前行，这妇人走入深林，复了本相，仍变了一锭金子。他三人等了一会，不见妇人来。吴仁往东边去寻，穆义往西边去找，哪里有个妇女！那殷独腰间不时若虫咬得一般，却是蛇吸他髓。吴仁寻到东边，却好遇着一锭金子在地，忙拾将起来，藏在腰间，走到殷独面前。那蝎子在他腰间也螫了一口，吴仁疼痛得紧，自嗟自怨道："我吴仁也有些家私，便也消受得这锭金子，如何咬得腰痛？"那殷独被两蛇轮流相咬，疼痛不过，吴仁又叫腰痛，都不肯说。只有穆义西边走了来道："怪异！妇女不知何处去了？"看着他二人面色萎黄，口声吆喝，乃问何故。吴仁不肯说出金子在腰，殷独乃说道："我出门时，有人送还我一宗账目、两串青蚨，不曾放在家中，是我系带腰间，被它坠累腰痛。"穆义道："好弟兄，待我替你袖一串。"殷独只得解了一串与穆义袖着，方才入袖，臂膊上就如虫咬一口，疼痛起来。他哪里疑，乃起了一个不良的心肠道："且袖了到家用他的。"乃三步当两步先走。

　　这二人只叫腰痛，渐渐倒在地上，正在哼痛，却好强忍走到面前，见了说道："你二人何事在此哼痛？"殷独说："钱钞坠的。"便问强忍："你在清平院，高僧如何教你？"强忍道："总来只教我存一点善心。"吴仁道："他们

可曾提我三人?"强忍道:"他有一偈,叫我记了念与你三人听。"殷独道:
"什么偈?"强忍乃诵出来,说道:"一切诸恶孽,如蛇并如蝎。"只念到这
句,那二人腰间,一个走出一条赤花蛇来,一个走出一个蝎子,往林间如飞
去了,吓得二人痴呆,手足无措,那腰疼痛难当,强挣起向西磕头,说道:
"活菩萨未卜先知,是我等不信作业。"强忍道:"不是不信,乃是你种种恶
因。"二人只得挣回家去。强忍乃问:"穆义何去?"吴仁也把一串青蚨话
说出。强忍忙到他家,只见穆义也哼天喝地说腰痛,都是青蚨变了赤花
蛇。强忍便把偈语与他二人事说了,他三人方才警悟,却只是病痛难医,
乃叫家仆到院来请万年长老。长老乃到他三人家里,备细知这蛇蝎作怪
伤人事实,乃说:"善信,蛇蝎岂能为妖,却是人心自为蛇蝎。"殷独道:"此
怪厉害,厉害!"万年道:"人心更厉害似蛇蝎。"吴仁道:"奉请师父,也只
为这蛇蝎毒害,腰痛难当,药医无效,自知过恶冤孽,偏我四人。强忍回
心,在长老处便离此冤孽。如今已知这种根因,望师父救解,我三人愿回
心修善,再不使心用心了。"万年道:"小僧有何道力能解救,但你家仆来
唤小僧时,三位高僧正在殿庑闲行,听得善信们遇此恶毒,乃稽首十六位
尊者前,将你那插盆莲花仍取了付小僧带来,叫三位将此莲心煎水,洗痛
立止,却还有四句偈语,叫小僧记来,念三位一听。"乃念道:

　　　强梁名改忍,即此善念坚。

　　　洗心消恶毒,幸种此缘先。

　　当下万年长老袖中取出一朵红莲花,送与吴仁。吴仁却还认得,说
道:"这花乃我园中摘来,插在菩萨花盆中的。是了是了,若是煎水洗得
痛愈,便是我当先种了此善缘。又想偈中说,梁名改忍,我等也情愿改了
名字罢。"穆义道:"改个虚名,也非实事。"殷独道:"顾名思义,我等自然
不敢再生不良之心。小子便改个殷直罢,以后凡事只存个阴骘,与人方
便。"万年道:"好一个殷直善信!"吴仁道:"小子便改个吴欺罢。"穆义道:
"小子改个没恩罢。"万年道:"善信,如何改个没恩与那没义?原来还是
个寡情薄幸之名。"穆义笑道:"小子常见人受了人恩惠,便称呼没恩门
下。小子自知穆义遭此蛇蝎毒害,感得师父佛门救解,受此大恩,愿不忘
在心,修善以报。"万年听了,笑道:"好个不忘修善!"三人只一讲论间,莲
心煎水洗罢,都立止了痛,乃设斋款留万年长老。强忍四人齐齐到清平院
谢高僧。后有说人心莫如蛇蝎,当畏神明鉴察,七言四句说道:

　　奸狡存心毒害人，过如蛇蝎虎狼身。

　　若人识得真因果，举念空中惧有神。

　　这平宜里只因六叟往日积下善功，到老消受康健余乐，往常却也不知。听得强梁日前遭遇荒沙变牛警戒，殷独们又撞着鬼蜮蛇蝎这一种果报，幸亏高僧救解，个个平安，人人俱回心修善，乃人相传说高僧演化。离清平院十里，有一个玄中庵。庵中一个老道士，修行倒也年久，身边只有一个蠢愚道人服侍。这老道法号中野，尽有些法术，与村里人家祈禳祛病，驱邪捉怪。一日，吃了两杯素酒，在庵中卧。人传说深林幽谷有蛇蝎变金钱，妇女迷弄伤人，幸亏万年长老救解。愚蠢道人听得，便问道士说："师父，林密深处蛇蝎为怪，白日迷人，师父何不知去扫除？倒被长老成名？"中野老道听了，惊讶道："何处蛇蝎作怪迷人？我如何不去扫除？"乃取了法剑符水，走到林间，却好遇着强忍四人同着万年长老一路行来。中野老道便上前与长老、四人稽首，四人与长老各个答礼。道士乃问蛇蝎怪事，强忍一一说出。道士便向万年说道："师父，何不把蛇蝎扫除？你救只救了他三位腰痛，却不曾除了怪根。万一它又去迷害别人，岂为方便到底？"万年道："小僧也无此救解三位力量，乃是行寓我院中高僧，他们誓愿演化，也只就现在方便，不追究那蛇蝎到底。"中野道士听了道："正是，正是。我老道也知僧家虽与我道门一理，只是用法不同。"强忍便问："老师父，道门如何与释家一理？"中野道："总是一个天地生成。"强忍道："如何用法不同？"中野道："我道门见怪，即扫荡殆尽，他释门随他感化便罢了。"万年道："感化他不作妖弄怪，比师父扫荡的也是一般。"中野笑道："腰痛的倒也都感化，咬腰的尚未扫除。"万年也笑道："咬腰的若是不除，这腰如今尚痛。"两个讲辩起来，强忍乃扯着万年长老说："我们且与师父院中谢师去罢。"中野道："我也要去找寻蛇蝎。"按下长老同强忍四人到清平院来不题。

　　且说赤花蛇与蝎子正在吴仁们腰间吸他骨髓，自为得意，谁想高僧偈语道力宏深，使作得它毒气不能伤人，存留不住，露出本像，仍还幽谷，互相计议。二蛇说道："我们计较甚好，无奈那僧道正气难迷。幸遇这三个，只因他心肠相契，遂被我们着手。"蝎子道："正是，正是。古语说得好:'鼓宫宫应,鼓商商应①。'他心似我,故此相投。"正说间,只见远远一个老道士走将来,口里咕咕哝哝念着咒语,手里屈屈伸伸捏着符诀。花蛇乃向蝎子道:"又是那不贪女色的道士来了。"蝎子道:"难道个个道士都不贪色?"花蛇道:"且是个老道士。"蝎子道:"莫要管他老小,或者是个临老出家未可知。你且退避,待我变个妇女调戏他。若是调上,你再变钱钞诱他。"蝎子说罢,乃变了个妇人,站立在那幽谷门口。老道一见了,惊道:"幽谷之前,如何有个妇人在此?"只见那妇人生得:

> 蛾眉分翠羽,凤眼列秋波。
>
> 玉指纤纤露,金莲隐隐拖。
>
> 桃花红又白,杨柳袅还娜。
>
> 妖娆真国色,看处动人多。

中野道士走近前来,那妇人半含羞半装俏道:"老师父哪里去的?"中野只听了这一声,便惊疑道:"人家妇女见了人来,忙避不及,就是无避身处,也要把衣袖遮面,况见了我僧道家,更要避嫌,怎么卖弄妖娆,又先开口问话? 此非不良之妇,定是那深林怪妇。且待我试他一番。"乃答道:"老道是过此山往一个施主家的。"妇人道:"施主却是谁家?"老道说:"是你娘子家。"妇人道:"你如何知是我家?"老道说:"施主曾向我夸道:'好一位浑家!'我想荒山幽谷处,人家那有美貌如娘子的,必定就是娘子丈夫乃我施主。"妇人听了笑道:"正是,正是,我在家也听得丈夫说,相交一个老师父。只是我丈夫出外,日久未回,老师望他也无用。"老道说:"娘子,丈夫既出外,你到这深山来何事?"妇人道:"一则独自在家心闷,一则来谷边寻些枯枝当柴。"老道说:"妇女家不可在此荒僻处,万一遇着人来不便。"妇人道:"有甚不便,就便取便,也是个方便。"老道听了,忖道:"是了,我假设个施主谎话,他便随口答应,分明不是不良,乃真正蛇蝎精怪。"乃向腰间解了绦子道:"娘子,我久不会你夫主,特带了些微人事②奉送。施主既不在家,这绦子些微,娘子不嫌轻,收了束腰也好。"妇人道:"多谢,多谢。"这妇人方才伸手来接绦子,被老道使起法来,把妇人双手被绦子拴缚起来。那绦子就如空中有人提起一般,把妇人高吊起大树枝

---

① 宫、商——古时五音之两种。

② 人事——馈赠的礼物。

上。妇人大叫道："好老师父，如何上门欺负人家妻小？"老道不复了邪怪真形，便不肯就剿他，只候他复了原像，方才动手。蝎子怪却也灵性，只作妇人形状吆喝。

那两条花蛇在谷里看见蝎子被老道士拴吊在树上，便计较道："除非如此如此，方能救得。"一蛇乃变了一个樵夫，一蛇乃变了一串青蚨，从山凹下走上谷口来，见了老道守着一个妇人吊在树上，乃问缘故。老道说："深山荒谷，妇人家不守节操，在此调戏行人，我道士极恶此等，是我吊他在此。"樵夫道："此妇虽貌中看，却是有些风疾。她有丈夫在山脚下，不是惹的，老师父休要惹她，快放下她来。万一叫得她丈夫来，你倒不便。"老道听得樵子说妇人有些风疾，就动了慈心说："或者此妇病风丧心，未可知。"乃把绦子解下，那妇人往山下飞走。这樵子担上，却挂着一串钱钞，乃向老道说："师父哪里去的？"老道又把望施主的话说出，樵子道："小子曾听见说，玄中庵一位老师父有道行，几回要具一分布施来拜望，今日却好相遇。适才一家主顾还了我一串钱钞，情愿布施老师父买匹布，做件衣穿。"中野老道一听了此言，便笑道："是了，是了，林间青蚨咬殷直的腰，便是这蛇精作怪。"乃趁机答道："好施主，若是肯布施老道一串青蚨，一件道衣穿的成了。"樵夫乃向担头解下一串钱来，送与老道。老道不把手去接，乃把绦子去拴，说道："怕施主索子不牢，将我绦子再缚紧些。"樵夫道："不消绦子，此索甚牢，师父可速藏腰内，莫要撞着别人来看见，说我有钱不顾家小，却布施与人。"老道说："我腰间藏不得一串，倒是我袖中袖罢，只是一只袖太重。我有剑在此，割断索子，分做两处袖罢。"方才把剑要割，那蛇怪惊惧，复了本像，乃是一条花蛇，往地上飞走入谷。樵夫见了，却也伶俐，便大惊小怪起来，说道："师父亏你有道行，识破蛇怪。我们常闻说蛇怪变钱钞迷人，前日深林咬了多人，今日却又来弄我，幸喜我放在柴担上，若是藏他腰间，便吃他害。老师父若不是把剑割他，也吃了他咬。"老道便问："此钱却是何人还你的？"樵子道："实不瞒老师父说，我樵夫日赶朝终，哪里有一串赊账？乃是斫柴谷口拾得来的。始初疑是行人遗失，又为自家一个贫人，从何有此串钱，怕人指做不义得的。亦且福薄，承受不起，故此孝敬老师父，谁知是蛇怪变的。我樵子常在山谷间寻生意，怎容得他？方才见他游入谷去，待我寻出他来，活活打杀。"老道听了，一则情有可原，一则疑他甚诡，忖道：且吓他一吓，看作何状？

乃把绦子望樵夫身上一丢，只见绦子把樵夫手足都捆起来，倒在地上。老道执起法剑道：“怪物，赶早复形，你如何迷弄我老道？如不复你原形，我将你碎斫。”樵夫真也伶俐，乃说道：“老师父，青天白日，怎么使障眼法儿，把我一个贫汉捆倒，说是蛇怪？我家住在山谷下，见有妻小老母，如何是怪？”老道听了，也疑是实。却说那蝎子脱了吊树，走到远远，看二蛇如何脱身。只见一蛇在谷，一蛇被绦子捆倒，听得樵夫言语，乃变了一个老婆子，执着拄杖，走上山来，见樵夫捆倒，老道仗剑要斫，乃涕泣道：“老师父如何捆他？想是在此劫掳人财。这樵子一贫如洗，就是斫得些柴，卖几贯钞，也要养活老小。”老道见此光景，乃怜那老婆子，便把道法收了，绦子原松，樵夫得脱。毕竟何如，下回自晓。

第八十一回

花蛇怪自供恶毒　蠢道人笃信除邪

话说中野老道士仗道法除怪，他却有一点慈悲道心，情理若顺，便就施法外之仁。无奈这精怪性灵，腾挪百出，变樵夫救了妇人，变婆子又来救樵夫。老道只因婆子言语真切，便松了绦子。樵夫挣脱起来，往山下就走，婆子也要走去。老道忖道："我来除怪，怎么件件都是古怪，偏生遇巧来救？看起来这婆子也是个怪。我不免设个法儿再试他一试。"乃叫声："老婆婆，你且立地莫去，我老道有一事求你。"婆子道："师父何事求我？"老道说："我今日望你山下施主，他不在家。此时饥饿，你婆婆可有便饭斋我一食？"婆子听了答道："我家贫，哪里有饭斋你。"那樵夫远远看着老道叫住婆子，听得要饭吃，乃喜道："这老道士着我手了。"乃变一个孩子，叫蝎子变一个大馍馍，拿在手中，走上山谷来，向婆子说道："婆婆，我爹哪里去斫柴，妈妈叫我送热面馍馍他吃，叫你也家去吃馍馍哩！"婆子笑道："孙儿来得正好。你爹斫柴家去了，料有馍馍吃。把这个且斋了老道罢。"那孩子故意扭扭捏捏不肯。婆子忙夺过来，递与老道，说："师父却也巧，恰遇着孙儿送热馍来，你且将就吃了充饥。"老道也不接他的，忖道："情理固是，怎么怪巧到此？万一怪物精灵变化，我吃他耍，且把法剑戳着馍馍，看他怎生模样。"乃答道："多谢婆婆美意。只是我道士生来不向妇女手接食物。你可放在地上，待老道自取吃。"婆子依言，便把馍馍放在地下。老道却取出法剑把那馍方才要戳，那孩子眼快，知道蛇蝎怎经得剑戳，乃抢将起去，说道："我送与爹吃的，如何夺我的与道士？"婆子见事不谐，说："我家去吃馍馍，不管你闲事。"乃咕咕哝哝，假骂孩子，往山下走去。这孩子正也要走，老道乃叫一声："孩子，你爹从那山谷前来了。"孩子听得，只道是真，却又想道："我便是樵夫，怎么又有个樵夫。"只这疑惑，便惹得老道知是精怪，乃把绦子丢来，把个孩子拴着，依旧吊上树枝。孩子哭将起来，把馍馍往山下一丢，那馍馍即复了原身一个蝎子，急去叫着婆子，说道："这老道憎懒，却千方百计耍不得他，如今又把孩子吊起,万一吊久,露出本像,却如何救?"花蛇道:"我且变个猎户,你变个兔子,待我拴着四足,只说孩子是我外甥,叫他放了。他出家人见我拴着活兔,必然要放生。却叫他亲手解缚,乘机咬他,手指受毒,叫他剑也拿不得,绦子也丢不得。"蝎子道:"妙计,妙计。"

花蛇乃变了一个猎户,提着一只兔子,走到山前,看着孩子。那孩子叫道:"救人!"猎户故意道:"外甥,家里寻你不见,如何在树上捉老鸦?"孩子也故意哭道:"是老道吊我在树。"猎户乃向老道说:"青天白日,你如何吊人家孩子在树?想是要拐带人家孩子?"老道笑道:"一个精怪,你如何认做外甥?"猎户道:"若是精怪,便要迷人。他又不曾伤你,出家人如何见危不救,反要伤人?"老道见他说的有理,乃放下孩子。孩子下来,往山下飞走。老道便问猎人:"你是哪里捉得兔子,如何也四足拴了?想我老道吊个孩子,你便认亲求救。一个活活兔子,你也不该拴它。"猎户道:"兔子是个畜类,如何比人?"老道说:"都是天地生来,血气性灵,贪生恶死,总是一般。你看它被你四足拴缚,两眼定睛,若悲哀乞怜,怎得解了绳索,放它走去。"猎户道:"我听了师父之言,不觉动了不忍之意,便放了生罢。"乃把兔子丢在地上,说:"师父,你自放它,是你功果。"往山下就走。老道听了,忖道:猎户多是精怪,怎么放生不解了索去,且他费心得来,怎肯欢喜舍去。且把剑割兔索试他。乃执剑去割。猎户回头见老道取剑,只道识破机关,恐伤了蝎子,便急急回来,说道:"我一时被老道说动慈仁,舍了兔子,便忘了绳索。师父且莫割断了索,待我解了索去。"乃把兔子解放。那兔子飞走去了。猎户故意道:"师父的功果。"便往山下要走。老道心里方才明白,说道:"我也是一时顺理通情,拿拿放放,看来分明都是蛇蝎变化。可惜你空费了这恶毒心肠,怎出得我中野道士之术。你这怪蛇已毒,纵然变化伤人,也只一种毒;如今变个猎户,是毒上加毒,种种难恕。"乃执着绦子,把猎户又捆将起,道:"你这精怪,用心太毒,却要叫我解兔子绳索,因而中伤乎我。快快供来,饶汝性命。"猎户道:"老师父,一个猎人,你如何说我毒上加毒?"老道说:"你这蛇蝎精怪已是恶毒,猎户心肠,原自不善,可不是毒上加毒?"猎户只是不认作精怪。老道见他不供,乃执剑要斫。猎户只得供出,说道:

　　我本花蛇生山谷,与世生人无恶毒。

　　只因久历在山间,吃尽虫蚁不知足。

山中来往多行人，心性有凶有善淑①。

凶人我有恶相磨，善人自有善保福。

日前变化在深林，要吸生人血与骨。

变得金钱与妇人，谁想僧道难迷惑。

视我妇女粉骷髅，说我金钱阿堵物。

不贪不爱计空施，幸遇吴仁同殷独。

同心合意可伤他，却被高僧法力逐。

今日山中遇老师，七纵七擒心情服。

为救蛇蝎变猎人，那是存心毒上毒。

花蛇变猎户，却也俐齿伶牙，被老道绦子拴着难脱。那一条赤蛇变的孩子，与蝎子变的兔子，俱复了本身。在山下看着猎户被拴，恐怕道士动剑，赤蛇乃计较道："千方百计指望弄道士，谁知道士非我们心肠，左算左拙，右算右拙，倒被老道缠着不放。我想善解不如恶解，蝎子哥，你可变个老虎，去咬那道士。他自顾不暇，尚敢拴我花蛇？"蝎子道："好计，好计。"乃变了一只金睛白额虎，从山谷上跳将下来，就去扑老道。老道却也不慌不忙，把剑拿在手中。那虎虽扑将来，却也不是真虎，到底怕剑，却蹲着地埃。老道忖想说："虎来扑我，既怕我剑不敢上前，怎么捆着的一个猎户正是他的对头，如何不见成去咬？此分明是怪蝎。且把猎户待他复了原形再剿除。"

只见赤蛇看着虎也不敢扑咬老道，猎户又捆着不放，看要复原形，情迫无计，乃想起深林曾咬殷独，被强忍救了，知强忍从高僧清平院来，尚记得强忍容状，乃变了强忍的模样，手里拿着一根长枪，走上山来，先赶去那老虎。老道见是赤蛇变来，便往山下去了。强忍却叫声："中野老道，前日途遇，你说捉蛇蝎精怪，却原何坐在山中与老虎相持，又拴着这猎人怎的？"老道说："你同长老众人往清平院谢高僧，如何到此？"强忍便顺口答应道："正是，正是。你不捉怪，却把一个好人当做精怪拴在此处。"老道说："他已自供是花蛇精怪，你如何也被他瞒？"强忍道："分明是我的一个相知，快放了他。"老道总是年尊德厚，听说近理，不似那少壮精明，便收了绦子。猎户脱了，故意谢谢强忍道："强兄，动劳你美意。"却又不敢冲

---

① 善淑——善良；美好。

犯了道士，乃说道："也不怪你老道，万一果是精怪，你怎肯轻放。"说罢，往山下去了。赤蛇变的强忍，乃丢了手中枪，上前与老道施个礼，道："若不是我小子来解交，老道你一差二误，不是被虎扑，便是误伤了猎户。"一面说，一面把手来扯老道的手，就要夺老道的剑。老道想起来说："扯我手，夺我剑，也还是个精怪。只是人熟面有情，不好直把他做精怪。"乃故意问道："强老兄，你当初性暴好便宜，今如何这等温和，与人方便？"蛇怪只知变他容貌，却不知强忍心情，答应不出。老道明知又被怪骗，乃拿剑在手。蛇精灵异，知事不谐，随在地上拿起长枪，叫道："老道士，我们自在山谷隐藏，便是设变金钱妇女，也只动得贪财好色，与我蛇蝎一样心肠的。比如你们正人，自是不敢加害。你何故上门来欺负？趁早回你玄中庵修你行，莫要在此生事。"老道明知是怪，乃举手中剑，劈面斫来。这精怪挺枪迎去，两个混战起来。花蛇与蝎子见这光景，乃一个仍变猎户，一个仍变樵夫，各执棍棒前来帮战。哪里知老道有符法在身，念动咒语，遣动金甲神人显灵助阵。蛇蝎怎敢成精，往谷中躲入。老道谢去神人，乃拾取乱石树枝柴草，把谷门塞倒。正才要去寻火来焚，忽然山下来了一个僧人。老道看那僧人：

> 头戴毗卢圆帽，足踏罗汉僧鞋。
>
> 身披百衲禅服，手拿数珠前来。

老道见了僧人，乃笑道："这精怪真也有些神通，千变万化，百计腾挪，既逃入谷里，怎么又走了变个和尚前来？"及至僧人走近面前，却是清平院万年长老。见了老道，乃问："老师在此，想是剿除蛇蝎精怪么？"老道答道："正是。"万年道："如今剿除了么？"老道答道："这精怪本是个蛇蝎，却也谲诈多端，左支右吾。我老道也只因听他顺理，便行方便。乃今逃入山谷，被我塞倒谷口，意欲举火焚他。"万年听了，乃合掌道："孽障，只因你碍道伤人，不戢①自焚。我禅心不欲因焚伤了无辜虫类，特向老道求宽。你若悔悟，还可免焚。"乃向老道说："老师仗正法扫除，小僧不敢饶舌。小僧本度化真心，欲求宽恕，又恐老师疑我是假，敢乞同到清平院中面见高僧，再凭尊意。"老道正疑，听此一言，说道："孽障我去他逃，老师纵真是假。"万年道："小僧乃实意真心，以免他焚。他决不敢背。"中野

---

①　不戢（jí）——不退隐，不匿迹。

老道终是仁厚，便同万年下得山来。

方走了几步，只见一个道人走近前来。中野看那道人，走得气喘喘，面痴痴，乃是庵中服侍的愚蠢道人。见了老道，便说道："老师父哪里去求？庵前一个施主家被妖怪吵闹，请师父扫除。"老道听了，笑道："不消讲了，定是蛇蝎逃走，到我庵前吵闹作怪去了。看来你这长老也是个精怪，来诈我的。"万年道："你这老师疑心太甚。我小僧因过此山，望一个施主，化些月斋，供养高僧。只因他师徒们说：'主僧，你路过山谷，得遇方便，当行方便。'因此遇着老师要焚山除怪，小僧恐你火炎昆冈，烧及昆虫，不当忍字。你却疑我是怪，难道我僧家肯诈谎，且安肯把怪来变我僧家？所以邀你到院，面见高僧作证。你既疑我，可把你捉怪符法使来。若我小僧是怪，自然难避你道法。小僧若是怪，来诈你离山谷；这蠢道人来请你回庵，难道也是怪来诈你？"中野老道听了道："说得有理。只是我心被精怪几番哄多了。长老你既非怪，且试我绦子何如？"乃把腰间绦子解下来，望长老身上一丢。万年将手接了，仍丢到老道身上。老道方才笑起来，说："不是怪。"却又把绦子望道人一丢，那道人说："束着腰罢，丢与我做甚？"老道乃放心，与长老同到院。进了山门，走入方丈，恰遇着祖师师徒与众善信僧人吃斋。中野道士上前与祖师师徒稽首叙礼。万年长老乃留中野道士吃斋。斋罢，把这蛇蝎成精的事情，老道驱除的缘故，备细说出，欲求祖师道力驱除。祖师不答。中野再三恳求，祖师乃说一偈，说道：

　　　蛇有毒牙，蝎有毒尾。

　　　无焚其生，使自知悔。

祖师说偈毕，中野听了，说道："蛇蝎生成恶毒，他哪里知悔？"道副答道："吾师以化物为慈，安肯使老道焚谷？老道当自度量。"中野老道听得道："我知意了。"乃向道人附耳如此如此。那蠢道听了，说："待我去往山门外飞走。"却是何意，下回自晓。

第八十二回

梁善娶妾得多男　邵禁因斋结众社

却说蠢道人听了老道附耳之言,乃走到山谷,把那堆塞的草柴乱石尽搬了山旁。蛇蝎见亮,乃走出来,方要变化,被道人一手捉住蝎子,把它的毒尾去了一捗①。那蝎子未曾防他,道人又蠢愚不信甚毒。花、赤二蛇也不知被道人捉住,方才张口,蠢道人也去其毒牙。蛇、蝎去其毒没了势焰,随那道人拿拿弄弄,倒是个驯良家的一般。道人方才说道:"我老师父看僧面不焚你,你自知悔,有此精灵,莫要伤人,久久自超善道。"蛇蝎从从容容,往荒远处藏躲去了。道人方回清平院来,见了老道,回复前附耳之言。方才要回庵,忽然两手疼痛起来,倒地打滚。老道笑道:"是了,是了,中了蛇蝎之毒,如何处治?"尼总持见了,说:"没妨,没妨。汝为山谷行人除毒,决不致你遭毒害。"乃念了一句梵语,喷了一口法水,道人顷刻止痛,拜谢了高僧,随中野老道回庵。

却说庵前何人家妖怪吵闹,乃是一人姓梁名善,夫妻二人生了一子,叫做多男,与一交契②曾指腹结姻。两家俱各殷实,后交契生的女儿患病,得了个残疾,梁善之妻便要悔亲。梁善道:"已指腹结盟,如何悔得?"无奈其妻执拗,多男三四岁,无奈女家一贫如洗,其妻瞒着丈夫,又聘了一个势恶人家之女。梁善不能违妻,交契力不敌势恶,遂解了盟。岂知天道不容,一日,多男到海边同儿辈戏耍,忽遇一拐人,把多男诱哄上海舟,一风驶开,自南度国刮到东度界口,卖与一个行货人家做义子。十余年,这多男也得了一个瘫痪之疾,足不能行。一日,有一巫医过其门,多男敬礼求医。药饵不效,却传了多男会下假神。每每客来,叫他下神为戏,足尚能跳。一日,梁善之妻聘定势恶之家见多男被拐,倚势也悔了亲。只有交契之女不肯聘人,说道:"原与梁家为婚,今多男拐去,不知下落。此女又

---

① 一捗——同一截,一节。
② 交契——朋友。

残疾难婚,况且家贫,不如养着作为守梁子之女。"梁善闻其言,一则怜交契家贫,一则感其义,乃将膏腴之地给其女数亩,以为赡养。

梁善家业渐渐充裕。一日,裹得数百金出外为商。到得东度界口,同辈们有知梁善尚无子嗣,乃劝其纳妾。梁善多金,乃欣然依从。却说这地方有几个刁骗设诈棍徒,听得梁善客人多金娶妾,乃串通媒妁设计,把这行货人家一个美妓,假装女子,凭媒言定聘礼百金。梁善见了女子,生得:

温润真如玉,妖娆胜似花。

蛾眉施粉黛,宝髻攥①乌鸦。

体态千般袅,金莲三寸窄。

百金不吝娶,但怕恶浑家。

梁善交过百金聘礼,棍徒乃诈言又有一客欲添金夺娶。梁善道:"此事如何处?"媒妁道:"此事不难,梁客官可备下海舟,等候风顺之夜,我等与你悄悄把女子送上海舟,一风可到你乡。"梁善依言,叫下海舟,但候风顺。却说行货人家得了聘财,分些与原媒听他设计,要拐骗逃走。只因多男残疾难行,一则也嫌他无用,空养着他,乃与媒计,将多男扮作女子,悄悄送到梁善舟中,说此女害羞,必到客官家下方可成亲。梁善依言,半夜果然风顺,一帆只到家中,将轿子抬了假女子,扶入房内。方才要入房成亲,不防其妻妒忌起来,不容丈夫娶妾入房,吵吵闹闹。多男却是学会假神,见房内有粉墨,乃涂抹头面,执着一根棍棒,敲敲打打,乱嚷乱叫。家童见了,误传梁善夫妻,说是新娶的妾哪里是女子,乃是个妖怪。夫妻听得心怕,来房门外偷看,见了花一道、横一道面貌,吆吆喝喝,乱敲乱跳,吓得当真妖精,忙叫家童来请中野道士驱除。

老道回了庵,忙收拾符法,到得梁善家里,先问来历。梁善说道:"小子只因四十无嗣,娶得外方一个行货人家女子为妾。一路海舟顺风,夜来想是海中也惊了些风浪,把个美妾被什么妖怪占了,如今在房中作怪。想我梁善平生却不曾伤害天理,今日如何遭遇这宗怪事?"老道道:"施主也检点平日,可曾做些不公悖理的事?"梁善道:"只有当年前曾与一交契指腹为婚,他女我男果结了亲。不期他女得了残疾,又且家计贫乏,我妻立意退了这门亲事,又聘了一家势力女子。"老道说:"世间婚姻配合既定,

---

① 攥(zuàn)——握;抓。

岂有悔退之理？你嫌贫又退了亲,将那女子置之何地？伤天理,损阴骘,莫此为甚！你为家主,怎么相容！妇女有罪,坐于夫男。后来却怎么？”梁善道:“不意孩子三四岁,同孩辈海边游戏,不知下落,今十余年。势力家又退了聘礼,交契之女残疾却愈了,他却不肯再嫁与别人。小子为此,助济他几亩地土,养赡女子,也是他女子守节好处。为此前出外为商,娶个小妾,也只为生个子继嗣。谁想有此奇事。这便是我当年背了些道理,便有此报。”老道说:“不差,不差。只是此女不改节,交契不忘旧,你又助他赡养,这几宗善果怎折准不得,还要招个精怪作吵,使你一家不安？幸遇小僧与你驱除。但不知这怪是个甚精,且待我行起符法,自然拿到他审问来历。”当时,老道作起法来,只见他:

朱符道道焚,令牌声声击。

神将频频宣,法剑时时劈。

房里阿阿笑,妖精怪怪的。

棍棒乱乱敲,老道真真急。

老道在外堂上书符念咒,使了半日,那精怪在内房里弄假成真,跳了多时,哪里一毫灵验！越发打出家伙碗盏外来。老道没了法,看着蠢道人说:“都是你把蛇蝎去了他牙齿尾毒,伤了阴骘,叫我行法不灵。”蠢道人笑道:“我去了蝎子尾、蛇的牙,怎碍师父法？”老道道:“一家有过,罪在家主。我是你家主,便是喝令一般,比如人家家主看见家中僮仆伤害虫蚁生命,见危不救,与喝令不差。我的罪过都是你,都是你。”蠢道人性急起来,说道:“师父弄法不灵,却推到我身上。我想方才进施主门,三茶六饭、点心馍馍,吃了他的,也只为师父捉怪。似此无功,怎食他禄？我蠢道人也不会书符,也不会念咒,拼着这老性命与那精怪结果一场罢！”乃拿着法剑,往房里去劈精怪。那多男见道人凶凶地进房,急把脸上粉墨揩去,叫道:“道人,我不是精怪,乃是个好人家儿女,被行货人家设计诱哄了来的。”蠢道虽愚,听得人言,乃按住剑,叫道:“施主与师父快来！精怪乃是假的。”梁善与老道急入房中,一把揪着多男,拖到堂上便拳打脚踢。不意其妻听见,始初说是精怪已快心道:“好好娶妾,娶了个精怪来了,正中我意。”及后听的说是个小汉子,乃走出堂后观看,见丈夫揪着个小汉子。母与子虽间别了十余年,声音笑貌一则还认得一分,一则多男手指,却与丈夫俱是个六指。他看见,急叫丈夫住手,不要乱打。丈夫听得妻言,便住了手,却才问道:"我把百金行聘,明明娶个女子,如何抵换了你来? 好好招出,以便送你官长处审问。"多男哭道:"我也非行货家人。我记得小时候在海边戏耍,被一人带我上船,卖与行货人家,一向在他家使唤。不匡得了个足疾,能跳不能走,他今嫌我,常骂我说白吃了他茶饭。昨叫我悄悄莫要作声,借个事情上船,外方去医病。不意送入这房内,我恐要伤害我,故装作怪。"梁善听了,问道:"我且问你,尚记得父娘么?"多男道:"记不得。"梁善道:"尚记得孩辈么?"多男道:"也记不得。只记得我老子抱着我时,说我多一个大拇指。"乃伸出手来。梁善夫妻一见了,抱头大哭起来,忙扯多男起来入屋,乃与老道大笑,道:"无子而有子,都是蠢道人一急之力。"中野道士乃贺道:"足见施主行好心之报。且问令郎:足不能行,方才是你家仆扶入,却是何故害起?"梁善乃入屋问多男何有此疾。多男道:"偶然病发,今已三年,药医不效。"老道说:"小道有按摩祝由①良法。天既宛转全了善人之嗣,便就遇着小道之法。料此药灵,可令一试。"梁善乃扶出多男,被老道外用按摩,内吞符水,瘫足立愈。只是精神有些恍惚,眼目略带昏花。梁善夫妻复求老道治疗。老道仍用前法不效。却遇着交契闻知,忙来问候,大喜,复订旧盟。

这交契叫做任和,与万年长老交往。一日,到方丈来,见善信众僧与演化高僧谈讲善功果报。任和也随在众中,便说出梁善这段情由。只见道副师道:"中野老道去除怪,便是此阴功,非是怪也。只恐那多男假神弄怪,装女诱父,却有一种罪过。便是残疾,被老道按摩祝由之法救好,也恐未消得这种根因。"任和听得,合掌道:"师父真是神僧,多男便是行走得,果是精神恍惚,眼目昏花,未得痊愈。"道副说:"叫他吃斋静养,勿急婚姻,自然平复。"任和听了,拜谢高僧教诲,却又问道:"师父叫他吃斋,只怕病后血气失养,正当食些荤腥滋补。若吃斋,怎能滋养?"道副笑道:"任善信,你却不知,精神眼目,不在荤腥滋补。人不斋心,养岂能静? 再急婚姻,终无愈日矣。"尼总持也笑道:"任施主,依你说,我等僧道吃斋的,个个失滋养了。你怎知念佛吃斋,心清意正,这滋养胜如荤腥十倍。"道育也笑道:"恍惚昏花,正是荤腥混浊之气。有滋有补,实乃静养之功。"任和听了,深深又谢。

---

① 祝由——指病者对天祝告病由。

只见坐中一个善信,名叫邵禁,越序而出,乃向道副师说道:"'斋心'二字,师父可谓至言。小子们坐中共有八人在此,正欲求师父大教。"乃指那上首一个年长的善信道:"此位善信姓常名素,久不茹荤,发心结了个八斋①社。"乃指着坐中八人:"俱是社中斋友,怎么病者病,贫者贫,有几人不似昔日未斋时? 正欲解社,幸遇师父们到此,却又讲到这斋戒功果。看来吃斋无关贫病么。"道副乃答道:"第一,吃斋的无病。"常素乃气嘘嘘地说道:"小子却多病,何故?"道副说:"这斋有几般吃:有愿心吃,为父母吃的,神自祐护;为灾疾吃的,病或痊瘥;为前世后因吃的,要明道理。若是道理不明,口徒食淡何益? 有三辛五腊,敬神礼佛诞生吃的;有日斋月斋,一年三载吃的;有胎里素,从幼不食荤腥的。种种斋功,岂有贫理?"常素道:"不贫之理,却是何故?"道副道:"天地生人,自有养活衣食。谁叫你奢侈不节,致生困穷? 食素的多约,食荤的多奢,小僧说吃斋省俭,自无贫理。若是贫,必定有斋名无斋实;若是病,必是有斋日洗斋心。"常素不能答。邵禁乃说:"师父之言,是个道理。自小子说,真真的常素老道,终日劳苦经营,为子女千年调。这一种贪心病,何益于斋?"乃又指着坐间一人名姓窦雄,说:"这位老道,心情耿直,不能容人,乃是一种嗔心病,何关于斋?"又指一人名叫费思,说:"这位老道,名虽吃素,终日思想做财主,多富足,日益穷乏不遂他意。这痴病哪在乎斋。"尼总持听了,道:"邵善信,你固了明心斋之理。自小僧说,也还亏了三位吃斋,虽病不危,虽贫不困。若是茹荤,这三种病心终难救解。小僧愿八位善信斋在口,念在心,莫贪莫怒莫妄想,上敬天地神明,报答国王水土、父母养育之恩,日月照临之德。以此吃斋,决无贫病之理。"邵禁道:"承师父教诲度脱,我等个个遵依。更乞这四恩②以下,再有吃斋当行的实功,愿赐指明。"尼总持道:"吃斋实功善行尽多,列位洗心静听,待小僧说来。"尼总持乃合掌,诵一篇佛曲儿。众在座僧俗善信,俱合掌相和。只见总持开口诵道:

　　持斋把素总归心,众和:弥陀佛。
　　方便慈悲种善因,众和:弥陀佛。

---

①　八斋——道教信徒按日期持行斋戒,每月有八日。
②　四恩——佛教用语。指四种恩德:父母恩、师长恩、国主恩、施主恩。

不杀不伤生物命，众和：弥陀佛。

不奸不盗不邪淫，众和：弥陀佛。

守法随缘无妄想，众和：弥陀佛。

凭天靠佛莫贪嗔，众和：弥陀佛。

修桥补路阴功大，众和：弥陀佛。

舍钞施财作福深，众和：弥陀佛。

解忿息争休劝讼，众和：弥陀佛。

怜孤恤寡莫欺贫，众和：弥陀佛。

宽和驭下无苛刻，众和：弥陀佛。

好事成人免自矜，众和：弥陀佛。

施食放生荒旱济，众和：弥陀佛。

建斋设醮苦幽神，众和：弥陀佛。

焚香礼圣朝天拜，众和：弥陀佛。

报答无疆四大恩，众和：弥陀佛。

　　尼总持诵毕曲儿，众僧俗齐和罢。只见炉香不烧自焚，钟鼓声清清扬扬，满堂欢喜。邵禁合掌，又问道："高僧垂教，我等自知斋心功果。但将来自是奉教，有缘相遇的，自一一行此实修。只是八人中见今贫病的，如何救解？望师父指赐解脱之路。"道育师道："如今皆系从前，若是不知误为，自然从今消释。只恐你于斋中故做的罪孽，当于众师前直举出应病、应贫的根因，待小僧们与善信解释冤愆，自可消灾度厄。"邵禁听了，乃看着常素众人，说："列众不妨直说过孽，正好求高僧度脱。"只见常素两眼看着邵禁众人，待言不言。却是何意，下回自晓。

第八十三回

八斋友各叙罪孽　万年僧独任主坛

话表常素两眼看着邵禁诸人，欲说不说。邵禁道："常社友，你有亏心处，正宜今日当高僧前说出，以求忏悔，以救灾病。便是我等，也或有从前做过罪过，不敢隐藏，必须明说，以求度脱。若是错过，恐罪孽益深。"常素乃向僧前拜礼，说："小子生平吃这碗素饭多年，并无悖理妄为。只因昔年殡葬了父祖在坟，家业颇丰富起来。我相信风水，便是得了气脉。乃听了一人说风水未利，当速迁改，可望贵显。小子那时恃着兴发家财，便想着贵显，乃迁改坟茔。方启土见棺，陡然一病，到今未得脱体，家业且渐渐消退。"邵禁道："正是。也知你这段事情，只是闻你随掩棺未改，如何病恙不除？"道副说："这种根因，为害最大。善信你既丰富，便是风水之利，就是贵显也。从后来你便急急要荣，那祖父何当安处，被你迁移不安。幸你速掩，不然，这病怎捱到今，还要贫乏到底。此必亡灵一种毁坏根因，若不修禳忏悔，便穷年斋素何益？"常素听了，乃下拜求解脱这宗罪过。

只见坐中窦雄开口道："小子也有一件事，也想非我吃斋人所为，故此含愧到今。这病根料也是这宗罪过。"邵禁道："你试说来。"窦雄道："小子有几亩薄土，畜得一只耕牛。这牛代人力辛苦多年，疲老无用，只当听其自毙，乃听家户宰而鬻市。那牛若知人事，向人如乞怜之状，小子也动了不忍心肠。只为家户有一宗欺瞒主人的事情，小子不觉迁怒起来，遂把此牛付之屠户。因此得了些不愈之病。"邵禁道："牛疲不耕，多付屠家，恐未关此病。"尼总持道："吃斋人宁无慈心？既无慈心，又迁嗔怒，此是病根，也当忏谢。"只见费思道："小子也不怨贫，但也有一事犯了吃斋的道行。"邵禁道："何事？"费思道："小子昔年有几间房屋，相连邻家乃是一个游荡浪子，料他不能守业，每每思想要侵买他的。好邻里只该劝化他学本分，务农工，乃幸灾乐祸，巴不得他卖屋，细想此心非吃素所有。谁知败子回头，俗说得金不换。小子倒连年折累，他却渐渐复兴，我的房屋反被他买。这宗罪过,师父可解救得?"道育说:"善信能自知是过,便可解救。"

只见坐中又有一斋公笑道:"我们吃斋多年,经过的事也不少,便是小子,也行一宗罪孽之事。"邵禁乃呼其名,道:"吴作斋公,你有何罪孽?"吴作道:"小子昔年有口池塘,因淤浅不能注水,乃叫工作挖开。忽于午梦见数十绿衣猛士,鼓吹前来,到我堂上,说道:'求斋公方便一方池塘,容我等鼓吹几载。'我不知其故。次日,工作挖池,果见青蛙数十。我遂惊疑,料梦中所见是这蛙情,遂命工作捉了送入他池。岂料工作有窃去的,有投入池复网去的。这宗罪孽,虽非我作,却是未留得一方与蛙做个方便,致伤了他,岂不是我罪孽。今幸未病未贫,只怕过流别害。"副师道:"这事果罪在斋公,也当忏解。"

又有一个名唤郑道,说:"小子也有平日一宗悖理之事。"邵禁说:"吃斋人悖理的事,如何做的?"郑道说:"正是,到今心地不安。小子当年用钞买了一孩子为仆,他与父娘相别哭泣,真不忍见。那时,我也动了不忍心肠。无奈钞券两交,孩子已过我处,再三思想,唯有把别人子当己子看待,念其饥寒,恤其劳苦。谁料人心奸险,长大忘我恩义,仍逃回家去。小子恨这情由,捉来置之刑罚。他父娘因念子成疾。想来总是我行悖理,虽免病贫,却恐难逃罪孽。"尼总持道:"也当忏悔。"

又一个名唤洪仁,说:"小子也有一宗不安心事,为此吃了个长斋。今既叨高僧度化,只得说出来求赐解脱。"邵禁道:"洪斋友,你有何事不安?"洪仁道:"我当年住居义乡,左邻一个长老,甚有道行。早晚见我小子,便指明些古往今来忠臣孝子、义夫节妇行过的善事,教训我做个好人。右邻一个恶汉,甚是凶狠,每每欺我懦弱,挟诈钱钞,时日不休。自恨我好人恩义未报,长者忘过,竟失了这个交情。恶汉冤仇未伸,懦弱遭欺,今乃匿怨为友。为此不安于心,吃了长斋。不知此孽如何解脱?"邵禁笑道:"长者有师资之益。你不敬礼,真是罪过。幸亏不曾拜门受业,若是及门受业,忘了恩义交情不报,便吃斋何益?"道副听了,说:"邵善信说的大道理。只是此还有一理可解:好人不忘报德,恶汉能忍化凶。若不是吃了斋,感动恶汉良心,怎当得他日时凶狠? 这件不安,便已是消灾忏悔。"

坐间末席,一个善信道:"小子叫做辛平,也有一宗罪孽,望高僧解脱。"道育问道:"辛善信有何罪孽。"辛平道:"小子当年有一个采访官长,知我为人忠厚,立心公道,来问我几个人的才能行检。我虽直陈不欺,但中间不无爱憎。平日爱的,十分过奖;平日憎的,少减一分,因此虽不曾嫉妒失真,贤愚倒置,只就这爱憎差减,便是伤了忠厚的罪孽。"道育说:"这却是一种不忠待官长,不公待才能。若不忏悔,阴功须损。"邵禁听了,道:"七位社友,看将来人人都有罪孽,倒是小子一个胎里素,平生不近荤腥,哪知滋味;不临世法,哪有奸欺。只一味隐人恶、扬人善,守本分、谨修为,也无贫虑,也无病忧,将何忏悔?"道副笑道:"邵善信,你说无可忏悔,小僧说倒有罪孽,更宜解脱。"邵禁忙作礼,道:"小子实自不知我罪孽何处。"道副说:"有善无夸,一夸便堕了矜骄之孽;有序无乱,一乱便入了傲慢之愆。你说腥未尝沾,有此二过,与那食腥何别?"邵禁满面自惭,说:"是了,是了。小子越席出谈,自夸无病,真乃罪孽。我八人愿修一坛忏罪功果。"万年长老与院内众僧,听得八斋社友愿建道场,悔过消愆,乃一时大兴斋醮,真个水陆并陈,却也整齐。怎见得,但见:

> 门挂榜文,说出众斋心愿;经开忏法,普消八信冤愆。鼓响钟鸣,引动了十方檀越;香烟云绕,降临来三界鸾①轩。从前罪孽,拜高僧一句真诠;自此福缘,愿法界普沾一切。果然是罕闻罕见道场,却也真难逢难遇法会。

万年长老与众僧依科行教,三位高僧却侍立祖师前。候祖师出定,便把八斋社众友建道场的缘故说知。只见祖师微微笑道:"接引洗心,也亏此会。但消见在众善之愆,却也要脱离了牛、蛙苦恼。"三弟子听闻师言,登时出了静室。众斋道僧俗,个个请三位主坛。道副辞谢道:"万年老师道行自能主坛。我小僧等还要瞻仰功德。"万年也不辞,便做了三日道场。众等欢喜各散。

却说窦雄老道,原是带着些病儿随众建会。到得家中,这病陡发。召医诊脉,医云:"辛苦举发。"窦雄心情原躁,乃归咎在会中劳苦,便向医人说:"是了,三日道场,劳了瞻拜。"正说间,病益增苦。邵禁等斋友来看。窦雄向众人也归怨劳苦举发。邵禁乃说:"窦斋公,你这病根未脱,我知你是往业冤愆。如何怨道场中辛苦?天地间,一善能解百恶。我等自会中回家,乃觉精神少长,偏你劳苦发病。比如常素斋公,原也拖病在会,他

---

① 鸾(luán)——传说中凤凰一类的鸟。

居会首,比你瞻拜更劳,他如何回家病愈?切莫归咎道场。"窦雄口虽答应,心实不然。众各辞去。他忽于沉昏中,见一老牸①直前角触。窦雄慌惧,左避左触,右避右触。顷刻,牸作人言,说:"窦雄心何忍?将有功老牸付之屠家。"窦雄道:"你老而无力,耕家谁不鬻你?"老牸道:"你岂不知王法有禁,也为怜其辛勤力作。你不吃斋,情尚可原;你既吃斋,乃迁怒屠害,迁怒不慈,屠害不义,今已诉之冥吏,添你沉疴,将拘抵偿。"窦雄道:"我已前日在众会中诉出这宗罪孽,建诸道场,宁无解脱?"老牸道:"这功德只消得你迁怒愆尤,忏不得忍心害牸。况执不信之心,归咎道场劳苦。你这善功,反做怨府。"窦雄道:"在会人人皆在往昔罪孽,偏我也是八斋社友,不能解脱汝冤?"老牸道:"心地未洁,徒斋何益?"说罢,又将角触窦雄。正在慌间,只见一个高僧貌似道副模样,走到牸前,一声喝道:"法会只因未及汝等得度,故使你作人言来复冤孽之债,又要费我僧家一番超荐。可速退形,不须作业。"老牸即退,僧亦不见。窦雄惊觉,乃念了一声圣号,忙叫家童去请了吴作斋公来。

吴作见请,遂到窦雄卧内。窦雄乃把前事备细说了一遍,道:"在社诸友,前在方丈中各说往昔罪孽,唯有社友未救青蛙。这冤愆也是忍心作业,如何不来向你报应?想是老牸为人有功,与蛙不同,且是胎生,与湿化不类;或者社友道场归来,未曾怨悔,我小子或是原有疾病,因此冤愆越加沉重。"吴作答道:"事虽不同,却也有些古怪。我小子自方丈中说往昔罪孽,当道场中心心忏悔,便是归家,也还记忆着这青蛙冤愆,不知可解脱得?昨于午梦,见那绿衣猛士依旧前来,却也不多,说道:'斋公,你昔日也非有心,今日忏悔,感谢你到有心。有心在道场,还说你见像作福;归家尚有心,便见你真心超度我等。只是高僧未主坛,众长老法事未周,长老似了目前之功果,我等尚在未脱化之根因。'正说间,也见一位高僧前来,貌似尼总持师父之状。他吩咐那绿衣们道:'汝等安心,自有功果及汝,勿得复搅扰善信。'说罢,皆退。我小子醒来,正有意欲去高僧处说这段因果,恰遇斋友也有此警戒。"正说间,只见常素众社友又来问安,吴作便把两个人的牛、蛙事情说出,复问常素斋友:"你自方丈归家,怎么病体全安?"常素道:"小子于道场中,只一心荐拔祖父亡灵,不觉归来病愈。"邵

---

① 牸(zì)——本指牛,也泛指雌性的牲畜。

禁道："据三位梦中警戒,还当求高僧度脱。我们再到清平院中,求僧把这牛、蛙超生,也完了这一宗功果。"当下,众社友一齐走到清平院来。只见离院数里一个山坡之下,见一个牧童倒骑一只黄牛背上,口唱山歌。众人侧耳,听那牧童唱的山歌,却不是等闲儿童个个会的,人人知的,乃是一个叹牛的辛苦,叫人莫伤它,听他的歌儿。众人听他歌道:

> 阿牛阿牛生何来?与人出力受苦哉!
>
> 庄家老儿不知哀,瘦病一朝便撇开。
>
> 卖与市人真不该,何人慈悯吃长斋。
>
> 牛本精灵岂装呆,报人福寿广招财。

窦雄拖病前来,且是家仆扶着,听了山歌,乃向众友说道:"这牧童是谁家的?"众友皆叫认不得,家仆也叫认不得。窦雄正要叫家仆去扯牛问他,那牧童歌罢,把牛一鞭,往山坡下去了。家仆去看,不见踪迹。众友叹息,便说:"窦斋公,这牧童倒有几分讥你。"正才举步前走,只听鼓乐声喧,盈盈众耳。邵禁便说道:"谁家喜事动乐?"常素听了,道:"不是喜事作乐,似官府的导引前来。"吴作听了,道:"也不是,似迎亲送嫁的。"郑道说:"且站立,看他来便知。"众人站立,那鼓乐又止,不见前来。众人举步,那鼓乐又响,时止时响。众人走到响处,哪里是鼓乐,原来是一阵青蛙声在池塘里吵。众人笑将起来,你说道"分明似一部鼓吹";我说道"真个如五音乐器"。众步将近池塘,蛙声陡然绝响。众人方才叹息,说道:"水蛙无人到此,便叫声不绝,一听人来,便潜伏水底。物有人灵,殊为可叹。"正说间,只见一个人来。众人看那人,怎生模样:

> 乱发蓬松顶上光,破衣蔽体下无裳。
>
> 手执一根长竹竿,肩挑两个小箩筐。
>
> 形龊龊,貌肮脏,两眼乜斜池内张。
>
> 不是渔夫来网罟,青蛙苦恼被他伤。

吴作一见了此人,陡然动了他昔日心性,乃叫道:"汉子,我看你一身褴褛,四体倾斜,皆由你做此伤生害物生理。世间尽有寻一碗饭吃的买卖,何苦为你一日之餐,伤害许多性命?"那汉子道:"财主斋公,我等若是有几贯本钱,便也去寻个大小生意。只因无本经营,故此做这宗勾当。"吴作道:"此事不难,我便给你十贯钞,你可将那竹竿、箩筐交付与我。"那汉子听得,哪里肯信,说道:"财主,你钞有限,我等捉蛙的甚多,安能尽改了我等之业?"吴作笑道:"我也只为目见这一时之仁,哪里能个个给他资本。"一面说,一面把汉子的竹竿、箩筐都打碎了,抛在池内。那汉子见了,又笑又恼:笑的是财主斋公许了钞本,恼的是人心难测,安知给钞有无。吴作见他呻吟,乃对窦雄众人说:"列位请先行。小子不食言与此汉,到家给了钞与他就来。"便往家飞走。这汉子紧紧跟着。吴作到家,照口许一贯不差,打发了汉子,便急奔清平院来。

却说这汉子得了钱钞,出了吴作家门,在路上一面称说斋公好人,一面想道:"造化得了这些资本,如今回家,做那桩生意不会,这桩买卖不能,不如买些布匹做几件衣穿,养两个牲口,沽些美酒受用受用,仍旧去捉青蛙。万一再遇着这样斋公,钱钞倒也容易。"乃想道:"那竹竿、箩筐虽被斋公毁坏,却也还收拾了用得。"乃奔到池边,看那竹箩漂浮池面。汉子揭起破衣,下池取箩。不曾防池中有一物,绊了他一跤。却是何物,下回自晓。

第八十四回

高义劝诫一兄非　高仁解散六博社

汉子下池取箩筐，不知池中一段树根，绊着足跌了一跤，挣剉①不起。非是不能起，乃钱钞在腰坠住，又被水蛇咬了足，若似众蛙齐攻，遂落水不起。可叹负义之人，狼心之辈，天理报应不差。且说众斋公到得清平院，万年接着便问常素病安。常素答道："托赖安痊。"窦雄乃说道："自道场毕回家，小子便添了疾痛。莫不是道场瞻礼劳苦所伤？"道副听了，笑道："斋公愈疑劳苦所发，愈致疾病难痊。你的病根，若不是小僧与斋公喝去，怎生能解这冤愆？"吴作便道："小子午梦，也有此警。感得师父们解救。"尼总持听了，笑道："一事同情，只是冤愆。吴斋公已解，更添了一种善因。窦斋公若要病除，那牧童坐下当捐金救解一二。"邵禁道："我等正来求师，再建一功课以消罪愆。"道育说："功果只在人心，人心只看积善。上善慈悲，方便物命，次善方说道场。"众友听了，个个称谢。窦雄乃当三僧面许愿，去找寻牧童所骑，道："小子捐金赎养。"道副笑道："斋公执一不通。方便门中，一见生慈，何必去找牧童骑的？村乡何处不是牧童所骑？苟有不忍之心，即是解脱之路。"道副说罢，众各欢喜，赞叹辞行。只见众友走回池边，见一死人漂浮池面。吴作却认得是捉蛙汉子，忙叫地方捞起，那钱钞尚在腰间。众友都察此情，必定是贫人胜财不起。吴作见那汉手犹扯住破箩，乃想道："人心邪曲，以至于此。"乃叫地方挖地安瘗而去。窦雄果去访牧童不着，遇有鬻耕牛的，捐财救了两个，病乃大安。后有说吃斋吃心五言四句说道：

莫谓斋不良，清心净腹肠。
灵明腥不混，福寿自然长。

话说这平宜里有众斋友，结个八斋社。却有几个少年英俊，结个六艺社，又有几个游闲子弟，结个六博社。六艺社中有一个英俊，名唤高义，却

---

① 剉（cuò）——折伤。

与六博社中一人名唤高仁,二人乃弟兄,同父不同母。高仁居长,高义居次。一日,高义见兄日以樗蒲①为戏,博弈②为欢,乃正色谏兄道:"兄长年过三旬,上当扩充先业,下当训诫后人,勤耕种使荒旱不饥,事经营使资财不乏。亲近贤人,受些师资之益;观看载籍,得些道理之传。光阴迅速,少壮不再,若失了此时,不奋起精力往前去挣,老大来做一个浪荡游闲。万一落在人后,这耻辱何当?"高仁听了,道:"阿弟,我且不问你别的,只就你说落在人后的耻辱何说?"高义道:"世间人心不古,炎凉最甚。想那上古人心只敬得是贤能才德;如今只敬得富贵荣华,贤能若是贫苦,便受人的轻贱,虽贤能不受他的轻贱,却也旁观这些情态可嫌;再若不贤,乃诸人得贱,这何等耻辱!还有一等,明知耻辱,乃甘心去受,不是负欠被耻,便是假贷受辱。仔细思量,可不当趁此少壮做个本分经营,把游戏且咬牙禁戒。"高仁笑道:"阿弟,你说得一团道理,只是你未见透。我想人世间岁月无多,欢乐有限,精力易竭,钱钞有分。趁时力挣固是,逢场欢乐也该。阿弟,你独不见里中张某,穷年累月,挣的家财巨万,留与不能保守子孙,一败无存。可怜他存日熬清受淡,竟成何用?李某占人田产,夺人庐舍,与亲邻做尽冤家,不舍分毫享用。如今田产庐舍依旧,子孙复归原主。又如王某,穿破衣,吃藿食③,终日劳苦,力挣家业,不舍分文赡养父母,越挣越穷。赵某抛妻子,离家舍,外地经商,虽不贪花酒之场,却不顾妻子之养,买卖不着,累年折本。看起这几人,空负了花柳场中无限乐趣,博弈局内有兴采头。"高义道:"阿兄,你见差了。你看谨守本分的,能有几个如张王李赵?却峥嵘兴发的甚多。即不兴发,安安稳稳,不失了家业,不受人轻鄙的,满眼皆是。那不守本分,花柳场中乐有限,博弈局内没采头,荡尽家计,遗贫子孙,皆是且图一朝再作计较,不顾后日摆布不来。"高仁听了高义之言,拂了他意,往门外不悦而去,走到那博弈社内。

这社内有一人,叫做皮浑,见了高仁来迟,乃问道:"高兄,今日何来迟,且面带不悦之色,何故?"高仁道:"正是在家,被我阿弟高义讲说了一番,我一时听他言,深拂了我要戏耍的兴头。走出门来,行在路上细想他

---

① 樗(chū)蒲(pú)——古代博戏。似后代的掷骰子。
② 博弈——博:局戏,用六箸十二棋;弈:围棋。
③ 藿(huò)食——以豆叶为食,谓粗食。

言，也是个道理。"皮诨问道："高义讲说一番甚话？"高仁道："无非劝诫莫结此社，当结他那六艺社。"皮诨道："你却如何答他？"高仁便把张王李赵话说出来。皮诨道："你说得是个道理。如何一路行来，想他言有理？"高仁道："我想那八斋社众人，终日聚谈，不讲些前因后果，便说些吃素看经。恶念不生，善功常积。便是吾弟六艺社，众人终日讲习，不是礼乐，便是书文。你看他们都是清白往来，淡泊交情。吾弟日日归来，安舒适意。我高仁终日到这社中与列位讲的，不是村酒野花，便是呼卢喝雉①，有兴时真也乐意，没彩头却也挠心。十月三朝，倒有几回懊恼，或有兴而来，或败兴而去。仔细思量，吾弟之言也是一番道理。果然日日走入这社，一则也觉惮烦②，一则也觉没趣。"皮诨笑道："老兄，依我小子说，还是我们社中有个最苦，却有个最乐。"高仁问道："老兄，我们社中何事最苦？"皮诨道："失了彩头，一宗苦；等友不来，两宗苦？"高仁道："等友不来，如何苦？"皮诨道："比如方才老兄来迟，小子闷起来真也苦。若等得一个来便乐，再有一个来，乃成了三人之局，何等快心！此不是最乐。"高仁笑道："只就老兄说这最乐，我们且乐一时着。"当下，又有几人相续来社，他们依旧博戏不题。

且说八斋社，常素当年只因迁改祖父坟冢，那祖父亡灵不安，乃于冥间泣诉在报应司主者，诉道："子孙常素，将吾既已安厝，不是得了气脉，他怎能兴起家业？家业既兴，便就痴心不足，听信人言，把一个安静神魂动摇得不安。这也当示警戒。"主者听诉，说道："人家子孙为父祖不安，迁改有理。岂有为自己富贵，把一个既安的亡灵迁改？这个不孝，当以贫病报应。"当时常素故有贫病，却幸遇高僧度脱，自己悔过复新，归家病体安痊。又得了道场荐拔，故此常素的父祖解了愤恨，得超净界。却好魂灵儿正过八斋、六艺社前，见无数亡灵相集。这道是八斋社众斋友的先亡，为子孙造了罪孽，拖累冥司，今幸各陈己过，在僧前得其解脱，善功超度。那道是六艺社众英俊的前灵，为后代会友辅仁，不待道场也超升云路。却有几个亡灵，咿咿喔喔，嘁嘁喳喳，说得是六博社中某败了家业，苦了他在日经营；某不顾妻孥，坏了他后代贫苦，且终朝执迷不悟，造下荒亡罪孽。

---

① 呼卢喝雉——赌博。卢和雉都是赌具上的一种颜色。

② 惮烦——怕麻烦。

常素的祖先,见闻了这几个亡灵说的冤孽,乃上前说道:"你等之事,我已得闻。你便哭倒了山岳,也转不过他戏乐心肠,除非示一个警戒,也叫他亲谒高僧,自然悔过消愆,你们方超天界。"

只见亡灵中见出一妇人形来,说道是高仁之母,只因高仁不自知非,拖累她冥司受苦。常素的祖先问道:"你家如何把你妇人拖累?"妇人答道:"高仁系我所生。我夫与他后妻,俱得了高义英俊的善因,超升云路。如今高仁拖累着我。"常素的祖先道:"你去或梦戒,或见形,母子有情义相感,料高仁自生悔悟。"说罢,一阵寒风,各灵尽散。唯有高仁之母,同着皮诨的先灵,听了这些话说,乃计较去警戒他二子。这晚却在社门外等候这两人出来,思量要迷的迷,打的打。谁知他这社中,众人快心戏要,到个乐极忘归地时候,尽夜交欢。这两个亡灵,设了一个计策,乃变了地方官长巡役模样,陡然起一阵狂风。高仁与社友正乐,那阵风忽地:

冲开社内门,刮灭堂前烛。

烈烈似神号,阴阴如鬼哭。

只听黑地里说:"拿着这个,锁起那个。"吓得高仁东跌西倒,爬起来往门外飞走。皮诨诸人,手摸脚踹,乌洞洞地只往门奔。一个个慌惧说道:"地方官长拿住若问,只推说六艺社会,或指八斋社中。"只听得暗中说道:"推不得!六艺社会却要考察你六艺之能;八斋社中便要试验你八斋之善。推不得!"高仁猛然说道:"我只推说是清平院高僧处来。"只这一句,顷刻风息,明星朗月,社屋里哪有个人踪!各人都站立门外,个个惊异。高仁乃向皮诨说道:"分明风起灭烛,暗里人声,这会不见了。我常听八斋社友说,清平院寓着演化高僧。方才只一言说起,便消灭了怪异,况亲去参谒,必有善果。"皮诨道:"时已夜深,社中尚有灯火酒具,且续一夜之欢,明日再去。"高仁道:"小子被这一惊,古人说得好:'乐极生悲'。想方才虽无官长之事,却受了官长之惊,不如趁此警戒家去罢。"乃飞走回家。只见高义在堂,秉烛对卷,衣冠未解。见了高仁来家,乃上前迎着,说:"阿兄,如何此时方归?"高仁随口答应:"有席相留。"乃问:"阿弟,如何不去安眠?"高义道:"兄外未归,弟心悬挂,安得去卧?"高仁又问道:

"如何衣冠不解?"高义道:"一则阿兄未归,怎敢科头跣足①? 一则卷对圣贤,怎敢毁冠囚首?"高仁才把社中风起怪异,备细说出,道:"真个古怪。"高义道:"理之所有,不为古怪。倒是阿兄尽夜不归,忘家博弈,乃是古怪。"高仁又说到一句推说高僧便风清月朗,高义道:"我亦闻有高僧,演化本国,住居院中。后日当与阿兄参谒。"按下不题。

且说祖师在静室,忽出定向三弟子道:"我于静中,与一尊者讲论演化功果,当随类普度。尊者道吾琐亵②真乘。吾以菩萨普济,蠛飞蠕动,皆在光中。尊者道:'虽然有言,不若无言为上乘第一。'"道副问道:"尊者是谁?"祖师道:"吾见尊者,临渊观鹤,宛似十七位圣僧。"道副乃称赞道:"尊者大慈,愿我师亦如尊者。"祖师乃复说:"我等寓此,闻风而来的善信人等,有疑当与解脱。汝等且代吾言,吾此静功,约有数日。"祖师说罢,闭目趺坐。只见三位高僧,向万年长老说:"吾师习静,我等亦欲驱烦。少俟闭关数日,如有随喜来的善信,长老可代我等应答,毋辜来意。"万年乃问道:"比如善信来的,有往昔作过根因,今日善恶征应,弟子愚昧,焉能告戒?"道副笑道:"长老不问,吾亦忘言。吾昨于静后检点前因,早知征应,但于事琐屑。既欲长老承应,当明以说。"乃说一偈道:

> 无益无益,无劳积习。
>
> 　未见泰来,每观否极。

道副说偈毕,各入静定。长老乃掩了静室关门,自于方丈趺坐,把四句偈语写出,粘在方丈壁间。却说高仁同着高义,走到清平院中,只见清清冷冷,往来僧俗稀少,殿上钟鼓不闻。高仁道:"想是高僧离院前去。"高义道:"高僧不设形迹,哪里在装像模样动人。"两个只得走入方丈,见了万年长老,便问:"高僧何处? 我等特来参谒。"万年道:"这师父们止静闭关,善信来会不早。但闭关时,留了一偈,小僧也不知何意?"高义忙向壁间看念,把头几点道:"真是高僧。"高仁也看了,说道:"先知鄙事,果是非凡。只是未明白六博怎叫做无益? 却有几宗无益的事?"万年乃问道:"善信,这偈语二位参详点首,必有感悟。"高义道:"正是。我弟兄两人,

---

① 科头跣(xiǎn)足——科头:本指战士不戴头盔,后来泛指不戴帽子。跣足:赤脚。

② 琐亵(xiè)——轻慢,不尊敬,不庄重。

正为六博社中一宗怪异事,特来求师解脱。"万年道:"六博之事,果是无益,高僧先见不差。善信若欲知无益见宗,依我小僧说来,却也损多。"高仁道:"便请教无益有损几多?"万年道:"小僧有几句词语,二位试听。"乃说道:

博弈倾财败产,终朝耗气伤神。忍饥受饿逞机心,设诈欺瞒少信。

不顾父母妻子,慢了邻友姻亲。损人名节累官箴①,裕后光前②宜禁。

高仁听了,说:"长老说的,果然种种无益有损。只是橘中③为乐,烂柯④是仙,也非不齿的鄙事,实乃消闲散闷的高风。"万年道:"有三余乐事⑤之暇则可;无一局赌墅之雅则不可。小僧说的是群居终日,无所用心;借言博弈则不可,若再加好饮贪花,则不可之甚。"高仁道:"便是我一两人博弈,怎累官箴? 况小子非官,何箴可累?"万年道:"小僧也不知其故,乃是高僧留下偈外余言。且说善信若不明白,自有征应之处,归家可见。"万年说毕,高仁哪里明白,那博弈之心,犹然未化,乃向高义说道:"阿弟先归,我于村前望一知己友去。"高义听了,说道:"终是未会高僧,亲领妙理,阿兄尚然扞格⑥心胸。"乃辞了万年而去。

这高仁依旧往六博社中来戏,只见社中无一人守社。坐了半晌,看看天晚,心情正闷,却好皮诨走将来,见了高仁,一手扯着他衣,说:"散了社罢,莫要惹出事来。前夜捉拿怪风,昨夜众共见了,已各自回心家去,做本等事了。"高仁问道:"众人有甚怪异昨夜共见?"皮诨道:"昨日你不曾来。我等众人在此戏博,依然一阵怪风过处,来了几个褴褛疲瘵⑦之人,似精非精,似怪非怪,看着我等啼啼哭哭,说了两句怕人言语。我们故此散去了。"却是何人,说的何语,下回自晓。

官箴(①zhēn)——百官对帝王的箴言,后指官吏之诫。

裕后光前——给后人造福,为前人增光。

③ 橘中——象棋。

④ 烂柯——围棋。

⑤ 三余乐事——三国时魏人董遇教学生利用"三余"时间读书,谓"冬者岁之余,夜者日之余,阴雨者时之余"。

⑥ 扞(hàn)格——互相抵触。

⑦ 疲瘵(zhài)——疲惫多病。

第八十五回
一偈谦光动傲生　五个精灵惊长老

话表善恶根因,阴阳道理,莫说怪异,世人立心一正,便是怪异也化为安祥;若是立心一邪,就是好事翻成古怪。只因这六博社中,晓夜不停,都是游闲耍乐。内中也有荡废家庭,祖先在幽冥怀恨的;也有破败产业,懊恼后来受苦的。这几个褴褴褛褛,啼啼哭哭,却不是别精他怪,乃就是这辈的元神见形。皮诨们见了,听他说得言语最关心情。他说道:"你众人结这社会,伤了幽明官箴,苦了先亡后代。"高仁只听了这两句,正合着万年长老词语。他正不明白,乃倾耳听着,就问:"如何说苦了先亡后代,伤了幽明官箴?"皮诨道:"我们正也问他。他说得有理,说这村里阳世明有王法,却在官长司之。他纵容了游闲,败坏了产业,即不败坏,也要拖欠了官租,课殿把他考下。岂不是伤了阳世官箴?有此理,便幽有司此理的神祇。人若孝父母、忠君王,是里中出了贤人,上天必加奖赏;若是出了败坏道理的,幽也有降罚,这不是伤了冥地官箴?阳世王法,容有逃躲了的;幽冥赏罚,决不得差,却报应甚明。不在先亡上作孽,便在后代上生非,岂不是苦!"高仁听了,道:"我前夜已信非怪,高僧今日又明明指点。这六博事,列位回心的有理。小子回家,做些本分,吃了素入八斋社去罢。"皮诨道:"小子也想着入六艺社去,只怕这社友不容。我们气质历来在此社,习成了个皮诨。"高仁笑道:"老兄若入了六艺社,自是变化气质。"二人正说,不觉得清风入户,明月穿窗,只见三个老者走入中堂。高仁忙起身笑迎,道:"老叟到此何事?若是寻你弟男子侄,我等这社已解,并无一友入来;若是老人花业,我这皮兄已更了去向。"老叟道:"我老非游闲少壮,亦非花柳中人,乃是橘中三老。想黑白手谈①,乃是我辈余年乐事,你却难

---

① 黑白手谈——下围棋。

容废置。尧为丹朱①不肖所制,奕秋②自古称善,谢安③一局退敌。不是你百万尽在樗蒲,如何因而解社?"皮诨听了,忙答应道:"小子们解得是六博胜负,孤注赢输,不是老叟们的闲敲棋子。"皮诨说罢,那三老一笑而出。高仁道:"皮兄不当直言拒出这三老。若是社解,棋枰尚在,待小弟与他决个雌雄。"皮诨道:"高兄见猎,又生喜心。依小弟说,一戒便终身不改。"

正说,只见堂前又来了几人,相貌却也古怪,非生乎今世,衣装更又跷蹊,非制度寻常。高仁见了,非社中旧友,乃直拒道:"小子社会已解,列兄可别向寻欢。"皮诨道:"此无对局,不敢款留。"那几个听了,笑道:"我等非是来寻博弈对局之人,乃是公等解社,绝我六博之具。哪里知象棋分楚汉之争,双陆④解弟兄之竞,六簺⑤呼枭,一掷喝彩。公等怎当绝我?"高仁听得,乃向一人问道:"公为谁?"那人答道:"吾乃魏曹子建。只因解纷,故设双陆。想此局亦能为人消愁解闷,何当弃置?"高仁道:"我等也只为此废了清时,损了钱钞,视为有损无益,故此禁绝。"子建听了,乃问:"公名姓是谁?"高仁答道:"小子高仁。"子建笑道:"公非高人。若是高人,当借这戏具,日与此友皮诨,莫争利伤义,以消永昼。谁叫你晓夜博金,不损己财,便坑人钞;损了自己钱钞,上或缺了父母之供,下或失了妻子之养。这悖理处,还有情急不忍言的;若是坑了人钞,使那人败坏家私,还有不顾天理行止之事,只叫做无义之财。割他人肉以肥己,阴骘何存?公等解社,只当解利物之博,不当弃我古来制。"高仁听了,说:"罢,罢!俗说得好:'日亲日近,日远日疏。'我等毛病,只怕要发,不如还到八斋社、六艺社,做些本分去罢。"说了就往外走。高仁回到家中,高义依旧接着,上下看了高仁一眼,说道:"阿兄,今日归来,气象容貌,十分与往日不同。"高仁道:"阿弟,你怎见得?"高义说:"阿兄,你的容貌,每日归家:

> 有时喜,有时怒,形无常态;或如欢,或如恼,色有参差。暗中嗟,

---

① 丹朱——传说中尧之子。

② 奕秋——古代一位最善下棋的人。

③ 谢安——东晋政治家。在下棋中指挥作战胜敌。

④ 双陆——一种类似下棋的游戏。

⑤ 簺(sài)——古代一种博戏。

背地叹,非忧家计;貌忽瘦,体忽肥,总系心思。今日归,坦荡荡,若无宠辱;气安闲,体舒泰,不似寻常。"

高义说罢,高仁笑道:"果是我因高僧解脱,辞了六博社友。想起我后世岁月久长,做此无益,徒招阿弟憎嫌。"高义听了大喜。次日到六艺社来。俗语说:"好事不出门,恶事行千里。"哪里知好名扬开,如雷贯耳。高义进了社门,社中众友就知其兄禁戒博弈,都归美高义谏劝之功,说道:"人家弟兄多少忌妒的,多少执拗不听弟兄好言的,同胞异视,况不共母。君家昆仲,可谓多贤。"高义谦厚,答道:"哪里是小子劝谏之力,实乃高僧度化之功。"只见社中一人,名唤傲生,说:"高兄如何说是什么高僧度化?我也曾闻说清平院有演化僧人,因类度脱众生。我想出家为僧,自有他的分内见性明心道理。虽说道门为我,释门兼爱,他却也不管到一个六博场中。待我小子去探望探望,讲论个真实道理。"

傲生乃同高义,走到清平院来。正是祖师师徒止静之会,方丈也冷冷清清。万年与两个沙弥行者,闲站在山门之外。只见傲生同着高义,上前与万年施了一礼,问道:"演化僧人出来会客么?"万年道:"这几位僧人止静,必须出定,方得会客。且请二位善信方丈随喜。"傲生乃走入方丈,四壁看见,都是抄写的经文偈语。一一看了,无关他念,却只见一偈,贴在壁上,说道:

> 诸卦惟谦①,六爻②皆吉。
> 尚未登堂,一傲何益?

傲生一看了这偈,乃问道:"此偈何意贴在壁间?"万年答道:"小僧不知。乃昨日高僧大师父叫小僧写贴在此,说今日有善信到来,欲会须俟出静时相接可也。"便问道:"善信看此偈意,何故惊疑?"傲生答道:"小子姓名在此偈内。每常也自恃得闻些道理,笑傲轻世之心不无。今见此偈,实有些讥讽之意。不知平日有的偶与我合,又不知是他有心令我忖度。"万年道:"观此偈语乃旧,叫小僧今日贴以待客,则若有情。善信若能候大师出静则候;不能候,异日再来。"傲生性急起来,只叫:"如何候得?长老

---

① 谦——六十四卦中的第十五卦,意为美善可行。

② 六爻(yáo)——爻,组成八卦的长短横道,"—"为阳爻,"－－"为阴爻。六爻,指一至六爻符号。

可启关门,唤醒何妨!"万年笑道:"原来大师偈意不差,正乃防御善信扰静之先意也。"高义道:"只此便见高僧,老兄且无性躁。"正说间,只听得静室门外,听候的行者三声击子,万年忙忙进入,说:"高僧出静也。善信且从容少待。"乃进入去了。傲生同高义只得且在方丈坐等,见庑廊上下诸僧,走走动动,都是伺候祖师师徒出堂。傲生见了,乃向高义说道:"你看诸僧凛凛色貌,伺候高僧,真乃一心诚敬。原来释门庄严,令人起敬起畏,有如此等!"高义道:"对越圣神,如在其上,何异于此。惟能如此,所以降福消灾。吉祥善事,皆由此出。老兄方才视轻了,心生琐屑,宁无亵渎之罪?"傲生此时,方才整容相候,却存了一个要与高僧辩难道理的心肠,到底笑傲气局,露在外貌。

少时,众僧入静室,参谒了祖师,引着二位师父出了静室,上得殿来,礼圣三匝,退入方丈。却就有村里善信人等接踵而来,要求福的,要听讲的,要问疑说怪的,纷纷不等。傲生与高义,只得搭在众中,一概叙礼。只见道副眼看着傲生气象不同,若有高出众中之态。道副乃安然一视,不分彼此。这才见有道高僧,毫无那两般待人接物的举动。傲生乃开口问道:"师父们出家,为了生死事大,却如何琐琐屑屑,与世人分剖是非,辨别得失,徒劳尔身,徒摇尔精耶?"道副不答。傲生又重复笑问。道副乃答道:"为己之生,因以为人之死。蹈于是非得失之间,虽生实死;劳身摇精,虽死却生。"傲生问道:"即师所言,死今欲求生,则精已摇矣,身已劳矣,自不能为,安能为人?"道副答道:"一种为人善念,万古长存。"尼总持道:"若是悻悻,只为一己,规模便隘。这隘却由心,心既不广,体安能舒?又安可望长存不坏?"高义听了,便问道:"师父,心却如何不隘?"尼总持道:"卑以自敛,安舒多矣。"傲生与高义一笑,辞谢出门而去。万年长老听闻,乃合掌赞叹道:"二位师兄,明明度脱此善信。只是昨夜偈语,如何先知他根由,贴在壁间,使自觉悟?"道副道:"长老你特患心不诚、虑不定耳!如心诚虑定,一切事务自现□先①。人言知□其神,神岂离了?"长老万年听了,遂稽首谢道:"弟子心明矣。"道副道:"心明却入有心。此□不在有心。"万年道:"弟子知无心得也。"道育说:"却又不在无心。"万年点首称赞,道:"我三位师兄,指明弟子静定因也。"道副大师乃合掌朗诵

①　□先——细微的迹象之征兆。

诸经,众各随念。

只见僧众鼓钟相应。经毕,三僧欲退,众善信中一人,乃上前说道:"小子有一件跷蹊的事,请问高僧个缘故。方才也只因听得高僧说有心无心的道理,我小子生来鲁钝,也不知何为有心,何为无心。只是三年前,偶于夜梦中在一处殿宇内,遇着许多僧俗讲论经典,说我小子有五种过恶,若不将五宗善来解释,便有五般冤孽鬼魅缠绕。今经三年,却在此殿宇中会见高僧与众僧俗,宛似前梦中光景。此梦既验,只不知五种是何过恶?请问师父,将何善来解释?"道副答道:"善信自种的恶根,自是心知,我等如何得晓?但不知你梦中是谁说你五种过恶的这一番话?岂有彼此没个姓名?"这个道:"小子叫做有长,还记得那说我的,若似万年长老。"道副说:"善信原与万年有识么?"有长道:"不曾相识。"道副说:"此因还当问万年长老。"长老笑道:"有善信自种恶因,小僧如何得知?"道副说:"要知却也不难。我有前因文册,师兄沐浴洗心,当授你往善信家一探自知。"万年道:"小僧洗心涤虑已久,愿师只把前因文册指授。"道副笑道:"前因文册,久已在有长家堂处放着。师去,自种种查出,何必我小僧指授?若是他家堂不曾放着,便在有长善信身边搜检。"说罢,众各退散。

这有长便邀万年长老到家。长老入得门来,便往他家屋内堂前左寻右看,哪里有甚文卷?说道:"高僧却无诳语,哪有虚言,叫我家堂处查,哪见什么文册?"便来有长身上搜检,又无,乃自己说:"我也是敬信高僧指教,便不曾备细问明。如今只得铺起道场一个,在他家课诵经文,坐两日功,讨个报应根因。"及向有长道:"小僧没处查取前因文册。当在你堂中修两日功夫,讨个根因。"有长依言,乃留长老铺设坛场灯供,诵经礼忏。到晚,吃了素斋,万年习静,打坐堂中。到半夜时分,只见一阵寒风,把灯供吹灭。长老也惊醒,静中朦胧着眼,看那窗外月色之下,五个精灵跳跳舞舞,却也狰狞。长老正要查看根因,只得听他舞跳,却合缝着眼儿,微微偷视,只见那五个精灵怎生模样?但见:

一个青脸红发,一个查耳獠牙。一个铁棒手中拿,一个钢刀腰挂。

一个睁着圆眼,五个凶恶无差。跳的长老眼睛花,倒有几分害怕。

万年长老看这五个精灵跳舞了一会，虽不比高僧有驱邪缚魅之能，却也仗着经文忏语，大着僧家之胆，要查前因文卷，只得叫一声："你辈精灵，在我僧前半夜现形，有何因缘？不妨明说。"精灵哪里答应，只是雄赳赳的，如争强角胜之状。跳了一会，只见一个白须老叟，手执着竹杖，向五个精灵说："你等精灵，不须狰狞。自有长老善功，高僧演化，种种恶因，当自解脱。"那精灵听了，飞空而去。长老依旧安心打坐。只见那老叟走入堂中，坐在那坛场之侧，口中一一要说出这五种精灵的缘故，乃叫一声："万年长老，你要查有长梦里前因，却是他自作自受，造下了五种恶孽，当有此五种加害。他不自知悔改，如何得释？"长老听了，只得开了眼，说道："小僧也问他梦中所说，是何五种过恶，他自不知，所以有今日查看。"老叟道："正也因他是不知，误做过恶，留到三年，遇长老与他忏悔消释。若是他知而故作，报应也不至今日，却也不于梦中指示他消释的门路。他既得遇消释门路，只是五宗善果，不可差了一宗，却在长老们道力。"万年长老听了，笑道："有长自作，须要他自解，何要我们道力？"老叟说："若没有道力，他怎肯善解？"长老道："有理，有理，自当领悉。却不知他无心的过恶何事？乞老叟明明说知。"老叟乃一宗一宗说出。却是何事，下回自晓。

第八十六回

无仁孽辈现精灵　有长前因呈长老

话说万年长老要查有长的前因文册,哪里去查,静时却见老叟,说了那五种精灵而去。老叟坐在堂中,长老问他五种有长的过恶。老叟乃说道:"有长本无恶,只因处友不择,滥与人交。有交五人,都是几个无仁、无义、无礼、无智、无信之辈。始与他这辈交既不择,后遇这辈有过不谏,所以五友的过恶益深,有长的罪孽益著。只因他出无心,这段罪案未发。"长老道:"朋友有过恶,人人自受,与有长何干?"老叟道:"长老何不明白? 朋友之道过相规,谁叫他不规谏,使那朋友成了一个恶孽,他如何推诿得无干?"长老道:"比如朋友有过,他却曾好言相规,那朋友不信不听,难道这罪孽也在有长?"老叟道:"朋友不听他,就该绝了交情,却还不绝,终是冤愆不解。"长老又问道:"比如无仁无义五友做的恶,连累有长,应得何罪?"老叟道:"无仁报以无仁之罪。只怕有长还重些。"长老笑道:"岂有作恶无仁之友,罪过反轻;不谏不规五友,罪过反重之理?"老叟也笑道:"长老越不明白。比如五友,不知误作的过恶,正要良友规谏悔改,复于无罪无过之善。只为你不谏,叫他成了过恶。成了过恶,这罪孽可不是不规谏的反重? 若是那明知无仁无义做的过恶,有长能谏,谏了不听,再复规讽,规讽不听,莫致疏怨,好好绝交。这其中一种恶,便是一宗善解。那精灵冤缠,一个不敢近矣。"长老听了,乃问道:"看来有长取友不择,惹出这五种冤孽,便是他前因文卷。只不知作何五宗善,方能解释?"老叟道:"这解释根因不难。能知恶有恶报,则知善有善解矣。比如不仁的冤愆,须是一人可解。此理易明,何须多惑?"长老道:"小僧明白有长的前因,却不得知这五友的恶。方才这五个精灵,是哪种的怪,却是与何人作吵加害?"老叟道:"五友过恶报应,我知不详。长老若要知,除非把方才精灵一个一个问明,才晓得这五人的事实。"长老道:"你如何知得不详?"老叟道:"知五友之事实,必须神鉴。我乃有长的先灵,五家各有先灵,我只是知有长的事实。"长老道:"原来你是有长的先灵。小僧闻善恶非独流于子孙,子孙也通于祖考,信乎不差。"老叟道:"正是,正是。只因有长罪过未解,叫我先灵受累。孝子慈孙须当力善。长老若要明白五友的报应,那精灵尚在空中,可呼而问。"老叟说罢,飞空而去。已去又回,叮咛长老道:"有长求长老慈悲,借道力忏过消愆,以免我老拙之累。"

长老点首,念了一句梵语,只见那精灵一个现形堂前。长老乃问道:"精灵,你想是无仁无义积来冤愆么?"那精灵点首不语。长老道:"汝何不语?"精灵只是点首。长老道:"我知之矣,阴魂岂能说话,说话便是妖孽。吾门慈悲,自有梵语。"乃念了几句。只见那精灵通人言,说道:"吾即无仁之积孽。长老要知无仁前因,已有冥司报应过了。只因有长昔年与他为友,这一种坐观成败根因,还要报应了有长。一日未报,故我精灵一日未息。"长老问道:"无仁何人?何恶何报?有长如何坐观成败?"精灵答道:"无仁叫做辛克,昔年与一个勇士唤做尚功为友,两人交契,比与有长更厚。一日,尚功效用王家,其妻子恋恋不放夫行。尚功道:'婆子,你苦苦留我何用?妇人家哪里知大义。我一身在官,便顾不得家;若是当敌,便顾不得身。此心只知报国,所以说忘家,哪里顾你妻子。'妇人道:'做妻子的,巴不得丈夫报功立业,奋力王家,岂是我留恋你,不要你出门?只说是设法下些来路,叫我妻子不受冻馁。'尚功听了,故意作难,问道:'比如我出外成了功业,自然捎寄音信回家。万一有差,你不免受冻受馁,你却何处?'妇人道:'无他计较,羞面不向人借,守节不污其身,有死而已。'尚功笑道:'我姑试你,久已设法在心。我有一友,名唤辛克,少不得寄托在他。三年五载,少衣没食,都在他处,料不差误。'妇人道:'辛克叔叔与你交契,且家私充裕,你付托真设法的好。'尚功与妻讲明了,却走到辛克家。辛克便问:'尚兄几时荣行?'尚功答道:"行期已定。只是有一件事,托累着辛兄。小弟此行,妻子在家,虑着无人可托,意欲借重仁兄照顾一二,不叫他冻馁。小弟得功回来,自当酬谢。'辛克听了,答道:'古人托妻寄子。尚兄不必在心,都在小弟一力担当。'尚功大喜,即时辞别,收拾行囊前去。那妻子扯着,哭哭啼啼。尚功说道:'丈夫有泪,不洒别离。我效力王家,乃是丈夫的好事,何消啼哭?'乃不顾而去。

"这辛克过了经月,也不着一个家童到尚家问一声。真真地一年半载,尚功妻子日见冻馁,叫人到辛克家里,假做讨丈夫的音信,实是诉度日艰难。辛克哪里在意。为甚不在意?却是他风闻尚功事业不就,凶信乱传。哪里知尚功名成,只因道远阻隔。这辛克真乃薄幸不仁,古怪跷蹊。三年两载,尚功的妻子得了亲邻照顾,不致困苦之极,苟延性命。一日,海洋潮起,他这一村人迁移不及,独有尚功妻子被一海舟救了。谁知海舟一风直刮到尚功的境界。尚功正听上司训练兵马,只见左右捕得海舟私贩,原来他妻子在舟。夫妇相逢,尽把衷肠诉出。这辛克家私被水漂没,只剩得他一个残生,水退归来,悲悲切切,看着屋庐尽塌,田产沙淤,无计可施,乃走到有长家来。有长见了,惊喜起来:惊得是已知辛克漂没尽绝;喜得是今日又相逢。延入堂中,安慰了辛克一番,整顿些酒食相待。坐间,有长开口说道:'辛兄,我当年见你负了尚功托寄之言,失了朋友相交之情,苦口也劝你,你只是毫不在意。不匡今日到此狼狈,倒不如当日做个人情,尚功倘有日归来,也好相见。'辛克道:'他家已没,无处对账,况闻尚功事业未就,哪里急忙归来。'有长听了,道:'正是,正是。'"说到此处,那精灵把眼一睁,口里喷出一道火星,便把手中刀弄将起来。万年长老忙忙地又念梵语,只见精灵说了几句词话,他说道:

> 莫道交情不重,世间一种人伦。不仁损友丧家门,报应何差尺寸。

　　长老听了,说:"是了。辛克不顾尚功妻子,他妻子却完全,到丈夫处去;辛克倒灭了家私。这有长虽行劝谏,后来不当听了辛克强辩,顺口道是,便成就辛克这种恶业。"精灵道:"正为此,辛克幽冥已报了他不仁之过。有长难免坐观成败之罪,所以我久守待他的衅隙①。不匡他先灵旧有善因,梦寐之中,向来瞻依僧家功果。"长老听了,点首道:"是了,是了。这乃有长一种过恶。但不知二种是何冤孽?"

　　只见又一个精灵现形堂前,说:"长老,我即无义之积孽。你要知无义前因,已有冥司报应过了。只因有长当初与他结交为友,有一种附和无义根因,毕竟要报应了有长。三年未得其隙,故此守到今日。"长老问道:"无义之人是谁?"精灵答道:"此人名唤石宜,为人贪图财利,立心奸刁,与有长为友,却与一亲戚同财各本,海洋贩些珍珠玛瑙。欺这亲戚懦弱,一日设计,向亲戚说:'各本生理,有利均分,差池②两让。凭着我这点公

----

① 衅隙—间隙、破绽。

② 差池—差错。

心,归来自是公算。你可在家收买,待我出外贩卖。'亲戚依从,尽把资本付托石宜外出。石宜得了自由,哪里把公道心肠放出。在外得了大利,归来假说折本。有长听石宜归来,登门探看。石宜乃故做忧虑之色,说买卖失利。有长见他色若假设,乃正言说:'老兄,朋友家当以实心吐露。小弟闻你得了大利,你如何忧虑上面?你亲戚将本托付与你,没有利分,已辜了他意,失了他妻孥之望,却还要说折本,伤了他财。冥冥有神,这个心肠,却使不得。'石宜笑道:'老兄此言,从何处来?小弟与他各本,巴不得有利均分,肯做欺心坑人财本?如若欺心,便怎样怎样为誓。'有长见他发誓,遂转过语来道:'老兄不必发誓。果是不欺,由你罢了。'二人正说,只见那亲戚进入门来,彼此叙礼。石宜依旧把折本事说出。那亲戚低头踌躇疑思,有长却从旁附和一声,道:'石兄发誓,料必不欺。'那亲戚听了有长之言,遂信为真,把原本十不得五,懊恼收了归去。跷蹊古怪,那亲戚收了原本,另寻别业,得了利补;这石宜本利倍长,一日裹囊出外,遇着海风,止得了一条性命。"精灵说到此处,张口大发了一个哈哈,说:"快哉!快哉!只是石宜无义一种卷消了。附和的一种根因,叫我久守有长的衅隙。"万年长老听了,道:"是了,是了。只是幽冥之理,毫末不爽。石宜无义,有长也曾谏讽,却被石宜一誓瞒了。这也难作有长之罪。"精灵听了,把呵呵大笑随转了个恨恨一声。长老问道:"你恨何意?"那精灵也说了几句词话,说道:

　　欺心切莫咒誓,虚空自有神知。报应来早与来迟,自誓还归
你自。

　　长老听得,道:"正乃人懦人欺天不欺。人只知害人,发个誓瞒人,哪里知反把自己咒了。有长妄信石宜咒誓,便成了他欺人之罪,也当报应。但不知三种是何冤孽?"

　　忽然一个精灵现形,自称无礼积孽,道:"长老要知无礼前因,冥司报应却也不差。只因有长与这人为莫逆之交,造下一种干犯长上根因。虽与有长无干,却也是有长一言坐罪,如何解得?"长老道:"这人是谁?干犯长上何事?"精灵道:"长幼有序,卑不可以犯尊。有礼者恭敬待人,自成了谦光之德。这有长与这个傲慢人名叫做贝节为友。贝节自恃多财产,家富足,每每待人骄矜自大,凡与他往来的,俱要阿谀谄笑,甘受他凌辱谩骂。一日,有长趁间规谏他,道:'百凡以礼自处,以中正待人。那受

你辱的,是有干求你的;那当你骂的,是哺啜你的。若是老兄一班相等的,便也罢了。只怕长是老兄尊是老兄,再或心地勾曲,当不起老兄的轻薄,那尊长必定怨怪。这心地够曲的,必定怀恨,与你成仇。一旦入了他仇恨谋计之中,岂不自取凌辱!'贝节听了,笑道:'我财富有余,料不求人。人若求我,也只得受我些气儿。老兄岂不知我为人,何故今日发此胡言乱语? 你若不与我交,但凭尊意。'有长听了,冷笑一笑,随转过口来,道:'小子果是妄言,勿得见怪。'有长只这一句话,便成了贝节无礼之恶。岂知冥司分毫不错,他无礼凌人,便就把他后代生出几个骄子悍仆,趁着贝节一日有病,活活被这辈气坏。实不瞒长老,我精灵却也于中撺掇一二。"长老道:"他自无礼成傲,果然骄倨的性气,当不得人来凌他,怎不抑郁成疾? 只是骄子悍仆,他可惩治的。一个尊长倒倨慢了,几个仆辈,怎甘受气?"精灵听了,大笑起来,也说了几句词话,说道:

　　骄傲多生骄子,因他心地不明。凌人到底被人凌,只为一朝有病。

　　长老听了,道:"贝节若不是病,还要引出正大的礼法处他。"精灵道:"只因病来缠绕,要以无礼凌人,那身子做不得主。仆妾是躲不开地冤家,你看他,骨都骨都受气,越气越病。在床枕间想起来,当初倒不如听有长之劝,把些礼貌待人,如今也有人问安探病了。长老,你看这骄傲的,有长宁无那转口依阿①之过?"长老道:"这过不差,也该报应。但不知四种是何冤孽?"

　　只见这三个精灵,将手向空中招叫道:"你虽不灵,却也是个精怪。长老要查看有长的罪过前因,你也当现形说出。"叫了两三遍,方才见一个精灵,比三个精灵甚是不同。为何不同,下回自晓。

---

　　①　依阿——依附、奉承。

第八十七回

舒化修书请圣僧　怪狼闻经修善果

　　长老见这个精灵，不似那三个狰狞，却比狰狞更加跳跃，紧睁着眼儿睃人，噘尖着嘴儿说话，手里拿着把暗刃刀，心里想要算出人地步。这精灵现了形，不言不语，看着长老。长老乃问道："你是哪种精灵？"只见无仁精灵待他答道："他是无智积孽。"长老道："他自不言，你如何替答？"无仁精灵道："他假做痴呆懵懂，莫说拙口钝腮，只怕是机谋在腹。"无智精灵听了，便大笑一声，开口说道："你等已说出我本来面目。我本混混沌沌，只因当年二人交往，有个真愚与个卜才。这两人心肠昏暗，情性顽冥，一日十二时，你只知饥索食；一年十二月，我只知寒索衣。既彼无一朝远虑，此何尝早夜思量。两家父兄无一家不教训他，及时黾勉做些峥嵘事业。怎知他二人不明白道理，终日反做无益，害了有益。这有长见了这样人，只该远离莫亲，反而上门往来，交好如同胶漆。这二人交到后来，却便也有个报应。"长老道："似此二人，朴实无奸，报应自当成他个美。"精灵听得，把眉一蹙，说道："这样人如何报应他？算已堕入无明地狱了。"长老道："这样人为甚到此？"精灵也说几句词话，说道：

　　　　人本性灵非物，心机何不聪明？生来与世若无情，好似尘蒙
　　明镜。

　　长老听了道："是了，是了。有长交不择友，日与这无智为朋，想必有长也同此一类。"精灵道："有长才能高过十倍。"长老道："既高十倍，乃友不如，这罪过却也当报不差。但不知五种是何冤孽？"那四个精灵便望空叫道："五种的精灵，你也来与长老说明了罢！"

　　只见五种精灵现了形，说："我乃无信之积孽。长老要知无信前因，冥司岂肯饶他不报？"长老问道："无信可有人见证？"精灵道："有人，有人。这人就是有长，为人怀着狐疑，更且犹豫，明明正大道理，叫他信实行

去,他却不信。又与一个朋侪①相交,这朋侪为人虚诈不情,狡伪百出,不遵圣贤笃信,往往有类无輗轫②。且是与人期会,莫说千里忘了故人之约,便是自许片言,不能一朝而践。这人也只因与有长相交,那惇厚诚悫③的善士,便不与他来往。不得闻善士忠实之言,不得亲善士道义之行,后来冥冥也报他个黑暗地狱之罪。故此有长难免五种无信宽恕。"长老听了,说:"不差,不差。只是你这种种精灵,要把有长作如何报?"精灵怒目,也说了几句词儿。他说道:

信乃人间美德,至诚可格豚④鱼。(谁教他)立心行事尽皆虚,报应昭彰可惧。

精灵念罢,说道:"比如无仁,便等他个不仁的事报他无仁。"长老说:"有长这几年岂无不仁之事可报?"精灵说:"只因他先灵知此根因,梦中显化了他与高僧相会。他年来一心只想着吃斋行善,故此不仁之事却少。我等守候他到今。"长老道:"不仁之事有长既少,难道无义等事就也无有?"精灵道:"只为他一心只想着行善,便一宗儿也不犯着。如今我等守候他多时,只有不信这一种根因,但看他清平院会了高僧后,得了演化,可把这纲常伦理笃信力行。若是口是心非,入了邪迷境界,我等还要报应他。"长老道:"高僧本意,自修见性明心,不与尘凡浑迹。只因演化功果,明自己心要与大众明心;见自己性要与大众见性,倒多了你们精灵报应一出。"精灵道:"我等非精怪,实乃虚灵。你要大众明心,明的就是这纲常;见性,见的就是这伦理。我五种就是这五种无,若有长能转化而为有,管教他福寿康宁。却都在长老传言高僧,即此是前因文册。"说罢,五种精灵飞空不见。

万年长老乃念了一声"弥陀",身坐蒲团之上。只见有长走出后屋,说:"天已明亮。师父为小子查看前因,可曾见有文册么?"长老不言前事,但只说:"善信要解五种过恶,切莫要使那五样冤孽来加害,须是到小方丈面请高僧教言。我小僧却查不出那五宗善,叫善信宗宗修也。"有长

---

① 朋侪(chái)——朋友们。

② 輗(ní)轫(yuè 月)——大车车杠的两部,缺一不可行车。

③ 诚悫(què)——诚实,忠厚。

④ 豚(tún)——泛指猪。

依言,一面备早斋,留万年吃了,一面同万年到方丈里坐下。万年自入静室,向三僧备细把老叟精灵的话说了一番。道副微笑道:"师兄费了一番心思唇舌也。"乃出堂到方丈,只见有长近前稽首,拜求高僧,道:"小子五过,要修五善。请教师父,善从何门而修?"道副道:"过在何处,便从何处修。小僧怎知善信得过,怎叫得善信去修?"有长再三恳求道:"望三位师父发一慈悲。小子实是孤陋不知。"尼总持道:"小僧不言,久已知善信之过,不能免五种精灵加害。只愿善信多施恩惠与人,不做瞒心昧己,勿自尊大。凡事以理推行,本之以一片实心,自然精灵化为吉祥善事。"有长听了,赞叹称谢,道:"小子得领诛心之教深,想起昔年自作之过矣。"乃又说道:"果然多施恩惠与人,人自有感恩图报。"尼总持笑道:"善信方才已入善境,如何又作恶因?"有长道:"小子听师父五宗善言,方感悟于心,又何作为恶因?"总持道:"施恩望报,即入有为而施之过。必施恩不望报,方乃为善。"总持说罢,在堂僧俗各各点头。万年长老乃敲磬①诵经,大众齐和,真个也人天欢喜。后有夸万年长老明心见性两句道理,说的真是,五言四句说道:

> 心性人人具,老僧见自心。
>
> 因以及大众,即是明与新。

话说祖师师徒在清平院居住多时,度化僧俗善信却也甚众,只就现在功果成就菩提,注载一二。这日,祖师向三弟子说道:"我愿普度一切,随寓演化,住此日久,欲往前去。汝等可辞方丈众僧,收拾前去。"万年及僧众愿留祖师多住几时。祖师道:"出家人随所住处,何有去来?但恐汝等烦扰撄心②,不若仍还个行无所住。"祖师说罢,稽首谢辞。长老出堂就行,三位高僧遂也出堂上殿,稽首圣像,往山门外走。师徒正才出了山门,只见一人手持着一束帖子,飞走迎到师前,双膝跪地,道:"小人奉家主之命,来请列位师父到家一斋。"祖师不言。道副乃道:"我等一路行来,不扰檀越之家,不受斋供之请。遇缘庵观寺院,借间禅室打坐,也还恐惊扰僧道之家。你是哪家檀越,曾未识面知名,承他爱惠,我僧家不与世事,不接书束。此去前途,有缘面会。不领来书,就烦顺璧。"那人捧着束,只是

---

① 磬(qìng)——和尚敲的铜铁铸的钵状物。

② 撄(yīng)心——扰乱心境。

跪地不起,说:"师父们请看书便知。"道副却望着祖师。祖师立住脚,说:"徒弟们接与不接,总是要费汝等些精力话言,捱①吾等行道的时日,但是有愿演化也说不得。"乃叫道:"育徒弟,拆了他书看。"道育随接柬拆开,念与师听。柬上写着:

　　　　愚昧俗子,愿徼②智光。不洁修斋,聊申供养。惟祈鸾鹤云驭,
　　下降草茅,用聆道范。

　　上请

　　　　　　　　　　　　　方人舒化稽首

　　道育念毕,祖师道:"你去,我来。"那人起来,往前飞去。道副乃向师道:"此人有说,师岂不知?"祖师笑道:"吾等为演化度脱众生,安有知其说,放过去的?我所说费汝等精力话言,延捱吾东行化缘时日。"道副唯唯。尼总持与道育乃问道:"师兄道此人来请有说,弟子却见未真。"道副说:"我亦见得未切。只是也知有一种邪魅于中。"祖师道:"汝等已知,便是见道。却知未真切,便是见道尚未透彻。吾亦不欲先言,汝等到彼自知。"三弟子唯唯,前行不题。

　　且说这前来请师的是何人,乃是舒官长族弟,远居在外村,一向知师徒们演化,度脱尘情。今知在清平院居住,特为地方有一宗疑怪事来请,假说一斋供献。道副已知其情,但不知什么疑事,唯有祖师前知,但不先说。这舒化村怪事乃是何事,却是他这一村族众人家,喜的是生男,怕的是生女,说生男长大举了孝廉,便为官为长,挣了家计,便多富多金;生了个女,不是赔钱赔钞赔妆奁,便是费衣费食空养大,嫁到别人家做活,还要来娘老子处搜求。这村人存了此等心肠,凡遇怀孕临盆,便将水淹杀,十家有九。可怜也是一种血肉性灵,叫他未见天日而绝。哪里知生了女成人长大,多少嫁入富贵之门,悯念生身父娘的,供送不休;多少娘老子无后的、贫苦的,依着女儿过活;还有看父娘情分顾瞻弟兄的。古人还有说愿生女莫生男的。这村人只因淹杀女子过多,古怪遇着一宗冤孽。离村三里有座神庙,庙中香火供奉的是一位显灵大圣,一位卫圣神君,一位报应神司。三位正神虽是保护村乡人民,却也稽查一方善恶。一日,两位神道

---

①　捱(ái)——拖延。

②　徼(yāo)——求取。

公出,不在庙间,只有显灵大圣在庙受享地方香火。正才坐在殿上,只见鬼使押了一只狼来。大圣见了,问道:"鬼使,你去巡缉地方,不来报谁家人民行善,谁家男女作恶,何乃押一只狼来?莫不是这狼作恶伤人?"鬼使禀道:"小的去巡访,到一荒野林中,见此狼食一死兔。旁有一獐,目视它说:'放了肥腻腻妇人不吃,却吃此死兔。'此狼说道:'妇人虽肥,腹中有孕,我不忍为一朝口腹,坏了他两条生命。'那獐道:'你这恶狼,也学修行,却不知几年上学的?'此狼答道:'我岂无因而来。一月前打从清平院过,见院内灯烛辉煌,钟鼓响应。我进去看,门上却有卫圣神君在那里坐着。一声喝住,道:'畜类,何得妄入道场?'此狼说:'道场作甚事,莫不是乡里搭高台唱戏?若唱的是忠臣孝子,义夫节妇,待我也去看看,也是劝化村人的好事;若唱的是邪淫恶事,引坏了地方人心,便不去看它。'神君道:'你这狼畜,如何也知些道理?此院内是高僧秉教法事,开度有情的道场,超度前亡后化的功果。你倒有些善念,也罢,放你进去一看。'此狼进去,见了道场,又闻了经典,故此归来,学了修行,不肯伤怀孕的妇女。小的听见它这段事由,连狼解上大圣。似此恶狼行善,也该报它个好处,免它受苦六道众生。"大圣听得道:"二位公出,原来一位在清平院山门前坐着。这一位不知何处,待他降临,方行此事。"

正说间,只见二位神司齐齐回庙。大圣乃问卫圣神君:"何处公行?"卫圣神君答道:"吾职司卫圣,专保护圣帝明王。只因清平院供奉圣位,怕有往来邪魔秽恶,故此巡察到彼。却遇演化高僧,职当卫护。"大圣又问报应神司:"何处公行?"神司答道:"村间为善的少,乡外做恶的又多,报应何时得暇?今日回庙,上圣可有甚事?村民香火可供?"大圣道:"正才鬼使押得一狼到此。"便把鬼使说狼的事,备细又说一番。报应神司便叫左右去查那村间怀孕的妇女是男是女,回报前来。左右顷刻查了来报道:"此妇怀是个女胎,她数当为狼食。只因他孝姑,免了他这一宗冤孽。"大圣听了,乃问神司:"似此妇数当狼食,不知前因何造?"神司乃取册一查,道:"此妇只因前世背姑饮食,应有狼食之孽。却喜孝今世之姑,自然消了前生之案。"大圣道:"似此便当与她生一男,如何与她怀一女?"神司道:"数本无生,聊以一女为后。"乃叫左右把此狼押到那妇人家,投胎夺舍。

左右领着此狼,到得妇人家,却是舒化的妻小。舒化无子,女也未生一个,却好见妻怀孕,私自欢喜,道:"便生了一个女儿,也胜如无有。"岂知其妻临盆,生下是个女胎,心性烦恼起来,怕丈夫不喜,又习成村俗,把个狼转世的女胎,一时叫婢妾淹杀。这女胎不是那往常的,淹杀一灵,原归天上,血胞仍返土中。她却是个精灵怪狼转化,一魂不散,恨道:"我当初林中不吃你,怕伤了你二命。你今日却忘恩负义,倒把我淹杀。只教你不得安生,也消不了这宗冤孽。"妇人淹杀了女儿,舒化方入房来,闻得此事,大骂婢妾,深怪妻小。妇人见丈夫不喜,自己又在月中,气血正尔不足,怎奈狼恨冤愆,一病不起。此狼大弄精怪,作炒作耗,青天白日,舒化见魅见邪。此狼吵出兴来,便在这村乡大家小户,作妖作怪。它却有听过经文,见过道场这一种善因,乃在村间专一吵闹行恶的人家,便是丝毫过失,偏它就知;若是行善人家,它不但不去吵闹,且去撮补些好与那善人。村里人家受不尽怪狼的吵闹,齐齐备了香烛,特拜显灵庙中,说道:"神司专为保护一方。今有怪物吵闹,一村人民不安。神司何事,乞求威灵剿除。"庙桌上供有签筒,众人乃祈祷神签,跪在堂中,琐琐碎碎。三位神司观见在上,彼此也动爱众慈心,却各相计议。卫圣神君说道:"怪狼扰害村人,当为众驱除。"显灵大圣道:"狼有一宗好处,它害的是村恶,保的是村善。我等为善恶两途,欲示垂戒,正好由它去吵闹行恶的。"报应神司道:"即此便是报应。只是这村众尚迷而不悟。"显灵大圣道:"趁众祈签,便示他几句签文神意。"乃降一签,上说道:

　　我本显灵神与司,人间举意我先知。

　　怪作妖魔分善恶,谁教作事把心欺!

　　村众祈了签,念了诗句圣意,你问我,我问你。一个道:"老兄,你可有甚恶事么?"一个道:"老兄,你家想不曾行些善事,这签意明明说出:作事欺心。"只见舒化道:"列位不消说了,我知这恶事做得欺心,神灵知道了。"却是何事,下回自晓。

第八十八回

倚强凌弱反伤身　做贼偷牛遭怪耍

　　舒化见了签意,向众人说:"我们村人家做事欺心,真乃是喜生男,忌生女。这件恶事,只是风俗传来,怎么禁得?"众人道:"便禁也只禁得你我几家。"舒化道:"千不该,万不该,是我妻的不该,前日把个女胎淹杀。"众人道:"也不独你娘子行此不该之事。村间多少淹杀女胎的妇人,却也报应的古怪。"舒化道:"如今有个道理。我家族兄曾有信传来,说国度有高僧演化,能正人心、驱邪怪,现说行寓清平院讲经说法。我写一柬,只说请过小村一斋。待他来时,再作计较驱邪。"众人道有理,故此舒化柬请祖师师徒。按下不题。

　　且说这狼恨舒妇淹杀了他,他却不复到庙中说冤,乃把舒化的妻使作得她生气生恼,害了个血气不足的病,不死不活,恹恹捱日。这村间但有丝毫为恶的,狼便知道;知道了即去作怪。却好这村有一人名唤高强,这人勇力过人,心情奸险,专一欺凌懦弱,设骗人财。一日,把个吃斋的善人欺骗,要十不敢与九。这善人受不过他欺,在家捶胸跌足,叫屈含冤。却好狼知道了,变了一个道人,走到善人家化斋。善人道:"师父斋便不难,只是我受了人气,没处伸冤。"狼便问:"善人受了何人的气?"善人便把高强欺骗说出。狼道:"我小道替善人出气,管教他来受你的气。"善人笑道:"高强勇力过人,奸险百出,他怎肯来受人的气?"狼笑道:"善人,你可避在房中,三日不许出村见人。便是人来寻你,也只回他不许见面,包你高强上门哀求饶命。"道人说罢,袖中取出钱钞一贯,送与善人,说:"可将此钞自备饮食。我小道若吃了你斋,你便疑我设法吃你斋,将钞送你,乃坚你信道之心。"果然善人心疑,说:"恶如高强,岂有到来赔礼之事?"见道人送钞,乃笑而收下,躲入卧房,果依三日不见人面。这狼乃抖擞身体,变了善人的模样,走到高强之家,只见高强果然身大力强,凶恶形状。怎见得?但见他:

　　　　身长八尺,膀阔三停,竖眉环眼似凶神,钩鼻虬须如猛将。力能扼虎，气可吞牛，那更他心情奸险似山川，智量勾深如鬼域。

这狼变了善人，未曾走到他门，已有村邻人等扯得扯，说得说，道："你一个吃素的善人，凶凶地去惹高强作甚？"怪狼道："受他气不过，思量要告讼他，财力又不如他强富；思量要寻个自尽，却又空丢了个性命；思量随他心性，要十便十奉承他，还要赔个小心下气，他又没个知足心肠，越发欺上门来。如今不如上他门，与他决个雌雄。他若胜了，便把这性命交与他；他若不胜，也待我出一口气，叫列位笑一场。"众邻笑道："你这个人昏了。俗语说的：'飞蛾投火，乳犬犯虎。'你要与高强比拼雌雄，须是十个对他一个，也对不得。回去，回去，莫要自送了残生。"怪狼哪里听，只叫试个手段。众邻见善人不听，直走到高强面前。高强便跳起身来，说道："你来了么，少我的钞，负我的情，怎躲得过？你且来试试我的拳头。"怪狼道："你那拳头，只好打你老婆。若你老婆是个贤德的，自是拳头不敢犯她，你还要敬重她，感谢她，与你当家，料理内事；若是个悍妒的，她自有个降老公的威风，你那拳头却也伸不出来；若是个偷馋抹嘴不守闺理的，我所以说你这拳头只好打老婆。"高强听了，大喝一声道："这厮可恶，上门讨死！"乃一拳打来，怪狼也一拳打去。高强的拳打在狼身，如生铁顽石。那拳痛难再举，看看肿了。狼拳一下，那高强痛入心间。高强便把脚踢，那脚方踢来，便闪筋动骨，站也不住，却被狼几脚踢倒。高强只在地下哼痛，忙叫家仆来搀，把个村邻笑倒，说："好吃斋的道人，好个要强的恶人，吃斋的发了无明之火，倒打倒了高强。"怪狼收了手，口里骂道："奸恶强狼，趁早把骗我的钱钞还我。如迟一日，我上门来打你一日。"高强倒在地上，叫家仆帮打。家仆一个个上前，俱被狼打得飞走。众邻一面笑，一面疑，笑的是高强平日逞凶；疑的是善人如何今狠，只得劝解。怪狼临去说："高强，你若不上我门赔个小心，我一日来打你一次。"高强也没了法，只得忍气吞声。怪狼说罢，回到善人家，依旧变个道人，见了善人，果然躲在卧房。他便说道："高强我小道已警戒他一番了。只是他三日后上你门还你钞，赔你小心，你只说个饶了你罢。那高强后再不敢欺凌你善人了。"说罢往门外而去。善人心疑，只见三日后，高强手足方止了痛，走得路，怕善人如蛇蝎一般，恐其又来，乃同着几个劝解的邻人，登善人门谢罪求饶。善人依那道人吩咐说："饶了你罢。"高强大喜而去，后果不敢逞强欺人，道："往常只说我狠，哪知吃斋的善人动了心更狠。"

这怪狼方扶助了这个善人，却又听见了村中两个盗牛偷儿，夜坐在家计较。一个说："善老道家有只耕牛，我与你趁着黑夜牵了回家，宰了远乡去卖。"一个道："偷牛已有一款罪，又私宰耕牛，乃两款罪。万一远乡知道你我是偷的，不便，不便。倒不如活牵别村去卖。"一个道："别村也知我与你无牛，还是暗地宰了。就是不卖，我与你各分一半，腌熏了过日子倒好。"怪狼听得笑道："说偷牛两款罪的，还有个人心。这要宰了过日子的，心肠太恶。他说偷善老道，必是吃长斋的老道。似此善人，不可不救。这个恶贼，且叫他吃我个苦。"怪狼乃变了一个道人，走来寻善老道家。只听得木鱼儿声响，走到门缝里一看，但见那老道：

> 白发白须，手执着木鱼儿敲打；善眉善眼，口念着波罗密真经。沉檀喷喷，香烟绕屋似祥云；灯烛煌煌，光照满堂如白昼。堂中挂着一幅彩画菩萨，真如活佛；几上摆着几碟蔬食果品，果是清供。一个清平世界老善人，终朝忏礼家堂修后世。

怪狼在门缝里张了一会，听他功课了一番，乃击门叫一声："善老道开门。"善老道听得击门，吃了一惊，问道："何人半夜敲门？"怪狼答道："是小道。"善老忙开了门，见是一个道扮模样，乃问道："师父这半夜因何到此？我这小庄不通大路，往来想是迷失路途。幸喜敲的我善老之门，若是敲了村间生事做恶之家，师父你怎当得他起？"怪狼听了善老说村间生事做恶，乃动了他扶善排恶之心，便问道："老翁，你这村间是哪家生事？何人做恶？"老道说："有便有几家，只是我年老修善的心肠，不管人闲事，不攻人的恶。"怪狼问道："你老人家因何不攻人的恶？"善老说："岂但我老人家不可攻人恶，便是少壮人，更不可在背前面后说哪家作恶，哪个为非，一则损了人行止，坏了自己心术。攻说人的恶，偏你就没个过失，人说你心下如何？万一说人恶，说着个知道理能省改的，便说你教诲他，心里感你是好人；若是说着个不知道理的，便怪你扬他恶，恨怨起来，寻些恶事报你。所以我老人家不说人恶，便是家下小男妇女，也戒他不许说人。唯有妇女家，更要张家长，李家短。古人说'长舌妇人'，男子汉家休要听。"怪狼又问道："老翁，怎么叫做长舌妇人，男子休要听？"善老道："人家生了女儿，为母的闺阃中便教她不要多言乱语。嫁到人家，她习成的气质真也不说张家长、李家短；若是没闺训的，便快嘴多言，还有说公婆的，说姑郎小叔的，说亲戚邻家的。一张快嘴，喳喳哇哇，俱是做女儿时，娘母子少调失教。若是说是说非，有道理的言语也罢了，还有歪心偏意，说黑数白，男子汉一听了，多少伤了风俗，败坏了德行。所以叫做长舌之话莫听。"怪狼听了，忖道："人言善老道，果是名称其实。我如今却要攻人恶，且试问他一句。"乃向老道说："比如今日有个恶人，要谋盗人财物，你老道知得，可与人说么？若是不攻人恶，看着好人被盗害，这却也非善人的心肠。"善老笑道："师父，你太迂了。不攻人恶，是不说破人阴私；若是恶人偷盗害那善人，这却说破他，也是个阴骘？"怪狼道："说与善人免遭恶害，此便是阴骘有理，乃破了那偷儿的心事，怎教做阴骘。"善老道说："破了偷儿，救了他不犯王法罪累，正是阴骘。"怪狼笑将起来，说："老翁，小道今日正来积个阴骘。你家有耕牛几头？"善老说："老汉家只两头。"怪狼道："小道打从一条路来，听得有两个偷汉儿要偷你牛。你可把牛牵到别屋里，待小道替你看守。"善老依言，把牛牵到别屋，叫家人防守着道人。恐这道人半夜三更敲门打户，说偷牛盗狗的事，也非好人。怪狼知情，叹道："世人存心如何险峻！我好意来救他，他便起这疑念，还是个善老道！若是个心多情寡的，便把我来讲的先拷个来历，不然，赶逐出门也。这也难怪他，是我来的交浅言深，说的是偷牛盗贼，无因至前的是非。"怪狼自嗟自叹一会。

那老道人听了道人说夜半有偷牛贼来，牛虽依道人牵入别屋，却不去睡，与道人讲说经典道理。怪狼哪里知讲，又想偷儿来见无牛在屋，家有看守的，回去了形迹不露，老道必然怪我说谎，又不见情，乃向善老道："老翁，你可去睡，把灯火熄灭。那贼偷不得牛去，彼此还全了个好意。若是明灯看守，那贼羞成恶意，久后寻些别事害你。"老道说："我正要等他来，看是哪家人做此偷儿，拿着了送到官长问他个罪。"怪狼笑道："老翁，你一个善人还要去放生，如何为此毒事？若不知他是何人，他也只说你不知，大家丢开了心意；你若见了，知他是何人，此心终身把他在意，他也把你终身不忘，冤孽便从此处结了，不是你我修道的所行。"善老只听了这两句，乃说："师父见教得是。"怪狼道："尚有一件事，小道与老翁看守大门外，一则与你防盗，一则免老翁家下生疑，说我小道无因这晚而来。"善老口虽说无妨，心里却也几分怀疑。怪狼随走出门，善老便把门闭了进去。

怪狼乃等至半夜，果然两个偷儿走到善老道门前。怪狼远远见贼走来,遂变了一只黄牛,在那牛车篷内。二贼见了大喜,一个道:"老善真也放心,把牛不收,明明送与我们,不叫多谢。"一个道:"免了我们挖洞开门,还是老善家童忘记收牛了?"一贼一面说,一面解了绳子,把牛牵到路上。一个说"活卖罢",一个说"宰了好"。怪狼听得,乃叫了两声,其声甚哀。二贼道:"莫要叫,有人听见了不便,越发要宰你泯了形迹。"那牛忽作人言,说道:"你宰宰宰,不是宰牛,却是宰你祖宗。"听得两贼慌了,道:"爷娘呀!牛如何说起话来?"乃慌慌张张问道:"牛,你如何是我祖宗?"牛答道:"我生前在世,也只因偷了耕牛宰了去卖,冥司罚了今生变牛,受不尽的苦楚。"二贼问道:"变牛如何受苦?"牛道:"与庄家耕田开地,用尽苦力,风雨淋漓,蚊蝇暑热,也说不了的苦,那庄家男女,还有鞭打的。吃辛受苦,倒个耕得田,出不得力,叫屠户宰卖。这苦向谁说?今幸得你们来偷了去,离了他们,你们若念祖宗偷牛变牛,把我豢养得老,也见孝心。你若宰卖,只恐你后来在世遭王法盗宰之罪,死后变牛,偿宰卖之冤。"一贼听得,说:"祖宗做了偷盗,这世报应到此。我们若做了盗牛之贼,怎能够遇着子孙得知?罢,罢,闻知显灵庙有善人放生的,多养在屋内。我二人悄悄送到庙里,自然庙内有人救养了它。"怪狼道:"好,有情多孝的,我若到庙里,果然得了生。"二贼乃把牛牵到庙前,放在门前而去。后却如何,下回自晓。

第八十九回

淹女胎村人作恶　查文卷大圣礼僧

　　却说怪狼待二贼去了，乃复变了道人。次日天明，走到善老道家门前坐着，却好善老过了一夜，次早开门，见道人坐地，说："多亏师父看守大门，夜间偷牛贼不来，牛牵了别屋得保存了。师父可进小堂奉斋？"道人道："吃斋事小。我小道有愿在先，但听见人说生事行恶，便要问明。这行恶之人好劝化的，便劝化他；不听劝化的，便叫他做出跷蹊古怪事来。"善老道听了，说："师父，我老道只闻说遇着生事行恶之人，好意劝化，是你我吃斋行善道人的心肠。叫他做出跷蹊古怪的事，不但你我道人不该幸灾乐祸咒诅人，便是人有古怪的事，你我也不忍见闻。"道人说："小道却有些豪侠之气，但遇着善人如老翁的，定然扶助些好事。如昨夜与老翁看门防盗；若是遇着恶人，定要计较，叫他做出一场跷蹊古怪。"善老听得，摇手答道："师父，你这样说来，我这村里并没个生事做恶之家，便是有，我也不说。俗语说的好：'闭门不管窗前月，一任梅花作主张。'又说道：'等闲不管人家事，也无烦恼也无愁'"。道人见善老不说，心性急躁起来，把脸一抹，变了一个凶恶形状，十分吓人。善老见了，吃了一惊，道："佛爷爷，我善老乃行善之人。你是什么神灵下降？我善老不说人恶，不指人非，也是好心，却怎么显化吓杀了我？"老道一面说，一面看道人变得：

　　豹头环眼甚凶恶，青脸獠牙须倒戳。

　　口里腾腾喷火星，手拿一杆狼牙槊。

　　善老道见了，心慌胆战，跪在地下，只是磕头，不肯说生事行恶的，只叫："爷爷呀！你既显灵下降，自然知哪家生事，哪个行恶，不劳问我。"怪狼道："这老头子倒也真是个不惹是非，不管闲事，不说人长短的。"乃叫一声："善老道，你安心吃斋念佛，自是家门清吉，人口平安，灾祸也不来犯你。我不瞒你，乃是显灵庙大圣帐下一个行使。你不肯举出行恶之人，我自去查访也。"说罢不见。

善老道听了,半晌方定过神来,忙走到舒化家里,备细把这事说与舒化。舒化道:"正为此事古怪跷蹊,我小子家中人口不安,见神见鬼,多因是妻淹杀女之故。已曾修书去请高僧,想必到来。"善老道说:"只怕僧家非法家,驱邪捉怪,他们不来。"舒化道:"我正因此书中只说请斋领教,不曾讲这怪事。"善老道听了,说:"这等料僧人必来。"舒化笑道:"你如何知其必来?"善老说:"和尚家每每闻风斋僧之处,虽远也去,还有上门乞化斋的,吃了斋还想要衬钱的。"舒化笑道:"老善,你倒不像个在佛门的。这样出家人,是浑俗和光,出了家,未了世法的。哪里知高僧高道,他自有修行正念,一切外缘,皆视为空幻。莫说他自己不来乞化斋,便是你顶礼焚香去请斋,只怕他还不肯来吃。"善老笑道:"我也是这等说。"

二人正讲,只见家仆来报,说:"奉主人之命,去请高僧,却遇着高僧正才辞别清平院前来。今将到村口亭了。"舒化听得,忙与善老道往村口来迎接祖师师徒。一见师徒庄严色相,二人不觉地倒身下拜,说:"凡夫俗子,妄请高僧法驾,蒙赐降临,何胜庆幸!"祖师师徒和颜安慰了。进到村间,舒化便邀往他家。只见显灵庙一个庙祝道人,同着几个善信也来迎接,便邀请祖师到庙中居住,说:"久闻列位师父喜居静室,庙里虽小,却有后殿静僻可居。"道副听得,遂向师前说:"庙有静处,当暂寓几日。"师徒乃到庙来,进门参拜了神像。入到后殿,却是一尊救苦难菩萨,师徒顶礼拜毕,乃与庙祝众善信稽首。当时舒化乃再拜祖师前,诉出平日妻淹女胎之过,致有疾病妖孽之事。祖师笑而不言。舒化道:"弟子们久闻师父们道行,大发慈悲,演化国度。今此乡村有怪,家户生灾,乞垂方便扫除,功德无量。"祖师不答,但说五言四句一偈,说道:

乾坤皆正气,灾害何由作?

灭怪先灭心,勿留纤芥①恶。

祖师说偈毕,闭目静坐。舒化点首,乃向三僧道:"老师父垂教不差。只是前此作过恶孽,如今已知悔改,而疾病的未得愈,作怪的未得除,如之奈何?"道副师答道:"疾病已深,安能速愈?俗说的:'病来如山倒,病去若抽丝。'但愿人知悔改旧恶,莫虑灾病不能消除。又说:'见怪不怪,其怪自坏。'见怪是作恶招怪,不怪是自正本心。只虑本心不正,不虑怪孽

---

① 纤芥——细微。

不灭。"只见善老道开口说:"弟子平日却也是纤芥之恶,必扫除尽,不留于心。如何昨夜见一怪,定要我说出村乡生事作恶的,他要去劝化;劝化不得,弄个跷蹊古怪与他。我想若说与他哪家生事,哪个作恶,他定然降个灾病与他,岂不坏了我吃斋的心术?彼时我坚执不说,他即变了面皮,做出怪貌。必定是我不说,灭他去了。"道副答道:"此非怪,定是正气精灵,方才纠察人家善恶,要去警戒善信。你道心中纤芥之恶必除,小僧看你不说恶人与他,倒是一种当恶为害。"善老笑道:"师父,我弟子本是隐恶之意。"尼总持乃正色说道:"老善信,未见你扬哪家善。若是当初哪怪问你何人行恶,你只答那家行善,他自去扶助善人,便是警戒行恶,自然在其中了。只因你不说出行恶的来,连作善的也埋没了。这种积恶尚未驱除。"善老听得,说:"师父,我若说出行事作恶之家,实不瞒高僧,村中十家有九。眼面前坐着的善信,个个不无。"道副问道:"善信,此是何恶?"善老道:"家家习以为常,便是舒化淹女故事。"道副三僧听了,齐齐合掌起来,道:"善哉!善哉!村家之愚,何至于此!小僧想阴阳感化,男女构精,生成胎孕,中含一点灵光。这灵光出世,离脱幽冥,超生正觉。那长大成人迷了正觉的,造种种恶数,负了天地生成之恩,自转入六道①之下,这不必说了。只是得了父祖积功累行,不迷却正觉,由觉生悟,克尽生人的道理,虽未必成佛作祖,也做个顶天立地的完人,何分男女?你却执一时偏见,水淹杀女胎。可怜她也是一世修来,不入畜生道,免投湿化中,却被无情水,怀胎十月空。"尼总持道:"岂但辜了十个月怀胎娘母辛苦,又且负了卫房监生神圣默与抱送慈恩。冥冥之中,岂无神灵监察?这比杀生罪孽更重,岂无冤孽报复愆尤?"道育师也说:"那女胎被淹,一种苦恼心情、仇恨恶念,怎肯甘休?必定上诉于天堂,下控于地府。这动手的定然生灾;忍心的必须作怪。"道育说罢,合掌向着菩萨道:"善哉!善哉!此菩萨垂慈,日时人间救苦,救的是可怜这不得遂生的灵光,又救的是这不明心地的众生,造此恶孽,受此报应灾殃之苦。"舒化问道:"菩萨却如何不降灾害与这造恶的,乃去救他?"道育说:"菩萨的慈悲,却又怜他这一种不明白愚蒙心情,不知道理造此恶孽,受此苦报。"舒化与众信听了,齐齐合掌,先向菩萨圣容前礼拜,后却向祖师前顶礼,说:"我等往日所造诸

---

　①　六道——即"六道轮回"。

恶孽,惟愿列位师父于菩萨前忏悔改过,以后再不敢水淹众女。"道副师依言,乃为众焚香诵经,忏罪消灾不题。

却说显灵大圣与二位神司,俱出游朝帝,说的是村间行善作恶的民人,帝令他纠查,善的报以吉祥善事;恶的报以灾殃祸害。三神回归庙宇前殿,只见怪狼蹲在里边,不敢伸头露体,见了三神,方敢见形,却俯伏在地,说道:"孽障自知罪孽,堕落畜中,却一念不敢萌恶,即行些小事,皆是扶助好心,驱除恶类。今在演化高僧寄寓后殿,孽畜邪正未分,不敢侵犯,统俟神司垂护。若得沾高僧度脱功果,免入六道末流,百千万劫之幸。"显灵大圣听了,道:"呀,高僧到此,吾等也当听闻至道。"卫圣神君道:"吾神原当拥护。"报应神司道:"吾神也有几宗前因后世文册,在高僧觉察之中。不如趁此月明静夜,把帝令纠查善恶的事迹勘对一番,便请他几位高僧证明,也是一种功果。"乃随叫怪狼充为使者,去请高僧。怪狼奉令,走入后殿。只见高僧四位,上首坐着的金光被体,豪气腾空;旁边坐着的也都有祥光外射。狼使正畏而远看。只见上首坐的却是祖师,神目已知怪狼近前,乃口中念了两句,说道:

狼尚有心从善行,人何肆恶不如狼?

祖师念毕,闭目入定。三位徒弟只有尼总持未入定静,见后殿阶下,明明一狼见形,乃问道:"孽畜作何究竟?"狼要变人,哪里变得来,却是真僧前,邪自不能混正。尼总持乃说道:"我已知汝来意。念汝本是个豺狼恶类,一念归仁即是仁。已仁当许汝做人。吾师已发慈悲,容汝转变。"狼听僧言,顷刻就变了个走使人形。他也不知是哪个僧人开口,只把显灵大圣邀请的话说了,往殿外飞走。

尼总持只因说狼这一番话,听了狼说的因由,却不似祖师们入静不扰,他却定而未定之中,发出一宗幽而不幽之境。忽然,阳神走出后殿,见三位神司,笑脸恭迎道:"高僧远来庙宇,吾等公出未迎,料僧心平等,无有愠意。"总持答道:"小僧随师演化本国,唐突至此,有犯威灵,不胜惶悚。"大圣乃设一座于左,请总持坐了。只见报应神司开口说道:"往日曾有诛心文卷,附在高僧,想惩恶化善。今尚留行囊经卷厢中。"总持答道:"惩创恶念,即是诛心;感发善心,即是经卷。小僧们出家,只有这衣遮体,这串数珠儿,也是一件牵肠挂意的。哪里有甚行囊经卷?"卫圣神君乃说道:"高僧到处,吾神时时拥护。虽然拥护外来邪魔干犯,却也鉴察僧家内魔作耗。”总持答道：“外魔扰僧，真也借威垂护。只是出家人内魔作耗，当自用驱除，怎敢劳动神君？”神君笑道：“比如高僧在此，外也无魔来犯，内也无魔做扰，吾神也无处用威。只怕有装皮做面，口念弥陀，世法未清，尘魔时乱，吾神却要鉴察他。”总持道：“似此罪孽，神君且于他远离，如何还用卫护？”神君道：“这样僧人，却尚有真经在口。只怕他忏悔时，更你佛门既大慈悲，我神司岂绝人太过？”只见显灵大圣说道：“吾等屈留在此，非为他事。昨因朝帝，发付几宗善恶文卷，乃是村前村后、远里近里诸色民人善恶，当与高僧共相觉察。”乃叫左右取过几宗文卷来，放在几上，当面开看，总持一目览过，说道：“卷中善事，小僧已知善有善报。这人民享福的享福，增寿的增寿，无后而应有后，贫贱而应得富荣，不必神司觉察了。只是卷中恶事，小僧却不忍他恶有恶报，须借神司警戒他。若是悔过消愆，不堕入恶道，也见我僧家与神司慈悲方便。”

显灵大圣依言，乃把文卷展开。一宗却是前村一人，名叫蔺公。此人家颇充裕，丰岁多收豆谷，一粒也舍不得用费。亲邻望助的，分毫吝施；僮仆仰食的，朝夕忍饿。他自奉甚薄，却还把租赋不输。官长催科，他却奸顽推躲，为此官长被他坏了课殿。仆婢怨恨，巴不得他祸害临身。冥司便把他名下，注着个不忠之报。大圣见了，便恨了一声，举起笔来，注他四句考语，说道：

蔺恶不忠，怀长欺公。

报以祸害，终作空空。

总持见大圣批了四句考语，乃问道：“大圣，此人俭财亦是美德，怎注他个不忠？小僧闻臣子不敬，乃谓不忠。此不过拖欠租赋，贻累官长。”大圣道：“民人拖欠官租，若是个贫苦的，为官长的怜他，把催科法度少宽，虽说纵法，还作慈祥，不叫做不忠；若是富家故吝，不畏官法，官长宽纵了他，官长就是不忠，怎不是蔺公的不忠？这报应，他原为吝财，自然叫他后世家财仍归一空。”报应神君道：“只空其财，还要克减他禄。因他累了官长之禄也。”总持点头，又看一宗，却是后村一人，名叫甘连。此人有一妻一妾，两妇性不纯良，每每欺夫懦弱，更咒骂公婆。已被冥司报应，两妇疾病卧床，苦恼万状。这甘连请医召卜，日夜忧惶，却以恐父母怪他，掩护不使母知。为此，冥司把甘连名下注着不孝之报。神君见了，也恨一声，举起笔来，注他四句考语，说道：

甘连不孝,纵妇逆亲。

报以地狱,当堕抽筋。

总持见神君批了四句考语,乃问道:"恶妇逆姑,应得有罪。不知这甘连可听妻言,不敬父母?"神君道:"若是甘连不敬父母,莫说是父母,便是听了妻妾之言不敬叔伯六亲,这报应都在甘连。盖因父母有罪,坐在夫男。查得甘连却敬养父母,和顺叔伯六亲,只因他不依七出之条,容留不孝之妇,故此把不孝归罪在他,报应地狱,真不为枉。"总持点首。

又看一宗,却是远里一人,名叫石戒。此人性度慈和,立心阔略,轻财仗义,村乡都称他做仁厚长者。只因他中年生了两子,因爱他聪明伶俐,便随他交结匪人。这两子用心奸险,行事刻薄。村里知道的,说:"一个宽厚老子,生下这两个奸险儿男。"又有说的,道:"聪明的多生懵懂;忠厚的多产精灵。"两子积恶,冥司已昭彰其过,只待恶贯满盈,却叫他受无边苦恼。为此,把个溺爱不明罪过,放在石戒名下。尼总持见了,说道:"父恶当报其子,岂有子恶连累其父?"卫圣神司也恨了一声,执起笔来,注他四句考语,说道:

纵子不仁,岂无灾庋①?

报应昭彰,溺爱其罪。

总持见了神司考语,说道:"子恶罪父,于情理可该?"神道:"比如子恶,为父的教训他不听,惩治他,使他做个善人,多少阴功,在你为父。若是不行教戒,任他倚着伶俐,肆行奸险,做出恶事,损伤天理,是谁之过?"总持点首,乃逐行逐款看,一宗一宗,都是近里作恶的,却也报应不差,罪孽明白。乃是何人何恶,何样报应,下回自晓。

---

① 灾庋(ǐ)——谓天灾。

第 九 十 回

尼总持度狼了道　蔺员外警戒回心

　　话说三位神司把善恶文卷尽行展开，一宗一宗，却也甚多。总持只看了不忠不孝等罪过报应，一则天色将明，一则静功难放，乃大略查看，却是些不敬日月三光、呵风骂雨、非理非义、作践五谷、白口咒诅、怨天恨地、大斗小秤、明瞒暗骗，轻重难逃罪孽，个个都有灾难昭彰，不觉地动了慈悲，两眼落泪起来。显灵大圣乃问道："高僧，你如何见了这文卷，何事伤心落下泪来？莫不是前亡后化，你有甚六亲在内？我闻一子出家，九祖超升。料高僧没有行恶坐罪的六亲连累，你为何落泪？"总持□着泪说道："小僧见了这作恶文卷，叹这一行作恶之人都是父娘生产，造化之工，只因心地不明，造出无边罪孽，自作自受，也有连累后代先亡。神司只知秉公注考，小僧却怜他种种苦恼，俱是我等一体性灵，不知神司可肯方便，指示一条悔过自新路境，叫众人如枯木逢春。"显灵大圣答道："人孰无过，道在能改。吾神固执法不饶，却也容人悔悟。高僧若能使众人真心悔悟，改过一朝，吾神自当勾销了他的罪注。"尼总持听了，两眼看着狼使说："我知汝化却狼心，归了正觉，便把这几宗作恶人家，个个劝化他改行从善。如执迷不改的，随汝方便警戒他。务要仰体三位神司盛心，不负我一僧家好意。恶人改过，吾师自成你人天功果。"狼使听了，唯唯应道："高僧令我劝戒作恶人家，望乞拔除了狼的畜生之道。"尼总持乃说："汝既发一念善心，即除了狼名。与你起个名字，叫做化善。"狼领僧言，随拜谢了，说道："化善有一言请问高僧：此去警戒劝化人家，当以何道为那作恶的趋向，才成就了人天功果？"总持不答，便起身辞谢三位神司，往后殿仍归静处。这化善哪里肯罢，随上前扯住总持衣袖，道："化善承高僧度脱人道，敢不领命去警戒村人？只是方复了人身，不知生人趋向道理。望高僧始终成就。"尼总持见他扯着不放，只得开口说了四句偈语，说道：

　　　　难得人身，为恶在己。

　　　　不愧生人，纲常伦理。

　　总持说罢，一念静觉，坐于后殿蒲团之上，仰见众师端坐，自己不觉嗟叹起来，道："我乃出家之人，自有一静不扰之性，如何把持不坚，入了幻化？虽然吾师有演化之愿，我等亦有赞襄①之心，这种种根因莫作梦幻。"总持叹罢，仍入静功。

　　却说怪狼蒙高僧度脱，出了畜生道，复了人身，叫做化善，自家喜欢快乐比平常十倍，喜欢的是，人比物类灵巧能言；快乐的是，逍遥人世，不受惊惶之扰。他奉神司之命，却不去那前村后村、远里近里警戒劝化他人，单单先来到蔺公家门首，摇身一变，仍还变了一个道人，树上摘了一根枯枝，变了个行者，走到蔺公堂前，叫一声："蔺员外，小道特来化缘，却有几句要紧的忠言说与善人。"只见屋里走出一个苍头②，摇着手道："师父错上了门，我员外从来不布施，你到别人家去化缘吧。"道人说："别人家小道却与他无缘，一心只要来化老员外。"那苍头哪里肯信，便把手来推，道："师父，你且出门去，待我员外来家着。"道人说："你休要推，若推了我道人，你那手便生个疮。"苍头怒道："好野道，如何便开口骂人。"把手尽力来推。道人只把口吹了一气在苍头手上，那苍头的手忽然肿痛起来，叫道："师父，你不是个好人！怎么出家人白口咒诅，把个人手当真的肿痛起来？"道人笑道："你还骂我不是好人，叫你痛得难忍。"果然苍头手痛得紧，慌了忙忙说："师父是个好人。若不是个好人，如何开口灵验到此。只求你吩咐不痛罢，我也不敢推你了。实不瞒你，我员外在后屋里盘算账目哩。"道人听了，又吹一口气，苍头手依旧平复不痛。却走入后屋，把道人的话传与蔺公。蔺公听得，愁着眉，口骂苍头："不好好地回了道人别处去化缘，却推他出门，惹得他弄障眼法儿叫你传知与我。"蔺公一面骂苍头，一心又怕道人有手段，且苍头说道人有话要讲，只得走出堂来。只见那道人坐在堂中，上首闭目端身。蔺公看这道人怎么打扮：

　　　挽双髻宛似钟离③，睁两眸犹如鬼谷④。穿一领百衲道袍，一条条青白布交加；踏一双两耳棕鞋，稀拉拉横竖绳拴束。黄麻绦腰下垂

---

　　① 赞襄——赞助；帮助。
　　② 苍头——男仆。
钟离③—八仙之一。
鬼谷④—战国时思想家，以隐于鬼谷得名。

拖,青蝇拂手中把握。相貌不敢比神仙,形容却也超凡俗。

蔺公见了道人坐在上面,心里已有几分不快,只得叫道:"道人哪里来的?"道人方睁开眼起身,拱了一手,答道:"小道云游而来,欲化老员外些布施,去修行了道。"蔺公答道:"小子家从来不破此例。莫说布施金钱,便是斋米也不曾施一盒;莫说斋饭不施一顿,便是清水也不施一盅。"道人笑道:"老员外,我看你高粱大厦,膏田腴地,莫说仓中饶谷,还有库里多金。看你年华不少,留此何用? 不舍结个善缘?"蔺公听了,笑道:"师父差矣。我一生辛苦,日累月增,指望留与后人,怎肯舍了结个善缘? 我只闻得多积金钱,买田置地。不曾见什么善缘吃的穿的。"道人笑道:"不结善缘,只怕你买不得田,置不得地,吃不得,穿不得。那时要结善,却没缘结了。"蔺公听了,大怒起来,骂道:"哪里走来野道,口出不逊之言,好生可恶!"乃起来往门外去,叫苍头快把野道扯出门去。苍头听得,走过三五个来。

只见那树枝变的行者说道:"你这个老员外,出家人不是与你轻慢的。我师父让你暴躁骂出,还是留情与你,叫你仔细思量他句句好言语。"蔺公道:"他有何好言?"行者道:"莫说我师父说好言语,便是我行者,也有几句好言语说你。"蔺公道:"你有何说?"行者道:"你为富不仁,悭吝太过,拖欠官租是不忠;不济贫寒是不义;自奉淡薄,空聚仓箱是不智;不敬我师徒,叫苍头去扯是无礼。眼前模样,你怎知后世的情由? 依我行者,散些金钱,做些善果。"蔺公听了,更怒起来,骂道:"一起的村野,上门凌人。"叫苍头:"替我打这野道!"化善道人走出门来,说道:"员外,我徒弟也是好言。莫要性急,布施些好。"蔺公一听了"布施"二字,性更躁将起来,说道:"这道徒口口声声还说要布施。"行者道:"真真要布施。若不肯布施,便叫悔时迟了。"蔺公听得,一拳把行者打来,行者一头把蔺公撞去,彼此交手。道人乃吹了一口气在行者身上,忽然,行者一跤跌倒,口吐白沫,看看无气,道人乃一把扯住蔺公,喊叫地方。顷刻就来了几个亲邻人等,都是平日恨他刻薄无情的。几个就要去报官长,几个就来作干证,戳火弄烟,都帮着道人。苍头跑的跑了,走的走了,蔺公无计,只叫快请名医,忙服保辜,那行者哪里得活。蔺公方才向亲邻求讲和。李亲说:"了事,情愿贴道人的金钱,还要费解交的酒席。"那亲邻此时揾勒他,要了金宝方才解交。蔺公只得忙入屋内,黄的是金,白的是银,只听拿出来,凭亲邻作处。你看这会吃得亲邻捧腹,送得道人坠腰,方才叫苍头把行者的尸首埋于荒沙土内。

蔺公回家,气得只是跌脚捶胸,懊悔道:"早不如布施几贯与道人,也免得这一番屈气。"只见蔺公的妻妾说道:"员外空熬了牙齿,早不如把这贴人的钱钞买些酒食受用,治些绫罗衣裳与我们。"蔺公道:"还幸平日省俭聚了这些钱钞贴人。若是不曾聚得,此时少不得卖田变产救命。"妻妾道:"你若不省俭,苦巴苦聚,那道人又不来化缘了;就是来化缘,你却也舍得布施,便起不得这场祸事了。"蔺公正与妻妾讲说,哪知那亲邻心歹,把行者埋了,一把手扯着道人,齐齐说道:"清平世界怎容你挟诈骗人?"道人答道:"蔺公明明打死行者,怕经官长,央求列位解和,贴我小道钱钞,岂是小道挟骗他的?"众人哪里听,只把道人扯到荒沙,浑身搜出金钱方才放手。道人叹道:"人心险恶至此!我如今弄个法术,叫众人知骗人的受苦不难。只是蔺公这一番尚未警戒他同心向善,如今且趁着众人挟骗,再到蔺家施个手段。"

只见那众人搜了道人腰中钱钞,各散回家。道人却又走到蔺家门首,想了个计策,把脸一抹,变了一个老者,进入堂中打滚撒泼,说:"我是行者之父,跟随游方道人到你家化布施,只为言语冒犯了员外,一拳两脚打死了,私和人命,贴了道人钱钞,却叫我老人家受苦。"苍头报与员外,蔺公急得声声叫苦,却正色出堂,指着老者骂道:"哪里来的恶骗!我家善门何曾打死人命?"老者道:"见埋荒沙,如何欺瞒得人眼目?少不得报与地方官长,见有你亲邻作证。"蔺公见抄着底子,惊怕起来,只得再求亲邻来处。这众人又乐来处事,都暗笑道:"这鄙啬老儿只该如此算他。"乃又与劝解。蔺公只得费了几十贯钱钞。哪里知是道人警戒他,只因私囊有余,不知悔悟,但恼恨破了金钱,越发鄙啬不舍分文,说道:"遇着这样怪事,若要花费,岂不终穷?"道人知他此情,乃叹道:"人心偏拗至此,还不明白。"乃复变个公差人役,走入堂中,大叫:"蔺员外,我奉官长唤你,与一个行者的老子对理人命。"慌得蔺公躲又不敢躲,出又不敢出,公差叫急了,只得走出堂来。公差备细把他解和贴钞的话说出来。蔺公却又不敢隐瞒,只得求公差宽免。公差道:"如今不过瞒上不瞒下,有了钱钞送我,自与你消了这场官事。"蔺公只得竭囊,央邻友处明。

公差既去,蔺公此时方对妻妾说:"我悔当初克剥寡恩,熬清受淡,挣了几贯钱钞。只因不舍布施，与道人争讲，便惹出这一番怪事。罢！罢，这钱钞叫这样空，不如受用些，布施些。作那样空，还不受气着恼。"化善道人，变了老者，变了公差，却又隐了身形，来看蔺公作何景象。却见他向妻妾懊悔，也知他囊箱空了，乃把他贴的钱钞都埋在行者枯枝一处，仍前变了道人，走入中堂，依旧闭目坐着。却好蔺公在堂后，走一步，嗟叹一声，道："可惜，几十年的辛苦积聚，倒不如做个大度量汉子。"道人听得，道："如今做个大度量汉子也不迟。"蔺公走出堂来，见了道人，慌慌张张说道："老师父，饶了老命罢。私囊已竭，家产将空，你如今又来欲作何事？"道人说："我小道当初，也只为把几句好言语说员外，惹动员外嗔心。如今员外心下可说我小道是不逊恶言？"蔺公说："师父句句都是切骨好言语。怪我下愚，一时性拙不听，以至于此。"道人说："小道得了员外几贯钱钞，都被你众邻抢去了。虽说我出家人没处使费，却也不甘与众人挟骗打抢。既是员外回心，如今我小道在此，你可唤这众人当面对个明白，原将这钱钞还你。"蔺公此时方才放了心，随唤了苍头，请得众处事的亲邻到家。

　　这众人见了道人，也不等道人开口，便说："事已讲和，钞已过付，道人又来何故？"道人答道："实不瞒列位，我小道出家人，骗挟人财一种大恶，决不为此。只因员外不明世法，刻薄寡恩，小道故设个幻境警戒他。他不回心，故警他屡屡。今日他既回心，只得把这些费出的金钱，依旧还归员外。"众人听了，都不好出声。只见一个强邻说道："道人，你既有此美意，可将你当初得去的宝钞交还了员外。"道人说："小道的宝钞，都是列位搜打抢去。"众人哪里肯认，说道："这野道得一惯便，又来设法骗人。我们何尝抢你宝钞？"道人笑道："此事明白不难。"乃叫一声："行者，可把老者及公差的钱钞齐送出来。"只见大门外那行者呵呵笑将进来，手里肩上驮着许多钱钞，都是员外贴与老者及公差的。员外与众人见了，吃了一惊，说道："明明一个行者被员外一拳两脚打死，埋在荒沙，怎么又活转来？"行者走到堂中，把钱钞交与员外，员外方才拜倒在地，称谢道人，一面叫备斋款留。那众亲邻个个目瞪心呆，说道："是了，是了。蔺员外生平鄙吝，分明是老道来警戒度化他。我等若不将原钞还员外，只怕道人又弄甚手段。"乃一个个尽把那设骗的、侵渔的、背手打偏的，都到家取了来还员外，却才问道："师父何处出家？哪里修道？法号何称？"道人说："列

位,欲要问小道的来历,有四句七言诗意,你听。"乃说道:

当年生长在山林,几劫修来道入人。

度脱高僧因善感,显灵纵我劝村民。

道人说罢,往门外带着行者飞走,忽然不见。员外与众人方才警省,忙忙把钱钞完官租,济贫乏,村间人人欢喜。却说化善道人警戒了蔺公一番,得他回心,乃往后村去查那行恶的。却是何家,下回自晓。

第九十一回

化善医宗交感脉　客人货出孝廉家

话表化善变了道人警戒蔺员外，众人问他来历，他说出来历几句，往门外飞走，临走又说："显灵庙后殿来问。"众人见他飞去不见了，惊叹是个神人，来度化员外，个个回心向善。这化善原奉大圣高僧劝诫村人，离了前村，却走到后村。只见一个仆人，同着一个医者前行。化善走近二人身边，听他彼此问答。医者问道："你家主召我医谁?"仆人道："医的是主人妻妾。"医者道："想是两位娘子有病。不知因甚成病?"仆人答道："医家自有手段诊脉看病，问我何用?"化善听了，笑道："这恶仆晓人不当如是。这必是甘连家妻妾缘故，我如今正要寻他劝诫。"乃摇身一变，也变了个卖药走方的，地上拾起块石头，变个串铃儿。让那医者进了甘连大门，他却在门首摇着铃儿走来走去。仆人见了，问道："你这医家卖的是甚药，医的是甚病? 却是内科外科，方脉大小科?"化善哪里知道，胡乱答道："是内科。"仆人道："可会医女人?"化善道："专门，专门。"仆人听了忙入内说知甘连。甘连随叫请入来，正好与地方医家计议用药。

仆人请得化善入屋，化善与医者、甘连叙礼坐定。这医者便盘问起来，道："道兄贵处? 尊姓大名? 却是哪家方脉?"化善哪里答应得出，只是随口混答。甘连却问道："先生请同医兄进内看小妻妾的脉。"化善道："小子行的医不与人同，看的脉也不与一样。且请教医兄，是看的哪家脉?"医者道："小子是王叔和传来，左心小肠肝胆肾、右肺大肠脾胃命这六部脉。"化善道："用的是哪家药?"医者道："是四物二陈、辛温寒热诸样方药。请问道兄是哪家脉? 怎么与小子的不同? 想是太素脉。"化善答道："小子诊的是个交感脉。"医者道："如何叫做交感脉?"化善道："小子这交感脉，乃妻妾有病，诊夫之脉；若是夫病，却诊妻脉；父病诊子脉，子病诊父脉。"甘连笑道："先生，你说夫诊妻脉，妻诊夫脉，为之交感。若是父病自有母，子病自有妻，如何又父子交诊?"化善笑道："主人你却不知。比如有父无母，自然诊子；有子无妻，自然诊父。若是有母无父，便诊其媳。"医者笑道:"若是父母妻子俱无,却诊何人?"化善道:"便诊弟兄。"医者道:"今有一人,弟兄并无一个,有病却诊何人?"化善道:"便诊朋友。"甘连笑道:"朋友却多,不是一个,又不亲切,如何诊谁?"化善道:"朋友千个,契合必有一人,如古人管鲍、陈雷。要问病者平日是谁交契,便诊这交契之友。"甘连笑道:"你却与此人说交契,只怕此人不与你交契,却诊也不切。"化善听了,把眉愁将起来,道:"此处不必诊了。你有病,想着此人交契,此人之心却不与你交契。这病不消诊,不必用药,自然在他替你害了。"甘连越发笑起来,说:"你有病,怎么害他?"化善道:"病皆心作,他负你心,便是自病。所以我这诊的叫做交感脉。"甘连听了,道:"果是先生说的有理。小子妻妾有病,便烦先生诊小子的脉。"化善乃诊甘连之脉,说道:"主人,你妻病却不在你发,是你父母身上发的。但用药有三难:医了你妻妾,却医不得你父母;医了你父母,却医不得你妻妾,两不能医。先使你妻妾重病难痊,后却叫你灾殃无药可救。有此三难,便把卢扁复生,华佗再世,也救不得。莫说请这位道兄诊脉,便是王叔和来,也诊不出这一宗冤孽。"甘连听了,道:"先生此话,实关小子肺腑。只是此病,小子知四物①无补,二陈②枉然,料先生诊脉既神,医药必效,人前一言难尽,少待说此衷肠。"

甘连乃辞谢了医者,留着化善再求诊脉,说道:"先生既说父病诊子脉,子病诊父脉。小子老父时常有些寒热失调,望先生再诊小子之脉,看我老父之病何因?"化善道:"我曾有言说过,有父无母,方诊其子。主人既有母在,还当诊你母脉。"甘连听了,乃进后屋,说与母知。其母笑而不信。甘连道:"母亲不必疑笑。这先生话亦近理。"其母只得走到堂后,伸出手来。化善哪里诊脉,便说道:"是了,是了。这是为婆的不容媳妇,为公的见理不明,抑郁作病。可怜你父不知,受此灾难。"甘连笑道:"先生既说诊脉,如何老母伸出手,却又不诊便知其病?"化善道:"男女授受不亲,况以二指按妇女之手,若是贤良君子,一心怜病者受苦,那点精神专在按脉中寻病;若是浑俗先生,心肠邪慝,自不做主,纵诊得亲切,怕有几分捉拿不住。看你母手,便知母脉;推你母脉,便知父病。总是媳妇不敬孝

---

① 四物——指四物汤:白芍、川芎、当归、熟地。

② 二陈——指二陈汤:半夏、茯苓、陈皮、炙甘草。

姑,姑心狭隘,不能宽下。媳妇面前背后,有怨姑之言;姑婆冷言热语,在公前生怪媳之谤。那做公公的,巴不得婆媳和顺,一有违言,抑郁成病。我医家却究根因在此。"化善说了,只见婆子在后堂大笑起来,说:"这先生医人病,枝连藤、藤连枝,虽不是病的原由,却倒也有几分说着。真真是两个媳妇性格不纯,咒公骂婆。我老头子知了,也时常生病。却如今天理昭彰,两个都重病卧床,恹恹待死。这样不孝媳妇,医药怎得效灵?"化善道:"老孺人,休得要说此话。我医家有割股之心,一则要你婆媳相安,二则要你媳妇孝顺。你媳妇必先孝顺,你婆媳自然往后相安。若是媳妇不孝顺,婆媳不相安,公姑致病尚小,你主家之子致病却大。一旦你甘连有病,叫人怎医?"甘连听了,惊慌起来,说:"先生必非凡俗之医。我小子定有调停之法,父母要紧,妻妾一凭他存亡便了。"化善笑道:"此固一味良药,还要两味在你内眷。他如不急早发出这两味药来,莫说重病,便是小疾亦难得愈。"

妻妾有婢传入,说摇串铃的先生如此如此说。妻妾忙叫婢传出,问道:"先生要两味甚药?"化善道:"一味敬公,一味孝婆。这两味药到心便愈。"婢子传入,妻妾你说我,我说你,把平日不是悔悟过来。一个道:"我若病好,把公公当个活菩萨。"一个道:"我若疾愈,把婆婆当个亲生母。"二人只发了这两句,忽然病减几分。甘连深信先生是个神医,乃问姓名住处。化善却也不隐,乃说了五言八句,说道:

> 家住显灵庙,高僧即我师。
>
> 但愿有病者,居心自转思。
>
> 种种诸恶孽,皆是病根基。
>
> 纲常真药物,背了不能医。

化善说罢,往门外飞走而去,临去回头看着甘连,说:"这病根都在你脉上。要脉平复,庙殿后来寻我。"甘连口里才叫:"先生慢行,待小子奉几贯药金。"化善道:"我是救人病要紧,不计利积阴功的。"说罢径去。却走到远里,只见一个老者,在田间冒暑热耕田种地,两个后生汉子却安坐在树荫之下,面前放着茶罐,他二人一递一盏儿吃。化善见了,忖道:"这精壮汉子,却不耕田,乃叫那老汉力做,想是少壮的家主,老年的佣仆。可怪他为甚的前世不修,今生造下个老不安闲。但世间有一等道理不明的,爱惜其子,宁自劳筋苦骨;又有一等不知养老孝父的逆子,自却偷安,背了

天伦,怎叫冥司肯宽一笔之注? 我心爱老,且变一个行路过客,探问他个情由。"化善摇身一变,变了一个客人,怎生打扮,他:

> 头戴一顶凉帽,身披两接麻衣。一囊行李压肩皮,三耳□鞋脚系。张着遮日小伞,横拖挽手鞭儿。手中油纸扇频挥,口说好炎天气。

客人走到树荫之下,看着两个汉子道:"天气暑热,途路难行。如你二位在这树荫,乘风吃茶,快活! 快活!"汉子答道:"耕田种地,吃辛受苦,红汗白流,哪些快活?"客人道:"比如那田间的老者,便就不快活。这等老年,累筋苦骨,有子孙可代,自己该受快活。想必是二位的老力作?"汉子道:"是我老官人。"客人问道:"可叫做石戒么?"汉子道:"不是,不是。客官你问石戒怎么?"客人道:"他也有名,故此问他。"汉子道:"石长者是我亲邻。说起话长,且请问客人贵处,往何地公干过我这村乡?"客人道:"小子远村为客,贩卖些货物,顺过贵村。只因天暑,借此树下乘凉。"汉子忙把茶一盏,递与客人,道:"凉茶吃一盏。且问客官,贩的是什么宝货?"客人道:"小子贩的是人家必用的一宗宝货,老老小小,少它不得。"这个汉子道:"什么物件,便老小少它不得? 若是少了却怎么?"客人道:"老人少了有灾,少壮少了作病。还不止灾病,性命所系。"那个汉子笑道:"是了,是了。客官必是贩五谷。人非五谷不生活,若是少了他,饥饿成病,性命所关。"客人道:"不是,不是。五谷虽然是一宗宝货,比如你庄家却有,便少了自去设法。我这货物,孝廉君子家蓄积得多,我客人贩买了来,专卖与村乡人家用。"这个汉子道:"是了,是了。张孝廉家织有多布,李孝廉家种有多棉。客官必是贩布帛。人非布帛遮体,必然寒冷成病,亦是性命所关。"客人道:"不是,不是。布帛虽然是一宗宝货,比如张孝廉家,他一家织了自穿;李孝廉家种的自着,不卖与客人贩买,我客人只好求他个教,传授我个方法。"那个汉子道:"是了,是了。客人贩的是珍珠玛瑙、珊瑚宝石。人心爱他,求之不得多病,谋之不来有命。只是我等庄家,重的是五谷,少了珍珠宝石,也不致灾病。"这个汉子道:"也不是宝石,客官贩的决然是酒。我庄家老老小小少不得他。"客人道:"一个酒,你庄家却怎么少不得?"这汉道:

> 春若少酒花作羞,夏若少酒风生病。
>
> 秋若少酒月徒明,冬若少酒雪无兴。

早晨少酒怎起床,晚间少酒睡不定。

时刻少酒便作灾,老小把酒当性命。

客人笑道:"越发不是我贩的宝货。"二汉道:"客人,你说贩的货,人家老小少它不得,除了衣食,便非性命所关。我两人实不知道,望客官明白说,是何样货物。我庄村人家如少,必定也要奉求买些,怎肯错过客官前去。"客人道:"我的宝货,本为来卖与石戒。他既是你亲邻,如今有何话说?"汉子道:"我这石长者,一个忠厚仗义疏财的人,被两个子男坏了他的行止。如今子男不守法度,做了些刁恶事,不但坏他行止,却气成一病,使他伏枕沉疴。"客人道:"一个忠厚老子,生下两个刁恶子男,当初怎起?"二汉道:"人人怪他当年生得子迟,溺爱不明,不曾教训的。"客人道:"这个真真的是石戒自作自受。且问你比如张孝廉家,可有这等父?李孝廉家可有这等子?"汉子道:"他家老老小小,都有礼节,哪有这等父子。"客人笑道:"我客人贩的,实不瞒你,便是这一宗礼节宝货。我见你二位安坐树下乘凉,却叫一个老父冒暑耕种。礼节没了,此时虽安,只怕一日灾病起来,性命所关最大。故此我来卖这礼节与你。"二汉笑道:"一个礼节,什么要紧。怎说老老小小,少它不得?少了便生灾病,性命所关。客官却又说我乘凉树下,我老父冒暑耕田,便没了礼节。这礼节既说没它,却又灾病报应。如今客官如何卖?我二人情愿奉求买你的。"客人道:"买我礼节,若是假意,便千金难买一字;若是真心要买,便白送与你们。"汉子道:"真心买,客官却如何把来送我?"客人道:"作速请你老父来吃茶乘凉,你却去冒暑耕田,便是白送这宝货与你。"汉子听了,笑将起来,哪里去叫他老父,依旧一递一盏吃茶。化善见他模样,忖道:"这汉子,好意把礼节送与他,不知听受,视这道理为泛常。可怪他愚而不悟,若不施个小术警戒他,如何使他心服?但使他真心诚服,必须得他平日所喜的是何物,怕的是何事,警动他的真心,然后方可戒他。"乃向二汉说道:"我客人讲了一番礼节,白送与你,你纵不喜去请你老父,难道不怕后来灾疾报应?"汉子道:"客官走你的路,这礼节陡然也难行。老父耕种,是从来习惯,也难替他。便是后来灾疾也不怕。"客人道:"你如今可有怕的?"汉子道:"怕便只怕一宗事。"却是何事,下回自晓。

第九十二回

善狼得度归人道　店主惊心拜鬼王

化善听得汉子说怕一宗事，乃忖道："只就他这怕，便好警戒他。"乃问道："二位怕的是哪一宗事？"汉子道："村庄人家怕的是猛虎。"客人道："似你这村乡山少林稀，哪里有猛虎伤人？"汉子笑道："哪里是斑斓之虎，乃是公役下乡。大家小户，不是拖欠官租，便是违了官法。这公役若来，威过猛虎。纵是官长循良，公役慈善，也只好了我们不欠官租、不犯官法的，安心不怕。"化善听了，便笑道："原来你二位不知我来历，把我当过路客人，哪里知道我正是官长差来的公役，专为地方捉拿不明礼节的汉子。"乃于腰间取出一根索子，放在二汉面前，却在行囊中取出一纸牌票，朱批墨字。二汉原是村愚不识字的，见了便慌怕起来，问道："捉得是谁？"公役道："便是你两个。"汉子道："何事？"公役道："就是你说的难替习惯了的老官耕种这一件事。看来这事不虚，我公役亲眼见了，却推躲不得。"乃把索子去锁汉子。只见一个忙忙地说道："我去更换老父耕种，叫他来乘凉吃茶。你可请公役到家，吃一杯接风酒。"一个听了，便扯着公役到家去。你看他殷殷勤勤说："老官人辛苦多时了，快去换来。"化善被他扯着，想道："此虽警戒，只怕他转眼变更，不如再使个法术叫他真心省改。"乃说道："你两个且站着，我这公役不是你地方官长差遣来的，乃是报应冥司差来捉你们的。若是地方官长还要查访，或是听人检举，便是逃躲可脱；我们冥司神目如电，不要查访检举自知，逃躲不得，只有一件，悔改前非，真心复善，还可望得免罪。"二汉听了，慌作一团，说道："以后再不敢自受安逸，叫老官吃苦。且问公役，报应冥司在何处？"公役道："在你二人心内。"说罢，乃指着前路说："地方也有个公役来了。"二汉回头，公役不见，乃真心惧怕起来，说："人言往往道：为子男的孝敬父母。我们时常也不敢忤逆，只是一耕种之间小事，略偷了些懒，叫老官吃了些辛勤，便就有冥司报应，莫说忤逆了。那公役说报应神司，且问亲邻何处乃有。"一面忙忙代老者耕田，一面急急去问亲邻。亲邻指说，显灵庙中有一位报应神司,二汉子乃收拾两石粮米,担到庙来,作为布施。石戒知得此情,见二男全不省改,只是卧床捶胸嗟叹。一日天雨,雷电交作,人言警戒不孝之人。二男忽然觉悟,趁着二汉往显灵庙来,他也随行而至。

入得庙门,见蔺公、甘连同着许多善信齐来庙内,道:"闻有演化高僧普度善男信女,我等各有罪孽冤愆,特来忏悔。"只见庙祝接着,请众人别房坐下,众人便要参谒高僧。庙祝道:"高僧演化度人,固不绝客。只是时常与别项出家僧人不等,每每打坐行功,或与善信面谈见性明心道理;或闭目不答,但说几句禅机偈语;或面白理论善恶报应根因,种种不同。却也要列位至诚拜问。"蔺公开口问道:"但不知高僧可破除孽怪,剿灭邪魔?"庙祝道:"他不用符咒,倒善剿除,都从圣经贤传上说来,见性明心中灭去。"正说间,只见击磬一声。庙祝道:"师父们出静了。"众人随入后殿参谒祖师师徒,礼毕,各通名姓来历。只见蔺公开口,把道人变幻公差,甘连也把医人诊脉的话,众人都说是怪,一齐问求高僧破解。祖师微微笑而不答。众人再三请问,祖师但说了四句偈语,道:

　　　不种恶因,何有怪孽?

　　　一善发心,万魔自灭。

蔺公听了,便请问善功何在。祖师不答,闭目端坐。道副乃说四句偈语,道:

　　　世有世法,人有人道。

　　　不背纲常,即为善要。

甘连听得,也问道:"小子们虽愚昧,纲常伦理却也不敢背。缘何疾病多生?"道副不答。尼总持乃说四句偈语,道:

　　　非礼非为,百病自作。

　　　寒热交攻,自有医药。

二汉子也问道:"老师父说药可治病,善可化恶。乃人有善却多病,如石长者疏财仗义,忠厚待人,因何一病伏枕?人道他纵容子恶,今二子回心向善矣。请问石老这灾可得免么?"尼总持不答。二汉子又问,道育也说四句偈语,道:

　　　二男悔过,还是善根。

　　　永悔不吝,病自脱身。

众善信听了,点首称赞,齐齐说:"我这村乡,果然良善的人家,个个无灾无害。使心用心的,偏有许多怪孽。"你看众人拜菩萨的,拜高僧的,拜三位神圣的,个个都誓愿回心向善。二汉与众人,也有施金钱粮食的,庙祝收了,作为供养高僧之费。当下众善信出庙而去。

却说化善变化多般,警劝了蔺员外、甘连诸人,俱是奉神僧差遣。他既事毕,却来庙中参谒神司,嘉赏他功,复入殿后。只见高僧俱各入定,唯有尼总持还是前边这一种根因在念,静中却又现这一宗光景,只见化善立于阶下,若是回复之状。尼总持道:"我于诸善信来谒圣参神中,已知汝警戒一番功果。但汝虽出自狼中,也非凡类,委质有形。既超入人天正果,若有助化心愿,无难白昼人形,求我众师度脱。"总持说罢,化善唯唯退去。果于次日变了一个善信男子,跟着舒化众人入到后殿,随众行礼。可见高僧方便,明知异类,喜其原有善功,遂同仁一视。只见舒化众人齐齐称谢高僧,道:"自师父未到庙中,村里怪事时有。乃今家家宁静,人人平安,都赖高僧福力。"师徒不答。只见化善说道:"哪里是师父们福力,还是各家人发善心。"舒化听得,便动了嗔意,看着化善道:"你是哪村里人,说这背本忘恩的恶话? 我这前村后村,远里近里,一向何等怪孽。今日宁静,实皆师父们道力。你如何说不是,却说是各人家善心?"化善道:"若不是人各发善心,师父们便家家去讲,个个去劝,书符念咒,那怪也不消,孽也不散。"舒化道:"依你说,各人家善心如何发?"化善道:"上等明白道理的,也不必要师父们讲,也不必要高僧们劝,他自无恶孽,安发善心;中等一时被私欲蒙蔽了道理,善念隐藏,听得师父讲说,他自己劝化感发善心;还有下等,只知恶事快心,哪有善心发现! 此等若不是王法昭彰,冥司报应,他如何肯发? 若说师父们有一半功果福力则可,看起来还在人家自己发心。"舒化听了道:"你这人昧了师父们功果。"道副乃说道:"这位善信倒是几句直言。只就这直,便是一点大善,却胜似舒善信方才嗔意发现。"舒化见高僧说化善直言是善,乃问道:"师父,直言如何是善? 我闻直口攻人阴私,不能容物。"道副说:"直若有理,攻人阴私便是劝诫。劝人行善,戒人作恶,都是直者之功,如何不是大善?"舒化只因高僧称化善为直,倒说他动了嗔意,成了个呵奉僧人,便回嗔作喜,乃问道:"老兄哪村人氏? 大姓高名? 何因到此庙中? 幸逢直言教诲。"化善既入人道,便答说:"小子名唤化善,乃远乡人氏。因听得高僧演化,特来参谒。"舒化乃邀化善到家叙话,化善未领僧旨,乃答道:"老兄先行,我小子再来奉教。"舒化等去,化善却留在后。祖师师徒喜其直言近理,乃不说破他情,惟尼总持道:"我于静中已知汝劝者劝,警者警,但近村众人尚有不平等等。我僧家但为善化,不欲以恶警,听汝因恶惩恶,必使人人尽归于善。使那大秤小斗、明瞒暗骗的;白口咒诅、怨天恨地的;奸盗邪淫、非礼非义的,不敬三光①、作践五谷的;不修片善、不惜己身的,种种说不尽诸般恶孽,悔悟一朝,则汝助化缘有功,足见汝修来有益村里。"化善听了,随谢辞出了庙门而去。

祖师乃向总持说道:"舒化一束,我便说费汝等精力话言,延捱行道,今果不虚。"道副答道:"我师原欲度脱众生,随类演化。弟子等遇着不平等情,只得费些讲论。"祖师笑道:"我姑试汝。但此庙乃神司香火,我等不必久住,怕往来不洁,村众混扰,倒是我等之过。"师徒乃辞众前行,按下不题。

且说化善,他哪里是个凡狼,只因天星所照,成就了他一种善心,改邪归正,只是要劝诫恶人,不听劝诫的,他随意变化,或妖或魔,无非因情示警。他离了庙宇,却来到近里,四下里查看高僧说的作恶人家。却好走到市中,见那粜籴五谷的斗斛盈眸,较量轻重的秤锤满目。化善道:"这宗买卖,却是交易的器物,只怕人心奸险。师父说的有那明瞒暗骗的在中,大秤称进来,小斗斛出去,这便是恶孽。待我试他一试。"乃变了一个乡人,拿着一个升斗,到那粜米的处家家较量,十家却有九家都是公平斗斛出入,唯有一家却是小斗。化善乃问道:"店主,你这斗是卖米与人的出斗么?"主人答道:"正是。"化善道:"如何却小?"店主答道:"随行随例,斗如何小?"化善见店主家挂着一把秤,乃把自己的斗秤了轻重,又去秤别店,却也是这店秤大,乃复来问:"店主,你这秤是卖物与人的么。"店主答道:"是入秤。"化善听了,便怒从心里起,道:"这果是个明瞒暗骗不忠厚的。"乃说道:"店主,小子来买你货物有限,你发卖与人无穷。便是我一人,受了你些短少货物几贯钞,不致伤损于我,还有一家贫苦的,可怜他为饥饿,少不得设法几贯钞来买你五谷,你却与他小斗。那有货物卖与你的,也是父娘的血本,或是辛苦得来的,你却大秤称他的。你便图一家丰富,却叫他人吃伤受损,天理何在? 人情可安? 依我小子,作速改换了,与

---

① 三光——日、月、星。

别店本分忠厚的一般,管叫店主买卖自然利市,生涯定是广招。"店主听了,把眼看了化善一眼,说道:"你这人未曾见你照顾我店多少货物,胡言乱语,说我大秤小斗。要买便买,不买别店去买。我店中是这样秤斗。"化善道:"使这样秤斗,不当仁字,只恐你自算了自己。天道恢恢,疏而不失。莫说此事微小,却有一宗大罪过,与那掺和假物、欺哄人财的一般。"店主道:"依你说掺和假物、大秤小斗,却有何罪?"化善道:"轻则生灾,重则作祸。便是挣得金宝如山,只怕久后来如冰山融化。依我还是照本分,存公道,子孙得长远。"店主听了道:"老兄,你话也说得有理。只是人心只顾眼前,哪管后来。我便听你有理,把秤平斗满,做本分生理。只是你说的后来报应,却未曾见,你便是个虚话。"化善听了道:"店主,你看那子孙陵替①的,家门败坏的,多是前人积来的样子。我不为虚。"店主笑道:"此是人家子孙不守祖业,不知祖父辛苦得来,一旦浪费,以致如此。若是守祖父遗留,勤俭立业,只有兴起的。"化善道:"你说的也是。只是我劝你公道些。"店主道:"便不公道,也只是为生理买卖,料无大害。"化善急躁起来,道:"你这店主人,我三言两语劝你,也只是要你公道生涯,你却推三阻四。你若不信,实不瞒你,我非别人,乃是报应神司差来警戒不公道的公役。你若不信,且看我手中左边拿的是烈腾腾火焰,右边拿的是恶狠狠钢刀,叫做火盗。你不信我劝,便有这两宗儿受用不安。"化善说罢,把脸一变,变的如鬼王一样,三头六臂起来。吓得店主战兢兢跪倒,说:"小子换公道秤斗,决不敢瞒心昧己了。"抬头一看,哪里有个鬼王,只见家下人走近前,扶起店主,说道:"青天白日,与谁讲话,磕起头来?"店主道:"我自知道,非你等的干系。"

却说化善警戒了店主,又往前行,笑一回,喜一回。笑的是人心不警动他刺骨着髓,他哪里肯改过;喜的是又劝化了个店主悔心。正才行到一街,只听得一小户人家夫妇,在屋内说说笑笑。化善隐了身,走入户内,只见夫妇二人共食一鸡。妇人向夫说道:"自不小心,不知何人攘②了我家鸡去。你却把别人家鸡攘来宰吃。"其夫笑道:"我家鸡不见了,定要前街后巷叫骂,我哪有工夫!不如攘人的来吃了,待他替我去叫骂。"以此夫

---

①　陵替——衰落。

②　攘——窃取;夺取。

妇说说笑笑，把偷的鸡儿吃尽。化善见了，道："世人存心奸险，有如是不平等。"正说间，果见一妇人，手里敲着一面铜锣，口里百般骂着，说道："那个馋老婆，偷了我家鸡去，只叫他吃了我鸡，如何长，如何短。"那妇人骂一番、咒一番，走过来、转过去。化善听了，忙出这人户外，看那妇人领着一个孩子，口里教着那孩子也咒骂，乃嗔道："这便是高僧说的白口咒诅、怨天恨地的。可怪这妇人家更会枉言造语，却又教会了一个孩子。我想一个赤子家，正该教他些好言好语，如何教他恶言恶语，惯了口，坏了心。"乃上前叫一声："婆子，你不见鸡事小，咒诅骂人罪大，却又叫一个小孩子帮着罔言造语①，坏了孩子心术。"妇人道："大哥你不知。我畜养个母鸡，下了个蛋，抱出个雏鸡，费了多少五谷养大了。有这样馋婆娘，偷了我的，宰杀吃了，如何肯甘心？"化善道："比如是个汉子偷去，你如何只骂妇人？想必你妇人家惯偷人鸡。"婆子道："不是这话。比如汉子偷了到家，妇人若知事，必定说：'不当仁字，人家费心养得一个鸡，丈夫如何偷他的，快放了他去。'这便是贤惠的。莫说咒骂不着她，还要保祐她生男得大，生女成人。若是个馋老婆，莫说汉子偷了鸡来，她欢喜去宰杀，煮了捡肥的吃，还要自己呼捉关哄，瞒着丈夫孩子背地私吃，我如何不骂？你怎说我骂人罪大，难道偷鸡的倒没有罪，骂鸡的却有罪？"化善笑道："婆子，不是这等说。"却是何说，下回自晓。

---

① 罔言造语——捕风捉影，胡说八道。

第九十三回

咒诅婆儿知悔过　奸淫魂梦逾东墙

　　婆子听了，乃问道："大哥，骂鸡却是何说？"化善道："咒诅虽发诸口，言辞却本诸心。你一鸡宁值几何？便咒人灾害偌大。你只知骂从口出，哪知病从口入。你那心是灾害之根，说着便长着发生起来，不曾害人，多将自害。古语说的好：'一句妄言，折尽平生之福。'这咒诅就是无稽的妄言，既折了福，便生出灾。世上多少咒人自咒。"又说道："仁人之言其利溥。惟仁人存心宽厚，等闲讱而不发①，若是发出来，决不伤害人。利了人，又利了己，所以说溥②。溥者宽广之意。"婆子道："大哥，我妇人家也不知道什么妄言，也不知道什么利溥。讲文说理，中什么用？只要骂的放出我鸡来，管什么口出口入。"化善道："我有两个字劝婆婆，叫你只当'譬如'罢，省了力气，免了罪过，保守心术。"婆子道："我骂不出，还要叫大男子汉咒骂。"化善道："男子汉越发要保守心术，免生罪过。"婆子道："便依你两个'譬如'字，却是怎说？"化善道："当初只当譬如不曾养得母鸡，就是养了母鸡譬如不曾下得蛋；便是下了蛋，譬如不曾抱得鸡；就是抱了鸡，譬如自己宰杀吃了，昨日吃了，今日哪里还在？譬如这偷你鸡的，是你至亲厚戚，只当送了他吃。"婆子听了，急躁起来，说："我不见了鸡，心中恼恨，撞着这个歪汉子，挠挠扰扰，好生可恶！莫非就是你偷了？若是你偷，快早还我。"化善听了，道："我好意劝你，你倒把我作贼。便是我偷，还你一个鸡也事小，只要你免口骂人。"婆子听得，一手扯住道："你既认偷，快早还鸡。"化善道："还你一只鸡，却不知是只什么鸡？"婆子道："是只紫毛公鸡。"化善把口望那静巷内，吹了一口气，只见那巷中走出一只鸡来，看那鸡生得：

---

　　① 讱（rèn）而不发——出言很难。

　　② 溥（pǔ）——广大。

红冠高耸,紫羽鲜妍。短喙①如鹰啼,一声五更报晓;花毛似凤高,四望单展啼鸣。且莫说它呼祝飞来,但夸那闻声起舞。真个是五德全备的窗禽,怎忍得一旦宰烹为黍食?

婆子见了那鸡,随着口唤道:"祝!祝!祝!"那鸡飞近前来。化善故意问道:"婆婆,这鸡可是你的?"婆子一则心里爱上好一只公鸡,一则口呼那鸡,便走近前来。忙答道:"这鸡正是我的。"化善道:"鸡便有了,只是罔言造语,方才这一番咒骂难消,自咒骂自,那时休要懊悔。"婆子道:"我倒不叫地方拿你偷鸡贼,你还多嘴饶舌。"一面说,一面把鸡捉住,带着孩子往家里去了。化善想道:"这恶婆子,哪知我变化的鸡本是劝化她,她却欣欣得意而去。不免弄个法儿警戒她。"让那婆子先走,他却随后跟着,说道:"婆子,我是好意劝你,莫要为小失大,一只鸡坏了心术。你如何骂人做贼,却自己做贼?分明是我的一只母鸡,你如何当作公鸡认来?快还了我!"婆子见了道:"冤家,分明是我公鸡,声呼声唤,你却如何跟来妄说?"化善道:"若是公鸡便罢,若是母鸡,应当还我。"婆子忙放鸡在地,却是一只母鸡,但见那鸡:

隐隐冠儿,星星头子。浑身颜色好一似麻雀形骸,满体羽毛有几般苍鹰色相。虽不能唱彻五更催晓箭,却也会乳哺众子啄刍粮。只莫使它司晨,偏宜供我啖②母。

婆子把鸡欣欣得意捉了去,这会悻悻放下来。那鸡只往外走,任婆子呼祝,哪里肯回头。化善道:"分明婆子你偷我鸡,反骂别人。"婆子道:"也不论你的我的,鸡与你因何走到我家?"乃凶狠狠把门关了,叫出大男子小妇人,一家子都出屋来,扯着化善,说道:"你偷了我一只鸡去,却又来偷。左邻右舍知证,送你官长去问。"化善笑了一笑,把脸一抹,变了一个地方里老,往日是婆子熟识的,专一下乡村捉拿偷鸡盗狗的。婆子一见,慌怕起来,道:"爷爷呀!我婆子眼目昏了,明明扯着偷鸡汉子,如何误扯了老官来?"忙忙赔小心,请里老坐。里老乃说道:"你明明假称不见鸡,却在街市白口咒诅骂人,又把人家鸡乘隙偷来。我里老奉上司专拿你这贼。莫说妇人,便是孩子也拿了去。"婆子只是求饶,里老道:"还有一

---

① 喙(huì)——嘴,特指鸟兽的嘴。

② 啖(dàn)——吃。

件,设诈偷鸡事小,侈口①骂人情重。不但骂鸡的话毒,你在家诅咒公婆,骂丈夫,姑郎、小叔无一个不被你骂到。如今做婆子,吵邻□舍,咒子骂媳,你的过恶多端。更有一件怨天恨地大过。想官法不加你老妇,灾病却也难饶。"婆子道:"里老官,只望你饶了到官,便是灾病,宁甘受些罢。"化善见婆子此言,又把脸一抹,依旧变个三头六臂鬼王,说道:"我正是专管灾病的使者。你这村里不论男子妇人,但有咒诅骂人的,即来报应。"婆子见了,胆丧魂飞,跪倒在地,说:"妇人再不敢咒骂作恶了。"及抬头,哪里有个鬼王,乃自惊自悔,满村遍里叫人莫要白口咒诅。

却说化善弄了这一番手段,走在村里,自想:"我化善奉高僧叫我劝化人,无奈人心险巇,道理劝不省他,只得要设个变幻法儿警动他良心。若是他良心不现,便是悔改前非,终也变迁,不坚固久远。且这村里,人心险巇的甚多。我见了的便去劝化,还有不见的,他把恶藏在心,我如何得知? 比如卖五谷货物的,有秤斗可见;偷鸡的,有咒骂可听。高僧曾说有奸盗邪淫、非礼非义的,比如他行出这非礼非义,遇着我化善,断乎先行劝化,劝化不听,后行警戒,毕竟叫他改正了。若是奸盗邪淫,他未曾行出来,却存在心内,只等那事遇着才做,这心情暗昧,我怎得知?"

化善走一步,自己讲论一步,忽然,自己身旁站着一个汉子,笑道:"化善,你莫虑不得知,你自言自语,我先知了。你道人心险巇,果是不差。若是非礼非义之心一动于中,自有我等知觉,比你听见的还真切。"化善方才要开口问这汉子来历,只见远远一个汉子,走将来,行步如飞。化善看那来的汉子,他:

> 头上黄巾雉尾插,身披四褶平开甲。

> 肩上横拖令字旗,专把人心奸盗察。

这汉子走近前来,向着化善身旁汉子道了一声劳苦。化善问道:"汉子报甚事的?"汉子哪里答应,却看着这汉子问道:"你有甚事报么?"这汉子道:"这位善人是劝诫行恶的。他正在此说恶在人心,不得见知,却不晓得有我等觉察。"这黄巾汉子听了,方才转过口来,笑道:"原来善人是警劝人的。我汉子非他,乃日巡使者,专察人心行恶之事。那人心一念举动,我辈便飞去报知冥司主者,及一应显灵神众。"化善道:"如你等有多

---

① 侈(chǐ)口——夸口。

少。"使者说:"多的紧哩。"化善道:"是一日一个人巡么?"使者说:"一人
举了非礼非义,我等冥司有多少纠查主者,便有多少去报。一人之身,不
止数十个。"化善道:"想必行善之人,也是这许多人报。"使者道:"不同,
不同。行善之人只有一个看守善念,怕他悔改了善心,又怕邪魔搅扰侵夺
他善。"化善道:"如何善人不要多人?"使者说:"善人比作恶不同。善人
发一善念,他的阳光直达天堂,哪个神灵不知? 唯有作恶,属了暗昧不知,
所以多用我等。比如善人,只这一个随你。"化善听了,乃问道:"你远飞
走来,想是报甚作恶的?"使者道:"正是,正是。今有近里一人,存了奸淫
之念,特去报与幽录主者。"化善听了,道:"我正在此,只能见人之貌,不
能知人之心,要行警劝无由。你来得正好,却是何人,待我去警戒他一番。
若是听我劝诫,乃是个好人;若是不听,再凭你去报。"使者道:"劝诫本是
美事,听从尊意。"化善大喜,乃问道:"使者,此人存的却是何奸盗邪淫?
做的却是甚非礼非义?"使者道:"此人有一个东家墙女子生得美丽。他
见了日夜思想,有个逾墙搂处子之心。"化善道:"他心虽想,事却未行。"
使者说:"他已钻穴隙相窥,尚未逾墙相从。我等就他这恶念,便时日去
报。"化善道:"事便是他恶念,只是那东墙处子,是一个守礼节不淫难乱
的,当他逾墙相搂之际,一声喊叫,左右岂无人知? 若是个邪淫不正女妇,
明卖私情,世间哪里都是柳下惠、鲁男子有道行地不邪不乱? 汉子家把持
良心不住,被此等妇女引惹,难道那妇女无恶?"使者道:"正是,正是。世
间淫乱男子奸心固多,果然妇女引惹的不少。比如一个坏心汉子,去奸淫
人妇,遇着守礼节的,正言厉色,死也不从,那汉子安敢行凶? 十个有九都
是引惹的过恶。料妇女家也有日巡使者查报,必不饶他。"化善道:"必不
饶他,却如何报应?"使者道:"只就他举心动念,便报他灾殃祸患。若是
亏心短幸做出来,身家丧亡,还有说不尽地古怪。"化善听了,道:"善哉!
善哉! 此高僧切切,神司谆谆,叫我戒劝人莫存此恶,免入丧亡苦恼也。"
说罢,乃同使者前行,看此人作何奸淫情节。

走到一个村里,果有两三户人家,皆是:

竹篱与茅舍,矮壁共虚窗。

三槐分夹道,五柳出高墙。

犬吠惊人影,蝉声噪夕阳。

蓬门无客到,屋主坐中堂。

化善与使者到得这几家门首,静悄悄不闻人声响,乃问使者:"这人住在哪屋?"使者道:"西屋内中堂坐着思思想想的便是。"化善又问:"东屋却是何人家?"使者道:"便是处子之家。那中屋另是一户人家。"化善抬头一望,只见东屋上腾腾瑞气,中屋上,也霭霭祥光,只有此人屋上黑漫漫,毫无些气焰。化善见了,乃说道:"是了,使者之言不虚。想这两家行善,屋上起的是阳光上通天堂的,便是此瑞。这黑漫漫的,乃是暗室亏心,怎知神目如电。我如今要劝诫他,却无个因头,怎便进他屋说他心事?"想了一会,乃叫使者与本身使者且在槐柳树下坐等,待我探试一番,再与计较。化善隐了身形,潜入西屋堂中,见此人兀坐,呻吟思想。化善道:"此必使者所说思想逾墙淫念。待我看那处子何如。"乃隐着身,走过东屋女子家,果然高墙隔越,屋内一个处子坐着,描鸾刺凤,做女工针指。化善见她倾国倾城貌,如花似锦容,乃想道:"世间一个处子,乃是她自己生了一个引人的才调。但不知她节义何如?想那西屋之人彼此相见时,这处子已有动人之貌,或再卖个风流颜色,惹动此人淫念。我见那男子也生得清秀,或者这处子也有邪淫。"乃把脸一抹,却变了西屋男子模样,假作越墙的声响,走到处子房门外。正要进房,那女子见了,红下面皮来,忙把房门掩上,说道:"西屋邻人,到我家作甚?今日我娘外出就归,有正事当从大门说知,怎么跳过墙来,是何道理?"化善乃假作求婚媾之语,故弄出奸淫之声,说道:"神不知,鬼不觉,成就人间好事罢!"女子听了,大怒起来,道:"什么人间好事!我乃处子,你何故侵犯?况男女分别,莫说礼义防闲,宁无法度约束?早早跳过墙去,莫要伤风败俗,坏了心术。我宁死不受淫污,速速出去,莫使人知,坏了行止。如不速出,我喊叫起地方邻里,拿你到官,悔之晚矣。"化善听了处子这一番正话,夸扬道:"好女子!怎不教屋上瑞气腾腾。"乃隐身而出。这处子听得如跳墙而去,乃待母归方才开门。

且说化善一面夸扬女子贞节,一面想道:"这中屋如何祥光霭霭?"乃隐身走入屋来,只见一个男子,坐在间净室中,焚着炉香,吸着清茗,观着书史,正中却供着一幅画儿。化善近前,看是白描的菩萨,乃忖道:"这男子定是个善人。但不知他外貌如此,中心可洁白?我见他贴邻着个处子,欲待变个女子来勾引他,又恐坏了方才这节义的佳人行止。"乃站了一会,只见这男子吃罢茶,又添些香,对菩萨面前,念的是经咒。念毕了,乃展卷观史。化善见了道:"好男子! 怎不叫他屋上霭霭祥光。"一面夸这好的,一面就恨那邪的,乃复隐身,走过西屋。只见此人思想了半日,精神愦耗①,倒在几上,鼾呼熟寝。化善见了,笑道:"痴汉子,你空费了精神,破了心术,怎能勾想得处子到手?"正才叹他,只见此人一个游神外出,却是一条小花蛇儿,从此人鼻孔中出来,东游西游。化善看他往何处游去,他却径游到东墙上去。化善笑道:"是了,是了。昼之所想,梦之所因。他意儿里还在东墙女子。这个去处,正好警劝他。"乃随变了处子模样,在那东墙脚下立着,待那蛇游到面前。那蛇见了处子,便亲近身来,却被化善把处子闭门拒绝他的这一番光景说了一顿,蛇心哪怕,犹自绵绵缠缠。化善却扯着他出到门外。那使者们见了,都是明白的,却把这蛇索的索,打的打,还要将刀来杀。吓得个蛇慌了,往西屋飞游而去,仍入此人鼻孔,惊觉醒来。化善见他懊悔嗟叹,乃出得屋来,向二使者说:"方才亏你帮助索打,此人恶念已有几分警省,待我再行明劝,莫要使他把方才这一节做了南柯,犹然淫心不断。"使者道:"正是,正是。善人如今却怎生明劝?"化善道:"此事不难,只要你两个如此如此,我自有警戒的道理。"却是何事如此如此,下回自晓。

---

① 愦耗——昏乱,不明事理。

第九十四回

建道场迎接高僧　试禅心显灵尊者

　　话说这人思想逾墙奸淫，空入梦幻。他的游神被化善警戒一番，醒来正惊疑嗟叹。化善乃变了一个僧人，走入屋内。这人正是心思不遂，被梦中这一宗懊恼，见了僧人进屋，没好心情，道："和尚，别处化缘要布施去，我家不便斋僧。"化善道："斋僧布施，是一种功果，保祐施主所谋遂意，好事称心。"此人听得说好事称心，乃转过笑脸儿来，问道："长老，比如我要谋宗好事，斋了你，布施了你，却是你有甚妙法能使我心遂？却是种在哪里待后称心？"化善道："我僧家有三样功果：一样是见在功果，一样是积下功果，一样是望空功果。"此人问道："怎叫做望空功果？"化善道："有一等混账僧人，心里要化你布施，口里许着你遂意称心，却不知在哪里，叫你望空欢喜。这叫做望空功果。"此人又问："怎叫做积下功果？"化善道："有一等德行的僧人，受了你布施，冥冥作福，将来受用。这叫做积下功果。"此人又问见在功果。化善道："这宗功果，却是施主有甚谋求，不得遂意，做梦颠倒。若肯布施了僧人，那僧人若是个有道行的，便叫你眼下遂心。"此人听得，乃请化善入堂坐下，说道："师父，这见在功果你可会做？"化善道："正是小僧会做。但不知施主有何事谋求要遂，我小僧一一包管你遂心。"此人乃悄悄附耳，说道："师父，我是要谋求一宗婚姻喜事。若是师父包管我个见在功果，定以大大布施斋你。"化善听了，道："婚姻，人道之常，世间好事，包管成就。只是有一件，这其中却有邪正两分。若是行财下聘，郎才女貌，门当户对，却为媒妁不善调停，六礼有些不备，我僧家与人许个愿，求个神，多管你成；若是私相调引，暗约佳期，指望钻穴隙相窥，逾垣相处，这却是邪谋，我僧不但包管不得，却也最恶这情。"此人道："为何恶他？"化善道："僧家岂但恶他立心不正，还可怜他自投恶门。明有王法，幽有鬼神，报应昭彰，怜他个迷而不悟。施主，我小僧也有几分道行，方才也知你思虑伤了些心术，耗了些精神。莫说梦幻不灵，却也有一场懊恼。你若不改邪归正，这心术坏处，就生出一种患害事来。"

此人听了,笑道:"暗昧小节目,哪里就有什么患害?"化善道:"施主,你若不信,你看门外,就有你的样子来了。"此人乃出门观望,却是两个使者,一个假装着犯奸之人,一个扮做捉拿之役,说道:"奉官长法令,把这奸淫罪恶示众。村乡人等,莫要像他坏了行止,受此法度。"此人见了,忙入屋内,向僧人说道:"师父真是神人,怎便知我梦寐,却又指我见此恶孽。小子实有一种奸淫邪想,愿在师父前忏悔。但问师父在哪寺院出家?小人还来求度。"化善道:"我在显灵庙里出家。"说罢,不辞而去。走到庙里,却不知高僧已离庙前行。他也不问庙祝,也不在庙中,乃远入林谷之中逍遥,方知人道行善之乐。后有说狼心一正,也知积此善功,可以人心不归于善?因赋七言八句,说道:

> 世间何事最为乐?唯有存心善一着。
>
> 善能感动鬼与神,善能交契仙同佛;
>
> 善能享福保长生,善能家室常和合。
>
> 为人何苦不如狼,昧却善心专肆恶。

话表祖师师徒离了显灵庙,正才行了十余里,只见后边,许多善信人等赶来,说道:"众位师父正在地方度脱众生,如何未尽有情,便弃众而去?且师父们未来时,孽怪在大家小户村里闹吵。如今既去时,冤愆尚尔未尽消除。望师父们再留住几日,把未尽的冤愆消灭。"道副听了,道:"我等未来,果是孽怪无端,谁叫你习俗淹女?我等已去,料是孽怪归正,警戒无义,消灭冤愆。但愿列位莫虑冤愆怪孽,只要永守善行,笃信善功,自然长保无怪。"众人听了,辞谢而退。

时值春和,师徒在道,但见:

> 四野芳菲物色荣,游蜂浪蝶闹花丛。
>
> 山青水绿描佳景,日暖风和见化工。
>
> 鸟唤深林人不见,客行芳草兴偏浓。
>
> 唯有山僧心把定,良时不染道眸中。

祖师师徒正才由大路前行,只见到了一村落人家门前,彩幡摆列,门对两铺,屋内鼓钵声喧,却是许多僧众做斋修善事。祖师问众弟子说:"这人家却是一个善门,虽然是个灯烛道场,却胜如花费无益之钞,堕入淫欲之愆。"道副答道:"斋主却也虔诚。"尼总持道:"师兄,你如何知斋主虔诚?"道副说:"若非虔诚,怎感动得吾师来此?我等到来,也当随缘一遇。"乃禀命师尊,暂停云步。祖师道:"随喜一遇,固也是出家人行所住处。只是我于智光中,已知汝等又要耗一番精力,总是吾演化中一情识耳。"师徒走近门前,只见门内飞走出几个善信与僧人,忙忙问道:"老师父们可是从国度中来的么?"道副师答道:"我等正是从国度中来的。"善信道:"闻说高僧演化本国,度脱众生,一路前来,在庵庙寺观参禅打坐,也不知度脱多少僧尼道俗。我等修斋建会,正乃恭迎高僧降临,瞻仰些道力。不知列位师父曾听得高僧住在何处? 或是行在路中?"道副道:"就是我等四个师弟子。"善信道:"我等闻知高僧到处,香幡迎送,怎么只师父们四位?"祖师笑道:"四位还多了三个。"只这一句,道副等已知师意不欲多随,但见性明心之理虽知,而超凡入圣之道未悟,怎肯舍离师尊,只得随师周流演化。

当下众善信僧人知是祖师师徒,乃躬身合掌,请师徒入堂,延坐礼拜,说道:"我等弟子闻师演化,自揣愚蒙在世,上不能报四重之恩①,下恐堕三途②之苦。欲求出世之因,以不负生人之道。望师尊指教。"祖师听了,笑道:"众善信已自参明,又何必我等饶舌?"乃向道副等说:"一路前来,种种冤孽,亏汝等点明消释,于此演化,有裨功果。却不似众善信居此方,说出一番理话,已证无上菩提,想他近礼义,道化使然。汝等有可理论,不碍多方开悟。"祖师说罢,道副乃问众善信及僧人名姓,各相叙答。唯有这家斋主,名唤近仁,便一盘问些禅机妙理,问一答二。三位高僧应对如流,众人称赞大喜,摆出斋供。师徒吃了,便要辞行。只见近仁再三留住,说:"弟子们仰望日久,今幸师尊到此,正图请教,便多住旬日,只怕亵慢为罪。"祖师师徒只得住下。近仁当时洒扫三间净室,师徒安寓在内不题。

却说十八位阿罗尊者,于佛会中已知高僧演化之愿将毕,众尊者试化圣心已遍,圆满功果乃在于己。却显出灵通,早知高僧行所住处,步云到来,化现一僧人,在一处荒沙地界,携着两个童子,侍立两旁,剥果进食。却遇着斋主近仁,同着建斋僧众闲行,见了上前问道:"老师父何处来的?

---

① 四重之恩——即四恩,父母恩、师长恩、国主恩、施主恩。
② 三途——佛教指恶人走的三条道路:猛火烧身的地狱道,互相血食的畜生道和刀仗逼迫的饿鬼道。

欲往何处去？怎不到我斋堂道场中来随喜？"僧人不答。只见童子答道：
"我师来试演化，未计道场随喜。也是你等道会虔诚，感动我师降临。即
此相逢，便是功果。"近仁听了，向同伴僧说："观此僧人庄严色相，莫非是
演化高僧？怎么家中又有那四位？"正疑虑踌躇，忽然僧人童子不见，留
下一纸帖儿，上写着四句，墨迹未干，道：

　　　佛心何试？助此化缘。

　　　我闻福善，无量无边。

　　近仁拾起帖儿念了，随回家递与道副。看毕，便问那僧人庄严色相。
近仁说："旁还有二童剥果进食。"道副三僧乃向祖师说出。祖师道："吾
于静中已知，但汝等助吾化缘，实又不专在汝等助化力也。"三僧点首，合
掌望空拜礼。近仁与众僧哪里知道缘故，乃向道副说道："这僧人明明是
菩萨降临，若说是我等道场法事诚敬，却因何菩萨不到坛中显应，乃在荒
沙地界坐着？这帖内道理，我们愚昧不知，望师父指教。"道副道："四句
只在'福善'二字，二字只在'善'字一言。总是千经万卷，不外一心之
善。"近仁道："正是，正是。果然人若存一点善愿，天必从之，福生无量无
边，真实不差。"

　　近仁方才说罢，只见同会一个善信道道："师父讲的虽是。我有一个
亲戚，离此村落三十余里边海境界居住。这境界却是四通八达，买卖客商
必由之路。我这亲戚姓施名才，平日为人却是个广行方便的善人，就该享
福无量，也只因家富于财。一日，黄昏黑夜，在屋里盘算账目，说进来的财
利却少，济人出去的却多。欲要谨守，无奈人来求托，甚是难却。正思虑
间，忽然一阵狂风。风过处，门外有人敲户。施才叫家童开门一看，乃是
四五个失水的客商，个个通名道姓，说道：'我等俱是贩海卖货物的客人，
偶被风打行舟，止救得只身登岸。望长者收留。'施才见此光景，善心便
发，乃留住在家。次日天明，见这几人生得也魁梧精壮，个个哭诉把资本
漂失，难以回乡，情愿与人家佣工，合伙生理。施才便问道：'客商姓甚名
谁？贩的是甚货物？'只见一个答道：'小子名唤陶情。这几个都是合伙
贩卖蜜淋蘺、打辣酥、醇酨①美酒的。不意遇风，酒皆失去。老长者若是出
些资本，这往来通衢，倒也是宗买卖。'施才一则怜他异乡遇难，一则喜他

---

　　①　醇酨——指酒性浓烈。

都会经营，便出了资本，留他开张酒肆。谁知酒肆开后，他这几人也有会花柳的，也有好风月的。店虽广招，把些资本占尽。我这亲戚当前何等快活享福，如今被这几人弄得倒辛苦烦恼。这可不是行方便一点善心，倒惹了忧煎万种。却才①师父讲福善无量，这却如何不等？"道副不答。尼总持乃说道："据善信说来，'善'之一字，你哪里知百千万种：有见人行出，分时是善，却乃是恶；有见人行出，分明是恶，却乃是善。比如官长鞭笞罪人，分明是无慈悲方便之恶，却哪里知他是惩一警百、戒恶人、劝良民一点善意。你这施才，不事鄙吝，广行方便，分明是个仁心，哪里知轻费了难得金宝，乱济了无义之人。那陶情等若是有义之人，感受施才救济之恩，正当本分小心，经营报德。乃肆贪风月，恣行花柳，致使恩人吃辛受苦，惹这忧煎。无怪乎遭风失水，分明是无义之人的报应。"近仁听了，笑道："师父，据你说来，舍财济贫，可是善么？"尼总持道："是善。"近仁道："比如一个乞儿，定是他生前无义，今世做乞丐。你却舍财济他，不为善，反为恶了。"尼总持道："贫不过舍我有余，济人不足一点慈仁善念，怎比那送贼钞，赍盗粮，捐我资财，以济不义？"近仁又问道："只就师父说，舍我有余之财，济那不足之善，却有几等是善？"尼总持答道："爱老怜贫，恤孤念寡，修桥补路，奉道斋僧，放生救活，种种数不尽的善功。"近仁道："这也事小，还有大善。"尼总持道："救人卖儿鬻女，免人犯法遭刑，安葬无主之魂，出脱含冤之罪。"近仁道："更有大善，望师父见教。"尼总持道："捐义急公家，倾囊养父母。"尼总持说到此处，恨了一声，道："地狱，地狱。"近仁问道："师父为何恨此一声，说那'地狱'二字？"尼总持不答。道育师忙应道："不答善信之意，是不忍言之心。善信必欲要知，小僧却有五言四句偈语，代吾师兄言之。"说道：

世多贪鄙吝，小善不能行。

况无忠与孝，怎不堕幽冥？

道育说罢，近仁与众善信个个合掌，道："善哉！善哉！师父们果是演化高僧，度脱愚蒙。我等今日始知忠国家、孝父母，乃为大善。就是小善，人能慨然行一件，也不枉了为人在世。"这善信僧人见了高僧到来，善愿已遂，道场已完，祖师师徒辞谢前行。

---

① 却才——刚才。

　　却说离村前界，这施才只因他轻财重义太过，入了个费用不经之罪。这失风坏舟哪里客商，却是前劫陶情、王阳等一班儿孽障，附搭着几个酒肉冤魂。他要阻绝高僧演化，不遂他邪魔迷惑人心。恰好走到这地界，探得施才仗义，乃弄个风儿借本开张，还不离了他当时冤孽。陶情沽美酒，王阳肆烟花，艾多计财利，分心仗凶狠，在这地界，也不顾施才资本，弄得他七零八落。怎见得七零八落？一日，南从北往一起行道客人，见了个酒肆，一客欣欣说道："行路辛苦，酒肆中吃两杯甚好。"一客道："无妨，无妨，便吃两杯。"一客道："趁早赶路，若是一杯工夫，却误了十里程途。"一客道："做客的抛家离眷，辛苦挣得几贯钞，吃了何益？"一客道："在家也是吃。"一客道："出外为商，不宜贪酒，以防奸盗蛊毒之害。"一客道："你我都是一气同行，有何疑忌？"一客道："今日风色寒冷，吃一杯儿御风。"四不拗六，大家一齐走入店来吃酒。果然陶情造的酒美，有香甜滑辣。那客人有吃甜的，有要苦的，有叫辣的，有唤香的。陶情样样沽来，一个个吃得醉醺醺，把个包伞丢下，行李乱抛，唱的唱，舞的舞，一时便动了王阳高兴，艾多心情。艾多却贪客人的行囊财宝，王阳却要弄出烟花。艾多乃叫王阳，说道："二哥，何不弄个美丽，勾引这一班醉客，使他乱了春心，一则多卖些酒，一则贪他些钞。"王阳道："我正有此意。"乃叫那酒肉冤魂，变了两三个美丽行货，走到店来。醉客见了心浑，便问道："店主人家，我们赶路天晚，你店中可安歇得么？"陶情道："安歇的尽有空屋，列位但住不妨。"内中却有一客虽醉，乃说："天晚我们也要行路，不住，不住。"这一客却是何说，下回自晓。

第九十五回

陶情卖酒醉行商　王阳变妇迷孤客

众客酒乱肺腑，见了美貌佳人，便顾不得行路，倚着天晚，乃要安歇。只见一客虽醉，俗语说得好："醉自醉，不把葱儿当芫荽①。"又说："酒在肚里，事在心头。"乃向众客道："列位，我等是出外经商，本大利少，百事也要斟酌。方才过店吃酒，误了程途，耽搁了时候，已不该了，却又见了红裙美丽，停车驻马。若是弄月嘲风，这其间我也不敢说。"众客也有心下不快他说的，怪色上面；也有要他说的，且作笑声。这客道："我不说，说了一则破人生意，一则阻了你们兴头。"这醉客笑将起来。内中便有两个扯着那红裙，往客房里进去。酒保忙把行李搬入房内，你看那艾多只看囊里谁有金银。众各抢入客房，唯有这一客，拿着自己的行李，说道："我不安歇此店，前边赶船。可行则行，不可行，别店安宿去。"飞走而去。王阳见了，笑道："你自去，包管你出不得我四个伙计手里。"一面说，一面把脸一抹，变了一个标标致致、青年小保子，走入客房，道："是哪几位客官留我家姐儿？"醉客两个答道："是我。"又有两个来争，道："是我，是我。"你扯我拽，把两个红裙乱抢。又有一个醉客，便来扯小保子。小保子笑道："客官休乱争扯，行货人家莫过要几贯钞。谁先有钞，便去相陪。便是我小保子，也喜欢的是钞。"酒客听了，你也开囊取钞，我也开囊取钞，一个出少，一个添多。哪知红裙是假变，王阳是真心，看见了客囊宝钞，忙叫艾多来讲多争少。浑吵了一番，那陶情仍沽些酒来，众客又酣饮了。个个哪里顾得行囊，都被那冤魂一迷，倒枕垂床，个个鼾呼熟睡。艾多却把他囊中金宝偷了，埋入后园土里。这红裙原归空幻。

艾多与王阳既迷了醉客倒在客房里睡，一心却又想起，那拿了行囊去的客人。王阳乃向分心魔说道："事有可恼，不得不向你说。"分心魔道："何事可恼？"王阳道："方才这一班客人，陶情引入店来吃酒。我乃假捏

---

① 芫（yán）荽（suí）——俗称"香菜"。

红粉勾他。事已遂心，可恼他客中一人正言厉色，说不该吃酒，不当近色，仔细钱财，打个破屑。这可是精精割气。比如方才众客依了他，各自散去，不但陶情的酒卖不多，便是我风情怎遂，艾多的金宝也没分毫。似此拗众去了的客人，情真可恼。"分心魔听了，怒将起来，说道："你心只恼，我听了便气。气怒生嗔，怎肯饶恕！他如今到哪里去了？"王阳道："只见他悻悻地背负了行囊，往前路走去。想此时天晚，前途无店，不是投古庙，便是宿庵堂。又只怕关前也有好心人家，见一个孤客无投，收留过夜。"分心魔道："庵堂古庙，不是僧道家方便行人，便是神司把守。不但我等不敢去犯，便是贼盗也难侵。"王阳道："我等邪魔，不敢去犯。若是那盗贼，还要把僧道去偷。如何难侵行客？"分心魔道："贼盗本不劫僧道，谁教他贪财黩①货，不守出家清规，引惹非人，连神司也不管他被盗。"两个计较了去算客人。

　　却说这客人背着行囊，往前走路。他却不远去，说道："同路无疏伴。一处行来，只因众人贪花恋酒，不是个本分为客的。万一花酒中误了正事，拿着父娘血本出来为何？"一面乘兴背了行李走来，一面思思想想，寻一个安歇住处。谁知前途却无宿店，问那闲立之人，个个说："客人错过路了。后边有安宿去处，往前只有一座庙堂，再走十里，方才是海口人家泊舟处所。"客人听得，十里不多近路，往前觅走。

　　却说王阳、艾多与分心魔计较了赶来，看看赶上客人，分心魔道："我们变几个截路的，劫了他行李罢。"王阳道："只遂得艾多与你的心，我尚未了其愿。"艾多道："你愿如何方了？"王阳道："前面是庙堂，只怕他投庙安宿，便难了愿。待我先变个庙祝，哄他过庙。到前空路荒沙，再作计较。"王阳把脸一抹，变了一个庙祝，走到庙前。只见庙门大开，并没个把门神司，只得探听，说神司迎接高僧去了。王阳乃走回，向分心魔说："庙门大开，神司远接高僧，客人定然投入庙堂，我等且到庙门伺候他来。"果然，客人背着行囊，力倦心疲，自己懊悔起来，说道："我也是一时酒性儿发作，背了行李，别了众人，走过路来，叫做前不巴村，后不着店，总是我三宗错了主意。"王阳变了个庙祝，在客人后叫道："客人自言自语，你说错了三宗主意，却是那三宗主意？"客人抬起头来，看这人：

―――――――――

　　①　黩（dú）——贪污。

头上布巾束发，身间绵带缠腰，穿着一领旧衫袍，却是点烛烧香老道。

客人道："我打从后路而来，欲往前途而去。方才同伴都在酒肆看上了红裙安歇，是我一错不该使作酒性，拗出店门；二错不该破人生意；三错该住在关内，不该走出关来，没个宿处。万一前途遇着非人，想倒不如他们费几贯钞，落得些美酒红裙受用，还快活个好店安身。"庙祝道："两宗也不问你，只是破人生意，却是甚生意？"客人道："若是同伴的听了我出店门，酒店少沽了酒，还有货不愁卖。只是那红裙，乃行货人家靠着穿衣吃饭。都是我等客人赶路不住，却不是破他生意？"王阳听了他说，暗自说道："这客人想是酒醒，发出肺腑好言。我倒也不忍算他，且哄了他到庙中，看艾多们怎生计较。"乃向客人说："天色夜晚，客官不可前行，这庙中可安宿了罢。你若吃过了晚饭，这庙檐下可以安宿。我庙祝也不敢请你到家，我那师父一则淡薄，二则要你谢他。出外为客的得省且省，便是辛苦些也无害。"客人依言，乃入庙门，就在门内连衣坐了行李之上，准备盹睡天明。

却说分心魔与艾多走到庙前，见王阳变了庙祝，诱哄客人坐在庙门之内。他三个计较说道"王阳变个背夫逃走的妇人，躲入庙门，引诱客人。我两个变了追赶的汉子，一拿一放，把他行李骗去，这恼这气方才出得。"王阳依计，把脸一抹，果然变了一个妇人。趁着客人独自在门内坐着，四顾无人，乃走入门，躲躲拽拽，向客人道："你是何人在此？"客人答道："我是过路客人。天晚无店安歇，权宿此处。"妇人道："好心客官，救我一命。我是前村人家妇女，没有丈夫，无衣无食。娘老了要卖我远方，我不依她，勒逼打我，故此黑夜逃出。"客人道："你既无主，便嫁个远方也罢，何必推阻？"妇人道："我见远方汉子，生得丑陋。倒像客人这一表非俗，也情愿了。"说罢便来扯客人的衣，说："风冷，客官把衣遮我一遮。"他哪里知这客人是吃斋诵经的，虽然吃几杯酒，却此心不犯戒行。囊中原带有经典，只因坐在囊上，乃取出高捧在手。见妇人来扯他衣，乃念了一声："菩萨！""菩萨"二字方才出口，那经典上金光直射出来。光中照耀分明，哪里是个妇女，却是一个邪魔。客人见了，大喝一声道："何处魍魉，神庙门内可容你迷人？"王阳见事不谐，往庙门外飞走，却遇着艾多、分心魔。问道："你如何复了原形，不去诱哄客人？"王阳把前事说道："这客人有甚宝物在身。我方要算他，只见他胸前金光射出，亲近不得。"艾多道："什么宝物？是我生意上门。"分心魔说："我们也去试看。"王阳道："我不去看了。那金光冷飕飕逼人心髓，焰腾腾晃人眼睛。你们去看罢，我回店去了。"

艾多与分心魔走入庙门，哪里有个金光，只见客人包着一幅包袱，靠着门墙微微鼻息，似非熟寝。两个计议道："王阳说谎，哪里宝物放光，分明是想恋店中众客，还要去假扮红粉，卖弄风情。任他去罢，我与你悄悄等他睡熟，偷他那包袱开看，是何样宝物。"两个把手悄悄扯那包袱，客人乃紧紧捧着。不匡惊醒了客人，见二人偷扯包袱，乃念了一声："祖师！"只见胸前依旧金光射出，两个邪魔吓了一跳，远远走开。看那客人胸前金光怎生吓人，但见：

> 灿灿飞星，煌煌焰火，胸前直喷出万道霞光，腹上却早腾千条金线。彻上彻下如宝月之辉，照内照外似金乌之射。邪魔远遁，魍魉潜藏。这正是光明正大一如来，无量无边真智慧。

艾多见了，也不敢妄想贪他甚宝物；分心魔见了，也不敢怒意侵犯这商人，道："罢！罢！这客人在店中，说了些正经话，走路又嗟叹个三不该。这会手内又捧着不知甚宝物，叫我们亲近不得。想是个正大立心本分的道人。休要惹他，去罢，去罢。"

却说祖师师徒别了近仁斋主之家，取路前来，恰好走到施才的酒肆门口。只见店内几个客人嚷闹，许多的亲邻劝解不开。那施才向街外磕头发誓，见了祖师师徒，便出门来，一手扯着道副，说："列位师父，你是出家人，却也知道理，能剖明世上瞒心昧己的冤孽。"一面说，一面扯入店门，道："求列位师父分剖分剖。"道副道："我等出家人，不管人闲非。况你这酒肆，我僧人有戒不入。"祖师见施才扯的紧，乃道："徒弟，吾等以演化行来，见了闲非，也只得广行个方便。就与他分剖①无伤。"道副听了师言，只得进入施才店内。众客人等一齐进到屋内，施才便开口道："小子也是热心肠，有几贯钞托付了几个伙计，开了这酒肆。昨日小子在内，未见这几位客官行囊有甚金宝，今日齐齐说失落了行囊内金银。小子道客店中并无闲杂人来，他道红裙几个吵闹一宵。我这地界，哪里有个红裙，却不

---

①　分剖——分析。

是精精设骗。"道副乃问客人:"你为客商的,第一要把金宝藏收,莫要露白;第二要旧衣着体,不可奢华;第三要熬清受淡,不可烹鸡杀鸭;第四要禁酒除花,莫要赌钱;第五要惊心吊胆,不可酣寝;第六要谨慎行囊,打点无虞;第七择交同伴,恐怕非人相共。你为何不自小心,贪酒恋色,失了金宝?难道他为店主,偷盗了你的金宝,惹你吵闹?"客人道:"夜来我等虽醉,明明红裙相伴。今日店主不认,眼见骗心。"道副乃问众劝解街邻,俱称地方实是没有红裙。道副道:"红裙既无,此却从何处来?"客人道:"还有一个标致保子。"道副乃叫施才:"你唤了家中酒保工人来,待小僧查问。"施才乃去唤陶情这一班人,哪里有一个形踪。施才只是跌足,道:"是了,是了。这几个人原来没有根底,怪我错了主意收他。他算计我个精光资本,却又设诈愚弄客人。千不是,是我当初见错;万不是,是客人自不小心。客官们,你也是一差二误,且少待我那陶情辈出来有个下落。"众客哪里肯待,只要控诉官长。众人齐劝道:"客官便是控诉了地方官长,也要着令设处偿还,况此事无对证。且耐心宽待几日,包你有个下落。"众客听了,只得安心住下。祖师师徒见了这段情因,也只得住下。只见施才备了斋供,款待高僧不题。

且说陶情与王阳等算计了客人,把他囊金盗了,埋在后园空地。他本意阻挠高僧行道,且要弄个花酒情由,破僧人之戒,快他们邪魅之心。谁想有道高僧体有金光,百邪自避。他们哪里敢现形弄幻,见了远走高飞。他却不走别处,却来到一个荒山僻地破庙里计较说:"本为世法难丢,弄此虚幻,以混演化之僧。谁知苦了施才,既折了资本,又受那客商之气。我等堕落罪过,那轮转越发难饶。"陶情忽然叹了一口气,说道:"我原奉冥司劝化你等,今乃作罪。罢!罢!不如求解僧门,乃为上计。"正要回店,恰好施才各处找寻,见了他们,一把扯着,说道:"你等负心,坑我资本,还设盗人财。快去对明,免控官长。"陶情无计,只得说出原来情节,道:"店主人,你休扯我等。你退一步,听我诉出衷肠。"施才道:"你说你说,我听。"陶情乃说道:

> 我本当年唤酒名,托言高兴叫陶情。
> 始来借口雨里雾,色财与气共同行。
> 王阳便是比精丧,艾多譬作爱金银。
> 分心忍不住为气,世上何人少我们!

只因割不断贪爱，故此遨游到处行。

高僧演化难容我，畏那金光不顺情。

我今哀求贤店主，与吾求度那高僧。

他自修他成佛祖，我们安分过平生。

客金埋在后园地，还那行商免乱争。

再嘱为商修善事，叫他倍利出公平。

施才听了，说："乱道，乱道。你设骗了客商金宝，他见在店中吵闹，要控官司。你们躲在庙中，希图脱去，又说这浑话哄了我去。看你行有踪，说有声，如何弄怪道邪？快早到店中对明金宝，免得淘气。"陶情道："店主，你不信么？站远些，看我可是陶情？"把脸一抹，变了一个乜乜斜斜，红着脸，饧着眼，口流着涎，东倒西歪，脚立不住。施才见了，惊道："好好地一个陶情讲话，怎么变了个醉汉酒鬼模样？我不扯你，扯王阳去罢。你却也帮做多日，难道偷客行囊你不知道？"王阳见施才扯他，也叫："店主，站远些，看我可是王阳？"把脸也一抹，变了一个瘦伶仃病夫汉子，虚怯怯□赢残人，骨似枯柴，形如饿鬼，哼哼唧唧，喘喘吁吁。施才见了，道："呀！作怪，作怪！好好的一个精壮王阳，怎么就弄的这般模样？"王阳道："店主，你不知我二人作丧太过了些，自然有这个模样。你若扯我到店，还叫你惹个活鬼上门，那客人还要不得个干净。"施才道："艾多也是你一起来的，扯他去对罢。"艾多道："我正在此想那后园埋的，便同你去。"却是怎生艾多要去，下回自晓。

第九十六回

众商发心修庙宇　三僧说偈灭邪氛

话表施才扯着艾多，要去对证。艾多慨然就走。分心魔见施才扯着艾多，便发怒起来，说道："施才，你虽出本生理，也亏我等帮伙，相交了一番。今日如何没些情意，把我们扯去，比如对出帐来，怎生开交？"便扯着艾多，叫他莫去。你扯我拽，却好破庙里走出一个庙祝道人来，问道："你们是酒肆中店主，如何在此扯嚷为何？"施才便把客人的事说出。道人道："如今客人在哪里？"施才道："在我店中。"道人说："你莫要扯他。我有一个道理，解劝得客人不控官长见个明白。"施才说："你若解劝的客人，我便不扯他。"道人问道："你店中可有几众长老么？"施才道："正好客人吵闹，有几个僧人也在店中劝解不开。"道人笑道："是了，是了。你且放了这位莫扯。我小道同去，自有道理。"

施才放了艾多，同着道人走回到家。只见客人到店中，大呼小叫，吵嚷不休。众邻劝解不止，祖师师徒安坐在静屋，收拾出门。道人见了祖师，忙稽首说道："老师父们可是演化本国，度脱群迷的么？"祖师两目看着道人不答。道副师答道："正是，道人你怎得知？"道人说："小庙十日前，有一位僧人，同着一位道士，路过到我庙中，住了两日，说我破庙倾颓，如何不抄化修理。小道说：'荒沙僻路，便是抄化，也没人发心。'僧人道：'只要你守本分，圣道心，在这庙出家，自有人天欢喜，感应十方，与你来修理。'道士说：'不然。今世人心见相作佛，经誓发心。你如平常募化他，他哪里肯。必待一事警他，便肯施舍。'僧人道：'正是，正是。'他二位住了两日，见我道人守分安贫，乃临去说了四句偈语，叫我遇着高僧演化本国的来，自有发心修庙的到。今日果见老师父们来，正应着他偈语。"副师乃问："偈语何说？"道人念道：

> 众商发心，四孽归化。
>
> 破庙复新，善功永大。

道人念毕，副师道："我等已知其义。但道人去与众商劝解，看他可肯发心？"道人乃向众商说道："列位客官，不必吵闹，我道人要抄化你个善心，管你金宝失去的复得。"众商笑道："若是既失的复得，我们情愿信你抄化。只是你如保还我们的金宝？"道人说："我庙中十日前，有两位神人过，说破庙应新，当有几个商客来发心。只因这商客贪花恋酒，为利生嗔，当有波涛之险，不独金宝之失。幸有高僧演化来临，得沾道力，免去诸孽，消了嗔，复了利，不为花酒所迷。这金宝俱在店主后园地下。"商人听了，随往后园，果见藏埋处，起土得金，个个大喜，齐齐起身到庙里来。道人忙拜请祖师师徒同行。祖师乃向三个徒弟道："汝等助化之功，正于此完，当同众商一往。吾不欲同此等四痴之客前行。"副师道："我师既不欲同众客住庙，弟子等焉敢同他。"祖师道："庙中尚有一化永消之孽，其功赖在汝等。汝宜速去，一则使众商捐金修庙心坚，一则那十日前僧道还要与汝等相会。吾少借店主家静室入定，旬朝当来庙，看众商修庙兴功。只是汝等消除四孽，莫要容情。听我一偈。"乃说道：

　　清心寡欲，一孽莫容。

　　庙功圆满，见苇喜逢。

　　祖师说偈毕，闭目端坐。三僧乃同众商与道人都到庙中来，众商果见这庙：

　　东倒西歪殿宇，墙坍壁塌廊厢。有椽没柱少桁①梁，风雨淋漓
塑像。

　　砖石台阶都坏，木头门扇皆伤。破钟不响鼓存腔，怎住道人
和尚！

　　众商走入庙来，见了也有说："这庙倾颓，当原前却也齐整过。"道人说："都是住在庙的不肯出心修理，作践坏了。"也有说："我们既失去的财复得，便舍了修理罢。"也有说："庙宇毁坏已甚，不如重新盖造。"只见施才说："若是重造，小子便为布施领袖。"道人听得，一面拜谢众人，一面计较兴工。那施才却前后找寻陶情等一班人，哪里寻得见！只见那倒塌的廊房内一根柱脚上，绳缚着几个山羊犬豕，在那里挣挣掣掣，见了施才，惶愧欲走之状，却又难脱。施才不解其意，乃道："甚人家拴这几个牲口在此？颓廊倒柱，难经得它扯扯拽拽，怎教庙宇不坏？"正要去叫道人来解

---

　　① 桁（héng）——檩木。

放，只见一个人来看着羊豕，说道："你等趁僧人在此，求个度脱生方，误过了万劫难逢。"施才听得，便问道："汉子，这羊豕是你家的？不拴在别处，却拴在这倒柱子上，扯倒了柱子，不但毁坏庙宇，只恐打伤你牲口，不如放了它吧。"那汉子道："这是你店中陶情一班来的冤孽，都是陶情坑陷了他。"施才听得说陶情，便问道："我正在此找寻。这几人坑陷了我资本，要了几个客商，如今躲在哪里去了？"汉子道："施才，你莫痴迷。那陶情们乃世间割不断的几种多情孽障，能益人，能损人，自非有道行之人把持得住不被他损。这几人夸能，用术已久，造孽多时，未得高僧度化，终苦沉沦。今闻得东度高僧到这庙来，他们不敢近，却又不肯远。"施才道："怎么不敢近，却又不肯远？"汉子道："邪不敢犯正，故难近；幸逢道力，得以忏愆，故不肯远。"施才听了，心还不解。汉子道："施才，你不必疑猜，我非牧羊养牲之人，乃是守庙使者。高僧今来驱邪缚魅，修旧复新，只得完满他演化功果，把这一种冤愆拴缚在此。"说罢，把脸一变，变得却是个鬼使一般，并那羊豕都不见。施才惊惧起来，往庙里飞走，却遇着道人摆了素斋，款待三僧与众商，来邀施才吃斋。施才乃把这一宗怪异向三僧说出。只见道副师听了道："店主不言，小僧们早已知了。只是道人要庙复新，却要先扫除了这几个孽障。"道人说："师父要扫除他用何法？"副师道："小僧奉师命，一味度化他归正，莫要使世人贪成病害罢了。道人可于早夜设一炷清香，待我等演此妙宝，使彼超脱。"道人依言，次早设香案花灯在那破庙殿上，伺候三僧不题。

却说陶情、王阳等孽，自从那灵通关被元通和尚辩辩驳驳，参明了他只该节廉寡欲，各自随遇平等，不得使人酷曲蘖到个荡情乱性，贪妖姣到那竭髓枯精，爱阿堵不顾捐生殒命，逞血气动了奋臂填胸，送了多少愚痴蠢子入于陷阱。他们堕入轮回也不省，神司警戒也不怕，到此诱施才，迷客商，指望阻隔演化僧人，遂他心意。哪里知高僧戒行坚牢，道心沉重，绝灭邪魔。到底这四孽计穷，各相计较。只见陶情说："我当初原奉轮转司，叫我劝化你等，不匡你等逞欲纵情，连我也忘了，自中而下的轮转。今高僧复修旧庙，你我也不如改过自新。只是不得高僧度化，怎能解脱？"王阳道："高僧正气，我等邪氛，既难近他，怎沾道化？"陶情道："我已访知高僧尚在施才家静室，将欲独自前行。这庙中乃是三位高徒，度化群迷，俱是他力，还可近得。"

正说间，只见守庙使者，牵着一群羊豕走来，说："你等在此计较什么？当到殿上，趁高僧开度，求个忏罪生方。若错过了，万劫难逢。"陶情等听了，欣然前走，却问道："使者，你牵的这羊豕是哪里的？"使者道："你还认不得，俱是被你们乱了他心情，狂逞妄行，逆了正大光明，轮转自中而下的。汝等得度，可怜此辈也叫他生方罢了。"说罢，乃走到庙门外。陶情往门内一望，只见殿上香烟缭绕，灯烛辉煌。少顷，殿内走出三个长老来，后边跟随着施才、道人等。两边早已是客商、善信、兴工匠作，诸人观看。陶情等看那三个长老，但见他：

> 削发不染尘，剃须绝去俗。
>
> 披缁荡七情，衣衲除六欲。
>
> 色相变庄严，容仪真凛肃。
>
> 俨然三世尊，香云绕殿馥①。

众孽见了，此时方才悔念，说道："你看这清静坛宇，有道高僧，六欲不交于心，七情罔动其念，何有曲糵之腥风，不见邪妖之污态，货利归于淡泊，烦恼化为平夷。比我等终日纷华闹扰，把个心情凿丧，天渊相异。"陶情道："空说无用，我们且进到殿旁，也变个本等服色，求他度脱。"王阳道："本等服色不但难变，且也见他不得。仍变人形，还可亲近，杂在众人之中，或可得沾一视同仁之度。"艾多听了，道："有理，有理。"他逗着富有几文，便会装模作样，顷刻摇身一变，果然变得威仪济楚。分心魔见了不忿，就气将起来。只因这气不忿，哪里变得来，左变右变，乃变了一个瘦体枯形、病歪歪一人，只好一个大肚子。陶情见了，笑道："阿弟，只因度量窄狭，倒变了这样一个嘴脸。"分心魔道："闲话休讲，只待高僧度脱便了。"

却说三僧上得殿来，齐齐坐下。众弟子拜毕。副师早已知众人中，有陶情等四孽杂在其内，便就众商客身上说道："列位善人，今者庙道通灵，倾颓复整，皆是善人的心，施财功果，却也非容易。但愿善人买卖亨通，财源百倍。"陶情听了，乃向王阳说道："阿弟，我只道高僧有甚禅机梵语开度众生，原来也只是化缘的奉承施主几句甜言美语。"王阳答道："阿兄，你便说不得参破他几句，叫他演化不成，让我们仍逗旧时情性。"陶情道：

----

① 馥(fù)——香气。

"正是。"乃于众中走出来,向三僧前说道:"老师父,庙是庙,商是商。你不过是个寓行僧,上殿来该讲些经典,说些道法,如何着意在旧庙复新,施财的功果?你岂不知这众客发心施财,都是我们的功果?修了庙,众信烧香,道人居住,与你何干?"道副师一见了陶情,便微微笑道:"若是吾师在此,你也不敢狂谈。只是我等立坛,却也专为化汝。汝乃陶情么?"陶情只听得僧人叫出他名姓,便打了一个寒噤,惊怕起来,忖道:"真乃高僧,如何识我?怪我开口太早,且待他再讲完了才该问他。"一面自忖,一面只得答应道:"师父,我是陶情。"道副师乃说道:

> 陶甚情,伐性斧,曲蘖于人何自苦?
>
> 大圣恶你为贪甘,家国身心何所补?
>
> 过三杯,伤六脏,口干舌燥脾遭吐。
>
> 虽然称汝为合欢,谁教纵汝成贫窭①!
>
> 败家财,贪歌舞,逞夺争强竞威武。
>
> 吾今化汝作善良,莫因从交尊圣诂②。

副师说罢,陶情赤耳红腮,向王阳说道:"阿弟,这师父果是高僧。要来参破他,倒被他参破了。我顾不得你了,自去做一个善良,到无量极乐世界,免入那自中而下轮转地方去也。"说罢,一阵风去了。

王阳听了,向艾多说道:"陶情被长老说破了他,我只得上前,也与长老讲几句。"艾多说道:"正是,正是。"王阳也于众中走出来,说道:"老师父,陶情原与你僧家无分,被你三言两语说破了他去。却不知道他原不寻人,人自寻他。比如我也不去寻人,人自来寻我。"道副师见了,微笑不答。王阳道:"师父们如何不语?想是未离了此身,也有这端根因,自父母生来。"尼总持见了,大喝一声道:"何物幺魔?若是吾师在此,汝当潜形远避。吾师兄不答汝之意,乃是绝汝不言。只是立此坛场,少不得也要化汝。汝叫做王阳么?"王阳凛凛地起来,道:"如何也知我名?"乃答道:"我叫做王阳,却不是此姓。"总持道:"我已知汝是亡羊补牢。只怕你病深难补,当年何不莫亡其羊?吾也有几句说汝。"乃说道:

> 说王阳,精气丧,妖娆与人真魔障。

---

① 贫窭(jù)——贫苦。

② 圣诂(gǔ)——解释教主的言论。

坑生性命粉骷髅，烁骨销形炎火炕。

逞风情，夸豪放，分明刀剑将人创。

一朝兴尽精髓枯，神不王兮气不旺。

看无常，来消帐，欢乐变作悲凄怆。

纵遇卢扁不能医，可怜命送冤孽恙。

　　总持说罢，王阳丧胆消魂，下气柔声，向艾多说道："这长老果是高僧！说的好言语，参破了我心情。如今不与你一契了，做一个清心寡欲善男子去也。"一阵风也去了。艾多乃向分心魔道："我等同气连枝，来求他度脱。他两个参悟了去，我也说不得上前讲几句。"艾多却如何上前讲，下回自晓。

第九十七回

讽经商真心呈露　恶鬼汉磨折疑心

艾多也于众中上前说道："老师父，方才把陶情、王阳两个说得他闭口无言。真是他愚弄世间，贪纵得有情做了没情，全阳的做了没阳。俱叫他淡泊宁志，他两个中心悦服而去，便是师父的道力。只是小子一生却不损人，也不害己。有我的，人前说出来也香，做出的也顺。莫要说士农工商，个个有缘相遇，人人厚与交欢，便是你出家人，也相怜相敬。"道副与总持不视不听，闭目端坐。却好道育师手捻着一炷香添在炉内，一眼看见，两耳听闻，乃笑道："汝可是艾多么？"艾多听见，叫出他名姓，喜动颜色，向分心魔说道："我也是有名的艾多。长老既知我，想必也要见诲几句，但说得我有理。分心阿弟，你平日争长竞短，好刚使暴，却也说不得忍耐一时，讨他们个教诲，切不可说他们出家人峻语直言，忍耐不住，发出你旧性来。"分心魔答道："我小弟承列位阿兄携带已久，历事已多，视世情纷纷轻薄，心已厌了。动辄发个无明，好不生出烦恼，真是无味。但听你与长老作个问答，我自依从。"艾多乃向道育师答道："师父，我便是艾多。"道育乃说道：

> 罔市利，你爱多，人也爱多你若何？
> 此中争竞诸魔出，讼狱灾殃风与波。
> 岂是爱，乃贪魔，廉者知几义不苟。
> 得来有命惟天锡，无谄无骄素位①过。
> 爱何用，多怎么？大道自有中与和。
> 守此中和观世利，留些功果念弥陀。

道育说罢，艾多心广体胖，志意安舒，向分心魔道："高僧果有些义理，说得痛快我心。何苦与世争多竞少，弄得个身体不闲，心神愤乱？我如今得他度脱，顾不得你，且去安分场中、快活境内，受用些见成清福去

---

① 素位——谓安于其素常所处的地位，是儒家的一种立身处世的态度。

也。"一阵风去了。

只丢下分心魔，见三人都被长老参破，唤醒了他各自去了。他便怒腾腾走出众人中，上前来。方才要使出恶狠狠性子，雄赳赳威风，却又见了高僧们镇静安舒，豁达大度，只得蔼然春风和气，说道："老师父，我们四人同气连枝，为世情好。只因人情偏溺，以致我等迷乱。今得度化，把我三个契交省悟去了。我小子也望指明超度。"三僧各相闭目不答。分心魔再三复说，三僧只是不答。分心魔不觉得手舞足蹈，叫跳起来，走上法座把炉香推倒。只见道副师呵呵一笑，道："分心魔，休要使性! 听我几句直言说话。"分心魔道："你说，你说! 休要冷笑无情。"副师道："我僧家不知什么冷笑无情。"分心魔道："人心喜悦则笑，不遇喜悦，突然发笑，不是笑人丑陋过失，便是笑人假意谀人。中心不实，乃是无情。"副师道："我僧家难道不笑? 笑的是你:

> 分心魔，逞暴怒，全无容忍宽和度。
>
> 包涵海量是男儿，刚强忿戾①为偏固。
>
> 非是奸，便是妒，怒气怎知成疾痼?
>
> 一朝好勇斗强梁，致死成伤无悔悟。
>
> 怎如宽，让一步，一切冤家无怨恶。
>
> 暵暵②火焰不消腾，分明享福长生路。

道副说毕，分心魔顷刻就变了个和容悦色，望三僧下拜，道："好话说! 想我同着陶情三个，非是沾了他些糟粕，行动逞强，便是为那王阳争风吃醋发这恶狠，更在艾多身上起那无明。怎知恬淡安舒中，有个长生不老? 去罢，去罢! 离了是非门，不入烦恼户。养性修真，保守元阳去也。"分心魔一霎化为彩云，消散去了。三僧合掌，念了经咒一遍。只见众商与施才上前说道："原来陶情几个，乃是四孽妖魔。我等凡俗，不知就里，被他迷惑。不遇高僧，怎能解脱? 只是此孽既沾道力超脱，我等这些金宝，只当散失在无益之处，情愿发心喜舍，成就善功。望乞高僧暂留云轺，讲演妙义。待修成庙宇，还请老师父降临，做一个圆满道场。"施才又说道："便是那守庙使者显化，拴的羊豕一种根因，还未见师父们超度他。"副

---

①　忿戾(lì)——愤怒而乖戾。

②　暵暵(hàn)——烧。

师听了，道："众善信发心成就功果，自然候吾师降临。小僧也必候功完，做一个圆满道场。便是这羊豕根因，自有道场佛力超脱他等。只是庙宇工程浩大，却在施善信完成。"施才道："还要众商扶助，小子自当竭力。"当下三僧退入静室。道人供奉却也心诚意敬，一时感动地方往来人等施舍，把个旧庙动工。匠作都也发心，勤劳不懈。

话分两头，却说祖师哪里是留在施才家静屋打坐，乃是知演化本国功完，一则震旦①缘熟，欲行普化；一则僧难遥闻，欲行救解。弹关四下，上报四重之恩，欲元通和尚，叫明大地众生。四孽无情，欲徒弟子助成驱扫，使正大光明纲常，不泯于人心。又欲收一弟子，以继法器于身后。祖师趁着三弟子同众商发心修庙前去，乃披禅衣，踏棕履，出了施才之门，照边海大路而去。按下不题。

且说众商在施才酒肆时，独有这一客说了几句正经话，丢了众商前行，无店安宿，乃存身庙门之下。遇着王阳变妇人引诱他。哪里知客人素诵持经卷，行路为商，必身带囊中。这夜坐在囊上，乃捧经在手。妖魔见他胸前金光直射，便是经与真心呈露。那妖魔见了，不敢侵近。这客人方才安静在庙门，宿到天明，等这一起客商。却不知客商不听他良言，弄出花酒冤孽，失了囊金，耽延行路。这客人等了一响，不见人来，乃背负行囊，走了十余里，却是一处汪洋海岸，许多凑集人家。客人却好遇着一只空舟，便搭在舟上。那舟无载，却是回空，顺带南行。偶被飓风，飘飘摇摇，刮到一座山下。客人惊惶，舟人恐惧，只待风息，却又不辨南北地界。客人只得上山观看。山径中，忽然显出一座寺院来。客人走近寺前，但见那寺：

> 乱石砌成门户，随山搭就檐梁。一层殿宇在中央，数个僧皆石像。

客人进入寺中，只见几个僧人，形貌似石凿的一般，却又活活泼泼，会说会笑。乃说道："客人见了我等，如何不拜？"客人忙下拜。那僧说："只可再拜。"客人道："师父既令我弟子拜礼，如何只要两拜？"僧人道："天地君亲，便是百拜不多。我以师礼相待，故令汝再拜。且问客人，莫非吴地名叫做灵期么？汝来路远，料腹已饥，吾有甘美之食啖汝。汝无虑此山离

---

① 震旦——古印度对中国的称呼。

家道远,三日可归其家。"灵期拜谢,食其所与之食,果皆美味,非世间所有,乃问道:"师父,我弟子吴地人,不知离此海山多少里路? 三日可到得家乡?"僧人道:"此山去你家乡二万余里。你尝识杯渡道人么?"乃指那北壁上挂着一囊,并一个瓶、一条锡杖,说:"此道人衣钵之具,今付与你。"乃又付以一书,一根青竹杖,说道:"见杯渡,可交付与他。"说罢,乃令一沙弥送灵期客人到舟前,叫舟人把竹杖置水中,自然天风效灵,海波平定,三日可到吴地。

正才要开船,只见一个僧人走到舟前,也要登舟。灵期乃问道:"师父莫非杯渡道人么?"僧人答道:"我非杯渡道人,乃东渡演化僧弟子耳。"灵期听得,问道:"小子闻西来演化高僧有四位,如何只老师父一人?"僧答道:"四位师徒,现有三人尚在海沙,与客商修理破庙,度脱邪魔。我见善信南旋,欲借宝舟寻吾师耳。"灵期乃问道:"师父法号?"僧人道:"波罗提便是僧号。"说罢,舟人开船。果然三日到了吴地石头,竹杖不见。那僧人指着岸头道:"你问杯渡道人? 那前面道人乃即杯渡。"灵期一看,便不知僧人去向,果见一人道人:

白发萧萧两鬓腮,童颜还似少风裁。

呵呵大笑临舟次,却似知人海上来。

道人到得舟前,呵呵大笑,道:"吾物在舟,是哪个善人携来? 料不是等闲之辈,必是敬礼吾门、尊重经典善心男子,方能得遇。"灵期听得忙持了瓶、锡、书、囊、钵具,交付道人。道人得了钵具,复大笑道:"我不见钵四千年矣。"乃把钵望空一掷,那钵在云中晃了几晃,坠落下来,道人用手接了,看着灵期道:"劳动你寄书携囊来也。"化一道霞光而去。灵期嗟叹为神,乃益捧经卷回家。

且说祖师独自走到海口,见海水渺茫,辽阔无际,欲要脱了双履赤足沙行,那浅洋可渡,深浪难涉,待行一道法,却又不以奇异动世炫骇之心,乃左观右视等候良久。恰好一只大舰,上面几个商客坐着,载得一舟货物,祖师乃问道:"善人从哪里来,往何方去?"众商道:"泛舟越海,有处发脱这船货物,得些财利便是去处。师父要往何处去?"祖师道:"出家人行无所住,一任善信随遇便了。"众商听了,又见祖师状貌不凡,便请入舟中坐定。众商中便有一个略知两句经义,粗晓半字玄言,轻轻薄薄,便造次开口盘问,那耳听得一句道话,窃来的片语口头,向祖师辩问。祖师不答,这人便动了一欺藐心情，道："这和尚没甚来历，还要多嘴饶舌？"古怪高僧到处，自有秉教护持，人心一欺，跷蹊随出，舟航有高僧在上，正才稳载，绳缆正尔坚牢。只他存了轻藐，忽然飓风大作，石尤①撞来，那波浪汹涌怕人。众商人心胆俱裂，唯有祖师坦然，和容益蔼。其中却又有一人，急讽诵救苦难菩萨真诠，一时风便宁息，只是把个大舟刮到一个淤滩之上，众人只得候风停泊在这滩头。祖师乃向诵经商人道："亏善人经力，得保全舟舰。只是刮到此处，却又是一种善缘积来，未免要借善人经力。"商人乃问："何事善缘，借小子经力？"祖师道："善人登滩上岸，到那有村烟处自知。"商人听得，随登滩上岸，信步前行。

走过三五里，果有村烟突出。商人走近前来，只见一个老者，风冷凄凄独立门首。见了商人是个远来行客，乃问道："客官何处来的？"商人便把来历向老者说出。那老者道："造化，造化。生长在中华上国，我闻享太平无事之福，居诗书礼仪之邦。只是何不在家乡受享，却要冒风波，舍性命，寻这蝇头微利？且莫说冒险犯禁，十有九差，便是得了些利，不过是挣家私、养妻子，与别人出力。若是无父母的也罢了，还有父母在家，老年相倚，你却漂洋涉海，真没来由。"商人听了，笑道："老叟，你此言有理，可惜在这远地听闻。若在我家乡说出，我小子警悟，也不出来了。只是你能说人，却不能自说。这寒风冷地，老人家不在家屋内向火吃汤，却独立门前，自甘受冻，也没来由。"老者听了，把眉一绉②，道："客官，我不说，你不知。我这村乡海，离镇市路远，等闲没有人来。日前不知是何处来了几个古怪汉子，面貌丑恶，不似客官。中华人物，自然我老汉识得。那几个丑汉子，到了这几村里，大家小户，没有个不被他们搅扰一番的。小则牲口孩子被他们伤害，大则男子妇人遭他折磨，无有宁时。"商人道："你村人何不齐力，捉拿他们到官长？"老者道："始初，村人也齐心捉拿他们，哪里拿得住？便是捉了一两个，及至走到中途，他们便有几个赶来。那面貌越发丑恶，村人更被他们害。他们口里说我们有十五种，要害尽了你一村老小才罢。"商人道："老叟，你却如何安心在此？"老者道："幸亏了我老夫妇二人自幼吃一碗素饭，无事时念几声弥陀。这恶汉们说，看我这些面皮

---

① 石尤——即石尤风。打头逆风。

② 绉（zhòu）——同皱。

饶了我，因此在门首站立。他们见了我，便不进此屋，我家老小少赖平安。"商人道："这几个恶汉，如今在哪里？"老者道："有时来，有时去，却也真古怪。他们来时先寻村间强梁的，奸狄①的，男子犯上、妇人失节的。个个受他们磨折得要死不得死，要活不得活。"商人道："比如我等过往客商，别村亲眷到此，偶然遇着他们，却怎生处？"老者道："只有这件，不伤害过往客商、人家亲眷。"商人听了，笑道："是了，是了。想必老叟这村中，男妇平日不肯修些善果。比如人人都是老叟夫妇吃斋念佛，那恶汉自是不来了。"老者道："话便是这等讲，也不专此。比如我隔壁这一家夫妇两个，却也不吃斋，不念佛，那恶汉们却又饶了他。"商人道："这夫妇两个，想必是老叟说的不犯上、不失节，为人懦弱忠厚的。"老者道："这却果然良善。"商人笑道："情理显然，我知道了。小子是贩海客商，遇风停泊沙滩，带得有经忏在舟。我去请来，老叟可焚香向这村间讽诵，管教你这村人安静，恶汉永远不来。"老者道："客官，我这村人不识文字，安知经忏？也没香烧。若是客官肯为我这村大家小户男妇保安，便烦你讽诵罢。"商人道："我便来讽诵，你村人却也不信。"老者道："我自去家家说知，叫他到舟来奉请。"

　　商人乃辞了老者，走回舟中。见了祖师，把老者这情由说出。祖师道："善人虽是发了一点道心，只怕村人不信；纵是信了，来请善人与他讽诵一番，那些恶汉，吾已知他暂为经功，去了复来。"商人道："小子欲叫他留下经忏，家家传请供奉，自然驱逐恶汉不来。"祖师微笑不答。为何不答，下回自晓。

---

① 奸狄——违法作恶。

第九十八回

萧刺史重道敬僧　老祖师观颜知喜

　　却说村乡这老者,信商人讽经驱恶之话,遍向村中大家小户男女说了。也有几个信说的,道老者吃斋人,不说诳语,看他恶汉不侵,便可信真;也有几个不信的,说凶凶丑恶多汉,捉拿也不怕,什么经忏能驱逐了他! 彼此信与不信的正在迟疑,忽然几个恶汉闯入门来,便去把那几个不信的一个揪一个,打是打,踢是踢。老者与那信的见了,慌张张往门外飞走。走出门来,那几个信的向老者说道:"这事当实实可信。我们去舟中请商人来,看他讽诵经忏,驱逐这恶汉。"老者乃同村众几个,走到沙滩,果见海舟停泊。走近船来,商人不待他登舟,乃捧着一卷《菩萨救苦经典》上得滩岸,往前径行。众人也不问,随后跟着。到得村中,那众人与老者先要试经忏灵验,乃领着商人到那不信人家。果然商人未曾进门,几个恶汉先放了村人,往门外走去,道再来踢打你。恶汉去了,商人乃捧经入门。方才展卷,商人带有清香焚起,教众人和诵,果然恶汉不来,也不到这几个信的家去。众人方称扬功果。

　　只见门外,又有人来,说恶汉在村后人家打吵。商人听得,急捧经到后村人家去。那恶汉闻香风,又走到前村去吵。商人没了法,乃向老者说道:"经功本是无量无边,总是人心有疑有信。信者诸恶不侵,疑者一时难逐。我舟中见有高僧在内,他原先知经力保舟,因知此村有善人积来一种,还要借我经功。老叟与村众当恭敬请来,料能与你这村驱恶。"老者听了,道:"客官方才不早说,我等到舟前,当与经忏①同请。"商人笑道:"这位高僧,却不是等闲与你等随便邀请的。我有带来清香,你们可虔心去请,只怕还不肯来。"老者道:"若是不肯来,却怎生说?"只见一个村人道:"只说是谢他钱钞。"商人笑道:"如此便真不肯来。"一个村人道:"只说是请他吃斋。"商人道:"也请不来。"老者道:"必定如何说?"商人道:

---

　　① 经忏——僧尼道代人忏悔所念的经文。

"只说求老师父发菩提心,开方便路,与我村人驱邪缚魅,保命护身。高僧或者就肯来了。"老者道:"依客官说去请。"乃同村人又走到舟前。只见祖师早已出了舱门,下得船来,立在那沙滩之上。众村人与老者望见祖师庄严色相,但见:

> 旋发盖天庭,虬须连地角。
>
> 两眸掣电光,双环坠轮廓。
>
> 赭衲一幅禅,棕鞋双足著。
>
> 俨然活阿罗,古佛传衣钵。

村人一见了,那里等开口说话,便跪拜在地,只是磕头。祖师早已知其来意,却也不言,径直走到村中。老者与众人方才开口说道:"请老师父到堂中献斋。"祖师也不言,但看着村间说道:

> 嘱汝十五种,何事与村恶?
>
> 诸恶化善心,速去无相虐。

祖师说罢,把手向村间一挥,道:"众已信受奉行光明正大、三纲五常道理,汝等诸魇①,当化为尘。"说罢,径走回船。商人村众俱各面面相觑,不知何意。少顷,那恶汉吵闹之家,俱来说:"家家恶汉化一阵风都散了,可见高僧道力。我等当到舟前拜谢,仍求个永远恶孽不来伤害法力。"老者当时同众到得船边。商人早已先上了船,顷刻风顺,宝舟离岸前行。众村人高声齐叫:"老师父,留个驱邪于后道力。"祖师遥闻,却便遥说道:"只要众善信心奉道勿疑,而不信自作恶因,管你灾难永不来害。"众人听得,俱各合掌,称念回去。祖师乃同商人开船而行。这商人们才知高僧不凡,恭敬十分,半句也不敢开口乱道。数日,舟达南海。客商各搬货物发卖,祖师辞谢商人,上岸信步而行,到得广州。

却说这州一位刺史,姓萧名昂,居任清廉爱民,敬礼贤士,尤尊重僧人道士。一日,委下吏到乡村劝课农桑。这下吏却有些徇私受贿。乡村有几个富豪,欺占穷民田土。穷民伸诉于吏,吏受豪嘱,反将穷民坐罪。穷民冤抑,知刺史公明,但畏势不敢去诉,只得含冤隐忍。这地方却有一个小庙,菩萨甚灵。穷民几个无处申冤,乃告于这庙。菩萨却托一梦与穷民,说道:"汝等不必忧愁冤苦,今有高僧路过吾庙,在此歇足。汝等可以

---

① 魇(yǎn)——梦魇,梦中遇可怕的事而呻吟,惊叫。

诉冤,高僧必然与你方便。"穷民醒来,半信半疑,说与众人,也有信的,道:"我们冤苦,神也相怜,或真有白冤高僧到来。"也有不信的,说:"都是你心中郁气不过,做此梦幻。"彼此疑信不一。果然,日中一个僧人来到。却是祖师上得海岸,走入州境,到此庙中歇足,跏趺坐在地上。穷民见了,齐齐上前问道:"师父何处来? 欲往何处去?"祖师答道:"我从西南印度国中来,欲往东印度国去。"穷民道:"我此处乃广州地界,却不是印度国中。"祖师道:"我闻此地不重僧人,犯界沙门①,尽被屠戮。"穷民道:"如今不是当时了。当时是崔皓当权,信重寇谦之,不喜沙门,却也是沙门不守戒行,做出事来。如今释氏复兴,我太爷崇重师父们,十分敬礼。若是相见了,还要拜为师哩。"祖师听了,乃问道:"善人们话便与我讲,你面貌却似有甚忧愁?"穷民道:"正是,正是。我等各有些冤抑不得伸。若是师父与我等伸的,便是穷,也能备一顿斋报答深恩。"祖师笑道:"我出家人慈悲为念,你等有冤,正当与你方便,岂望报答? 但善人等有何冤抑?"众人说道:"我这地方,有几家大户,倚着富势,侵占我们田土。"祖师听了,道:"善哉! 善哉! 田土乃皇王的,哪里是你的? 不过在你名下耕种。就是被富家占了些去,只当当初自家祖父遗下来少得些。"众人道:"师父,不是这等说。比如富家,可肯与我们占他分毫?"祖师道:"谁叫你不去占他的?"众人道:"若是我们占了他分毫,他便到官讼理。我们还了他占的,仍要受官的刑罚。"祖师道:"他既然讼你侵占,官又能加你刑罚,你何不也效他去讼? 自然官加他刑罚。"众人道:"正为讼了他,被他势力通贿,官受其嘱,我等为此反被其害。似此冤抑,所以忧愁,不能伸诉。"祖师道:"你既势力不如他,谁叫你不审己量力,做一个良善,让人到底? 田土事小,身心为重。不忍一朝之忿,受了无伸之郁,是善人不自知重。你当初若知审己量力,让他一分,把好言求他,难道他无人心,倚势欺你到底?"众人道:"师父你不知。他倚富势,只要把你田土不尽夺了不休。"祖师听了,道:"善哉! 善哉! 势力不可使尽,鬼神岂可暗欺? 千年田地,他岂能独占你的? 善人只依我忍让一分,受一分安身之福。他倚富欺贫,自有鬼神报应。"祖师说罢,起身就走。

　　只见一个士人,在旁听了讲说的这一番语,乃上前恭礼,道:"老师父

---

① 沙门——指出家的佛教徒,这里指佛门。

何来,且请到小庄一斋。"祖师看那士人:

　　头戴儒巾一幅飘,青衿着处美丰标。

　　果然上国威仪好,不似遐荒打扮乔。

　　这士人见了祖师语言一团道理,乃私论道:"僧家多讲些方言禅语。这僧人却不同,当请他山庄上问几句奥理。万一是个高僧,莫要错过。"乃上前请祖师,到他庄中便斋一供。祖师正也饥未得斋,乃随士人到得庄内,彼此叙礼。士人便问道:"老师父何来"祖师便把西来答应。士人道:"老师父,还是游方化缘,却是寻寺院修行了道?"祖师道:"小僧两事皆有。只是有愿演化,随方度人。"士人道:"我这中华圣人在上,礼义道化大行。有等信释教的,方才尊敬师父僧人;若是不信的,便如何行得?"祖师道:"出家人也只度化个有缘,怎强得的人信受?"士人道:"比如小子有一件心事请教。经言一切有为法,如梦幻泡影。看来世事都是梦幻泡影,便是虚无的了。怎么又有说'梦乃因也'? 因有此事,便有此梦,往往有前梦后应的。实不瞒师父说,小子博学古今,论功名也不难,怎么但遇应试,便梦见一牛阻路而触,卒至不得遂意。若此等梦,便不为虚。"祖师笑道:"善人爱食牛么?"士人道:"食牛,食牛,果是平日爱食。"祖师道:"即因此也。"士人笑道:"我辈食牛也多,却也多有功名遂意。如何偏来触我阻我?"祖师道:"众人随遇而食,谁叫善人中心酷爱? 这一种爱,便入了贪魔。这魔在身,再加一贪名之念动于中,一触一阻,无怪名之难遂。"士人道:"触牛是牛因,这阻却是贪。谁不贪名,何独阻我?"祖师道:"善人何疑至此? 世事多得于无心,有心去求,常有不得? 因贪魔也。况善人有爱食牲物一种恶因。"士人听了,仍要辩驳。祖师闭目不答,忽然跏趺静定起来。士人见了,便也习坐在旁,不觉坐至天晚。士人偶入梦境,见一大海,汪洋无际,看自身如锦鳞鱼状,在那波间,洋洋得意。正游来游去,忽然波涛之上,涌出一朵青云,那云中现出一座牌坊,牌坊上有二字。士人定睛观看,好座牌坊,怎见得? 但见:

　　彩柱冲天立,飞檐傍木生。

　　明明书大字,鲲鹏万里程。

　　士人见了那牌坊,就要跳过去戏耍。只见空中又有只牛来,方才要触,忽然彩云中现出一个赤发青面神人,大喝一声道:"神僧得度的锦鳞,何物焉敢阻触?"被神人一脚踢得无影,让士人一跃而过那牌坊。顷刻而醒,士人满心欢喜,自知佳梦。祖师早已出静,叫一声:"善人,此后应试,自无不遂。只是莫要贪爱他了。"士人忙拜谢祖师说:"小子知戒也。"

次日天明,叫家仆备斋供敬祖师,洒扫静室,款留住下,却到州内谒见州刺史。这州主原爱士人才学,甚礼重他,每每常相接待。这日偶问及士人多日不来,士人答以赴庄。因说起僧人说话并梦中事。刺史道:"我于昨夜亦梦在海中踢一牛,让个锦鳞鲤鱼儿跳跃。看来你梦奇异,多管后试高登。却让有一件相合。我当初应试,也梦被鼠啮文卷,屡屡不第。后思我好畜猫,捕鼠过多,莫非此因,遂誓不畜猫,后得此第。汝今日之梦相合。只是这僧人却也非凡,当往见之。"刺史一面叫士人回庄通知祖师,一面亲到士人庄来,拜谒祖师。一见了祖师,相貌非凡,乃起敬十分。彼此叙礼,问答相合。便叫左右备轿马,请到公馆住下,以便接谈。

却说州逢久旱,刺史忧闷关心。祖师到公馆,见有祈雨神牌,乃合掌念了一句梵语,顷刻天云四布,大雨滂沱。馆人传知刺史,说高僧一入馆中,见了祈雨牌位,只念了一句梵语,便布云落雨。刺史大喜,随到馆中称谢。祖师一见了刺史,面上喜气洋洋,乃道:"大人衙内,必有产麟①之庆。"刺史答道:"我尚无子,便是山荆②怀孕,也将次临盆。老师如何说必有生子之庆?"祖师说:"小僧见大人面上,喜气洋洋,应在得麟之兆。"刺史道:"老师见差,下官为久旱得霖,小民有赖,实乃为此心喜。"祖师道:"小僧正是此处看来。昨见忧旱心诚,今见喜雨意切,非比等闲。大人既切为民,天道岂有不降佳麟之理! 回衙自见,不是僧家诳语。"刺史听了,将信将疑,乃回衙去。未入后庭,已有内衙报出,说夫人诞了公子。刺史称神叹异道:"高僧有先知之哲!"益加敬礼。忽一日,下吏见农家得雨,州主又生了公子,回州庆贺。只说讨个上官之喜,谁知他徇私伤了穷民,刺史访知,当堂戒谕说道:"为民父母,要爱下为先,更于穷民加恤。这货财,谁不爱? 却不是你我为官的所贪,公家自有养廉的俸禄。这刑罚,虽是惩奸的法度,却也要宽些,可怜他也是父娘的一块皮肉。重法之下,万一有冤,这阴功何在?"正说间,只见几个穷民,哭哭啼啼,来诉说富家倚势占产,下吏受贿伤民。州主见了大怒,叫左右打这一起刁民,却又叫

---

① 产麟——生子。
② 山荆——旧时隐士称其妻为山荆。

"且住",骂道:"我在此数年,何曾听得村乡富家倚势? 又何曾听见下吏
受贿伤民? 便有此情,子民可该讼父母,难道上官不知? 便是势力夺你,
他自有日败露,犯出到此。当此久旱得雨,正当农忙,不知勤力田畴,却来
健讼①。法当责汝,姑念汝愚民无知,叫左右赶将出去。"这下吏在旁,凛
凛谢过。刺史又一番劝民而退。随到馆来,祖师一见了刺史,面上怒色尚
未消,乃说道:"大人有升奖之喜。"刺史道:"师父又自何见?"祖师道:"僧
家征于大人怒色未消。"州主道:"正是方才堂上戒谕下僚,又叱那穷民多
事。"祖师道:"为长吏,以正大光明待下属,以宽柔和厚待小民。蓄怒未
消,哪里是怒不消,乃是愧自己政化未纯,故有此吏民不缉。大人有此色,
僧家便知上吏必有旌奖之来。"刺史谦退作谢。只见公役来报,说上吏衙
门果有旌奖贤能之典。刺史大笑起来。却是为何大笑,下回自晓。

①　健讼——好打官司。

第九十九回

杯渡道人神钵戏　波罗和尚显奇闻

　　刺史听了祖师喜怒面色却应在两宗喜事,大笑起来,向祖师说道:"人心有得意,乃喜动于颜;人心有拂意,乃怒征于色。老师父如何知皆有喜?且应在这生子奖能之上?"祖师道:"喜怒关乎七情,发出在外,却有个公私不同。公则为善为阳,私则为恶为阴。为善为阳,必生吉祥喜事;为恶为阴,必有灾祸凶危。比如人有行一私事、快一恶念而喜,这喜动于面,自是与那行好事遂公心之喜,发阳在外的不同。便是这怒也有为公为私不等。大人的喜怒,皆出自忠公,僧家推情知此。"刺史听了,心服大悦,一面称谢回衙,一面想道:高僧有如此道力通神。乃写表章,奏闻大梁武帝。帝乃降诏,遣吏迎祖师入朝。萧刺史承旨,遂用香幡车舆,送师入朝不题。

　　却说波罗提自祖师离清宁观时,叫他在观静守,待我演化归来。他久见祖师未回,远来寻探,知师独自行来,乃附客舟,到了吴地。一日,只见一个道人在街市上卖弄戏法掷钵,街市人民聚观。见道人手剪五色纸为飞禽,叫市人将钱买放。波罗提见了,道:"师父取人钱钞,却放这纸鸟何益?何不劝市人开笼放些活鸟,就是活鱼虾,也是个阴功。你要人钱钞,既费人财,又以纸剪假鸟愚人,便非正道。"道人看了一眼,说:"长老,我正是叫人假的尚买了放它飞去,岂有真的它乃不买?"波罗提道:"师父,你知人见你假鸟能飞,那争买的,皆是这市中人一种好奇之心,反倒增了他个伤生之念。他见了真鸟便买,不是笼着,便是胶缚了翅儿豢养,怎肯放生?"道人说:"世无捕鸟之人,哪有放鸟之事。只因师父要人放鸟,恐倒惹出捕鸟之人。"两个正在街市讲说,却遇着祖师的车与香幡路过。波罗提知是师来,乃向杯渡道人说:"吾土高僧来也。"杯渡道人笑道:"老僧生未早,来已迟,崔、寇异世,释教虽兴,中华自有圣教。老僧演化功果,还归震旦。"道人说毕,行步如飞而去。波罗提却迎到祖师前。祖师见了,乃问道:"汝何到此?"波罗提答道:"为师东度,特来寻探,以观其化。"祖师道："为演化本国,因吾行到此。三弟子不要他随,俱在本国边海修庙。吾不日便归。"波罗提听得,乃辞祖师,仍回海口。无舟可渡,正思举一神通法力,只见杯渡道人走到面前,大笑道："吾知师父要渡海回也。"乃以一杯掷之水面,仍以一钵浮之波中,两个如轻舟渡去。到得海沙破庙,只见破庙修理兴工。二人走到庙前,波罗提乃道了几句说:

　　　破庙当年曾是新,只因物欲蔽原真。

　　　若将旧庙从新整,莫昧虚灵此善仁。

　　道人听得,笑道："师父,这庙里塑的是菩萨,你如何不说? 莫坏了菩萨金身。"波罗提答道："菩萨就是善仁。"道人点首,也道了四句说:

　　　从来庙宇不曾破,一位弥陀端正坐。

　　　谁教纵欲毁厅堂,弥陀尘蔽嗟谁个?

　　波罗提听了,也笑道："师父,只怕这庙中塑的是道真,你如何说是弥陀?"道人答道："弥陀即是道真。"波罗提也点首。两个走进庙来,东张西看,只见那守庙使者拴着许多羊豕在那廊房柱上。两个一见了,道："孽障自作自受,不去历劫脱生,如何拴在此福地? 是何人拴在此?"那使者乃现形说道："二位师真,此皆是陶情等业所陷在此,求高僧超度的。"波罗提问道："高僧既在此演化,如何不行超度?"使者道："高僧只度化了陶情四孽灭迹而去,遗下这一种冤愆,待他功完,做圆满道场,方得度脱。"道人说："我闻高僧到处,四孽潜形,不敢近他,怎得受度?"使者道："只因老祖独行远去,三位高僧道力尚浅,还需要仰仗老祖道力洪深,方成就功果。"道人道："汝且拴向山门之外,待我与高僧说明度化。"使者随把这一种冤孽拴出门外。

　　却说道副三位高僧度脱了陶情等去,却不叫道人焚香殿上,只是在静室打坐。静中这使者牵了羊豕,到他面前显应他这种情因。无奈三僧各相安意,自行静定,不理这段冤愆。忽然静中见向日授那诛心册前因文卷的神司到来,说："汝师化缘已完,破庙赖这些善功将次复新,当图自己实行见性明心、超凡入圣的功果。向授文册,当复还我。"三僧听了,只得把文册交还神司而去,再不复讲演化事理,却守兴工完处。想起祖师曾说那十日前僧道还要来会之言,一心遂注意在此。这日,三僧吃了道人供膳的早斋,与众客施才等地方善信,正讲兴工完日,建一个水陆道场。恰好殿上来了一位僧人、一个道者。道副见了僧人,识得是波罗提,乃问道："师兄不在观中习静,缘何到此? 同来这位师真,却是何处搭伴?"杯渡道人便说道:"我与这师父自吴地而来,曾听见汝师乃萧刺史荐引入朝,我知他不日归来,以完他演化正果。但不知三位在这庙中作何功德?"道副师乃答道:"只为众商迷入花酒,失了金宝,顿生怒气。庙祝道人说是二位曾在此留偈,已知破庙复新,乃众商发心善愿。"波罗提听了,笑道:"师兄,我离观赶师到此,并未尝与这道真先来,何尝留偈?"道副师只为前因文卷取去,便思议不来。尼总持也因诛心册不在,心却不解。杯渡道人乃笑道:"我道人久已知此。一僧乃元通老和尚,到此销他四弹之教。一道乃玄隐上真高徒,来此销他鹤化蜃、蜃化人这一宗卷案。这四孽既销,还有蜃氛堕落冤孽根因。我两个进山门,见守庙使者拴着些羊豕,伺候三位度脱,便是这宗卷案。"三僧听了,方才答道:"我等一路前来,有情无情,俱设方便度脱。非我等之能,实沾祖师道力。今日吾师前行独去,我等只知复新旧庙,这蜃氛一宗卷案,望师兄与道真销了罢,也见慈仁,成就吾师演化之愿。"杯渡道人听了,道:"此愿乃汝师美意。三位功果,不得已若要完成,波罗提师父还是三位一脉,况他有神通道力,不难助化。"波罗提道:"这三位师兄自有道力,我不敢夺其功德。"道副师听了,遂向尼总持说:"师弟神通,也能完此一宗功果。"尼总持道:"事须让长,毕竟是师兄道力洪深。既不然,便是道育师弟神通,也能终此一宗功果。"道副师说道:"师弟,你当年为报亲恩出家,世间只有这一种功德甚大。仗此根因,有何冤愆不能消灭?"尼总持道:"若论功德,莫大于报君恩。道育师弟本以忠义出家,仗此根因,又何邪魔不化?"道育说:"还是大师兄根因有本。想人在世间,第一要父祖积来些善功;第二要本来具此智慧。智慧中发出正大光明,不背了纲常伦理,自然妖孽扫荡。"杯渡道人笑道:"纲常伦理,便是忠孝,三位不消谦退。这一宗蜃化邪氛,得闻了你这一段高谈,已冰消雪化,无复存矣,专候你道场圆满时,分类生方去也。"

只见客商同众善信听了他们长长短短讲的,不知是道,却是闲谈。客商乃向道副三僧说:"师父们不诵经,不礼忏,说的都是什么陶情伐性,亡阳丧气,罔①利市而爱多,快雄心而逞忿。这站在听讲的人中,便魂消魄散,去了几个,我等却不明白。"三僧不答。杯渡道人乃向客商说道:"三

---

① 罔——没有。

僧分明为你驱除了孽障，你尚不知，总是俗缘未了。"只见施才道："小子却知了。一个家计，被这几个消魂散魄走了的，弄得个七零八落，今幸师父们驱逐了他去。从此客官破费些金宝，成就了修庙阴功，胜似被他们坑陷。我小子施才，把这未尽折的资本，只做个尽折了，布施兴工庙祝道人。往日来的那二位师父留下的偈语，今日已应。只是今日来的二位师父，也要留几句后应的偈语。"波罗提道："这师父等演化功果已完，我等又何须偈语？"庙祝道："难道小子这庙宇，二位师父宁无些道力相助以成？"杯渡道人听了，笑道："庙祝道人，你要见我两个道力么？我两个便施些道力，助你修庙成功。"乃把手中钵具向云中一掷，那钵在云端里晃了几晃，依旧落在手内。庙祝同众商看了，道："这个法术也不甚奇怪。"道人笑道："你说我法术不奇怪，让僧人施几个奇法看，我老道弄几个怪法与你众看。"乃叫波罗提："师父，你可弄几个奇法，与他们看。"波罗提答道："我僧家不弄奇骇人。"道人笑道："你不弄奇，我又何肯弄怪？只因众人心疑不信，我等只得施些道法，除他疑心。他疑心除去，信心必生。信心若笃，为庙祝，必能诚心侍奉香火；为客商，必守分经营。就是众善信中，有六亲的，必能和睦；行一善的，必能坚持。"波罗提听了，乃说道："谨依师父教诲，且请先施个怪法。"道人乃叫过庙祝来，说："你道我法不怪，你心里却要见何怪？"庙祝道："如常非怪。若见所未见，便乃是怪。"道人说："世人你皆见了，你却不曾见个顶天立地的男子汉。"

　　道人把身一纵，忽然头顶天，脚立地，就有几十丈长。那众人见了，仰面看不见道人的巾，低头只见道人的履。那双履塞满了阶前，高耸过了屋脊。众人见了，都夸道："真个好顶天立地男子汉！"庙祝道："好便好，如何不说话？"施才道："这等高大汉子，声言却不吓人咶耳。"道人忙说道："我人便大，心却小。"庙祝道："如何心小？"道人说："小心翼翼，才是个顶天立地男子。"众人说："古怪，古怪，好道法！"道人听得众人一句"古怪，好道法"，便复了旧身体，却叫僧人施一个奇法。僧人也叫过庙祝来，说道："我法不奇，你却要见何奇？"庙祝道："平等非奇，若闻所未闻，乃为是奇。"僧人道："菩萨经文你等闻了，乃皆是平等。却有个不用经文与你闻的，真个是奇。"说罢，但听得空中如雷如刮，咶耳的大声，都是无字的真经，句句叫人行善。众客听了，不知声从何来，俱合掌称道："真奇！"只称了"真奇"二字，波罗提便说："众善信，你等闻声，不可徒闻于耳，当常住于心。此声若雷话，却是叫人行善；若是行恶，难道听之不惧？"众商客俱各称扬赞叹。波罗提与杯渡道人说罢，把手一举，道："三位师兄，好个圆满道场！我两个去也。"忽然二鹤飞来，他纵身一上，乘云而去。

众善信方知是神僧高道。一面催匠做勤工，一面求三个高僧立个坛场说法，招集远近善信，喜舍助工修理。三僧听了，说："列位善信发心，自有效法善心的来。我等若为兴工求助，设立个道场，却又把经文讲说，乃分明是把道理换钱了，如何行得？"施才听了，道："方才那二位，弄奇设怪，引动了多少善心施财。师父三位，我闻得一路前来，也行了许多奇异法事，讲论了无限的道理。今日也求一个奇闻异见，更要高过了那僧道二位的神通，乃不枉了我等发心之意。"道副师听得，答道："众善信只说是小僧等一路前来，多口饶舌，说奇讲异，非是小僧们好为此虚诞惑世，也只为人心昧了本来正觉，迷入四业冤愆，忘了四恩之报，以入三途之苦，不得已，借喻以感发其真。其说虽异，乃其意实不奇。列位若叫小僧弄奇撮怪，又怕背了正大光明本愿。"众商客道："师父，必如你意，既不讲经说法，又不设异弄奇，纵是旧庙复新，只恐施才那日见的，守庙使者拴的那一种冤孽，怎能够超脱？"道副答道："小僧们不欲借讲法以求人资财，随缘任善信之喜舍，但候工完，自建个道场圆满。那时小僧们自有一卷真经，超脱冤孽之众。"众商信依说，各勤力催督工匠。功完，果然一个破庙，一时修盖得复旧如新，真也齐整可观。怎见的？但见：

> 宝殿伟观瞻，檐廊破复苫①。
>
> 往时坍塌处，今日已庄严。

庙宇既新，菩萨就灵。那庙祝道人置了几个签筒笤□儿，便有远近祈签讨笤。哪里是菩萨旧庙，毁坏不灵，如今有圣，都是人心见了庙宇整齐，圣像重光，这一种诚敬，自然灵圣。施才与众客善信，乃修建个圆满道场，请三位高僧主坛法事。三僧不辞，方才课诵法宝，讲演真经。

到了三昼夜，施才偶走出山门外，月色朦胧，往来人静，只见那守庙使者仍前拴扯着许多羊豕，后边鸡鸭虫蚁无数。见了施才，说道："善人，你喜舍复新庙宇，使我守庙，重沾光彩，功德甚深。只是这些往因冤孽，未得超脱，还累着我牵扯，可转达高僧，一消永消，度脱了这些孽障。"施才见

---

① 苫（shān）——用草编成的覆盖物。

了,道:"我闻高僧灭去四孽,它等也随度化,如何尚在于此?"使者道:"只因这其间有几般作孽,未蒙高僧了明,故此等候功完,道场胜会脱离苦恼。"施才听了,应声说:"我与转说。"乃走入殿中,备细把事说出。众善信听了,毛骨悚然,齐说道:"有这奇怪事!"尼总持便说:"此事非怪,只是我等诛心文册、前因卷案已缴,无复有这多般冤孽超度的根由查核,只怕不能尽知他等往昔所造诸恶孽。"道育师道:"师兄,这事也不难,只叫它各自说出往昔罪过,与它消除罢了。"道副师道:"此论颇是。只是吾师不在此庙,我等道力未深,怎能分类度化,尽情超脱?"尼总持道:"这也有个甚深道力,自可行的。"却是何甚道力,下回自晓。

第 一 百 回

东度僧善功圆满　西域岭佛祖还空

　　众等听了尼总持师说有个甚深道力，乃问道："师父却何甚道力？"尼总持道："听众孽说出冤愆，只与它诵念一句弥陀，自然超脱它去了。"众善信个个称赞道："是。"果然道场事毕之时，只见殿阶前恍惚中若似使者牵着羊豕，后跟着许多昆虫之类，都不会言语。三僧见了，知是前因，乃取一炷香在炉，说道："众孽不言，使者当为代说。"使者听了，随说道："此孽都是世间食它的故宰，不食它的误伤。"使者只说了这两句，道副师便说道："我知道了。此虽生灵物类，也是禀天地阴阳二气生来，谁不贪生恶死？只因贪口腹的，或是经手自宰，或是令庖厨宰，或是人为它款待而宰。又有不食它的，宰以食人。或见人宰，不行恻隐，恝然①傍观，毫无解救。那虫蚁虽微，谁不贪生一命？人或②手拿足践而伤，人或锄草伐木而伤，人或灌水取火而伤，人或挖坑动土而伤。这种种说不尽的故宰、误伤，造了恶孽，害了它的无有善功德行消受，或是一仇一报，去那轮转处好还。这被宰遭伤的，原来既是冤孽转回，却又没些善根修积，哪讨生方？怎能超脱？可怜你这种冤愆苦恼，我释门只有个慈悲方便，一句弥陀。使者可叫它莫怀不信之心，端正了念头，自是生方去也。"

　　道副师说罢，只见殿阶下明月光辉，一点正照禅心，清风淡荡，众信各沾爽意，使者与那些羊豕虫蚁飞空灭去。当下各散。后有说："无心误伤生灵，尚有罪过。何况设机械网罟，猎飞禽、罗走兽，宁无冤愆，只在仁人恻隐一念。"因赋七言四句诗道：

　　　　积功累行孰为先？莫害生灵罔作愆。

　　　　方便一朝为己福，胜如拜佛与求仙。

---

　　①　恝(jiá)然——漫不经心样子。

　　②　或——有时。

却说大梁武帝大通元年①,帝幸同泰寺,拜礼过去、未来、见在三世慈尊。群臣排列两庑众僧恭迎阶下。帝问:"众僧中谁有道行?"众各不敢妄对。只见一个执事官奏道:"今有广州刺史萧昂荐的高僧,却有道行,见在朝门外。"帝令左右臣下迎入朝堂。祖师往殿上行个方外礼,帝笑而宽容,遂赐墩坐,乃向着祖师问道:"朕即位以来,造寺写经度僧,不可胜数,有何功德?"祖师奏道:"并无功德。"帝曰:"何以并无?"祖师奏道:"人天小果,有漏之因,虽有非实。"帝曰:"何谓真功德?"祖师奏道:"静智妙明,体自空寂。如是功德,不于世求。"帝曰:"何为圣谛第一义?"师奏道:"廓然无圣。"帝曰:"对朕者谁?"师奏道:"不识帝,不省奥旨。"乃令臣下,供养在朝外寺院中。祖师在寺院中,臣下与寺僧参谒的,或问以禅家道理,或讲以方外高谈,祖师只是随问诨答,终日打坐。迟留了几朝,见帝不复召见,乃不向人说,夜半出了寺门,往大路走来。只见一带大江当前。祖师见那江水:

势茫茫有如海汇,浪滚滚不说湖光。

形泱泱衣带一水,波涌涌天堑长江。

祖师走近江边,见没个渔舟渡艇,正思怎得过此大江,只见一个大鼋现形,若有渡僧之状。祖师笑道:"吾岂以足踏汝之背?"又见一木筏在港,走缆淌来,也不去登,道:"虚筏无人,安可妄渡?"正说间,只见一个渔妇,驾着一只小舟,飞奔而来,道:"师父可是过江? 我舟可渡。"祖师道:"承你美意,吾自有舟渡。"那妇人道:"我是敬重出家师父们的,不要你渡船钱,还有素斋供献。"祖师见她说出此言,乃把慧光一照,乃笑道:"赛新园道真,你成了你道行,我完了我演化,何劳设幻试我? 我岂无道力,赴渡此江?"说罢,那妇驾舟一笑,如飞去了。祖师乃坐在江上,渐渐天明,又恐寺僧知觉,臣下赶来。只见那江滩之上,芦苇被风,摇摇曳曳,状若点首。祖师乃摘了一苇置之江面,脱了棕履,足踏芦苇,顺风真如一叶扁舟,顷刻过了长江。后有夸扬道力神异五言四句,道:

江上无舟日,高僧欲渡时。

一苇飘巨浪,道力果神奇。

话说魏地当初无有僧寺,只因梵僧化现,神元通晋,后来方知致信僧

---

① 大通元年——公元 527 年。

众,创建禅林无数之多。及被崔、寇之残,后又复兴,以至大梁,僧寺颇众。嵩山却有座少林寺,寺中有一个僧人,法名神光。这和尚真是苦行出家,一心只要参禅悟道,入圣作祖,终日信心礼忏,诚意看经,却因参不透玄机,也说不尽他的苦行。一日看经典不能悟,把锥学苏秦之刺股;习静工不得道,禁锢效老衲之闭关。大凡人有坚心苦行,就有神力感通。比如士子攻文艺,求工不得,精思苦虑不止。古语说得好:"思之思之,思之不得,鬼神通之。"哪里是鬼神感通,乃精思入极。这神光和尚参悟不得,苦行不改。正在那焦心惕虑之时,忽然到静定之间,恍惚见一位金甲尊神现于面前,叫道:"那和尚,你纵费尽了心神,熬尽了日月,不遇明师指引,终是不明最上一乘,怎得超凡入圣?"神光听了,便跪倒问道:"上圣,我弟子肉眼凡胎,怎能识谁是明师?望趁方便,指教趋向之门,以遂得师之愿。"神人道:"我有四句偈语,汝当谛听。"乃说道:

> 西来有一衲,面壁自为观。
>
> 立雪①求传道,真诚见志专。

神人说偈毕,神光再欲要问,忽然醒来,乃终日思想神偈中语不题。却说祖师自一苇渡江,往前走了多时,忽来到魏地,远远见一座寺院当前,绀宫梵殿②,真是齐整。乃走入山门四望,殿宇虽齐,却不见一个僧人行走。只见左庑下一个侧门,走入门内,乃小小一间禅室。墙垣坚固,门壁周全。祖师看了,道:"好一处清净僧堂!"乃对壁跏趺而坐。或一放参,便至三五日。寺僧后有观见的,见师庄严色相,不敢惊动询问。这神光也来看见了,便想起神人偈意,乃近前礼拜,询问来历。祖师端坐不顾。却遇冬月大雪,怎见的雪大,但见:

> 鹅毛片片自空飞,地冷天寒曙色微。
>
> 欲向神僧询至道,任教三尺积禅扉。

神光一心专信神语指引他来,叫他真诚求道,乃不顾大雪,立在阶前,渐渐雪积过膝。祖师乃转过身来,见了神光立在雪中,心甚慈悯,问道:

---

① 立雪——禅宗二祖慧可立雪求道的故事。据载:"十二月九日夜,天大雨雪。"

② 绀(gàn)宫梵殿——绀:黑里透红的颜色。梵殿:佛寺。

"汝久立雪中,欲求何事?"神光答道:"惟愿大慈开甘露①门,广度群品。"祖师道:"诸佛无上妙道,旷劫难逢。岂小德小智,轻心慢心,欲冀真乘?徒劳勤苦。"神光听了祖师教诲,虽说是勉励他之言,却实乃指示他入道之路。回到自己静室,左思右想,再三筹度师意,忽然颖悟起来,喜不自胜,说道:"老师父,说我轻心慢心,岂能得真乘? 这轻慢之心在人身内,如何得显? 除非发现在外,方显出不轻不慢真诚。我何不将刀刺臂,以表这点真心。"乃入常住香积厨房,拿了一把尖刃利刀,就要把左臂自刺。只见一个疯癫行者见神光持刀刺臂,一把手扯夺着刀,道:"师父何事刺臂? 我行者向来有疯癫之病,今见你持刀刺臂,吓得我倒好了疯癫,伶俐起来。看你拿刀弄杖,不是出家僧人,岂知身体发肤,受之父母,不敢毁伤。"神光哪里听他,便把左臂刺伤,走到师前,跪于地下。祖师见了,乃道:"诸佛最切求道,重法忘身。今汝刺臂吾前,求亦可矣。"神光承其言,乃改名惠可,复问道:"诸佛法印②,可得闻乎?"师曰:"诸佛法印,不是改人得。"神光听了不解,乃道:"弟子之心未宁,求师与安。"师曰:"将心来,与汝安。"惠可答道:"弟子觅心,了不可得。"师曰:"与汝安心境。"说罢,乃出了寺,往前路行走。惠可也不辞方丈,随着祖师一路前行,却遇海边地方。惠可见了大海,乃问道:"师欲何往?"祖师道:"何处来,还当何处往。吾有三弟子,助吾演化,现在隔海复新旧庙,料已工完,曾许以苇渡相逢。你看那前有泊舟,若随便过海,汝当搭而行来,吾于庙中相候。"说罢,那旧苇尚存,乃置之大波之上,益显神通,顷刻如千里之帆。惠可见了,方信师有道力,又喜自得了正宗,乃向泊舟求搭,果是顺舟一帆而去。

却说道副等三僧道场已完,望师正殿,只见海洋远处,隐隐一个人影,若似泗水而来,到得面前,果是师尊驾苇而到。三弟子见了大喜。祖师入得庙来,见了齐整如新,甚夸众善信、施才等功果。庙祝道人便说:"众商客发心善愿,果然财利倍增,顺风回家去了。施店主家道又复兴旺。如今庙里菩萨显应,地方敬奉的多,便是小道,也沾多利益。总是老师父们道力洪深。"庙祝谢了又谢。正说间,只见惠可也过洋到得庙中,先参了圣

---

①　甘露——佛教用以美化其教义的比喻。

②　法印——佛教名词。法指佛法;印是印证标帜。意谓证明是真正佛法的标准。

像,后拜了师尊,才与三僧叙礼。彼此各相讲论些道理,但是惠师又高一步。祖师久之乃为四弟子略辩大乘入道四行,其辞曰:

夫入道者多,要而言之,不出二种:一理入,二行入。理入者,谓藉教悟宗,深信舍生。同一真性,但为客尘凡妄想所覆,不能显了。若舍妄归真,凝住壁观,无自无他。凡圣一等,坚住不移,此则与理冥符,无有分别。寂然无为,名之理入。行入者有四:一报冤行,二随缘行,三无所求行,四称法行。谓报冤行者,凡修道人,若受苦时,当念我从往昔无数劫中,弃本逐末,流浪诸有,多起冤憎,违害无限。今虽无犯,是我夙殃恶孽果。孰非天非人所能见与,甘心忍受,都无怨恨。作是观时,与理相应,体冤进道,故名报冤行。随缘行者,众生无我,并缘业所转,苦乐齐受,皆从缘生。若得胜报荣誉等事,皆是过去夙因所感。缘尽还无,何喜之有? 得失从缘,心无增减。喜风不动,冥顺于道,名随缘行。无所求行者,世人常迷,处处贪着。智者悟真,安心无为,万有皆空,无所希冀。三界九居,犹如火宅①,有身皆苦,谁得而安? 了达此处,息念无求,故经云:"有求皆苦,无求乃乐。"是则无求,真为道行,故名无所求行。称法行者,性净之理,因之为法。此理众相斯②空,无染无着,无此无彼。经云:"法无有我,离我垢③故。"智者信解此理,应当称法而行。法体无悭④于身命财,行檀⑤舍施,心无悭惜,达解三空⑥,不倚不着,但为无垢,称化众生,而不取相。此为自行,亦复利人。庄严菩提之道,檀施既尔,馀五亦然。为除妄想,修行六度,而无所行,是名称法行。

祖师说罢,遂离了庙中。四弟子也辞谢了庙祝,随师仍归本国清宁观。只见波罗提游方未回,国王尚未坐殿,乃出郭同四弟子远去,住禹

火宅①——佛教名词。把人世间比做起火之屋,以喻人生苦状。

斯—②则,乃。

垢(gòu)——污秽。

悭(qiān)——吝啬,小气。

檀—⑤檀越,施主。此处指作为施主。

空—⑥佛教名词。空,指事物之虚幻不实,或指理体之空寂明净。此谓从空门达到涅槃解脱。

门①千圣寺中。时大同元年②十月。师见四弟子侍侧，乃问道："汝等尽各言所得。"道副乃道："如我所见，不执文字，不离文字，而为道用。"师曰："汝得吾肉。"尼总持道："我今所见，如庆喜见阿閦③佛国，一见更不再见。"师曰："汝得吾皮。"道育道："四大本空，五阴非有。而我见处，无一法可得。"师曰："汝得吾骨。"乃惠可即礼三拜，复依位而立。师曰："汝得吾髓。"乃顾谓可曰："世尊以正法眼藏，咐嘱大迦叶辗转传授，以至于吾。吾今付汝，汝当护持。"乃授可袈裟，以为法信。惠师乃跪受其衣，愿闻指示。师曰："内传法印，以契真心；外付法衣，以定宗旨。后代浇薄④，疑虑竞生，谓吾西土，汝乃此方，凭何得法？以何为证？或遇难缘，但出此衣，用以表信，其化无碍。至吾灭后，二百余年，衣止不传，法周沙界。潜符密契，千万有余，汝当阐化，勿轻未悟。一念回机，便回本有。可听吾偈道：

　　吾本来兹土，传法救迷情。

　　一花开五叶，结果自然成。"

祖师说偈毕，又以《楞伽经》⑤四卷付惠师，乃向道副等道："吾化缘已毕，传法得人，将示寂矣。"乃端坐而寂。弟子等奉金身葬熊耳山⑥定林寺。次年，有使宋云自西域还，遇师于葱岭，手携只履，翩翩独迈云间而去。

诗曰：

　　编成一记莫言迂，借得僧家理不虚。

　　句句冷言皆劝善，行行大义总归儒。

　　纲常伦理能依尽，烦诞支离任笑愚。

　　但愿清平无个事，消闲且阅这篇书。

---

① 禹门——龙门，在山西河津县。

② 大同元年——公元535年。

③ 阿閦——不详。

④ 浇薄——轻薄不淳厚。

⑤ 《楞伽经》——佛经名。全称《楞伽阿跋多罗宝经》。"楞伽"，山名；"阿跋多罗"，"入"的意思。意谓佛入此山说的宝经。

⑥ 熊耳山——在河南西部。